언어가 세계를 감각하는 법

A MYRIAD OF TONGUES:
How Languages Reveal Differences in How We Think

다른
언어를
쓰는
사람은

언어가

세계를

감각
하는

법

생각하는
방식도
다를까?

케일럽 에버렛
지음

노승영
옮김

위즈덤하우스

샌과 크리스에게

일러두기
- 외국 인명과 지명은 국립국어원 표준국어대사전의 외래어 표기법 및 용례를 따랐습니다. 표기가 불분명한 일부는 실제 발음을 따라 표기했습니다.
- 국내에서 출간된 책은 한국어판 제목을, 미출간된 책은 번역 제목과 원서명을 병기했습니다.

머리말

우리는 같은 세상을
보고 있을까?

살을 에는 돌풍이 몰아치고 기온은 영하를 훌쩍 밑돈다. 행인들의
찡그린 얼굴로 보건대 추위에 이골이 난 맨해튼 주민들도 괴로운가
보다. 사나운 협곡 바닥으로, 말하자면 8번가에 자리 잡은 코딱지만
한 카페로 피신한다. 짐승 같은 1월 눈보라에 도시가 얼떨떨하다.
아침 출근길을 꼼지락꼼지락 기어가는 차량들 옆으로 눈 더미가 쌓
였다. 볼에 감각이 돌아오고 손으로 카푸치노 잔을 감싸니 창밖 풍
경이 매혹적으로 보인다. 하지만 8번가와 42번길 모퉁이가 눈에 들
어오자 금세 매혹이 깨진다. 우회전하려다 눈에 빠져버린 은색 프
리우스는 난감한 상황이다. 앞 타이어가 헛도는 동안에도 교차로에
차들이 밀어닥친다. 프리우스 운전자가 속수무책인 걸 뻔히 알면서

도 다들 경적을 울려댄다. 꼬박 1분이 지나고서야 타이어가 접지력을 얻는다. 바퀴가 맹렬히 회전하며 겹겹이 쌓인 눈을 파헤치다 마침내 아스팔트에 닿는다. 프리우스는 성마른 통근객들의 물결을 헤치며 씽씽 업타운으로 향한다.

질문 하나가 떠오른다. 저 차는 정말로 '눈'에 빠졌을까? 왠지 낱말 선택이 딱 맞아떨어지는 것 같지가 않다. '짜부라진 눈'이 더 적절한 듯하다. '눈'만 쓰면 부정확하거나 적어도 부적절해 보인다. '다져진 눈'은 어떨까? '진눈깨비'는 아니다. 얼음 덩어리가 아니라 눈송이로 내렸기 때문이다. 더 나은 낱말을 찾으려고 골머리를 썩고 있자니 언어 장애를 겪는 사람이 된 심정이다. 저건 분명히 눈의 한 종류였지만 어떤 용어를 갖다붙여도 의미가 부정확하게 느껴진다. 차바퀴는 '눈얼음'에 빠졌을 수도 있고, '얼음눈'에 빠졌을 수도 있고, '눈진창'에 빠졌을 수도 있다.

그때 지리적 우연의 일치가 떠오른다. 지금 나는 프란츠 보아스Franz Boas가 일하던 직장에서 몇 킬로미터 떨어진 곳에 앉아 있다. 보아스는 '어떤 언어는 눈을 가리키는 낱말이 아주 많다'라는 생각 나무를 심은 사람으로, 많은 이에게 미국 인류학의 창시자로 손꼽힌다. 컬럼비아대학교 교수였으며 눈을 가리키는 영어 어휘가 비교적 빈약하다고 암시한 최초의 학자이기도 하다. 1911년 영어 낱말 '눈'과 관련 묘사어로 번역할 수 있는 기본 낱말이 이누이트어에는 적어도 네 개 있다고 주장했기 때문이다. 그것은 카나qana(내리는 눈), 피크시르포크piqsirpoq(떠다니는 눈), 키무크수크qimuqsuq(이미 떠 있는 눈), 아푸트aput(땅 위에 있는 눈)다.

보아스의 주장은 기하급수적 확대 재생산을 거쳐 이누이트어에 눈을 가리키는 낱말이 수십 개, 심지어 수백 개나 된다는 속설을 낳았다(학자들은 아니었을지언정 대중은 그렇게 믿었다). 이런 주장은 《뉴욕타임스》 같은 매체의 지면에 거듭거듭 실렸다. 언어학자 제프리 풀럼Geoff Pullum이 수십 년 전 유머러스한 에세이에서 지적했듯 눈 낱말 비유를 둘러싼 주장의 상당수는 우스꽝스럽도록 엉터리였다. 하지만 그렇다고 해서 언어가 물리적 현상을 서술하는 방식이 다양하지 않은 것은 아니다. 이런 변이의 전모가 일부 진영에서 간과된 이유는 이누이트어의 눈을 둘러싼 과장된 주장들, 쉽게 논파할 수 있는 그런 주장들 때문이었다.

이 책에서 보겠지만 이와 비슷하게 언어 다양성을 일축하는 태도가 전 세계 언어 연구에서 불쑥불쑥 고개를 내밀었다. 분명한 사실은 이 거창한 문제는 차치하고 '어떤 언어에는 눈을 가리키는 낱말이 한없이 많다'라는 과장된 통념에 대해 숱한 논쟁과 해석이 뒤따랐다는 것이다. 이 논쟁은 대부분 핵심을 놓쳤다. 그 핵심이란 보아스의 사례가 잘 보여주는 간단한 논점으로, 언어의 진화가 환경의 영향을 받는다는 것이다. 그린란드 인구집단이 '눈'을 여러 낱말로 가리키는 것은 여러 종류의 눈을 맞닥뜨리기 때문이고 눈을 중심으로 행동과 계획을 조율해야 하기 때문이다. 이에 반해 오스트레일리아의 원주민 부족은 눈을 전혀 모르며 눈을 가리키는 다양한 어휘는 고사하고 기본 낱말조차 전혀 필요하지 않다. 이렇듯 눈 낱말 비유는 본질적으로 언어 구사자의 구체적인 사회적 필요와 환경이 언어에 영향을 미친다는 사실을 보여주는 것에 지나지 않는다.

전 세계 언어가 다채로운 한 가지 이유는 인간이 살아가는 물리적·사회적 환경이 다채롭기 때문이다. 이 책에서는 언어·문화 다양성 연구에서 얻은 핵심적 발견들을 살펴보고 사람들이 어떻게 소통하고 생각하는지에 대한 새로운 통찰을 논의할 것이다. 나의 목표는 심리학자, 언어학자, 인류학자들이 내놓은 생생한 연구 성과를 조명하는 것이다. 그들의 연구 덕에 우리는 인간 언어 및 이와 관련된 생각과 행동을 새롭게 이해하고 있다.[1]

전 세계 언어는 다양성이 어마어마한데, 내가 경험하기로는 대부분의 사람들이 이 사실을 과소평가한다. 예를 하나 들어보겠다. 나는 대학교에서 인류언어학 개론을 가르칠 때 첫 수업에서 학생들에게 언어 이름을 아는 대로 대보라고 한다. 50명의 수강생 모두 수십 개 이상 떠올리는 것을 힘겨워한다. 그중에는 언어 자격이 의심스러운 라틴어나 클링온어(텔레비전 드라마 〈스타트렉〉을 위해 만든 인공 언어—옮긴이)도 있다. 20개를 대는 것조차 허덕이는 학생들도 있다. (나무라려고 든 사례는 아니다. 아무리 지적이고 박식한 사람들에게조차 쉬운 과제가 아니기 때문이다. 믿기지 않으면 직접 도전해보시라.)

게다가 우리 학생들이 머릿속에 떠올린 언어는 대부분 유럽어 계통이며 서로 밀접하게 연관되어 있다. 중국어와 아랍어 등 흔히 지목되는 몇 개를 제외하면 독일어, 스페인어, 프랑스어, 이탈리아어, 심지어 라틴어에 이르기까지 가장 자주 지목되는 언어들은 전 세계 약 350개 어족 중 단 하나에 속하는 것들이다. 쉽게 떠오르는 이 언어들은 인도유럽조어라는 하나의 조상 언어로 거슬러 올라간다. 약 6000년 전 흑해 연안에서 쓰던 언어다. 한마디로 언어 다양성에 대한 대다수 대학생의 인식은 오늘날 전 세계에 존재하는 언어의 극히 일부에만 노출된 결과다. 이 극소수 언어는 수천 년 전 인도유럽조어가 부상하기 시작했을 때 나란히 쓰이고 있었을 수천 개의 조상 언어 중 단 하나에 불과하다.[2]

편향된 관점은 대학생들에게만 있는 것이 아니다. 유럽에서 기원한 언어들은 수백 년간 서구 학계로부터 지나친 관심을 받았다. 학생, 학자 할 것 없이 유럽어에 집착하는 역사적 이유는 뚜렷하고 납득할 만하지만, 많은 언어 이론이 이를 토대로 확립되었다는 점에서 인지과학자들은 문제의 소지가 있다고 여기며 그럴 만도 하다. 심지어 전 세계에 훨씬 많은 언어가 존재한다는 사실이 학자들에게 알려진 20세기에도 영어 같은 유럽어, 즉 대다수 학자들의 모어가 언어 이론에 지대한 영향을 미쳤다.

어떤 학파에는 이 이론적 편향이 오늘까지도 남아 있다. 이 편향은 언어들이 전반적으로 비슷하다고 생각하는 애석한 풍조를 낳았다. 애석한 이유는 많은 인도유럽어가 서로 비슷한 이유가 실은 이 언어들이 동계어이고 언어 구사자들이 빈번하게 교류한 탓일 뿐이기 때문이다. 이 편협한 시각 때문에 언어들의 변이가 겉보기에 피상적일 뿐 실제로는 심오한 유사성이 있으며 심지어 '보편 문법'이 존재한다는 견해가 한때 득세했다.

요즘 어떤 연구가 큰 영향력을 발휘하는지 보면 알 수 있듯, 이 보편주의적 관점은 언어 관련 학문에서 힘을 잃어가고 있다. 내가 보기에 이유는 간단하다. 언어학자들이 탐구의 범위를 넓혀 전 세계 언어들을 면밀히 들여다보았더니 이 언어들이 많은 학자들의 추정보다 훨씬 다양하다는 사실이 드러났다. 생물학자들이 하나의 생태계에 서식하는 소수의 근연종을 주로 연구하고 다른 서식처의 종은 가끔씩만 연구한다면 전 세계 생물 다양성 규모를 낮잡을 가능성이 크다. 다행히도 인간의 행동과 그 행동에 대한 연구에서 일어나는 변화에 발맞춰 언어 연구에서도 극적 변화가 일어나고 있다.

이러한 변화로 인해 모든 언어에 명백히 들어 있다는 가설적 보편 특질이 아니라 언어가 어떤 중요한 점들에서 갈라지는지, 더 폭넓게는 이 가지 뻗기가 인간에 대해 무엇을 알려주는지에 연구의 초점이 맞춰지게 되었다. 이를테면 저명 연구진의 새 연구 결과가 2022년 후반 소셜 미디어에서 널리 공유되었는데, 그들은 영어에 대한 지나친 의존이 어떻게 해서 언어뿐 아니라 인간의 생각에 대해서도 우리의 이해를 제약하는지 조사했다. 연구진은 호모 사피엔스의 폭넓은 언어·인지 다양성에 대한 인식이 인류를 더 깊이 이해하는 데 필수적이라고 지적한다. 이 다양성이야말로 이 책이 전하려는 이야기의 핵심이다. 전 세계 언어에 미묘하고도 속속들이 스며 있는 공통점도 이야기의 일부이긴 하지만 말이다.[3]

학술지 《행동과학과 뇌과학Behavioral and Brain Sciences》에 발표된 지 10년을 갓 넘긴 논문 〈언어 보편성의 신화The Myth of Language

Universals〉에서 언어학자 닉 에번스Nick Evans와 스티븐 레빈슨Stephen Levinson은 전 세계 언어들에 유의미한 보편성이 있다는 통념을 반박하는 언어 다양성의 사례를 조목조목 제시했다. (나를 비롯하여) 오지에서 다양한 언어를 오랫동안 연구한 많은 현장 언어학자는 논문의 핵심 주장에 동의한다. 언어 보편성이 존재하지 않는다는 것은 어떤 면에서 놀라운 일이다. 모든 인구집단은 생각하고 말하기 위한 기본적인 해부적 특징이 동일하며, 그 모든 특징은 인류가 아프리카를 벗어나 전 세계에 퍼져 나가기 전에 이미 진화했기 때문이다. 언어가 다양한 인구집단에 걸쳐 비슷한 역할을 수행한다는 점을 보아도 놀랍다. 하지만 이 기능적 압력은 언어들 사이에 실제로 많은 형태적 유사성을 낳긴 했어도 참된 언어 보편성을 낳기에는 미흡하다.

사실 에번스와 레빈슨에 따르면 언어학자들이 정작 답해야 하는 물음은 '언어가 왜 이토록 다양한가'다. 두 사람은 인구집단 사이에 의사소통 체계가 이토록 다른 종은 인류뿐이라고 지적했다. 다양한 어족과 지역의 언어들에 주목한 무수한 연구들은 시제(1장을 보라)에서 기본 어순(8장), 그리고 눈을 가리키는 낱말(5장을 보라)에 이르기까지 이 변이의 명백한 증거를 내놓는다. 이 모든 변이를 책한 권에 나열하는 것은 불가능하지만, 이 책을 읽으면 지구상에 존재하는 언어 다양성 및 이와 관련된 인지 다양성의 범위를 실감할 수 있을 것이다.[4]

언어학자들은 전 세계 언어가 얼마나 다양한지 아직도 알아가는 중이다. 한편 심리학자와 그 밖의 연구자들 사이에서도 인구집단마다 생각과 행동이 다양하다는 인식이 커지고 있다. 10여 년 전 《행동과학과 뇌과학》에 발표된 또 한 편의 저명 논문에서 심리학자 조지프 헨릭Joseph Henrich, 스티븐 하이네Steven Heine, 아라 노렌자얀 Ara Norenzayan은 인간 인지에 대한 우리의 통념에서 중요한 대목을 꼬집었다. 그것은 교육 수준이 높고 산업화되고 부유하고 민주적인 서구 사회Western, educated, industrialized, rich, and democratic. WEIRD(이하 '위어드') 구성원에 대한 연구가 거의 모든 지식의 토대라는 점이다. 이 사회들은 지금 존재하거나 지금껏 존재한 적 있는 수많은 인간 사회와 비교할 때 정말로 기이하다weird. 헨릭과 동료들은 "아동을 비롯한 위어드 사회 구성원들은 인류를 일반화하고자 할 때 가장 대표성이 낮은 인구집단에 속한다"라고 주장했다. 이 말은 여러 이유에서 참인데, 그중 하나는 많은 위어드 구성원이 자란 사회적·물질적 환경에 산업화와 글을 읽고 쓰는 능력이 극적인 영향을 미쳤다는 것이다.[5]

위어드 인구집단이 전체 인류의 대표로 미흡하다는 사실은 우리가 학교 교육을 집중적으로 받으면서 상징적·수학적 사고를 어릴 때부터 연마했기 때문이기도 하다. 나는 전작 《숫자는 어떻게 인류를 변화시켰을까?》에서 인간의 숫자 활용법이 일반인의 생각보다 훨씬 다양하다고 주장하는 연구를 소개했다. 그 책의 근거 중 하나는 토착 인구집단에 대한 나의 연구였는데, 그들이 쓰는 수 체계는 대부분의 사람들에게 친숙한 수 체계와 사뭇 다르다. 나는 책에서 인류 역사에 두루 존재했고 약 10만 년 전 우리 조상들이 아프리카에서 이주하기 전에 발달한 것이 틀림없는 대부분의 인구집단이 수학적 상징과 낱말을 반복적으로 접하지 않았음을 언급했다.

수리적 사고 등의 인간 심리에 대한 우리의 이해는 대체로 한 계통의 인구집단에 의해 형성되었는데, 그 계통은 현대적 의미에서나 역사적 의미에서나 인류를 대표하기에 어림도 없다. 어쨌거나 대부분의 대학교와 연구소가 쉽게 접할 수 있는 연구 대상은 위어드 집단, 대개는 대학생이다. 언어 다양성 같은 인간 인지의 비교문화적 다양성이 과소평가된 데는 이런 탓도 있을 것이다. 다행히도 다양한 역사, 생태, 생계 수단을 망라하는 대표적 인구집단 표본을 통해 인간 인지를 연구해야 한다는 요청을 인지과학자들이 진지하게 받아들이기 시작하면서 인간 인지 이질성의 규모가 더 가시적으로 드러났다. 이 가시성은 오늘날까지 이어진다.

언어 다양성에 대한 인식도 마찬가지다. 하지만 언어와 인지가 엄청나게 다양하다는 깨달음은 대중의 의식에는 충분히 파고들지 못했다. 언어학과 (더 폭넓게는) 인지과학 이외 분야의 많은 학자에게도 마찬가지다. 이 책은 위어드 인구집단의 언어뿐 아니라 전 세계 다양한 언어에 대한 연구가 인지과학, 언어학, 그 밖에 인간에 대한 핵심 연구 분야에 선사한 중요한 통찰들을 조명한다.[6]

이쯤에서 내가 어린 시절의 대부분을 아마존 밀림에서 보냈다는 사실을 언급해야겠다. 내가 인간 언어와 인지 다양성의 규모에 매혹되어 인류학과 언어학이라는 학문에 몸담게 된 것은 이 어릴 적 경험 덕분이다. 그 과정에서 나는 다양한 방법을 활용하는 연구 경로들을 밟았다. 어떤 경로들은 나를 아마존 토착 민족들에게 이끌었는데, 이따금 그 지역에 대한 구체적 경험을 이 책에 소개할 것이다. 그럼에도 이 책의 주 관심사는 언어·인지 다양성에 대해 전 세계에서(주로 비非위어드 문화이지만 위어드 문화도 있다) 이루어진 발견들이다. 발견들 중에는 연구실 실험에서 얻은 것도 있고, 전 세계 수천수백 가지 문화의 언어 자료로 가득한 새 데이터베이스를 컴퓨터로 분석한 결과도 있다.

전통적 언어학 현장 연구와 더불어 이런 방법을 활용한 나의 연구를 이 책의 여러 부분에서 필요할 때마다 언급할 것이다. 이 책에서 다루는 주제들에는 개인적 편향이 있을 수밖에 없는데, 논의되는 여러 주제를 내가 직접 연구하고 있기 때문이다. 여러 학자가 참신한 방법으로 전 세계 언어 다양성을 연구했는데, 그 흥미로운 접근법들을 골고루 보여줄 수 있도록 (나를 비롯한) 어느 한 학자의 연구에 치우치지 않으려고 노력했다. 이 연구자들은 언어의 작동 방식뿐 아니라 사람들이 말하면서 생각하고 행동하는 방식에 대한 우리의 이해를 바꾸고 있다. 눈여겨볼 만한 사실은 연구자들의 저변도 점차 넓어지고 있다는 것이다. 그 덕분에 이 책에서 조망하는 연구의 폭과 수준이 점점 넓어지고 깊어지고 있음은 의심할 여지가 없다.[7]

20세기에 수행된 대부분의 언어 연구와 대조적으로 현대 언어 연구는 점차 협력적으로 바뀌고 있으며 가능한 경우에는 재현 가능성을 지향한다. 유명 대학의 언어학자와 철학자 개인의 내성적 고찰 대신 데이터와 방법이 언어 연구 논의의 중심에서 마땅한 자리를 찾아가고 있다. 이것은 이 책이 특정 학자나 학자 집단에 초점을 맞추지 않으려고 하는 또 다른 이유다(몇몇 학자의 연구가 여러 번 등장하기는 하지만).

이 책은 협력적이고 재현 가능한 연구를 지향하는 전반적 변화에 동참한다. 이 변화는 (적어도 부분적으로) 언어 연구와 여타 분야의 통합을 확대함으로써 실현되었다. 하지만 언어적 행동 연구가 그 밖의 다른 인간 행동 연구와 더욱 긴밀히 통합되는 것은 방법과 데이터에 더 뚜렷이 초점을 맞추기 때문만은 아니다. 언어 연구자들은 언어와 생각을 진정으로 이해하려면 인간 행동의 나머지 측면들에 대한 통찰에 기댈 수밖에 없음을 깨달았다. 20세기 후반 격동기 언어학의 목표는 언어를 문화의 비언어적 측면과, 또한 그 밖의 인지 과정과 격리하는 것이었지만, 언어학자들은 이 현상들을 분리할 수 없음을 절감하고 있다. 이를테면 1장에서는 일부 문화의 구성원들이 시간에 대해 어떻게 말하고 생각하는지 이해하려면 그들이 시간에 대해 어떤 몸짓을 취하는지 이해해야 한다는 것을 보게 될 것이다. 6장에서는 언어가 발달하는 사회적 환경이 언어 구조에 영향을 미칠 수 있음을 알게 될 것이다.

이처럼 언어 행동을 바라보는 견해가 점차 통합되고 있기 때문에 이 책은 엄격한 언어 영역을 벗어나 종종 바깥으로 방향을 틀 것이다. 엄격한 언어 영역이란 사실 크지 않기 때문이다. 이를테면 4장에서는 일부 생활양식이 환경과 상호작용하면서 색깔·냄새 낱말의 분화를 촉진하고, 이는 다시 사람들이 시각·후각 자극을 기억하는 방식에 영향을 미칠 수 있음을 보게 될 것이다. 언어적인 생각과 행동이 비언어적인 생각과 행동에 통합되어 있다는 인식이 커지면서 언어적 행동에 관심이 있는 사람들은 다른 분야들에도 친숙해져야 했다.

내가 하는 연구도 인지심리학, 데이터과학, 호흡기의학 같은 분야의 연구 성과에 점점 많이 의존하게 되었으며 이따금 그런 분야에 직접 발을 디디기도 했다. 현재 내 동료들 중에는 생물학자, 화학자, 정치과학자, 공학자가 있다. 나만 그런 것이 아니다. 언어를 외따로 연구해서는 제대로 이해할 수 없음을 알게 되면서 점점 많은 언어 연구자가 학제 간 연구 방법과 협력을 향해 나아가고 있다. 수많은 언어 연구자가 이런 분야들에 더 신중하게 참여하고 협력한다는 사실은 이 책에 흐르는 또 다른 저류를 보여준다.

내가 하는 연구에서 경험한 세 가지 학제 간 연구 사례가 이 추세를 설명하는 데 도움이 될지도 모르겠다. 수사數詞에 대한 나의 연구는 실험 연구뿐 아니라 수천 가지 언어의 수사에 대한 컴퓨터 분석을 동원한다. 두 번째로, 나는 사람들이 말할 때 어떻게 미세 에어로졸 입자를 내뿜는지, 이런 입자들이 대화 중에 어떻게 공기 매개 병원체를 퍼뜨릴 수 있는지 이해하기 위해 의학 연구자 및 화학자들과 협력하고 있다. 마지막 사례로, 나의 몇몇 연구는 극단적으로 건조한 환경이 인간의 발성에 미묘한 압력을 가함으로써 언어의 진화에 영향을 미친다는 사실을 보여주었다. (아직 논란의 여지가 있으며 5장에서 짧게 논의할) 이 연구는 생의학에서 수행한 이전의 실험 연구에 의존한다.

나의 연구에서 뽑은 이 사례들은 언어 연구가 다양한 분야의 연구 성과와 어떻게 연관되고 영향받는지를 잘 보여준다. 그러므로 이 책에서 논의하는 발견들이 언어와 직간접적으로 관계있긴 하지만, 대부분의 발견은 인간이 생각하고 행동하는 다른 측면과도 관계있다는 점에서 주목할 만하다. 그렇기에 이 책은 언어학에 국한되지 않는다. 이 책은 사람들이 말할 때 어떻게 생각하는지, 경우에 따라서는 말하지 않을 때 어떻게 생각하는지에 대한 우리의 이해가 다양한 언어에 대한 연구를 통해 어떻게 새로 형성되고 있는지를 보여준다.

이 책은 여러 학문 분야의 성과를 검토하기는 하지만 대부분의 논의 주제는 이렇게든 저렇게든 언어학 현장 연구에 바탕을 둔다. 이 연구자들은 지난 수십 년간 온갖 계통에 속한 무수한 언어를 기록해왔다. 많은 경우 언어학 현장 연구자들은 비언어적 현상을 비롯한 흥미로운 인지 현상들을 조명했는데, 이는 현장 언어학자들이 전 세계의 다양한 인구집단과 많은 시간을 보냈기 때문이다. 언어 하나를 연구하려면 그 언어를 듣고 기록하는 데 헤아릴 수 없는 시간을 할애해야 한다. 언어학자들은 다양한 계통의 언어들을 연구하는 일에 더욱 초점을 맞추면서 다양한 민족과 시간을 보내게 되었다. 그 민족들은 저마다 다른 언어를 구사할 뿐 아니라 다양한 생태

환경에서 다채로운 생활양식을 구사한다.

한마디로 지난 수십 년간의 모든 언어 기록은 인간의 문화·인지 다양성에 대한 인식이 넓어지는 데에도 일조했다. 많은 언어학자가 현장 연구 중에 맞닥뜨린 다양성을 기록하는 관행을 다시 시작했다. (이따금 일화에 불과할 때도 있는) 이 기록들은 다른 연구자들이 그것들을 가지고서 오지에 돌아가 해당 민족의 행동 다양성을 (언어학자의 도움을 받아) 탐구하도록 자극할 때도 많았다. 이를 비롯한 여러 면에서 언어 기록은 언어 다양성을 넘어서는 인간 인지·문화 다양성에 대한 수많은 발견으로 이어졌다.

이 책은 비위어드 문화의 기록을 직간접적 근거로 삼은 여러 발견에 초점을 맞추긴 하지만 영어를 비롯하여 기록이 잘된 언어들에 대한 일부 연구도 논의한다. 사실 영어에 대한 몇몇 새로운 연구는 비위어드 언어의 연구에서 실마리를 얻었으며 이 연구들은 영어를 비롯한 위어드 문화의 언어에 대한 새로운 발견으로 이어졌다.

그리고 이 책은 다양한 문화에서 얻은 최근의 핵심 발견을 강조한다. 이 발견들은 우리가 한때 생각한 것보다 사람들이 더 다채롭게 생각하고 말한다는 인식이 커진 것과 관계있다. 여기서 '최근'은 상대적 의미로 쓰였다. 이 책에서 논의하는 연구 중에는 이미 수십 년이 지난 것도 있지만, 사람들이 언어를 연구한 지 수천 년이 지났음을 생각해보라. 그리고 이 책에 실린 대부분의 연구는 발표된 지 10년이 채 지나지 않았다.

앞에서 언급했듯 이 책의 목표는 언어에 대한 주요 발견을 빠짐

없이 소개하는 것이 아니다. 그러려면 책 한 권으로는 어림도 없다. 그보다는 앞에서 언급한 주제들에 중점을 두고서 현재 진행 중인 언어 연구의 폭넓은 추세를 대표하는 특별히 흥미로운 발견들을 둘러보고자 한다. 1, 2, 3장에서는 사람들이 시간, 공간, 친족에 대해 어떻게 생각하는지에 대한 우리의 이해가 말하기와 관련된 발견들을 통해 어떻게 달라지고 있는지 살펴본다. 4, 5, 6장에서는 언어, 생각, (언어가 쓰이는) 환경의 상호 연관성에 주목하는 연구들을 들여다본다. 마지막으로 7, 8장에서는 우리가 낱말과 문장을 만들기 위해 어떻게 생각하는지에 대한 우리의 이해를 변화시키는 발견들을 살펴본다.

다소 역설적이긴 하지만 내가 논의할 언어 측면의 발견들이 대두한 시기는 다른 한편으로 전 세계 문화·언어 다양성이 감소하고 있는 시기이기도 하다. 일부 추산에 따르면 전 세계 언어 중 21세기를 넘겨 살아남을 수 있는 것은 10퍼센트도 안 되는 600개에 불과할 것이라고 한다. 각 언어 원어민 수의 중간값은 약 1만 명에 불과하며 전 세계 언어 중 수백 개는 구사자가 100명 미만이다. 이런 수치는 언어 소멸이 진행 중임을 시사한다. 인구가 적은 문화의 젊은 구성원들이 영어 같은 지배적이고 경제적으로 더 요긴한 언어로 이주하면서 이런 현상이 벌어지고 있다.

이런 멸종이 벌어지고 있다는 인식을 계기로 많은 학자가 사멸하는 언어들을 완전히 사라지기 전에 탐구해야겠다고 마음먹었다. 이 언어들 중 상당수는 기록되거나 녹음되지 않았다. 그러니 현장 언어학자들에게는 시급한 과제가 떨어졌다. 언어 보전 노력의 취지가 아무리 숭고하더라도, 이런 노력의 영향권 밖에 있는 수많은 사회경제 요인 때문에 대량 멸종은 성큼성큼 진행된다. 그리하여 우리는 인류 역사를 통틀어 어느 때보다 흥미진진하고 아슬아슬한 단계에 와 있다. 이것은 대부분의 사람들이 알아차리지 못하는 찰나적 결합이다.

우리는 두 궤적이 만나는 점에 서 있다. 다양한 인구집단을 아우르는 인지·언어 다양성에 대한 인식이 증가하는 와중에 정작 그 인식을 가능케 한 언어 다양성은 가차 없이 감소하고 있으니 말이다. 애석하게도 대다수 언어의 필연적 사멸은 이를 저지하려는 어떤 시도보다도 강력한 거대한 썰물이다. 언어학 현장 연구자들이 썰물을 붙잡아둘 수 없다는 것은 분명하지만 그들은 그 물에서 어마어마한 표본을 끄집어내어 다른 사람들이 살펴볼 수 있도록 보관하고 있다. 이 책에서는 이런 표본의 일부를 들여다보면서, 인간이 실제로 어떻게 말하고 생각하는지 이해하는 데 이 표본들이 어떤 점에서 필수적인지 밝힐 것이다.[8]

이누이트어로 눈을 가리키는 낱말이 정말로 그렇게 많았든 아니든 눈 내리는 이 아침 내가 써먹을 수 있는 낱말이 많지 않다는 사실은 분명하다. 나는 카페를 나서 다음 피난처로 종종걸음을 놓는다. 땅 밑으로 내려가 광역 전철에 올라탈 작정이다. 갓 내린 눈송이가 발밑에서 뽀드득 부서진다. 하지만 '눈송이'는 딱 맞게 느껴지지 않는다. 인도에 쌓인 눈에 대해서는 다른 낱말을 써야 할 것 같다.

눈보라를 일으키는 돌풍에 맞서 또 한 걸음 내디디면서 내가 지르 밟는 이 눈이 더는 '카나'가 아니라고 결론 내린다. 추측건대 지금은 '아푸트'일 것이다.

차례

1장

과거가 앞에, 미래가 뒤에 있다고?

과거, 현재, 미래. 이 세 가지 시간 영역은 (적어도 우리가 어른이 된 뒤에는) 삶의 본질적 요소처럼 보인다. 손에 잡힐 듯할 정도다. 영어 구사자는 시간 진행의 이 세 가지 핵심 요소가 언어에 반영되어 있으며 행위가 언제 일어나는가에 따라 동사의 형태가 달라진다는 것을 어릴 적부터 배우기 시작한다. 이를테면 행위가 과거에 일어났을 때는 "I jumped(나는 뛰었다)"라는 식으로 말한다. 즉, 무언가가 이미 일어났음을 청자에게 알릴 때는 많은 동사에 접미사 '-ed'를 붙인다. 미래에 뛰는 사건을 가리킬 때는 "I will jump(나는 뛸 것이다)", 더 흔하게는 "I'll jump"나 "Ima jump"라고 말해야 한다는 것도 배운다.

이 약속은 아이든 어른이든 영어를 배울 때 애먹는 이유 중 하나다. 사건의 과거, 현재, 미래 상태를 규칙적으로 전달하는 법을 배우기란 쉬운 일이 아니다. 설상가상으로 영어 학습자는 동사의 시제 표지 중에서 불규칙하게 바뀌는 것들도 배워야 한다. 이를테면 아까 점심을 먹은 사건에 대해서는 'ate'를 쓰지만 나중에 저녁을 먹을 사건에 대해서는 'will *eat*'를 쓴다는 것을 암기해야 한다. 언어를 배워본 사람이라면 공감하겠지만 때로는 이런 불규칙성이 도를 넘기도 한다.

이런 낱말 수준 특이성에 가려 잘 보이지 않을 수도 있지만 우리가 시제에 대해 배우는 것 중에는 더 기본적인 것도 있다. 우리는 과거, 현재, 미래가 있다는 사실 자체를 배운다. 어릴 때 언어를 습득한다는 것은 무엇보다 이 특정 시간 범주가 존재한다는 사실, 거의 손에 잡힐 듯 현실적이라는 사실, 그것이 시간의 작동 원리이기에 우리가 기본값으로 언급해야 하는 기본 범주라는 사실을 배운다는 뜻이기도 하다. 언어는 이 추상적 시간 범주가 구체화되는 데 한몫한다.

어쨌거나 **과거, 현재, 미래**는 막연한 개념이다. 몸을 둘러싼 물리적 공간을 지각하는 구체적 방식으로는 시간을 지각할 수 없다. 물리적 주변에 있는 물체는 손을 뻗어 만질 수 있지만 과거는 그런 식으로 다시 방문하거나 그 존재를 입증할 수 없다. 또한 우리는 결코 미래에 도달하지 못한다. 그런가 하면 현재는 포착되지 않는다. 우리가 인식하는 모든 찰나는 인식하는 그 순간 이미 지나가버렸기 때문이다.

과거, 현재, 미래의 범주가 우리에게 자연스럽게 느껴지는 것은 언어 덕분이다. 이 장에서는 영어 구사자에게 지극히 '자연스러워' 보이는 시간의 측면들 중 일부가 많은 여타 언어 구사자에게는 부자연스러워 보일 수도 있음을 알게 될 것이다. 이 말은 영어 구사자가 시간을 실제로 독특하게 경험한다는 뜻이 아니다. 그럼에도 언어적 증거로 보건대 영어 구사자가 시간을 개념적으로 분절하는 방식이 특수한 이유는 그들이 쓰는 언어 때문이며, 다른 언어 구사자들은 자신의 언어에 유창해지려면 설령 시간 진행을 영어 구사자와 비슷하게 경험하더라도 영어와는 다른 시간 범주(반드시 과거, 현재, 미래여야 하는 것은 아니다)를 기본 범주로 익혀야 한다. 이 장에서는 사람들이 시간에 대해 생각하는 다양한 방식이 어떻게 언어에 반영되고 잠재적 영향을 받는지를 다양한 갈래의 연구를 통해 논의할 것이다.

모든 언어에 시간 표현이 있다는 착각

출발점은 시제다. 왜 영어에 시제가 세 개냐고 물으면 내 학부생들 중 몇몇은 얼떨떨해한다. 엉뚱한 질문처럼 느껴지기 때문이다. 그들은 영어 시제가 세 개인 이유는 당연히 시간 범주가 세 개이기 때문이며 영어 문법이 과거, 현재, 미래를 다르게 나타내는 이유는 당연히 우주가 그렇게 돌아가기 때문이라고 생각한다. 하지만 시간을 문법적으로 표시하는 방법은 이것만이 아니다. 과거, 현재, 미래가 우리 삶의 자연스러운 영역인 이유는 시간을 바로 이 매개변수에 따라 표시하는 언어를 우리가 사용하기 때문이다. 그렇다면 진짜 인과관계는 통념과 정반대일지도 모른다. 우리가 시간에 대해 말하는 방식이 시간의 본질적 성질에 의해 제약되는 것이 아니라, 우리가 시간을 가리키고 심지어 개념화하는 방식의 기본값이 언어에 의해 제약될 수도 있다는 것이다. 다시 말하지만 그렇다고 해서 전 세계 사람들이 시간을 물리적으로 다르게 경험한다는 뜻은 아니다.

내가 하는 주장은, 또한 나 이전에 많은 사람이 했던 주장은 그보다 덜 급진적이지만 그럼에도 직관에 어긋날 수 있다. 우리가 시간에 대해 말하는 방식이 시간의 작동 원리에 대한 심적 표현의 기본값에 영향을 미친다는 것 말이다. 이 주장이 참이라면, 즉 영어의 문법적 특징이 우리가 시간 진행을 개념화하는 데 영향을 미치거나 적어도 시간을 가리키는 방법을 결정한다면 우리는 모든 언어가 시간을 과거, 현재, 미래로 구분하지는 않으리라 예상할 수 있다. 실제로 전 세계 언어의 상당수는 시간을 이 범주로 나타내지 않는다. 뒤에서 내가 현장 연구를 실시한 언어들을 소개하겠지만, 실제로 전 세계 언어의 많은 문법에서는 시간 범주가 과거, 현재, 미래가 아니다.

우리가 지난 수십 년간 언어에 대해 배운 많은 것은 전 세계 토착 집단에 대한 연구를 토대로 한다. 현대의 언어학 현장 연구는 다양한 과제로 이루어지는데, 기본적 실험을 실시하고 정량적 패턴을 찾기 위해 음향 데이터를 분석하는 일도 여기에 포함된다. 하지만 이런 현장 연구의 방법에는 간단해 보이지만 실제로는 복잡한 고전적 접근법이 여전히 포함되는데, 이를테면 밀림 오지의 언어를 유창하게 구사하는 사람과 마주 앉아 질문을 던지는 것이다. 전 세계 언어에 나타나는 현상들에 대해 교실과 도서관에서 다년간 선행 연구를 진행하여 질문에 살을 붙일 수 있다면 금상첨화다. 그러고 나면 현장 연구에 궁극적으로 필요한 것은 머나먼 오지에서 사람들과 이야기하고 녹음하는 일뿐이다.

내 현장 연구는 대부분 '카리티아나어Karitiâna'라는 언어에 대한 것이었는데, 이것은 아마존 남부의 한 부족이 쓰는 언어다. 내 연구 이전과 이후에도 이 매혹적인 언어를 연구한 사람들이 있다. 박사 학위를 준비하던 2000년대 중반의 약 2년간 나의 하루 일과는 카리티아나어 구사자의 도움을 받아 그 언어의 미묘한 성격을 탐구하는 것이었다. 이 현장 연구는 아마존 토박이 화자와 마주 앉아 질문을 던지는 것이 전부일 때도 있었다.[1]

이 과제가 간단하게 들릴지도 모르겠지만 정신적으로는 고달픈 면도 있었다. 언어학 현장 연구자들은 이런 연구가 보람이 있긴 해도 기력을 고갈시킨다는 데 동의한다. 성인이 되어 외국어를 배우려고 시도해본 사람이라면 책, 유튜브 동영상, 챗GPT 예문, 그 밖에 어떤 오만가지 요긴한 도구가 있어도 외국어 학습이 쉽지 않은 일임을 알 것이다. 심지어 영어 구사자가 독일어를 배울 때처럼 자신의 모어와 밀접한 관계가 있는 언어를 공부할 때도 마찬가지다. 위와 같은 도구 없이 낯선 언어를 기술하고 말하는 것은 고역일 수 있다. 내 경우는 앞선 언어학자들의 연구로부터, 특히 카리티아나어의 특징을 기록한 선교사들에게서 막대한 도움을 받았다. 그럼에도 막막할 때가 많았다. 벌레가 들끓고 어수선한 열대의 더위 속에서 암호를 해독하는 심정이었다.

이런 현장 연구가 신나는 순간으로 이어질 때도 있다. 암호를 풀어 일반적 언어 이해에 이바지할 통찰을 얻은 듯한 기분이 드는 때였다. 카리티아나어가 시간을 가리키는 방식을 더 깊이 이해하기 시작했을 때가 그랬다. 카리티아나어는 어떤 면에서 '특이 유형'이어서 전 세계 어느 언어와도 공통점이 없다. 카리티아나어가 시간을 기술할 때 특이한 점 중 하나는 시제, 즉 우리가 '과거, 현재, 미래'라고 생각하는 것을 처리하는 방식에서 잘 볼 수 있다. 카리티아나어 작별 인사를 살펴보자(직역하면 "나는 갈 것이다"라는 뜻이다).

(1) ytakatat-i yn
    "갈게."

여기서 용언 ytakatat는 "나는 간다"라는 뜻이다. 용언에 붙은 접미사 '-i'는 해당 작용이 아직 일어나지 않았음을 의미한다. 이에 반해 아래 예문은 "나는 갔다"라고 말하는 문장이다.

(2) ytakatat yn
    "나는 갔다."

앞으로 보겠지만 이 경우에는 용언에 접미사 '-i'가 붙지 않는다. 그렇다면 카리티아나어는 접미사를 붙여 과거 시제를 나타내는 게 아니라 과거 시제가 기본값이라고 생각할 수 있다. 어떤 면에서는 사실이다. 하지만 "나는 간다"를 뜻하는 카리티아나어 문장에서는 이 설명이 성립하지 않는다.

(3) ytakatat yn

　　　"나는 간다."

보다시피 위 카리티아나어 문장은 "나는 갔다"의 경우와 같다. 용언이 불규칙 변화를 하는 것도 아니다. 이런 예를 수도 없이 들 수 있다. 용언 '가다'는 카리티아나어 기본 시제 체계가 어떻게 작동하는지 보여준다. 이 체계는 미래에 일어날 사건을 과거에 일어난 사건**이나** 현재에 일어나는 사건과 구분한다. 카리티아나어 시제에서는 과거와 현재가 구별되지 않는다. 물론 카리티아나어 구사자도 현재 일어나는 사건과 과거에 일어난 사건을 구별한다.

하지만 일부 언어와 마찬가지로 카리티아나어는 '미래 대 비미래'라는 이분법적 시제 체계를 채택했다. 영어나 포르투갈어 문장을 카리티아나어로 번역하려면 세 가지 시제를 두 가지 시제에 욱여넣어야 한다. 반대로 대부분의 카리티아나어 구사자는 포르투갈어를 배워야 하는데 그들은 비미래라는 한 가지 시제가 포르투갈어에서 현재와 과거라는 두 가지 시제로 나뉜다는 사실에 유의해야 한다.

여기서 요점은 카리티아나어가 특이하다는 게 아니다. 영어를 비롯한 많은 언어가 3시제 체계지만, 2시제 체계인 언어도 있으며 그중에는 '미래/비미래'가 아니라 '과거/비과거' 체계를 쓰는 것도 있다. 카리티니아어의 미래/비미래 시제가 낯설게 느껴지는 것은 카리티니아어 자체가 낯설기 때문이라기보다는 언어가 어떻게 작동해야 하는가에 대한 우리 자신의 선입견 때문인지도 모른다. 우리는 영어 같은 3시제 언어에 친숙하기 때문이다.

일반적으로 낯선 언어의 특징을 지각할 때는 자신이 유창하게 구사하는 언어의 특징을 기준으로 삼게 마련이다. 이것은 현장 언어학자들이 뼈저리게 자각하는 사실이기도 하다. 현장 언어학자들은 언어의 특징을 추측할 때 자신의 모어가 아니라 훨씬 폭넓은 관점에서 언어에 대해 알려진 것을 근거로 삼으려고 노력한다. 그렇더라도 현장 연구자의 모어는 위어드 민족이 구사하는 인도유럽어가 대부분이다.

모든 언어가 두세 개의 시제를 가진 것은 아니다. 문법 시제가 아예 없는 언어가 있는가 하면 넷 이상인 언어도 있다. 이 스펙트럼 위에 있는 점을 몇 개 더 살펴보자. 중국어는 접미사와 접두사가 거의 없어서 엄밀히 말하자면 용언이 시제에 따라 굴절하지 않지만 낱말을 통해 간접적으로 시제를 나타낼 수 있다. 시제가 없는 언어의 예로는 유카텍마야어Yucatec Maya, 버마어Burmese, 파라과이의 과라니어Guaraní(카리티아나어와 먼 천척뻘) 등이 있다. 다음은 시제가 없는 유카텍마야어의 예문이다(번역문에서 보듯 시제가 모호하다).

(4) túumben lenaho'

"집은 새것이다/새것이었다/새것이 될 것이다."

여기서 용언 túumben은 '새것이다'라는 뜻이며 영어 어순과 반대로 문장 맨 앞에 온다. 여기서 요점은 집이 예전에 새것이었든 지금 새것이든 앞으로 새것이 될 것이든 마야어 문장에 아무 변화도 일어나지 않는다는 것이다. 이 패턴은 무시제 언어의 특징이다.[2]

시제 스펙트럼의 반대쪽 끝에는 시제가 네 개 이상인 언어가 있다. 가장 극단적인 사례는 아마존 언어인 야과어Yagua로, 시제가 무려 여덟 개다. 다섯 가지 시제가 과거를 촘촘하게 나눈다. '먼 과거'를 가리키는 시제가 있는가 하면, 한 달 전과 한 해 전 사이에 일어난 사건을 가리키는 시제, 일주일 전과 한 달 전 사이에 일어난 사건을 가리키는 시제, 일주일 전쯤에 일어난 사건을 가리키는 시제, 어제나 화자가 말하는 그날 일어난 사건을 가리키는 시제도 있다. 현재 시제도 있는데, 지금 막 일어날 참인 사건을 가리키는 시제와 더 먼 미래에 일어날 것으로 예상되는 사건을 가리키는 시제가 따로 있다. 아래의 두 예문을 살펴보자.

(5) sadíí-siymaa

"그는 죽었다(일주일 전과 한 달 전 사이에)."

(6) sadíí-tíymaa

　　　　1장 과거가 앞에, 미래가 뒤에 있다고?

"그는 죽었다(한 달 전과 한 해 전 사이에)."

두 예문에서 'sadíí'는 얼추 "그가 죽다"라는 뜻이다. 접미사가 달라지면 죽음이 언제 일어났는지 대략적으로 알 수 있다. 야과어의 다섯 가지 과거 시제 중 두 가지를 위의 접미사로 나타낼 수 있다. 사건이 과거에 언제 일어났는지보다는 미래에 언제 일어날 것인지를 더 세세하게 구분하는 언어도 있다.

이 몇 가지 사례만 보아도 서술되는 사건이 '언제' 일어나는지를 문법적으로 나타내는 방법이 언어마다 천차만별임을 알 수 있다. 이 문법들은 사건이 발화 시점을 기준으로 언제 일어났는지 서술할 때 형태소(접미사, 접두사, 보조용언 같은 유의미한 의미 덩어리)를 쓸 수도 있고, 쓰지 않을 수도 있다. 형태소를 써야 한다는 요건이 없더라도 시제 체계에 어떤 시간 범주가 포함되느냐에 따라 차이가 있을 수 있다.

시간의 경과를 문법적으로 가리키는 방법이 언어마다 사뭇 다르므로 이런 언어의 구사자가 과연 시간에 대해 다르게 생각하는지 궁금할 만도 하다. 이를테면 카리티아나어 구사자는 영어 구사자에 비해 과거 행위와 현재 행위를 시간적으로 더 비슷하게 여길까? 두 행위 다 비미래 사건으로 간주되니 말이다. 이 물음의 답에 도달하는 것은 까다로운 일이다. 정교한 실험이 필요한데, 실험실에서가 아니라면 만만한 일이 아니다.

몇몇 인지심리학자는 이런 시제 구분이 인간의 비언어적 시간 지각에 유의미한 영향을 미친다는 주장에 회의적일 것이다. 인간은 여느 동물과 마찬가지로 오래된 생물학적·신경생물학적 하드웨어를 써서 시간 진행을 얼추 비슷하게 지각하니 말이다. 하지만 이런 생물학적 동질성이 있다고 해서 언어적 차이가 시간 구별에 어떤 영향도 미치지 않는다는 뜻은 아니다. 이 장에서 차차 보겠지만 문법 시제 이외의 영역에서 언어가 시간을 다루는 이질적 방법들이 화자의 시간 지각에 미묘하게 영향을 미친다는 증거가 있다. 그러므로 문법 시제의 언어 간 변이가 해당 언어 구사자에게 미세한 인지적 영향을 미칠 가능성은 얼마든지 있다.

물론 데이터가 부족하더라도 학자들은 과감하게 추측하고 가설을 수립한다. 일부 언어에 시제가 없는 이유에 대해서도 많은 추측과 가설이 제시되었다. 여러 추측의 근거가 된 가장 유명한 사례로 호피어Hopi가 있다. 호피어 구사자는 현재 6000명가량이다. 호피족 보호구역은 사막 고원에 자리 잡고 있으며 애리조나 북동부 나바호족 보호구역에 둘러싸여 있다. 피닉스에서 17번 주간 고속도로를 타고 소노라 사막에서 나와 몇 시간만 가면 사막 고지대에 있는 호피족 보호구역에 닿을 수 있다. 호피족 보호구역이 가까워지면 더 높은 탁상지 고원인 메사mesa가 잇따라 나타난다. 호피족은 적어도 17세기 후반 이래 메사 위에서 살았다. 스페인 정착민과의 전투에서 패해 밀려난 것이었다. 메사의 적갈색 표면과 퍼석퍼석할 정도로 건조한 주변 공기는 카리티아나족이 사는 푸릇푸릇하고 축축한 지대와 극명한 대조를 이룬다.

그럼에도 나는 호피족 거주지를 방문하고서 두 문화의 유사성에 깊은 인상을 받았다. 카리티아나족을 비롯하여 전 세계 다양한 생태계에서 절멸 위기 언어를 구사하는 많은 부족과 마찬가지로 호피족은 수백 년간 궁벽하고 궁색한 삶을 강요받았다. 경제적으로도 카리티아나족을 비롯한 많은 부족과 비슷했는데, 자신들의 외딴 보호구역을 통과하거나 근처를 지나가는 관광객들에게 자신의 문화를 대표하는 공예품을 판매하여 먹고살았다. 많은 호피족은 카리티아나족과 마찬가지로 자신이 물려받은 언어적·문화적 유산을 적극적으로 간직한다. 오늘날 호피어만 쓰는 단일어 구사자는 수십 명에 불과하지만 호피어와 영어 둘 다 능통한 사람도 일부 남아 있다. 카리티아나족도 상당수가 이중 언어 구사자로, 포르투갈어에 유창하다. 경제적 헤게모니를 쥔 주변 단일어 집단과 교류해야 하는 상황에서도 이런 집단이 모어를 간직할 수 있는 것은 이중 언어를 구사하기 때문이다.

20세기 초 벤저민 워프Benjamin Whorf라는 언어학자가 호피족 보호구역을 지나갔다. 호피어에 대한 그의 지식은 대부분 뉴욕에 사는 호피어 구사자에게 배운 것이었다. 워프는 조사를 통해 호피어 구사자들이 시간의 경과에 대해 어떻게 서술하고 (논란의 여지가 더 크게는) 어떻게 생각하는지에 대해 급진적 결론에 도달했다. 워프의 연구는 결국 언어가 구사자의 비언어적 생각에 지대한 영향을 미친다는 가설로 이어졌다. 이 가설을 다시 들여다보거나 언어학, 인류학, 철학 같은 분야에서 수십 년간 불쑥불쑥 터져나온 여러 논쟁을

복기하고 싶지는 않다. 하지만 워프의 가장 유명한 주장 하나는 되짚어볼 만하다.

> 호피어와 자기 사회의 문화적 개념만 아는 호피족이 시간과 공간에 대해 우리가 가진, 또한 일반적으로 보편적이라고 간주되는 직관을 가졌으리라 가정하는 것은 쓸데없는 짓이다. 무엇보다 그는 우주의 모든 것이 똑같은 속도로 미래에서 나와 현재를 통과하여 과거로 나아가는 매끄러운 흐름의 연속과 같은 **시간** 관념이나 직관을 전혀 가지고 있지 않다. 오랫동안 면밀히 분석해보니 호피어는 우리가 **시간**이라고 부르는 것, 즉 과거, 현재, 미래를 직접 가리키는 낱말, 문법 형식, 구문, 어구가 전혀 없는 듯하다.[3]

워프의 연구가 발표된 뒤 어떤 언어학자들은 호피어 화자가 시간을 가리킬 수 있다는 사실을 밝혀냈다. 그런가 하면 또 어떤 학자들은, 이를테면 시카고대학교의 심리학자이자 언어학자 존 루시 John Lucy는 그런 반박이 과녁을 빗나갔으며 호피어의 시간 지칭에 대한 워프의 견해를 왜곡했다고 주장했다.[4] 어쨌든 호피어가 과거, 현재, 미래 범주를 영어 같은 언어만큼 일관되게 가리킨다고 주장하긴 힘들다. 이러한 시제의 언어 간 차이가 사람들의 전반적 시간 지각에 영향을 미치는지, 미친다면 얼마나 미치는지는 여전히 미해결 과제다.

하지만 분명한 것은 영어, 호피어, 야과어, 카리티아나어 같은 언어들이 시제를 저마다 다르게 부호화한다는 사실이며, 이 때문에

1장 과거가 앞에, 미래가 뒤에 있다고?

사람들이 말할 때 시간 경과를 관념적으로 분절하는 방법도 저마다 다르다. 다음 절에서 보겠지만, 시제 차이 이외에도 시간의 부호화와 관련된 다른 언어적 차이로 인해 사람들이 (심지어 말하지 않을 때조차) 시간에 대해 생각하는 방식에서 실제로 차이가 발생한다. 이와 관련된 언어적 차이는 (전부는 아니지만) 일부 언어에서 시간에 대해 곧잘 구사하는 갖가지 은유와 관계가 있다.

시간은 어디에 있을까?

시제 구분이 사람들의 실제 시간 지각을 얼마큼 반영하거나 영향을 미치는지는 여전히 불확실하지만 다양한 언어의 구사자들이 저마다 시간에 대해 다르게 생각하는 것은 분명하다. 모든 사람이 시간을 얼추 비슷하게 경험할지도 모르지만 시간 경과를 파악하는 인지 전략은 인구집단마다 다양하며 이 전략은 언어적으로 부호화되어 후대의 언어 학습자에게 영향을 미칠 수 있다. 이를테면 '시간의 경과passing of time'라는 구절(영어 특유의 표현으로, 많은 언어에 비슷한 표현이 있지만 모든 언어에 있지는 않다)은 시간에 대한 생각을 공간적으로 부호화한다. '시간의 경과'는 시간이 우리를 통과하여 지나가거나 우리가 시간을 통과하여 지나가는 것처럼 묘사하지만, 실제 물리적 의미에서는 둘 다 성립할 수 없다. 우리는 시간을 통과하지 못하며 시간도 우리를 통과하지 못한다. '시간의 경과'처럼 움직임과 공간을 토대로 시간을 서술하는 전략은 본질상 은유적이다. 이와 관련된 은유가 언어적으로 보편적인 경우는 드물다. 이를테면 카리티아나어에서는 시간의 '경과'를 가리킬 방법이 없다.

시간에 대한 은유가 다르면 시간을 구별하는 방법도 (사람들이 설령 그런 은유를 말로 표현하지 않을 때조차) 다를까? 이 문제를 둘러싸고 약간의 논쟁이 벌어지긴 했지만 현재 최선의 답은 단답형으로 '그렇다'인 듯하다. 더 까다로운 문제는 다양한 문화에서 사람들이 시간을 개념화하는 방법이 언어와 은유로 인해 달라진다는 것이 일상생활에서 그렇게나 중요한 문제냐는 것이다. 이 절의 목표는 시간에 대한 은유의 언어적 차이에서 생겨나는 관념적 차이에 대해 독자가 감을 잡도록 하는 것이다. 하지만 더 중요한 목표는 아마존, 뉴기니, 안데스산맥 같은 장소에서 관찰된 현상들이 인간의 시간 해석에 대한 인지과학자들의 현재 논쟁에 결정적 영향을 미쳤다는 단순하고도 논란의 여지가 적은 사실을 강조하는 것이다.

하지만 이와 관련된 비교언어 데이터를 파고들기 전에 간단한 실험을 해보자. 작은 물체 세 개가 필요한데, 볼펜 세 자루도 괜찮다 (원한다면 머릿속에서 물체를 상상하면서 실험을 따라갈 수도 있다). 볼펜 하나를 당신 앞에 있는 평평한 표면에 놓는다(책상도 괜찮다). 이 볼펜이 낮을 나타낸다고 하자. 낮은 모든 인류 문화에서 친숙한 개념 아닌가. 또 다른 볼펜은 저녁을 나타낸다고 하자. '저녁' 볼펜을 '낮' 볼펜과 같은 표면에 놓되 낮 볼펜보다 '나중'으로 보이는 위치에 둔다. 마지막으로, 세 번째 볼펜은 '밤'을 나타낸다. 이 볼펜도 같은 표면에 놓는다. '낮', '저녁', '밤'을 나타내는 세 자루 볼펜 모두가 '가장 먼저'부터 '가장 나중'까지 논리적 순서에 따라 놓이게 한다.

여기에 정확한 순서는 있을 수 없지만 당신에게 더 자연스럽게 느껴지는 순서는 있을 것이다. 당신이 여느 영어 구사자와 같다면 자연스러운 순서는 '저녁' 볼펜의 왼쪽에 '낮' 볼펜을 놓고, '저녁' 볼펜의 오른쪽에 '밤' 볼펜을 놓는 것이다. 이 순서는 시간을 왼쪽에서 오른쪽으로 움직이는 것처럼 표현한다. 시간 진행을 이렇게 공간적으로 투사하는 데는 명확한 문화적·언어적 이유가 있다. 그것은 영어 구사자가 글을 읽는 방향이다. 당신이 이 글을 읽을 때 읽기의 미래 순간들은 임의의 순간에 당신의 주시점(어떤 대상을 볼 때 시력의 중심이 가 닿는 점—옮긴이) 오른쪽에 있는 반면에 읽기의 과거 순간들은 주시점 왼쪽에 있다.

읽기 방향은 우리가 시간 경과에 대해 생각하는 방식에 영향을 미치는 많은 언어 관련 요인 중 하나다. 왼쪽에서 오른쪽으로 쓰는 언어를 구사하는 사람은 시간상의 순간들을 나타낼 때 볼펜(또는 다른 물체)을 왼쪽에서 오른쪽 순서로 배열한다. 더 흔하게는 시간 진행에 대한 기본적인 기호 표현(이를테면 달력이나 시간표)에서 마치 시간이 왼쪽에서 오른쪽으로 움직이는 것처럼 순서를 매긴다. 이에 반해 아랍어나 히브리어처럼 오른쪽에서 왼쪽으로 쓰는 언어를 구사하는 사람은 방금 실험의 과제를 정반대 순서로 수행한다.[5]

오스트레일리아의 언어를 연구하는 한 언어학자는 시간을 구별하는 또 다른 방법을 제시했다. 이 방법은 시간의 이동을 표현할 때 왼쪽에서 오른쪽으로, 또는 오른쪽에서 왼쪽으로처럼 사람의 몸을 기준으로 삼지 않는다. 우리의 원래 방법은 '자기중심' 모형이라고 불린다. 시간 '이동'의 공간 정위spatial orientation(위치와 방향을 파악하는 것—옮긴이)를 해석하는 사람이 중심에 있기 때문이다. 하지만 시간 진행의 모형이 반드시 자기중심이어야 하는 것은 아니다. 지구중심 모형도 있다. 이것은 자연의 지형지물을 근거로 삼는다.

방금 언급한 오스트레일리아의 언어학자 앨리스 개비Alice Gaby는 시간을 지구중심으로 서술하는 방법을 소개했다. 이것은 오스트레일리아 북부 케이프요크반도의 토착어 쿡타요르어Kuuk Thaayorre 구사자들에게서 볼 수 있다. 개비의 동료 중에는 언어가 생각에 미치는 영향을 검증하는 새로운 방법을 개척한 인지심리학자 레라 보로디츠키Lera Boroditsky가 있었는데, 쿡타요르어에 대한 둘의 연구는 시간 경과에 대해 생각하는 또 다른 방법에 사람들의 이목을 끌었다. 전 세계의 많은 언어와 마찬가지로 쿡타요르어에서는 '주', '시', '분'처럼 우리에게 자연스러워 보이는 시간 단위를 나타내는 낱말이나 어구를 전혀 찾아볼 수 없다. 실은 대부분의 언어에서 이런 개념을 찾아볼 수 없다. 이 개념들은 비교적 최근에 도입된 것으로, 특정 종류의 수 체계에 부수적이다. 언어적·문화적 관습들의 협소한 집합에서 생겨나 20세기 들어서야 여러 언어에 전파되었다.

쿡타요르어는 이런 용어는 없지만, 자연 현상과 관계가 있고 문화에 부수적이지 않은 시간 단위를 나타내는 낱말이 있다. 이런 낱말로는 계절과 날의 순환을 나타내는 낱말과 '오늘', '내일', '곧', '오래전' 같은 기본적 시간 개념을 나타내는 낱말 등이 있다. 더 흥미로운 사실은 시간을 태양의 움직임에 빗대어 표현한다는 것이다. 개비에 따르면 그들은 늦은 아침과 한낮을 가리킬 때 'raak pung putpun(해가 중천에 솟은 때)'이라고 말한다. 저녁을 가리킬 때는 'pung kaalkurrc(해가 식은 때)'라고 말한다. (아래에서 논의할 아마존 언어를 비롯한) 몇몇 언어와 마찬가지로 시간을 가리키는 어구는 태양이 하루 동안 호를 그리며 '이동'하는 것에 결부되어 있다. 이 시간 기준은 우리의 시와 분처럼 규칙적이거나 정량적이지는 않지만 비슷한 역할을 한다.[6]

쿡타요르어 같은 사례에서 무엇보다 흥미로운 점은 이것이다. 이 언어의 구사자가 시간에 대해 생각하는 방식은 자기 주변 공간에 대해 말하는 방식과 관계있는 것처럼 보인다. 그들은 방위cardinal direction(상하좌우의 상대적 방향과 대조되는 동서남북의 절대적 방향—옮긴이)를 태양의 움직임에 빗대어 가리킬 때가 많다. 이를테면 '-kaw'는 동쪽을 나타내고 '-kuw'는 서쪽을 나타낸다. 이 체계는 심지어 조그만 물체들의 배열을 묘사할 때에도 쓰인다. 이를테면 우리는 어떤 물체가 다른 물체의 '왼쪽'에 있다고 말하지만 쿡타요르어 구사자는 '서쪽'에 있다고 말한다. 영어 같은 언어와 달리 쿡타요르어는 '왼쪽'과 '오른쪽'을 자기중심 용어로 표현하지 않기 때문이다. 많은 사람들의 생각과 달리 영어 같은 자기중심 용어는 전 세계 언어에서 별로 흔하지 않은데, 이 점은 2장에서 다시 살펴볼 것이다. 그 대신 방위와 태양의 움직임이 물체의 위치를 묘사하는 데 필수적이며 태양의 움직임은 시간을 가리키는 방법과도 관계있다. 쿡타요르어는 구사자에게 지구중심, 또는 심지어 태양중심 모형을 요구한다고 말할 수 있다.[7]

　문화적·언어적 지구중심 편향은 사람들이 시간을 (심지어 비언어적 과제를 수행할 때조차) 어떻게 해석하는지에 영향을 미칠 수 있다. 이를 검증하기 위해 개비와 보로디츠키는 간단한 실험을 실시했다. 당신이 방금 볼펜으로 시도한 간단한 사고실험과 별반 다르지 않다. 두 사람은 쿡타요르어와 그 밖의 동계어가 쓰이는 외딴 폼푸라우Pormpuraaw 마을에서 실험을 진행했으며 미국에서 영어 구사자를 상대로도 실시했다.

　실험에는 몇 가지 변형이 있지만 기본 과제는 다음과 같다. 시간 경과를 명확히 나타내는 일련의 사진을 피험자들에게 제시한다. 이를테면 어떤 사진에는 사람이 늙어가는 모습이 담겨 있다. 같은 사람을 생애의 네 시점에 찍은 사진 넉 장을 피험자들에게 보여준다. 또 다른 사진들에는 무정물이 담겨 있다. 이를테면 바나나가 익고 껍질이 벗겨지고 먹히는 장면이다. 각각의 사진을 피험자에게 따로따로 준다. 그런 다음 실외에서 사진 넉 장을 사진에 표현된 '가장 이른/어린' 단계에서 '가장 낡은/늙은' 단계대로 배열하라고 주문한다. 결코 방법을 구체적으로 알려주지는 않는다. 그래서 사진을 배열하는 전략은 전적으로 피험자의 재량에 따라 선택된다.

　영어 구사자들은 거의 예외 없이 같은 전략을 쓴다. 사진을 왼쪽에서 오른쪽 순서로 배열하는데, '가장 이른/어린' 단계를 나타내는 사진을 가장 왼쪽에, '가장 낡은/늙은' 단계를 나타내는 사진을 가장 오른쪽에 놓는다. 이에 반해 폼푸라우 피험자들의 순서는 첫눈에 마구잡이처럼 보인다. 사진을 오른쪽에서 왼쪽으로 배열하는가 하면 자기 몸으로부터의 거리에 따라 배열하기도 한다. 이를테면 이른/어린 사진을 몸 가까이, 낡은/늙은 사진을 멀리 놓는다. 반대도 가능해서, 어떤 사람들은 사진을 몸 쪽으로 줄 세우면서 낡은 사진을 가까이 놓는다.

당신은 쿡타요르어에서 방위가 우세하다는 이야기를 방금 들었으므로 그들이 선택한 순서가 결코 무작위가 아니라는 직감이 들었을 것이다. 영어 구사자와 대조적으로 절대다수의 폼푸라우 피험자가 물체를 배열하는 순서는 '동쪽에서 서쪽으로'다. 이른/어린 사진은 동쪽에, 낡은/늙은 사진은 서쪽에 놓는다. 물체의 순서가 첫눈에 마구잡이처럼 보이는 것은 왼쪽에서 오른쪽으로, 또는 오른쪽에서 왼쪽으로 일관되게 놓이지 않았기 때문이다. 순서는 각 피험자가 과제를 수행할 당시에 어느 방위를 바라보고 있느냐에 따라 달라진다. (실제로 개비와 보로디츠키는 실험을 진행하는 동안 방위에 변화를 주었다.) 피험자들이 북쪽을 바라보고 있으면 순서는 오른쪽에서 왼쪽으로인 것처럼 보이며 남쪽을 바라보고 있으면 왼쪽에서 오른쪽으로인 것처럼 보인다. 동쪽을 바라보고 있으면 이른/어린 사진은 몸에서 멀리 놓으며 서쪽을 바라보고 있으면 순서가 뒤집힌다.

이런 간단한 실험 결과(또한 관련된 민족지학·언어학 데이터)로 알 수 있는 것은 쿡타요르어 구사자들이 시간에 대해 우리와 다르게 생각한다는 사실이다. 이 차이에는 언어 요인과 그 밖의 문화 요인이 반영된 듯하다. 영어 구사자는 쿡타요르어 구사자들이 자라는 환경과 비슷한 환경에서 자라더라도 지구중심 전략이 아니라 왼쪽-오른쪽 전략을 쓰기 때문이다. 쿡타요르어 구사자의 '방위적' 시간 감각이 오로지 생태 요인(이를테면 화창한 야외에서 자랐다는 사실)에서만 비롯하지 않은 것은 분명하다. 그럼에도 세계의 특정 지역에서는 이런 전략이 발달할 가능성이 희박해 보인다. 하지만 시간 경과를 태양의 움직임에 빗대어 생각하는 궁극적 이유가 무엇이든 일부 문화의 구성원이 시간을 개념화하는 방식이 우리와 사뭇 다르다는 것은 분명하다. 개비 같은 현장 연구자들이 케이프요크반도 같은 곳에서 언어 현상을 애써 기록하지 않았다면 이런 특이한 개념화는 결코 인지과학자들의 관심을 끌지 못했을 것이다.

쿡타요르어 구사자는 이른 사건이 동쪽에서 일어난다고 생각할지는 모르지만 과거에 일어난 사건을 가리킬 때 "그것은 동쪽에서 일어났다"라는 식으로 말하지는 않는다. 미래에 일어날 사건을 가리킬 때 "그것은 서쪽에서 일어났다"라고 말하지도 않는다. 이와 대조적으로 많은 언어에는 시간과 공간 사이에 더 직접적인 언어적 대응 관계가 있다. 이를테면 영어에서는 "힘겨운 시간을 **지났어**(I *went* through a tough time)"라거나 "인생의 그 국면을 무사히 **통과했어**(I *made it through* that period of life unscathed)"라고 말한다. 자신이 시간을 통과하는 것처럼 말하든 시간이 자신을 통과하는 것처럼 말하든 우리는 끊임없이 시간을 공간적 대상으로 지칭한다. 미래는 우리 앞에 놓여 있고, 과거는 우리 뒤에 놓여 있다.

시간에 대한 이 근본적이고 널리 퍼진 은유가 영어에 반영된 예를 몇 개 더 살펴보자. "다음 시즌을 오매불망 **기다리고** 있어(I'm really *looking forward* to next season)." "당신이 그 일을 **뒤로하고** 앞으로 **다가올** 좋은 일들에 집중할 수 있게 되어 다행이야(I'm so glad that's *behind* you and that you can focus on all the good things *coming your way*)." "장담컨대 당신 삶에서 가장 좋은 시절은 **당신 앞에** 놓여 있어(The best days of your life are *ahead of you*, I promise)." 이 밖에도 많다.

시간을 이렇게 공간적으로 해석하는 데는 두 가지 주된 이유가 있다. 하나는 시간이 본질적으로 추상적이라는 것이다. 우리 마음은 손에 잡히지 않는 것을 손에 잡히는 것에 빗대어 파악하려는 경향이 있는데, 공간에 놓인 물체는 구체적이고 손에 잡힌다. 그러니 과거 사건과 미래 사건을 우리가 접하는 각각의 물체로 생각하는 게 유리하다. 사실 얼마 전까지만 해도 사람들은 모든 인류 집단과 모든 언어가 시간을 공간에 대응시키는 은유를 쓴다고 믿었다. 어떻게든 공간에 빗대지 않고서는 시간에 대해 생각할 수 없다고 믿었다. 그런데 이 장 후반부에서 보겠지만 아마존 언어 구사자들에 대한 연구가 이 믿음에 이의를 제기했다.

방금 언급한 것은 시간을 공간적으로 해석하는 두 가지 이유 중에서 일반적 이유다. 영어에서는 시간에 대한 구체적인 공간적 은유가 관찰되는데, 두 번째 이유는 이와 관계있다. 영어에서는 미래가 화자 앞에 놓여 있고, 과거가 화자 뒤에 놓여 있다. 그 이유는 걸기,

더 일반적으로 말하자면 이동 때문이다. 우리는 걸을 때 앞으로 이동한다. 그러므로 발걸음을 내디딘 시간은 물리적으로 우리 뒤에 있다고 이해할 수 있다. 반대로 다음 발걸음의 위치는 말 그대로 우리 앞에 있으며 다음 움직임을 나타낸다. 이렇듯 이동의 기본적 사실들은 시간을 은유적으로 묘사할 자연스러운 근거가 된다. 하지만 시간이 실제로 움직이거나 우리가 실제로 시간을 통과하는 것은 아니다. 미래 사건이나 과거 사건이 실제로 우리 주변 공간에 존재하는 것도 아니다. 우리가 뒤로 걸어도 미래의 '위치'는 달라지지 않는다.

영어 구사자들은 시간 진행을 가리킬 때 언어의 앞뒤 공간 은유를 이용하거나 문자와 달력 같은 비언어적 기호 표현에서 볼 수 있는 좌우 공간 은유를 이용한다. 일부 잠정적 실험 증거에 따르면 우리가 시간을 나타내는 구어 전략과 그 밖의 언어적 전략은 시간을 묘사하는 기호나 낱말을 이용하지 않을 때조차 생각에 영향을 미친다. 내가 좋아하는 실험 증거는 린든 마일스Lynden Miles가 이끄는 심리학자 연구진의 간단한 과제에서 도출되었다.

연구진은 **시간감각**chronesthesia의 효과를 보여주는 증거를 찾고 싶었다. 시간감각은 시간을 통과하는 주관적 움직임의 감각으로, 인류에게만 있다고 추정된다. 연구진은 영어를 구사하는 피험자 20명을 간단한 실험에 참여시켜 한 번에 한 명씩 과제를 수행하도록 했다. 피험자들은 눈을 가렸으며, 몸이 앞뒤로 기울어지는 것을 감지하는 동작 센서를 장착했다. 그런 다음 피험자에게 앞으로 4년 뒤의 삶이 어떨지 상상하라고 주문하거나 4년 전의 삶이 어땠는지 회상하라고 주문하고서 몸의 기울기를 측정했다.

실험 결과는 명확했다. 미래에 대해 생각할 때면 몸이 미세하게 앞으로 기울어졌으며, 과거에 대해 생각할 때면 살짝 뒤로 기울어졌다. 기울기는 동작 센서가 없었다면 감지할 수 없을 만큼 미미했기에, 일상적 상호작용에서는 이런 행동을 감지할 수 없을 것이다. 사실 대부분의 경우 몸이 기울어진 정도는 3밀리미터를 넘지 않았다. 게다가 이 결과는 후속 연구에서 재현되지 않았는데, 내가 '잠정적' 증거라고 덧붙인 것은 이 때문이다.[8]

연구진이 영어 구사자만 실험 대상으로 삼은 탓에 당신은 '미래는 앞에 있다' 은유가 시간에 대해 생각하는 자연스러운 방법이라는 인상을 받았을지도 모르겠다. 하지만 다양한 언어 구사자들에게서 수집한 증거는 이 결론을 반박한다. 알고 보면 시간을 공간에 빗대어 서술하는 방식은 언어마다 사뭇 다르다. 볼리비아와 페루에서 300만 명 가까운 사람들이 쓰는 안데스산맥 언어인 아이마라어 Aymara의 사례를 살펴보자. 스페인어에 훨씬 뒤지긴 하지만 아이마라어는 아메리카 대륙에서 널리 쓰이는 토착어로 손꼽힌다. 아이마라어에서는 미래가 당신 앞이 아니라 뒤에 있으며 과거가 당신 앞에 있다.[9] 그 증거로, 지나간 시간을 'nayra'라는 낱말(문맥에 따라 '눈', '앞', '시야'를 뜻한다)로 서술하는 아래의 두 가지 어구를 살펴보자.

(7) nayra mara

　"지난해"

(8) ancha nayra pachana

   "오래전"

    첫 번째 어구는 'nayra'의 의미를 바탕으로 'mara(년)'를 번역하면 쉽게 이해할 수 있다. 직역하면 "내가 볼 수 있는 해"이므로 '지난해'라는 뜻이다. 두 번째 어구에는 'ancha(많다)'와 'pachana'라는 낱말이 들어 있다. 'pachana'는 '시간'을 뜻하는 어근 'pacha'와 '안', '위', '옆'을 뜻하는 접미사 '-na'로 이루어졌다. 얼추 번역하면 "내 앞쪽으로 멀리 떨어진 시간"쯤 된다. 이 번역은 아이마라어에서 시간을 바라보는 관점에 어떤 논리가 깔려 있는지 보여준다. 과거는 이미 경험한 것이므로 '볼' 수 있으며 안다. 이에 반해 미래는 그만큼 명확하게 보거나 이해할 수 없다. 우리가 어떤 미래 계획을 세우든 그것은 불확정적이고 막연하다. 하지만 앞에서 보았듯 영어가 시간을 바라보는 관점도 우리의 물리적 삶에 명확한 토대를 둔다. 간단히 말하자면 시간이 공간을 어떻게 통과하는지 해석하는 방법은 여러 가지가 있으며 이 차이는 언어에 반영된다.
    미래가 당신 뒤에 있다는 아이마라어의 시간 은유는 화자의 몸짓에도 반영된다. 이것은 모어의 은유가 생각 과정에 피상적이지 않은 영향을 미치며 적어도 말에 곁들이는 비언어적 행동에서 드러난다는 또 다른 증거다. 영어 화자는 미래 사건을 논할 때 주로 앞을 가리키고(또는 몸짓을 취하고) 과거 사건을 논할 때 주로 뒤를 가리킨다. 이에 반해 아이마라어 화자는 반대 동작을 취한다.

2006년 인지과학자 라파엘 누녜스Rafael Núñez와 이브 스위처Eve Sweetser는 이 곁몸짓 패턴을 입증하는 연구를 발표했다. 두 사람은 수 시간 분량의 아이마라어 대화를 녹화했으며 아이마라어 구사자들과 같은 지리적 영역에 살고 (대략적 정의에 따르면) 같은 문화를 영위하는 스페인어 구사자들의 대화도 녹화했다. 영상을 분석했더니 어떤 화자들은 과거에 대해 말할 때 앞을 가리키거나 미래에 대해 말할 때 뒤를 가리켰으며 둘 다 하는 경우도 있었다. 그런 참가자들은 예외 없이 유창한 아이마라어 구사자였다. 이 몸짓은 모어의 결과처럼 보인다. 이에 반해 같은 환경에서 토박이로 살아온 스페인어 구사자들은 미래에 대해 말할 때는 앞을 가리키고 과거에 대해 말할 때는 뒤를 가리켰다.

시간에 대해 이런 관점을 취하는 언어는 아이마라어만이 아니다. 티베트버마제어에 속하며 중국 윈난성과 쓰촨성의 산악 지대에서 약 100만 명이 쓰는 리쑤어俚僳, Lisu도 같은 은유를 활용한다. 리쑤어에서 과거에 일어난 사건을 가리키는 데 쓰는 어구는 "앞에"로 번역된다. 반대로 "뒤에"로 번역되는 낱말은 공간적 의미로 쓰이지만 미래를 가리킬 때도 쓰인다. 이 은유는 리쑤어뿐 아니라 티베트버마어족에 속한 여러 언어에서 볼 수 있다. 이 시간-공간 연합이 아이마라어와 지구 반대편에 있는 언어들에 존재한다는 사실은 계통 관계가 없는 언어와 문화가 이 시간-공간 대응에 독자적으로 도달했음을 입증한다. 리쑤어와 그 밖의 티베트버마제어의 경우, 다른 행동이나 생각에서 '미래는 뒤에 있다' 은유가 나타난다는 것을 보여주는 실험 증거는 내가 알기에 하나도 없다. 하지만 아이마라어에서 수집한 증거에 비추어 보건대 시간을 바라보는 이 관점은 리쑤족의 비언어적 인지에서도 나타날 가능성이 있어 보인다.[10]

유프노족은 아이마라어와 리쑤어 구사자들처럼 외딴 산악 지대에 사는 원주민 부족이다. 뉴기니 동부 고지대에 살며 그들의 언어는 아이마라어와 마찬가지로 영어와 전혀 다른 시간 은유를 활용한다. 유프노어Yupno에서 미래는 화자의 앞에도 뒤에도 있지 않다. 사실 시간 진행은 전혀 자기중심으로(화자를 중심으로) 언급되지 않는다. 유프노어에서는 미래 사건을 '언덕 위쪽'에 있는 것으로, 과거 사건을 '언덕 아래쪽'에 있는 것으로 지칭한다. 시간 기준에 대한 이 특이한 지형적 근거는 아래 구절에서 뚜렷이 볼 수 있다.

(9) omoropmo bilak

"몇 해 전"

'omoropmo'는 얼추 '언덕 아래쪽'을 뜻하며 'bilak'는 '년'을 뜻한다. 그렇다면 "몇 해 전"은 직역하면 "언덕 아래쪽에 있는 해"다. 이런 특이한 어구를 어떻게 이해해야 할까? 아이마라어와 마찬가지로 유프노어의 시간 기준 사례가 학계의 관심을 끈 것은 라파엘 누네스 연구진 덕이다. 연구진은 2012년 논문에서 이 매혹적인 언어와 약 5000명의 구사자들을 조명했는데, 유프노어 구사자의 몸짓에서도 지형중심 시간선이 인지적으로 우세함을 볼 수 있다고 지적했다. 이를 입증하기 위해 그들은 토박이 유프노어 구사자 27명을 모집하여 과제를 진행했다.

과제는 자기 언어와 문화의 특징에 대해 이야기하는 것이었으며 이 면담은 영상으로 녹화되었다. 화자는 연구자들의 주 관심사가 몸짓(이를테면 과거와 미래를 언급할 때 어디를 가리키는지)이라는 사실을 몰랐다. 결정적으로 화자들은 실내와 실외에서 여러 방향을 바라보며 이야기해야 했다. 이 실험으로 유프노족이 말할 때 쓰는 몸짓을 900개 가까이 기록했으며 이 몸짓들은 연구의 동기를 알지 못하는 독립적 해독가들이 분석했다.

해독가들은 유프노어 구사자들이 시간에 대해 말하면서 어느 쪽을 가리키는지 분석했다. 그랬더니 실외에서 녹화한 인터뷰에서는 뚜렷한 패턴이 나타났다. 유프노어 구사자들은 과거에 대해 몸짓을 취할 때 대체로 언덕 아래쪽을 가리켰다. 이에 반해 미래에 대해 몸짓을 취할 때는 언덕 위쪽, 더 정확히 말하자면 가장 가까운 산줄기를 가리켰다. 이를테면 한 화자는 '어제'를 뜻하는 유프노어 낱말을 발화하면서 그와 동시에 언덕 아래쪽을 마주한 채 앞을 가리켰다. 하지만 언덕 위쪽을 바라보고 있을 때는 '어제'를 뜻하는 같은 낱말을 발화하면서 뒤를 가리켰다. 어제를 가리키는 낱말(apma)을 비롯한 대부분의 시간 관련 낱말과 어구가 주변 지형과 직접적 연관성이 없는데도 그랬다.

데이터에서 보듯 유프노어 구사자는 적어도 실외에 있을 때는 시간에 대해 말과 몸짓을 할 때 시간이 위로 흐르는 것처럼, 즉 골짜기 바닥에서 근처 산줄기 꼭대기를 향해 올라가는 것처럼 한다. 그들이 시간을 바라보는 관점은 공간에 대응하기는 하지만, 개인을 반으로 갈라 미래가 화자의 앞에 있고 과거가 뒤에 있는 수평적 2차원 시간선이 아니라 3차원 공간에 대응한다.[11]

    이런 결과의 함의가 얼마나 큰지는 여전히 논란의 여지가 있지만, 유프노족이 말에서나 곁몸짓에서나 시간을 언덕 위쪽으로 흐르는 것으로 지칭한다는 사실이 확인된 것은 분명하다. 인지과학자들은 영상 녹화와 실험 등을 통해 이 점을 입증했지만, 언어학 현장 연구자들의 선행 연구가 인지과학자들의 관심을 끌어냈다는 사실도 인정해야 한다. 아닌 게 아니라 2012년 논문의 공저자 위르크 바스만Jürg Wassmann은 현장 언어학자로, 약 20년 전 유프노어의 특징을 기록했으며 그의 연구는 결국 여타 분야 학자들의 관심을 끌었다. 이것은 언어학과 인지과학에서 거듭거듭 되풀이된 이야기다. 직업의 성격상 모어와 계통이 다른 절멸 위기 언어를 억지로 배워야 했던 현장 언어학자가 해당 언어의 놀라운 특징을 발견하게 된다는 이야기 말이다. 그들의 발견은 결국 학계에 스며들어 관련 분야에 도달한다. 마지막으로, 연구진이 그 분야에 뛰어들어 오지에서 해당 언어를 배우고 기록하느라 오랜 시간을 보낸 언어학자들의 선구적 연구를 이어받는다. 이런 공생 관계는 지난 수십 년간 인간 인지에 대한 여러 핵심적 발견을 낳았다.

    인간이 시간을 해석하는 공간적 토대에 얼마나 많은 변이가 있는지 밝히는 데 일조한 산악 지대 언어가 또 있다. 첼탈마야족은 치아파스의 거친 숲 지대에서 사는데, 물체나 유정물의 위치를 가리킬 때 다른 사물에 대해 '언덕 위쪽'이나 '언덕 아래쪽'에 있다고 말한다. 여기서 언덕 위쪽의 지시 대상은 얼추 동남쪽에 있는데, 그것은 주변 경관의 고도가 그 방향으로 갈수록 대체로 높아지기 때문이다. 첼탈족은 우리가 영어로 말하는 것과 달리 사물이 다른 사물의 '왼쪽'이나 '오른쪽'에 있다고 말하지 않는다. 2장에서 보겠지만 물체를 공간에서 가리키는 첼탈어Tzeltal 방식은 실제로 전 세계 많은 집단에서 찾아볼 수 있다. 아래 첼탈어 문장을 살펴보자.

(10) ja' y-anil abril te marzo=e ja' y-ajk'ol abril

"3월은 4월의 아래쪽(anil)에 있고 4월은 3월의 위쪽(ajk'ol)에 있다."

이 예문의 모든 낱말과 접미사의 의미를 알 필요는 없다. 요점은 4월이 3월에 대해 'ajk'ol', 즉 '언덕 위쪽'에 있는 것으로 지칭된다는 것이다. 반대로 3월은 4월에 대해 'anil', 즉 언덕 아래쪽에 있는 것으로 지칭된다. 경관에 근거한 이런 시간 기준을 보고 당신은 첼탈족이 유프노족처럼 시간을 위로 올라가는 것으로 생각하고 이런 생각이 미래 사건이나 과거 사건에 대한 몸짓에 나타나리라 예측할 것이다. 하지만 인간의 언어와 인지에 대한 수많은 예측이 그렇듯 이 예측도 성립하지 않는다. 이 가능성을 검증하기 위해 연구자들은 첼탈족을 대상으로 여러 과제를 진행했다. 그중 하나는 쿡타요르어 구사자에게 했던 것과 비슷했는데, 피험자들은 자신이 선택한 공간 구성에 따라 사진을 이른 것에서 낡은 것까지 배열하라는 주문을 받았다.

이 과제에 대한 반응에 따르면 첼탈어 구사자들은 유프노족과 달리 시간이 언덕 위쪽으로 올라간다고 일관되게 생각하지 않는다. 이유는 여러 가지가 있겠지만, 첼탈어 구사자가 시간에 대해 여러 방식으로 말한다는 사실도 그중 하나다. 첼탈어가 시간을 공간에 다양한 방식으로 대응시킨다는 점을 감안하면, 그들이 시간을 언덕 위쪽으로 올라가는 것으로 일관되게 생각하지 않는다는 사실이 놀랍지 않을 것이다. 하지만 몇십 년 전에는 일부 인구집단이 시간 진행을 국지적 지형에 맞춰 표현한다는 사실이 아예 알려지지도 않았다. 이제 우리는 적어도 두 부족이 그렇게 표현한다는 것을 안다. 유프노족은 일관되게 그렇게 하는 반면에 첼탈족에게 그것은 시간 경과를 가리키는 한 가지 방법에 불과하다.[12]

전 세계 언어에서 시간을 공간에 빗대어 언급하는 방식 중에는 곧이곧대로인 것도 있다. 유프노어나 영어는 물리적 토대가 있는 은유로 시간 진행을 가리키는데, 이에 반해 아마존 언어인 넹가투 어Nheengatú의 구사자들은 시간에 대해 말할 때 직접적 공간 묘사를 활용한다. 그들은 시간에 대해 이야기하면서 하늘 여기저기를 가리킨다. 하지만 가리키는 행위는 아이마라어와 달리 선택 사항이 아니다.

현장 언어학자 시메온 플로이드Simeon Floyd는 넹가투어 구사자들이 구체적 시간과 관계된 하늘 위 지점을 반드시 가리켜야 한다는 증거를 여럿 제시했다. 넹가투어에는 시각을 가리키는 낱말이 없지만, 누군가에게 사건이 언제 일어났거나 일어날지 묘사하려면 하늘을 가리켜야 한다. 넹가투어의 손짓 시제 체계에서는 "그 사람들은 오전 11시에 도착했어"라고 말하려면 태양이 오전 11시에 떠 있는 지점을 구체적으로 가리켜야 한다.

이 가리키기는 의미를 명확하게 하는 선택적 행위가 아니라 어구의 필수 요소다. 넹가투어에서는 사건이 언제 일어났는지 서술하려면 하늘을 동서로 가르는 축을 따라 시각적으로 표현해야 한다. 시간 표현에 필요한 시각적 요소는 플로이드에 따르면 "언급되는 시각에 태양이 떠 있는 위치를 가리키거나 때로는 태양의 위치 두 개와 그 사이의 경로를 가리키는 점"이다. 이를테면 누군가에게 "정오에 돌아올게"라고 말하려면 "돌아올게"라는 말과 더불어 태양이 정오에 있게 될 중천을 가리켜야 한다.[13]

넹가투어 시간 지칭 체계는 세 가지 이유에서 주목할 만하다. 첫째, 몸짓이 말과 얼마나 밀접하게 연결되는지 잘 보여준다. 이 점은 많은 언어의 시간 기준에서 뚜렷이 드러난다. 앞에서 보았듯 화자는 종종 자신이 지칭하는 시간의 '방향'을 가리키기 때문이다. 하지만 넹가투어의 사례는 몸짓과 말이 얼마나 긴밀히 얽혀 있는지를 무엇보다 똑똑히 보여준다. 낮 시간에 대해 이야기할 때 반드시 몸짓을 써야 **하기** 때문이다. 넹가투어에 능통하려면 태양 위치를 가리키는 데 능통해야 한다.

둘째, 넹가투어 사례에서 보듯 사람들이 시간에 대해 몸짓하는 방법이 몸을 중심으로 해야만 하는 것은 아니다. 아이마라어나 영어와 달리 시간의 흐름은 화자를 통과하지 않는다. 유프노어와 마찬가지로 시간은 화자가 어느 방향을 바라보느냐와 무관하게 같은 방향으로 '움직인다'. 하지만 유프노어와 달리 시간의 움직임은 (화자가 지각하는) 태양의 움직임을 토대로 삼으며 넹가투어 화자는 자신이 전달하는 시간과 물리적으로 연관된 하늘의 위치를 가리킨다.

셋째, 넹가투어의 발견은 언어가 환경 요인에 의해 미묘하게 빚어질 수 있음을 시사한다. 넹가투어의 시간 소통 체계는 적도나 적도 인근 지역에서만 유효하며 고위도 지역에서는 발달하지 못했을 것이다. 그런 곳에서는 계절에 따라 태양의 위치가 퍽 달라지거나 일조 시간이 짧기 때문이다. 넹가투어 구사자들은 적도 근처에 살기 때문에 시간 지칭을 위해 배워야 할 태양의 위치가 단순하다. 그 위치는 그들의 생애 내내, 더 구체적으로는 언어 습득 시기 내내 일정하게 유지된다.

넹가투어는 시간을 은유적으로 지칭하지 않지만 전 세계 절대다수의 언어와 마찬가지로 시간을 공간적으로 지칭한다. 몇몇 연구자들은 이것이야말로 인간 시간 인식의 보편적 성격이라고 주장했다. 하지만 인간의 생각이나 언어에 대한 무언가가 보편적이라는 주장이 으레 그렇듯, 알고 보니 예외가 적어도 하나 있었다. 2011년 연구에서 일군의 언어학자들은 방대한 녹음을 통해 카리티아나어와 먼 동계어인 또 다른 아마존 언어 투피카와히브어Tupi-Kawahíb가 시간을 공간에 빗대어 묘사하지 않는다고 결론 내렸다.

이 언어학자들은 투피카와히브어에 인체든, 방위든, 그 밖의 어떤 공간적 단서든 그에 빗대어 시간에 대해 말하는 낱말이나 어구가 하나도 없다고 주장했다. 또한 '오늘', '과거', '미래' 같은 시간 관련 낱말이 있기는 하지만 '시간' 자체를 가리키는 낱말은 없으며, 시간 기준에 중요한 역할을 부여하지도 않는다. 이 사실에서 보듯 투피카와히브어에 시간을 공간에 빗대어 언급하는 방법이 전혀 없다는 주장에는 일리가 있다. 2011년 논문의 저자들은 일련의 간단한 실험을 통해 투피카와히브어 구사자들이 시간 경과를 좌우, 앞뒤, 동서, 위아래 같은 어떤 공간 축에도 대응시키지 않는다는 것도 밝혀냈다. 이를테면 계절을 나타내는 물체들을 배열하라고 주문하면 그들은 다른 언어 구사자들과 전혀 다른 독특한 방식으로 배열한다. 현재로서는 투피카와히브어 구사자들이 시간에 대해 말하거나 생각할 때 공간적 관점을 취한다는 증거는 전무하다.[14]

넹가투어와 투피카와히브어 같은 언어들에 대한 발견은 우리가 시간에 대해 알아내고 있는 것들이 인간의 언어와 인지에서도 나타남을 시사한다. 나는 특별히 설득력이 크다고 생각되는 사례들에 치중했지만 여기서 다루지 않은 흥미로운 사례가 틀림없이 더 있을 것이다. (이 주제와 관련한 흥미로운 결과로는 뉴기니 언어인 미안어Mian와 옐레드녜어Yélî Dnye에 대한 연구를 보라.[15])

자연스러운 듯 자연스럽지 않은 시간 표현

전 세계 언어를 연구했더니 위어드 문화에서 시간을 서술하는 형식이 전 세계 문화를 대표하지도, 인류 역사를 대표하지도 않는다는 사실을 알 수 있었다. 이 사실을 더 들여다보려면 세계에서 인구가 가장 많은 문화들 중에서 숫자를 통해 시간을 서술하는 문화가 몇 개나 되는지 생각해보라. 많은 사람들에게 시간은 이산적(연속적이지 않고 띄엄띄엄 건너뛴 값—옮긴이)이고 측정 가능한 단위로도 서술된다. 현재 대부분의 사람들은 시간을 시, 분, 초로 나타내면서도 이런 측정 가능한 단위가 이제는 존재하지 않는 언어와 문화의 구체적 요소에서 비롯한 부산물임을 알지 못한다. 60진법은 고대 메소포타미아에서 진화했으며 그 흔적은 우리의 분과 초에 살아남았다.

시간 지칭의 역사에 흥미를 가진 사람들은 이런 사실을 오래전부터 알고 있었지만, 절멸 위기 언어의 연구는 최근 들어 이 시간 지칭 체계가 얼마나 임의적인지에 밑줄을 그었다. 이런 연구들은 숫자가 별로 없거나 아예 없는 언어가 있음을 밝혀냈다. 시간을 측정 가능하고 정량화 가능한 단위로 여기는 것은 이런 언어를 구사하는 사람들에게는 애초에 괴상한 일이다. 숫자가 없거나 거의 없는 언어로는 피라항어Pirahã와 문두루쿠어Munduruku가 있는데, 둘 다 아마존에서 쓰인다. 그 밖의 많은 언어도 숫자가 몇 개 되지 않거나, 영어에서 밀리세컨드(1000분의 1초) 같은 짧은 길이나 데케이드(10년), 센추리(100년), 밀레니엄(1000년) 같은 긴 길이를 나타낼 때 쓰는 십

진법과 사뭇 다른 수 체계를 쓴다. 이런 언어 구사자들에게는 우리가 당연하게 여기는 시간 단위를 배우는 것이 생판 낯선 시도다. 기준으로 삼을 개념이 전혀 없기 때문이다.[16]

시간은 문화나 언어에 부수적인 방식으로 표현되는데, 이 장에서 살펴본 것은 그중 일부에 불과하다. 나는 언어학 현장 연구를 통해 알려진 시간 서술과 생각의 핵심적 변이 몇 가지에 집중했지만, 언어에서 시간을 지칭하는 방법은 훨씬 다양하다. 그럼에도 이 장에서 살펴본 언어적 변이는 시간의 서술과 표현이 문화와 언어에 의해 매개된다는 것을 잘 보여준다. 그렇다고 해서 인간이 시간을 경험하는 방식에 보편적 요소가 전혀 없다는 말은 아니다. 우리 모두는 호모 사피엔스다. 생체시계 리듬을 가지고 있으며 시간 진행과 밤낮 같은 자연적 순환을 인식할 능력이 있다. 그럼에도 시간을 개념화하고 서술하는 방식이 인구집단마다 독특하다는 사실이 점차 뚜렷해지고 있다.[17]

이 장에서 들여다본 발견들은 시간과의 관계 이외에도 누녜스(유프노족과 아이마라족에 대한 그의 연구를 앞에서 논의했다)의 논문에 근사하게 요약된 방법론적 요점을 잘 보여준다. 그가 말한다. "저마다 다른 인지 영역을 전혀 다른 언어적, 문화적, 생태적 환경에서 면밀히 탐구할 때만 마음 연구는 인간 관념의 다양성을 진정으로 평가할 수 있다."[18] 당신이 스마트폰 캘린더를 보고서 미팅이 하루 '앞으로' '다가온' 것을 알거나, 다음 식사까지 몇 분 남았는지 꼽거나, 신호등이 바뀔 때까지 몇 초 기다려야 하는지 헤아릴 때 당신의 생각은 모어의 특징들에 영향을 받는다. 당신은 시간을 공간에 빗대 표현하는 자신의 방식이 보편적이라고 생각하지만 사실 그 방법은 전 세계 문화와 언어의 상당수에서 찾아볼 수 없다.

"지난 월요일에 매주 하는 것처럼 반 시간 조깅을 했어"라는 간단한 문장을 생각해보자. '월요일', '주', '했어(과거 시제)', '반 시간', '하는(현재 시제)' 등 이 문장에 들어 있는 시간 개념들은 전부 이 장에서 논의한 여러 언어에서는 찾아볼 수 없다. 이 짧은 문장에서 우리가 시간에 대해 말하고 생각하는 방법에 영향을 미치는 어휘적·문법적 특징을 두루 볼 수 있다. 카리티아나어, 유프노어를 비롯한 여러 절멸 위기 언어에 대한 상세한 기록에서 보듯 이 어휘·문법 요소들은 전체 인구집단에서는 좀처럼 찾아보기 힘들다. 이를테면 카리티아나어는 월요일, 주, 반 시간, 시간을 나타내는 토착어가 전혀 없으며 이 간단한 문장에서 뚜렷이 드러나는 시제도 없다. ('조깅'을 뜻하는 카리티아나어도 없긴 하지만, 이건 전혀 다른 문제다.) 지금쯤 분명해졌으리라 생각되는데, 이것은 카리티아나어가 예외적이어서가 아니다. 오히려 시간을 지칭하고 개념화하는 방법 중에서 우리에게 자연스러워 보이는 많은 것들이 실은 전혀 자연스럽지 않은지도 모른다.

2장

포크는
접시 서쪽에
놔주세요

이탈리아 특유의 후덥지근한 어느 날, 고대 도시 폼페이의 직선 도로를 따라 드리운 그림자들을 느릿느릿 따라간다. 로마인들이 건설한 이런 도시에는 격자형 도로가 깔려 있어서 시내를 쉽게 누빌 수 있다. 로마인들이 처음 격자형 도로를 놓은 것은 아니지만 고대의 가장 중요한 건설업자이기는 했다. 폼페이의 도시 격자는 베수비오 화산 폭발 때문에 2000년 가까이 고스란히 보존된 것으로 유명하다. 그 덕에 대로와 골목을 어슬렁거리는 나 같은 관광객들이 여전히 주도면밀한 도시계획의 혜택을 보고 있다.

　내가 그림자를 따라가는 이유는 폼페이의 중심가 역할을 하던 광장 근처에서 친구들과 만나기로 했는데 스마트폰이 먹통이 되었기 때문이다. 폼페이의 격자 덕분에 나는 얼추 서쪽으로 향한 석조 도로를 따라가면 광장에 도달할 것임을 안다. 내 여정은 검투 경기장으로 쓰이던 동쪽 원형극장에서 시작되었다. 하지만 그 순간 휴대폰이 작동하지 않는 바람에, 흥밋거리가 보여 옆길로 샐 때마다 경로에서 벗어나고 도무스domus(라틴어로 '집'이라는 뜻—옮긴이) 안뜰을 둘러볼 때마다 조금씩 방향감각을 잃는다. 내가 오후의 열기 속에서 꿋꿋이 그림자에 집중하는 이유는 원래 경로로 돌아갈 때마다 그림자 방향이 내가 가는 방향과 얼추 반대인지 확인하기 위해서다. 특별히 힘든 일은 아니지만 집중력이 필요하다. 이 일에 집중력이 필요하다는 사실 자체가 나의 길찾기 실력이 형편없다는 방증이다.

일행과 재회하여 나의 스마트폰 문제에 대해 이야기를 나누는데, 몇몇은 내가 동원한 길찾기 전략을 특이하게 생각한다. 어떻게 그림자 방향으로 광장 위치를 찾을 수 있담? 그런가 하면 어떤 사람들은 '그림자 따라가기'가 흔히 쓰는 전략은 아닐지라도 간편한 길찾기 전략이라고 생각한다. 그들은 넹가투족처럼 태양의 궤적으로 시간을 표현하진 않을지언정(1장을 보라) 태양의 상대적 운동 경로가 (적도 지역에서만큼 정확하게 동서 경로를 따르진 않을지라도) 동쪽에서 서쪽으로 예측 가능하게 이어진다는 것을 확실히 안다. 하지만 나 같은 영어 구사자를 비롯한 대부분의 서구인은 지도, 나침반, GPS 기반 앱 같은 것을 쓸 수 없을 때를 제외하면 길을 찾아야 할 때 방위를 활용하는 경우가 거의 없다. 우리의 인체 나침반은 대체로 부실하게 보정되어 있다. 화창한 날 격자형 도시를 누비는 일은 간단한 길찾기 과제임에도 현실에서는 꽤 집중력을 요한다.

우리는 모든 또는 대다수 인간의 인체 나침반이 부실하다고 생각하기 쉽지만, 전 세계 인구를 실제로 대표하는 표본을 보면 이것이 참이 아님을 알게 될지도 모른다. 짧은 일화를 하나 더 살펴보자. 이번에는 나의 아마존 현장 연구에서 발췌했다. 몇 해 전 나는 아기를 업은 원주민 여인을 따라 밀림 마을에서 몇 킬로미터 떨어진 곳까지 갔다. 밀림에서 빠져나가는 길을 알려줄 사람을 그곳 공터에서 만나기로 되어 있었다.

여인은 나와 공통 언어가 없어서 명확한 소통이 불가능했지만, 제삼자에게서 나를 마을 밖까지 데려다주라는 주문을 받았다. 나는 밀림의 미로 속에서 빽빽한 풀숲을 헤치며 여인과 아기를 따라잡느라 애를 먹었다. 버젓한 길이나 석조 도로는 눈 씻고 찾아봐도 없었다. 이따금 30미터쯤 위 옥빛 숲지붕을 뚫고 내려오는 수직 햇살을 제외하면 우리는 줄곧 응달 속을 걸었다. 어쨌거나 때는 한낮이었기에, 머리 위 태양을 똑똑히 볼 수 있었더라도 그림자가 지지 않아 별 도움은 되지 않았을 것이다. 나침반 대신 여인이 밀림 가이드 역할을 맡아 나를 접선지까지 꿋꿋이 인도했다.

어떻게 여인이 정확한 길을 알고 있었는지는 예나 지금이나 수수께끼다. 뚜렷이 보이는 길도, 나무의 표식도, 길찾기 수단도 없이 어떻게 우리의 위치를 알고 똑바른 목적지로 찾아갈 수 있었을까? 여정 내내 가시거리가 몇십 미터도 안 됐는데 우리가 가는 방향을 어떻게 알았을까? 답은 지금까지도 오리무중이지만, 여인의 길찾기 솜씨는 아마도 여러 요인이 어우러진 결과였을 것이다. 그중 하나는 우리가 답파한 우림 구역에 무척 친숙했다는 것이다. 이를테면 여인은 우리가 지나친 우람한 브라질너트나무castanheira를 이정표로 삼았던 것 같다. 브라질너트나무는 수목 마천루 격으로 여인에게 매우 두드러진 지형지물 역할을 했을 것이다. 하지만 내게는 비슷비슷한 거목들에 불과했다. 여인이 어떤 전략을 썼든 내겐 틀림없이 그림의 떡이었을 것이다.

인간의 길찾기 능력은 사람마다 천차만별이다. 하지만 로마인, 미국인, 내 길잡이가 되어준 아마존 여인의 행동으로 판단컨대 인간이 동원하는 길찾기 전략은 문화와 시대마다 사뭇 다르다. 지난 수십 년간, 특히 마지막 10년간 아마존, 중앙아메리카, 아프리카, 오스트레일리아 등지에서 다양한 인구집단을 대상으로 실시된 언어학 현장 연구들이 이 사실을 일깨웠다. 이는 길찾기 전략뿐 아니라 공간 개념화도 무척 다양할 것임을 시사한다. 이 장에서는 사람들이 주변의 공간과 경관에 대해 생각하고 방향을 알아내는 다양한 방법들 중 몇 가지를 들여다볼 것이다. 이 방법들은 말을 받아 적은 녹취에서 파악한 것이 아니라 다양한 주거지에서 사람들이 공간에 대해 이야기하는 광경을 연구자들이 직접 보고 들어 알게 된 것이다.

인간이 공간에 대해 말하는 방식

20세기 후반 현장 언어학자들은 오스트레일리아 언어들을 조사하면서 원주민들과의 상호작용을 꼼꼼히 기록했다. 일부 상호작용에 따르면 원주민들이 공간적 관계를 지각하고 묘사하는 방식은 당시 공간 인지의 주된 패러다임에서 예상되는 것과 사뭇 달랐다. 이 패러다임은 몇몇 저명한 심리학자와 철학자들의 연구에 큰 영향을 받았는데, 인간의 공간 추론이 공간을 파악하는 자기중심·의인화 접근법에 자연스럽게 치우친다고 주장했다. 사람들은 몸의 주변 공간과 대상의 공간 정위를 파악할 때 자연스럽게 자신의 몸을 기준으로 삼는다. 우리는 자신을 중심으로 공간이 펼쳐져 있다고 생각하며 자신을 전후좌우상하로 관통하는 가상의 평면을 기준으로 공간 좌표를 상정한다.

사람들이 보편적으로 이 전략에 치우쳐 있다는 것은 많은 사람들이 지도나 스마트폰을 쓰지 않을 때 방향을 알려주거나 따라가는 방식에서 똑똑히 볼 수 있다. 이를테면 며칠 전 점심을 먹으러 우리 대학 캠퍼스를 가로질러 가고 있는데 신입생 하나가 주요 건물 중 하나에 가는 길을 물었다. 나는 학생에게 이렇게 알려주었다. "책방을 끼고 우회전하여 호수를 지난 다음 왼쪽으로 다리를 건너세요." 그런데 이렇게 말했어도 정확하긴 마찬가지였을 것이다. "책방을 끼고 남쪽으로 방향을 틀어 호수를 지난 다음 남동쪽으로 방향을 틀어 다리를 건너세요." 하지만 이 전략은 완전한 낭패였을 것이다. 나처럼 방위에 어느 정도 익숙한 사람이라도 신경을 바짝 곤두 세우고 심지어 주변 그림자도 살펴야 했을 것이며 학생은 틀림없이 우왕좌왕했을 것이다.

이런 지구중심 전략과 대조적으로 내가 선택한 것은 문화적으로 더 무난하고 더 자연스러워 보이는 자기중심 전략이었다. 내가 '더 자연스러운'이 아니라 '더 자연스러워 보이는'이라고 말한 데 유의하라. 전자는 편향에 생물학적 토대가 있다고 암시하기 때문이다. 내가 쓴 '자기중심' 전략이 문화적으로 적절하기는 해도 이것이 모든 인간에게 실제로 더 자연스러운지에 점점 의문이 제기되고 있다. 이제는 일부 인구집단이 방향을 알려줄 때, 더 폭넓게 말하자면 주변을 파악할 때 자기중심 전략을 기본값으로 동원하지 않는다는 사실이 분명해졌다.[1]

언어인류학자 존 해빌랜드John Haviland는 오스트레일리아 파 노스퀸즐랜드Far North Queensland에서 쓰는 구구이미티르어Guugu Yimithirr를 꼼꼼히 기술하면서 이 언어 구사자들이 종종 방향을 자 기중심으로 서술하지 않고 방위를 기준 삼아 지구중심으로 서술한 다고 언급했다. 해빌랜드를 비롯한 현장 언어학자들의 연구는 많은 학자들의 관심을 끌었으며 그들은 이 부족이 방향에 대해 말하고 생각하는 방식에 매혹되었다.

그중에는 언어학자 스티븐 레빈슨도 있었다. 인상적인 일화가 하나 있는데, 레빈슨이 로저라는 구구이미티르어 구사자와 만났을 때의 이야기다. 로저는 레빈슨에게 "45킬로미터 떨어진 가게에 진짜 냉동 생선이 있"다고 일러주었다. "그는 그게 여기, '이쪽'에 있다고 말하며 손을 오른쪽으로 두 번 튀기는 몸짓을 한다. 그런데 그의 취지는 내가 생각한 것과 달랐다. 말하자면 나는 가게 입구에 선 채 그가 가리키는 쪽이 오른쪽일 거라 생각했다. 아니, 그의 말뜻은 내 왼쪽이라는 것이었다. 그렇다면 그의 몸짓을 어떻게 해석해야 할까? 그는 북동쪽을 가리키는 몸짓을 취하며 내가 그것을 기억하여 가게 북동쪽 모퉁이를 볼 거라 기대했다. 여기서 나는 그가 무언가를 말할 때마다 내가 얼마나 많은 정보를 놓치고 있는지 절감한다." 로저는 레빈슨이 수십 킬로미터 떨어진 가게까지 가면서 자신이 강조한 방위를 따라갈 거라 기대했다. 나 같은 사람도 폼페이 같은 격자형 도시에서 방위를 알려면 태양이나 그림자를 봐야 하는데 로저는 어떻게 외국인 언어학자에게서 그런 '부자연스러운' 소질을 기대할 수 있었을까?

한 가지 가능한 답은 구구이미티르어에서 찾을 수 있다. 이 언어를 쓰려면 끊임없이 방위에 친숙해져야 하기 때문이다. 구구이미티르어는 왼쪽이나 오른쪽처럼 사람이 어느 방향을 바라보느냐에 따라 의미가 달라지는 자기중심 공간 어휘를 쓰지 않는다. 사람이 어느 방향을 바라보든 의미가 달라지지 않는 절대적 지구중심 어휘를 쓴다. 레빈슨의 논문에서 뽑은 짤막한 일화를 하나 더 살펴보자. "구구이미티르어 시인이자 화가인 늙은 툴로가 내게 발걸음을 멈추고 내 발 정북에 있는 커다란 병정개미를 보라고 말한다." 이를 비롯하여 구구이미티르어에 친숙한 언어학자들의 수많은 경험으로 보건대 이 언어의 구사자들은 작은 규모(발 크기만 한 척도)를 가리키든 큰 규모(수십 킬로미터 척도)를 가리키든 방향과 공간을 지구중심으로 표현한다.[2]

레빈슨의 현장 연구는 오스트레일리아에 국한되지 않는다. 인간 공간 인지에 대한 연구, 공간 인지와 언어의 관계에 대한 연구는 뉴기니 연안의 섬 같은 지역에서, 가장 유명하게는 첼탈마야족을 대상으로 실시되었다. 레빈슨과 아내 퍼넬러피 브라운Penelope Brown 이 1993년 《언어인류학 저널Journal of Linguistic Anthropology》에 발표한 논문은 이 주제의 연구에 중요한 영향을 미쳤으며 인간 공간 인지가 기본적으로 자기중심이라는 당시 유행하던 가설을 논파하는 데 한몫했다.

해빌랜드 등이 구구이미티르족에게서 관찰한 것은 태양 기반 방위를 기준으로 공간에 대해 말하는 방식이었지만, 레빈슨과 브라운이 첼탈족에게서 배운 것은 조금 달랐다. 첼탈족에 대한 연구 결과는 사람들이 공간에 대해 말하는 방식에 대한 언어학자들의 이해에, 궁극적으로는 인간이 공간에 대해 말하는 방식에 대한 인지과학자들의 이해에 완전히 새로운 지평을 열어주었다. 구체적으로 말하자면 인간 '기준틀'에 대한 사고방식을 바꾸는 데 일조했다. 기준틀은 인간이 사물의 공간 정위를 다른 사물에 대해, 또한 자신의 몸에 대해 개념화하고 서술할 때 이용하는 다양한 전략이다.[3]

레빈슨과 브라운이 기술한 첼탈족의 기본적 기준틀은 자기중심과는 거리가 멀었다. 첼탈어 구사자들은 사물의 공간 정위를 서술할 때 자신의 몸을 중심으로 하는 왼쪽, 오른쪽 같은 방향을 기준으로 삼지 않는다. 1장에서는 시간 경과에 대한 그들의 비자기중심 해석을 논의했는데, 그런 해석은 틀림없이 위와 같은 비자기중심 공간 지칭에서 비롯했을 것이다. 역으로 많은 위어드 인구집단에서 드러나는 자기중심 공간 편향은 우리의 자기중심 시간 서술을 강화하는 듯하다. 이제는 첼탈마야어Tzeltal Maya 구사자들이 지구중심 공간 지칭을 이용한다는 주장을 뒷받침하는 방대한 언어적·실험적 증거가 존재하지만, 최초의 증거는 일화들이었다. 첼탈족이 공간적 관계에 대해 말하는 방식은 비공식적 상호작용에서 드러났으며 브라운과 레빈슨 같은 사람들에게 인상을 남겼다.

이전에도 첼탈족과 교류한 많은 외국인이 공간을 파악하고 방향을 알려주는 그들의 전략에 관심을 가졌음은 의심할 여지가 없지만, 이번에도 이 전략이 학계의 눈길을 끈 것은 현장 언어학자들의 연구 덕이다. 1993년 논문에서 브라운과 레빈슨은 첼탈족이 좌우나 동서 같은 대립적 방향이 아니라 현지 지형을 기준 삼아 주변 물체의 공간 정위를 파악한다는 흥미로운 일화들을 제시했다. 이를테면 첼탈족 여인을 치료차 인근 도시로 데려간 일을 소개했다. 그들이 묵은 숙소에는 온수 수도꼭지와 냉수 수도꼭지가 있었다. 여인은 남편에게 어느 수도꼭지가 온수냐고 물었다. 당신이나 나와 달리 여인은 온수 수도꼭지가 왼쪽인지 오른쪽인지 묻지 않고 'ta aijk'ol(언덕 위쪽)'에 있느냐고 물었다. 수도꼭지의 위치를 파악할 때 자신의 몸이 아니라 주변 경관을 기준으로 삼은 것이다. 자신이 실내에 있었으며 두 수도꼭지가 자신과 같은 높이에 나란히 있었는데도 말이다. 여인이 어떻게, 왜 그랬는지 이해하려면 첼탈족에 대한 약간의 배경 지식이 필요하다.

첼탈족은 과테말라와 국경을 맞댄 멕시코 고지대 치아파스에 산다. (공교롭게도 나는 아기 때 치아파스 고지대의 첼탈족 마을에서 부모님과 누이 둘과 함께 지냈지만 당시의 경험 중에서 첼탈족이 공간 언어를 쓰는 방법에 대해 직접적 통찰을 줄 만한 것은 하나도 떠오르지 않는다.) 주변의 거친 지형은 주로 도보로 답파해야 하는데, 내리막을 따라 몇 킬로미터나 뻗어 있다. 남부 지역은 고도가 3000미터 가까이 되는 반면에 북부 지역은 1000미터도 안 된다. 남쪽을 향해 2000미터가량 위로 기울어진 지형은 첼탈족 생태계의 동식물상에 다양한 주변적 영향을 미친다. 능선은 동쪽과 서쪽의 내리막 경관과 맞닿아 있어서 다소 에워싸인 느낌을 준다. 어디에서든 고도가 뚝 떨어지면 국지적 생물상에 뚜렷한 변화가 일어나지만 중앙아메리카 같은 지역에서는 그 변화가 더욱 뚜렷해 보인다. 고지대는 소나무로 덮인 반면에 저지대는 열대림으로 덮여 있다.

첼탈족은 어릴 적부터 주변 경관의 경사에 따라 자신의 위치를 파악하며 이 경관은 언어에서 구체화되는 위치 파악 방식을 강화한다. 그들은 방향을 알려주거나 더 일반적으로는 물체의 위치에 대해 이야기할 때 'ta alan(언덕 아래쪽)'이나 'ta ajk'ol(언덕 위쪽)'에 있다고 일관되게 서술한다. 1장에서 보았듯 이런 어휘는 시간 경과를 은유적으로 서술하는 데 쓸 수 있지만 더 기본적으로는 공간적 관계를 말 그대로 묘사한다. 이것은 사물을 다른 사물에 빗대어 묘사할 때든 화자와 지시 대상에 빗대어 묘사할 때든 참이다. 아래의 간단한 문장을 살펴보자.

(1) ay ta aijk'ol a'w-u'un / k'u-un te lapis
　　"연필은 당신으로부터 언덕 위쪽에 있다."

이 경우 화자는 연필lapis의 위치가 자신이나 질문자에 대해 '언덕 위쪽ta aijk'ol'에 있다고 서술할 수 있다. 중요한 요점은 이 문장이 발화될 때 연필이 책상 위에 있을 수도 있고, 아무 평평한 표면에나 있을 수도 있다는 것이다. 화자는 연필이 탁자 위의 다른 물체, 이를테면 물병으로부터 'ta ajk'ol'에 있다고 말할 수도 있다.

두 물체 다 평평한 표면에 있는데도 이런 발화가 가능하다는 사실이 의아할 것이다. 화자는 'ajk'ol'과 'alan'을 언급할 때 지형의 언덕 위쪽이나 언덕 아래쪽을 문자 그대로 언급하는 게 아니다. 적어도 직접적 의미에서 언급하지는 않는다. 심지어 '언덕 위쪽'과 '언덕 아래쪽'이 낱말의 번역으로서 엉터리라고 주장할 수도 있다. 하긴 완벽한 번역이란 존재하지 않지만 말이다. 이를테면 누군가 어떤 물체가 당신의 'ajk'ol'에 있다고 말한다고 해서 당신이 말 그대로 언덕 아래쪽에 서 있어야 하는 것은 아니다. 두 기준 어휘의 토대는 바로 옆 주변 경관이 아니라 첼탈족이 자리 잡은 이 일대다. 당신과 내가 그곳에 있다고 가정해보자. 내가 당신보다 높은 쪽에, 즉 얼추 당신의 남쪽에 있다면 나는 당신의 'ajk'ol'에 있는 것이다.

이 첼탈어 공간 정위에서 흥미로운 대목은 (방향 알려주기에 쓰일 수 있는) "당신 집은 학교로부터 언덕 아래쪽에 있어"처럼 비교적 규모가 큰 공간 묘사에서든 "연필은 물병으로부터 언덕 위쪽에 있다"처럼 규모가 작은 공간 묘사에서든 이것이야말로 이 언어 구사자들이 방향에 대해 소통하는 주된 방법이라는 것이다. 어느 유형의 묘사에서든 두 지시 대상은 비탈면에 놓여 있을 필요가 없다. 하지만 두 경우 다 첼탈어 구사자의 주변 경관에 대해서는 적절한 방향에 놓여 있어야 한다. 이것이 유정물과 무정물의 공간 정위를 개념화하는 데 필수적인 기준틀이다.

몸을 중심으로 삼는 '왼쪽'과 '오른쪽' 관념에 치우친 우리의 기본적 자기중심 전략으로 공간적 묘사를 전달하는 것은 첼탈족에게 낯선 방식이다. 이런 까닭에 그들은 자신의 체계에 친숙하지 않은 상대방에게 위치를 정확하게 알려주는 일에 애를 먹으며 상대방도 마찬가지다. 당신이나 내가 그들의 마을을 찾아간다면, 우리가 주변 경관을 숙지하지 못한 탓에 기본적 과제에 대한 소통이 얼마나 힘들지 상상해보라. 이런 경관 숙지는 일상적 소통은 물론 매우 이른 나이에 시작되는 여러 필수적 행동에도 반드시 필요하다. 기본적 소통을 위해 주변 경관을 끊임없이 숙지해야 한다면 부단한 연습과 습관화를 통해 반드시 몸에 새겨야 할 것이다.

반대 상황을 생각해보면 이해하기 쉬울지도 모르겠다. 지구중심 언어 구사자('왼쪽'이나 '오른쪽' 같은 어휘조차 쓰지 않는다)가 당신

집에서 만찬 준비를 돕는다고 상상해보라. 그가 상차림을 돕고 있는데, 만일 당신이 수저 순서를 깐깐하게 따지는 사람이라면 그는 접시의 어느 쪽이 '왼쪽'이고 어느 쪽이 '오른쪽'인지 몰라서 당황할 것이다. 그가 당신의 수저 차림을 밥상 맞은편에서 본다면 당신이 어떤 전략을 원하는지 더더욱 헷갈릴 것이다. 당신은 그에게 포크를 접시 서쪽에 놓으라고 말해야 할 것이다. 아니면 동쪽이라고 말하거나. 그것도 아니면 'ta ajk'ol'이라고 말해야 하려나.

브라운과 레빈슨의 기념비적 논문이 발표된 뒤 이 주제에 대한 수십 건의 연구가 전 세계 토착민 부족을 상대로 진행되었다. 이 연구들 중 상당수는 레빈슨이 자신의 제자와 동료들과 함께 1990년대와 2000년대에 수행했다. 그를 비롯한 사람들은 인간 공간 인지의 심층적이고 보편적인 측면으로 여겨지던 것에 언어가 영향을 미친다는 입장을 뚜렷이 표방했다. 이 주장을 놓고 많은 논쟁이 이어지고 있으나, 회의론자들조차 이제는 사람들이 의존하는 기본 공간 전략의 형성에서 언어가 일정한 역할을 한다고 대체로 인정한다.

회의론자들은 이런 문화 간 차이들을 촉발하는 요인이 언어라기보다는 행동 차이와 생태 요인, 이를테면 첼탈족처럼 독특한 경관에 들어맞는 문화 같은 별개 요인이라고 주장할지도 모르겠다. 하지만 이런 논쟁에서 어떤 입장에 서든 분명한 사실이 하나 있다. 한때는 사람들이 자신과 그 밖의 사물을 주변 환경에 빗대어 말하고 공간 정위를 하는 방식에 보편성이 있다는 통념이 우세했으나, 멕시코 치아파스 고지대 같은 지역에서 현장 언어학자들이 수행한 연구 덕에 그런 통념이 산산조각 났다. 이를테면 1990년대에는 모판어Mopan와 유카텍마야어 구사자, 멕시코 토토낙어Totonac 구사자들이 채택하는 공간 인지 전략에 대해 연구가 진행되었다.

이 주제에 대한 연구의 상당수는 중앙아메리카 밖에서도 실시되었다. 나미비아의 하일롬어Hai‖om, 네팔의 벨하레어Belhare, 오스트레일리아의 아란딕어Arandic, 솔로몬제도의 롱구어Longgu, 뉴기니의 유프노어를 비롯한 많은 언어의 구사자들을 상대로 공간 인지가 탐구되었다. 주로 현장 언어학자들이 수행하고 적어도 현장 언어학자들의 도움을 받아 진행되는 공간 인지 연구가 수십 곳의 다양한 지역에서 계통적으로 전혀 무관한 언어 구사자들을 상대로 실시되었다. 이 연구들에서 얻은 발견을 일일이 요약하는 것은 불가능하지만, 핵심만 말하자면 사람들은 공간을 묘사하는 방식 면에서, 또한 자신이 의존하는 공간적 기준틀 면에서 천차만별이다. 이 연구를 통해서 전 세계 언어에서 관찰되는 기준틀이 적어도 세 개임이 밝혀졌다. 그중 하나는 우리가 기본값으로 삼은 자기중심 기준틀이고, 다른 하나는 첼탈족이 채택한 지구중심 기준틀이다.[4]

30년에 걸쳐 진행된 탐구 과정에서는 (앞에서 언급한) 민족언어학 일화에 지나치게 기대지 않고서 공간적 사고의 문화 간 차이를 더 명확하게 검증하기 위해 방법들을 다듬었다. 이런 일화들은 실마리를 던지기도 하지만 몇 가지 질문을 미해결로 남겨두기도 한다. 더 비판적으로 말하자면 언어학과 인류학에서 오랫동안 토론거리이던 질문에 답하지 않는다.

사람들은 말하지 않을 때 주변 공간 같은 기본적인 것들에 대해서조차 다르게 생각할까? 화자를 중심에 두는 이야기는 이 질문을 직접 다룰 수 없다. 온수 수도꼭지가 'ta alan'에 있는지 물은 첼탈어 구사자에 대한 일화를 생각해보라. 여인은 욕실에 들어가 실제로 수도꼭지를 보고서 하나가 'ta alan'에 있고 하나가 'ta ajk'ol'에 있다고 인식했을까? 아니면 소통을 위해 어쩔 수 없이 이 관점에서 생각해야 했을까? 놀랍게도 일부 인지과학자들은 사람들이 공간에 대해 생각할 때 기본적으로 자기중심 관점을 취한다는 믿음에 여전히 매달리는 듯하다. 첼탈족이 쓰는 것과 같은 지구중심 기준틀이 기본적 비언어 공간 인지가 아니라 언어 요소만을 반영한다는 것이다.

이런 견해에 따르면 지구중심 기준틀은 더 심층적인 공간적 사고방식을 덮은 더께인 셈이다. 하지만 많은 이들이 보기에 이런 관점에는 문제의 소지가 있다. 첫째, 반증이 힘들다. 인지 이론은 여느 이론과 마찬가지로 반증할 수 있어야 하고 검증할 수 있어야 한다. 둘째, 위어드에 공통된 자기중심 기준틀에 치우쳐 있다. 하지만 이 관점을 옹호하는 사람들은 중요한 점을 제기한다. 바로, 사람들이 다르게 말하고 행동한다는 이유만으로 그들이 근본적으로 다르게 생각한다고 가정해서는 안 된다는 것이다.[5]

사람들이 말하지 않을 때 쓰는 기본 기준틀을 검증하기 위해 수십 개 인구집단에서 쓰이고 개정된 실험 과제가 있다. 이름은 '회전 과제'다. 내가 소개할 형태는 네덜란드어 구사자와 나미비아의 하일롬어 구사자가 공간에 대해 생각하는 방식을 비교하는 연구에서 쓰였다. 네덜란드어 구사자는 영어를 비롯한 대다수 유럽어의 구사자와 마찬가지로 'links(왼쪽)'와 'rechts(오른쪽)'에 빗대는 자기중심 기준틀을 주로 쓴다. 이에 반해 하일롬어 구사자는 방향을 알려주거나 사물의 공간적 구성을 묘사할 때 주된 두 방위인 동쪽과 서쪽을 주로 가리킨다. 서쪽을 가리키는 낱말은 말 그대로 번역하면 "해가 들어가는 곳"이며 동쪽을 가리키는 낱말은 번역하면 "따뜻함"이다.

과제는 다음과 같이 진행되었다. 각 실험 참가자가 실외에서 탁자를 마주하고 서 있었다. 탁자 위에는 색색의 플라스틱 장난감 소가 한 줄로 놓여 있었다. 탁자 옆에는 길이가 20미터가량 되는 직사각형 학교 건물이 있었다. 학교 건물은 모든 참가자에게 동일하지 않았다. 연구자들이 네덜란드와 나미비아에서 별도로 실험을 진행했기 때문이다. 하지만 장난감은 두 경우 다 동일했다. 각 참가자는 탁자를 보고서 말없이 장난감 순서를 외웠다. 간단한 암기 과제였다. 그들은 순서를 외운 뒤 학교 건너편으로 이동하여 또 다른 탁자 앞에 섰다. 그들이 탁자를 마주하는 방향은 장난감 순서를 외울 때에 비해 90도 틀어져 있었다. 이번에는 장난감들이 무작위로 쌓여 있었다. 참가자들은 학교 건너편에서 본 원래 순서대로 장난감을 배열하라는 주문을 받았다. 그들이 채택한 순서는 물체의 공간적 구성을 자기중심으로 암기했는지 지구중심으로 암기했는지에 따라 달라졌다.

뭉뚱그려서 보면 조금 헷갈릴 수 있으니 당신이 실험 참가자라고 가정하고 실험 과정을 단계별로 나눠보겠다. 당신은 장난감을 보고 있다. 색깔이 저마다 다른 소 네 마리라고 치자. 당신은 앞에 있는 장난감 소의 순서를 외워야 한다. 소들은 허리 높이의 탁자에 가로로 늘어서 있다. 순서를 어떻게 외우겠는가? 당신이 이 과제를 수행한 거의 모든 네덜란드어 구사자(또는 영어 구사자)와 같다면 장난감이 서로에 대해 왼쪽에 있는지 오른쪽에 있는지 관찰하여 머릿속에 담아둘 것이다. 흰 소가 맨 왼쪽에 있고, 검은 소가 흰 소 오른쪽에 있고, 갈색 소가 검은 소 오른쪽에 있고, 얼룩소가 맨 오른쪽에 있다고 해보자. 당신은 이 상대적 순서에 주의를 기울이며 머릿속에서 그림을 그린다. 이제 학교 건너편으로 가서 방향이 90도 바뀌어도 당신은 소들을 같은 순서로 배열할 것이다. 흰 소를 맨 왼쪽에, 얼룩소를 맨 오른쪽에 놓을 것이다.

이번에는 쿡타요르어 구사자가 자신의 시간 순서에 따라 사진을 배열한 것처럼 당신이 동쪽과 서쪽 같은 방위를 기준으로 지구 중심 전략을 썼다면 실험이 어떻게 전개됐을지 상상해보라. (1장을 보라.) 당신은 플라스틱 소들을 머릿속에 그리면서 좌우 위치에는 주목하지 않을 것이다. 탁자가 당신의 북쪽에 있었다고 가정한다면 당신은 흰 소가 가장 서쪽에 있고 얼룩소가 가장 동쪽에 있다고 파악했을 것이다. 이 과제의 90도 회전 조건이 요긴해지는 것은 이 지점에서다. 참가자들이 탁자 위 물체들을 머릿속에 그릴 때 애초에 어떤 전략을 채택했는지 알 수 있기 때문이다. 당신이 장난감을 처음 살펴볼 때 북쪽을 바라보고 있었다면 학교 건너편에 가서 90도

회전한 뒤에는 동쪽을 바라보고 있을 것이다. 당신이 장난감 순서를 서쪽에서 동쪽 순으로 외웠다면 학교 건너편에서도 그 순서를 지킬 것이다. 즉, 흰 소를 서쪽에 놓고 얼룩소를 동쪽에 놓을 것이다. 하지만 지금은 당신이 동쪽을 바라보고 있으므로 탁자 위의 모습은 사뭇 달라 보일 것이다. 당신은 흰 소를 몸에 가장 가까이 붙이고 나머지 소들을 점점 멀리 일렬로 배열할 것이다. 당신이 180도 회전하여(변형 과제) 남쪽을 바라보게 되었다면 흰 소를 나머지 소들의 오른쪽에 놓고 얼룩소를 맨 왼쪽에 놓을 것이다. 대부분의 유럽인이나 미국인에게는 당신이 물체들의 순서를 뒤바꾼 것처럼 보일 것이다. 실제로는 몸에 결부되지 않은 전혀 다른 기준틀을 썼을 뿐인데 말이다. 다시 말하지만 이 실험을 보면 1장에서 논의한 쿡타요르족의 시간 추론 과제 수행이 떠오른다.[6]

이 회전 실험은 여러 가지로 변형되어 많은 문화를 대상으로 실시되었는데, 거듭거듭 일관된 문화 간 차이가 나타났다. 이제는 주변 사물들의 구성을 개념화하고 조직화하는 방식이 인구집단마다 다르다는 사실이 명확히 밝혀졌다. 언어학자를 비롯한 사람들이 수십 년간 해온 이야기를 감안하면 별로 놀랄 일이 아닐지도 모르겠다. 서로 멀리 떨어진 전 세계 문화들이 다양한 공간 인지 전략을 쓴다는 이야기 말이다. 그럼에도 이 주장을 뒷받침하는 실험 데이터가 있어서 안도감이 든다. 이런 이야기와 간단한 실험에서 암시하는 인지 다양성이 얼마나 큰가를 놓고 논쟁이 계속되고 있긴 하지만 말이다.

누군가에게는 익숙하고, 누군가에게는 낯선

이제 몇몇 연구자들은 언어가 사람들이 공간에 대해 생각하는 방식을 형성하는 주된 결정 요인이라고 믿는다. 당신이 자기중심 언어를 말하면서 자란다면 공간적 관계를 자기중심 관점에서 생각할 것이다. 반면에 지구중심 언어를 말하면서 자란다면 지구중심 관점에서 생각할 것이다. 몇몇 증거에 따르면 인간의 공간 추론은 여느 영장류와 마찬가지로 비자기중심 편향이 기본값일 수도 있다. 영어처럼 자기중심적 편향을 가진 언어를 구사하는 사람만 공간을 자기중심으로 생각하는지도 모른다. 즉, 당신이 어릴 적에 '왼쪽'과 '오른쪽' 같은 낱말에 반복적으로 노출되지 않았다면 그와 관련된 개념들이 무르익지 않았을 것이다.[7]

또 다른 핵심 요인은 당신이 말하는 언어의 종류에 따라 당신이 (말하지 않을 때조차) 의존하는 공간 추론의 종류가 달라진다는 것이다. 언어는 어디에나 있다. 개인별 차이가 크긴 하지만 사람은 하루 평균 약 1만 6000개의 낱말을 발화한다(적어도 측정이 실시된 문화에서는). 말이 어디에나 있다는 것은 우리가 'ta alan'과 'ta ajk'ol'처럼 특정 문화에 국한된 개념을 끊임없이 언급한다는 뜻이다. 그러니 우리가 공간을 지칭하는 방식이 그 밖의 생태적·문화적 현상에서 비롯할지라도 언어에 의해 우리의 행동이 강화될 수 있다. 특정 종류의 행동이 특정 종류의 언어 사용을 강화할 수 있듯 말이다.

게다가 언어는 생각을 전달하는 통로라는 점에서 문화의 핵심 요소다. 언어는 사람들이 특정 문화에서 공간에 대해 특정 방식으로 생각하는 이유를 설명하는 궁극적 요인은 아니지만 그렇더라도 공간에 대해 생각하는 방식이 개인에게서 개인에게로(이를테면 부모에게서 자녀에게로) 전달되려면 언어를 거쳐야만 한다. 첼탈족 아동은 자라면서 'ta alan'과 'ta ajk'ol'이 들어 있는 구절을 하루에도 몇 번씩 듣는다. 처음에는 이 일상어가 어떤 개념을 가리키는지 모르더라도 이 낱말을 이해하고 이용하려면 모종의 개념을 익혀야 한다는 것을 알게 된다.

언어는 특정 이름표가 붙은 개념을 익히도록 압박을 가한다. 그래야 언어를 유창하게 구사할 수 있기 때문이다. 그뿐 아니라 가장 기본적인 공간 과제인 추론과 대상 조작을 수행하고 다른 사람에게도 시킬 수도 있다. 영어를 구사하는 아동은 영어에서 우세한 공간 용어도 접하게 된다. 그들이 써야 하는 이름표는 '왼쪽'과 '오른쪽' 같은 낱말이다. 이런 공간 이름표의 올바른 의미와 쓰임을 익히는 것은 성장의 필수 요소다. 이때 우리는 자신이 자리 잡은 공간적 주변에 대해 스스로의 위치를 파악하는 법을 익힌다.[8]

사람들은 모어를 말하면서 특정 기준틀을 깊이 숙달한다. 이렇듯 말하기 경험은 인지 습관을 촉진하며 사람은 이를 통해 주변을 특정 방식으로 개념화한다. 이 말은 지구중심 언어를 구사하는 인구집단이 자기중심적으로 말하거나 생각하는 법을 배우지 못한다는 뜻이 아니라 그 일을 수월하게 해주는 경험이 결여되어 있다는 뜻이다. 반대로 자기중심적 기준이 기본값인 언어를 구사하는 우리는 지구중심적으로 수월하게 말하기 위한 경험이 결여되어 있다. 이 관점은 각 인구집단의 새로운 아동들이 공간에 대해 생각하는 기본 방식과 연관된 인지적 습관을 익힐 때마다 공간에 대해 생각하는 저마다 다른 방법들이 언어를 통해 세대에서 세대로 전달된다는 뜻이다. 언어 전달은 비록 생각을 결정론적으로 제약하지는 않을지라도 생각 패턴을 낳는다.

생각에 대한 결정론적 제약이 없다는 사실은 레빈슨과 동료들의 대다수 연구에서 간과된 지점에서 찾아볼 수 있다. 그 지점이란 한 언어의 구사자들이 공간에 대해 말하는 방식이 개인별로 현저히 다를 수 있다는 것이다. 지난 몇 년간 배출된 수많은 연구에서는 공간 언어가 집단 안에서 성별이나 직업 같은 요인에 따라 달라질 수 있음을 시사한다. '영어 구사자'를 하나의 자료점으로 쓰고 '첼탈어 구사자'를 또 하나의 자료점으로 쓰는 것은 지나친 단순화다. 영어 구사자는 첼탈어, 구구이미티르어, 그 밖에 수많은 언어의 구사자들과 비교했을 때 공간에 대해 자기중심적으로 생각하고 말할 가능성이 훨씬 크지만 여러 요인에 따라 저마다 다른 전략을 채택할 수 있다. 이를테면 어떤 연구에서는 공간 추론이 언어에 큰 영향을 받지만 국지적 지형 같은 비언어적 문화·생태 요인에도 영향을 받는다는 사실이 밝혀졌다.

몰디브 라무환초Laamu Atoll에서 디베히어Dhivehi 구사자들을 연구했더니 사람들이 공간 추론 과제를 수행하는 방식에는 생업이 주된 역할을 한다. 환초 중에서도 지배적 생계 전략이 어업인 섬들에서는 이런 과제에 대한 반응의 약 80퍼센트가 지구중심 추론을 암시했다. 이에 반해 지배적 생계 전략이 소규모 농업인 섬들에서는 약 40퍼센트의 반응만이 지구중심이었다. 어부들이 지구중심 항해에 잔뼈가 굵다는 것을 감안하면 일리 있는 결과다. 지구중심 관점은 단기적 생존과 장기적 생존 모두에 반드시 필요하다. 혹자는 많은 인구집단에서 (덜 두드러질지는 몰라도) 비슷한 패턴이 발견될지도 모른다고 생각한다. 이를테면 대부분의 미국인은 자기중심 기준을 즐겨 쓰지만 어부와 비행기 조종사는 몇 년간 훈련받은 뒤 지구중심적으로 생각할 가능성이 크다.[9]

연구자들은 마야족에게서 놀라운 변이를 관찰했다. 이를테면 모판마야어와 유카텍마야어 구사자들의 경우는 남성이 지구중심 방향 지시 용어를 훨씬 즐겨 쓰는 반면에 여성은 이런 용어에 덜 친숙하다는 사실이 관찰되었다. 여기서 가장 그럴듯한 변인은 이 부족의 남성이 주로 들판에서 일하는 반면에 여성은 주로 집 안에서 일한다는 것이다. 남성의 일상생활은 그로 하여금 공간에 대해 말할 때 지구중심적 방법에 의존하도록 유도하는 듯하다. 하지만 그들이 말하게 되는 언어는 여전히 이 모든 것에 필수적이다. 마야어에는 지구중심적인 어구와 낱말이 있어서 지구중심적인 말과 추론을 유도하기 때문이다. 당신이 'ta alan'과 'ta ajk'ol' 같은 어구가 없는 언어를 구사한다면 주변 공간을 그런 방향의 관점에서 생각하게 될 필연적 이유는 전혀 없다.

여기서 한발 더 들어가보자. 첼탈족이 지금의 지리적 맥락에서 살지 않았다면 그들은 '언덕 위쪽'과 '언덕 아래쪽'에 그토록 의존하는 방향 지시 체계를 결코 발달시키지 않았을 것이다. 그들이 (얼추) 남쪽으로 오르막진 일종의 비탈면에 살고 있다는 사실이 이 모든 사정에 결정적임은 분명하다. 주변 환경의 매우 두드러진 이 특징은 결국 공간에 대해 말하는 특정 방식을 강화했으며, 그 방식은 이제 공간에 대해 말하는 방식의 기본값을 강화하는 데 일조한다. 공간에 대한 이 사고방식의 기원이 전적으로 주변 경관에 의해 결정된다는 결론이 솔깃하긴 하지만 이 또한 완전히 정확하지는 않을 것이다.

경관은 첼탈족을 비롯한 사람들이 공간에 대해 말하는 방식을 **결정**하지 않는다. 그 밖의 많은 인구집단이 비탈면에 살면서도 'ta alan'과 'ta ajk'ol' 같은 어구를 발달시키지 않았기 때문이다. 하지만 특정 종류의 경관이 공간에 대한 특정 방식이 발달하기 위한 충분조건은 아닐지라도 필요조건인 것은 분명하다. 평지에 사는 그 어떤 부족도 첼탈족, 유프노족, 기타 인구집단처럼 언덕 위쪽/언덕 아래쪽 관점에서 공간을 지칭하게 되지 않을 것이다. 하지만 평평한 지형에 사는 부족은 구구이미티르족이 방위를 늘상 구사한다는 사실에서 보듯 다른 지구중심 용어를 이용하여 공간에 대해 말하게 될지도 모른다.

구구이미티르족처럼 태양에 기반한 지구중심 용어를 쓰려면 산악 지형이 필요한 게 아니라 태양의 궤적을 상시 볼 수 있는 환경이 필요하다. 사람들은 태양의 움직임을 쉽게 분간할 수 있으면 그에 따라 방향을 파악할 가능성이 크다. 이 요점은 1장에서 언급한 것과 관계가 있다. 아마존 넹가투족이 적도 지역에 살지 않았다면 하늘을 가리켜 시간을 지칭하는 몸짓 체계를 발달시키지 않았을 것이다. 적도의 햇빛으로는 '시간 가리키기'를 훨씬 쉽게 할 수 있다. 더 뭉뚱그려 말하자면 이런 간단한 관찰만으로도 언어가 개념을 부호화하며 그 방식은 환경 변인에 의해 확률론적이고 비결정론적으로 영향받음을 알 수 있다.[10]

이번 논의는 몇 가지 특정한 문화와 공간 기준틀에 초점을 맞췄지만 여느 인간적 특징과 마찬가지로 언제나 더 복잡한 요소를 찾아볼 수 있다. 지금까지 서술한 어떤 기준틀에도 의존하지 않는 문화와 언어도 있다. 앞에서 언급했듯 현재 적어도 세 가지 기본 기준틀이 밝혀졌다. 자기중심 기준틀과 지구중심 기준틀에 더해 일부 문화는 이른바 '사물중심' 기준틀을 쓴다. 그들은 자기 몸이나 지역적 경관이 아니라 건물 같은 작은 사물의 특징에 따라 자신의 위치를 공간적으로 파악한다.

우리도 이따금 이 방법을 쓴다. 이를테면 나는 교탁이 '교실 앞자리에' 있다거나 출입문이 '교실 뒷자리에' 있다고 말할 수 있다. 학생 책상이 다른 책상의 왼쪽/오른쪽이나 북쪽/남쪽에 있다고 말하는 게 아니라 교실 '앞자리 가까이' 있다고 말할 수도 있다. 나는 영어 구사자이면서도 교실이나 차내 같은 특정 상황에서는 이렇게 사물 중심으로 공간에 대해 말한다. 이런 상황은 대부분 비교적 작은 공간에 둘러싸인 경우이지만 다 그런 것은 아니다. 큰 배에서는 설령 실외에 있더라도 "당신 선실이 내 선실 후미에 있다"라고 말할 수 있는데, 이 말은 당신 선실이 배의 뒷부분에 더 가깝다는 뜻이다. 항해 맥락에서는 더 작은 기준점으로 공간 정위를 지칭할 수도 있다. 선박 승무원은 식당을 정리하기 위해 누군가에게 "의자를 식탁 후미에 놓으라"라고 말할 가능성이 다분하다. 나는 선상 여행을 하면서 이런 식의 지시를 수도 없이 엿들었다.

사물중심 방향은 우리에게는 규범이 아니지만 어떤 문화에서는 실제로 규범이다. 카리티아나족의 경우가 그렇다. 카리티아나어에는 '왼쪽'과 '오른쪽'을 가리키는 낱말이 있지만 사물의 공간 정위를 묘사하거나 방향을 알려줄 때 흔히 쓰지는 않는다. 카리티아나족은 공간에 대해 생각할 때 자기중심 관점이나 지구중심 관점을 즐겨 채택하지는 않는 듯하다(적어도 전통적으로는).

앞에서 언급한 장난감 늘어놓기 실험을 다시 생각해보자. 하일롬어처럼 주로 지구중심적인 언어를 구사하는 사람들은 "검은색 장난감 소가 흰색 장난감 소 서쪽에 있다"와 같이 장난감 순서를 방위에 따라 암기했다. 네덜란드어나 영어처럼 주로 자기중심적인 언어를 구사하는 사람들은 "검은 소가 흰 소 왼쪽에 있다"와 같은 전략으로 순서를 암기했다. 이렇게 서로 다른 전략은 참가자들이 건물의 다른 편으로 자리를 옮겨 방향을 바꿨을 때 똑똑히 드러났다. 이에 반해 카리티아나어 구사자는 전혀 다르게 반응할 것이다. 그들은 사물의 순서를 암기할 때 "검은 소가 흰 소보다 학교 건물에 가깝다"라고 생각할 것이다. 그래서 그들은 학교 건너편에 가게 되면 나머지 요인을 무시하고 검은 소를 여전히 학교 가까이 놓을 것이다. 나는 10년쯤 전에 카리티아나어 구사자를 대상으로 비슷한 비언어적 실험을 수행했는데, 대부분의 참가자들에게서 정확히 이런 반응을 관찰했다.

또 다른 유형의 공간화 전략은 국지적 환경과 밀접하게 얽혀 있다. 일부 섬 거주민들은 사물을 가리킬 때 '물쪽'과 '뭍쪽' 같은 방향을 쓴다. 후자는 화자의 방향과 상관없이 섬 한가운데를 가리킨다. 당신이 섬 북부에 있다면 '뭍쪽'은 남쪽이고 '물쪽'은 북쪽일 것이다. 반면에 섬 남부에 있다면 남북이 뒤바뀔 것이다. 절멸 위기 언어에 대한 많은 연구에서 섬 특유의 다양한 방향 지시 체계가 기록되었다.

아마존을 비롯한 지역에서는 서로 연관된 방향 지시 체계와 공간 정위 체계가 큰 강이 흐르는 방향과 관계있다. 이를테면 아마존 피라항어에서는 'Piibooxio xigahapaati'라는 구절이 흔히 쓰이는데, 이것은 '상류로 가다'라는 뜻이다. 피라항어는 지난 10년간 언어학계에 널리 알려졌는데, 이것은 내 아버지이자 언어학자인 대니얼 에버렛Daniel Everett의 연구 덕분이다. 그는 'Piibooxio xigahapaati'가 강가에서만 쓰이는 것이 아니라 깊숙한 밀림 한가운데에서도 쓰이는 것을 관찰했다.

피라항어는 현지 강(검고 구불구불한 마이시강으로, 북쪽으로 흐른다)의 방향을 기본적 공간 지시 체계의 토대로 삼는다. 이 종류의 공간 지시를 위해 피라항어 구사자는 자신이 남쪽 '상류' 방향에 대해 어느 방향에 있는지 끊임없이 상기해야 한다. 이 체계에 친숙하지 않은 사람에게는 쉬운 일이 아니다. 우리 부모님은 피라항족의 언어와 문화를 오랫동안 공부했는데도 애를 먹었다. 우리 부모님이 1980년대에 선교 활동을 벌였기에 누이들과 나는 어릴 적 간간이 피라항족을 방문하고 그들과 함께 지냈다. 마이시강의 'Piibooxio xigahapaati'와 하류의 시원한 물에서 헤엄치며 보낸 오후와 저녁은 헤아릴 수 없을 정도다.[11]

내가 삶의 많은 부분을 보낸 아마존 지역에서는 많은 브라질인들이 도시와 마을의 위치를 말할 때 'pra cima(상류)'와 'pra baixo(하류)'에 빗댄다. 강 위에나 강가에 있지 않을 때도 말이다. 하지만 포크가 접시의 'pra cima'에 있다거나 'pra baixo'에 있다고 말하지는 않을 것이다. 이 기준틀은 작은 규모에서는 쓰이지 않기 때문이다. 그럼에도 골자는 여전히 성립한다.

인간은 저마다 다른 방향 지시와 기본 기준틀을 쓸 수 있으며 다양한 요인이 우리가 공간에 대해 생각하고 말하는 데 영향을 미친다. 이 장에서는 이 중 일부만 살펴보았지만, 그럼에도 우리가 알 수 있듯 경관이든 언어든 비언어적 문화 요인이든 우리 뇌의 타고난 성질이든 그 무엇도 사람들이 주변 공간에 대해 생각하고 행동하는 방식을 전적으로 결정하지는 않는다. 오히려 이 모든 요인은 서로 연관되어 있으며 인간의 공간 추론과 관련 행동에 영향을 미친다. 다양한 인구집단을 아우르는 가장 방대한 최근 연구가 이 결론을 뒷받침한다. 인간은 다채로운 존재다.

오늘에든 2000년 전에든 폼페이 같은 격자형 도시를 거닐 때 사람들은 방위를 길찾기에 활용할 수 있다. 그렇게 할 가능성이 얼마나 큰지, 그렇게 하기가 얼마나 수월한지는 그 사람의 문화적 혈통과 그의 언어에서 쓰는 기본 기준틀에 따라 달라진다. 이와 관련하여 그의 공간 추론은 태어나고 자란 고장의 경관 특성, 태양 궤적의 일관성, 직업, 성별 등에 간접적 영향을 받을 수도 있다. 인간 공간 추론에 대한 방대한 연구에서 분명히 알 수 있듯 사람들이 공간에 대해 말하고 생각하는 방식은 매우 다양하다. 이 방법들 중에는 자기중심적인 것도 있고, 지구중심적인 것도 있고, 사물중심적인 것도 있다.

언어는 매우 다양한 공간 개념을 부호화한다. 이 변이의 규모는 얼마 전까지만 해도 대부분의 인지과학자에게 놀라웠을 것이다. 변이가 얼마나 심층적인가에 대해서는 여전히 논쟁이 벌어지고 있지만 변이의 존재만큼은 부정하기가 불가능하다. 이런 변이는 인간의 생각과 행동에 대해 중요한 사실을 알려준다. 우리가 주변 공간을 기준으로 자신의 위치를 파악하는 방법에는 문화마다 차이가 있으며, 차이가 나타나는 방식은 인간의 동질성에 대한 기본 가정으로 보건대 한때 불가능하다고 간주되던 것들이다. 이 변이가 발견된 것은 궁극적으로 치아파스 고지대 같은 지역에서 언어학자들이 벌인 연구 덕이다. 그들은 사람들이 공간에 대해 이야기할 때 실제로 무슨 말과 행동을 하는지 주목했다.

저건 언덕이야, 산이야?

지금까지 이 장에서는 사람들이 자신과 사물의 공간 정위에 대해 말하고 생각하는 방식에 초점을 맞췄으며 이 정위의 토대는 특정 기준틀이다. 하지만 주변 공간에 대해 말한다는 것은 특정 기준틀을 가리키는 것에 국한되지 않는다. 실제로는 훨씬 많은 의미가 있다. 하지만 여기서는 기준틀과 간접적 관계가 있는 주제에 집중할 것이다. 그것은 사람들이 주변 경관에 대해 어떻게 말하고 생각하느냐다.

앞 절에서 강조했듯 국지적 환경의 특징들은 사람들이 공간에 대해 말하는 방법을 형성하는 데 중요한 역할을 할 수 있다. 유프노족이 '언덕 위쪽'과 '언덕 아래쪽'을 공간과 시간 경과의 기준틀로 삼는 것은 어느 정도는 그들이 가파른 비탈에서 살기 때문이다. 이 주장은 다음과 같이 고쳐 쓸 수 있다. 언덕에 둘러싸여 살면 지구중심 공간 지시를 활용할 가능성이 커진다. 하지만 이것도 지나치게 단순한 판단이다. 이유를 알면 당신은 놀랄 것이다. 그 이유는 뜻밖에도 모든 사람이 '언덕'에 대해 이야기하거나 심지어 언덕을 별도의 대상으로 개념화하지 않기 때문이다.

수천만 명이 쓰는 언어인 라오어Lao를 살펴보자. 시드니대학교의 언어학자 닉 엔필드Nick Enfield는 오랫동안 라오어를 연구했다. 그의 연구는 라오어 구사자들이 주변 동남아시아 경관을 가리킬 때 쓰는 용어가 영어나 유럽어로 딱 떨어지게 번역되지 않음을 보여준다. 이를테면 라오어에는 '산'을 가리키는 낱말이 없다. 대신 'phuu2'('2'라는 기호는 성조를 나타낸다)라는 낱말이 산악 지형을 가리키는 데 쓰인다.

엔필드는 이렇게 주장한다. "영어로 산이라고 부를 만한 땅덩어리를 라오어로는 복합 수_數분류사 구로 지칭할 수 있다. 그래서 'phuu2 nuaj1 nii4'는 '이 산'을 뜻한다(직역하면 '산맥의 이 구간'). 여기서 보듯 라오어의 상상력에는 영어 '산'에 해당하는 '것'이 결코 존재하지 않는다." 라오어에는 '언덕'을 말 그대로 번역할 낱말도 없다. 매우 작은 언덕을 가리키는 낱말은 있지만 그것은 작은 흙더미나 심지어 흰개밋둑도 가리킨다. 의아하게 들릴지도 모르겠다. 하지만 우리가 '산'과 '언덕'이라고 부르는 지형에 대해 잠시 생각해보자.

일정한 산맥에 속한 산들은 서로 완전히 별개가 아니다. 지리적으로 서로 얽혀 있다. 하나의 원뿔형 땅덩어리에서 으뜸 봉우리 하나가 여러 딸림 봉우리를 거느릴 수도 있다. 각각의 산은 평평한 주변 들판까지 완전히 내려가지 않으며 산마다 윤곽이 사뭇 다르다. 물론 전부 그런 것은 아니다. 이를테면 많은 화산은 평평한 지형에 우뚝 솟은 하나의 산처럼 보이기도 한다. 하지만 라오스의 경관은 그렇지 않으며 산맥을 이루는 대부분의 산들도 마찬가지다. 산자락과 산꼭대기는 지표면 위에서 서로 연결된 고랑과 이랑인 셈이다. '산'이 '언덕'이 되는 지점은 애초에 명확히 정의되지 않았으며 언덕이 '흙더미'가 되는 지점도 마찬가지다. 경관 자체는 물리적 공간에서 명확하게 구분되지 않으므로 어떤 문화에서는 'phuu2' 방식으로

(구분되는 산과 대립되는) 산악 지형을 가리킨다.[12]

언어가 주변 경관의 다른 요소들을 가리키는 방식 또한 다양하다. 이를테면 라오어에는 밀림을 일컫는 낱말이 두 가지다. 'khook4'은 나무가 성긴 밀림이고 'dong3'은 나무가 빽빽한 열대림이다. 언어가 이 지리적 주변을 별개의 방식으로 가리킨다는 것은 분명하며 이 차이는 사람들이 주변 공간을 배우는 방식에 영향을 미칠 수 있다. 라오스 아동이 산악 지형 옆에 있는 들판에 산다고 가정해보라. 아동은 들판과 들쭉날쭉한 봉우리 사이에서 뚜렷한 고도 차이를 본다. 봉우리를 구별할 수도 있다. 하지만 더 두드러지는 차이는 짙푸른 숲이 우거진 봉우리와 농사짓는 연푸른 풀밭의 구분이다. 아동은 어느 시점엔가 'phuu2'라는 낱말을 듣는다. 낱말이 무슨 뜻인지 구별할 방법은 전혀 없다. 가진 것은 이름표뿐이니 말이다.

아동은 언어를 습득하는 동안 상호작용에서 이름표가 어떻게 쓰이는지 깨달으며 그 상호작용으로부터 의미를 구성해낸다. 자라면서 낱말의 핵심 개념이 주변의 산악 지형을 가리킨다는 것을 깨닫는데, 이는 첼탈어 학습자가 'ta alan'과 'ta ajk' 같은 이름표에 의해 지칭되는 개념을 점차 익혀야 하는 것과 같다. 마찬가지로 영어를 구사하는 아동은 자라면서 '왼쪽', '오른쪽', '산'을 뜻하는 개념을 익히게 된다.

우리의 감각은 모든 인구집단이 공유하는 것이므로 주위 공간을 해독하는 특정 방식이 미리 결정되어 있을 수도 있지만 모어의 이름표는 아동이 나이를 먹음에 따라 자연스럽게 느껴지는 공간적·

물리적 개념이 구체화되는 데 일조한다. 우리는 다른 개념을 배울 수도 있고, 약간 다른 개념을 가리키기 위해 언어를 수정할 수도 있다. 나는 'phuu2'가 의미하는 것을 '산악 지형'이라는 말로 대략 전달할 수 있다. 라오어 화자는 낱낱의 산을 가리킬 때 'phuu2 nuaj1 nii4'라고 말할 수 있다. 하지만 이런 어휘적 적응이 일어난다고 해서 경관에 대한 소통의 기본적 어휘 구성 요소가 라오어 같은 언어와 영어 같은 언어에서 서로 다르다는 사실이 바뀌지는 않는다.

이 점은 지난 15년간 그 밖의 연구들에 의해 규명되었다. 이를테면 15년 전 출간된 학술지 《언어과학Language Sciences》 특별호에서 대규모 공동 연구진은 여러 절멸 위기 언어에서 경관을 일컫는 용어를 오랫동안 탐구하여 얻은 일련의 발견을 보고했다. 이 언어들은 임의로 선택된 것이 아니라 다양한 어족과 생태를 대표하도록 선별되었다. 선별된 언어로는 마르키즈어Marquesan(태평양 섬), 킬리발라어Kilivala와 옐레드녜어(파푸아뉴기니 동부의 서로 다른 섬), 세리어Seri(멕시코 소노라), 촌탈마야어Chontal Maya와 첼탈마야어(중앙아메리카), 자하이어Jahai(말레이시아), 라오어, 하일롬어가 있다.

섬, 우림, 사막의 토착 문화에서 구사하는 이 언어들은 경관에 대해 말하는 방식의 뚜렷한 차이를 보여준다. 또한 '산'을 비롯하여 기본적인 것으로 보이는 여러 경관 개념이 다른 언어로 딱 떨어지게 번역되지 않을 수도 있음을 보여준다. 학술지 특별호 저자 중 두 명의 말을 빌리자면 "'산', '낭떠러지', '강'은 그런 사물의 존재를 전제한다. 충분히 실제처럼 보이기에 보편적 개념으로 여길 법하다. 하지만 이 집합의 핵심 메시지 중 하나는 우리가 놀랄 준비를 해야 한다는 것이다. (이를테면) 옐레드녜어에는 이 용어에 직접 대응하는 낱말이 전혀 없다." 이를테면 옐레드녜어 낱말 'mbu'는 '원뿔형 융기'를 뜻하며 산이나 언덕을 가리키는 데 쓸 수 있지만 모랫더미나 흙더미도 가리킬 수 있다. 영어에서는 비유적으로 '흙의 산'이라고 말할 수는 있지만 '산' 자체로는 매우 작은 원뿔 형태를 가리킬 수 없다. 'mbu'는 어떤 영어 경관 용어로도 완벽하게 번역할 수 없다.[13]

옐레드녜어의 다른 핵심적 경관 낱말, 이를테면 물 관련 낱말도 마찬가지다. 옐레드녜어는 '강'이나 '석호' 같은 낱말의 정확한 번역어가 없지만 물의 형태를 가리키는 기본 낱말은 무수히 많다. 영어에서처럼 물이 흐르는지('호수'와 '강'의 차이) 등의 요인도 관계있지만 (이를테면) 수심에 따라서도 형태가 달라진다. 옐레드녜어는 물 경관을 기본 낱말 수준에서 매우 정교하게 구분한다. 이런 구분이 단순히 (옐레드녜어가 구사되는) 로셀섬Rossell Island의 물 경관과 이 물 경관이 옐레드녜어 구사자의 생활 방식과 핵심적으로 관계 맺는다는 사실 때문이라는 생각은 그럴 듯하다.

이 요인들이 일정한 역할을 하는 것은 분명하지만, 주어진 언어에서 특정 환경 유형은 경관 특성을 가리키는 특정 방법과 결코 직접적 관계가 없음을 명심해야 한다. 말하자면 국지적 지리는 사람들이 경관에 대해 말하는 방식과 관계있지만 언어에서 낱말이 진화하는 방식을 자로 재듯 결정하지는 않는다. 이 증거로 킬리발라어를 살펴보자. 이 언어는 옐레드녜어와 비슷한 생태에서 구사되는

　　　　　　　2장 포크는 접시 서쪽에 놔주세요

언어로, 다양한 물 경관을 가리키는 낱말이 많다. 하지만 언어가 구사되는 지리적 맥락이 비슷한데도 킬리발라어 낱말은 옐레드네어 낱말과 딱 맞아떨어지지 않는다.[14]

흥미롭게도 언어들은 문화적으로 두드러지는 개념을 담을 때 서로 다른 체언뿐 아니라 서로 다른 용언을 쓸 수도 있다. 옐레드네어 동사 'paa'는 '평평한 표면에서 걷는다'라는 뜻이다. 이런 동사는 영어를 비롯한 대부분의(어쩌면 모든) 언어에 딱 떨어지는 번역어가 없다. 이는 언어가 경관을 아우르는 방식이 예상을 뛰어넘을 때도 있음을 보여준다. 로셀섬의 비탈은 'paa, kee(올라가다)'와 'ghii(내려가다)' 같은 자동사가 생겨난 요인인 듯하다. 두 동사는 영어를 비롯한 많은 언어로 딱 떨어지게 번역할 수 있다. 옐레드네어는 'vy:uu(비탈을 올라가다)', 'nuw:o(비탈을 내려가다)', 'km:ee(무언가를 비탈 위로 가지고 올라가다)', 'ghipi(무언가를 비탈 아래로 가지고 내려가다)'처럼 타동사로 경관 대상을 표현하기도 한다. 로셀섬과 (더 일반적으로는) 주변 섬들의 지형은 옐레드네어에 독특하게 반영되어 있다. 언어는 종종 국지적으로 관계있는 경관 개념을 부호화한다.[15]

몇 해 전 《국제 아메리카 언어학 저널International Journal of American Linguistics》 부편집인을 맡고 있는 나의 책상에 논문 한 편이 놓였다. 이 학술지는 1917년 프란츠 보아스가 창간한 뒤 아메리카대륙의 절멸 위기 언어에 대한 흥미로운 발견을 다수 발표했다. 논문은 남아메리카의 특정 인구집단이 주변 경관에 대해 말하는 방식을 개관했다. 문제의 언어는 아마존 북부 기아나의 사바나에서 로코노족이 구사하는데, 사물을 가리키는 명사와 장소를 가리키는 명사를 구별한다. 로코노어Lokono는 모든 땅덩어리를 하나의 낱말로 가리키며 이 포괄 용어를 다양하게 수식하여 특정 지형을 나타낸다. 그 낱말은 'horhorho'로, '땅 모양'으로 번역하면 가장 가깝지만 딱 맞는 번역은 아니다.

분명한 사실은 이 용어가 다양하게 수식된다는 것이다. 이를테면 'horhorho diako'는 땅덩어리 꼭대기를 가리키며 'horhorho bana'는 단순히 땅덩어리 표면을 가리킨다. 전자는 언덕바지에 있는 무언가를 묘사할 때 쓸 수 있고, 후자는 다양한 종류의 표면을 가리킬 때 쓸 수 있다. 'horhorho'는 묘사되는 경관의 형태, 기능, 심지어 (잠재적으로는) 구성 물질의 미묘한 차이를 수식으로 나타낼 수 있다. 밀림, 가파른 언덕과 산, 사바나, 습지 등 화자 주위의 다양한 지리적 특성을 묘사하려면 반드시 이 낱말을 써야 한다. 게다가 'horhorho'는 경관을 매우 큰 규모에서 가리킬 수도 있고 매우 작은 규모에서 가리킬 수도 있다. 그래서 영어 같은 언어에서는 완전히 별개인 대상으로 취급되는 다양한 경관 요소를 하나로 아우를 수 있다.[16]

예를 더 들 수도 있지만, 지금까지 제시한 것만으로도 사람들이 주변 경관의 기본 성격에 대해 말하는 방식과 (따라서) 그 경관의 특정 성질을 구별하는 방식이 인구집단마다 뚜렷이 다르다는 사실을 알 수 있다. 방향을 알려주는 방식이나 사물의 공간적 배열을 묘사하는 방식이 다르듯 다양한 문화의 구성원들은 경관에 대해서도 매우 다르게 생각할 수 있다.

공간을 표현하는 방식이 사고방식을 바꾼다

나는 카리티아나어 연구를 시작할 때 옛날식으로 훈련받은 많은 현장 언어학자들이 쓰는 방법을 썼다. 모든 언어에 공통된다고 전통적으로 간주되는 기본 낱말의 정의를 찾는 방법이다. (이 방법은 제약이 많아서 요즘 들어 일부 현장 연구자들이 기피하기는 하지만 기본 낱말 유형을 처음 분석할 때에는 이점도 있다.) '해', '달', '구름', '피' 등의 이런 기본 낱말이 가리키는 대상은 모든 인구집단에서 찾아볼 수 있다. 모든 지구 생태에 존재하기 때문이다. 이런 대상을 가리키는 낱말을 뭉뚱그려 스와데시 목록Swadesh list이라고 부른다(스와데시라는 언어학자가 고안한 어휘 목록이다).

하지만 기본 목록의 일부 낱말은 겉보기와 달리 실제로는 그다지 기본적이지 않다. 이를테면 목록에는 '하나'와 '둘'을 가리키는 낱말이 들어 있다. 어떤 언어들은 '하나'와 '둘'을 콕 집어 나타내는 낱말이 있지만 몇몇 언어는 '둘'을 가리키는 낱말이 모호해서 '두엇'으로 번역하는 게 더 낫다. 더 드문 경우로는 '하나'로 번역되는 낱말조차 모호할 때가 있다. 정확한 수사가 거의 또는 전혀 없는 언어도 있다. 이는 '기본' 낱말이 모든 문화에서 언제나 기본적이지는 않음을 암시한다. 이 점은 지난 몇십 년간 언어학 현장 연구에서 거듭거듭 관찰되었으며 경관 용어의 사례가 여기에 일조하고 있다.

내가 이 점을 접한 것은 카리티아나어에서 '산'을 가리키는 낱말을 들여다보면서였다. 카리티아나족 친구에게 'montanha'('산'을 뜻하는 포르투갈어)에 해당하는 낱말이 뭐냐고 물었더니 'deso'라고 대답했다. 그런데 나중에 '언덕'을 뜻하는 낱말이 뭐냐고 물었을 때도 'deso'라는 답이 돌아왔다. 알고 보니 'deso'는 산을 뜻하지도, 언덕을 뜻하지도, 흙더미를 뜻하지도 않는다. 영어에는 완벽하게 들어맞는 낱말이 없다. 라오어 'phuu2'와도 딱 맞아떨어지지 않는다. 'deso'는 크기가 언덕만 한 커다란 돌출부라면 무엇이든 가리키는 듯하다. 기능적 관점에서 보자면 썩 놀라운 일은 아니다. '산'을 가리키는 별도의 낱말은 카리티아나어에서 별로 쓸모가 없을 것이다. 주위 사방으로 수백 킬로미터까지 산이 하나도 없기 때문이다. 'deso'가 포르투갈어나 영어에서 내가 아는 어떤 낱말과도 딱 맞아떨어지지 않음을 깨닫기까지는 시간이 좀 걸렸다.

그렇게 지체되는 시간에 방법론적 교훈이 있다. 사람들은, 심지어 관계없는 언어들 사이의 낱말 의미 변이를 자각하도록 훈련받은 연구자조차 한 언어에 속한 낱말의 둥근 말뚝을 자기 모어에 속한 낱말의 네모난 구멍에 욱여넣으려 할 때가 비일비재하다. 우리가 **우리의** 낱말에 맞는 번역어를 찾으려 들면서 종종 간과하는 사실이 있으니, 우리의 낱말들은 제대로 기록되지 않은 언어의 낱말들에 반드시 딱 맞게 대응하지 않는다. '둘'이나 '산', '왼쪽', '오른쪽'처럼 우리에게 보편적으로 보이는 낱말조차도 마찬가지다. 이 낱말이 보편적으로 보이는 것은 단지 우리가 이 낱말을 구사하는 연습과 이와 연관된 개념을 다루는 연습을 숱하게 반복하기 때문이다. 하지만 낱말과 관련 개념이 모든 인구집단에서 뚜렷이 드러나는 것은 아니다.

사람들이 방향, 경관, 그 밖의 공간 현상을 가리키는 방식에서 나타나는 언어 간 차이는 환경과의 상호작용을 암시한다. 하지만 사람들이 공간에 대해 말하는 방식을 환경이 완전히 결정하는 것 같지는 않다. 비슷한 환경에 사는 사람들이 공간에 대해 말하는 방식도 예측할 수 없는 경우가 있다. 적잖은 실험 증거로 보건대 공간에 대해 말하는 다양한 방식은 공간에 대해 생각하는 방식이 다양해지는 데 일조하는 듯하다. 한때는 애초에 그런 말하기 방식이 특정 환경에서 얼마나 요긴한가에 의해 언어적 차이가 생겼을 테지만 말이다. 당신의 언어가 언덕과 산, 또는 '왼쪽'과 '오른쪽'을 번번이 구분하도록 강제한다면 이 대상의 구분은 당신의 머릿속에 새겨질 가능성이 크다. 그러다 당신의 인지 습관에도 통합될 것이다.

이 장 첫머리에서는 토착민 여인을 따라 어둑한 밀림을 통과하면서 여인의 길찾기 능력에 감탄한 경험에 대해 이야기했다. 여인의 뛰어난 길찾기 능력에서 문화 요인, 언어 요인, 생태 요인의 비중이 각각 얼마큼인지 가려내는 것은 불가능하다. 많은 연구에서 보듯 일부 인구집단은 이런 길찾기에 전반적으로 능숙하다. 여인이 딱히 길찾기 귀재는 아니었다. 매우 독특한 거주지에 사는 비위어드 인구집단의 다양한 언어에 대한 연구를 통해 사람들이 공간에 대해 말하고 생각하는 방식이 우리가 자연스럽게 여기는 방식과 다르다는 사실이 밝혀졌다. 이런 탓에 기본적 길찾기 전략을 비롯하여 공간과 연관된 인간 행동도 문화마다 뚜렷이 다를 수 있다. 3장에서는 비위어드 인구집단을 대상으로 한 언어 연구에서 발견된 또 다른 현상들이 인간의 생각과 행동에 대한 선입견에 어떻게 이의를 제기했는지 살펴볼 것이다.

3장

오직 한 단어로
모든 가족을
표현하는 사람들

포르투벨류Porto Velho는 내가 어린 시절을 보낸 곳이자 연구를 진행한 도시로, 너비가 1.6킬로미터에 이르는 아마존강 지류인 마데이라강Madeira 북부 유역에 뻗어 있다. 마데이라강은 그 자체로도 세계에서 손꼽히는 큰 강이다. 포르투벨류는 지금까지도 아마존 남부의 도시 섬으로 남아 있으며, 이곳을 통과하여 적도로 향하는 널찍한 강변 고속도로를 따라 북부와 연결된다. 포르투벨류 주변 밀림에는 다양한 토착 인구집단에 속한 여러 보호구역이 있다. 그들의 언어 중 상당수는 카리티아나어처럼 수천 년간 이 밀림에서 쓰였다.

브라질 혼도니아주Rondônia(포르투벨류는 주도이자 최대 도시다)의 언어 다양성은 남아메리카 역사에 대한 중요한 사실을 우리에게 알려준다. 무엇보다 이곳은 카리티아나어 같은 모든 투피어족 언어의 조상어인 원原투피어Proto-Tupí가 오래전 사용되었으리라 추정되는 지역이다. 포르투갈인을 비롯한 유럽인이 지금의 브라질 해변에 당도했을 때 해안 위에서나 아래에서나 그들을 맞이한 것은 투피어 구사자들이었다. 이것은 유럽인이 당도하기 수백 년 전 투피 문화와 언어가 (혼도니아주가 위치한) 아마존 남서부에서 남아메리카 땅덩이를 대부분 가로질러 동쪽으로 뻗어 있었다는 뜻이다. 내가 이 점을 언급하는 것은 카리티아나족이 구사하는 언어와 비슷한 언어들이 (비단 언어나 생각과 엄밀히 연관되지 않더라도) 온갖 통찰을 선사한다는 사실을 강조하기 위해서다.

당신이 상상하다시피 브라질 아마존 도시에 사는 원주민의 삶은 난관으로 가득하다. 전 세계 여느 소규모 인구집단과 마찬가지로 그들은 자신이 속한 포괄적 문화의 일부 사람들로부터 극심한 편견에 시달린다. 카리티아나족은 '인디오indios'(인도 사람)로 불리는데, 이것은 콜럼버스가 자신이 실제로는 신대륙에 상륙했는데도 인도에 상륙한 줄 착각하고서 붙인 이름이다. 이 사람들은 그의 우연한 '발견'에 앞서 2만 년 넘도록 이곳에 살고 있었는데 말이다. 포르투벨류 인근의 사회경제적 하층 계급을 일컫는 용어로는 '인디오'와 '리베리노스ribeirinhos(강변에 사는 사람들)'가 있다. 물론 '타자'를 지칭하기 위해 자신들 이외의 사회 집단을 지칭하는 용어를 두는 것은 브라질의 중산층과 상류층만이 아니다. 사실 모든 문화는 '외국인'을 가리키는 이름표를 내집단에 대해 외부적인 사람들에게도 사용한다. 이것은 카리티아나족 같은 아마존 토착 인구집단에서도 마찬가지다. 그들의 경우 전통적으로 자신을 일컫는 용어로는 '민족'을 뜻하는 'pyeso'를 사용한다. 카리티아나족이 아닌 사람들은 전통적으로 'opok'라 불리는데, 가장 알맞은 번역은 '외국인'이다.

'자국민' 대 '외국인', 'pyeso' 대 'opok' 등 사람들을 가리키는 이 용어들은 폭넓은 효과를 발휘하며 결코 사소한 이름표가 아니다. 자신이 어떤 범주에 속하는가는 삶에 지대한 영향을 미칠 수 있다. 얼마 전 가까운 카리티아나족 친구를 태우고 포르투벨류의 많은 'bairro(지역)' 중 하나를 지나면서 이야기를 나눈 적이 있었다. 그는 현재 남아 있는 300명가량의 카리티아나족 중 몇 명과 마찬가지로 도시에 산다. 무거운 사회경제적 압박 때문에 어쩔 수 없는 선택이었다.

친구는 포르투벨류에서 오프로드 차량으로 여러 시간 걸리는 카리티아나족 주 거주지에 살고 싶다고 말했지만 보호구역에서 카리티아나족 전통 방식으로 생계를 이어가는 데 필요한 사냥감과 물고기가 충분치 않다는 것을 감안하면 그의 바람은 다소 비현실적이다. 카리티아나족은 브라질 문화와 일상적으로 교류해야 한다. 관광객들에게 공예품을 팔아 소득을 보충하려면 포르투갈어를 배워야 하기 때문이다. 이런 교류는 그들에게 국한된 것이 아니며 아마존을 비롯하여 많은 언어가 절멸 위험을 겪고 있는 세계 곳곳에서 되풀이되고 있다.

나는 운전하는 동안 친구에게 이런 장소에서, 이 새로운 환경에서 'pyeso'나 'opok'에 속하는 것이 무슨 의미인지 물었다. 바깥세상과 꾸준히 접촉한 최초의 카리티아나족이 내 친구의 할아버지 세대였으므로 '새로운'은 과장이 아니다. 'pyeso' 구성원이 겪는 경제적·사회적 어려움은 당신이 상상하다시피 무수히 많다. 하지만 내 친구는 카리티아나족이 바깥세상과 꾸준히 접촉하기 전에 구사한 이 언어적 구별이 어떻게 중요한지도 알려주었다.

카리티아나족은 'pyeso' 아닌 사람, 즉 'opok'를 이따금 잡아먹었다. 사실 친구는 마을에 사는 나이 지긋한 여인을 찾아가면 그 이야기를 들을 수 있을 거라고 장담했다. 인체에서 가장 맛있는 부위가 어디인지 알려줄 거라고 했다. 친구에 따르면 여인은 이 주제에 대해 확고한 의견을 가지고 있었다. (나는 제안을 사양했다.) 나는 여성의 경험에 대해서는 알지 못했지만 남아메리카의 여타 투피족과 그 밖의 부족들처럼 카리티아나족에게도 한때 식인 풍습이 있었음을 오래전부터 알고 있었다. 식인 풍습은 유럽인 식민지 개척자들을 기겁하게 했다. 반대로 투피족을 비롯한 남아메리카의 여러 토착 부족은 적을 고문하는 유럽인의 풍습에 기겁했다. 고문 희생자는 실제로 고통을 겪는다는 점에서 어떻게 보면 고문이 훨씬 고약한 풍습이라고 말할 수도 있다. (물론 그렇다고 해서 유럽인이 당도하기 전 아메리카대륙에 고문이 전혀 없었다는 뜻은 아니다.)

카리티아나족의 믿음 체계는 인간의 피(카리티아나어로는 'nge')에 들어 있는 정신적·육체적 힘을 매우 중시했다. 'opok'의 'nge'를 섭취하면 활력을 얻을 수 있다고 생각했다. 말 그대로 생명의 피인 셈이었다. 매우 이례적으로 들릴 수도 있겠지만 많은 카리티아나족의 전통적 믿음을 대체한 기독교에서도 피를 강조한다는 사실을 떠올려보라. 기독교의 요체는 한 사람이 십자가에 매달리고 고문당해 죽는 사건이다. 그 사람의 피를 섭취하는 것은 실체변화(빵과 포도주의 형상은 그대로 남아 있으나 그 실체가 온전한 그리스도의 몸과 피로 실존 양식이 변화하는 현상—옮긴이)를 믿는 사람에게는 실제로 일어나는 현상인데, 일부 기독교 신앙인에게 이것은 '신자'와 '비신자'를 가르는 본질적 문제다. 역사의 어느 시점에 'pyeso'와 'opok'는 누구의 피를 섭취해도 되는가에 따라 사람들을 주요 범주로 구분했다.

이 모든 과정은 다른 인간을 문화적으로나 어휘적으로나 말과 행동으로 범주화하는 방식이 매우 큰 의미를 가질 수 있다는 뜻이다. 사람들은 타인을 언어적 관점에서 자기 문화(또는 외모를 근거로 삼았을 때 자신이 속하는 집단)의 구성원으로나 외국인으로 범주화하는 것이 꼭 필요하다고 여긴다. 언어는 문화들 사이에 존재하는 막강한 사회적 구분을 일관되게 반영하고 강화한다. 우리가 사람들을 뭐라고 부르는가는 어마어마하게 중요하다. 그들을 대하는 태도에 영향을 미치며 심지어 그 사람들이 음식 범주에 속하는지도 좌우한다.

하지만 이에 못지않게 중요한 사실은 우리가 사람들을 가리키는 낱말이 문화들 사이에서뿐 아니라 문화 안에서의 구분과 구조를 반영한다는 것이다. 이를테면 우리가 누구와 함께 살 수 있는지, 누구와 결혼할 수 있는지에 대한 심적 범주를 반영한다. 즉, 친족 패턴을 반영한다. 친족어 체계에 대한 서술을 통해 사람들이 자신의 사회나 부족 안에서 타인에 대해 어떻게 생각하는지에 대한 우리의 이해가 달라지기 시작했다. 이 책에서 다루는 나머지 주제와 달리 전 세계 언어의 친족 체계에 대한 연구는 역사가 길다. 친족 체계는 여러 세대에 걸친 언어학자와 인류학자들에게 기름진 토양이었다. 나는 그 토양을 일일이 되밟기보다는 카리티아나어와 영어의 친족어가 가지는 핵심적 특성을 대조함으로써 친족 체계들이 어떻게 다를 수 있는지 보이고자 한다.

친척을 가리키는 말에 대하여

사람들은 친족 체계의 차이에 대해 생각할 때 (전 세계 언어에서 평행사촌과 교차사촌을 일컫는 용어나 육촌과 팔촌을 일컫는 용어처럼) 먼 친척에 초점을 맞추는 경우가 많다. 하지만 (대부분까지는 아니더라도) 많은 영어 구사자가 이 구분에 친숙하지 않거나 헷갈려한다는 것만 보더라도 이런 용어는 지나치게 세세하다. '교차'와 '평행'이 어떻게 다른지 설명해보겠다. 교차사촌은 부모와 성별이 다른 형제(외삼촌과 고모)의 자식을 일컫는 반면에 평행사촌은 부모와 성별이 같은 형제(삼촌과 이모)의 자식을 일컫는다. 이 구분은 미국 문화에서는 딱히 의미가 없다. 사실 미국인들은 '사촌'이라는 용어밖에 쓰지 않는다. 하지만 교차/평행 구분은 많은 언어에서 중요하며 일상 대화에서 각각 별도의 용어로 구분한다. 더 놀라운 사실은 부모, 자녀, 형제자매처럼 유전적으로 더 가까운 관계를 범주화하는 데에도 언어적 차이가 있을 수 있다는 것이다. 카리티아나어 친족 체계를 간단하게 살펴보고 우리가 기본적이거나 핵심적이라고 생각하는 범주를 그들이 어떻게 다루는지 알아보자.

카리티아나어의 전통적 친족어 중 하나인 'et'는 '여성의 자녀'를 뜻한다. 또 다른 친족어 'it'는 '남성의 자녀'를 뜻한다. 여기서 성별 구분의 근거가 영어 낱말 '아들', '딸'과 달리 자녀의 성별이 아니라 부모의 성별이라는 데 유의하라. 카리티아나어 친족어가 영어를 비롯한 많은 언어와 다른 주된 특징이 바로 이것이다. 친족을 가리키는 용어는 화자가 언급하는 사람의 성별뿐 아니라 화자의 성별에 따라서도 달라질 수 있다. 자녀의 성별을 친족 용어로 나타내는 방법도 있다. 그래서 성별 용어는 화자의 성별과 지시 대상인 친족의 성별을 둘 다 나타낼 수 있다. 이 점에서 카리티아나어 친족 용어는 지시 대상의 성별만 나타내는 영어보다 더 대칭적(또는 상호적)이다.[1]

영어 친족 체계의 또 다른 기본 용어인 '누이sister'를 살펴보자. 이 용어로 여자 형제를 가리킬 때의 유일한 요건은 (a) 지시 대상의 성별이 여성일 것, (b) 화자와 지시 대상의 부모가 같을 것이다. 이에 반해 카리티아나어에서는 '누이'로 번역할 수 있는 용어를 쓸 때 이 두 가지 요인에 더해 두 가지 요인이 추가로 관여한다. 첫 번째 요인은 화자의 성별이고 두 번째 요인은 화자의 상대적 나이다. 나는 남성이니까 내 누이를 'pat'in'이라고 지칭할 것이다. 이에 반해 여성은 자신의 누이를 'kypeet'라고 지칭하지만, 문제는 누이가 자신의 손아래일 때만 이런다는 것이다. 손위 누이를 지칭할 때는 'haj'라고 말한다. 더 정확하게는 'y-haj'라고 한다. 앞에서 언급했듯 접두사 'y-'는 '나의'를 뜻한다.

이렇듯 '내 누이'는 카리티아나어에서 'y-pat'in', 'y-kypeet', 'y-hai' 세 가지로 번역된다. 마찬가지로 '내 형제'도 세 가지 카리티아나어 용어로 번역된다. 여성은 자신의 남자 형제를 지칭할 때 'y-syky'라고 한다. 이에 반해 남성은 'y-keet'나 'y-hai'라고 말한다. 앞의 용어는 남성의 손아래 남자 형제를 가리키고 뒤의 용어는 손위 남자 형제를 가리킨다. 이 용어들은 친족 아닌 사람에 대한 애칭으로도 쓰인다. 이를테면 나와 가장 친한 카리티아나족 친구는 나를 'y-hai'라고 부르고 나는 그를 'y-keet'라고 부른다.

카리티아나어 친족 용어의 복잡성은 여기서 그치지 않는다. 사촌과 더 먼 친척도 마찬가지다. 하지만 가장 가까운 친족에 대해서조차 카리티아나어 친족 용어가 뚜렷한 복잡성을 나타낸다는 것은 분명한 사실이다. 적어도 영어를 비롯한 유럽어에 비해서는 확실히 복잡하다. 카리티아나어에서는 지시 대상의 성별뿐 아니라 화자의 성별에 따라서도 친족 용어가 달라진다. 화자의 나이와 지시 대상의 나이도 영향을 미친다. 화자와 지시 대상의 상대적 나이와 성별이라는 두 가지 요인은 대부분의 친족 체계에서는 영향을 미치지 않으며 대부분의 위어드 언어에서는 전혀 찾아볼 수 없다. 하지만 카리티아나어는 이 점에서 유일무이하지 않다. 다만 언어마다 가족 구성원을 일컫는 용어에 핵심적 차이가 있을 수 있음을 보여줄 뿐이다.

강조해야 할 사실은 친족 용어의 언어 간 차이가 근친상간 금기 같은 온갖 문화 현상과 상관관계가 있다는 것이다. 이를테면 영어 구사자들 사이에서는 사촌과의 성관계가 대개 금기시된다. 카리티아나족은 근친상간 금기가 더 철저하지만 대부분의 영어권 문화와는 양상이 다르다. 카리티아나족 남성은 'saka'et' 친족과 결혼하는 것이 전통이었다. 이것은 남성의 누이의 딸로, 영어에서는 (딱 맞아떨어지지는 않지만) '조카딸'에 해당하는 관계 중 하나다. 이에 반해 남성의 형제의 딸인 'tiogot'는 결코 결혼 상대가 될 수 없었다. 조카딸 중 한 부류는 이상적 결혼 상대로 간주된 반면에 다른 부류와의 결혼이나 성관계는 근친상간으로 간주되었다. (요즘 카리티아나족은 전과 달리 조카딸과 결혼하지 않으며 부인을 여럿 두지도 않는다.)

친족 용어는 관계를 단지 자의적으로 나타내는 것이 아니라 근친상간 금기를 비롯한 중요한 문화적 요소를 효과적으로 전달한다. 'opok'나 'pyeso' 같은 지위는 한때 상대방을 먹을 수 있는가 여부에 영향을 미쳤는데, 이와 마찬가지로 'saka'et'나 'tiogot' 같은 여성의 지위는 이 용어를 쓰는 남성으로부터 관심과 욕망을 받을 수 있는가 여부에 영향을 미쳤다. 이렇게 언어적으로 구현된 문화적 범주의 복잡성은 전 세계에서 널리 구사되는 언어의 친족 체계만 알고 있는 사람은 예상하기 힘들 것이다.

그렇다고 해서 카리티아나어처럼 전 세계에서 사라지고 있는 언어들의 친족 체계가 복잡하기만 한 것은 아니다. 오히려 일부는 매우 단순하다. 인류학·언어학 문헌에 기술된 친족 체계 가운데 가장 단순한 것 중 하나는 피라항어의 친족 체계다. (이 언어는 2장에서 언급되었으며, 이례적 성격 때문에 8장에서 다시 논의할 것이다.) 피라항어의 가장 당혹스러운 특징 중 하나는 어머니, 아버지, 고모, 삼촌, 할아버지를 전혀 구별하지 않는다는 것이다. 화자보다 한 세대 위인 사람은 전부 'màí?i'로 지칭된다.

나는 피라항족 마을에서 어린 시절을 보냈고 성인이 되어서도 여러 차례 방문했기에 이 용어가 두루 쓰인다는 것을 보증할 수 있다. 아이들이 손위 친족에게 말할 때 밤낮으로 이 용어를 쓰는 것을 들었기 때문이다. 피라항어의 또 다른 친족 용어는 딸, 아들, 형제자매를 가리키는 것 하나뿐이다. 형제자매의 성별은 중요하지 않으며 화자의 성별도 마찬가지다. 사촌을 일컫는 낱말은 없으며 교차사촌과 평행사촌을 가리키는 구체적 용어는 말할 것도 없다. 화자의 형제자매의 나이는 성별과 마찬가지로 용어에 영향을 미치지 않는다.[2]

피라항어의 친족 체계와 카리티아나어의 친족 체계는 극단적으로 다르다. 지리적으로는 비교적 가깝지만(두 언어가 구사되는 지역 간의 거리는 약 250킬로미터에 불과하다) 언어의 친족 체계에서 드러나는 복잡성의 연속선상에서 서로 다른 위치를 차지한다. 친족 유형을 가리키는 전 세계 낱말을 폭넓게 조사했더니 사람들이 자신의 삶에서 가장 중요한 관계를 지칭하는 방식에 뚜렷한 차이가 있음을 알 수 있었다. 하지만 두드러지는 패턴도 몇 가지 있다.

멜버른대학교의 찰스 켐프Charles Kemp와 캘리포니아대학교 버클리 캠퍼스의 테리 러기어Terry Regier는 현장 언어학자 등에 의해 기본 친족 용어가 기록된 전 세계 566개 언어를 대상으로 친족 체계를 면밀히 조사했다. 이 조사를 진행할 수 있었던 것은 언어학자와 인류학자들이 전 세계 친족 체계에 대해 방대한 데이터를 수집해둔 덕분이었다. 러기어와 켐프는 조사한 친족 체계를 분석하여 단순한 결론에 도달했다. 언어의 친족 체계는 기능적 유용성과 복잡성 사이에서 자로 잰 듯 균형을 이룬다.

이 말이 정확히 무슨 뜻일까? 이렇게 생각해보자. 어느 두 친족 기반 관계도 유전적으로나 사회적으로나 완전히 똑같지 않다. 이를테면 당신이 영어 사용자라면 '할머니'(또는 그 변이형)라고 부를 수 있는 사람은 두 명일 테지만 둘은 분명히 같은 사람이 아니며 당신과의 관계도 같지 않다. 한 명은 친할머니이고 한 명은 외할머니다. '할아버지'도 (적어도 생물학적으로는) 두 명이다. 그러므로 영어 사용자는 조부모 네 명을 두 개의 용어만 가지고 지칭한다. 이에 반해 중국어, 스웨덴어를 비롯한 많은 언어에서는 네 친족을 저마다 다른 친족 용어로 지칭한다. 하지만 복잡성 면에서 이런 변이가 있긴 해도 전 세계의 모든 친족 체계는 일부 관계를 하나로 뭉뚱그린다. 중국어와 스웨덴어는 영어와 달리 '할아버지'나 '할머니'를 뭉뚱그리지 않지만 다른 관계를 뭉뚱그린다. 이를테면 당신이 영어, 중국어, 스웨덴어 중 어느 언어를 구사하든 여자 형제를 가리키는 용어는 '누이'로 번역할 수 있다. 이 세 언어에서 여자 형제를 일컫는 용어는 카리티아나어와 달리 화자의 성별이나 나이에 따라 달라지지 않는다.

켐프는 인터뷰에서 이렇게 말했다. "한 낱말로 가계도의 모든 친족을 일컫는 친족 체계는 매우 단순하겠지만 특정 개인을 지목하는 데는 별로 요긴하지 않습니다. 이에 반해 가족 구성원마다 다른 낱말을 쓰는 체계는 훨씬 복잡하지만 특정 친족을 지칭하는 데는 매우 요긴합니다."[3] 전 세계 친족 체계에 대한 켐프와 러기어의 방대한 조사 덕에 친족 체계가 용이성과 (중요한 관계를 구별하는) 유용성을 거의 언제나 유용하게 배합한다는 사실이 밝혀졌다. 친족 용어의 변이는 기본적 인지·소통 압력에 의해 제약된다.

소통 압력은 분명하다. 사람들은 삶에서 기본적 관계를 효과적으로 또한 정확하게 구별해야 한다. 하지만 이 소통 압력은 인지 압력에 의해 상쇄된다. 단순한 관계를 서술하는 소수의 친족 체계를 배우는 것은 수월하지만, 복잡한 관계를 서술하기에 문화 내에서 쓰임새가 제한적인 용어를 배우고 기억하고 전달하는 것은 까다롭다. 극도로 복잡한 친족 용어는 가족 집단 내의 무수한 개별 관계마다 이름이 붙는 것처럼 느껴질 것이며, 일반화하거나 쉽게 배울 수 없을 것이다.

삶의 여러 측면이 그렇듯 단순함과 복잡함 사이에 상충관계가 있는 것은 분명하다. 그리고 이런 상충관계가 완전히 뜻밖인 것은 아니다. 뜻밖인 것은 일부 언어에서 기본적 친족 용어로 지칭하는 핵심적 관계의 성격으로, 이는 영어 같은 언어에서 친족 용어로 나타내는 관계와 비교할 때 두드러진다. 일부 친족 용어에는 결혼 같은 핵심 관습에 대한 무척 이질적인 문화 규범이 반영되어 있다. 이를테면 어떤 조카딸과는 결혼해도 되지만 어떤 조카딸과는 결혼하면 안 된다는 사실이 반영되기도 한다.

파인애플과 바위는 하나

성별은 전 세계 언어의 여러 친족 용어에서 중요한 역할을 하는 것과 더불어 사람을 가리키는 또 다른 종류의 낱말, 즉 대명사의 기본 요소이기도 하다. 영어에서는 지시 대상의 성별에 따라 'her'와 'him', 'she'와 'he'를 구별하여 쓴다. 이것은 꼭 필요한 일인 것처럼, 마치 핵심적 정보를 담고 있는 것처럼 느껴진다. 하지만 화자가 누군가를 대명사로 일컬을 때 성별이 무관할 수도 있다. 성별을 아예 모를 때도 있다. 문제는 이런 경우에도 영어 화자는 성 대명사 하나를 억지로 선택해야 한다는 것이다.

최근까지도 기본값은 남성 대명사였다. 이 남성중심적 기본값을 놓고, 또한 더 나은 방안이 있는지를 놓고 오랫동안 논쟁이 벌어졌다. 많은 사람들이 더 성평등적인 대명사를 쓰자고 주장했지만 아직까지는 어떤 중성 3인칭 대명사도 두루 받아들여지지 않았다. 성별이 중요하지 않거나 알려지지 않았을 때 종종 채택되는 한 가지 방안은 'them'이나 'they' 같은 3인칭 복수 대명사를 (설령 지시 대상이 한 명뿐이더라도) 쓰는 것이다. 이를테면 이렇게 말할 수 있다. "If a student attends all the lectures and does all the reading, *they* are likely to do well in the course(학생이 모든 강의에 출석하고 모든 참고 도서를 읽으면 **그들은** 수업에서 좋은 성적을 거둘 것이다)." 유의할 점은 이 전략이 가능한 이유가 단지 영어가 3인칭 복수 대명사에서 성을 구별하지 않기 때문이라는 것이다. 하지만 구별하는 언어도 있다. 이를테면 포르투갈어는 화자가 남성 집단을 가리키는지 여성 집단을 가리키는지에 따라 'eles'와 'elas'를 구별하여 쓴다. (남녀가 섞여 있으면 어떻게 할까? 역시나 전통적 기본값은 남성형 'eles'다.)

영어는 어떤 맥락에서는 대명사의 성을 반드시 구별해야 하지만 어떤 맥락에서는 포르투갈어 같은 언어에 비해 성에 덜 깐깐하다. 그런가 하면 어떤 맥락에서든 화자가 대명사를 쓸 때 성 구분을 강요하지 않는 언어도 있다. 이번에도 카리티아나어가 좋은 예다. 카리티아나어에서는 어떤 대명사도 지시 대상의 성을 나타내지 않는다. 3인칭 대명사가 'i'('이'로 발음한다) 하나뿐인데, 'she', 'he', 'her', 'him', 'they', 'them' 중 무엇이든 가리킬 수 있다. 'i'가 카리티아나어에서 매우 흔한 낱말이라는 사실은 놀랍지 않을 것이다.

성을 대명사로 나타내는 방식이 언어마다 다르다는 것은 분명하다. 사람들을 범주화하는 방식은 언어마다 다르며 성은 이 비균일한 범주화 과정의 핵심 요소 중 하나다. 성의 영향은 인간 아닌 동물과 심지어 무정물의 범주화에도 스며든다. 스페인어나 독일어,

또는 사물을 '성'에 따라 묶는 여느 언어를 배워본 적이 있는 사람에게는 친숙한 개념일 것이다. 사물의 성을 암기하는 것은 종종 고역인데, 사물에 생물학적 성이 없기 때문이다. 이를테면 스페인어 'mesa(탁자)'는 여성이지만 독일어 'Tisch(탁자)'는 남성이라는 사실을 외워야 한다.

음성학적 패턴이 암기 과정에 도움을 주기도 한다. 이를테면 '여성적' 사물을 가리키는 스페인어 낱말은 종종 '-a'로 끝나며 남성적 사물을 가리키는 낱말은 종종 '-o'로 끝난다. 하지만 이 패턴에는 많은 예외가 있으며, 궁극적으로 아동이든 성인이든 언어 학습자는 많은 명사의 문법성을 무작정 암기해야 한다. 해당 명사에 붙는 정관사 같은 다른 요소들에 영향을 미치기 때문이다. 어쨌거나 스페인어 '탁자'는 'la mesa'가 아니라 'el mesa'이고 독일어 탁자는 'die Tisch'가 아니라 'der Tisch'다. 스페인어와 독일어 등의 여러 학습자가 경험했겠지만, 엉뚱한 관사를 쓰면 자신이 언어에 서툴다는 것을 들키기 십상이다.[4]

이렇듯 문법성은 사람뿐 아니라 동물과 사물도 범주화한다. 그런데 성이 반드시 두 가지 범주여야 하는 것은 아니다. 여러 범주일 수도 있다. 프랑스어, 스페인어, 포르투갈어 같은 로망스어를 비롯한 일부 언어에는 남성과 여성의 두 가지 성 범주가 있다. 반면에 앞에서 언급한 독일어를 비롯한 일부 언어에는 남성, 여성, 중성의 세 가지 범주가 있다. 그런가 하면 카리티아나어, 중국어, 일본어 같은 언어는 문법성이 아예 없다. 지금껏 인용한 사례만 보면 언어의 문법성이 0개, 2개, 3개뿐일 거라 생각하기 쉽다. 언어에서는 생물학적 성 범주를 무정물 구분의 토대로 쓰지 않거나, 지시 대상을 두 가지 주요 생물학적 성 범주로 구분하거나, 두 범주에 더해 성에 따라 분류할 수 없는 지시 대상을 중성 범주로 나타낼 수 있으므로 이것은 타당한 생각이다.

한마디로 언어는 여성적인 것을 가리키는 성, 남성적인 것을 가리키는 성, 나머지 모든 것을 가리키는 성의 세 가지 문법성에 국한되는 것처럼 보인다. 하지만 앞에서 보았듯 언어는 딱히 우리의 기대에 부응하려 들지 않는다. 실은 문법성이 세 개보다 많은 언어들이 있다. 언어학자들에게 잘 알려진 오스트레일리아 언어 지르발어 Dyirbal를 살펴보자. 몇십 년 전 현장 언어학자 밥 딕슨 Bob Dixon은 지르발어가 사람, 동물, 사물, 그 밖의 대상을 어떻게 범주화하는지에 대한 논문을 썼다. 지르발어에서 '성'이 어떻게 작동하는지 실감하려면 아래 범주들이 지르발어 문법에서 따로 취급된다는 것을 보라.

범주 1: 남성을 비롯한 많은 유정물

범주 2: 여성을 비롯한 몇 가지 동물, 물, 불, 폭력

범주 3: 먹을 수 있는 식물과 과일

범주 4: 그 밖의 여러 사물

이 체계는 네 가지 범주로 사물을 묶는다는 점에서 놀라울 뿐 아니라 성이 세 개가 아니라 네 개라는 점에서도 흥미롭다. 네 번째 범

주를 중성으로 볼 수도 있겠지만, 그렇다면 범주 3은 어떻게 해석해야 할까? 식용 성이라도 되는 걸까? 범주 1과 범주 2도 단순한 성 구분에 따라 나눌 수 없음이 분명하다. 하지만 성이 전혀 무관한 것도 아니다. 남성과 여성이 서로 다른 범주에 속하기 때문이다.

다른 언어의 성 체계에도 성 범주가 엄밀하게 반영되지 않는다는 사실을 명심하라. 이를테면 독일어에서 '소녀'는 이채롭게도 중성이기에 중성 관사가 앞에 온다. 그래서 'die Mädchen'이 아니라 'das Mädchen'이다. 문법성이 있는 언어에서 사물이 성을 부여받는 방식은 다소 무작위적이므로 이것을 단순히 '성' 체계로 여기는 것은 오해의 소지가 있다. 전 세계 문법에서 사람, 사물, 기타 대상을 범주화하는 방식은 모호한 기준을 따르는데, 경우에 따라서는 생물학적 성과 관계가 있을 수도 있지만 그렇지 않을 수도 있다. 지르발어는 이런 범주화 패턴의 모호함을 잘 보여준다.[5]

비위어드 언어를 꼼꼼히 기록하는 과정에서 현장 언어학자들은 사물을 분류하는 다양한 문법 체계를 발견했다. 이 체계들은 지르발어 같은 오스트레일리아의 일부 언어에서 발견되었지만, 뜻밖의 명사 분류 체계가 드러난 두 곳의 주요 지역이 있으니 바로 아프리카와 아마존이다. 이 지역의 일부 언어는 명사 부류가 지르발어의 네 개보다도 훨씬 많다. 명사 범주가 세 개보다 많은 언어에서는 '성'이라는 용어를 쓰지 않고 '부류'로 지칭한다는 데 유의하라. 문법성 체계는 (논란의 여지가 있지만) 매우 단순한 명사 부류의 유형을 나타내는 것에 불과하다.

전 세계 언어에서는 온갖 다양한 방식으로 사물을 범주화한다. 명사 부류를 구분하는 의미 요인 중 하나는 물론 생물학적 성이지만, 유정물인지 무정물인지와 같은 요인도 있다. 많은 명사 부류는 부분적으로 대상의 기능을 토대로 한다. 이를테면 먹을 수 있는 사물은 먹을 수 없는 사물과 별개의 부류에 속할 수 있다. 많은 언어에서 명사 부류를 구분하는 또 다른 주요 기준은 형태다. 이를테면 일부 언어에서는 둥근 사물과 네모난 사물을 다른 부류에 놓는다. 이 분류 기준은 언어의 문법적 패턴에 폭넓은 영향을 미친다.

언어학자 토머스 페인Thomas Payne은 지금껏 전 세계 언어에서 기술된 방대한 명사 부류 체계에 대한 조사를 바탕으로 올바른 판단을 내린다. "어느 경우에든, 한 부류에 속해야 하는 것처럼 보이지만 겉보기에 특이한 이유로 다른 부류에 속하는 사물이 있다." 그는 페루의 언어 야과어에서 파인애플이 바위와 마찬가지로 무정물로 분류되는 반면에 다른 식물은 유정물로 범주화된다는 사실을 언급한다. 파인애플을 무정물로 분류하고 그 밖의 식물을 유정물로 분류해야 할 자연스러운 이유는 전혀 없지만, 명사 부류 체계를 깊이 파고들면 이런 비일관성을 반드시 맞닥뜨리게 된다.[6]

이런 변칙을 제외하면 많은 언어의 명사 부류에 뚜렷한 의미적 근거가 있다는 말에는 일리가 있다. 이런 근거의 정확한 역사적 기원은 대부분 불분명하다. 불분명한 또 한 가지는 일부 명사 부류의 의미 연관성이 화자가 주변의 사물을 실제로 인식하거나 심적으로 범주화하는 데 조금이라도 영향을 미치는가다. 사물이 형태에 따라 저마다 다른 명사 부류에 속하는 언어의 사례를 살펴보자. 이를테면 대부분의 둥근 사물은 '둥글' 명사 부류에 속한다. 이 사실은 언어 구사자가 원과 사각형 같은 형태에 대해 생각하는 방식에 어떻게든 영향을 미칠까? 이를테면 그들은 사물의 형태에 관심을 기울일 가능성이 영어 구사자보다 클까?

이 주제를 놓고 많은 논쟁이 벌어지고 있다. 언어 패턴과 사고 패턴 사이의 인과관계를 입증하기가 힘들기 때문이다. 그럼에도 일부 연구에서는 '언어 상대성'을 암시하는 데이터가 제시되었다. 이에 따르면 이런 언어 요인들은 비언어적 사고에 미묘한 영향을 미친다고 한다. (이런 상대론적 효과의 증거가 '언어가 사람들의 사고방식을 **결정한다**'라는 더 강한 주장의 증거와 같지 않다는 데 유의하라.)[7]

유카텍마야어 구사자에 대한 인류언어학자 존 루시의 연구에서는 명사 분류 체계가 사람들이 범주화 체계와 관련된 사물을 이해하는 데 실제로 영향을 미친다는 증거가 제시되었다. 도무지 믿기 힘들지만 유카텍마야어는 명사 '분류사'가 100개 남짓 된다. 분류사는 명사 부류와 달리 개수를 셀 때 숫자에 접두사나 접미사를 붙이는 문법 현상을 일컫는다. 이 접두사나 접미사는 개수를 세는 사물을 범주화하는 역할을 한다.

한편 참된 명사 부류가 있는 언어에서는 각 명사가 특정 부류에 속하는데, 어느 범주에 속하는지는 미리 정해져 있으며 다양한 문법적 방식으로 드러난다. (하지만 명사 분류사 체계와 명사 부류 체계를 나누는 구분선은 언어에 따라 흐릿할 때도 있다.) 다음의 야과어 구절을 보자.

(1) tin-kii vaturu

"기혼 여성 한 명"

(2) tin-see vaada

"달걀 한 알"

'하나'를 가리키는 낱말 'tin'은 셈하는 대상이 유정물인지 무정물
인지에 따라 뒤에 붙는 접미사가 '-kii'과 '-see'로 달라진다. 이 종류
의 수접미사 변이는 분류사가 있는 언어에서 매우 흔히 볼 수 있다.[8]
유카텍마야어에서는 야콰어를 비롯한 많은 언어에서처럼 분류
접미사가 수사에 붙는다. 중국어와 일본어처럼 널리 쓰이는 언어도
마찬가지다. 이 분류사들은 셈하는 명사가 작물인지, 다른 사회적
중요성이 있는지를 나타내는 데에도 쓰인다. 많은 명사 분류사는
무언가의 형태를 명시하는 역할을 하며 이것은 전 세계 언어의 명
사 분류사에서 흔히 볼 수 있는 성질이다. 아래의 두 예문에서 보듯
유카텍어에서는 'un(하나)' 같은 셈말에 접미사 '-tz'it'가 붙는데, 그
덕에 청자는 셈하는 사물이 길고 가늘다는 사실을 알게 된다. 이 접
미사는 셈하는 사물이 무정형임을(이 경우는 납[蠟, kib]) 나타낸다고
볼 수도 있다.

(3) un-tz'it kib

"길고 가는 초 한 자루"

(4) k.'a-tz'it kib

  "길고 가는 초 두 자루"

유카텍마야어에서는 사물의 형태를 규정하는 일을 종종 분류사가 맡으므로 루시는 이 언어에서 명사의 의미가 사물의 재료에 따라 정해질 가능성이 크다고 주장했다. 그러므로 유카텍어에서는 '초'라고 말하기보다는 분류사를 이용하여 언급 대상인 납의 형태를 한정한다. 루시는 유카텍마야어의 이 특징에 착안하여 이 언어의 구사자들이 영어 구사자에 비해 사물의 재료에 상대적으로 친숙할 것이라는 가설을 세웠다. 그는 동료 언어학자 수잰 개스킨스Suzanne Gaskins와 숱한 실험을 실시했는데, 실험 결과는 가설과 전반적으로 일치했다. 이 비언어적 실험에서 참가자들은 형태나 재료에 따라 사물을 범주화했다. 대체로 영어 구사자들은 사물을 형태에 따라 범주화한 반면에 유카텍마야어 구사자들은 재료를 선택 기준으로 삼았다.

간단한 실험의 예를 들어보겠다. 피험자에게 나무 빗, 플라스틱 빗, 나뭇조각을 주고서 가장 비슷한 사물 두 개를 묶으라고 주문했다. 그랬더니 영어 구사자들은 빗 두 개(나무 빗과 플라스틱 빗)를 고른 반면에 유카텍마야어 구사자들은 나무 두 개(나무 빗과 나뭇조각)를 골랐다. 이런 묶기 과제는 여러 유형의 자극을 이용하여 수행되었다. 루시와 개스킨스는 유카텍어 구사자가 사물을 묶는 방법과 관련하여 이런 일화도 들려주었다. "유카텍어 구사자들은 실험에서 사물을 정렬하기 전에 꾸준히 재료 구성을 파악했다. 얼마나 무거운지 들어보고, 얼마나 말랑말랑한지 손톱으로 찔러보고, 페인트 밑의 재료가 무엇인지 표면을 긁어보고, 냄새와 맛을 보고 재료의 성질에 대해 질문이나 논평을 내놓았다. 전부 친숙한 사물인데도 그랬다. 영어를 구사하는 미국인은 이런 반응을 전혀 보이지 않았다. 그들은 필요한 모든 정보를 시각만으로 얻었다."[9]

기저의 문화 요인이 언어의 차이와 두 인구집단이 사물을 묶는 방식의 차이 둘 다에 영향을 미친다는 대립 가설에 맞서 해당 언어 요인만이 인구집단 간의 차이에 영향을 미친다는 가설을 이렇게 간단한 실험으로 확인하기는 물론 쉬운 일이 아니다. 그럼에도 루시를 비롯한 학자들이 제시한 데이터는 명사 부류와 명사 분류사가 사람들이 사물 분류를 생각하는 방식에서 모종의 역할을 한다고 암시한다. 여기에는 유카텍어 이외의 수많은 언어에 대한 연구, 루시의 선구적 연구 이후 개선된 다양한 방법을 동원한 연구가 포함된다. 일본의 심리학자 이마이 무쓰미Mutsumi Imai는 이 작업의 선봉에 서 있다. 이마이 연구실에서는 사람들이 사물을 심적으로 범주화하는 방식에 문화 요인과 언어 요인이 어떻게 영향을 미치는가와 관련하여 영향력이 큰 연구를 다수 발표했다.[10]

비언어적 사고에 영향을 미치는 분류사, 명사 성, 명사 부류의 잠재적 역할이 어떻든 간에 지금껏 이론의 여지가 없는 사실은 사물을 범주화하는 방식이 언어마다 제각각이라는 것이다. 명사 부류의 일부 유형은 아마존에서만 관찰되었다. 한 가지 흥미로운 사례는 콜롬비아에서 쓰는 미라냐어Miraña다. 미라냐 문화에 속한 사람들은 약 400명 남아 있지만 미라냐어를 여전히 유창하게 말하는 사람은 약 100명에 불과하다. (결정적 이유는 아동들이 이젠 미라냐어 대신 스페인어를 배운다는 것이다.)

미라냐어의 명사 부류는 접미사에 다양한 영향을 미치는데, 그중 하나는 이른바 일치 표지다. 일치 표지는 명사가 아닌 낱말에 붙어 명사 부류와의 일관성을 나타낸다. 미라냐어에서는 형용사, 동사, 수사에 일치 표지가 쓰이므로 주어진 사물의 부류가 말에 포괄적 영향을 미친다. 명사와 그에 연관된 사물이 어떻게 범주화되는지 알지 못하면 미라냐어를 결코 유창하게 구사할 수 없다. 이것은 (이를테면) 스페인어 문법성을 배울 때보다 훨씬 까다롭다. 물론 스페인어에서도 명사를 엉뚱한 성으로 범주화하면 관사에 영향을 미친다(이를테면 'la mesa' 대신 'el mesa'라고 말하게 된다). 형용사의 성도 명사의 성과 일치해야 하기 때문에, 명사를 틀리게 범주화하면 올바른 'la mesa roja([여성형] 붉은 탁자)' 대신 'el mesa rojo([남성형] 붉은 탁자)'라고 말할 수도 있다.

하지만 미라냐어 같은 언어에서는 사정이 훨씬 복잡하다. 많은 낱말 유형이 주어진 명사와 일치해야 하며, 우리가 성이라고 부르는 두 가지 명사 부류가 아니라 수십 가지 명사 부류가 있다. 이 명사 부류들을 외우는 것은 고역이다. 언어학자 프랭크 사이파트Frank Seifart와 콜레트 그리네발트Collette Grinevald는 미라냐어 같은 언어들의 흥미로운 명사 부류들을 꼼꼼히 기록했다. 주어진 사물의 부류가 이 언어들의 문장에 얼마나 큰 영향을 미치는지 실감하려면 아래 예문을 보라. 아래 문장에서 대상 사물은 'ubi(바구니)'인데, 미라냐어에서는 '용기' 부류에 속한다. 이 부류를 표현하는 접미사 '-ba'는 문장의 낱말 중 무려 네다섯 개에 붙는다.[11]

(5) o-di ihka-ba tsa-ba muhu-ba ubi-ba
"나는 커다란 바구니가 하나 있다."

모든 '-ba' 접미사는 'ubi'가 용기 범주에 속한다는 것을 청자에게 알려주는 역할을 할 뿐이다. '용기 역할을 하는 사물' 같은 구체적 부류가 있기 때문에 미라냐어의 명사 부류를 익히기가 얼마나 어려울지 상상해보라. 저 모든 부류가 문법에 미치는 영향을 익히려면 얼마나 힘들겠는가. 하지만 이런 부류가 미라냐어에만 있는 것은 아니다. 많은 언어에서 비슷한 현상을 찾아볼 수 있다. 영어 같은 언어를 쓰다가 이런 부류가 있는 언어를 배우느라 고생한 사람이라면 이 같은 명사 범주화 체계가 얼마나 버겁고 낯선지 알 것이다. 하지만 분명히 해둘 것이 있는데, 이런 이유로 영어가 모종의 언어중립적이고 객관적인 방식으로 '기본적'이고 미라냐어 같은 언어들이 특이하다는 말은 아니다. 이 언어들은 섬세한 명사 부류가 없는 언어 구사자에게만 특이하게 느껴지는 것일 뿐이다.

미라냐어의 명사 부류는 수십 가지에 이르므로 여기서 일일이 살펴보지는 않겠다. 하지만 미라냐어는 명사 부류 체계가 얼마나

미라냐어의 명사 부류 중 일부

부류의 의미	예시 낱말/사물	사용 접미사
달걀꼴 사물	uhkaaj, "턱수염"	-aj
나무, 덤불, 식물	koohue, "아보카도 나무"	-e
길쭉한 사물	aao, "마라카 열매"	-o
공터	jaahtsy, "안뜰"	-ahtsy
가루	bajiihu, "재"	-jiihu
딱딱한 껍데기	kuumuhymyyo, "거북 등딱지"	-myyo
액체	ajbehpajko, "술"	-hpajko
묶음	umehtsuuo, "소금 자루"	-htsuuo
모서리	hatohko, "집의 모서리"	-tohko
가느다란 부분	umeemehkei, "나무의 가느다란 부분"	-mehkei

복잡할 수 있는지 보여주는 요긴한 자료다. 위의 표는 미라냐어 명사 부류 중 열 가지를 나타낸 것으로, 예문 (5)에서처럼 각 부류에 예시 명사를 제시하고 명사, 형용사, 동사, 수사에 쓰이는 관련 접미사를 표시했다.

표에서 예로 든 부류만 보더라도 미라냐어의 범주화 체계가 얼마나 복잡한지 실감할 수 있다. 이 명사 부류 중 몇 가지는 어원을 짐작할 수도 있다. 일반적으로 접미사는 해당 명사에 따라붙던 온전한 낱말이 축약된 형태다. 시간이 오래 지나면 온전한 낱말은 축약되어 앞 낱말에 달라붙는다. 이렇게 접미사가 되면 파생 이전의 온전한 낱말이 가진 본디 의미와는 막연한 연관성만 남는다.

'문법화'라는 이 흔한 패턴은 미라냐어에서 해당 접미사를 역사적으로 파생시킨 본디 낱말이 여전히 쓰이는 일부 명사 부류에서 확인할 수 있다. 이를테면 '셔츠'를 뜻하는 낱말 'kaamee-ha'를 살펴보자. 이 낱말의 접미사 '-ha'는 해당 명사가 덮개나 보금자리 역할을 하는 사물을 가리킨다는 사실을 나타낸다. 미라냐어에서 집을 가리키는 낱말이 'ha'인 것은 우연이 아니다. 이 낱말은 현재 '보금자리' 부류의 모든 개념을 범주화하는 접미사의 역사적 토대로 쓰인 것이 분명하다.

더 긴 낱말 'mutsyytsyba-tuhke'도 들여다보자. '배사과 꼭지'라는 뜻이다. 이 낱말에는 접미사 '-tuhke'가 붙어 있는데, 과일 꼭지를 포함하는 사물 부류를 가리키는 데 쓰인다. 접미사 '-tuhke'와 형태가 비슷한 별개의 낱말 'tuhkenu'가 미라냐어에 있는 것은 우연이 아니다. 'tuhkenu'는 '시작'을 뜻한다. '시작'과 식물 꼭지의 은유적 관계는 쉽게 짐작할 수 있다. 어쨌거나 열매의 나머지 부분은 꼭지에서 시작되니 말이다. '꼭지stem'의 이 은유적 쓰임은 영어 숙어 'to stem from(~에서 비롯하다)'에서도 볼 수 있다.

복잡한 명사 부류 체계가 있는 전 세계 여러 언어에서 일부 명사 부류는 '-tuhke'와 '-ha'의 사례처럼 어원이 뚜렷하다. 반면에 다른 명사 부류의 어원은 시간이 지나면서 잊힌다. 언어 구사자들에게 남는 것은 다소 일관되지만 매우 모호한 분류 기준을 가진 느슨한 의미 범주다. 이 범주들에는 기준에 전혀 들어맞지 않아 보이는 예외도 많다. 따라서 언어 학습자는 해당 언어의 각 명사 부류에 속하는 명사의 집합을 무작정 암기해야 한다. 이것은 만만한 일이 아니다. 영어 구사자는 스페인어 같은 언어의 문법성 체계에서 단 두 가지 명사 부류를 익히는 데도 종종 애를 먹는다. 미라냐어, 또는 정교한 명사 부류를 가진 많은 아프리카 언어의 사례에서처럼 이 부류들은 문법에 포괄적 영향을 미칠 때가 많다. 미라냐어로 '바구니'를 가리키는 낱말을 틀리게 범주화하면 예문 (5)에서 네다섯 개의 낱말에 대해 실수를 저지르게 된다는 사실을 생각해보라.

영어 같은 언어는 명사 부류가 없지만 그런 범주의 흔적이 남아 있다. 이를테면 영어 구사자는 셀 수 있는 명사(가산 명사)와 셀 수 없는 명사(불가산 명사)를 구분한다. 영어에서는 '흙 두 덩이'나 '석유 세 통'이나 '모래 다섯 양동이'나 '버터 두 조각' 등으로 말한다. 이러한 표현은 유카텍마야어 구사자가 '초 두 개'를 가리킬 때 '두 길고 가느다란 납'이라고 말하는 것을 떠올리게 한다. 하지만 영어에서 '두 흙'이나 '세 석유'나 '다섯 모래'라고는 말할 수 없다. 이것은 정해진 형태가 없는 흐물흐물한 액체와 고체가 그 자체로는 셀 수 없는 사물이기 때문이다. 그 대신 '덩이', '통', '양동이'처럼 많은 언어의 분류사와 비슷한 역할을 하는 낱말을 더해줘야 한다.

이렇게 하면 셈하는 물질의 형태를 규정할 수 있다. 영어에 가산 명사와 불가산 '물질' 명사가 있다는 사실은 명사가 두 가지 주요 범주로 나뉜다는 뜻이다. 그럼에도 영어는 여느 유럽어에 비해서도 명사 범주화의 정도가 매우 낮은 편이다. 어쨌거나 많은 유럽어가 모든 명사를 두세 가지 문법성으로 범주화한다. 하지만 유럽어에서 명사를 범주화하는 방식은 전반적으로 비교적 단순하다. 이에 반해 아마존, 아프리카, 오스트레일리아 등의 많은 언어는 명사와 지시 대상을 묶는 방법이 정교하다. 언어 구사자는 이런 언어의 정교한 문법에서 요구되는 방식으로 대상을 범주화하는 법을 배워야 한다. 여기서 살펴본 것은 그 정교함의 빙산의 일각에 불과하다.

각자의 방식으로 붙여지는 이름표

우리는 언어가 사람, 사물, 그 밖의 대상을 분류하는 방식을 간략하게 섭렵하면서 몇 가지 언어에 집중하여 전반적 패턴을 들여다보았다. 여기서 자연스럽게 떠오르는 질문은 우리의 표본 사례에 얼마나 대표성이 있느냐일 것이다. 이를테면 카리티아나어의 친족 체계는 전 세계 언어의 친족 패턴을 대표할까? 미라냐어의 명사 부류 체계는 전반적인 세계적 추세를 보여주는 것일까? 두 질문 다 대답은 '예'이기도 하고 '아니요'이기도 하다. 이를테면 카리티아나어에서 보듯 전 세계 친족 체계는 복잡성 면에서 차이가 많다. 하지만 러기어, 켐프 등의 인지과학자들이 밝혔듯 이 복잡성에는 제약이 있다. 즉, 언어는 각각의 고유한 관계에 낱낱의 이름표를 아무렇게나 붙이는 것이 아니다. 그럼에도 카리티아나어와 미라냐어 같은 사례에서 보듯 언어는 사람과 사물을 우리에게 낯선 매우 복잡한 방식으로 범주화할 수 있다. 결정적으로 연구자들은 전 세계 언어 다양성의 깊이를 더 면밀히 파고들면서 이 복잡성을 속속 발견하고 있다.

미라냐어처럼 정교한 명사 부류 체계는 널리 퍼져 있지는 않아도 많은 어족에서 관찰되었다. 게다가 전 세계 많은 언어에는 기본적 명사 부류가 있다. 단순한 두 가지나 세 가지 성 구분도 있고 지르발어의 네 가지 '성' 같은 더 정교한 구분도 있다. 언어학자 그레빌 코벳Greville Corbett은 여러 지역과 어족을 망라하는 전 세계 257개 언어를 조사했는데, 그가 내린 결론은 명사를 기본적 부류로 범주화하는 수단을 갖춘 언어가 절반에 못 미친다는 것이었다. 명사 부류가 있는 언어의 성 체계도 대부분 범주가 두세 개로 단순했다. 하지만 조사 대상 언어의 약 14퍼센트는 명사 부류가 네 가지 이상이었으므로, 복잡한 범주화 체계는 그다지 드물지 않다.[12]

이 장 앞부분에서 살펴본 유카텍마야어 사례처럼 정교한 명사 분류사 체계도 (주로 개수 헤아리기에서 나타나긴 하지만) 희귀하지 않다. 언어학자 데이비드 길David Gil은 400개 언어를 연구하여 그중 78개에서는 명사 분류사가 필수적이어서 사물을 셀 때 반드시 써야 하는 반면에 62개에서는 선택적임을 밝혀냈다. 길의 대규모 표본으로 판단컨대 전 세계 언어의 3분의 1 이상은 명사 분류사 체계가 있다. 이 체계들은 명사 부류 체계와 마찬가지로 다양한 지역과 어족에 걸쳐 발견된다. 코벳과 길이 진행한 조사를 바탕으로 보자면 전 세계 언어의 절반가량은 개수 헤아리기 같은 맥락에서 드러나는 명사 부류 및/또는 명사 분류사의 엄격한 체계가 있다. 그리고 모든 언어는 친족 체계가 있다. 복잡성 면에서는 두드러진 차이가 있지만 말이다.[13]

언어의 친족 체계나 명사 범주화 체계가 원어민이 자신의 사회적·물리적 환경에 속한 사람과 사물에 대해 생각하는 방식에 어느 정도로 영향을 미치는가에 대해서는 논란이 있다. 분명한 사실은 이런 체계에서 나타나는 크나큰 차이에 사물과 사람을 범주화하는 매우 독특한 방식이 반영된다는 것이다. 우리가 살펴본 언어들의 원어민은 명사 부류를 자연스럽게 느낀다. 오히려 영어 같은 언어에 이 부류가 없는 것을 이상하거나 개념적으로 미흡하게 느낄지도 모른다.

당신이 어릴 때 미라냐어 같은 언어를 쓰다가 나중에 영어를 제2외국어로 배웠다고 상상해보라. 당신은 겉보기에 무관한 사물들이 영어 문법의 뭉툭한 연장으로 우악스럽게 뭉뚱그려지는 것을 보면서 범주화의 모든 뉘앙스와 섬세함이 어디로 달아났는지 의아할 것이다. 이를테면 달걀꼴 사물과 나무를 구별할 문법적 수단이 없어서 어리둥절할지도 모른다. 물론 영어 구사자가 나무를 달걀꼴로 여기지 않는다는 것은 이해하겠지만 이 구분이 문법에 표현되지 않는다는 게 갸우뚱할 것이다. 결국 명사 부류 연구는 친족 체계 연구와 마찬가지로 언어가 개념 범주를 부호화하는 방식이 그 언어의 구사자에게는 자연스럽고 낯익게 느껴지더라도 다른 언어 구사자에게는 부자연스럽고 낯설게 느껴질 수도 있음을 보여준다.

4장

푸른 하늘은 존재하지 않는다

이곳은 주로 동풍이 불기 때문에, 마이애미 국제공항을 출발하는 항공편은 대개 동쪽으로 이륙하여 비스케인만 위를 지난다. 햇볕이 내리쬐는 날에 타 지역으로 떠나는 비행기의 창가 자리에 앉으면(이 지역은 늘상 햇볕이 내리쬔다) 아래쪽 수면에 반사되는 빛에 눈이 부시다. 만의 얕은 물은 다양한 명암의 초록색이며 더 깊은 수역은 파란색으로 덮여 있다. 금세 만을 지나고 마이애미비치를 보듬은 좁다란 섬을 넘어서면 바닷물이 시야를 채운다. 바다는 멀리 인근 섬들의 지평선과 바하마 제도의 산호섬 너머까지 펼쳐져 있다. 해안 근처는 진녹색이지만 해저가 대륙붕까지 낮아지는 곳에서는 진파랑으로 바뀐다. '초록색'과 '파란색' 같은 용어는 이런 날 비행기에 반사되는 눈부신 스펙트럼을 제대로 묘사하지 못한다.

알맞은 묘사어를 찾으려고 골머리를 썩인 것은 이번 한 번이 아니었다(쌀쌀한 어느 날 맨해튼에서 눈을 더 적절히 묘사할 낱말을 찾고 있었을 때도 그랬다). 이런 탐색은 성공 확률이 매우 낮다. 어떤 빛깔은 터키옥색이라고 묘사할 수 있고 어떤 빛깔은 물색, 심지어 쇠오리색이나 청금석색이라고 묘사할 수도 있다. 하지만 솔직히 말하자면 이런 용어로 규정되는 정확한 색깔이 내게 언제나 명확한 것은 아니다. 설령 낱말의 의미를 분명히 알더라도 수식어를 써서 '터키옥 파란색' 같은 낱말 쌍으로만 쓴다.

내가 더 기본적인 용어인 '파란색'과 '초록색'의 도움을 받지 않고서 저런 용어만 따로 쓰면 평범한 대화에서는 너무 심사숙고하거나 시적으로 표현하려는 것처럼 보일 것이다. 현실에서라면 나는 물빛이 진초록에서 진파랑까지 초록색과 파란색의 다양한 명암을 아우른다고 말할 것이다. 방금 당신에게 말한 것처럼. 이유는 간단하다. 초록색과 파란색은 영어에서 이른바 기본색 낱말이기 때문이다.

이 장에서는 기본색 낱말이 전 세계 언어에서 어떤 차이를 나타내는지, 사람들이 바닷물 같은 색자극을 묘사하고 회상하는 방식에 대해 우리가 무엇을 알 수 있는지 살펴볼 것이다. 하지만 초점을 색 낱말에만 한정하지는 않을 것이다. 다른 유형의 감각 용어, 특히 냄새 용어에 대한 새로운 통찰도 들여다볼 것이다. 색 용어는 전 세계 언어에서 가장 속속들이 탐구된 감각 낱말이지만, 언어가 감각 자극을 어떻게 부호화하는지에 대한 새로운 연구에서 여러 감각 영역에 걸쳐 뜻밖의 사실이 발견되었다. 이 절에서는 색 용어에 초점을 맞추고 둘째 절에서는 냄새 낱말에 주목할 것이다. 셋째 절에서는 탐구가 덜 된 그 밖의 감각 영역으로 범위를 넓힐 것이다.

환경에 따라 달라지는 색 낱말

언어학과 관련 학문에서는 기본색 낱말이 언어에서 특별한 지위를 차지한다는 사실이 알려져 있다. 이런 낱말에 대한 세계적 연구로 1969년 처음 발표된 유력한 논문에서 언어학자 브렌트 벌린Brent Berlin과 폴 케이Paul Kay는 초록색과 파란색 같은 기본색 낱말이 청금석색이나 쇠오리색 같은 용어와 대조적으로 공유하는 특성의 목록을 개관했다. 아래는 그런 특성들이다(문구는 수정했다).[1]

  a) 기본색 낱말은 수식어나 다른 색 낱말과 조합되지 않은 단일
     어다(이를테면 '네이비블루'는 포함되지 않는다).
  b) 낱말의 의미는 다른 색 낱말이 가지는 의미의 일부로서 기술
     될 수 없다. 이를테면 '진홍색'은 빨간색이라고 불리는 가시
     스펙트럼 영역의 일부를 가리키는 데 쓰인다. 그러므로 상대
     방의 드레스가 '진홍 빨간색'이라고 말하는 것은 지당하지만
     '빨간 진홍색'이라고 말하는 것은 별로 타당하지 않다.
  c) 어떤 대상이든 제한 없이 묘사할 수 있다. 기본적이지 않은 색

용어의 상당수는 특정 사물의 묘사에 국한된다. 이를테면 나는 자동차의 색깔을 '노을빛 주황색'이라고 부르는 것은 들은 적이 있지만 대부분의 사물에는 이 합성어를 쓰지 않는다. 일부 머리카락 색깔과 나뭇결을 '블론드'로 지칭할 수는 있지만 이 용어는 그 밖의 사물에 두루 확장되지 않는다. 그러므로 블론드와 노을빛은 제한된 맥락에서 색깔을 가리키는 데 쓰이며 기본색 낱말로 인정받지 못한다.

d) 기본색 낱말은 해당 언어 구사자에게 인지적으로 두드러진다. 정상 시각을 가진 영어 구사자에게 빨간 포커 칩을 건네고서 무슨 색깔이냐고 물으면 빨간색을 쉽게 인지하여 즉시 대답할 것이다. 빨간색은 질문을 받은 모든 사람 또는 거의 모든 사람이 포커 칩을 묘사할 때 처음 내뱉는 용어일 것이다. 잘 익은 바나나의 색깔을 말해보라고 하면 그들은 노란색이라고 말할 것이다. 한마디로 그들은 기본색을 쉽게 구별하며, 결정적으로는 자신의 모어에 그 색깔을 가리키는 용어를 가지고 있다. 이에 반해 청금석색, 쇠오리색, 일일초색은 누구나 아는 용어가 아니며 이 낱말이 지칭하는 색깔은 덜 두드러지고 인식하기 더 힘들다.

해당 언어에서 어느 용어가 기본색 낱말인지 판단하는 기준은 이것만이 아니지만, 위의 목록만으로는 왜 '초록색'과 '파란색'이 영어에서 기본색 낱말인지 이해하기에 충분하다. 물론 기본색에 이 두 가지만 있는 것은 아니다. 영어는 많은 언어와 마찬가지로 흰색, 검은색, 빨간색, 초록색, 노란색, 파란색, 갈색, 자주색, 분홍색, 주황색, 회색의 11가지 기본색 낱말이 있다. 색스펙트럼에서 초록 색상hue은 물리적으로 뚜렷한 경계를 그리지 않고서 파란 색상에 스며든다. 영어에서는 스펙트럼의 이 부분에 해당하는 기본색 낱말이 두 개뿐이기 때문에 이렇게 어우러지는 두 색상에 대해 둘 중 하나를 선택할 수밖에 없다. 파란색 아니면 초록색으로 범주화해야만 한다.

이런 종류의 강제적 어휘 선택은 인지과학자들이 범주 지각이라고 부르는 현상을 촉진한다. 기본적으로 우리는 자신이 보는 색깔이 비이분법적 연속선상에 놓이더라도 초록 색상과 파란 색상을 초록색이나 파란색 둘 중 하나로 범주화할 가능성이 크다. 이 점은 내가 마이애미 주변 색색의 물 위를 비행하면서 떠올린 직관과 맞아떨어진다. 하지만 직관은 실험을 대체하기에 충분치 않다. 잠시 뒤에 우리는 색 낱말이 색상의 범주 구분을 촉진한다는 실험 증거를 살펴볼 것이다.

영어의 11가지 기본색 용어 체계는 전형적일까, 이례적일까? 지난 수십 년간 언어학자들은 100여 개 언어에 같은 방법을 적용하는 체계적 연구로 이 질문에 답을 내놓았다. 벌린과 케이가 주도한 세계색채조사World Color Survey의 일환으로 수행된 이 연구는 색 용어에 대한 우리의 통념을 여러모로 변화시켰다. 하나만 들자면 일부 언어의 기본색 낱말 개수가 매우 적다는 사실을 밝혀냈다. 세계색채조사와 이 주제에 대한 대부분의 연구에 따르면, 언어의 기본색 낱말은 대체로 2개에서 11개 사이다. 하지만 예외도 있다. 기본색 낱말이 11개가 넘는 언어도 있다. 한국어는 15개다. 색 낱말 스펙트럼의 반대쪽 끝에 있는 몇몇 언어는 기본색 낱말의 기준을 충족하는 용어가 (논란의 여지가 있긴 하지만) 하나도 없다.

언어는 색 표현 영역에서 놀랄 만한 변이를 나타내지만 그 변이가 전부 무작위적인 것은 아니다. 이를테면 색상에 대해서뿐 아니라 명도와 채도, 그 밖에 우리가 색깔과 연관 짓는 특질에 대해서도 어마어마한 변이가 색스펙트럼에 드러나는 것으로 보건대 언어의 기본색 낱말 개수가 대부분 몇 개 되지 않는다는 것은 흥미로운 현상이다.[2]

세계색채조사는 단순한 방법론을 채택했으며 이 방법론은 다양한 지역의 현장 연구자들에 의해 구현되었다. 그들은 색스펙트럼을 나타내는 페인트용 색 표본을 활용했다. 표본은 독특하고 개별적인 색깔 330개로 이루어졌다. 조사 응답자에게는 간단한 과제 두 가지가 부여되었다. 첫 번째 과제는 이름 붙이기로, 각 응답자는 모어에 들어 있는 기본색 낱말 하나를 제시받았다. 그런 다음 해당 낱말로 나타낼 수 있다고 생각되는 모든 색 표본을 지목하라는 주문을 받았다. 이 과제의 응답은 각 언어의 기본색 용어에 해당하는 색상을 결정하는 데 이용되었다. 두 번째 과제는 '초점' 과제였다. 참가자들은 자신의 언어에 있는 기본색 낱말 하나를 제시받은 다음 330가지 선택지 중에서 그 색깔의 가장 적절한 예시를 고르라는 주문을 받았다. 수십 명의 언어학자는 이 단순한 두 가지 과제를 이용하여 세계색채조사에 동참했으며 사람들이 색깔을 묘사하는 방식에 대한 우리의 이해를 부쩍 개선했다. 물론 이 방법은 완벽하지 않았으며 여러 가시적 성질 중에서 색상에 치중했다.

(3장에서 언급한) 시카고대학교의 존 루시 같은 학자들은 일부 언어가 지시 대상의 광택, 반사, 질감 같은 물리적 성질과 뗄 수 없는 방식으로 색상을 지칭한다는 점을 지적했다. 이를테면 '황금색'은 단순한 색상이 아니라 반짝거림을 함축한다. 그런데 루시에 따르면 영어를 비롯한 많은 언어에서 색상은 반짝거림 같은 여타 요인과 대체로 구분된다. 하지만 루시에 따르면 모든 언어가 이 요인들을 구분한다고 가정하는 것은 현명한 처사가 아니다. 그래서 그를 비롯한 사람들은 세계색채조사 데이터가 해당 언어의 전반적 색 체계에 대해 우리에게 알려주는 지식에 본질적 한계가 있다고 주장한다.

예를 들어 필리핀 민도로섬에서 쓰는 하누누어Hanunóo의 사례를 살펴보자. 이 언어의 색 용어는 인류학자 해럴드 콘클린Harold Conklin에 의해 상세히 기술되었다. 20세기 중엽 자신의 현장 연구를 토대로 삼은 논문에서 콘클린은 이렇게 말했다. "첫째, 밝음과 어두움의 대립이 있다. …… 둘째, 자연환경의 가시적 요소들에서 나타나는 말랐음(또는 푸석푸석함)과 신선함(또는 촉촉함)의 대립이 있다. 이것은 'rara(빨간색)'와 'latuy(초록색)'에 각각 반영된다. 이 구분은 식물을 기술할 때 유난히 중요하다. …… 갓 벤 대나무의 반짝거리고 촉촉하고 갈색인 부분은 'marara(빨간색)'가 아니라 'malatuy(초록색)'다."

하누누어의 색 용어는 색상만이 아니라 촉촉함 등을 포함하는 가시적 성질의 일반적 대립을 더 중시하는 것이 분명하다. 다른 언어에서도 비슷한 점을 찾아볼 수 있다. 그러므로 인지과학에서 '색깔'에 대해 말할 때 이 색깔이 전 세계 언어에서 부호화된 시각적 성질을 가리키는 용어 중 일부만을 나타낸다는 것에 유의해야 한다. 비위어드 언어의 '색' 용어 중 일부는 (이를테면) 영어의 색 낱말에서는 드러나지 않는 방식으로 시각적 성질과 연관되기도 한다.[3]

그럼에도 세계색채조사에서 얻은 결과는 여전히 인간이 색상을 지각하고 말로 표현하는 방식에 대한 데이터의 훌륭한 출처다. 조사에 따르면 언어 구사자들이 색 표본에 이름을 붙일 때 쓰는 낱말에는 일관성이 있다. 인구집단 내에서 반응이 전반적으로 일관된다는 사실에서 보듯 색 조사 방법은 (눈에 띄는 예외가 있긴 하지만) 사람들이 색을 지각하고 말로 표현하는 방식에 대해 우리에게 **무언가**를 알려준다. 물론 이 데이터는 일부 언어에서 광택과 반사 또는 질감 같은 요인이 색상과 어떻게 연관되는지에 대해서는 알려주지 않을지도 모른다.

하지만 색상 지각이 인간의 시각 기관에서 중요한 요소라는 것 또한 분명하다. 이 기관은 수백만 년에 걸쳐 선택되었다. 사람들이 색상에 대해 말하는 방식을 탐구하는 것은 사람들이 환경의 기본적인 물리적 자극에 대해 말하는 방식을 이해하는 데 매우 핵심적인 부분이다. 세계색채조사가 사람들이 색깔에 대해 말하는 방식에 대한 매우 유용한 발견을 내놓았고 그 과정에서 인간 인지에 대한 통찰도 제시했다고 말하는 것은 타당하다. 조사는 궁극적으로 전 세계 기본색 낱말에 흥미로운 유사점과 차이점이 있음을 보여주었다.

이 유사점과 차이점은 무엇이고 언어, 생각, (어쩌면) 인간 시각에 대해 우리에게 무엇을 알려줄까? 하나만 들자면 언어가 색상을 부호화하는 방식에 확고한 경향이 있음을 알려준다. 학자들은 내가 앞에서 나열한 기준에 따른 확실한 색 낱말이 전혀 없는 예외적 언어를 언급했지만 우리는 절대다수의 언어에 기본색 낱말이 있다고 자신 있게 말할 수 있다. 색상이 시각에 얼마나 중요하고 우리가 환경의 사물을 구별하는 데 얼마나 결정적인지 생각해보면 놀라운 일이 아니다. 사람들은 형태를 구별해야 하는 것 못지않게 자주 색깔에 대해 말해야 하며 이 기능적 필요성은 색 용어가 발달하도록 언어에 압력을 가한다. 흥미롭게도 (3장에서 보았듯) 형태 유형이 종종 명사 부류의 종류를 나누는 바탕이 된다는 점을 생각해보면 전 세계 언어에서 더 기본적인 역할을 하는 것은 형태인 듯하다.

색깔에 대해서는 이렇게 말할 수 없다. 그럼에도 기본색 낱말은 언어에 두루 퍼져 있다. 더 중요한 것은 세계색채조사에서 연구한 110개 언어의 기본색 용어에서 드러나는 흥미로운 패턴이다. 이를테면 특정 색채의 가장 알맞은 예를 고르는 초점색채 과제에서는 언어가 다르더라도 구사자들이 비슷한 색 표본을 골랐다. 말하자면 두 언어의 구사자들이 몇 개의 색 표본을 '노란색'(즉, 영어의 'yellow'를 해당 언어로 가장 비슷하게 번역한 낱말)으로 지목하는지는 달랐지만 그들이 보기에 노란색의 가장 알맞은 예는 330개 색 표본 중에서 매우 좁은 범위에 몰려 있었다.

세계색채조사의 또 다른 발견은 앞에서 언급했듯 언어마다 기본색 낱말의 개수가 비교적 적다는 것이다. 조사에서는 색 표본을 330개 사용했지만 앞에서 언급했듯 기본색 낱말의 기준에 맞는 용어는 대개 2개에서 11개였다. 더 흥미로운 사실은 주어진 언어의 색 용어를 예측하는 간편하고 확실한 방법이 있다는 것이다. 이를테면 어떤 언어의 색 낱말이 두 개뿐이면 그 두 낱말이 각각 '흰색'과 '검은색'일 거라고 자신 있게 예측할 수 있다. 색 낱말이 두 개인 언어에서 그 두 낱말은 실은 '더운색'과 '찬색'을 구별한다고 보는 것이 가장 적절하다. 어떤 언어의 기본색 낱말이 세 개이면 그 세 용어가 흰색, 검은색, 빨간색을 가리킬 거라고 예측할 수 있다.

기본색 낱말이 네 개이면 흰색, 검은색, 빨간색, 노란색(또는 초록색)일 것이다. 하지만 초록색을 가리키는 색 용어는 파란색을 가리키는 데도 곧잘 쓰인다. 이 흔한 색 범주는 초록색과 파란색을 뭉뚱그린 것으로, 언어학자와 인류학자들은 '푸른색(grue)'이라고 부른다. 기본색 낱말이 여섯 개일 때에만 초록색과 파란색을 구분하는 용어가 생긴다. 기본색 낱말이 일곱 개 이상이면 갈색, 자주색, 분홍색, 주황색, 회색이 포함될 것이다. 이런 패턴은 여섯 개 초점 색상이 인간 의사소통에 유난히 중요함을 암시한다. 이 색상들을 중요도 순으로 나열하면 (1) 검은색과 흰색, (2) 빨간색, (3) 초록색과 노란색, (4) 파란색이다. 이 색상들이 인간 의사소통에 이토록 중요한 이유가 뭘까? 가장 간단한 답은 인간 시각이 특정 색상을 구별하는 데 더 뛰어나기 때문에 우리가 그런 색에 낱말을 부여하는 편향을 가진다는 것이다.

주변 환경에서 자신의 시각계로 쉽게 분간할 수 있는 색에 대해 이야기하려는 것은 어느 인구집단에게나 있는 타고난 편향이다. 어쨌거나 이것이 전통적 답이며 시각 신경세포의 작동 원리도 이를 뒷받침한다. 인간을 비롯한 여러 영장류의 시각은 빨간색 대 초록색 같은 몇 가지 색 대비에 치우친 듯하기 때문이다. 영장류가 대부분 초식동물임을 감안하면, 이런 편향이 생긴 것은 자연에서 밝은색 열매를 주변 나뭇잎과 구별하는 능력이 유용하기 때문이다.

그러나 색 지각의 타고난 편향이 전 세계 기본색 용어의 일부 패턴에 영향을 미칠 수는 있겠지만 이 편향들이 애초에 비교적 미미하다는 데 유의해야 한다. 게다가 일부 연구에서는 편향이 단순히 인간 시각 하드웨어의 특성 때문이 아니라 밝은색 열매를 넘어서서 자연환경에서 맞닥뜨리는 색깔들의 구체적 분포 때문일지도 모른다는 주장이 제기되었다. 언어학자 안나 비에주비츠카Anna Wierzbicka는 이 기본 발상을 구체화하여 기본색 용어가 낮, 밤, 불, 해, 식물, 하늘, 땅을 비롯한 현상을 통해 인간 경험에서 우위를 차지하게 되었다고 주장했다. 환경 요인이 색 용어의 형성에 영향을 미친다는 발상은 뒤에서 다시 살펴볼 것이다.[4]

기본색 낱말에 대해서조차 언어들 간에 큰 차이가 있다는 사실로 보건대 인간 시각만이 인간 언어의 색 체계를 좌우한다는 말은 지나친 단순화일 것이다. 이런 까닭에 많은 학자는 문화 요인도 색 낱말의 진화에서 역할을 할 것이라고 오랫동안 강조했다. 어쨌거나 인간의 시각 기관은 세계 어디서나 똑같지만, 필수 기본색 낱말이 해당 문화에서 소통되는 방식에는 뚜렷한 변이가 있다. 이를테면 파란색을 가리키는 용어가 있는지 없는지와 무관하게 거의 모든 언어에 빨간색을 가리키는 용어가 있다는 사실은 사람들이 파란 사물보다 빨간 사물에 대해 더 자주 소통해야 한다는 사실에서 비롯한다.

이와 관련하여 새빨간 색은 모든 환경과 인구집단에 보편적인데, 그 이유는 인간과 사냥감 둘 다 피가 붉기 때문이다. 영어 낱말 'red'는 심지어 '피'를 일컫는 산스크리트어 낱말로 거슬러 올라갈 수 있다. 피는 자연스럽게 우리를 새빨간 색에 노출시키며 여러 어족에도 비슷한 어원이 있다. 이에 반해 새파란 색 사물은 인간이 살아가는 다양한 환경에서 상대적으로 드물다. 이를테면 아마존 밀림 깊숙한 곳에서 새파란 색은 사람들이 주시하는 사물에서 우세하지 않으며 대체로 생태적 배경(아마도 하늘)에 국한된다. 하지만 하늘조차 대부분의 시간에는 파란색이 아니라 검은색, 주황색, 분홍색, 흰색, 연청색, 자주색 등을 오락가락한다. 하늘은 밤낮으로 무수한 명암을 보여준다. '파란 하늘', 심지어 **푸른** 하늘'이라는 말은 물리적 실재에 대한 진술이라기보다는 문화적 규범이다.

새로운 가설에 따르면 전 세계 문화에서 빨간색이 우세한 것은 시각적 편향 때문만이 아니라 피를 비롯하여 새빨간 색소를 가진 사물의 색깔을 묘사하는 낱말이 있으면 아주 요긴하기 때문이기도 하다. 이런 빨간색 색소는 전 세계에 흔하다. 이를테면 아마존에 서식하는 식물 **우루쿰**urucum은 많은 문화에서, 또한 전투와 기념 같은 많은 상황에서 사람의 살갗을 새빨갛게 물들이는 데 쓰였다. 이에 반해 자연에서 쉽게 얻을 수 있는 파란색 염료는 많지 않다. 인디고 염료는 세계 일부 지역에서 수천 년간 직물 염색에 쓰였지만 원료가 되는 식물이 열대와 아열대 지방에 국한되어 있으며 염료로 가공하기도 꽤 힘들다. 대對인도 교역로가 확립되기 전까지만 해도 파란색 염료는 유럽에서 희귀품이었다.

전 세계 여러 문화에서 새파란 인공물이 도입된 시기는 비교적 최근이지만 빨간색은 피의 형태로 예부터 존재했음을 감안하면, 많은 언어에 '빨간색'을 가리키는 낱말은 있지만 '파란색'을 가리키는 낱말은 없다는 사실은 (적어도 부분적으로는) 인간 시각의 성격과는 별개의 요인 때문이다. 특정한 밝은색 사물이 문화에 도입되어 더 자주 지칭되면 그 사물의 이름이 해당 사물의 특징적 색깔을 가리키게 될 수 있으며 그에 따라 그 이름이 같은 색깔을 가진 다른 사물에 확장될 수도 있다.

앞에서 언급했듯 '빨간색'을 가리키는 낱말은 '피'를 가리키는 낱말에서 왔을 가능성이 있다. '하늘색'에서 보듯 색깔과 사물의 관계가 더 명백할 때도 있다. 열매, 꽃, 천연 안료가 인구집단의 자연환경에 존재하는지 여부에 따라 특정 색이 그다지 자주 언급될 필요가 없을 수도 있음은 충분히 상상할 수 있다. 사람들이 직물에서 도자기, 플라스틱, 금속에 이르는 다양한 물품을 염색하기 시작하면서 많은 색의 기능적 쓰임새가 부쩍 늘었는지도 모른다. 인간 시각이 세계 어디에서나 같을지는 몰라도, 세계색채조사의 결과에서 보듯 어떤 색들은 자연에서 더 우세한 반면에 다른 색들은 일부 문화에서만 우세한지도 모른다. 문화가 새로운 색깔의 사물을 받아들이면 새로운 색깔 범주가 확고해질 것이다.

주어진 환경에서 특정 색깔이 자주 나타나면 그 환경에 사는 사람들이 해당 색깔을 가리키는 낱말을 만들어낼 가능성이 커질 것이다. 이것은 직관적 판단이다. 언어에서는 잦은 소통의 필요성에 부합하는 표현을 해야 할 때 그 개념을 가리키는 낱말이 자연스럽게 발달하기 때문이다. 당신이 어떤 색을 자주 보게 되면 다른 사람들과 소통할 때 그 색깔을 언급할 필요성이 커진다. 일상생활에서 목적을 달성하기 위해 그 색깔을 언급해야 한다면 더더욱 그렇다. 물론 직관이 우리를 엉뚱한 곳으로 이끌 수 있는 것은 사실이다. 하지만 획기적 연구에서 매우 흥미진진한 증거가 제시되었는데, 이는 문화마다 다른 의사소통 필요성을 충족하기 위해 색 낱말이 발달하는 것이지 단지 인간 시각의 생물학적 편향으로 인한 간접적 결과가 아니라는 주장을 뒷받침한다.

MIT의 언어학자이자 인지과학자 테드 깁슨Ted Gibson이 이끄는 연구진은 색 용어가 사람들이 즐겨 말하는 색상, 특히 밝은색이나 '더운색'을 더 효율적으로 부호화하기 위해 진화했다는 증거를 몇 가지 내놓았다. 첫 번째 증거는 세계색채조사에 포함된 언어와 깁슨 및 동료들이 실시한 연구에서 검증한 세 언어에서 발견된 것으로, 색 용어 목록의 정확도가 언어마다 현저히 다르다는 사실이다. 이를테면 두 언어가 '검은색', '흰색', '빨간색', '노란색'을 가리키는 같은 색 용어를 가지고 있더라도 특정 색 표본을 얼마나 일관되게 묘사하는가를 보면 여전히 차이가 있을 수 있다.

깁슨 연구진은 세계색채조사 데이터를 분석하고서 일부 언어의 색 용어 체계가 (적어도 색 표본의 색상을 명명하는 것과 관련해서는) 다른 체계보다 훨씬 효율적이고 정확하다는 것을 발견했다. 일부 언어의 구사자들은 자신의 색 용어를 실제로 일관되고 예측 가능하게 사용한다. 이를테면 그런 언어에서는 '빨간색'을 일컫는 낱말이 특정 색 표본의 묘사에만 쓰이고 구사자 간에 변이가 거의 없을 수도 있다. 이에 반해 색 용어의 사용에 일관성이 낮은 언어의 구사자들은 '빨간색'으로 번역할 수 있는 색 용어를 가지고 있긴 해도 누구에게 색 표본을 명명하라고 주문하느냐에 따라 더 들쭉날쭉한 방식으로 색상을 묘사했다.[5]

깁슨과 동료 연구자들은 조사 대상인 모든 언어에서 빨간색, 노란색, 주황색 같은 더운색을 가리키는 용어가 초록색과 파란색 같은 찬색을 가리키는 용어보다 전반적으로 더 정확하고 효율적이라는 사실도 발견했다. 세계색채조사의 결과에서 누구도 간파하지 못한 발견이었다. 이 장 앞부분에서 나열한 여섯 가지 색 낱말이 공통된다는 사실에서도 예측할 수 없는 결과다.

이 현상을 바라보는 또 다른 방식은 어떤 언어에 빨간색과 초록색을 한꺼번에 가리키는 낱말이 있다면 그 낱말이 대체로 빨간색에 대해 더 정확하게 쓰인다는 것이다. 마이애미 공항을 이륙한 항공기에서 내가 맞닥뜨린 어휘적 난국을 이것으로 설명할 수 있을

지도 모르겠다. 일부 언어에서는 구사자가 '초록색'에 얼추 들어맞는 용어를 써서 같은 언어의 다른 구사자보다 더 많은 색상을 가리킬 수도 있고, 더 적은 색상을 가리킬 수도 있고, 약간 다른 색상 집합을 가리킬 수도 있다. 이 부정확성을 기술하는 방법은 세계색채조사에 대한 모든 언어 구사자의 응답 데이터를 면밀히 정량화하는 것이다.

깁슨과 동료들은 컴퓨터를 활용한 참신한 방법으로 정량화를 실시했다. 연구의 세세한 방법론은 여기서 중요하지 않지만, 분석을 통해 도달한 일반적 결론은 다음과 같다. 대부분의 언어에서 색 용어를 매우 효율적으로 쓰기는 하지만 더운색을 가리키는 용어가 찬색을 가리키는 용어에 비해 전반적으로 더 정확하고 일관되게 쓰인다. 또한 색 용어의 전반적 정확도 면에서도 언어 간에 차이가 나타난다. 어떤 언어는 좁은 범위의 색상을 자신의 색 용어로 일관되게 묘사하는 반면에 어떤 언어는 색 용어의 쓰임이 더 가변적이고 예측 불가능하다. 두 언어의 기본색 용어가 각각 여섯 개이더라도 그 용어들을 구사하는 정확도는 서로 다를 수 있다. 즉, 한 언어의 구사자가 다른 언어의 구사자보다 더 일관되게 용어를 사용하고 색스펙트럼의 더 좁은 부분을 가리킬 수 있다.

더 흥미로운 발견은 언어가 찬색보다 더운 밝은색을 더 효율적으로 부호화하는 경향이 있다는 것이다. 왜 그럴까? 혹자는 우리가 타고난 시각적 성향 때문이라고 말할 것이다. 하지만 깁슨과 동료들의 주장은 다르다. 그들의 연구는 이 패턴의 진짜 원인을 밝혀줄 흥미로운 상관관계를 제시한다. 그것은 전경화된 사물에서 더운 색이 상대적으로 더 흔하다는 사실이다. 시야에서 전경화된 사물은 배경화된 사물에 비해 소통 가능성이 더 큰 대상을 많이 포함한다. 연구자들은 이미지 2000개를 분석하여 전경화된 사물의 픽셀이 더운색이고 빨간색과 노란색으로 채워진 경향이 있는 반면에 배경 사물의 픽셀은 전반적으로 찬색이고 갈색, 초록색 등으로 채워졌다는 사실을 발견했다. 그들의 결론은 인간이 특정 사물에 주목하고 그것에 대해 이야기할 가능성이 더 크다면 그 사물의 색깔에 대한 정보를 더 효과적으로 부호화하도록 색 용어가 진화한다는 것이다.

이 가설은 기본색 낱말이 왜 현재의 모습으로 진화했는지에 대한 통념을 바꿔놓는다. 나머지 두 데이터도 이 가설을 뒷받침한다. 첫 번째 데이터는 영어와 스페인어 같은 유럽어의 색 용어가 매우 정확하다는 것이다. 이것은 이 언어들을 구사하는 문화에 인공 염색 물품이 대체로 많기 때문일 수 있다. 영어와 스페인어의 구사자들은 침실 벽, 의복, 차량 같은 인공 염색 사물을 가리킬 때 기본색 낱말을 즐겨 쓰는데, 이 물품은 대화 중에 종종 전경화되고 초점이 된다. 염색, 페인트, 공업화로 사물의 색채가 다양해지면서 더운 밝은색이 일상생활에 더 많이 도입되었으며 그 정도는 역사상 대부분의 문화에 비해, 심지어 세계색채조사에서 조사한 대부분의 문화에 비해서도 이례적이다.

그렇다면 일부 언어의 색 용어가 지난 몇백 년에 걸쳐 더 일관되게 적용된 이유는 색깔에 대한 의사소통이 일관되고 효율적이어야 할 필요성이 더 커졌기 때문일 것이다. 더운 밝은색이 인간 경험에서 점점 흔해짐에 따라 자주 전경화되는 이 색깔들이 말과 생각에서 더 우세해졌다. 특정 색깔이 이렇게 우세해지면서 '주황색'과 '분홍색' 같은 용어를 정확한 색상 범위에 일관되게 적용하는 쪽이 의사소통 측면에서 유리해진 듯하다. 이 가설에 따르면 색 용어를 형성하는 것은 언어에서의 유용성과 빈도다. 영어와 스페인어의 색 용어가 이 가설을 뒷받침하기는 하지만 두 언어는 동계어인 인도유럽어다.

언어적 변인과 (공업화와 염료 사용 증가 같은) 비언어적 변인 사이에는 인과관계를 규명하기 힘들다. 심지어 관련 요인들이 뚜렷한 대규모 상관관계에 의해 연결되더라도 쉽지 않다. 이 점은 5장에서 제기할 텐데, 거기서 우리는 언어가 구사자의 물리적 환경에 맞게 진화함을 암시하는 발견을 논의한다. 하지만 깁슨과 동료들의 가설이 혁신적 컴퓨터 활용 접근법에 의해 훌륭히 뒷받침된다는 것은 고무적이다. 궁극적으로 보자면 이 접근법은 오랜 세월에 걸쳐 세계색채조사에 데이터를 제공한 현장 언어학자들의 작업 덕이다.

언어의 색 용어 체계들이 **왜** 다른가의 문제는 잠시 제쳐두고, 차이가 현저하다는 사실만은 분명하다. 설령 이 변이를 제한하는 관찰 가능한 규칙성이 있더라도 변이 자체는 실제다. 많은 언어학자, 인류학자, 심리학자들은 색 용어의 변이가 사람들이 색에 대해 실제로 생각하는 방식에 (심지어 그들이 말하고 있지 않을 때에도) 영향을 미치는가의 문제를 오랫동안 고민했다.

이를테면 주어진 언어에 어떤 색깔을 가리키는 낱말이 없으면 구사자가 그 색깔을 다른 색깔과 시각적으로 구별하는 능력에 부정적 영향을 미칠까? 많은 연구자는 이 질문에 실증적으로 답하려고 노력했다. 이런 연구자들의 작업은 색 용어의 언어 간 차이가 사람들이 색깔을 개념적으로 구별하고 회상하는 방식에 실제로 영향을 미친다는 사실을 밝혀냈다. 이 효과의 범위에는 아직 논란의 여지가 있지만 말이다. 이와 관련한 일부 연구는 특정 색깔을 가리키는 별도의 용어가 모어에 있을 경우, 사람들이 그 색깔과의 차이를 더 뚜렷하게 회상하는 경향이 있음을 입증했다.

이런 색 회상의 인구집단 간 차이를 뒷받침하는 증거를 제시한 연구 중에서 가장 유명한 것은 20년도 더 전에 발표되었다.《네이처》에 발표된 이 연구는 뉴기니 베린모어Berinmo의 색 용어를 기술하고 이 언어 구사자들을 대상으로 실시한 실험을 소개했다. 베린모어는 이런 작업에서 일반적으로 쓰는 먼셀 색 표본Munsell color chips에 해당하는 기본색 용어가 다섯 개밖에 안 된다. 베린모어에는 '푸른색' 범주가 있다. 이 언어의 구사자들은 영어 구사자들이 '초록색'과 '파란색'으로 다르게 명명하는 대부분의 색 표본을 'nol'이라는 같은 낱말로 지칭한다. 하지만 베린모어 구사자들에게는 'wor'라는 낱말도 있는데, 이 낱말은 노란색과 진녹색을 가리킬 때 쓴다. 말하자면 영어에서는 황록색과 그 밖의 녹색을 구분하지 않지만 베린모어는 구분한다. 두 색깔을 각각 'wor'와 'nol'로 지칭하니 말이다. 하지만 베린모어에는 영어와 달리 초록색/파란색 구별이 존재하지 않는다.

이 점을 고려하여 연구자들은 두 언어의 구사자들이 다양한 관련 색 표본을 회상하는 방식이 서로 다른지 검증하는 실험을 수행했다. 방법은 간단했다. 피험자들에게 색 표본을 제시하고 30초 뒤에 두 색 표본 중 어느 것을 보았느냐고 물었다. 영어 구사자들은 서로 다른 두 색 표본이 영어의 색이름에서도 다르면 일반적으로 정확한 색 표본을 골랐다. 초록색이나 파란색 색 표본을 보고서 30초 뒤에 비슷한 두 표본 중에서 하나를 고르라고 하면 표본이 초록색/파란색 경계선의 양쪽에 있을 때 더 정확하게 회상했다. 이에 반해 'nol/wor' 경계선의 양쪽에 있을 때는 올바른 색 표본을 고르는 정확도가 낮았다.

베린모어 구사자의 색 표본 회상에서는 정반대 패턴이 나타났다. 그들은 두 색 표본이 'nol/wor' 경계선의 양쪽에 있을 때는 올바른 색 표본을 더 정확하게 골랐지만 영어의 초록색/파란색 경계선의 양쪽에 있을 때는 정확도가 낮았다. 이것은 이 장 첫머리에서 언급한 인지 현상인 범주 지각의 뚜렷한 사례로 보인다. 두 자극이 서로 다른 개념 범주(이를테면 색 용어에 반영되는 범주)에 속할 때 사람들이 그 자극을 더 정확하게 구별하고, 두 자극이 같은 개념 범주에 속할 때 사람들이 그 자극을 덜 정확하게 구별하는 경우를 두고 우리는 범주 지각이 일어난다고 말한다. 범주 지각의 사례는 무수히 많으며 상당수는 색 지각과 전혀 무관하다.

여기 또 다른 언어적 사례가 있다. 영어 구사자들은 'l' 소리와 'r' 소리를 'l'이나 'r' 둘 중 하나로 구별한다. 'l'과 'r' 둘 다와 똑같이 비슷한 인공적 소리를 들려줘도 마찬가지다. 두 소리가 영어에서 서로 다른 범주에 속하고 낱말의 의미를 구분하는 데 쓰이기에 영어 구사자들이 이런 소리를 범주적이고 이분법적으로 지각하는 법을 평생 연습하기 때문이다. 이에 반해 일본어 구사자들은 'l' 소리와 'r' 소리를 그만큼 명확하고 이분법적으로 구별하지 못한다. 일본어에서는 두 소리가 서로 다른 범주에 속하지 않기 때문이다.[6]

베린모어 색 회상 실험 같은 사례에서 흥미로운 점은 모어가 시각과 관련된 매우 기본적인 범주에 영향을 미칠지도 모른다는 것이다. 언어적 차이가 범주 지각에서 인구집단 간에 관찰 가능한 차이를 실제로 일으키는지 입증하는 것은 어렵기로 악명 높은 과제다. 어쨌거나 베린모어 구사자들은 영어 구사자의 위어드 인구집단에 비해 전혀 다르고 비산업화된 삶을 살아간다. 깁슨과 동료들의 연구에서 보듯 베린모어 구사자들의 색상 경험은 유년기에나 성인기에나 우리의 경험과 다를 수 있다. 베린모어 구사자와 그 밖의 토착 인구집단에서 얻은 결과를 이런 비언어 요인으로 설명할 수 있을지도 모르겠다.

하지만 언어 요인은 다른 문화에서 관찰된 색 구별의 차이에 대한 가장 그럴듯한 이유로 보인다. 이를테면 '암청색'과 '연청색'에 대해 다른 기본색 용어를 가진 일부 언어의 구사자들은 이 경계선으로 나뉘는 색상들을 영어 구사자보다 훌륭히 구별하는 것으로 나타났다. 러시아어, 한국어, 일부 스페인어 방언이 이에 해당한다. 이 언어들이 모두 산업화된 대규모 인구집단에서 쓰인다는 점을 감안할 때 색 구별의 차이를 설명할 가능성이 더 큰 쪽은 해당 문화 구성원들이 관련 색상에 얼마나 노출되었는가가 아니라 이와 관련된 언어적 차이다.

의미심장하게도 색상을 오른쪽 시각 영역에 제시하는 실험 과제에서(이를테면 화면 한가운데 주시점의 오른쪽에 색깔을 제시하는 경우) 이런 색 구별의 인구집단 간 차이가 더 뚜렷하다는 점이 밝혀졌다. 여기서 핵심적 배경 조건은 오른쪽 시각 영역이 피질의 좌반구에서 먼저 처리되는 반면에 왼쪽 시각 영역은 우반구에서 먼저 처리된다는 것이다. 또 다른 핵심적 배경 조건은 대부분의 언어 처리가 좌반구에서 일어난다는 것이다. 이를테면 관련 연구에서는 색 경계선의 양쪽에 있지 않은 색깔들의 차이(이를테면 영어 구사자의 경우 파란색 대 연청색)보다 색 경계선의 양쪽에 있는 색깔들의 차이(이를테면 영어 구사자의 경우 초록색 대 파란색)를 사람들이 더 빨리 구별한다는 사실이 밝혀졌다.

중요한 사실은 색 용어 경계선으로 구분되는 색깔을 구별하는 속도가 더 빠른 현상이 (왼쪽 시각 영역이 아니라) 오른쪽 시각 영역에 색깔이 제시될 때에만 나타난다는 것이다. 대부분의 언어 처리가 좌반구에서 이루어지므로, 이 현상이 왼쪽 시각 영역이 아니라 오른쪽 시각 영역에서 일어난다는 사실은 언어 요인이 오른쪽 시각 영역에서 지각되는 색깔의 범주 지각에 영향을 미친다는 것을 암시한다.[7]

앞선 논의에서는 지각이나 기억에 대한 비교문화 연구의 해석과 관련하여 거듭거듭 나타나는 난점을 볼 수 있다. 바로, 여기서 문제가 되는 문화 간 차이를 낳는 인과 요인을 어떻게 규명할 것인가다. 문화 간 차이는 언어 차이 때문일 수도 있고, 산업화의 규모 같은 그 밖의 문화 요인 때문일 수도 있고, 이 요인들의 조합 때문일 수도 있고, 전혀 무관한 요인 때문일 수도 있다. 당면 사례에서 색깔의 지각과 회상에서 관찰되는 차이가 주로 언어적 차이 때문인지 다른 요인 때문인지 규명하는 것은 힘든 과제다. 일부 학계에서는 이 사안을 놓고 한동안 열띤 논쟁이 벌어졌다.

위스콘신대학교의 두 심리학자는 색 용어가 비언어적 색 지각에 어느 정도 영향을 미친다는 강력한 증거를 제시했다. 루이스 포더Lewis Forder와 게리 루피앤Gary Lupyan은 색 자극을 제시하기 전에 색 낱말을 들려주는 것만으로도 색 구별에 영향을 미칠 수 있음을 밝혀냈다. 더 구체적으로 말하자면 색 용어를 들은 뒤에 색의 범주 지각이 강화되었다.

실험에서 사람들은 서로 다른 기본색 낱말이 부여된 색깔을 시각적으로 구분하는 정확도는 높았던 반면에 같은 색 낱말이 부여된 색깔을 시각적으로 구분하는 정확도는 낮았다. 연구진은 참가자들에게 동그라미 네 개를 제시했는데, 그중 세 개는 같은 색깔이 칠해져 있었고 네 번째 동그라미는 약간 다른 색상이 칠해져 있었다. 그러고는 네 색깔 중에서 나머지 세 색깔과 약간 다른 것이 어느 것이냐고 물었다. 일부 시도에서는 색 동그라미를 컴퓨터 화면에 표시하기 약 1초 전에 해당 색 낱말을 참가자들에게 들려주었다.

연구자들은 핵심 결과 하나를 다음과 같이 요약한다. "색이름(이를테면 초록색)을 들은 직후 참가자들은 색 경계에 걸친 표적과 비표적(이를테면 파란색들 가운데 있는 초록색)을 더 정확히 구별했으며 전형적 초록색과 비전형적 초록색을 구별하는 능력도 향상되었다." 색 경계선의 양쪽에 있는 색의 경우는 구별의 정확도 증가가 사소하지 않았다. 사실 참가자들은 해당 색 낱말의 언어적 단서를 접한 뒤 정확도가 약 10퍼센트 증가했다. 이것은 색 구별의 실제 정확도가 색 용어 자체에 영향을 받음을 시사한다.

포더와 루피앤의 연구는 같은 문화 출신의 영어 구사자만을 대상으로 실시되었으므로 실험 결과는 비언어적 문화 차이로 인한 것이 아니다. 기본색 용어가 언어마다 천차만별임을 감안하면 색 용어 경계가 서로 다른 언어의 구사자들이 이 과제에서 색 구별과 관련하여 서로 다른 영향을 받으리라고 가정하는 것이 합리적이다. 다양한 언어의 구사자를 대상으로 향후 연구를 실시하면 이 합리적 가정이 옳은지 검증할 수 있을 것으로 기대된다.[8]

이 장 첫머리에서 서술한 비스케인만의 어질어질한 색깔 배열을 충실히 묘사하는 문제로 돌아가자. 이제 이 주제에 대한 문헌들을 바탕으로 몇 가지 점을 강조할 필요가 있다. 첫째, 내가 골머리를 썩인 기본적 이름표들은 주로 나의 모어가 무엇인지에 달렸다. 나는 물을 가리키는 기본색 낱말이 딱 하나('푸른색' 비슷한 것)일 수도 있고, 두 개('초록색'과 '파란색')일 수도 있고 내가 한국어나 러시아를 쓴다면 세 개('초록색', '파란색', '남색')일 수도 있다. 기본색 낱말의 선택지가 빈곤한 것은 언어가 더운색에 이름을 붙이는 것보다 찬색에 이름을 붙이는 것에 전반적으로 더 서툴기 때문인 듯하다.

　이 사실은 자연적 상황의 배경(이 배경에는 바닷물이 포함된다)에서 '푸른색' 같은 찬색이 매우 흔하다는 사실, 또한 지난 수백 년간 적어도 위어드 사회 구성원들에게 매우 흔해진 전경화된 인공물에서 더운색이 더 자주 나타날 가능성이 커졌다는 사실에서 비롯한다. 일부 연구에 따르면 나의 모어는 마이애미를 떠나는 비행기에서 바라본 일부 색깔에 대한 나의 실제 회상에 영향을 미치는 듯하다. 마지막으로, 우리가 비스케인만 위를 나는 동안 뒷자리 승객이 연신 '초록색'이라고 말했다면 그 소리는 내가 아래쪽 색깔을 구별하는 데 미묘한 영향을 미쳤을 것이다.

냄새 표현이 서툰 사람들

아마존에서는 건기가 끝나고 우기가 시작되면 해가 여전히 비치고 있는데도 비가 잠깐 쏟아질 때가 종종 있다. 이것은 물론 이 지역만의 독특한 현상이 아니다. 실제로 전 세계 언어의 상당수는 햇빛과 함께 내리는 여우비를 일컫는 표현이 있다. (미국 남부에는 "악마가 아내를 팬다the devil is beating his wife"라는 알쏭달쏭한 표현이 있다.) 나는 어릴 적 밖에서 놀다가 이런 국지성 호우를 만난 기억이 많다. 이 기억들 중 일부에는 뚜렷한 후각적 감각이 배어 있다. 그것은 마른 흙이

빗물을 흡수하는 냄새다. 당신이 이 냄새를 알는지 모르겠다. 영어에는 이 냄새를 일컫는 용어가 실제로 있으니, 마른 땅에 빗물이 떨어질 때 경험하는 흙냄새를 '페트리코어petrichor'라고 한다. 이것은 비교적 새로운 낱말로, 1960년대에 만들어진 듯하다.

많은 영어 구사자들은 이 용어를 전혀 모르며 대화에서 쓰는 일도 거의 없다. 내가 친구에게 "페트리코어를 맡으면 진한 향수鄕愁가 치밀어"라고 말하면 친구는 설령 이 용어를 알더라도 나의 괴상한 어휘 선택에 어리둥절할 것이다. 그렇다면 페트리코어는 어떤 면에서 규칙을 입증하는 예외다. 영어는 낱낱의 냄새에 이름을 붙이는 데 매우 서툴며 우리는 페트리코어 같은 냄새를 가리키는 낱말을 대화에서 쓰지 않는다. 더욱이 냄새를 일컫는 영어 낱말은 추상적이지 않다. 심지어 페트리코어도 페트리코어에만 쓰인다. 무수한 맥락에서 발생하는 폭넓은 후각을 가리키는 용어가 아니다. 이에 반해 앞 절에서 논의한 기본색 낱말을 생각해보라. 우리는 파란 하늘, 파란 청바지, 파란 자동차라고 말할 수 있으며 서로 무관한 수많은 사물을 하나의 시각적 공통점으로 묶을 수 있다. 이것이 우리가 '파랑'이라는 색 용어로 표현하는 추상적 성질이다. 반면에 페트리코어는 추상적이지 않다. 특정한 맥락에 존재하는 특정한 냄새이며 그럴 때조차 명명하는 데 애를 먹는다.

냄새 용어의 빈곤은 추상적 색 용어의 풍성함과 대비되어 오래전부터 알려져 있었다. 독일의 과학자 한스 헤닝Hans Henning이 한 세기 전 했던 말을 보자. "후각적 추상화는 불가능하다. 우리는 재스민,

은방울꽃, 장뇌, 우유의 공통된 색깔(즉, 흰색)을 쉽게 추상화할 수 있지만, 이것들의 냄새에서 같은 점을 추리고 다른 점을 솎아내어 공통점을 추상화할 수 있는 사람은 아무도 없다." 냄새에 이름을 붙이기가, 추상적으로 이름을 붙이기가 이토록 힘든 이유는 무엇일까?

실제로 과학 문헌에서는 이 문제를 놓고 적잖은 논쟁이 벌어졌다. 한 가지 생각해볼 수 있는 이유는 인간이 냄새 맡기에 비교적 서툴다는 것이다. 이를테면 땅콩버터와 커피처럼 흔한 사물의 냄새에 대해서도 많은 사람들은 그 냄새와 관계된 사물을 지목하는 데 애를 먹는다. 심지어 이런 흔한 냄새에 대해서조차 사람들이 냄새의 출처를 지목할 수 있는 경우는 절반가량에 불과하다. 이런 사실 때문에 일부 연구자들은 인간이 그 밖의 감각과 대조적으로, 또한 우리의 많은 포유류 사촌이 지닌 후각 능력과 대조적으로 냄새와 관련하여 심각한 신경 결손이 있다고 결론 내렸다. 이 말은 참일 가능성이 있다. 하지만 인류라는 종 차원의 후각 결손이 얼마나 심한지는 여전히 불확실하다. 인간이 냄새를 감지하는 수용체의 종류가 약 400개에 이른다는 사실을 감안하면 우리가 추상적 냄새를 명명하는 데 이토록 서툴다는 것은 조금 의아하다.[9]

인간이 냄새를 구별하고 명명하는 일에 비교적 서툴다는 주장에 반대할 연구자는 한 명도 없겠지만 (이를테면) 영어와 독일어 구사자가 냄새 명명에 서툴다는 이유만으로 모든 사람이 그렇다고 넘겨짚는 함정에 빠지지 않도록 조심해야 한다. 위어드 인구집단을 대상으로 한 관찰로부터 모든 인간에 대한 대담한 주장을 끌어낼 때는 매우 신중을 기해야 한다. 사실 인지과학 연구자들은 전 세계 문화와 언어에 더 넓게 그물을 던지면서 다른 문화의 구성원들이 냄새에 대해 말하는 방식이 영어를 비롯한 위어드 언어 구사자들과 사뭇 다르다는 사실을 발견했다(이것은 필연적 결과로 보인다). 연구들이 봇물 터지듯 쏟아지면서(상당수는 옥스퍼드대학교의 언어학자이자 인지과학자 아시파 마지드Asifa Majid가 주도했다) 우리는 사람들이 냄새에 대해 말하는 방식을 다르게 이해하게 되었다. 이 연구들은 인간 후각을 새롭게 조명하는 데에도 일조했다.

마지드와 동료들의 연구는 메소아메리카, 안데스산맥 고지대, 동남아시아 밀림을 중심으로 여러 지역의 문화 구성원들에 초점을 맞췄다. 이 지역의 몇몇 언어에 냄새를 가리키는 용어가 영어 같은 언어보다 많다는 언어학 현장 연구자들의 주장을 놓고 후속 연구가 실시되었다. 이런 주장은 (이를테면) 해당 언어 구사자들에게 각각의 냄새를 제시하여 냄새 어휘를 시험하는 방식으로 검증되지 않았기 때문이다. 주목할 만한 사례로는 말레이시아와 태국 국경 지대의 우림에 사는 수렵채집인 부족이 구사하는 자하이어가 있다. 자하이어는 기본색 낱말과 비슷하게 기본 냄새 용어가 많이 있는 것으로 드러났다. 자하이어 구사자는 냄새 용어에 친숙하고 대화에서 이용한다. 그래서 이 용어들은 단순히 일부 전문가들이 쓰는 난해한 낱말이 아니다. 중요한 사실은 자하이어에서 기본 냄새 낱말을 한 사물에 국한되지 않는 추상적 방식으로 쓴다는 것이다.

이에 반해 영어에서 냄새를 어떻게 묘사하는지 생각해보라. 페트리코어보다 더 흔하게 맞닥뜨리는 냄새도 예외가 아니다. 나는 영화관에 들어가면 이렇게 말할지도 모른다. "여기서 팝콘 냄새가 나." 하지만 그 냄새를 어떤 사물과 짝짓든 냄새를 가리키는 별개의 낱말이나 추상적 낱말은 하나도 없다. 내가 다른 장소에 갔을 때 팝콘과 비슷하되 별개 냄새가 나면, 설령 나의 후각 경험이 누군가 그 장소에서 팝콘을 튀겼기 때문이 아님을 알더라도 "여기서 팝콘 냄새가 나"라고 말할 것이다.

물론 내가 "팝콘 냄새가 나"라고 말하는 이유는 내 어휘가 제한적이기 때문이지만, 이 냄새는 팝콘 냄새와 똑같지 않으며 내가 한 말은 좀 억지스럽다. 내게는 영화관과 그 밖의 장소에 공통된 냄새를 일컬을 용어가 없다. 나의 어휘는 연구자들이 냄새에 대한 '출처 기반source-based' 지시라고 부르는 것에 국한된다. 이 지시는 동일한 출처 대상에 늘 매여 있다. 내가 색 용어에서도 비슷한 어려움을 겪는다면 한낮 태양의 색채를 "바나나처럼 보여"라고 묘사할 것이다. 후각에 대한 언어적 한계가 어찌나 일상적인지 우리는 냄새를 묘사할 때 자신이 추상적 냄새가 아니라 구체적 사물에 빗대고 있음을 알아차리지도 못한다.

이에 반해 자하이어에는 그런 상황에서 쓸 수 있는 냄새 용어가 즐비하다. 마지드와 동료 니클라스 부렌홀트Niclas Burenhult 말마따나 "'Itpit'라는 용어는 다양한 꽃과 익은 과일의 냄새를 묘사하는 데 쓰이는데, 여기에는 두리안, 향수, 비누, 아퀼라리아속Aquilaria 나무, 나무사향고양이Arctictis binturong의 강렬한 냄새도 포함된다. 위키백

과에 따르면 팝콘 냄새가 난다고 한다."[10] 추상적 용어 'Itpit'가 자하이어에서 동사인 것에 유의하라. 그래서 나는 "이 영화관에서는 팝콘 냄새가 나"라고 말하지 않고 이렇게 말할 것이다. "이 영화관은 'Itpit'해." 그러고 나면 비슷한 냄새가 나는 어느 방에서든 이 추상적 용어를 쓸 수 있다. 또 다른 용어 'Cnes'는 연기 냄새, 특정 종 노래기의 냄새, 야생 망고 목재의 냄새 등을 일컫는 데 쓴다.

마지드와 부렌홀트는 자하이어 구사자들이 냄새를 명명하는 능력을 시험하여 그들이 영어 구사자 대조군과 달리 자신이 지각하는 냄새에 대해 추상적 용어를 쓸 가능성이 매우 크다는 사실을 발견했다. 실험 절차는 매우 간단했다. 그들은 영어 구사자와 자하이어 구사자에게 여러 기본 색상(세계색채조사에서 쓴 것과 비슷한 것)을 제시하고는 무슨 색깔이 보이느냐고 물었다. 또한 향기 카드scratch-and-sniff card의 기본적 냄새 표본을 가지고서 두 언어 구사자들에게 여러 냄새를 제시했다. 이 12가지 냄새는 대부분의 사람들에게 친숙한 냄새가 나는 사물과 연관된 것이었다. 다만 (논란의 여지가 있지만) 산업 사회에 사는 사람들에게 더 친숙했는데, 페인트 시너와 초콜릿 냄새가 포함되었기 때문이다. 하지만 이런 잠재적 불리함이 있었는데도 자하이어 구사자는 영어 구사자에 비해 훨씬 일관되게 냄새를 명명했다. 실험에 참가한 열 명의 자하이어 구사자들은 특정 냄새를 묘사할 때 'Itpit' 같은 동일한 용어를 쓸 가능성이 영어 구사자보다 컸다.

그들은 자신이 보유한 추상적 냄새 용어 목록을 고집할 가능성도 더 컸다. 이에 반해 영어 구사자들은 일반적으로 "바나나 냄새가

납니다"처럼 출처 기반 묘사어를 고집했다. 이유는 간단하다. '퀴퀴하다'처럼 제한된 맥락에서만 쓰이는 소수의 예외를 제외하면 영어 구사자들은 추상적 냄새 어휘를 아예 보유하지 않았기 때문이다. 반면에 색깔에 대해서는 정확한 어휘를 자하이어 구사자보다 많이 가지고 있다. 이것은 마지드와 부렌홀트의 간단한 실험에서 분명히 드러났다. 일반적으로 영어 구사자들은 동일한 기본색 용어를 써서 색 자극을 묘사한 반면에 자하이어 구사자들은 색 낱말을 고를 때 개인별 편차가 컸다.

자하이어처럼 동남아시아에서 쓰는 언어인 마니크어Maniq도 마지드와 동료 연구자들의 관심을 끌었다. 동료 중에는 마니크어 전문가 유웰리나 우누크Ewelina Wnuk도 있었다. 마니크어는 태국 산악 밀림에서 약 300명이 구사하는 언어로, 냄새 용어가 매우 복잡하다. 냄새 낱말이 동사인 자하이어와 달리 단일한 낱말 부류에 속하지 않는다. 마니크어 낱말 중에는 동사도 있지만 명사도 있다. 냄새 용어는 적어도 15개인데, 각각 다양한 사물과 연관된 냄새를 묘사한다.

마니크어 구사자에게 특정 냄새 용어와 연관된 사물의 종류를 나열하라고 했더니 그들은 인상적인 명단을 내놓았다. 이를테면 냄새 용어 'cane'와 연관된 사물을 나열하라고 했더니 마니크어 구사자 몇 명은 '덩이줄기'에서 'cane' 냄새가 난다고 말했다. 하지만 이 냄새는 덩이줄기뿐 아니라 (몇몇 응답에서 보듯) 벼, 멧돼지, 익힌 멧돼지 고기, 심지어 짐승 털의 냄새와도 관계가 있다. 비슷한 패턴은 마니크어의 나머지 14개 냄새 용어에서도 되풀이된다. 자하이어와 마니크어는 냄새 용어가 사뭇 다르지만 둘 다 유의미한 논점을 예시한다. 실제로 사람들은 'Itpit'와 'cane' 같은 냄새 낱말을 쓸 때 개별 사물의 관점에서 냄새를 묘사하는 데 얽매이지 않고 냄새를 추상적으로 묘사한다. 이 점에서 그들의 냄새 용어는 우리의 색 용어를 닮았다고 말할 수 있다.[11]

전 세계 언어에서 진화한 냄새 명명 체계에 근본적 차이가 있는 이유는 무엇일까? 마니크어와 자하이어 같은 언어의 구사자들이 추상적 냄새 용어를 우리(와 그 밖의 수많은 언어를 구사하는 사람들)보다 더 많이 보유한 것은 왜일까? 한마디로 답하자면 우리는 알지 못한다. 하지만 잠재 요인으로 환경 특성과 생활양식이 있다. 전자와 관련하여 자하이어 구사자가 일반적으로 경험하는 냄새가 (이를테면) 북극권에 사는 인구집단과 전혀 다를지도 모른다는 생각은 일리가 있다. 무엇보다 동남아시아 밀림에는 고위도에는 존재하지 않는 동식물상이 많다. 이런 환경 요인이 특정 언어에서 쓰이는 냄새 용어에 영향을 미치지 않으리라고는 생각하기 힘들다. 어쨌거나 해당 환경에 사는 민족이 특정한 종류의 냄새를 한 번도 접하지 않는다면 그 냄새를 일컫는 낱말을 만들어야 할 이유가 어디 있겠는가? 그런 낱말은 의사소통 면에서 쓸모없을 것이다. 하지만 앞에서 언급한 생활양식의 문화 간 차이를 비롯한 그 밖의 비환경 요인도 냄새 용어의 진화에 영향을 미칠 수 있다.

어느 인과 요인이 냄새 용어에 영향을 미치는지, 일부 문화가 추상적 냄새 용어를 쓰도록 유도하는지 이해하기 위해 마지드와 동료들은 비슷한 물리적 환경에서 살아가면서도 생활양식이 다른 부족들을 조사했다. 이 부족들은 마니크족과 마찬가지로 말레이반도 우림에서 산다. 서로 구별되지만 관계가 있는 세마크베리어와 세멜라이어Semelai를 각각 구사하는 두 인구집단은 생활양식 면에서 다르다. 세마크베리족Semaq Beri은 수렵채집인인 반면에 세멜라이족은 작물 재배로 먹고산다.

연구자들은 간단한 실험들을 통해 두 문화 구성원들이 냄새와 색깔을 얼마나 일관되게 명명하는지 검사했다. 그랬더니 세멜라이어 구사자들은 색깔에 대해서는 같은 용어를 예측 가능하게 썼지만 냄새에 대해서는 매우 예측 불가능한 용어를 썼다. 이것은 위어드 인구집단에서 관찰된 것과 비슷한 패턴이다. 색깔이 냄새보다 더 추상적으로 부호화될 수 있으니 말이다. 이에 반해 세마크베리족은 색깔과 냄새를 묘사하는 예측 가능성과 일관성이 구사자마다 같았다. 세멜라이족과 세마크베리족이 전반적으로 같은 환경에서 살고 아마도 상당수 같은 냄새를 일관되게 접한다는 점을 감안하면 놀라운 결과일 것이다. 게다가 두 언어는 밀접하게 연관되어 있기 때문에 명명 패턴의 차이를 단순히 언어적 다양성 탓으로 돌릴 수도 없다.

두 인구집단의 두드러진 차이는 생존 전략이다. 그래서 마지드와 공저자 니콜 크루스페Nicole Kruspe는 세마크베리족 같은 수렵채집인의 후각 능력이 유난히 정교하고 그들이 냄새에 대해 쓰는 낱말에 이것이 반영된다는 식으로 결과를 해석한다. 이렇게 생각할 수 있는 이유는 무엇일까? 그것은 수렵채집인의 생활양식이 (우림을 변형하는 것과 대조적으로) 우림을 경험하는 것과 긴밀히 얽혀 있어서 세마크베리족 같은 사람들은 숲 안에서 냄새를 생각하고 구별하고 논하는 데 더 많은 시간을 쓰기 때문인 듯하다. 이를테면 마지드와 크루스페는 세마크베리족 남자들이 "선뜻 숲에서 혼자 돌아다니지만 세멜라이족 남자들은 일행 없이 숲에 들어가는 것을 꺼린"다고 언급한다.[12]

생활양식의 차이는 실제로 냄새 용어가 언어에서 진화하는 방식에 영향을 미치는 핵심 요인인지도 모른다. 전 세계 수렵채집 인구집단이 비슷한 생활양식 탓에 냄새 명명에서도 유사성을 나타내는지에 대한 명백한 증거는 아직 존재하지 않는다. 하지만 말레이반도에서 얻은 결과가 이런 생활양식 기반 해석과 일치한다는 것은 분명하다. 다양한 지역에서 더 많은 인구집단을 조사하면 냄새에 대한 명명과 생각을 더 정교하게 이해할 수 있을 것이다. 이런 조사가 현재 진행되고 있으며 마지드와 동료들의 작업을 통해 이미 아메리카대륙에서 일부 결과가 도출되었다.

캘리포니아만 동해안에서 전통적으로 수렵채집에 기대 살고 있는 세리족의 언어를 연구했더니 세리어의 냄새 용어가 유럽어에 비해 매우 탄탄하다는 사실이 밝혀졌다. 말레이반도의 몇몇 언어에 대한 연구에서와 마찬가지로 세리어에는 풍성한 냄새 어휘가 있다. 심지어 세리어와 마니크어의 냄새 용어 사이에 몇 가지 유사점도 있다. 두 언어 모두 '썩어가는 나무의 냄새'와 '젖은 옷의 냄새'를 일컫는 용어가 따로 있다.

세리어 냄새 용어와 말레이반도에서 연구한 냄새 용어의 또 다른 유사점은 일부 냄새 용어가 언어생활에 얼마나 흔한가에 생활양식이 영향을 미치는 듯하다는 것이다. 세리어의 경우 수렵채집인으로서 자란 나이 든 구사자들은 특정 냄새를 묘사하라는 주문에 특정 용어를 쓸 가능성이 크다. 이에 반해 한때 세리족 일상생활에서 접하던 꽃과 식물에 덜 친숙한 젊은 구사자들은 그 냄새 용어들을 쓸 가능성이 낮다. 이 모든 관찰은 생활양식이 사람들의 냄새 경험에 영향을 미칠 수 있고 그 경험이 대화에서의 냄새 개념화에 영향을 미칠 수 있다는 발상에 부합한다.

아열대 도시 환경에서 살지만 열대 아마존 수렵채집인들을 이따금 방문하는 사람인 나의 직관도 이것과 분명히 일치한다. 나는 여러 아마존 마을을 찾아갔을 때 도시 환경에서는 접할 수 없던 냄새 인상에 푹 빠지는 느낌을 받았다. 그 지역 수렵채집인은 생활양식 탓에 (오늘날 대부분의 사람들에게는 대개 낯설어진) 다양한 냄새에 끊임없이 노출될 수밖에 없다. 그들은 이런 냄새에 일상적으로 노출되기 때문에 냄새에 대해 타인과 추상적 방식으로 이야기해야 할 공통의 의사소통 필요성이 더 클지도 모른다.

저자들은 세리족의 생활양식과 냄새 용어를 연구하고서 다음과 같이 결론 내린다. "수렵채집 사회에만 냄새 어휘가 있다는 것은 결코 아니다(후각 어휘는 비수렵채집 사회에도 존재한다). 하지만 수렵채집 생활양식에는 냄새에 주목하고 냄새에 대해 말하도록 유도하는 무언가가 있는 것처럼 보이는 것도 사실이다."[13] 수렵채집 같은 생활양식이 해당 언어에서 냄새 어휘의 진화에 영향을 미친다고 가정하면 궁극적으로 개인들이 자연환경에서 특정 자극과 상호작용하는 정도에도 이 생활양식이 영향을 미친다는 사실을 강조할 만하다. 세리어 사례는 이 점을 잘 보여준다. 모두가 전반적으로는 같은 환경에서 살지만 나이 든 세리족은 한때 수렵채집의 나날을 보내면서 젊은 세리족과 달리 자연환경과 소통했다. 지리적 차원에서는 같은 환경에서 살아갈는지 몰라도 똑같은 환경적 특징 속에서 살아가고 의사소통하는 것은 아니다.

마찬가지로 오늘날 유럽어 구사자들은 우리 조상들과 같은 수렵채집 생활양식을 영위하지 않는다. 그랬다면 우리는 지금 대부분의 사람들과 전혀 다른 방식으로 환경과 소통하고 있을 것이다. 특정 냄새를 해독해야 할 필요성도 훨씬 클 것이다. 이를테면 짐승을 추적하거나 야생 열매를 채집할 때 냄새에 주의를 기울여야 할 것이다. 그러니 수렵채집 생활양식으로 인해 이런 냄새에 대해 소통해야 할 필요성이 커질 것이다. 이 경우 '생활양식'은 사람들이 토착 자연환경과 상호작용하는 정도를 나타내는 대리물인 셈이다. 그 상호작용이 감소하면서 많은 냄새 용어의 유용성도 감소했을 것이다.

이것이 색깔에 대해 관찰된 패턴의 정반대임에 유의하라. 색깔의 경우는 염색된 물품이 산업사회에서 더 우세해지면서 이런 색깔에 대해 말해야 할 필요성이 커짐에 따라 추상적 색 용어의 유용성이 증가했다. 분명히 말하지만 이런 기술적 압력이 색 용어의 진화에 작용한다고 해서 이런 기술 없이는 정교한 색 언어가 발달할 수 없다는 뜻은 아니다. 어떤 경우에는 확실히 발달할 수 있다. 하지만 여기서 작용하는 압력은 일부 문화의 언어가 기본 색상의 용어를 부호화하는 방식에서 나타나는 몇몇 경향을 설명하는 데 실제로 도움이 된다.[14]

멕시코의 또 다른 토착어에도 냄새를 일컫는 탄탄한 용어가 있는 것으로 밝혀졌다. 그 언어는 우에우에틀라테페와어Hehuetla-Tepehua로, 냄새에 대한 생각이 추상적 방식으로 이루어지지 않는다는 통념에 또 다른 의문을 던진다. 우에우에틀라테페와어에는 냄새에 특화된 용어가 40개 가까이 있다. 대부분은 상징어이거나 소리 상징에 기반한 의성어다. 이를테면 어퍼네칵사어Upper Necaxa에서 'kimkimkim'이라는 낱말은 반딧불이 잇따라 반짝거리는 것을 나타낸다. (상징어에 대해서는 7장에서 자세히 논의한다.) 같은 'kim' 음절이 잇따라 세 번 반복되는 것은 반딧불이 반복되는 것을 나타낸다. 우에우에틀라테페와어에는 중첩 개념에 기초한 상징어가 많다. 여기서 같은 소리 연쇄의 반복은 물리적 대상의 반복을 나타낸다. 하지만 이 언어에서는 해당 대상이 냄새일 수도 있다. 이를테면 'ɫkak'라는 낱말은 매운 냄새(또는 맛)를 가리키는 데 쓰이지만 'ɫkakak'라는 낱말은 매운 냄새(또는 맛)가 강해서 재채기를 일으키는 것을 가리키는 데 쓰인다.

이것을 비롯한 용어들은 연구자들이 후각 시료Sniffin' Stick를 이용하여 우에우에틀라테페와어 구사자들에게 일련의 냄새를 맡게 한 뒤에 발견되었다. 시료는 매직펜처럼 생겼지만 끝부분에서 잉크가 나오는 게 아니라 독특하고 복제 가능한 냄새를 풍긴다. 언어 구사자가 관련 냄새에 대해 일관된 용어를 제시하는지 검사할 수 있기 때문에 후각 용어 연구에서 점점 널리 쓰이고 있다. 연구자들은 이런 도구를 더 자주 이용하면서 우리가 기록이 미흡한 언어의 후각 용어를 지나치게 과소평가했을지도 모른다는 사실을 발견하고 있다. 이것은 그리 놀랍지 않을 수도 있다. 방법론적 입장에서 보자면 언어 구사자에게 색 표본을 명명하라고 주문하는 것이 냄새를 명명하라고 주문하는 것보다 훨씬 수월하다. 2차원 표본 집합을 가져와 사람들에게 색 표본을 명명해달라고 요청하여 특정 색 낱말을 끌어내기만 하면 되기 때문이다. 이에 반해 냄새를 맡게 하는 것은 더 까다로운 문제다. 후각 시료 세트조차도 명명될 수 있는 모든 냄새를 망라하지 못한다.

우리는 가시광선 스펙트럼을 색상과 밝기에 따라 근사하게 구분하여 사람들에게 제시할 수 있다. 다소 인공적인 과제이기는 해도 사람들에게 친숙한 색상을 꽤 포괄적으로 표현한다. 하지만 포괄적 냄새 집합을 제시하려면 어떻게 해야 할까? 냄새를 샅샅이 묘사한다는 게 무슨 뜻인지조차 모르는데 말이다. 색스펙트럼에 해당하는 '냄새 스펙트럼'은 결코 존재하지 않는다. 또 다른 어려움은 냄새가 종종 특정 감각과 연관된다는 것이다. 이를테면 추상적이라고 간주되는 냄새 낱말 '퀴퀴하다'를 생각해보자. '퀴퀴하다'는 특정 냄새를 일컫는 용어에 불과할까, 냄새와 더불어 어떤 느낌을 담고 있을까? 당신이 화창한 날 실외에서 (아마도 인공적 후각 시료를 통해) 퀴퀴한 냄새를 맡으면서 "밖에서 퀴퀴한 냄새가 난다"라고 말하는 건 정확할까?

후각 시료 같은 자극을 토대로 비교문화적 후각 검사를 실시하다 보면 관련 요인의 일부를 제거함으로써 냄새와 연관된 전반적 감각에 대한 이름표를 부지불식간에 지나치게 단순화할 우려가 있다. 앞 절에서 인류학자들이 색깔에 대해 비슷한 논점을 제기했던 것을 떠올려보라. 어떤 언어에서는 색깔을 일컫는 낱말이 사물의 한낱 색상보다 훨씬 많은 정보를 부호화한다. 밝기, 심지어 질감까지 나타낼 수도 있다. 그러니 전 세계 언어 구사자들에게 색 자극의 기본 집합을 제시하다 보면 색 용어 지시와 관련하여 존재하는 언어 다양성의 크기를 인위적으로 감소시킬지도 모른다.

비슷한 맥락에서 어떤 언어의 구사자들이 후각 시료를 다양한 냄새 용어로 표현할 수 있다는 이유만으로 그 용어들이 냄새에 대한 추상적 정보를 부호화할 뿐이라고 가정하지 않도록 조심해야 한다. 그런 연구를 비판하려는 것은 아니다. 전 세계 문화를 아울러 사람들이 냄새에 대해 실제로 어떻게 말하는지에 대해 분명히 실마리를 던지니 말이다. 내가 강조하고 싶은 것은 냄새 용어에 대한 비교문화 데이터를 해석하는 데 어려움이 있다는 사실이다. 비교문화 연구에는 실험 접근법과 민족지학적 접근법이 둘 다 필요하다. 그래서 연구자들은 다양한 언어의 구사자들이 냄새와 그 밖의 감각에 대해 말하고 생각하는 뉘앙스를 이해하기 위해 그들과 오랜 시간을 보낸다.[15]

현재 취할 수 있는 또 다른 방법론적 수법은 많은 언어에서 녹취한 대화와 이야기로 대규모 데이터베이스를 구축하는 것이다. 그러면 이 데이터베이스를 컴퓨터로 분석하여 냄새 언어를 더 깊이 이해할 수 있다. 이 접근법은 영어처럼 잘 기록된 언어에서 수많은 현상을 이해하는 데 오랫동안 쓰였으며 이제 덜 알려진 언어를 기술하는 데에도 쓰이고 있다. 이를테면 언어학자들은 이 방법을 써서 에콰도르 차팔라어Cha'palaa의 냄새 용어를 기술했다. 차팔라어에서는 추상적 냄새 용어가 15개 발견되었는데, 방법은 단지 언어 구사자들에게 냄새를 명명하라고 주문하는 것이었다. 상당수 냄새 용어는 대화에서 비교적 흔히 쓰이는 것으로 밝혀졌다. 언어학자들이 오랜 시간 자연적 대화를 수집한 차팔라어 데이터베이스에서는 추상적 용어가 여덟 개 확인되었다. 이 용어들을 표에 제시했다.

차팔라어 대화 녹음에서 발견된 추상적 냄새 용어 여덟 개의 대략적 영어 번역

차팔라어 냄새 용어	대략적인 냄새 관련 의미
pudyu	악취(일반적으로 부정적)
andyu	향기, 좋은 음식(일반적으로 긍정적)
pindyu	달콤한 냄새, 향수
pe'dyu	썩는 냄새
sendyu	생선이나 쇠붙이 냄새
jedyu	매캐한 냄새
jemeedyu	진한 알코올 냄새
lushdyu	갓 자른 식물이나 씨앗 냄새

차팔라어 연구에서 발견된 사실은 유난히 주목할 만하다. 일부 언어의 구사자들이 추상적 냄새 용어를 많이 보유하고 있을 뿐 아니라 그 냄새 낱말을 대화에서 실제로 자주 쓴다는 것을 보여주니 말이다. 영어에서 '페트리코어' 같은 냄새 용어가 실제 대화에서 매우 드물다는 사실을 떠올려보라. 논문 저자들은 차팔라어의 냄새 용어 빈도를 다른 두 언어인 영어와 임바부라케추아어Imbabura Quechua에 비교했다. 임바부라케추아어가 선정된 이유는 차팔라어와 지리적으로 같고 환경 여건도 비슷한 지역에서 쓰이기 때문이다. 연구의 결론은 단순하다. "차팔라어 구사자들은 임바부라케추아어와 영어 구사자들보다 후각에 대해 말할 복잡한 언어 자원이 더 많다. 또한 그들은 냄새에 대해 두 언어 구사자들보다 더 자주 말한다."[16]

연구자들은 전 세계 언어의 냄새 낱말을 조사하면서 사람들이 냄새를 말하고 생각하는 방식에 대한 일부 가정이 전 세계 문화의 비교적 좁은 단면에 대한 이해 때문에 편향되었을지 모른다는 사실을 알아가고 있다. 냄새는 우리가 한때 생각한 것과 달리 형언할 수 없는 감각이 아니다. 추상적 용어로 명명할 수 있다. 이 추상적 냄새 명명은 한 지역의 언어들에 국한되지 않는다. 하지만 얼마나 널리 퍼져 있을까? 사람들이 냄새를 감지하는 방식은 얼마나 다를까? 인간이 어떻게 냄새 맡는지, 냄새가 전 세계 언어에 어떻게 부호화되는지에 대해서는 아직 알아내야 할 것이 많다.

언어마다 뚜렷하게 다른 감각 표현

이 장의 앞 두 절을 토대로 우리는 언어 다양성에 대한 면밀한 연구가 인간이 색깔과 냄새를 말하고 생각하는 방식에 대한 이해를 변화시키고 (정도는 적을지언정) 심지어 사람들이 보고 냄새 맡는 방식 자체에 대한 이해에도 영향을 미치고 있음을 알 수 있다. 색깔과 냄새를 가리키는 기본 용어의 언어적 차이가 사람들이 색깔과 냄새에 대해 (설령 말하지 않을 때에도) 생각하는 방식에 얼마나 큰 영향을 미치는지를 놓고 연구자들은 여전히 논쟁을 벌이고 있다. 여기서는 대부분의 논쟁에 끼어들지 않으려 애썼지만, 논의된 연구 중 일부는 언어적 차이가 사람들이 색깔과 냄새에 대해 (설령 말하지 않을 때에도) 생각하는 방식에 영향을 미친다고 암시한다. 내가 강조한 것은 시각과 후각이 언어마다 뚜렷이 다른 방식으로 범주화된다는 사실이 분명하다는 점이다.

앞으로 우리는 시각 자극, 후각 자극, 나머지 감각에 의해 감지되는 자극의 더 폭넓은 집합을 전 세계 언어가 어떻게 지칭하는지 더 풍부하게 이해해야 한다. 다른 감각들에 대한 정보의 상당수는 여전히 일화적이다. 분야를 혁신하는 연구의 가장 분명한 사례는 (이번에도 마지드가 이끄는) 대규모 연구진이 전 세계 약 20개 언어를 대상으로 수행한 연구일 것이다. 《미국국립과학아카데미 회보National Academy of Sciences》에 발표된 이 연구는 언어가 색깔과 냄새를 어떻게 지칭하는지뿐 아니라 소리, 형태, 촉각, 맛 같은 그 밖의 매우 기본적인 감각 자극을 어떻게 지칭하는지 규명하는 데에도 일조했다.

연구자들은 전 세계 다양한 지역에서 구사하는 이 비동계어들의 구사자들이 여러 감각 영역의 자극을 어떻게 지칭하는지 체계적으로 조사했다. 각각의 균일한 자극 집합에 대해 이들 언어 구사자들이 각 자극을 지칭하는 기본 용어를 얼마나 일관되게 고르는지 검사했다. 이를테면 같은 쓴맛을 명명할 것을 모든 연구 참가자들에게 주문했다. 그런 다음 마지드와 동료들은 한 언어 내에서 또한 여러 언어 사이에서 응답의 일관성을 정량화했다.

해당 언어의 모든 구사자가 자극을 같은 용어로 묘사했을까? 응답들은 일정한 범위에 속해 있었을까? 언어 구사자들이 다양한 유형의 자극을 얼마나 일관되게 명명하는지 조사함으로써 연구자들은 자극이 전 세계 언어에서 얼마나 정확하고 추상적으로 부호화되는지 실마리를 얻을 수 있었다. 이를테면 색깔이 냄새에 비해 더 추상적이고 정확하게 부호화되는 경향이 있으며 대부분의 언어에서 비교적 예측 가능하게 명명된다는 사실을 발견했다. 하지만 이 경향에는 예외도 있다. 이를테면 오스트레일리아 북부의 움필라어 Umpila에서는 냄새가 색깔보다 더 정확하게 부호화되는 듯하다. 즉, 움필라어 구사자들은 냄새를 명명할 때는 예측 가능한 용어로 명명하지만 색상을 명명할 때에는 비교적 들쭉날쭉하다.

이 다년간의 공동 연구에서 가장 흥미로운 결과는 냄새가 아니라 맛에서 나왔다. 맛은 표본으로 삼은 여러 다양한 언어에서 매우 예측 가능하고 일관되게 부호화되는 것으로 드러났다. 사실 소수의 위어드 언어를 바탕으로 다져진 통념과 반대로 색깔을 부호화하는 것이 맛보다 수월하다는 증거는 전혀 없다. 물론 통념을 이해할 수 없는 것은 아니다. 추상적 맛 중에서 명명할 수 있는 것이 몇 개나 되겠는가? 추상적 맛의 개수는 영어의 기본색 낱말 11개보다 훨씬 적을 것이다. 짠맛, 단맛, 쓴맛, 신맛을 제외하면 대부분의 사람들은 영어의 추상적 맛 용어를 그다지 일관되게 쓰지 않는다. 이 용어들은 모호하기까지 하다. 하지만 많은 언어의 추상적 맛 낱말 집합은 더 풍성하고 덜 모호한 것으로 드러났다.

연구에서 거둔 또 다른 흥미로운 발견은 언어가 청각 자극을 어떻게 서술하는가에 대한 것이다. 연구에서는 피험자들에게 시끄러운 소리와 조용한 소리, 음높이가 높은 소리와 낮은 소리 등 다양한 유형의 소리를 들려주었다. 그런 다음 자기 언어의 기본 낱말로 소리를 묘사하라고 주문했다. 하지만 사람들이 이런 청각 자극을 지칭하는 방식에 대한 통념 중 일부는 실험 결과에 의해 반박되었다. 저자들의 말을 들어보자. "모든 언어가 높낮이 은유를 이용하여 음높이 변이를 서술하며 이 보편적인 언어적 부호화에는 귀 해부적 구조의 세부적 성격이 반영되었다는 주장을 흔히 듣는다. …… 하지만 다양한 언어 표본에서 음높이 변이에 대해 말하는 가장 주된 방법은 크고 작음 은유에 해당하는 것이었고 그다음으로 높낮이와 가늘고 굵음이 쓰였다."[17]

나의 교수 경험으로 보자면 많은 대학생은 소리를 '높다'나 '낮다'로 지칭하는 것의 토대가 보편적이지 않고 특수한 은유임을 알지 못한다. 우리가 시간을 서술할 때 미래를 우리 앞에 있는 것으로 묘사하는 것과 마찬가지로 주관적인데도 말이다. 음높이가 높은 소리는 현실 차원에서 객관적으로 더 높게 느껴지지만, 이것은 물론 사실이 아니다. 음높이가 높은 소리는 초당 진동수(헤르츠)로 측정한 주파수가 더 큰 것일 뿐이다. 음높이가 높은 소리를 '음높이가 작다'라고 서술하는 언어가 더 많은 것은 일리가 있다. 자연에서는 생쥐나 곤충처럼 몸집이 작은 동물이 주파수가 더 큰 소리를 내는 경향이 있기 때문이다. 이에 반해 코끼리와 사자 같은 대형 동물은 주파수가 낮은 소리를 내는 경향이 있다.

한마디로 감각을 통해 경험되는 기본 자극을 부호화하고 서술하는 방식은 언어마다 천차만별이다. 언어 다양성을 탐구하면 인간이 물리적 환경에서 접하는 자극에 대해 말하고 생각하는 방식을 더 잘 이해할 수 있다. 다음 장에서는 언어 다양성을 중심으로 한 새로운 유형의 연구들이 우리와 주변 세계의 관계에 대한 여타 측면들에도 실마리를 제시하고 있음을 보게 될 것이다.

5장

정글의 언어,
북극의 언어

모든 인간은 같은 공기 바다의 밑바닥에서 살아간다. 하지만 이 바다는 저마다 독특한 성질을 가지고 있다. 공기 밀도도 다르고 기온도 다르고 습도 등등도 다르다. 이 차이는 우리가 어떤 옷을 입고 날씨에 대해 어떻게 말하고 생각하는지까지 삶의 많은 것에 영향을 미친다. 우리가 말하는 방식에 대한 환경 효과의 일부는 학자들 사이에 합의되어 있지만 제안된 영향 중 어떤 것들은 논란거리다. 이 장에서 논의하는 환경과 언어의 연관성은 (논란거리이든 아니든) 인간의 말과 관련 생각이 환경적으로 얼마나 적응적일 수 있는지 보여준다. 유전 차원에서뿐 아니라 행동·문화 차원에서 인류가 얼마나 놀라운 적응력을 가졌는지 감안한다면 이런 언어적 적응이 존재한다는 것은 놀랄 일이 아니다. 우리의 의사소통 체계가 환경 요인에 어떻게 적응하는지 맥락을 이해하기 위한 배경으로서 우리가 적응하는 비언어적 방법을 조금만 살펴보자.

아마존에서는 땀이 잠수복처럼 온몸을 덮어 하루 종일 답답할 때가 많다. 이미 주변 공기의 물 분자 함유 능력을 넘어선 이 공기 '바다'의 습기로부터 벗어나기 힘든 것은 피부를 흠뻑 적신 땀이 대부분 증발하지 않기 때문이다. 나는 유럽 출신 여행자들이 불편을 호소하며 어떻게 땀이 이렇게 많이 날 수 있느냐고 소리 높여 질문하는 광경을 여러 번 보았다.

내가 자란 지역에서는 아마존의 여러 지류 기슭을 따라 브라질의 인구 밀집 지역과 마찬가지로 축구를 즐겨 한다. 나는 강기슭 경기장에서 토착민 및 '브랑코(백인)'와 어울려 축구를 한 적이 두어 번 있다. 그런데 두 인구집단의 발한에는 대체로 두드러진 차이가 있다. 유럽 출신은 평균적으로 다들 비슷하게 땀에 젖는다. 우리가 지각하는 발한 정도는 짜증스러운 것 못지않게 부적응적이다. 땀이 피부에서 증발하지도 않는데 몸이 체온을 내리겠다며 땀을 증발시키려고 애써봐야 무슨 소용인가? 물론 땀이 증발하기는 하지만 내가 바라는 것보다는 느리게 증발한다. 전 세계의 많은 건조지역, 특히 적도에서 멀리 떨어진 고위도 지역에서는 땀을 많이 흘리는 것이 효과적인 냉각 전략이다. 피부 위의 액체가 더 빨리 증발하기 때문이다.

물론 아마존 토착민, 아프리카와 동남아시아 같은 밀림의 토착

민도 땀을 흘린다. 사실 인구집단 차원의 땀샘 차이가 축구장에서 일화적으로 관찰되는 차이를 얼마나 잘 설명하는지는 불분명하다. 땀을 얼마나 흘리느냐는 건강 수준, 약물 사용, 질병을 비롯한 온갖 유전·비유전 요인에 좌우되기 때문이다. 하지만 밀림 지대에 사는 사람들은 평균적으로 땀을 덜 흘리는 듯하다. 한국인과 아프리카인의 발한을 조사한 연구에서는 열대 아프리카인이 한국인에 비해 땀샘 밀도와 땀샘 분비량이 낮은 것으로 관찰되었다. 심지어 온도가 같을 때도 그랬다.[1]

열대 사람들은 체모도 유럽인보다 훨씬 적은 경향이 있다. 우리가 걷거나 달릴 때 체모가 몸의 열복사를 방해하는 탓도 있을 것이다. 어쨌거나 인간이 여분의 열을 내보내는 것은 대부분 발한이 아니라 복사를 통해서다. 북부 위도에 맞게 선택된 유전자를 가진 사람들은 조상이 살았던 지역에 더 잘 적응하게 해주는 몇몇 생리적 특성을 나타내는 경향이 있다. 이 특성들은 발한과 체모뿐 아니라 (서로 연관되어) 몸집과도 관계가 있다. 추운 지방 사람이 더운 지방 사람보다 덩치가 대체로 크다는 사실은 오래전부터 관찰되었다. 이 원리는 베르크만 법칙으로 불리며 실제로도 다양한 종에서 확인된다.

열의 차이가 이 '법칙'을 얼마큼 설명하는가에 대해서는 논란이 있지만 극한적 기후가 어째서 이런 신체 적응을 설명하는 타당한 후보인지는 쉽게 알 수 있다. 커다란 몸은 겨울이 혹독한 북유럽 같은 지역에서 생존하고 번식할 가능성이 컸을 것이다. 몸집이 크면 몸 부피 대 피부 넓이가 감소하여 열을 더 많이 간직할 수 있다. 크고 다부진 몸은 뉴기니, 인도아대륙, 적도 아프리카, 아마존의 더운 밀림에서는 훨씬 불리하다. 몸이 호리호리해야 열을 효율적으로 내보낼 수 있기 때문이다. 이런 탓에 더운 지역에서는 날씬한 몸이 번식에 성공할 가능성이 약간 높을 것이다.

번식의 여러 주기에 걸쳐 이런 가능성은 신체 유형의 뚜렷한 지역 간 경향을 낳는다. 나는 토착민 마을에 있을 때 거인처럼 느껴진 적이 있었지만 북아메리카나 유럽의 도시에서는 평균 키에 불과하다. 많은 아마존 남성은 키가 152센티미터에 불과하고 몸집이 호리호리하기 때문에 나는 그들과 딴판이다. 나는 다른 지역에서도, 이를테면 캄보디아에서도 내 몸집이 크다는 느낌을 받았지만, 내가 주변의 평균적인 남성보다 훨씬 크다고 느낄 때마다 그곳이 열대였던 것은 결코 우연이 아니다.[2]

전 세계 인구집단을 조사하면 또 다른 환경 적응이 드러난다. 북유럽 혈통은 연한 피부색(이와 관련한 하늘색과 연두색 눈)을 비롯한 몇 가지 특징이 있는데, 이것은 태양 자외선 복사가 덜 우세한 어두운 고위도 지역에서 비타민 D를 더 효율적으로 합성할 수 있기 때문이다. 이에 반해 대부분의 세계 인구는 피부색이 진해서 대사에 중요한 엽산 수치를 유지할 수 있으며 햇빛이 풍부한 환경에서 비타민 D를 효과적으로 합성할 수 있다.

인류가 전 세계의 다양한 환경에 폭넓은 신체적 적응을 보이긴 했지만 다른 포유류와 영장류에 비하면 유전 다양성이 매우 적다는 사실을 강조하지 않을 수 없다. 우리와 가장 가까운 친척인 침팬지는 야생 서식지가 아프리카에 국한되어 있는데도 유전 다양성이 우리보다 크다. 마이애미대학교에 있는 나의 동료 영장류학자는 침팬지의 소규모 개체군 둘 사이에서 관찰되는 유전 변이가 전 인구에 걸쳐 관찰되는 변이보다 크다고 언급했다.

하지만 인간은 전 세계 주요 환경을 모조리 정복할 수 있는 종이다. 우리가 이렇게 다양한 환경에서 살아갈 능력을 발달시킨 것은 여느 동물과 같은 생물학적 적응을 통해서가 아니었다. 고양잇과 포유류를 생각해보라. 고양잇과는 전 세계 육상 생태계에 적응했지만 이를 위해 종분화를 해야 했으며 시간도 훨씬 오래 걸렸다. 이에 반해 인류는 단일 종이며 수많은 환경에 행동·문화적으로 적응했다. 적응에 적응했다고나 할까. 인류학자들은 환경 압력이 아니라 문화 압력을 유전 적응의 주된 동인으로 지목하기를 좋아한다. 많은 예 중에서 하나만 들자면 활과 화살을 능숙하게 쓰는 남자는 많은 문화에서 자신의 유전자를 후대에 전달할 가능성이 클 것이며 활과 화살을 쓰는 일은 특정 문화에서 나머지 문화에 비해 더 중요할 것이다.[3]

우리 문화는 유전자가 따라올 수 없는 속도로 환경 변화에 끊임없이 적응한다. 개개인에게 이것은 특정 환경에서 수백 년이나 수천 년에 걸쳐 살아오면서 얻은 핵심적 이점으로 작용한다. 흥미롭게도 개개인은 이 문화적 적응의 원인을 인식하지 못할 때가 많다. 적응이 점진적으로, 경우에 따라서는 몇백 년에 걸쳐 선택되기 때문이다. 문화 적응은 해당 문화의 구성원들이 자신의 행동이 왜 적응적인지 인식하지 못하더라도 선택된다.

비타민 D의 경우를 다시 생각해보라. 이 영양소는 대구를 먹는 특정 식습관과도 관계가 있다. 스칸디나비아인들은 대구와 대구 간유를 습관적으로 섭취하는 덕에 적도 지역보다 햇빛이 훨씬 적은 고위도 지역에 살면서도 수백 년에 걸쳐 강인한 신체를 유지할 수 있었다. 자외선은 비타민 D 생성에 필수적이며 비타민 D는 체내 칼슘 생성에 필수적이다. 비타민 D가 충분하지 않으면 아동은 구루병에 걸릴 수 있고 노인은 골연화증에 걸릴 수 있다. 한마디로 비타민 D가 부족한 사람들은 뼈가 약해지고 변형되기 쉽다. 피부색이 연하면 고위도 지방에서 비타민 D를 더 효과적으로 합성할 수 있지만 이것만 가지고 구루병과 골연화증으로부터 벗어날 수는 없다.

그런데 대구 간유는 비타민 D가 풍부하다. 스칸디나비아인이 수백 년간 대구 간유를 먹었다는 사실은 외부인이 보기에는 역겨울지 몰라도 바이킹이 새로운 땅을 항해하고 정복한 비결이다. 바이킹은 비타민 D와 구루병 예방의 인과관계를 전혀 몰랐지만 대구 간유 섭취 덕에 자신들의 문화가 성공하고 생존·번식 가능성이 커지면서 이 식습관이 시간의 흐름에 따라 '선택'되었다. 대구 간유와 비타민 D의 연관성은 햇빛과 비타민 D 생성의 연관성과 마찬가지로 20세기 들어서야 과학적으로 밝혀졌다. 하지만 그전에도 문화적 진화가 수백 년간 간접적 증거를 제시하고 있었다.[4]

여기 무의식적인 문화적 진화의 또 다른 흥미로운 예가 있다. 오늘날 많은 부족은 카사바를 먹기 전에 오랜 준비 과정을 거치는데, 이는 중병을 일으킬 수 있는 덩이줄기의 청산青酸 농도를 낮추기 위해서다. 처리 과정은 아마존 전역의 문화에서 보듯 여러 날 동안 여러 단계를 거친다. 이 문화의 구성원들에게 이 단계들이 왜 필요하냐고 물으면 그들은 머리만 긁적인다.

이 준비 방식은 무수한 세대에 걸쳐 진화했으며 그 과정에서 카사바를 잘못된 방법으로 처리한 불운한 사람들이 숱하게 비극을 맞았음은 의심할 여지가 없다. 지금까지 전해 내려온 준비 기법은 부작용을 겪지 않으면서 카사바를 섭취할 수 있게 해주었다. 이유는 알 수 없었지만 말이다. 이것을 비롯한 무의식적인 문화적 적응의 예들은 지난 수십 년간 방대하게 기록되었다. 하버드대학교의 인류학자 조지프 헨릭은 이런 적응 중 상당수에 관심을 환기하는 작업을 진행했는데, 그중에는 문화적 진화에 대한 역작 《호모 사피엔스, 그 성공의 비밀》도 있다.[5]

내가 문화적 적응에 대한 이 배경 설명을 제시하는 이유는 인간의 문화적·행동적 적응이 의사소통 체계에 얼마나 확장되는지 궁금했기 때문이다. 언어학자들이 이 문제를 본격적으로 연구한 것은 최근 들어서다.

우리는 책 앞부분에서 환경 요인이 언어에 잠재적 영향을 미칠 수 있는 간접적 방식을 살펴보았다. 1장에서 논의한 넹가투어의 시간 몸짓을 떠올려보라. 넹가투어 구사자는 사건이 일어난 시각을 서술할 때 하늘을 가리켜야 한다. 흐린 날이 많은 고위도 지방에서도 이런 몸짓이 진화했을까? 그랬을 가능성은 희박하다. 화창한 적도 지역의 언어라고 해서 사건의 발생 시각을 표시하기 위해 반드시 태양을 가리켜야 하는 것은 아니지만, 언어가 이런 몸짓에 의존할 수 있으려면 태양이 낮의 하늘을 가로질러 연중 예측 가능한 경로를 따르는 지역이어야 할 것이다. 이런 간접적 적응에 대해서는 논쟁을 벌이기 힘들지만, 언어가 더 직접적인 방식으로 외부 환경 압력에 적응한다면 어떨까?

낱말은 적응한다

나는 머리말에서 이누이트어에 눈을 가리키는 기본 낱말이 많다는 유명한(어쩌면 악명 높은) 주장을 언급했다. 눈을 가리키는 낱말의 개수는 대중의 머릿속에서 과장되고 왜곡되었지만 이 주장이 강조하는 포괄적 논점, 즉 언어의 낱말들이 환경 요인에 적응한다는 것은 상식처럼 보인다. 하지만 상식은 연구를 대체할 수 없으며 우리를 심각하게 오도할 수 있다.

눈을 가리키는 낱말의 예를 다시 들여다보자. 여기서 상식이 실제로 내놓는 예측은 무엇일까? 어떤 집단이 눈이 매우 많이 내리는 지역에 살면 눈이 환경적 배경에서 너무 지배적인 요소가 되어 덜 두드러지게 되며, 심지어 생각거리와 말거리로서의 가치가 줄어들고, 그 때문에 많은 낱말로 부호화될 가능성이 오히려 줄어들지도 모른다. 반대로 눈이 어디에나 있으면 오히려 눈에 대해 많이 말하고 생각할 가능성이 커져 눈을 섬세하게 구별할 필요성이 생기고 궁극적으로 낱말이 많아질 수도 있다. 후자의 예측은 눈 낱말 비유와 관계있다. '상식'에 따른 예측이 이렇게 갈라진다는 사실은 인지과학자 테리 러기어가 이 주제에 대한 연구에서 강조한 바 있다.[6]

러기어와 동료들은 이 주제를 직관이 아니라 빅데이터와 컴퓨터 활용으로 공략하겠노라 마음먹었다. 그들은 트위터에 들어가 더운 지역과 추운 지역을 망라하여 온갖 언어로 쓰인 트윗을 분석했다. 그랬더니 추운 지역에 사는 사람들은 (적어도 트윗으로만 보자면) 더운 지역에 살면서 같은 언어를 쓰는 사람들보다 눈과 얼음에 대해 훨씬 많이 말하는 경향이 있었다. 이는 눈과 얼음이 생각거리나 대화거리가 되지 못하는 따분한 배경 현상에 머무는 게 아니라 추운 지방에서의 말에서 곧잘 부각된다는 사실을 암시한다. 그런 다음 연구자들은 이와 관련된 또 다른 질문을 다뤘다. 더운 지역의 언어는 '눈'과 '얼음'을 구별하는 경향이 있을까, 아니면 결정화된 물을 일컫는 이 두 가지 낱말을 하나로 뭉뚱그리는 경향이 있을까? 이것은 프란츠 보아스를 비롯한 사람들의 연구로 유명해진 질문에서 자연스럽게 떠오르는 이면이다.

러기어 연구진은 간접적 접근법을 썼다. 여러 다양한 어족과 지역을 대표하는 약 200개 언어에서 눈과 얼음을 일컫는 낱말들을 조사했더니 대부분의 언어는 영어에서처럼 눈과 얼음을 가리키는 낱말이 따로 있었다. 하지만 조사 대상 언어의 약 6분의 1에서는 그런 구분이 전혀 없었다. 더운 지역에서만 쓰는 언어들이었다. 우연의 일치 가능성을 배제하기 위해 연구자들은 1000개 가까운 낱말 유형을 살펴보면서 더운 기후 언어들이 우연하게도 공기와 바람을 비롯한 다양한 현상을 덜 섬세하게 구별하는 것은 아닌지 검증했다. 연구진은 공기와 바람을 일컫는 별도의 기본 낱말이 없는 언어가 많지만 이런 언어가 더운 지역과 추운 지역 둘 다에 존재한다는 사실을 발견했다. 그들이 조사한 모든 낱말 쌍 중에서 얼음/눈 쌍은 분명한 예외였다. 얼음과 눈은 전 세계 대부분의 언어에서 어휘적으로 구별되지만 더운 지역의 언어에서만은 하나의 낱말 범주로 뭉뚱그려진다.

연구에서 도출된 두 가지 핵심 논점은 그 밖의 최근 연구를 우리가 주변 환경에 대해 말하고 생각하는 방식에 대해 개념화하는 것과 관계있다. 첫째, 직관과 통념은 환경이 언어에 미치는 효과를 온전히 이해하는 데 방해가 될 수 있다. 둘째, 환경이 눈/얼음을 일컫는 낱말에 영향을 미치는 방식은 다소 예측 불가능하다. 얼음과 눈을 구분하지 않는 언어들이 대부분 더운 지역에 분포하긴 해도, 더운 지역의 언어 중 상당수는 얼음과 눈을 일컫는 낱말을 각각 가지고 있다. 적절한 패턴이 드러나기까지는 많은 언어를 조사해야 했으며, 같은 어족에 속하는 언어들 간의 공유된 특징 때문에나 몇몇 지역에서 차용된 특징 때문에 이런 패턴이 나타난 게 아님을 확인하기 위해 신중을 기해야 했다. 이를테면 현재 영어가 전 세계에 영향을 미치고 있으므로 눈과 얼음을 구분하는 영어의 방식이 많은 언어에 채택되었을 가능성이 있다.

4장에서는 색깔과 냄새를 일컫는 낱말이 어떻게 미묘한 방식으로 적응할 수 있는지 살펴보았다. 산업화로 인해 사람들이 더 많은 밝은색의 초점 대상에 대해 말하고 생각하게 되었으며 이 압력은 전 세계 언어의 기본색 용어에 영향을 미친 듯하다. 마찬가지로 냄새를 일컫는 낱말은 생활양식과 환경의 상호작용에 영향을 받을 수도 있다. 냄새와 색깔을 일컫는 낱말에 환경과 문화가 미치는 영향은 얼음/눈을 가리키는 낱말에 환경 요인이 미치는 영향에 비하면 간접적일지도 모른다. 하지만 이 현상들도 여러 다양한 언어의 데이터를 면밀히 조사해야만 드러난다. 이는 위어드 인구집단의 언어에 지나치게 의존하지 않는 대규모 접근법의 필요성을 보여준다.

환경이 낱말과 낱말에 의해 전달되는 의미에 미묘하고 더 간접적인 영향을 미치는 또 다른 사례가 있다. 나는 약 5000개의 방언에서 얻은 데이터를 토대로 한 연구에서 '하나'와 '둘'을 가리키는 낱말이 수렵채집 사회의 언어보다 산업사회의 언어에서 더 짧은 경향이 있음을 발견했다. 일반적으로 낱말은 자주 쓰일수록 짧아진다. (이 점은 거의 100년 전에 하버드대학교의 언어학자 조지 지프George Zipf에 의해 학계에 널리 알려졌다. 6장에서 다시 언급할 것이다.) 나는 이 결과를 고려하여 규모가 크고 산업화된 인구집단에서 수사가 짧아지는 이유는 대화에서 더 자주 쓰이기 때문이라고 주장했다. '하나'와 '둘'만큼 기본적인 수사의 빈도와 형태에 문화 요인이 영향을 미친다는 사실은 꽤 놀랍다. 덜 놀라운 사실은 대규모 농업 사회와 산업사회가 소규모의 고립된 수렵채집 인구집단보다 수사가 더 많은 경향이 있다는 것으로, 지금은 잘 확립된 사실이다.

이런 산업사회는 정교한 수 개념에 훨씬 폭넓게 의존하는데, 이런 수 개념은 인류 역사에서 매우 최근에 일어난 혁신이다. 특정 환경이 농업 전파에 더 유리하다는 주장이 있었으므로 '하나'와 '둘'이 대규모 농업 사회에서 유난히 흔한 낱말이라는 이 발견은 확률론적 환경 압력의 매우 간접적인 결과로 해석할 수 있다. (특정 환경과 연관된 문화 요인을 비롯한) 환경 요인이 언어에 미치는 미묘한 확률론적 영향이라는 주제는 현재 수많은 학자들의 관심을 끌고 있다.[7]

환경이 낱말과 낱말이 전달하는 생각에 미치는 또 다른 잠재적 영향을 살펴보자. 더운 지역의 언어는 '팔'과 '손'을 일컫는 낱말이 따로 있을 가능성이 작다. 이것은 세실 브라운Cecil Brown이라는 언어학자의 연구로 뒷받침된다. 이 관계를 설명한다고 추정되는 요인을 들여다보기 전에 이를 뒷받침하는 상관관계적 근거를 살펴보자.

브라운은 617개 언어를 조사하여 '손'과 '팔'을 가리키는 별도의 기본 낱말이 있는지 검증했다. 영어는 분명히 있으므로 '구분' 언어로 분류되었다. 겉보기에 분리할 수 있는 신체 부위인 팔과 손을 구분하기 때문이다. 알고 보니 많은 언어가 기본 낱말 수준에서 이 구분을 하지 않았다. 사실 브라운이 조사한 언어 중에서 228개가 '손'과 '팔'을 구분하지 않으며 이 언어들에서 손목은 기본 낱말의 핵심 분리 기준이 아니다. 이를테면 언어적으로 풍성한 섬나라 바누아투의 론월월어Lonwolwol는 '손'을 가리키는 낱말도 'va'이고 '팔'을 가리키는 낱말도 'va'다. 부르키나파소의 구르어Gur는 '손'을 일컫는 낱말도 'nu'이고 '팔'을 일컫는 낱말도 'nu'다.[8]

언어 간의 이 차이는 환경과 어떤 관계일까? 브라운이 389개 구분 언어의 위치를 조사했더니 전 세계에 걸쳐 있다는 사실이 드러났다. 이에 반해 228개 비구분 언어의 위치는 주로 적도와 적도 인근 지역이었다. 말하자면 이것은 러기어와 동료들이 '얼음'과 '눈'을 일컫는 낱말에 대해 언급한 전 세계적 연관성과 비슷하다. 브라운이 발견한 패턴은 지리적으로 덜 뚜렷하지만 그럼에도 유사하다.

이 패턴이 존재하는 이유에 대한 브라운의 (직관과 어긋나는) 추측은 다음과 같다. "팔을 덮는 재단 의류가 있으면 팔 부위들이 훨씬 뚜렷하게 구별되며 별도의 용어로 이름 붙일 가능성이 커진다. 이에 더해 장갑 같은 보조 의복이 있어도 팔 부위들이 더 뚜렷하게 구분된다. 추운 날씨가 잦은 적도 이외 지역에는 대체로 재단 의류를 비롯한 팔 복식이 있으므로 이 지역에서 구사하는 언어는 '손'과 '팔'을 어휘적으로 구별하는 경향이 적도 지역의 언어보다 현저히 크다." 이 설명은 가설로만 남아 있지만 팔 이름 붙이기와 관련된 발견은 환경 요인이 해당 언어에서 쓰이는 낱말의 종류에 영향을 미치는 또 다른 방식을 암시한다. 여기서도 우리가 이야기하는 것은 확률론적 환경 효과이며 617개 언어 표본 집합에 대한 브라운의 가설에는 예외가 있다. 하지만 모든 것을 감안하건대 비교언어 데이터는 그의 가설을 뒷받침한다.

연구자들은 공간 언어를 가리키는 일부 낱말도 적응적임을 혁신적 실험 방법으로 밝혀냈다. 2장에서 보았듯 많은 문화에서 사람들이 주변 공간을 지칭하는 방식은 영어에서 기본값인 자기중심 접근법과 다르다. 영어를 제외한 여러 언어의 구사자들은 사물이 자신의 몸이나 대화 상대방의 '왼쪽'이나 '오른쪽'에 있다고 지칭하는 것이 아니라 지구중심적으로 확립된 방위에 빗대어 일컬을 가능성이 더 크다.

내가 언급했듯 이 지구중심 체계에서 지칭되는 일부 환경적 특징은 해당 문화의 생태에 고유하다. 이를테면 중앙아메리카와 뉴기니 고지대의 일부 언어에서는 '언덕 위쪽'과 '언덕 아래쪽' 용어를 보편적으로 쓴다. 그렇긴 하지만 산악 지대의 많은 언어는 지구중심 용어를 기본적 공간 지칭 수단으로 쓰지 않는다. 오로지 해당 문화가 발달한 환경만 가지고는 그 문화가 어떤 공간 용어를 쓸지 정확히 예측할 수 없다. 무엇보다 문화를 막론하고 모든 사람들은 사물의 위치에 대해 말할 때 기준점으로 쓸 수 있는 기본적 신체가 동일하기 때문이다. 그러면 우리에게 남는 것은 언어를 품는 환경이 구사자들의 공간적 사고 전략에 영향을 미친다고 암시하는 약한 증거뿐이다.

하지만 최근 글래스고대학교 언어 연구자 요나스 뇔러Jonas Nölle가 이끄는 연구진이 이 주제에 접근하는 새롭고 유망한 실험 방법을 발전시켰다. 당신은 이 문제를 실험적으로 탐구하려면 언어 구사자들을 거주지에서 멀리 떨어진 곳으로 데려가야 한다는 생각이 들지도 모르겠다. 하지만 뇔러는 기술로 문제를 해결하기로 마음먹었다. 그 기술이란 개발된 지 꽤 됐지만 최근에야 이런 실험에 쓸 만큼 다듬어진 것, 바로 가상현실이다.

그와 연구진은 실험 참가자 두 명이 동시에 들어갈 수 있는 가상 환경을 설계했다. 사람들은 가상 환경에 있으면서 동시에 서로 소통할 수 있었다. 그곳에서 '구슬'이라는 사물을 찾는 법을 상대방에게 알려주는 게임을 했다. 한 참가자는 '탐구자seeker'로, 구슬을 모아야 했다. 문제는 가상공간에서 반경 5미터 안에 있는 구슬만 볼 수 있다는 것이었다. 그 범위 밖에 있는 것은 아무것도 보이지 않았지만, 또 다른 참가자인 '안내자director'의 눈에는 보였다. 안내자는 탐구자에게 가상 환경에서 어디로 가야 구슬을 찾을 수 있는지 알려주어야 했다. 가게 점원이 제품을 찾는 손님을 안내하는 것과 비슷한 상황이었다.

참가자들은 가상 환경에 있었기 때문에 뇔러와 연구진은 미리 설계해둔 두 환경을 번갈아 가며 제시할 수 있었다. 하나는 가상 숲으로, 평평한 지대에 나무가 많이 자라고 있었다. 또 하나는 경사지로, 현실의 언덕이나 산비탈을 닮았다. 모든 참가자는 영어를 구사했는데, 영어는 '왼쪽'과 '오른쪽' 같은 자기중심 길안내를 흔히 쓴다. 이를테면 영어를 하는 가게 점원이 손님을 안내할 때 우리는 이런 대화를 예상한다. "통로를 따라 쭉 가다가 왼쪽으로 꺾으면 오른쪽에 물건이 보일 겁니다." 하지만 중요한 사실은 '북쪽'과 '남쪽' 또는 '언덕 위쪽'과 '건너' 같은 낱말에서 보듯 영어에서도 자기중심적이지 않은 길안내를 할 수 있다는 것이다. (앞에서 논의한 첼탈어를 비롯한) 많은 언어에서는 실제 언덕과 비탈이 없더라도 이런 용어가 길안내에 곧잘 쓰인다. 문제는 영어 구사자들이 쓰는 공간 용어에 환경의 유형이 체계적 영향을 미치는가다. 만일 그렇다면 한 언어에서의 체계적 영향에 대한 증거는 공간 인지 전략의 진화가 적어도 부분적으로는 언어가 발달하는 환경에 영향을 받는다는 주장을 뒷받침할 것이다.[9]

널러 연구진은 영어 구사자들이 환경과 무관하게 왼쪽과 오른쪽 같은 자기중심 공간 용어를 채택하는 기본 전략을 공통으로 쓰는 경향이 있음을 발견했다. 실험에 참가한 21쌍 모두에게서 같은 결과가 나왔다. 안내자가 탐구자에게 주로 한 말은 '오른쪽으로 돌아요', '앞으로 쭉 가세요', '왼쪽으로 도세요' 등이었다. 하지만 지구중심 용어를 쓰는 경우도 많았다. 숲 환경에서는 지구중심 용어를 거의 쓰지 않았지만 언덕을 닮은 환경에서는 적잖은 비율로 썼다. 한마디로 영어 구사자들의 공간 전략과 그들이 이 전략과 관련하여 쓰는 용어는 의사소통이 이루어지는 물리적 환경에 의해 부분적으로 좌우되는 듯하다.

한 영어 구사자 집단이 평지 섬에서 배가 난파하고 또 다른 집단이 산지 섬에 좌초하여 두 집단 다 각자의 섬에서 수백 년간 살았다고 상상해보라. 그들의 어휘는 시간이 지남에 따라 서로 다른 방식으로 변할 것이다. 우리가 예측할 수 있는 차이 중 하나는 (특히 널러 연구진의 결과에 비추어 보자면) 산지 섬 사람들이 '언덕 위쪽'과 '언덕 아래쪽' 같은 용어를 많이 쓰는 반면에 평지 섬 사람들은 이런 용어를 전혀 쓰지 않으리라는 것이다. 어쨌거나 산지 섬에 사는 사람들은 종종 이런 개념에 대해 생각하고 말해야 할 테지만 평지에서는 이 개념들이 무의미할 것이다.

두 집단에서 나타난 공간 언어의 차이는 두 인구집단 모두와 소통하는 모든 사람에게 감지될 것이다. 이 모든 논리는 꽤 자명해 보이므로 사고실험을 한 걸음 더 밀어붙여보자. 각각 영어에서 파생한 새로운 방언을 쓰는 두 인구집단이 결국 상대방의 섬에 이주했다고 가정해보라. 각 방언에는 여전히 서로 다른 기본적 공간 지시 체계가 들어 있을 테지만, 이제는 그 체계의 기원이 불분명해졌다. 시간이 지나면서 방언의 기본적 공간 용어는 다시 변할 것이다. 하지만 한동안은 두 집단이 애초에 난파한 서로 다른 섬 환경이 용어에 여전히 영향을 미칠 것이다.

다른 틀에서 보자면, 서로 다른 환경이 공간 용어의 구사 방식에, 따라서 언어가 이 매개변수를 따라 진화하는 방식에 영향을 미치기는 하지만 그 영향이 반드시 개별 언어의 현재 데이터에 반영되는 것은 아니다. 환경 요인과 언어의 연관성, 이를테면 산악 지형과 '언덕 위쪽' 같은 기본적 공간 용어의 연관성이 전 세계적이라는 주장에는 예외가 얼마든지 있을 것이다. 환경과 언어에 대해 생각해볼 수 있는 어떤 연관성에 대해서도 마찬가지다.

생존을 위해 인간이 선택한 소리 체계들

낱말은 성도vocal tract(성대에서 입술 끝까지 소리가 지나가는 통로—옮긴이)의 저마다 다른 일련의 움직임에서 발생하는 소리로 이루어진다. 우리는 언어를 배울 때 성도를 놀리는 법에 초점을 맞춰야 하는데, 그와 더불어 우리의 뇌는 다른 사람의 입에서 나오는 소리를 구별해야 한다. 이 연습은 인지적으로 고역일 때도 있다. 인간이 쓰는 소리 유형은 어마어마하게 다양하기 때문이다. 당신은 언어마다 소리가 얼마나 다르게 들리는지 생각해본 적이 있을 것이다. 사하라 이남 아프리카에 흔한 흡착음은 신기하게 들린다. 프랑스어의 비음이나 중국어의 성조도 마찬가지다(이에 대해서는 좀 있다 살펴볼 것이다).

하지만 전 세계 언어의 소리 범위는 대부분의 사람들이 아는 것보다 훨씬 넓다. 그 범위를 실감하게 해주는 새로운 언어 데이터베이스가 있다. 나와 같은 마이애미대학교의 인류학과 교수인 스티븐 모런Steven Moran이 주도한 이 데이터베이스에는 전 세계 언어에서 기록된 3000여 개 소리가 담겨 있다. 몇몇 소리는 언어들에 매우 흔하다. 이를테면 'milk' 맨 앞의 비음이 있다. 이 자음은 90퍼센트 이상의 언어에서 쓴다. 하지만 전 세계 언어 중 극소수에서만 쓰이는 소리 유형도 많다. 'bath'의 끝소리는 혀끝을 앞니 사이에 넣어 내는데, 전 세계적으로 보자면 희귀한 소리다. 많은 언어 구사자들이 이 소리를 배우기 힘들어 하는 것은 우연이 아니다. 반면에 [m] 소리는 배우기가 비교적 수월하다.[10]

성도에서 가장 중요한 부위는 후두에 들어 있는 성대다. 성대는 길이가 2.5센티미터도 안 되는 얇은 피부막으로, (성대를 가진 많은 종의 생존에 꼭 필요한) 주된 기능은 음식물이 폐와 기도에 들어가지 않도록 하는 것이다. 성대는 진동하면서 여러 소리를 내기도 하는데, 공기가 지나갈 때 두 막을 바싹 붙이면 된다. 이 커다란 진동 덕분에 말소리를 귀로 들을 수 있지만, 진동이 어떤 소리를 내는가는 혀를 어떻게 놀리는가를 비롯한 여러 요인에 따라 달라진다. 인간이 말을 할 수 있게 된 것은 성대를 비롯하여 원초적인 호흡 및/또는 소화 기능을 가진 성도 부위들을 굴절적응시켰기 때문이다.

진동하는 성대는 여러 요인에 영향을 받는데, 그중 일부는 우리에게 감지되지 않는데도 발화에 두루 영향을 미친다. "There was a lot of gore in that horror film(그 공포 영화에는 잔혹한 장면이 많았어)"과 "The core of the earth is hot(지구의 심부는 뜨겁다)"에서 비슷하게 소리 나는 두 낱말 'gore'와 'core'를 생각해보자. 국제음성기호IPA를 이용하여 두 낱말의 발음을 하나하나 전사하면 대략 [go^wɹ](gore)와 [ko^wɹ](core)가 된다. IPA 전사에서 보듯 두 낱말의 첫 음은 각각 [g]와 [k]다. 두 소리는 언어학에서 연구개 파열음이라고 부른다. 이 말은 혀 뒤쪽을 들어올려 입천장 뒤쪽의 연한 부위인 연구개에 닿게 하여 소리를 낸다는 뜻이다.

두 소리는 대체로 비슷하지만 한 가지 핵심적 차이가 있다. [g] 소리를 낼 때는 혀를 들어올려 연구개에 붙이는 동안 성대가 진동하지만 [k] 소리는 성대가 진동하지 않는다. 두 소리가 다르게 지각되고 우리가 'gore'와 'core' 같은 서로 다른 생각을 전달할 수 있는 것은 이 때문이다. 두 소리 다 쉽게 낼 수 있다. 아동이 어릴 적에 습득하며 전 세계 많은 언어에 흔하다. 하지만 똑같이 흔하지는 않다. 아마도 한 소리를 다른 소리보다 좀 더 쉽게 낼 수 있기 때문일 것이다.

어느 쪽이 쉬운지 추측할 수 있겠는가? 답은 'core'의 첫 소리인 [k]다. 이유는 간단하다. [g] 소리를 내려면 혀 뒤쪽을 입 뒤쪽 꼭대기에 닿게 하여 공기 통로를 막아 성대를 진동시켜야 하는데, 이것이 조금 부자연스럽기 때문이다. 그 이유는 기본적 공기역학 때문이다. 성대를 진동시키려면 폐에서 많은 공기를 뿜어내어 성대가 있는 후두를 통과시켜야 한다. 나는 음성학 수업을 할 때 학생들에게 [s]와 [z]를 번갈아 가며 크게 발음하도록 한다. 두 소리를 내면서 후두(목의 돌기)에 손가락을 대보면 성대가 진동했다 멈췄다 하는 것이 촉각으로 느껴질 것이다.

성대가 얼마나 빨리 진동하는가는 성대 크기를 비롯한 수많은 요인에 따라 달라진다. 내 성대는 정상적인 발화 중에 평균적으로 초당 110~120회 진동하지만(110~120헤르츠) 주파수는 편차가 크다. 영어로 질문할 때 성대는 문장 끝으로 갈수록 훨씬 빠르게 진동한다. 이것을 은유적으로 음높이가 높아진다고 말하는데, 엄밀히 말하면 아무것도 올라가지 않는다. [z] 같은 소리에서는 성대 진동을 유지하려면 공기가 계속해서 성대를 지나도록 해야 한다. 공기 흐름을 쉽게 유지할 수 있어야 하기 때문에 입을 완전히 닫지 않는다. 성대 진동에 필요한 공기 흐름을 가장 쉽게 유지할 수 있는 것은 모음을 발음할 때다. 입이 대부분 열려 있기 때문이다. 하지만 [g] 같은 소리에서는 성대를 계속 진동시키기가 까다롭다. 공기는 후두를 통과하여 혀와 입천장이 만나는 부위 뒤쪽 공간에 도달하고 나면 달아날 곳이 없다. 공기 압력이 커진다는 것은 공기가 성대를 스치며 팔락거리게 하기가 금세 힘들어진다는 뜻이다. 이런 까닭에 [g] 소리는 [k] 소리보다 대체로 짧다. 후자는 성대를 진동시킬 필요가 없기 때문이다.

언어학자들은 이 요인들을 오래전부터 알고 있었지만, 이 요인들이 전 세계 언어에 실제로 적잖은 영향을 미치는지를 놓고 논란을 벌이기도 했다. 567개 언어를 조사한 연구에서 언어학자 이언 매디슨Ian Maddieson은 전 세계 언어에서 [g] 소리가 '음운'으로 쓰일 가능성이 [k] 소리보다 좀 더 낮다는 사실을 발견했다. 음운은 한 낱말을 전혀 다른 뜻을 가진 또 다른 낱말로 바꾸는 소리다. 이를테면 [koˆwɹ](core)에서 첫음 [k]를 [g]로 바꿔 [goˆwɹ](gore)로 만들면 낱말의 의미가 완전히 달라진다. [k]를 전 세계 언어에 존재하는 그 밖의 여러 소리로 바꾸면 청자는 발음이 틀렸다고 생각할 것이다. 하지만 영어에서는 [k] 소리와 [g] 소리만 다른 낱말 쌍이 존재하기 때문에 우리는 이 두 소리가 음운임을 안다. 청자에게 전달되는 생각은 이 소리들 중 어느 것이 발화되느냐에 따라 극적으로 달라질 수 있다. 매디슨의 연구에서는 600개 가까운 조사 대상 언어에서 [k] 소리가 음운일 가능성이 [g] 소리보다 크다는 것이 관찰되었다. 하지만 이 추세는 매우 미미하기 때문에, 이런 종류의 소리들이 언어에서 얼마나 흔한지에 대해 (앞에서 설명한) 공기역학 요인이 실질적 영향을 미쳤는가는 여전히 불분명하다.[11]

[g] 같은 소리가 어떤 언어에서 음운으로 존재한다고 해서 그것이 그 언어에서 [k] 같은 소리만큼 흔하다는 의미는 아니다. 나는 2018년 학술지 《언어Language》에 발표된 연구에서 전 세계 언어의 절반가량을 대상으로 (전사된) 기본 낱말에서 모든 소리의 주파수를 조사했다. 내가 발견한 사실은 전 세계를 망라하여 [g]가 [k]보다 훨씬 덜 쓰인다는 것이다. 두 소리가 다 있는 언어에서도 마찬가지다. 연구 결과는 성대를 진동시키는 데 필요한 미묘한 차이가 (심지어 수많은 언어에 흔한 [g]와 [k] 같은 소리에 대해서조차) 언어에서 해당 소리가 쓰이는 비율에 실제로 꽤 큰 영향을 미친다는 것이다.

언어가 조음하기 쉬운 소리 쪽으로 다소 치우친다는 것은 놀라운 일이 아니다. 놀라운 사실은 두 소리를 얼마나 쉽게 발음할 수 있는지에서의 매우 미묘하고 거의 감지할 수 없는 차이조차 소리의 쓰임에 두드러진 영향을 미칠 수 있다는 것이다. 당신은 이런 생각을 해봤을 것이다. '"gore"는 왜 이렇게 발음하기 힘들지?' 'goo'나 'gap'처럼 [g] 소리가 있는 수많은 낱말도 마찬가지다. 언어는 적응하며, 시간이 흐르면서 조금이라도 발음하기 쉬운 소리를 훨씬 많이 쓰게 된다. 환경 요인도 우리가 말에서 쓰는 소리에 (간접적일지언정) 영향을 미친다.[12]

환경 요인이 언어에서 쓰이는 소리에 미치는 간접적 효과 중에서 현재 확고하게 입증된 것을 하나 소개하자면, 농경민이 쓰는 언어에는 특정 소리 유형이 들어 있을 가능성이 크다. 대규모 농경이 특정 지역에서 진화했을 가능성이 분명히 크다는 사실을 감안하면 이는 일부 환경에서 그 언어가 오랜 기간 동안 쓰였기 때문에 결국 해당 소리에 의존할 가능성이 더 컸음을 암시한다. 세계 일부 지역에서 대규모 농경이 등장할 가능성이 더 크다는 주장은 다른 연구에서도 제기되었으며 여러 관찰에 근거한다. 이를테면 대규모 농경을 가능케 하는 핵심 작물과 가축은 공교롭게도 일부 지역에서만 전해 내려오는 토착종이며, 특정 기후에서 더 잘 자란다.

농업혁명이 (이를테면 사하라 사막이 아니라) 비옥한 초승달 지대에서 처음 일어나 위도와 기후가 비슷한 다른 지역으로 퍼진 것은 순전한 지리적 우연이 아니다. 물론 많은 작물이 다양한 지역에서 발견되기는 하지만, 대부분의 주장에 따르면 대규모 농경은 문화를 가로질러 전파되기 전에 일부 지역에서 발달했을 가능성이 크다. 게다가 이 문화 간 전파는 경우에 따라 지리 요인의 영향을 받았다.

일부 환경적 맥락에서 농업 의존도가 커진 것은 이를테면 밀과 보리 같은 작물의 생장 조건이 이상적이었고 이 작물을 대규모로 재배하는 데 필요한 짐승이 있었기 때문이다. 이 조건 중 일부가 (이를테면) 비옥한 초승달 지대에서 충족되었는데, 이 지역에는 수천 년 전부터 적절한 생장 조건과 가축이 있었다. 분명히 말하지만 지리 요인과 농경의 관계는 결코 단순하고 결정론적인 것이 아니다. 농경이 가능했을 텐데도 다른 생존 전략을 유지하는 지역도 많다. 오히려 많은 문화가 농경에 썩 유리해 보이지 않는 지역에서 농경을

발전시켰는데, 농경민과 문화 간 접촉이 있은 이후에 농경을 받아들인 경우가 많았다.[13]

그럼에도 문화가 농경에 의존할 가능성에 지리 요인이 영향을 미친다는 가설은 농경민이 쓰는 언어에 특정 소리 유형이 들어 있을 가능성이 크다는 나의 핵심 주장보다 더 직관적이다. 나의 주장이 가능해지려면 어때야 할까? 우리는 어떤 소리에 대해 이야기하고 있을까? 이 질문에 답하려면 우선 언어학자 찰스 호켓Charles Hockett이 1985년 논문에서 제시한 가설을 들여다보아야 한다. 논문의 핵심 주장은 농경민이 'fast'와 'vape'의 첫음 같은 '순치음' 자음을 더 많이 구사하는 것처럼 보인다는 것이다. 순치음은 아랫입술로 위 앞니를 건드리거나 건드릴락 말락 할 때 소리 난다. ('입술 순'과 '이 치'를 합쳐서 순치음이다.) 이를테면 당신이 'fast'라고 말하면 낱말의 첫음을 발음할 때 공기가 아랫입술과 윗니를 빠르게 스치고 지나가는 것을 느낄 수 있다.

이런 소리가 왜 농경 인구집단에서 더 흔한지 이해하려면 또 다른 배경 지식을 알아야 한다. 사람들은 나이를 먹으면서 식습관에 따라 치열 형태가 달라진다. 무른 음식을 먹는 사람들은 종종 치아에 두 가지 특징이 나타나는데, 수직피개overbite와 수평피개overjet다. '수직피개'라는 용어는 안정 위치에서 위 앞니가 아래 앞니를 덮어 윗니의 맨 아랫부분이 아랫니의 맨 윗부분보다 낮아진 상태를 일컫는다. '수평피개'라는 용어는 윗니가 아랫니보다 조금 앞으로 나와 있는 상태를 일컫는다. 수직·수평피개는 전 세계 많은 문화에서 흔한 현상이 되었다. 사실 이런 교합이 없는 사람들은 종종 수직·수평피개가 생기도록 치과교정술을 받는다. 미국에서는 성인의 평균 수직·수평피개가 약 3밀리미터에 이른다. 이 평균적인 입에서는 윗니가 아랫니 바로 위가 아니라 아랫입술 바로 위에 자연스럽게 놓인다. 그 결과로 'fast'의 첫음 같은 순치음을 낼 때 아랫입술이 조음 과정에서 거의 움직일 필요가 없다.[14]

흥미롭게도 현재 많은 사람들에게 있는 수직·수평피개는 역사적 측면에서 평균과 거리가 멀다. 대략 20만 년에 이르는 인류 역사 중 대부분의 기간에 성인에게 더 흔한 교합 유형은 이른바 단단교합edge-to-edge bite type이다. 이 교합 유형에서는 위 앞니가 아래 앞니 바로 위에 놓이기 때문에 입을 다물었을 때 앞니 표면이 평평하다. 이가 겹치는 부분은 전혀 눈에 띄지 않는다. 역사적 측면에서 단단교합이 성인에게 더 자연스러운 이유는 농경 식습관이 매우 새로운 현상이기 때문이다. 수천 년 전까지만 해도 사람들의 식습관은 밥과 빵 같은 무른 음식 위주가 아니었다. 게다가 신석기 이전 사람들은 음식을 잘게 자르는 식기를 거의 쓰지 않았다. 그들의 일상적 식사법은 치아로 빻고 자르는 과정이 훨씬 많았다. 이 때문에 치아가 더 많이 닳아 청소년기에 단단교합이 나타났다.

단단교합은 고고학 기록의 인간 치아에서 뚜렷이 나타날 뿐 아니라 인류 역사의 절대다수를 차지하는 수렵채집인의 특징적 생존 방식을 유지하는 현대 인구집단에서도 종종 볼 수 있다. 느낌상 내가 만난 수렵채집인은 대부분 단단교합이었다고 말할 수 있다. 단단교합 패턴은 (이를테면) 미국인보다 아마존 원주민에게 분명히 더 흔하다. 일부 인구집단에서 수집된 비일화적 발견들도 이런 인상주의적 평가를 뒷받침한다.[15]

앞의 요인들을 고려하고 (여전히 소리가 낱말의 의미를 효과적으로 구분할 수 있다는 가정하에) 인간이 노력을 덜 요하는 소리를 내려는 경향이 있음을 감안하면 우리는 호켓의 가설에 일리가 있음을 알 수 있다. 무른 음식을 먹는 문화에서 순치음을 내는 데 노력이 덜 든다면 이런 문화에서는 순치음이 일반적으로 더 흔할 수밖에 없다. 뒤집어 말하면 단단한 음식을 먹고 식기를 쓰지 않는 문화에서는 순치음이 덜 흔할 수밖에 없다.

호켓의 가설이 관심을 받은 것은 방대한 연구가 2019년 《사이언스》에 발표된 뒤였다. 다미안 블라시Dámian Blasi와 스티븐 모런이 이끄는 연구진은 호켓의 주장을 검증하기 위해 여러 방법을 동원했다. 그들은 수렵채집인의 언어에 순치음이 있을 가능성이 농경민의 언어보다 훨씬 낮다는 사실을 발견했다. 많은 언어가 같은 조상 언어에서 소리를 물려받거나 가까운 언어에서 소리를 빌린다는 조건을 통제하여 약 2000개 언어 표본에서 이 패턴을 관찰했다.

연구진의 스콧 모이시크Scott Moisik도 정교한 3D 생체역학 모델링을 수행하여 수직·수평피개가 있는 사람들이 순치음을 발음하는 데 실제로 에너지가 훨씬 덜 든다는 사실을 입증해냈다. 기본적으로 아랫입술이 윗니 바로 아래에 있으면 [f]나 [v] 소리를 낼 때 입술 근육이 할 일이 훨씬 줄어든다. 연구진이 제시한 또 다른 흥미로운 증거는 역사적 증거다. 유럽에서는 농경과 무른 음식이 등장하여 전파된 지난 수천 년에 걸쳐 순치음이 점점 우세해졌다.[16]

또 다른 연구에서 인지과학자 첸시한Sihan Chen과 나는 약 300개 언어의 데이터를 조사하여 수렵채집인 언어에서 순치음 자음이 여타 인구집단의 언어에 비해 실제로 매우 드물게 쓰인다는 것을 발견했다. 또한 호켓의 가설을 더 직접적인 방식으로 검증하기로 마음먹었다. 우리는 영어라는 같은 언어를 쓰되 교합 상태가 다양한 언어 구사자들의 영상을 들여다보았다. 어쨌거나 일부 영어 구사자들은 수렵채집 인구집단에서 흔히 볼 수 있는 단단교합을 가지고 있다. 우리가 발견한 사실은 같은 언어 내에 존재하는 패턴의 뚜렷한 증거였다. 수직피개가 있는 영어 구사자들은 대략 우리가 예상한 비율로 순치음을 발음했다. 'fast'와 'for'처럼 순치음이 예상되는 낱말이 많다는 점에서 매우 큰 비율이었다. 하지만 단단교합을 가진 영어 구사자들이 순치음을 내는 비율은 전형적 수렵채집인에 가까웠다. 'for' 같은 낱말에서 예상되는 순치음의 상당수는 'por'와 더 비슷하게 발음되었다. 아랫입술이 윗니가 아니라 윗입술에 가까워지거나 심지어 접촉하기까지 했다.

우리가 살펴본 구사자들은 유명인이었으므로 다른 연구진이 쉽게 재현할 수 있었다. 우리가 분석한 데이터 중에서 사소한 것 하나만 들어보겠다. 가수 프레디 머큐리는 우리가 조사한 사람들 중에서 수직피개가 가장 두드러진 사람이었는데, 누구보다 순치음을 많이 발음했다. 간단히 말하자면 그의 인터뷰에서는 [p]와 [b] 중 상당수가 [f]와 [v]에 가깝게 발음되었다. 한마디로 이제는 호켓이 옳았음을 시사하는 데이터가 수없이 존재한다. 다소 최근의 변화인 무른 음식은 일부 소리가 의미 전달에 쓰이는 방식에 영향을 미쳤다. 이 유형의 데이터는 여러 지역에서 얻은 역사적 증거, 생체역학 모델링 결과, 많은 언어와 개인을 아우르는 순치음 빈도 등을 망라한다.[17]

교합 유형과 순치음 발음의 관계는 궁극적으로 사람들이 살아가는 환경과 그들이 소통할 때 생각을 구별하려고 쓰는 소리의 관계에 실마리를 던진다. 분명히 말하지만 이것은 간접적이고 확률론적인 관계이지 결정론적 관계가 아니다. 하지만 환경과 특정 유형의 자음 사이에는 타당한 연결 고리가 있다. 이를테면 유럽의 일부 지역은 특정한 종류의 농경을 선호하여 수렵채집인에 비해 무른 음식을 먹게 되었다. 무른 음식을 먹으면 대부분의 성인들에게서 수직·수평피개가 흔해지며, 무른 음식을 먹는 성인은 [f]와 [v] 같은 특정 소리를 내기가 수렵채집인보다 좀 더 수월해진다. 내게 이 간접적인 환경적 연관성은 호켓의 가설과 이를 뒷받침하는 여러 발견에서 가장 흥미로운 측면이다. 이것들은 인간, 언어, 환경 사이에 존재하는 (때로는 거의 감지할 수 없는) 관계를 암시한다.

환경이 생존 전략과 이것이 교합에 미치는 영향을 통해 매우 간접적으로 언어의 소리에 작용한다면, 더 나아가 직접적으로 작용할 수도 있을까? 일부 언어 구사자들의 경우 기온과 습도처럼 성도의 실제 움직임에 영향을 미칠 수 있는 외부 요인 때문에 다른 언어의 구사자들보다 특정 유형의 소리를 낼 가능성이 커질까? 언뜻 보기에는 터무니없는 주장으로 보일지도 모르겠지만, 우리는 [g]와 [k] 같은 흔한 소리조차 성대에 작용하는 매우 미묘한 공기역학 요인 ([g]를 약간 덜 흔하게 만드는 요인)에 의해 영향을 받는다는 점을 이미 보았다.

이와 관련하여 후두학 연구에서는 마른 공기가 성대 움직임에 미치는 영향이 입증되었다. 이 연구들은 다양한 방법으로 수행되었으며 두 가지 핵심적 관련 연구에 증거를 제시했다. 첫째, 성대가 약간 말라 있으면 성대를 덮은 점막도 마르기 때문에 성대를 진동시키는 데 더 많은 노력이 필요하다. 둘째, 마른 공기는 성대가 진동하는 정확도를 떨어뜨릴 수 있다. 이를테면 성대를 인위적으로 마르게 하면 정확한 음높이나 주파수를 내기가 좀 더 힘들어진다. 이것은 전문 가수들에게는 잘 알려진 사실로서, 일부 가수들은 공연 전 대기실에서 가습기를 쓰기도 한다.

인간이 마른 공기를 코로 들이마시면 비강이 일반적으로 유입 공기에 습기를 공급하여 성대에 도달할 즈음에는 말라 있지 않도록 한다. 하지만 많은 사람들은 낮에나 잠잘 때 곧잘 입으로 숨을 쉰다. 또한 운동하거나 그 밖의 이유로 산소를 많이 흡입해야 할 때에도 입으로 호흡한다. 그뿐 아니라 질병으로 인해 코가 막힌 사람들은 입으로 호흡하면서 차고 마른 공기를 들이마신다. 한마디로 우리가 들이마시는 공기를 습하게 하려고 인체가 노력하는데도 종종 마른 공기가 성대에 공급된다. 게다가 매우 건조한 환경에서는 코가 공기를 충분히 습하게 해주지 못한다.[18]

나는 성대의 마른 공기가 언어에서 쓰이는 소리에 조금이라도 영향을 미치는지 궁금했다. 주변 공기가 성대에 미치는 검증 가능한 효과를 바탕으로 내가 전개한 가설은 성조와 관계있다. 성조는 음높이, 즉 성대가 진동하는 주파수의 변화로, 진동은 낱말의 의미를 다르게 변화시킨다. 영어에서는 음높이로 낱말을 구별하지 않지만 중국어 같은 성조 언어에서는 구별한다.

중국어는 네 가지 기본 성조로 의미를 구별한다. 성조 언어 중에는 성조가 두세 개밖에 안 되는 것도 있고 중국어보다 훨씬 많은 것도 있다. 성조 체계가 복잡한 언어에서는 낱말마다 음높이를 여러 면에서 정확하게 변화시켜야 한다. 이를테면 중국어에서 '马(말)', '骂(꾸짖다)', '麻(삼)', '妈(어머니)'는 모두 /ma/ 음절로 이루어진다. 이 낱말들의 차이는 자음과 모음에 있는 것이 아니라 자음과 모음을 발음하는 동안 성대가 진동하는 주파수에 있다. '어머니'를 일컫는 낱말에서는 /ma/ 음절을 발음하는 내내 성대가 비교적 빠르게 진동한다. 이에 반해 '말'을 일컫는 낱말에서는 /ma/ 음절을 발음할 때 성대의 진동이 빠르다가 느려졌다가 다시 빨라진다. 성대 진동의 실제 주파수는 화자의 성별, 주변 음절의 성조 등 여러 요인에 따라 달라진다. 그럼에도 성조 언어에서 상대방을 이해시키려면 낱말마다 고유한 음높이 패턴을 구현해야 한다.

나는 이런 요인들을 감안하여 매우 건조한 지역에서 수백 년간(심지어 수천 년간) 구사된 언어가 복잡한 성조를 쓸 가능성이 낮으리라고 추측했다. 언어가 성조를 가지게 되는 데는 여러 요인이 관여하지만 이런 요인들에 대해서는 우리가 모르는 것이 많다. 그러므로 가설 검증을 시작하는 방법은 단지 복잡한 성조가 있는 전 세계 언어를 들여다보는 것이었다. 건조한 지역에서는 이 언어들이 생길 가능성이 작을까? 답은 '그렇다'다. 우리가 아는 한 매우 건조한 지역에서는 성조가 복잡한 언어가 발달하지 않았다. 성조와 무관하게 대부분의 언어가 습한 적도 지역에서 구사된다는 사실 같은 여러 혼란스러운 요인을 통제하더라도 마찬가지였다.

나는 두 동료와 함께 2015년 《미국국립과학아카데미 회보》에 발표한 연구에서 이 점을 입증했다. 이 연구는 열띤 논쟁을 불러일으켰으며 많은 언어학자들은 언어에서 마른 공기가 복잡한 성조의 발달에 영향을 미친다는 사실에 시큰둥했다. 그들은 (이를테면) 복잡한 성조가 없는 언어도 음높이를 정교한 방식으로 이용한다고 지적했다. 이를테면 앞에서 언급했듯 영어에서는 질문할 때 성대 진동의 주파수가 증가한다. 그럼에도 음높이를 이렇게 활용하는 데 필요한 지속 시간과 정확도는 /ma/의 의미를 네 가지 방식으로 구별하기 위해 음높이를 활용하는 것에 비해 짧고 낮다.

이 주제는 여전히 논란거리이지만 이제 일부 언어학자들은 주변 공기가 언어의 진화에 영향을 미칠 수 있다고 생각한다. 당분간 이 가설이 올바른 방향에 서 있다고 가정한다면, 우리가 의미를 구별하기 위해 배워야 하는 소리들이 다른 것은 우리의 언어적 조상들이 살았던 환경 조건 때문이다. 이를테면 많이들 알다시피 영어 구사자들은 복잡한 성조를 배울 때 애를 먹고 심지어 구별하여 지각하는 것조차 힘들어하는데, 그 이유는 영어를 말할 때는 음높이를 인지적으로 그렇게 묶을 필요가 없기 때문이다. 환경 요인들이 장기간에 걸쳐 이런 범주화 차이를 촉진했을지도 모른다.[19]

"상관관계는 인과관계가 아니다"라는 격언은 누구나 잘 알지만 종종 상관관계는 다른 방법으로 뒷받침할 수 있는 인과적 연관성의 방향을 가리킨다. 그 연관성이 간접적일 때도 있긴 하지만 말이다. (이를테면 아이스크림 판매량과 익사율은 두 현상의 증가를 유도하는 간접적 관계를 통해 상관관계를 맺는다. 그 관계란 더위다.) 이 주제는 참신한 접근법을 동원하여 더 탐구해야 한다. 환경이 언어와 생각에 어떤 역할을 하는지 탐구하면서 뇔러를 비롯한 사람들이 개량한 혁신적 방법은 새 세대의 연구자들이 이런 주제를 기발한 방식으로 탐구할지도 모른다는 사실을 시사한다는 점에서 고무적이다. 불과 10년 전과 대조적으로 현재 일부 언어 연구자들은 이런 탐구가 확실한 성과를 거두리라 믿는다.[20]

인간과 함께 진화해온 언어

이 장 앞부분에서 언급했듯 폭넓은 생태적 변이에 적응하는 것은 (논란의 여지가 있지만) 인류의 성공 비결이다. 우리는 지표면의 모든 주요 서식처를 차지한 유일한 종이다. 발한 양태, 피부색, 몸집의 인구집단 간 차이에서 보듯 우리의 적응은 유전자에까지 확대된다.

훨씬 중요한 사실은 의식적 방식과 무의식적 방식으로 우리의 행동에까지 확대된다는 것이다. 노르웨이인들이 대구 간유를 즐겨 먹고 아마존 원주민들이 카사바에서 독을 제거하는 것이 증거다. 그 밖에도 수많은 사례가 있다. 인류가 어디서나 적응한 사실을 감안하면 언어가 생태 요인에 적응하지 않는다는 점이 더 놀라울 것이다.

분명한 사실은 언어가 여러 면에서 적응적이라는 것이다. 적응의 일부는 명백하다. 이를테면 눈을 가리키는 낱말은 언어마다 (분명하게든 미묘하게든) 다양하다. 그런가 하면 공간 어휘의 쓰임이 언어가 진화하는 물리적 환경에 영향을 받는 것에서 보듯 훨씬 덜 명백한 적응도 있다. (최근 들어서야 언어 연구에서 유행하게 된) 대규모 정량적 검사에서만 뚜렷이 드러나는 적응도 있다. 나는 여기서 물리적 환경과 연관된 대규모 정량적 검사에 초점을 맞췄지만 그 밖의 대규모 검사에서도 언어 문법이 외부의 (물리적 압력과 대립적으로) 사회적 압력에 어떻게 적응하는지 시사했다. 문법에 미치는 사회적 영향 중 일부는 6장에서 논의할 것이다.

운이 좋다면 인간 행동의 여타 측면과 마찬가지로 언어가 정확히 어디까지 적응적인지는 시간이 알려줄 것이다. 앞서 언급했듯 문화적 진화에 대한 연구는 인간의 행동과 생각이 적응적이고 따라서 환경에 따라 미묘하게 달라진다는 사실을 입증하고 있다. 많은 적응적 도구와 행동은 의도적으로 발전된 것이 아니라 시간이 지남에 따라 성공적으로 입증되어 선택되었다.

이렇게 생각해보라. 어떤 생태적 난관을 맞닥뜨렸을 때 문화 내의, 또는 문화를 아우르는 개인들은 이 난관을 해결하기 위해 온갖 종류의 행동을 고민해야 한다. 이 행동들 중 일부는 유전자 복제에서의 무작위 돌연변이처럼 무작위적으로 보인다. 이를테면 카사바 가공의 경우, 카사바를 익히기 전에 물에 담그거나 즙을 짠 최초의 사람들은 그 행동 때문에 괴짜 취급을 받았을 가능성이 다분하다. 어쩌면 알코올음료를 처음 발효한 사람들처럼 우연히 그렇게 했을지도 모른다. 하지만 그런 행동 중 일부는 카사바의 독성을 처리하는 데 더 성공적인 것으로 드러났다. 시간이 지나면서 성공적 변이는 카사바를 먹고 싶어하는 사람들에 의해 자연적으로 선택되었는데, 이는 유전자가 환경 요인에 따라 선택될 수 있는 것과 마찬가지다.

가능한 무작위 행동 변이들 중에서 특정 행동이 선택되는 것은 문화가 특정한 틈새와 난관에 적응하면서 진화하는 데 필수적이다. 결정적으로 선택은 사람들이 왜 자신의 행동이 그런 식으로 진화하는지 깨닫지 못하더라도 일어난다. 내가 이 장과 그 밖의 연구에서 몇몇 현대 연구자들과 마찬가지로 주장한 것은 인간 행동에서 적응 과정이 작동하는 것을 볼 수 있는 영역에 언어도 포함된다는 점이다. 언어의 일부 특징은 인간 행동의 여느 측면처럼 특정 환경에서 조금 더 알맞다는 이유로 확률론적이고 점진적인 방식으로 선택될 수 있다. 성공적 적응은 별개지만 서로 연관된 압력으로 인해 일어날 수 있다. 이를테면 특정 유형의 소리는 특정 환경에서 발음하는 데 노력이 덜 들 수 있으며 특정 유형의 낱말은 특정 환경에서 소통의 효율을 높일 수 있다.

중요한 사실은 우리가 수천 가지 다양한 언어에서 얻은 데이터를 연구할수록 언어 적응의 잠재적 범위를 점점 더 많이 알아간다는 것이다. 언어에 나타나는 환경 적응의 범위를 놓고 언어학자들 간에 여전히 이견이 있긴 하지만, 언어와 관련 인지 과정을 더 온전히 이해하려면 환경 요인을 진지하게 고려해야 한다고 믿는 사람들이 늘고 있다. 언어학자 크리스천 벤츠Christian Bentz가 이끄는 연구진은 이 주제에 대한 논문에서 언어 변화를 어떻게 모델링해야 하는지 논의하다가 같은 결론을 도출했다. "언어 다양성을 이해하려면 물리적, 생태적, 사회적 요인이 전 세계 다양한 환경에서 언어 사용자에게 가하는 압력을 모델링해야만 한다."[21]

이런 요인들이 전통적 언어 모형에는 결코 포함되지 않았음을 감안하면 언어가 사회적·물리적 환경에 어떻게 적응하는지를 연구자들이 더 진지하게 고려함에 따라 향후 언어에 대한 우리의 이해가 얼마나 달라질지 궁금하다. 6장에서는 대화가 전형적으로 일어나는 대면 환경을 비롯한 다양한 사회적 환경이 언어의 형성에 어떻게 일조할 수 있는지 보여주는 몇 가지 발견을 살펴본다. 차차 보겠지만 이 발견들은 사람들이 말하면서 어떻게 생각하는지도 보여준다.

6장

말이 보이지
않는다면

코로나 대유행 기간에 마스크가 널리 도입되면서 (공중보건에는 유익했지만) 일부 상황에서는 의사소통이 좀 더 힘들어졌다. 나는 대유행 중에 대학생들을 가르쳤는데, 나도 그들도 마스크를 썼다. 고음질 마이크를 쓰고 교실에 하이파이 스피커 시스템을 설치했는데도 이따금 난감할 때가 있었다. 서로 이야기하면서 상대방의 입을 볼 수 없었기 때문이다. 대유행 기간에 많은 사람들은 우리 모두가 독순술사임을 뼈저리게 자각했다. 열심히 연습한 사람만큼 능숙하진 않을지 모르지만 우리는 하루 종일 독순술을 부린다.

우리는 시끄러운 곳에 있을 때 대화 상대방의 입술에 유난히 주목한다. 우리가 얻는 시각 정보가 낱말을 이해하는 데 결정적일 때도 많다. 이를테면 혼잡한 식당의 옆 테이블에서 누군가 유리잔을 두드리는 바람에 상대방이 'father'라고 말했는지 'bother'라고 말했는지 듣지 못할 수도 있다. 대부분의 경우는 문장의 맥락 덕에 (비슷하게 들리는) 두 낱말 중에서 어느 쪽이 발화되었는지 쉽게 해독할 수 있지만, 늘 그럴 수 있는 것은 아니다. 경우에 따라서는 화자의 입술과 가시적 혀 움직임이 특히 중요할 수도 있다. 당신은 설령 음성학 수업을 듣지 않았더라도 평생 동안 대면 상호작용을 경험했다. 이를테면 'father'의 첫음에서는 아랫입술이 위 앞니와 만나는 반면에 'bother'의 첫음에서는 아랫입술이 윗입술과 만난다는 것을 안다. 'father'의 첫음은 5장에서 설명했듯 순치음이고 'bother'의 첫음은 양순음이다.

당신이 사람들의 입에서 보는 움직임과 그 움직임을 볼 때 듣는 음파의 연관성은 언어 지각에 중요하다. 전화 통화를 하거나 마스크를 쓴 사람과 대화할 때 그런 연관성을 도출할 수 없다는 것은 분명하다. 그럴 때면 언어 이해가 좀 더 까다롭게 느껴질 수 있다. (이를테면) 당신이 맹인이어서 시각적 도움 없는 의사소통에 친숙한 게 아니라면 말이다. 대면 상호작용은 여전히 전 세계 모든 문화에서 의사소통의 기본 형식이며 호모 사피엔스가 아프리카를 떠나기 전에도 기본값이었다. 그러므로 언어 지각은 우리가 대면 상호작용에서 얻는 핵심적 자극으로부터 도움을 받는다. 그것은 사람들의 입에서 나오는 소리와 몸에서 발산되는 시각 정보다. 잠시 뒤에 볼 텐데, 입은 주요 자극이지만 유일한 자극은 아니다.

몸짓과 표정 없이 대화할 수 있을까?

사람들의 입에 쓰인 정보가 대화에 가져다주는 유익을 가장 잘 보여주는 예는 이른바 맥거크 효과McGurk effect일 것이다. 이것은 1970년대에 연구자들에 의해 처음 밝혀졌다. 맥거크 효과는 지난 수십 년간 온갖 실험 조건에서 관찰되었으며 심지어 교실에서도 쉽게 재현할 수 있다. 나는 이따금 수업에서 누군가 'ba'라고 반복적으로 말하는 음성을 학생들에게 틀어준다. 그와 동시에 같은 사람이 'ga'처럼 보이는 소리를 반복적으로 말하는 영상을 보여준다. 음성과 영상은 정확하게 동기화되었기 때문에 학생들은 화면 위의 사람이 'ga'라고 말하는 것처럼 보이는 바로 그 순간에 'ba'를 듣는다. 나는 학생들에게 화면을 보면서 들리는 음절을 받아 적으라고 주문한다. 당신은 학생들이 'ba'라고 쓰거나 소리가 영상과 일치하지 않는다고 불평할 거라 짐작할 것이다. 하지만 그런 일은 일어나지 않는다.

학생들은 불만 없이 음절을 받아 적지만, 그들이 적는 것은 'ba'가 아니다. 대부분 'da'라고 쓴다. 그런 다음 나는 학생들에게 눈을 감고서 음성이 여러 번 재생되는 동안 다시 들어보라고 주문한다. 그러면 미소와 놀람의 물결이 교실에 퍼져 나간다. 학생들은 자신들이 내내 'ba'를 들었지만 눈에 속았음을 대번에 알아차린다. 나는 학생들에게 음성 파일이 반복 재생되는 동안 눈을 떴다 감았다 하라고 주문한다. 학생들은 눈을 감으면 'ba'가 들리고 눈을 뜨면 'da'(또는 그와 비슷한 소리)가 들린다는 것을 알게 된다. 인상적인 사실은 무슨 일이 일어나는지 뻔히 아는데도 시각 자극이 수작을 부려 자신이 무엇을 듣고 있는지 헷갈린다는 것이다. 나는 맥거크 효과를 안 지 오래됐지만 여전히 속아넘어간다. 재생 중에 눈을 떴다 감을 때마다 음성이 'da'에서 'ba'로 번번이 바뀌는 것처럼 들린다. 이성적으로는 'ba'가 재생된다는 걸 알지만 들리는 소리에는 어떤 변화도 없다.

우리의 언어 지각은 고막을 때린 뒤 달팽이관과 일련의 신경을 거쳐 뇌로 전달되는 소리 주파수로만 이루어진 게 아니다. 언어 지각은 시각 정보와 청각 정보를 대뇌피질에서 통합하는 총체적 과정이다. 이것은 문화를 막론하고 참이며 인류가 아프리카에서만 살던 시절 이후로 언어 지각의 뚜렷한 특징이었다. 어쨌거나 대면 상호작용은 언어의 기본 형식이므로 인간이 타인의 얼굴에 주목하는 것에는 일리가 있다. 하지만 5장에서 보았듯 입술이 만들어내는 유형의 소리에 의존하는 정도는 언어마다 천차만별이다. 이는 일부 언어의 구사자들이 타인의 입에 좀 더 주의를 기울여야 할지도 모른다는 뜻이다.[1]

우리는 대화 상대방의 손과 팔에도 주목한다. 앞에서 논의했듯 손짓이 우리가 생각한 것보다 언어에 더 중요하다는 사실이 많은 연구에 의해 밝혀졌다. 1장에서 논의한 넹가투어 시간 몸짓 같은 극단적 사례에서는 '문법적으로 옳은' 방식으로 언어를 구사하려면 특정 몸짓을 익혀야 한다고 주장할 수도 있다. 더 폭넓게 말하자면 몸짓에는 말할 때 일어나는 이면의 인지 과정이 반영될 수 있다. 이를테면 영어 구사자는 과거에 대해 말하면서 뒤쪽을 가리킨다. 몸짓은 말하는 중에 시각 단서를 강조하는 데에도 쓰인다. 우리는 종종 크게 말할 때 큰 몸짓을 취하며 유난히 과장된 몸짓은 발화하는 문장의 강조점에 대응한다. 몸짓과 음성적 강조를 적절히 배합하면 청자에게 실마리를 주어 음성 흐름의 핵심 지점에 주목하도록 할 수 있다.

대면 환경에서 사람들은 타인의 입에서 나오는 음성 흐름에만 주목하는 게 아니라 이와 밀접히 관련되어 손에서 나오는 몸짓 흐름에도 주목할 줄 안다. 화자의 몸짓에 주목하는 동시에 표정을 읽는 이 의사소통 방식은 언어 지각 분야에서 새로 발견된 신체 간섭 효과를 낳는다. '손짓 맥거크 효과manual McGurk effect'라는 이름이 붙은 이 현상은 2021년에 발표된 일련의 실험을 통해 밝혀졌다. 아래에서는 몸짓 지각이 낱말 층위 강세의 청각 지각에 어떻게 영향을 미치는지 검증한 실험 하나를 논의할 것이다. 하지만 그전에 낱말 층위 강세와 관련된 배경 지식이 필요하다. 해당 실험은 네덜란드어 구사자를 대상으로 수행되었지만 나는 영어를 이용하여 이 현상을 설명할 것이다. 낱말 층위 강세의 관련 특성은 두 언어가 동일하기 때문이다.[2]

영어 낱말에서 강세를 받는 음절의 핵심 요소 중 하나는 음높이가 높아진다는 것이다. '음높이'는 소리를 내는 동안 성대가 진동하는 주파수를 일컫는다. (엄밀히 말하자면 '음높이'는 그 주파수의 지각이지만 화자의 성대가 진동하는 실제 주파수를 가리키는 데에도 흔히 쓰인다.)

5장에서 성조를 논의하면서 언급했듯 많은 언어는 정확한 음높이 패턴을 이용하여 낱말의 의미를 구분한다. 영어와 네덜란드어 같은 언어들은 그러지는 않지만 그 밖의 여러 (논란의 여지가 있지만 덜 복잡한) 목적에 음높이를 활용한다. 이 목적 중에는 낱말 층위 강세가 있는데, 강세를 받는 음절은 음높이가 약간 높아지는 경향이 있다. 이와 관련하여 강세 음절은 음량도 커지는 경향이 있다. '음량'도 엄밀히 말하자면 지각되는 성질이며, 발화에서는 대체로 목소리의 진폭에 의해 결정된다. 화자의 성대가 더 큰 에너지로 맞부딪히면 진동하는 동안 서로에게서 더 멀리까지 이동하기 때문에 목소리의 진폭이 커져 더 큰 소리가 난다. 이렇게 증가한 음량은 무엇보다 말에서 특정 음절을 강조하는 데 쓰인다.

낱말의 강세 음절은 비강세 음절에 비해 음량과 음높이가 커지는 것과 더불어 길이도 대체로 더 길어진다. 영어에는 낱말 층위 강세의 요소가 더 있지만(이를테면 비강세 모음은 종종 'uh' 비슷한 소리가 나는 모음으로 단순화된다) 음높이 증가, 음량 증가, 지속 시간 증가라는 세 가지 특징이 결정적이다. 네덜란드어를 비롯한 많은 언어도 마찬가지다. 세 가지 특징은 낱말 층위 강세에 무척 중요하기 때문에 경우에 따라서는 실제로 낱말을 구별하는 데 쓰일 수도 있다.

사실 영어에서는 글로 써놓으면 똑같은 많은 명사와 동사 쌍을 구분하는 데 이 음향 단서가 쓰인다. 이를테면 'CON-vert'는 개종한 사람을 가리키는 명사다. 이에 반해 'con-VERT'는 누군가를 개종시키는 행위를 가리키는 동사다. 'PER-mit'는 누군가에게 무엇을 해도 좋다고 허가하는 증서이지만 'per-MIT'는 누군가에게 무엇을 하라고 허락하는 행위다. 'OB-ject'는 사물을 가리키는 명사이지만 'ob-JECT'는 반대하는 행위를 일컫는 동사다. 동사와 명사의 의미 관계가 모두 투명한 것은 아니다. 그럼에도 영어에는 'record', 'abstract', 'defect', 'update' 등 강세 위치에 따라 의미가 달라지는 낱말이 100개를 훌쩍 넘는다.

이 모든 현상이 청각 지각에 대한 신체 개입과 무슨 관계일까? 몸짓이 언어의 음성 조음에 통합되는 한 가지 방법은 강세와 어우러지는 것이다. 공개 강연을 보면 연사가 특정 논점이나 낱말을 강조할 때 과장된 몸짓을 취하는 것을 알 수 있다. 사실 몸짓에는 낱말과 음절의 강세에 맞춰 손을 내리는 동작이 자주 포함된다. 2007년 수행된 한 실험 연구에서는 주변 낱말보다 강조되는 낱말에 대해 사람들이 '두드리기 몸짓'과 더불어 눈썹 움직임과 고개 끄덕이기를 사용한다는 사실이 밝혀졌다. 심지어 청자에게 두 낱말을 들려주고 어느 낱말이 청각적으로 '두드러지는지' 평가하라고 했더니 그들은 시각 정보에 의해 편향되었다. 화자가 하나의 낱말에만 몸짓이나 눈썹 움직임을 동원하는 것을 관찰하면 청자는 그 낱말이 청각적으로 더 두드러진다고 지각할 가능성이 컸다. 그들이 관찰한 몸짓은 자신이 듣는 소리를 뇌가 어떻게 처리하는지에 영향을 미쳤다.[3]

더 새로운 실험 증거는 몸짓 지각이 청각 자극의 지각에 더 미묘하게 영향을 미친다는 것을 암시한다. 네덜란드어 구사자 26명에게 네덜란드어 낱말처럼 들리지만 실제 낱말은 아닌 유사 신조어(이하

'신조어')를 들려주었다. 각 낱말은 (이를테면 'bagpif'처럼) 두 음절로 이루어졌다. 첫 번째 모음은 강조 여부가 모호하게 제시되었다. 때로는 네덜란드어에서 대체로 강세를 받는 'a' 모음과 비슷하게 발음되었고 때로는 강세 없이 발음되었다. 네덜란드어에서 이 모음은 강세를 받지 않는 이형異形이 강세를 받는 이형에 비해 성질이 약간 다르고 길이도 짧다. 이것은 영어와 매우 비슷하다. 신조어는 연속선상에서 변화를 주었기에 어떤 낱말은 유난히 모호했다. 즉, 강세를 받았는지 받지 않았는지 뚜렷하지 않았다. 네덜란드인 참가자들은 누군가 신조어를 발음하는 영상을 보고 들었다. 중요한 사실은 화자가 오른손을 올렸다 내렸다 하는 몸짓을 함께 취했다는 것이다.

참가자들은 화자의 몸짓에 주목하라는 주문을 받지 않았지만 화자의 몸짓은 참가자들이 듣는 소리에 분명히 영향을 미쳤다. 앞에서 언급했듯 화자는 종종 무언가에 강세를 줄 때 손을 내리는 센박 몸짓을 취한다. 센박과 강조의 연관성은 네덜란드인 참가자들이 실제로 듣는 소리에 영향을 미친 듯하다. 'bagpif' 같은 신조어의 첫 음절에 센박이 오면 그 음절의 모호한 모음은 실제로 전형적 강세 음절에 가깝게 지각되었다. 참가자들에게 'bagpif'를 들었는지 'baagpif'를 들었는지 고르라고 했더니(두 번째는 전형적 네덜란드어 강세에 맞게 첫 모음이 길다) 첫 음절에서 손 내리기 몸짓을 목격했을 때 더 자주 'baagpif'를 들었다고 보고했다. 말하자면 뇌가 시각 지각과 청각 지각의 두 정보 흐름을 통합하면서 시각 지각이 청각 지각에 영향을 미친 것이다. 이것은 맥거크 효과와 비슷한 현상이지만, 이 경우에는 청각 지각에 영향을 미친 시각 지각이 화자의 입이 아니라 손에서 비롯했다. 이런 까닭에 논문 저자들은 이 현상에 '손짓 맥거크 효과'라는 이름을 붙였다. 이 인지 현상이 모든 언어 구사자에게서 네덜란드어 구사자와 같은 방식으로 드러나지는 않을 수도 있다는 것에 유의하라. 낱말 층위 강세 패턴이 네덜란드어와 다른 언어가 많기 때문이다.

맥거크 효과와 새로 발견된 손짓 맥거크 효과는 언어 지각이 대면 환경에 미묘하게 영향받는다는 사실을 입증했다. 대면 환경은 수만 년 동안 인간 의사소통의 기본 형식이었으며 우리가 발화하는 방식을 빚어낸다. 우리가 듣는 방식을 빚어내기도 한다. 우리는 적극적 청자다. 음성 발화뿐 아니라 몸짓으로 자신이 상대방에게 관심을 기울이고 있고 상대방이 표현하는 정서에 동감한다는(또는 동감하지 않는다는) 것을 알려준다. 몸짓은 상대방의 말에 맞춰 고개를 끄덕이거나 눈썹을 움직이는 것처럼 얼굴을 통해 이루어질 수도 있다. 이런 주장이 뻔하게 들릴지도 모르겠지만, 대화 중에 이런 몸짓이나 음성 발화를 생략해본다면 이것들이 얼마나 중요한지 단박에 실감할 것이다. 당신이 반응을 나타내지 않으면 대화 상대방은 금세 당황할 것이다.

이 대면 압력에 의해 빚어지는 것은 지각·인지 요인들만이 아니다. 언어 생성도 이런 압력에 대응하여 진화했다. 대면 말하기는 전 세계 문화의 기본 소통 형식이지만, 닉 엔필드 같은 언어 연구자들이 지난 10년간 주장했듯 언어학자들은 언어가 대면 말하기의 압력에 의해 빚어진다는 사실을 곧잘 간과했다. 경관 용어에 대한 엔필드의 연구는 2장에서 논의한 바 있다. 또 다른 연구에서 그는 문구를 계획하고 짜맞추는 일이 주로 우리가 타인에게 귀 기울이고 (대체로) 타인의 얼굴에 주목할 때 일어난다고 강조했다. 이것은 말하기가 성격상 대면으로 이루어지는 것에 더해 차례 바꾸기로 구성되기 때문이다. 우리는 누군가의 말을 듣는 동안 다음번에 뭐라고 말할지 생각하고 있을 때가 많다. 대면 차례 바꾸기에 문화 간 변이가 작용하기는 하지만 두 개인 사이에서 이루어지는 차례 기반 대화는 그럼에도 전 세계에서 기본값인 듯하다. 흥미롭게도 이 차례 바꾸기의 전 세계적 경향은 인간이 문장을 계획하고 짜맞추는 공통된 방식을 반영함에도 최근에야 발견되었다. 나는 여러 문화에서 뚜렷이 드러나는 한 가지 경향에 초점을 맞추고자 한다.[4]

하지만 우선 이 질문에 대답해보라. 당신은 대화에서 상대방 차례가 끝난 뒤에 얼마나 있다가 말을 시작하는가? 반대로 상대방은 당신이 말을 끝낸 뒤에 얼마나 기다렸다가 말을 시작하는가? 대부분의 사람들은 상대방이 말을 끝낸 뒤에 침묵함으로써 대화에 동참하기를 거부하여 상대방을 '어정쩡하게' 내버려두는 행위가 사회적으로 용납되지 않음을 잘 안다. 사실 이 침묵의 간극이 무례하게 비치고 일종의 사회적 복구를 요하는 의사소통 오류로 이어지기까지는 오랜 시간이 걸리지 않는다. 1989년 사회학자 게일 제퍼슨Gail Jefferson은 영어 구사자들 중에서 대화 상대방이 침묵한 뒤 자기 차례를 시작하기까지 1초 이상 침묵하는 사람이 극소수에 불과하다고 언급했다. 대화 중에 침묵이 1초 이상 길어진다는 것은 종종 대화가 잘 흘러가지 않거나 참가자 한쪽 또는 양쪽이 대화를 끝내고 싶어함을 알려주는 지표다. 제퍼슨의 분석은 수천 건의 대화를 바탕으로 이루어졌으며 패턴은 매우 탄탄하다. 이후의 많은 연구에서도 같은 현상이 관찰되었다.[5]

1초는 마법수가 아니다. 그럼에도 엄연한 사실은 우리가 대화에서 차례를 바꿀 때 오래 머뭇거리지 않는다는 것이다. 차례가 겹칠 때도 많다. 우리는 상대방의 차례가 끝나간다는 단서를 감지하면 그가 말을 마치기도 전에 말을 시작한다. 언어학자 스티븐 레빈슨과 프란시스코 토레이라Torreira는 영어로 대화하는 화자들 사이에서 2만 여 건의 자리바꿈을 연구했다.

자리바꿈 길이(대화에서 차례를 바꾸는 사이의 간격)는 약 마이너스 1초에서 약 1초까지 다양했다. (0보다 작은 자리바꿈 길이는 대화가 겹치거나 중간에 끼어드는 경우다.) 하지만 절대다수의 자리바꿈은 200밀리초 언저리 동안 지속되었다. 말하자면 영어 대화에서 사람들은 상대방이 말을 끝낸 뒤 약 5분의 1초 있다가 말을 시작하는 경향이 있다. 적잖은 심리언어학 연구에 따르면 구나 문장을 계획하는 데는 5분의 1초보다 긴 시간이 걸린다고 한다. 즉, 대면 대화는 기름을 잘 친 기계다. 그래서 화자들은 상대방의 차례가 언제 끝날지 예상하여 그가 말을 마치기 전에 다음 문구를 계획하기 시작한다.[6]

이 패턴은 영어에 국한되지 않는다. 독일어와 네덜란드어에 대한 별도의 연구에서도 대화에서의 자리바꿈이 대부분 약 200밀리

6장 말이 보이지 않는다면

초 지속된다는 사실이 관찰되었다. 두 언어는 밀접히 연관되어 있지만, 비동계어 연구에서도 (똑같지는 않지만) 비슷한 결과가 도출되었다. 비동계 어족인 10개 언어를 대상으로 한 2009년 연구에서 영어의 자리바꿈 시간은 매우 전형적인 중간값으로 밝혀졌다.

연구자들은 화자들 사이의 모든 자리바꿈이 아니라 예/아니요 질문과 대답 사이의 자리바꿈에만 초점을 맞췄다. 영어에서 이런 질문과 대답 사이의 평균 자리바꿈 시간은 236밀리초였다. 가장 짧은 평균 자리바꿈은 일본어에서 관찰되었는데, 7밀리초에 불과했다. 가장 긴 자리바꿈은 덴마크어의 469밀리초였다. 일본어와 덴마크어는 대화 자리바꿈 연속선상의 양극단에 있는 것으로 보인다. (예/아니요 질문과 대답 사이의 지연 시간은 대답의 성격에 부분적으로 좌우된다. 영어에서는 '예' 대답이 훨씬 빨리 나오는 반면에 '아니요' 대답은 시간이 두 배가량 걸리는 경향이 있으며 "모르겠습니다" 같은 그 밖의 대답은 더 오래 걸린다.)[7]

내가 이 책에서 다룬 연구의 상당수는 언어가 우리의 생각보다 더 다양하다는 점을 지적한다. 이 책 머리말에서 강조했듯 언어학자들이 동의하는 언어 보편성은 존재하지 않는다. 언어가 현재의 구조로 이루어진 이유가 특정한 하나의 언어 유전자나 언어 유전자 집합 때문이라는 주장을 뒷받침하는 널리 합의된 증거도 전혀 없다. 언어는 놀랍도록 다양한데, 많은 연구에서 이를 놓치거나 얼버무린 부분적 이유는 언어의 작은 부분집합에 집요하게 초점을 맞췄기 때문이다. 하지만 지금의 논의에서 강조하듯 우리는 언어가 비숫한 흥미로운 사정도 어느 정도 놓치거나 얼버무렸다. 우리가 알아차리지 못한 유사성은 우리가 언어학에서 찾고자 한 유사성과는 매우 다른 종류다.

많은 언어학자들은 전 세계 언어의 문법에서 보편적 패턴을 찾으려고 무수한 시간을 보냈지만 거의 성공하지 못했다. 그런 공통성은 (적어도 일부 언어학자들이 만족할 만큼은) 밝혀지지 않았을지 모르지만, 우리가 간과한 또 다른 뚜렷한 공통성이 있다. 대면 대화에서의 차례 바꾸기 패턴이 그중 하나다. 어쩌면 우리는 이 대면 환경을 당연하게 여긴 탓에 이것이 의사소통을 빚어내는 온갖 흥미로운 방식을 간과했는지도 모른다. 대면 환경은 사람들이 의사소통하면서 교대할 수 있는 차례의 종류에 한계를 부여하며 심지어 차례 사이의 자리바꿈 시간에도 한계를 부여한다.

언어도 같은 일반적 패턴을 따른다. 사람들은 말할 때 차례를 바꾸며 극단적으로 짧은 시간 동안만 말을 멈춘다. 모든 인구집단은 같은 대뇌 하드웨어를 공유하므로 자신이 듣는 말을 처리하는 와중에도 다음에 하고 싶은 말을 계획할 수 있다. 하지만 이 유사성에 비추어 보자면 사람들이 상대방에게 귀를 기울이는 동시에 자신의 다음 문구를 계획하는 방식에 뚜렷한 문화 간 차이가 있음을 강조할 법하다. 이를테면 일본어 구사자와 덴마크어 구사자는 (적어도 차례 사이에 머뭇거리는 시간으로 보건대) 이 측면에서 차이가 있다.

몸짓에 대한 시각적 주목이나 사람들이 차례 바꾸기를 처리하는 방식 같은 언어의 기본적 측면이 이제야 조명되는 이유는 무엇일까? 내가 보기에 우리가 언어에 대한 기본적 사실들을 이제야 진지하게 탐구하고 있는 것은 오랫동안 언어의 2차원적 표상인 문자에 지나치게 치중했기 때문이다. 글은 분명히 놀랍도록 강력한 연장이며 문자 이전 언어를 음성학적으로 전사하는 등의 일을 할 수 있게 해준다. 이 전사 덕분에 언어학자들은 음성 녹음이나 영상 녹화를 하지 못하는 상황에서도 언어를 기록할 수 있었다. 이것은 여러 면에서 대단한 일이지만 급기야 어떤 사람들은 글을 완벽에 가깝게 정제된 의사소통 방식으로 여기기에 이르렀다.

문자 형태에 대한 이 지나친 의존과 강조는 (논란의 여지가 있지만) 언어의 기묘한 특징(이를테면 대화에서 그다지 흔하지 않은 수동태 같은 문법적 성격)에 과도하게 초점을 맞추는 동시에 언어의 매우 기본적이고 보편적인 특징(이를테면 대면 차례 바꾸기에 영향을 받고 정교한 손·얼굴 몸짓과 함께 발화된다는 사실)을 간과하는 결과를 낳았다. 많은 언어학 분석이 문자 데이터뿐 아니라 영상·음성 데이터(또한 종종 이 데이터에 대한 정량적 분석)에 토대를 둠에 따라 우리는 지금껏 놓친 것을 뒤늦게 알아가고 있다. 우리가 뒤늦게 고려하기 시작한 데이터는 또 있다. 많은 예가 있지만 하나만 들자면 내가 캘리포니아 대학교 샌디에이고 캠퍼스에서 동료들과 함께 진행하고 있는 연구는 말할 때 방출되는 에어로졸 입자가 어떻게 공기 전파 병원체를 운반할 수 있는지에 대한 것이다. 기록된 말에만 초점을 맞춰서는 이런 방면의 연구에 착수하기 힘들다.

다음 절에서 언급하겠지만, 의사소통이 일어나는 사회적 맥락은 차례 바꾸기와 (뇌가 언어를 처리하도록 돕는) 몸짓의 시각 지각 같은 현상만 확고하게 빚어내는 것이 아니다. 기본적인 대면 환경에 더해 언어가 구사되는 더 특수한 문화적 맥락도 흥미로운 방식으로 말에 영향을 미칠 수 있다.[8]

사회문화적 환경에 따라 문법도 달라진다

화자가 차례를 바꿔가며 대화를 만들어가는 방식에는 뚜렷한 공통성이 있지만 뚜렷한 차이도 있다. 이를테면 일본어 구사자는 덴마크어 구사자에 비해 질문에 답하기까지 걸리는 시간이 짧다. 이것은 흥미로운 사실이며 일본 문화와 덴마크 문화의 차이가 반영되었을 가능성이 있다. 덴마크 부모에게 입양된 일본 아동은 당연히 덴마크어를 배울 것이며 그들의 질문 후 지연 시간은 여느 덴마크어 구사자와 비슷할 것이다. 나는 명백한 사실을 강조하고 있을 뿐이다. 이런 인구집단 간 행동 차이는 유전적 요인이 전혀 없으므로 문화적일 수밖에 없다.

　대화에서 차례 바꾸기가 어떻게 일어나는지에 대한 사소한 문화적 효과를 넘어서서, 이런 차례 바꾸기의 일반적 패턴이 전 세계적으로 존재한다는 것을 염두에 두면 언어에 미치는 그 밖의 문화적 영향이 존재한다는 것을 알 수 있다. 낱말에 미치는 문화적 영향은 분명하다. 이를테면 카리티아나어에 샌드위치나 부리토를 가리키는 토착어 낱말이 없는 것은 전통적으로 이런 음식을 먹지 않기 때문이다. 그렇다면 낱말이 아니라 언어의 구조인 문법에 미치는 문화적 영향은 어떨까? 사실 문화적으로 특수한 사회 범주가 문법의 핵심 부분인 형태소에 영향을 미칠 수 있음을 보여주는 증거가 늘고 있다. 형태소는 어근과 접미사처럼 의미가 구별되는 단위다. 이를테면 1장에서는 시간 지칭을 논의하면서 말하는 시각과 관련하여 특정 사건이 언제 일어났는지 나타낼 때 쓰는 접미사가 언어마다 다르다고 언급했다. 이런 시간 형태소는 흔히 시제 표지라고 불린다. 하지만 전 세계 언어에는 인상적인 유형의 형태소들이 있는데, 대부분은 당신이 한 번도 들어보지 못했을 것이다.

형태소를 연구하는 학문인 형태론에 대해 지금껏 많은 책이 쓰였으며 전 세계의 온갖 흥미로운 형태소 유형이 소개되었다. 당신에게 친숙하지 않을 두 가지 유형을 소개하고 싶은데, 둘 다 카리티아나어에서 뽑았다. 하나는 언어학자들이 증거성 표지라고 부르는 폭넓은 형태소 범주의 일부다. 증거성 표지는 대개 접미사이거나 접두사인 형태소로, 화자가 자신이 이야기하는 정보를 어떻게 얻었는지 알려준다. 증거성 표지는 종종 화자가 자신이 서술하는 사건을 직접 관찰했는지(이 경우는 증거성이 강하다) 아니면 사건에 대해 듣기만 했는지(이 경우는 증거성이 약하다)를 나타낸다.

(1) a takatat-saryt

　　　"네가 갔다고 나는 들었다."

이 문장에는 카리티아나어 동사(이 경우는 '갔다/가다'를 뜻하는 동사 'takatat')에 붙을 수 있는 접미사 '-saryt'가 보인다. 화자가 이 접미사를 동사에 첨가하면 해당 사건이 일어났다고 들었지만 실제로 목격하지는 않았다는 뜻이다. 증거는 간접적이며 풍문에 근거한다. 카리티아나어의 또 다른 접미사는 무언가가 일어났다는 것이 화자의 생각에 불과할 때, 말하자면 증거의 근거가 성찰일 때 쓴다. 이 모든 것이 조금 예외적으로 보일지도 모르겠지만, 영어에서 "I think that(내 생각에)"이나 "I heard that(듣자 하니)" 같은 단서를 얼마나 자주 문장 앞에 붙이는지 생각해보라. 이 표현들은 영어에서 뻔질나게 쓰이며 카리티아나어에서 필수적인 증거성 접미사와 비슷한 역할을 하는 것이 틀림없다.

많은 언어에 있는 또 다른 형태소 유형은 '희구법' 표지로 불리는데, 화자가 해당 사건이 일어나기를 바란다는 것을 나타낸다. 아래 예문에서 보듯 카리티아나어에서는 희구법 형태소 또한 동사에 붙는 접미사다.

(2) yn itat-awak

"나는 가고 싶다."

이 경우 접미사 '-awak'는 화자가 떠나거나 어디론가 가고 싶어 한다는 것을 청자에게 알려준다. 영어에는 이런 희구법 표지가 없지만, 이번에도 같은 목적으로 쓰이는 흔한 표현이 있다. 이를테면

'go' 같은 동사 앞에 종종 "I want to"를 덧붙인다. ("I want to" 사례는 잠시 뒤에 다시 살펴볼 것이다.) 증거성 표지와 희구법 표지를 비롯한 많은 형태소 유형은 영어에는 존재하지 않지만 전 세계 언어에는 꽤 흔하다. 대부분의 문화, 어쩌면 모든 문화에 공통되는 비슷한 기능·소통 압력은 수많은 문화에서 이런 형태소 유형을 낳는다. 하지만 형태소가 얼마나 공통되는지는 천차만별이며 이는 소통 필요성이 문법 형성에 일조하는 각 문화 특유의 방식으로 다를 수 있음을 암시한다.

사실 일부 형태소 유형은 한 언어에만 존재하며 특정 맥락에서 특수한 의사소통 압력에서만 비롯한다. 이를테면 언어학자 닉 에번스는 일부 오스트레일리아 언어의 접미사 유형이 그 언어를 구사하는 문화의 친족 체계가 가진 독특한 특징을 나타낸다고 기술했다. 이런 현상을 논의하면서 에번스는 다음과 같은 통찰을 제시한다. "보이지 않는 손의 과정들로 이루어진 조합이 …… 문화적으로 두드러진 범주, 연결, 대립을 반영하는 구조화된 체계의 탄생으로 이어진다. 이 과정들의 결과는 오스트레일리아 문화 영역에서는 흔하지만 전 세계 나머지 지역에는 알려지지 않은 일련의 언어 구조다."[9]

"보이지 않는 손"에 휘둘리는 이 과정들은 무엇일까? 이 문제를 생각하는 가장 간단한 방법은 문화적으로 두드러진 현상이 대화에서 낱말을 통해 자주 언급되며 이 대화적 빈도와 관련 예측 가능성으로 인해 그 낱말들이 언어 문법의 일부가 된다는 것이다. 이 과정이 어떻게 일어나는지 이해하려면 잠깐 옆길로 새어 언어 연구의 또 다른 주요 발견을 들여다보아야 한다. 시간이 지남에 따라 예측 가능성이 매우 높은 낱말은 시간이 지나면 축약되어 접두사와 접미사로 변할 수도 있다.

1930년대 하버드대학교의 언어학자이자 통계학자 조지 지프는 언어에 대한 일련의 획기적 관찰 결과를 제시했다. 가장 유명한 결과는 언어마다 일부 낱말의 빈도가 높다는 것으로, 대다수 낱말의 몇십 배에 이르기도 한다. 이 패턴은 매우 규칙적이며 '지프의 법칙'이라고 불린다. 기본적으로 이 법칙은 해당 언어에서 가장 자주 쓰이는 낱말이 두 번째로 자주 쓰이는 낱말보다 약 두 배 자주 쓰인다는 것이다. 세 번째 낱말보다는 약 세 배, 네 번째 낱말보다는 약 네 배, 이런 식으로 계속된다. 이것은 지프의 관찰을 좀 지나치게 단순화하긴 했지만, 전반적으로 이 일반화는 지금껏 조사한 모든 언어와 데이터 집합에 꼭 들어맞는다.

지프의 법칙은 낱말 빈도 이외에도 우리 주변에서 벌어지는 수많은 현상의 분포를 기술한다. 개별 소리도 기술한다. 나는 한 연구에서 우리가 어느 언어에서든 고빈도 낱말의 집합을 들여다보면 한 소리가 다른 소리들보다 훨씬 자주 나타나는 현상(두 번째로 빈도가 큰 소리의 약 두 배)을 관찰하게 되리라고 주장했다. 이를테면 많은 언어에서 [m] 소리는 일상어 낱말의 나머지 모든 소리보다 훨씬 흔하다.

지프는 현재 논의에 결부된 또 다른 핵심 통찰을 제시했다. 가장 자주 쓰이는 낱말이 'the'와 'of'처럼 길이가 짧은 경향이 있다는 것이다. 지프는 이렇게 말한다. "낱말의 길이는 전반적으로 출현 횟수에 역행하는 경향이 있다(꼭 반비례하는 것은 아니지만)."[10] 낱말이 덜 흔할수록 소리 개수로 따진 길이가 길다. 매우 흔한 낱말은 매우 짧은 경향이 있다.

지프의 관찰에서 인상적인 대목은 그의 법칙이 다양한 언어와 데이터 집합에 꼭 들어맞으며 그가 개념을 발표한 뒤로 수십 년째 거듭거듭 재현되었다는 점이다. 하지만 그의 관찰이 왜 이토록 맞아떨어지는지를 놓고 다방면에서 논쟁이 계속되고 있다. 고빈도 낱말이 시간이 지남에 따라 "음성학적으로 축약"되거나 짧아지는 경향이 있다는 사실과 관련하여 그 이유는 빈도가 매우 큰 낱말의 예측 가능성이 매우 크기 때문이라는 확고한 증거가 제시되고 있다. 기본적으로 매우 흔한 낱말이 발화될 때 청자는 화자의 입에서 나오는 낱말을 일찌감치 예측할 수 있다. 즉, 우리가 낱말 길이를 줄이는 편향이 있는 것은 발음에 들어가는 음성학적 노력의 상당 부분이 다소 불필요하기 때문이다. 어쨌거나 낱말과 언어를 일반적으로 빚어내는 핵심 편향 중 하나는 최소 노력의 원리다. 모든 조건이 동일하다면 우리는 노력을 덜 들인 채 생각을 전달하고 싶어한다.

캘리포니아대학교 버클리 캠퍼스의 인지과학자 스티븐 피안타도시Steven Piantadosi와 동료들은 낱말의 전체적 예측 가능성을 알면 빈도만 알 때에 비해 그 낱말이 짧아질 가능성을 더 정확하게 알 수 있다고 주장한다. 말하자면 낱말의 예측 가능성은 그 낱말이 얼마나 흔한지를 결정하는 함수에 불과한 게 아니다. 그런데 매우 흔한 낱말은 예측 가능성이 조금 큰 경향이 있는 반면에, 얼마나 예측 가능한가는 문맥에 달렸다. 이를테면 내가 "She stepped onto the(그 여자가 ~에 발을 디뎠어)"라고 말했을 때 당신은 다음에 올 가능성이 큰 몇 가지 낱말을 이미 알고 있다. 나는 "She stepped onto the train(그 여자가 기차에 발을 디뎠어)"이나 "bus(버스)"나 "platform(승강장)"이나 "stage(무대)"라고 말할 가능성이 있다. 하지만 "She stepped onto the building(그 여자가 빌딩 위에 발을 디뎠어)"이라고 말하진 않을 것이다. (《걸리버 여행기》의 소인국 여자라면 그럴 수도 있겠지만.) '빌딩'이 흔한 낱말이긴 하지만 이 문맥에서는 쓰일 가능성이 매우 낮다. 어쨌든 이 문장에서 '버스' 같은 낱말은 '빌딩' 같은 뜻밖의 낱말보다는 정보가 훨씬 적게 담겨 있다.

우리의 뇌는 "stepped onto the(~에 발을 디뎠어)"까지만 들어도 이미 'bus(버스)' 같은 낱말을 비롯한 몇 가지 선택지를 예상한다. 흥미롭게도 사람들이 실제로 말한 문장에서 수백만 개의 낱말을 추려 '버스' 같은 임의의 낱말이 어떤 맥락에서 쓰이는지 샅샅이 조사하면 그 낱말에 얼마나 많은 정보가 들어 있는지 알 수 있다. 예측 가능성이 매우 높은 문맥에서 자주 쓰이는 낱말은 예측 가능성이 낮은 문맥에서 쓰이는 낱말에 비해 평균적으로 정보량이 적다. 즉, 예측 가능성이 평균적으로 낮은 낱말이 일반적으로 더 많은 정보를 담고 있다. 이를테면 '버스' 같은 낱말이 일부 구(이를테면 "stepped onto the")의 끝에서만 매우 흔하게, 또한 예측 가능하게 나타나는 경향이 있다면 이 낱말은 (문맥과 무관하게) 빈도가 전반적으로 동일한 낱말보다 정보량이 작을 것이다. 많은 숙어에서는 마지막 낱말을 확실히 예측할 수 있다. 내가 "That's it, that's the last ____(그만해. 참는 데도 ____가 있어)"라고 말하면 당신은 내가 다음에 말하려는 낱말이 'straw(한계)'일 것임을 안다. 'straw'는 다른 문맥에서도 쓰이지만 이 숙어에서의 예측 가능성이 극단적으로 크기 때문에 이 문맥에서는 정보량이 별로 크지 않다. 청자가 미리 추측하지 못할 내용은 하나도 없다.[11]

10개 언어의 대규모 데이터 집합을 대상으로 낱말의 공기共起(두 낱말이 함께 나타나는 것—옮긴이)를 분석한 피안타도시와 동료들의 연구에서는 해당 낱말의 정보량 중간값으로 낱말 길이를 매우 정확하게 예측할 수 있음이 관찰되었다. 모든 문맥에서 비교적 예측 가능한 낱말은 예측 가능성이 낮고 정보량이 작은 낱말에 비해 짧은 경향이 있다. 그렇다고 해서 지프가 틀렸다는 뜻은 아니다. 빈도수가 매우 큰 낱말은 예측 가능성이 전반적으로 더 크기 때문이다. 주어진 데이터 집합에서 두 낱말의 전반적 빈도가 같으면 예측 가능한 문맥에서 나타나는 경향이 큰 낱말이 더 짧을 것이다. 정보량이 더 적으니 말이다.

정보량이 적은 낱말이 짧아지는 것은 화자가 낱말을 빨리 발음하거나 축약하더라도 애초에 의도한 의미를 청자에게 전달할 수 있기 때문이다. 이 현상을 극단까지 밀어붙이자면 'straw'가 "that's the last straw"에서만 쓰이고 반대로 "that's the last"가 'straw' 앞에서만 쓰인다고 상상해보라. 이 가상의 시나리오에서는 'straw'라고 말하는 것이 무의미하다. "that's the last"까지 말했으면 'straw'는 군더더기다.

실제 발화에서 이 낱말의 정보량이 별로 크지 않은 것은 분명하다. 하지만 예측 가능성과 정보량이 얼마큼이냐는 낱말마다 다르다.

앞에서 언급했듯 접미사와 접두사는 한때 별도의 낱말이던 형태소다. 이것은 '문법화'라는 현상의 일례로, 조앤 바이비Joan Bybee 같은 언어학자들이 지난 몇십 년간 규명해냈다. 기본적으로 낱말은 예측 가능성이 매우 큰 문맥에서 쓰일수록 정보량이 낮아지면서 점점 짧아진다. 이렇게 짧아진 낱말은 이따금 필수 성분이 되기도 한다. 이런 경우 낱말들은 비슷한 여러 문맥에서 일정하고 예측 가능하게 나타나기 때문에 음성학적으로 축약되는 듯하지만, 아예 누락하면 이상하게 들린다. 기본적으로 접미사와 접두사는 예측 가능성이 매우 큰 자리에 오던 별개의 낱말이 짧아져 필수 성분이 된 것이다.

대부분의 경우 해당 접미사나 접두사로 바뀐 애초의 낱말은 시간이 지나면서 사라지지만 다른 경우에는 낱말이 형태소로 바뀌는 천이 과정을 볼 수 있다. 예는 많지만 하나만 들자면 영어에서는 동사 앞에서 "I want to"나 "I am going to"라고 말할 때가 많다(이를테면 "I want to eat", "I am going to eat"). 실은 하도 자주 말해서 'going to' 같은 낱말은 높은 예측 가능성 때문에 짧아지고 있다. 실제 영어 대화를 옮겨 적어보면 사람들이 "I want to"나 "I am going to"라고 말하는 경우가 거의 없음을 알 수 있다. 사람들은 "I wanna"나 "I'mana"라고 말한다. 실제로 영어가 문자로 기록된 적 없는 토착어라면 어떤 언어학자는 'wanna'와 'mana'가 뒤의 동사에 붙는 접두사라고 결론 내릴지도 모른다. 음성학적으로 축약된 낱말이 전부 접미사나 접두사가 되는 것은 아니지만, 특정 범주('wanna'와 'mana'의 경우는 동사)의 낱말 앞뒤라는 특수한 문맥에서 매우 자주 예측 가능하게 쓰인 낱말은 접미사와 접두사가 될 수 있다. 이 낱말들은 시간이 지나면서 축약되어 점차 접미사와 접두사로 문법화된다.[12]

이 모든 현상이 문법에 영향을 미치는 사회적·문화적 요인과 무슨 상관인지 궁금할지도 모르겠다. 나는 지프의 관찰이 지금껏 검증한 모든 언어에서 성립한다고 했으니 말이다. 하지만 일부 언어의 특이한 형태소(이를테면 닉 에번스가 오스트레일리아 언어들에서 기술한 것들)를 돌이켜 생각해보면 그런 친족 기반 형태소가 존재하는 이유가 좀 더 뚜렷해진다. 이 형태소들은 일정 시기에 공동체에 의해 발명되거나 승인된 것이 아니다. 언어 구사자들이 해당 친족 개념에 대해 하도 자주 생각하고 말한 탓에 몇몇 낱말이 특정 문맥에서 매우 빈번하고 예측 가능해진 것이다. 이 낱말들은 음성학적으로 축약되다가 결국 별도의 낱말이 아닌 접미사가 되어버렸다. 이런 식으로 문법에서의 형태소는 전 세계 여러 문화에 공통되는 소통의 힘에 의해 빚어질 수 있는 것과 마찬가지로 특정 문화에 고유한 소통의 힘에 의해서도 빚어질 수 있다. 공통되는 소통의 힘은 시제 접미사, 카리티아나어를 비롯한 많은 언어에 있는 증거성 표지 접미사, 공통된 접미사와 접두사의 수많은 사례에서 확인할 수 있다.

현대 언어학자들 사이에서 점차 득세하고 있는 격언이 있다. "문법을 빚는 것은 쓰임이다." 이런 변형된 격언도 있다. "함께 쓰이는 낱말은 하나가 된다." 피안타도시 같은 컴퓨터 활용 연구자들의 새로운 작업 덕에 우리는 낱말을 축약하고 융합하는 인지적 동인을 이해하고 있으며, 민족지학적 지식을 접목한 닉 에번스 같은 현장 연구자들의 작업 덕에 우리는 특이한 접미사의 문법 현상을 빚어내는 문화적으로 특수한 힘을 이해하고 있다.

이와 관련하여 민족지학적 지식을 접목한 또 다른 현장 연구는 문화적 요인 때문에 오히려 일부 언어에 특정 문법 요소가 들어 있을 **가능성이 희박함**을 입증했다. 이를테면 대니얼 에버렛(나의 아버지)은 온갖 특이한 성질을 가진 아마존 언어 피라항어의 문법에 누락된 특징들을 기록했다. 2005년 논문에서 그는 몇십 년간 피라항어를 연구하면서 관찰한 여러 흥미로운 특징들을 종합했는데, 그중 하나는 정확한 수사와 단수·복수 접미사가 없다는 것이었다. (수많은 학자들이 기본적 산술 실험으로 이 주장을 검증했다.)

여기서 중요한 점은 피라항족이 수사에 전혀 관심을 보이지 않고 (외래어 낱말로 여겨) 노골적으로 회피한다는 것이다. 대부분의 문화와 달리 피라항족은 수사를 접하더라도 받아들이지 않았다. 그들의 문화에서 외래어 수를 쓰는 행위가 전통적으로 금지된 것을 감안하면 단수·복수 접미사도 없다는 점은 놀랍지 않다. 어떤 개념에 대해 결코 이야기하지 않으면 그 개념을 가리키는 매우 공통되고 예측 가능한 낱말이 생겨나지 않을 것이고 그 낱말로부터 형태소가 발달할 방법도 전무할 것이다.[13]

소통 필요성이 문화마다 비슷하면서도 문화마다 특징적인 방식으로 다양하다는 것을 감안하면 이 모든 연구는 우리가 언어와 문법을 완벽하게 이해하려면 그 문법이 쓰이고 발달하는 문화를 개별적으로 탐구해야 한다는 점을 시사한다. 해당 문화의 언어 구사자들이 일부 개념에 대해 자주 이야기할 수는 있지만 그것이 반드시 나머지 문화에 공통된 개념이어야 할 필요는 없다. 이것은 지난 수십 년간 언어학 현장 연구에서 얻은 핵심적 발견으로, 한때 유행한 주장("문법은 주로 보편적 요인에 의해 형성된다")을 반박한다.

일부 오스트레일리아 부족의 친족 관계 임계성 같은 문화 특유의 요인을 넘어서는 사회적 변이도 문법에 영향을 미칠 수 있으며 우리는 이제야 그 방식을 알아가고 있다. 이를테면 심리학자 게리 루피앤과 릭 데일Rick Dale의 연구에서는 소규모 인구집단이 쓰는 언어가 대규모 인구집단이 쓰는 언어보다 복잡한 형태소 체계를 발달시키는 경향이 있음을 암시한다. 이 체계에는 정교한 접두사·접미사가 포함된다. 이 패턴은 약 2000개 언어의 접두사와 접미사를 조사하고서야 드러났으며 두 사람이 발견한 패턴의 의미를 놓고 논쟁이 벌어지고 있다.

패턴의 한 가지 해석은 이렇다. 널리 쓰이는 언어는 이것을 제2외국어로 구사하는 사람이 많은 경향이 있고 그들은 해당 언어를 성인이 되어 배우므로 성인 학습자의 인지적 필요에 맞게 언어가 진화한다. 성인이 2차 언어를 배우는 효율은 아동이 모어를 배울 때보다 낮기 때문에 비모어 구사자가 많은 언어의 접두사·접미사가 덜 복잡하게 발달하는 것은 일리가 있다. 실험 연구에서도 사람들에게 언어를 만들라고 주문하면 참가자 집단이 클 경우 덜 특이한 접두사와 접미사를 가진 언어를 고안한다는 사실이 입증된다.

루피앤과 데일의 연구에서 보듯 이런 연구는 언어가 구사자 수에 민감하게 대응하여 진화함을 시사한다. 5장에서 보듯 언어는 물리적 환경에 대해 장기간에 걸쳐 조금씩 미묘하게 적응할 수 있으므로 사회적 환경에도 미묘하게 적응할 수 있다. 하지만 언어는 각 문화에 특수하게 적응하기도 한다. 일부 낱말과 그 낱말이 전달하는 개념이 일부 인구집단에서 자주 쓰이게 되면 경우에 따라 낱말이 접두사나 접미사로 바뀌듯 말이다.[14]

언어의 자연 서식처에 주목하라

루피앤과 데일의 연구에서 드러난 패턴을 언어학자들이 놓친 것은 납득할 만하다. 과거에는 두 사람이 동원한 것 같은 대규모 데이터 집합을 활용할 수 없었으니 말이다. 하지만 이 장에서 논의한 그 밖의 몇몇 현상이 비교적 최근까지도 언어 연구에서 누락되었다는 것은 놀라운 일이다. 대면 환경과 연관된 소통 압력에 의해, 또는 문화적 차이가 더 현저한 요인들에 의해 문법이 형성되는 정도를 많은 언어학자들이 이제야 알아가고 있는 것은 왜일까? 앞에서 언급했듯 설명의 한 부분은 우리가 언어의 2차원 표상에 치우쳤다는 것이다. 설명의 또 다른 부분은 언어 연구가 (무엇보다 20세기 대부분의 기간에) 이상화되고 문자로 기록된 문장을 연구하고 인도유럽어를 비롯한 위어드 인구집단의 언어에서 문법적 패턴 등을 연구하는 데 치중했다는 것이다.

주로 미국 인접 국가들에서 진행된 사회언어학 패턴 연구 같은 주목할 만한 예외가 있긴 하지만 우리는 대화가 일어나는 실제 사회문화적 환경에 충분히 주목하지 않았다. 참으로 다양한 문화들, 특정 개념에 의존하는 정도가 사뭇 다른 문화들에서 얻은 데이터를 동등하게 취급하기 전까지만 해도 우리는 언어에 대한 핵심 관찰을 놓치기 일쑤였다. 닉 엔필드의 말을 인용하면 다양한 문화적 환경에서 대화와 동떨어진 비자연적 데이터에 치중하는 탓에 "가장 뛰어난 언어학자들조차 언어가 자연 서식처에서 어떻게 쓰이는지에 대해 아는 것이 거의 없"다.[15] 다행히 오늘날은 점점 많은 언어학자들이 전 세계 문화에 있는 언어의 자연 서식처에 초점을 맞추고 있다.

7장

콧소리로
코에 대해
말하기

스탠드업 코미디언 짐 개피건Jim Gaffigan이 비만 고래에 대한 농담을 한 뒤 누군가 그에게 고래는 실제로 뚱뚱한 게 아니라 블러버blubber, 고래기름에 덮여 있을 뿐이라고 지적했다. 훗날 개피건은 이렇게 교정 받은 사연을 들려주면서 고래가 뚱뚱한 게 아니라는 그 사람의 해석 에서 유머를 찾아낸다. 개피건의 말을 들어보자. "블러버라고? 그건 근육질의 반대말이죠. 그러니까 근육질, 탄탄하다, 물렁물렁하다, 그 다음 저 멀리 블러버가 있어요. 뚱뚱함에서 소리가 난다면 블러버일 거예요." 이 마지막 '블러버'에서 개피건은 첫 음절을 길게 끌어 '블러 어어버'처럼 들리게 한다. 청중이 웃음을 터뜨린다. 'blubber'라는 낱 말이 뚱뚱하게 들린다는 생각을 그들도 하고 있는 게 분명하다.

소리 없는 낱말이 어떻게 뚱뚱하게 들릴 수 있을까? 그에 비하면 내가 상징적으로 전달하고 싶은 소리를 낱말에서 나게 하는 법을 이해하는 건 훨씬 쉽다. 우리는 어릴 적에 의성어에 대해 배운다. 발음과 실제 소리가 비슷한 낱말 말이다. 초등학교에서 주로 드는 예로는 '으르렁', '멍멍', '첨벙' 등이 있다. 우리는 이 낱말들이 현실의 청각 자극처럼 들린다고 가정한다. 정말 그렇다면 의성어가 언어마다 똑같거나 비슷할 거라 예상할 수 있다. 우리가 어느 언어를 구사하든 사자가 으르렁거리거나 개가 멍멍 짖거나 아이가 물을 첨벙 튀기는 소리는 다르지 않기 때문이다.

하지만 의성어는 언어마다, 심지어 언어 내에서도 사뭇 다르다. 의성어 하나가 여러 소리를 표현할 수도 있다. 북을 쿵쿵 치는 소리와 머리로 벽을 쿵쿵 들이받는 소리는 비슷하게 들릴지 모르지만 결코 똑같지 않다. 그럼에도 대부분의, 또는 모든 언어는 나름의 의성어가 있으며 이런 용어에 변이가 있다고 해서 '멍멍' 같은 의성어가 일반 낱말과 다른 방식으로 소리(또는 소리 범주)를 흉내 낸다는 사실은 달라지지 않는다. 사람들은 누군가 '첨벙'이라고 말할 때 나는 소리가 (이를테면) 아이가 웅덩이에서 물 튀기는 소리와 조금이나마 닮았음을 안다. (이 유사성은 두 경우에서 생성되는 매우 높은 비주기적 주파수와 관계있을 가능성이 있지만 이 논의는 제쳐두기로 하겠다.)

하지만 이 추론은 블러버에는 적용되지 않는다. 뚱뚱함은 소리가 아니기 때문이다. '블러버'라는 낱말이 뚱뚱함을 직접 닮을 방법이 있을까? 혹자는 퉁퉁한 표면을 때렸을 때 나는 소리가 '블러버' 발음과 비슷하다고 주장할지도 모르지만 조금 억지스럽다. 게다가 핵심적 측면에서 '블러버'와 음성학적으로 비슷하면서도 막연하게나마 뚱뚱함과 관계된 개념을 나타내는 낱말들이 있다. 'blimp', 'blob', 'bloat' 등이 그것이다. 여기에 어떤 내막이 있는 걸까? 이 낱말들의 첫부분에 있는 'bl-' 연쇄, 즉 개피건이 모음을 늘여 발음한 연쇄는 종종 둥글거나 달걀꼴인 물체를 가리킨다.

하지만 'bl-'은 뚜렷한 의미가 있는 접두사가 아니며, 아무 명사에나 붙여 둥글거나 달걀꼴이거나 뚱뚱하다는 의미를 만들어낼 수는 없다. 그렇다면 'bl-'은 무엇일까? 이것은 언어학자들이 '음지각소phonestheme'(번역자가 임의로 지은 번역어—옮긴이)라고 부르는데, 헐거운 의미를 유사체계적으로 부호화하는 음 연쇄를 뜻한다. 음지각소가 흥미로운 이유는 의성어 사례에서처럼 의미와 특정 소리의 연결이 전적으로 자의적이지는 않은 경우이기 때문이다. 음지각소는 소리와 의미의 체계성을 보여주는 사례이지만 의성어만큼 표상적이지는 않다. 'bl-' 같은 음 연쇄는 현실 소리를 흉내 내지 않기 때문이다.

현대 언어학의 핵심 신조 중 하나는 언어가 지극히 자의적이라는 것이다. '자의적'이라는 말은 낱말의 소리와 의미 사이에 자연적이거나 내재적인 연관성이 전혀 없다는 뜻이다. 이런 까닭에 같은 사물이나 개념을 나타내는 낱말이 언어마다 전혀 다르게 소리 날 수 있다. 인구집단이 의미를 전달하려고 쓰는 소리가 무엇인지는 중요하지 않다. 유력한 언어학자들은 낱말의 자의성이 언어의 중요한 특징 중 하나라고 오래전부터 주장했다. 이 언어학자들은 의성어를 모르지 않았다. 단지 자의성이 언어의 알맹이이고 의성어 같은 상징 요소는 곁다리라고 생각했다.

어쨌거나 의성어는 (논란의 여지가 있긴 하지만) 다소 특수하며 언어에 대해 부수적이다. 언어의 기능에, 심지어 아동의 마음 발달에도 필수적으로 보이지는 않는다. 그런데 점점 많은 연구의 주제가 되고 있는 음지각소는 자의성을 중심에 놓는 이 관점에 딱 맞아떨어지지지 않는다. 그보다는 소리와 의미의 관계가 전적으로 자의적이지는 않음을 암시한다. 'bl-' 같은 음지각소의 경우에는 심지어 의미와 소리 사이에 모종의 물리적 관계 측면에서 미미하게나마 토대를 가진 대응이 존재한다. 음지각소는 소리를 환기하든 아니든 우리가 알던 것보다 언어에 더 많이 퍼져 있다.[1]

언어학자 벤저민 버건Benjamin Bergen은 영어에 있는 여러 음지각소를 살펴보았다. 여기에는 방금 언급한 'bl-'도 있지만 'sn-, wh-, tr-, sw-, spr-, gl-' 같은 연쇄도 있다. 차례로 살펴보자. 'sn-'은 'snicker(킬킬거리다)', 'snore(코를 골다)', 'snot(콧물)', 'snout(주둥이)'처럼 입이나 코와 연관된 낱말에 쓰인다. 우연이 아닐지도 모르겠는데, 이 낱말들에는 (성대 진동을 구강뿐 아니라 비강에서 공명시켜 내는) 비음이 들어 있다. 이 연관성은 뒤에서 다시 들여다볼 것이다.

한편 'wh-'는 'whisper(속삭이다)', 'whine(낑낑대다)', 'whirr(윙윙거리다)', 'wheeze(쌕쌕거리다)'처럼 구체적인 종류의 소리를 일컫는 낱말에 쓰인다. 'tr-'는 'tread(밟다)', 'tromp(짓밟다)', 'trudge(터덜터덜 걷다)', 'trot(빠르게 걷다)'처럼 큰 소리를 내거나 의도적으로 걷는 것과 관계있다. 'sw-'는 'swing(흔들리다)', 'sweep(쓸다)', 'swoop(내리 덮치다)', 'swipe(후려치다)'처럼 아치꼴로 움직이는 행위를 나타낸다. 'spr-'는 'spread(펼치다)', 'spray(흩뿌리다)', 'sprawl(벌리다)', 'sprout(싹이 나다)'처럼 중심에서 먼 쪽으로 움직이는 행위를 가리키는 낱말에 쓰인다. 마지막 사례로, 'gl-'은 빛이나 시각과 관련된 낱말에서 찾아볼 수 있다. 'glisten(반짝이다)', 'gleam(어슴푸레하다)', 'glow(빛나다)', 'glaze(윤이 나다)', 'glimmer(깜박이다)' 등이 이에 해당한다. 음지각소가 영어에 드물지 않음은 분명하다.

놀랍도록 흔하다는 것 이외에 음지각소의 흥미로운 점 중 하나는 언어가 자연의 소리를 단순히 흉내 내는 게 아니라는 것이다. 이를테면 'gl-'의 경우 음 연쇄는 감각 양상을 넘나들며 시각적인 것을 떠올리게 한다. 청각적인 것이 시각적인 것을 나타내니 말이다. 언어 연구자들은 이런 양상 간 대응이 전 세계 구어에 풍부하다는 사실을 점차 알아가고 있다. 많은 낱말이나 낱말 조각이 물리적 성질과 비자의적으로 연관되어 있다.

내가 '언어'가 아니라 '구어'라고 말한 것에 유의하라. 수어나 문어의 경우는 낱말이 개념을 상징적인 방식으로 직접 나타낼 때가 많다. 이를테면 손짓은 행위나 물체를 직접적으로 닮았다. 이 사실은 오래전부터 알려져 있었으며 실제로 사람들은 수어가 얼마나 상징적인지를 이따금 과대평가한다. 하지만 수어에서 쓰는 기호 또한 매우 자의적일 때가 많다. 그렇지 않다면 수어를 쓰지 않는 사람들도 수어 대화를 상당 부분 알아들을 수 있어야 하지만, 실상은 결코 그렇지 않다.

언어 연구자들은 언어적 사고에서 상징의 역할이 보편적임을 더욱 분명히 인식하게 되었으며 새로운 방법을 통해 소리와 의미의 연관성을 더 폭넓게 이해하게 되었다. 이 방법들은 음지각소와 언어학자들이 '상징어ideophone'라고 부르는 것 등의 현상을 탐구하는 데 쓰였다. 상징어는 특수한 물리적 감각을 직접 불러일으키는 낱말이다. 여기에는 의성어의 경우에서와 같은 청각적 감각뿐 아니라 특정 색깔이나 움직임 같은 비청각적 자극도 포함된다. 이를테면 많은 상징어에는 중첩이 쓰이는데, 낱말이나 음절을 반복하여 행위가 반복적으로 일어난다는 것을 나타낸다. 이를테면 시에라리온의 키시어Kisi에서 'hábá'는 '기우뚱하다'라는 뜻이지만 'hábá-hábá-hábá'는 '오랫동안 기우뚱기우뚱하다'라는 뜻이다. 상징어는 음지각소와 달리 그 자체로 낱말 역할을 한다. 언어학자들은 음지각소와 상징어의 존재를 오래전부터 알고 있었지만 전 세계 언어에서 얼마나 큰 역할을 하는지 실감하기 시작한 것은 최근 들어서다.[2]

상징어는 온갖 감각 개념을 나타낼 수 있으나, 나름의 물리적 성질에 매여 있는 탓에 추상화 정도가 제각각이다. 일부 상징어는 언어 간에 차용되는데, 이것은 낱말과 의미 사이에 (겉으로 드러나는) 자연적 대응이 있어서 서로 다른 언어의 구사자들이 인식할 수 있기 때문이다. 펩 과르디올라Pep Guardiola 감독이 지휘하는 바르셀로나 축구팀의 경기 방식을 일컫는 이름을 생각해보라. 바르셀로나가

다년간 승승장구하는 데 한몫한 방식 말이다. 그 방식에는 여러 요소가 있지만 미드필더가 좁은 공간에서 잰걸음으로 위치를 바꾸면서 교묘한 패스 조합을 활용하는 것도 그중 하나였다. 이 접근법은 이따금 기막힌 효과를 발휘하여 수비진을 파고들 수 있었으며 상대팀 수비수들은 번번이 속수무책으로 당했다. 이 방식을 일컫는 이름은 이제 전 세계 축구 팬들에게 널리 알려졌다시피 '티키타카tiki-taka'다.

바르셀로나 경기 중 스페인 해설자에게서 이 용어를 처음 들었을 때 사람들은 단박에 이것이 눈앞의 장면을 있는 그대로 묘사한다고 느꼈다. 영어에는 이 방식을 일컫는 낱말이 없었지만 '티키타카'를 단 한 번 듣기만 하면 스페인 해설자가 무엇을 의도했는지 직감적으로 알 수 있었다. 하지만 이 용어의 어원은 스페인어가 아니다. 스페인 빌바오 지역에서 쓰는 비유럽어 바스크어Basque의 구사자들이 처음 썼다. 바스크어에서 '티키타카'는 가볍고 빠른 걸음걸이를 뜻하며 이 낱말과 이런 걸음을 잇따라 디딜 때 나는 소리 사이에는 실제로 유사성이 있어 보인다. '티키타카'가 스페인어 구사자들에게 채택된 데는 이런 까닭이 있을 것이다. 나는 영어와 포르투갈어 축구 해설자들이 이 용어를 쓰는 것을 자주 들었으며 그 밖의 많은 언어에서도 쓰인다는 것을 안다. (영어에서는 심지어 농구에서 쓰이는 것을 최근 들었는데, 이것은 의미가 더욱 확장되었음을 암시한다.)

이제 '티키타카'는 축구 팬 어휘의 핵심에 놓인 낱말이다. 언어학자들은 적어도 19세기 이래로 상징어를 연구했으며 낱말의 소리가 자의적인지 아닌지에 대한 논의는 적어도 플라톤 시대로 거슬러 올라가지만 20세기 들어 언어 탐구는 상징어를 비롯한 소리와 의미의 비자의적 대응이 낱말 생성에서 수행하는 역할을 대체로 과소평가했다. 20세기의 가장 유력한 언어학자 중 몇몇은 언어가 근본적으로 자의적이고, 일반적으로 낱말과 의미 사이에 자연적 연관성이 전혀 없다고 주장함으로써 그 역할을 깎아내렸다. 그 언어학자들이 그 밖의 수많은 저명 언어학자와 사회과학자들처럼 위어드 인구집단의 데이터에 치우치는 편향이 있었기 때문일 것이다. 비위어드 인구집단이 말하는 언어를 살펴보면 상징적 발화가 주변적이라는 통념이 점점 의심스러워진다. 많은 아프리카 언어에는 방대한 상징어 어휘가 있다. 이 점은 19세기 이래 현장 언어학자들이 지적했지만, 이런 상징어를 비교언어 관점에서 온전히 이해하려는 시도는 비교적 최근에야 이루어졌다.[3]

풍부한 상징어를 갖춘 서아프리카 언어인 에웨어Ewe에 대한 1930년 저서에서 독일의 언어학자이자 선교사 디트리히 베스터만Diedrich Westermann은 이렇게 말했다. "언어는 인상을 소리로 번역하는 수단이 극도로 풍성하다. 이 풍성함은 보거나 들은 모든 것, 어떤 식으로든 받아들인 모든 인상을 하나 이상의 소리로 흉내 내고 묘사하려는 거부할 수 없는 욕구에서 비롯한다. 이 표현들을 우리는 그림 낱말이라고 부른다."[4]

이 '그림 낱말'은 이제 상징어라고 불린다. 몇 년 뒤 에웨어 상징어에 대한 후속 연구에서 언어학자 펠릭스 아메카Felix Ameka는 상징어가 에웨어 어휘에 풍부하며 에웨어 문법에도 긴밀히 통합되어 있다고 언급했다. 에웨어에서 일부 상징어는 여타 언어에서 종종 그러듯 감탄사 역할을 할 수 있는데, 이것만 보면 상징어의 문법적 기능이 매우 제한적이라는 인상을 받을 수 있다. 하지만 아메카 말마따나 에웨어에서는 명사, 형용사, 동사, 거기에다 부사로 쓰이는 상징어도 있다. 이 상징어들은 에웨어 문법에서 핵심적 기능을 하며 대화에서 쓰이는 빈도가 매우 크다.

에웨어만 그런 것이 아니다. 서아프리카, 동남아시아, 남아메리카 등지에서 방대한 상징어 집합을 갖춘 언어들이 기록되었다. 지금껏 기록된 가장 극단적인 사례는 아프리카의 그베야어Gbeya로, 상징어가 수천 개나 된다. 그베야어에 대한 광범위한 연구는 20세기 중엽 윌리엄 새머런William Samarin에 의해 수행되었다. 그의 상징어 연구는 결국 몇몇 학자들에게 영향을 미쳤으며 이 학자들이 현재 진행하는 상징어 연구는 언어의 자의성에 의문을 제기하는 작업의 최전선에 있다. (이런 학자로는 앞에서 언급한 버건과 랏바우트대학교의 언어학자 마르크 딩에만서Mark Dingemanse 등이 있다.) 새머런은 그베야어의 여러 상징어에 대한 방대한 논문을 발표하여 언어에서 상징어가 결코 사소하거나 주변적인 요소가 아님을 밝혀냈다.[5]

다음 두 절에서는 상징어 같은 상징적 언어 요소와 그 밖의 비자의적 의미-소리 쌍이 지금껏 생각한 것보다 발화에 더 중요하다는 사실을 입증하는 연구를 살펴볼 것이다. 하지만 이 요소들이 발화에 중요하기는 해도 쓰임새는 인구집단마다 천차만별이다. 모든 사람들은 소통하면서 소리와 개념의 상징적 관계를 이용할 테지만, 그베야어 같은 언어를 구사하는 사람들은 (이를테면) 영어 구사자보다 더 자주 이용하는 것처럼 보인다. 상징이 발화에 중요하다는 새로운 발견을 들여다보기 전에, 사람들이 말소리를 이용하여 자연의 소리를 흉내 낼 수 있다는 명백한 사실을 넘어서서 발화에서의 이런 비자의적 조합을 허용하는 요인들에 대해 짧게 논평하고자 한다.

이 논평은 다른 연구자들의 작업에서 추려냈다. 한 요인은 체화된 인지에 대한 것으로, 이 개념은 우리가 사물에 대해 생각하는 방법의 상당수가 몸으로 세상을 경험하는 방식에 의해 빚어진다는 것이다. 이를테면 'sn-' 음지각소가 'snout(주둥이)'와 'sneezing(재채기)'처럼 코와 연관된 사물을 가리킬 때 쓰인다는 사실은 우연이 아닌지도 모른다. 'sn-'를 발음하려면 비음을 동원해야 하기 때문이다. 'sn-'라고 말하면 자신의 코가 관계되어 있는 것처럼 느껴진다. 이것은 우연이 아니다. 우리는 'sn-'를 발음하는 동안 자신의 코와 연결되어 있다는 자기수용감각을 느낀다.

낱말의 소리와 그 낱말이 가리키는 것 사이에는 또 다른 유형의 물리적 연결도 있다. 매우 조그만 것을 가리켜 'teeny weeny'하다고 말할 때 우리는 혀를 입 앞쪽으로 들어올려 구강을 최대한 작게 만든다. 전문 용어로 하자면, 음성학에서 [i]로 전사되는 '전설고모음 high front vowel'을 쓰는 것이다. 이에 반해 무언가가 'huge(거대하다)'하다고 말할 때는 구강을 훨씬 넓혀야 하는 모음을 동원한다. 두 경우다 묘사되는 대상의 크기와 그것을 묘사하는 데 쓰이는 입안 공간의 크기 사이에 직접적 유사성이 있다.

같은 맥락에서 'teeny weeny'라고 말할 때 우리는 대상이 얼마나 작은지 강조하려고 음높이를 높이기도 한다. 음높이를 높이면 자연과 또 다른 직접적 연관성을 맺을 수 있다. 조그만 물건과 생쥐 같은 소형 동물은 고음을 내는 경향이 있기 때문이다. 반대로 무언가가 'huge'하다고 말할 때 우리는 큰 것과 낮은 음높이의 연관성에 빗대어 음높이를 낮춘다. 이런 낱말은 주변 환경의 소리를 직접 흉내 내는 사례는 아니지만 우리 몸과 주변 세계 사이에서 만들어지는 물리적 연결을 활용한다. 이것들은 넓은 의미에서 체화된 인지의 사례다. 상징적 낱말 사용의 영역에서는 체화 현상을 얼마든지 볼 수 있다. 더 직관적인 예를 하나 들자면, 무언가가 오래 걸렸다고 말할 때 당신은 'long(길다)'이라는 낱말을 길게 끌 수 있다. "She took a looooong time(그 여자는 시간을 오오오래 끌었어)"처럼 말이다. 이런 경우 낱말의 지속 시간을 이용하여 전혀 무관한 사건의 지속 시간을 나타낼 수 있다.[6]

소리와 의미의 단단한 연결 고리

2016년 다미안 블라시가 이끄는 대규모 연구진은 체계적 소리-의미 관계가 발화에서 빈번하게 수행하는 역할과 관련하여 가장 흥미로운 연구를 내놓았다. 이번 연구는 359개 계통을 대표하는 4298개 언어(전 세계 언어 전체의 약 3분의 2)에서 얻은 데이터를 조사했다. '계통'은 동계어의 집단을 일컬을 수도 있고 현존 동계어가 전혀 없는 단일어를 일컬을 수도 있다. 후자는 대개 '고립어'라고 부른다. 각각의 고립어는 어족에서 나머지 구성원이 전부 사멸하고 유일하게 남은 언어다.

블라시와 동료들은 각각의 언어에 대해 낱말 목록을 살펴보았다. 40~100개의 기본 개념을 전사한 목록이었다. 목록에 들어 있는 낱말들은 대체로 흔하며 언어 간에 차용되었을 가능성이 비교적 낮다. 이 말은 낱말이 동일 언어 구사자들에게서 여러 세대에 걸쳐 계승되었다는 점에서 대체로 오래되었다는 뜻이다. 이 낱말들 중에는 '나', '우리', '너' 같은 기본 대명사도 있지만 신체 부위, '달'과 '해' 같은 자연물, 수많은 행위 유형을 가리키는 다양한 개념도 있다. 각 언어의 낱말 목록은 얼추 같은 개념 집합에 속하므로 블라시와 동료들은 일부 개념이 전 세계 모든 언어에서 같은 소리로 부호화되는 경향이 있는지에 관심이 쏠렸다.[7]

연구자들은 의미와 소리 사이에서 전에는 탐지되지 않았으나 검사 대상 언어 중 상당수에서 드러난 대응에 대해 증거를 제시했다. 블라시와 동료들이 잘 알고 있었듯 이런 대응이 유의미하고 우연 때문이 아님을 입증하기란 쉬운 일이 아니다. 이를테면 많은 언어에서 '해'를 가리키는 낱말에 [n] 소리가 들어 있다고 해보자. 이것은 유의미한 일치일까, 한낱 우연일까? 5장에서 수천 가지 언어의 데이터를 들여다보는 연구(나의 연구 포함)를 논의하면서 보았듯 통제해야 하는 까다로운 변인이 많다. 이를테면 이 가상의 사례에서 [n] 소리는 전 세계 언어를 통틀어 가장 흔한 자음 중 하나다. [n]이 'sun(해)'과 실제로 유의미하게 관계있음을 입증하려면 '해' 개념을 나타내는 낱말들에서 [n]이 매우 흔하다는 것뿐 아니라 다른 낱말에 비해 '해'를 가리키는 낱말에서 더 흔하다는 것도 밝혀내야 한다.

통제해야 하는 또 다른 핵심 변인은 언어 연관성이다. [n]이 '해' 개념을 가리키는 낱말에서 유난히 흔하기는 하지만 이것은 주로 인도유럽어 같은 소수의 매우 큰 어족에 '해'-[n] 대응을 가진 언어가 많기 때문이라고 가정하자. 이 경우 소리-의미 쌍이 흔한 이유는 단지 '해'를 가리키는 낱말에 우연히 비음 [n]이 들어 있던 고대어의 후손 언어들이 지닌 연관성 때문일 것이다. 통제해야 하는 또 다른 주요 변인은 언어 접촉이다. 블라시와 동료들이 검사한 낱말들이 공통 개념에서 비교적 드물게 차용되는 낱말이기는 해도 차용될 수 있는 것은 사실이다. 그러므로 유난히 많은 언어에 '해'-[n] 관계가 있는 것은 단지 '해'라는 낱말을 영어나 (그런 대응을 가진) 다른 언어에서 차용했기 때문일 수도 있다.

블라시와 동료들은 자신들이 밝혀낸 소리-의미 관계가 방금 언급한 것과 같은 우연한 요인 때문이 아님을 입증하기 위해 다양한 통계 방법을 이용하여 데이터를 조사했다. 그들이 발견한 사실은 나를 비롯한 많은 언어학자들을 놀라게 했다. '해'를 일컫는 낱말은 어떤 소리와도 체계적 연관성이 없지만, 다른 낱말들에서 많은 체계적 대응이 실제로 드러났다. 그중 일부는 이렇다 할 이유가 없다. 이를테면 '별'을 일컫는 낱말에는 [z] 소리가 들어 있을 가능성이 유난히 크지만, 이 연관성은 영어에는 해당하지 않는다. 하지만 드러난 연관성 중 몇몇은 그럴듯한 이유가 있다.

전 세계 언어에서 '작다'를 가리키는 낱말에는 앞에서 언급한 'teeny weeny' 사례에서처럼 전설고모음 [i]가 들어 있을 가능성이 유난히 크다. 이 연관성은 내가 앞서 언급한 요인들을 보건대 꽤 오래전부터 추정되었으며 소수의 언어 집합에서 일화적으로 관찰되었다. 이전에 제시된 또 다른 연관성들도 연구 결과로 뒷받침되었다. '젖가슴'을 일컫는 낱말에는 종종 [m] 소리가 들어 있는데, 이것은 아기가 젖을 빨 때 곧잘 내는 소리다.

연구에서는 과거에 제시되지 않은 연관성도 드러났는데, 그중 하나는 전 세계 언어에서 '혀'를 가리키는 낱말에 [l] 소리가 들어 있을 가능성이 유난히 크다는 흥미로운 사실이다. 이 소리는 전문 용어로 측음이라고 불리는데, 혀의 측면을 안쪽으로 모으기 때문이다. 한 가지 가능성은 혀를 모으면 혀가 지각적으로 좀 더 두드러지므로 '혀'와 [l] 소리 사이에 자기수용감각적 연관성이 존재한다는 것이다. 또 다른 소리-의미 쌍은 더 자신 있게 설명할 수 있다. 의미심장하게도 '코'를 일컫는 전 세계 낱말에는 영어에서처럼 종종 비음 [n]이 들어 있다. 그런데 이 경우에는 더 뚜렷한 이유가 있다. [n] 소리를 낼 때 성대의 진동이 비강에서 공명하기 때문에 [n]은 코에 관심을 끄는 자연스러운 방법처럼 느껴진다. 이 '코'-[n] 연관성은 뚜렷한 물리적 근거가 있는 비자의적 소리-의미 연관성이다.

블라시와 동료들이 내놓은 결과는 기본 낱말에조차 체계적 소리-의미 쌍이 존재함을 보여준다. 혹자는 의성어가 언어의 핵심에 대해 주변적이라고 주장할지도 모르겠다. 하지만 사례는 의성어만 있는 것이 아니다. 연구에서 밝혀진 연관성은 전 세계 언어에 걸쳐, 또한 언어 내부에서 소리와 의미의 대응이 흔하다는 사실을 똑똑히 보여준다. 이 대응은 매우 기본적인 개념을 부호화하는 데 요긴하다. 여러 비위어드 인구집단의 언어를 면밀히 조사하지 않았다면 이 사실을 결코 밝혀내지 못했을 것이다. 또한 컴퓨터를 활용한 계량적 방법을 적극적으로 동원하지 않았다면 데이터를 해독할 수 없었을 것이다. 이 점에서 이 연구는 내가 논의한 다른 연구들과 비슷하다. 연구자들은 다양한 인구집단으로부터 얻은 대규모 데이터를 이용하여 언어학자들의 표준적 가정(이 가정의 토대는 수십 년째 전 세계 언어의 한낱 부분집합, 주로 위어드 인구집단의 언어에 대한 조사였다)에 의문을 던졌다.

블라시와 동료들의 연구가 발표되어 영향력을 발휘하기 한두 해 전에 또 다른 연구가 전 세계적으로 주목받았다. 특정 낱말 종류가 형태 면에서 자의적이지 않다고 주장했기 때문이다. 그들의 주장은 단지 낱말의 소리가 전 세계 언어에서 공통적으로 나타난다는 것이 아니라 **낱말 전체**가 여러 언어들에서 매우 비슷하다는 것이었다. 그 낱말은 바로 '엥huh'이었다. ('엥'은 첫눈에는 낱말처럼 보이지도 않을지 모른다. 이 점은 뒤에서 다시 언급하겠다.) 이 낱말의 기능을 생각해보자. '엥'은 불분명하거나 어리둥절한 발언에 대꾸할 때 쓴다. 어리둥절함은 (아마도 배경 잡음 때문에) 음성 신호가 명료하지 않아서 생길 수 있다. 아니면 이 낱말을 발화하는 사람이 방금 발언한 사람에게 동의하지 않기 때문일 수도 있다. 누군가 내게 "살라가 네이마르보다 뛰어난 선수야"라고 말하면 나는 그 말을 똑똑히 알아들었음에도 "엥?"이라고 대꾸할 것이다. 언어학자들 말마따나 '엥'은 대화를 바로잡아 제자리로 돌려놓는 데 쓰이는 감탄사의 예다. 이 낱말이 화자에 대한 반응으로서 발화되면 화자는 방금 했던 말을 반복할 것으로 기대된다. "살라가 네이마르보다 뛰어난 선수라고!" 아니면 실수를 알아차리고 자신의 발언이 무의미하거나 다른 면에서 문제가 있다는 것을 깨달아 적절히 바로잡을 수도 있다.[8]

위의 주의 환기 연구에서 네덜란드의 마르크 딩에만서와 동료들은 이 짧은 바로잡기 낱말이 조사 대상인 모든 언어에서 흔한 것에 그치지 않았다고 기술했다. 이 낱말은 형태도 기본적으로 같았다. 영어에서 '엥'이 음성학적으로 취하는 형태를 살펴보자. 전사하면 [hã]다. [h] 기호는 성문마찰음으로 시작된다는 뜻으로, 기본적으로 비非진동 성대를 공기가 지나가는 소리다. [ã] 기호는 입을 꽤 벌리고 혀를 입안 한가운데 낮게 놓고서 성대를 진동시키는 내내 연구개를 낮춰 진동이 비강에서 공명하도록 하는 소리다. 마지막으로, 이 낱말을 발화할 때는 대개 질문하듯 억양을 올린다. 그런데 전혀 무관한 언어인 라오어에서 같은 바로잡기 기능에 쓰는 낱말도 [hã]다. 라오어는 성조 언어인데도 낱말을 발음하는 동안 억양이 올라간다. 물론 이런 유사성이 우연일 수도 있다. 두 언어에서 '엥'에 해당하는 낱말이 우연히 같을 가능성도 있다.

하지만 딩에만서와 동료들이 다양한 어족과 지역의 31개 언어에서 바로잡기 낱말의 음성학적 전사를 조사했더니 우연일 가능성은 전혀 없었다. 모든 언어에서 뚜렷한 유사성을 볼 수 있었다. 그런 다음 연구진은 대상 언어들 중에서 서로 무관하고 훨씬 풍부한 음향 데이터를 얻을 수 있는 열 개에 초점을 맞췄다. 그랬더니 음향 데이터에서 확고한 공통성이 잇따라 드러났다. 조사 대상인 언어 전부에서 연구자들은 '엥'에 해당하는 낱말이 예외 없이 단음절임을 발견했다. 다음절 낱말을 선호하는 언어에서조차 그랬다. 모든 언어에서 이 낱말의 유일한 모음은 중설저모음low central vowel이었으며 이 모음 뒤에는 결코 자음이 뒤따르지 않았다. 많은 언어에서는 이 모음 앞에도 자음이 오지 않았으며, 만에 하나 왔을 때는 언제나 [h]나 그 비슷한 자음이었다. 마지막으로, 온갖 계통을 아우르는 이 모든 언어에서 이 낱말은 상승 억양으로 발음되었다. 한마디로 대화에서 바로잡기를 시작하는 기능은 전 세계 언어에서 기본적으로 같은 형태로 표현된다.

혹자는 [hã]나 비슷한 형태들이 실제로는 낱말이 아니라 동물이 낼 수 있는 것과 비슷한 본능적 소리이거나 그런 종류의 원시적 소통 수단이라고 주장할지도 모르겠다. 하지만 [hã]와 그 변이들은 동물의 소리와 달리 여느 낱말과 같은 시기에 학습된다. 또한 여타 영장류는 [hã]와 비슷한 소리를 내지 않는데, 이것은 타고난 생물학적 반응이 아님을 암시한다. 게다가 동물의 소리가 비자발적인 데 반해 [hã]는 의도적으로 발화된다. 한마디로 [hã]는 학습된 낱말로, 대화에서 특정 기능을 수행하면서도 전 세계 언어에서 비슷한 형태로 진화했다. [hã]는 최소한의 노력만으로 낼 수 있는 소리다. 입을 벌리고 모음 하나만 발음하면 되기 때문이다. 이것만으로도 상대방의 말이 이해가 안 되고 대화에 바로잡기가 필요하다는 취지를 전달할 수 있다. 이 낱말의 전형적인 상승 억양은 기능에 부합한다. 음높이가 높아지는 것은 (보편적이지는 않을지라도) 종종 질문과 관계있기 때문이다.

'엥'은 전형적 낱말은 아닐지 모르지만 그래도 낱말이다. 실은 중요한 낱말이다. 이 낱말의 보편성에서 보듯 대화를 순조롭게 이끄는 데 필요하기 때문이다. 이 중요한 낱말이 취하는 형태는 전 세계 언어에서 비슷한데, 이는 더 나아가 형태와 의미 사이의 비자의적 대응이 발화의 주변부에만 존재한다는 관념에 의문을 제기한다. 혹자는 '엥'이 발화의 곁다리라고 주장할지도 모르겠지만, '엥'이 수많은 언어에서 대화를 바로잡기 위해 얼마나 중요한지 밝혀진 마당에 이런 입장을 옹호하기는 점점 힘들어지고 있다. '엥'은 발화의 중심에 있는 보편적 낱말이며 공통의 생각을 예측 가능한 음성학적 형식에 담아 전달한다.

앞에서 논의한 두 연구는 매우 새로운 것으로, 소리와 낱말 유형의 체계적 연관성에 대한 참신한 통찰을 제시한다. 소리-의미 연관성에 대한 그 밖의 관련 연구는 훨씬 오래되었지만 지난 몇 년간 흥미로운 방식으로 다듬어졌다. 매우 오래전에 시작된 방면의 연구도 마찬가지다. 거의 100년 전에 출간된 책에서는 영어 구사자에게 모서리가 날카로운 뾰족한 형태에 이름을 붙이라고 했더니 신조어 'takete'와 'maluma' 중에서 전자를 고를 가능성이 컸다. 반면에 둥그스름한 형태에는 'maluma'라는 이름을 붙이는 쪽을 선호했다. 'takete' 이미지는 쓱쓱 그린 별 모양과 비슷한 반면에 'maluma' 이미지는 타원형 두 개를 겹친 것처럼 생겼다.

그 뒤로 이 기본적 발견은 여러 언어의 구사자들을 대상으로 재현되었다. 약 20년 전에 발표되어 자주 인용되는 논문은 이 주제에 대한 연구를 되살리는 데 한몫했다. 논문은 사람들이 뾰족한 모서리가 많은 2차원 형태에 'kiki'라는 이름을 붙이고 둥근 모서리가 많은 형태에 'bouba'라는 이름을 붙일 가능성이 크다는 것을 입증했다. 이 연구가 어찌나 자주 인용되었던지 여기서 기술한 효과는 단순히 '부바-키키' 효과라고 불린다. 'bouba'나 비슷하게 소리 나는 낱말이 둥그스름한 형태에 더 자연스러운 이름이고 'kiki'나 비슷하게 소리 나는 낱말이 모서리가 뾰족한 형태에 더 알맞은 이름이라는 사실은 많은 문화에서 입증되었다. 추측건대 당신의 직관도 이 평가와 일치할 것이다.[9]

왜 'bouba'가 둥그스름한 형태와 자연스럽게 연결되고 'kiki'가 모서리가 뾰족한 형태와 자연스럽게 연결되는지에 대해서는 논쟁이 계속되고 있으며 여러 이론이 제시되었다. 그럴듯한 이유가 몇 가지 있는데, 심리학자 아라시 아리야니Arash Aryani와 동료들이 수행한

7장 콧소리로 코에 대해 말하기

2020년 연구가 지금껏 제기된 통찰 중에서 가장 훌륭한 듯하다. 연구에서는 'kiki' 같은 낱말이 특정 형태(이 경우는 모서리가 뾰족한 형태)에 의해 환기되는 것과 비슷한 감정을 불러일으키기 때문에 '부바-키키' 효과가 일어난다고 주장한다.

당신은 이렇게 물을지도 모르겠다. 소리의 연쇄나 형태의 표상이 어떻게 감정을 불러일으킬 수 있지? 'kiki'나 비슷한 낱말에 들어 있는 소리, 특히 [k]와 [t] 같은 단모음은 여느 소리보다 강렬한 감정을 자극한다는 사실이 밝혀졌다. 기본적으로 짧은 소리의 연속은 더 급박한 것으로 판단되며 감정의 급격한 변화를 함축한다. 'kiki' 같은 낱말을 소리 내어 말하면 스타카토 느낌을 줄 수 있다. 성대는 두 번의 [k] 소리를 내는 동안은 멈추고 [i] 소리가 나는 동안은 진동한다. 당신이 영어 원어민이라면 [k] 소리를 낼 때마다 숨을 훅 내뿜어 기식음aspiration으로 만들 것이다. 같은 음절이 두 번 터져 나오기 때문에 이 낱말에는 멈춤-시작의 성격이 있다. 이 느닷없는 멈춤과 시작은 느닷없는 변화의 느낌을 자연스럽게 불러일으킬 수 있다. 한편 'bouba'에는 기식음이 전혀 없고 모음은 더 오래 발음되는 경향이 있으며 성대는 낱말을 발음하는 내내 진동한다. 그러므로 이 낱말은 느닷없는 연쇄나 멈춤-시작의 음성학적 연쇄로서의 성격이 약하기에 발음이 '더 뭉툭하다'. 어쩌면 이 때문에 감정이 덜 자극되고 느닷없는 변화가 덜 느껴지는지도 모른다.

'kiki'처럼 스타카토 소리가 나는 낱말이 빠른 변화를 연상시키더라도 이것만으로는 쓱쓱 그린 별이나 모서리가 뾰족한 형태 같은 이미지와의 연관성을 직접 설명할 수 없다. 반대로 'bouba' 같은 낱말에 느닷없는 성질이 덜하다고 해서 더 둥그스름한 형태와의 연관성을 설명할 수 있는 것도 아니다. 하지만 연구에서는 모서리가 뾰족한 물체에 대해 사람들이 부정적 연상을 한다는 사실이 입증되었다. 현실에서 뾰족한 모서리는 둥그스름한 모서리보다 대체로 위험하므로 이 연상에는 타당한 근거가 있다. 더욱이 모서리가 뾰족한 물체는 모서리가 둥그스름한 물체에 비해 부서지거나 부러질 가능성이 크다. 부서지거나 부러지는 소리는 'bouba'보다는 'kiki'와 더 비슷하다. 이 사실도 낱말과 이미지의 연상을 만들어낼 수 있다.

반대로 둥그스름한 물체와 이것을 묘사한 그림은 차분한 느낌을 자아낸다는 사실이 밝혀졌다. 이것은 둥그스름한 형태와 'bouba'처럼 덜 스타카토적이고 덜 느닷없는 소리가 나는 낱말이 일으키는 연상에 일조할 수 있다. 마지막으로, 'bouba'를 발음하려면 입술을 'kiki'보다 더 많이 써야 한다. 'bouba'에는 양순음 [b]가 두 개 있고 첫 음절의 모음을 발음할 때 입술을 둥글게 오므려야 하기 때문이다. 입술을 둥글게 오므리는 것은 'bouba'와 둥그스름한 물체의 연상 작용에 일정한 역할을 하는지도 모른다.

낱말과 형태의 이런 교차감각적 연관성은 직관적이지만 이를 뒷받침하는 실험 증거는 이제야 드러나고 있다. 'bouba'와 'kiki'가 특정 시각 자극에 의해 만들어지는 자극과 일치하는 서로 다른 자극과 연관되었다는 이론을 검증하기 위해 아리야니와 동료들은 몇 가지 시험 방법을 개발했다. 한 방법에서는 참가자들에게 'kiki' 비슷한 낱말들과 'bouba' 비슷한 낱말들을 잇따라 들려주고서 '매우 진정된다'에서 '매우 흥분된다'까지 척도를 부여하도록 했다. 참가자들은 형태가 다른 일련의 이미지에 대해서도 같은 척도로 평가하라는 주문을 받았다. 실험에 쓰인 이미지와 낱말은 앞선 부바-키키 효과 연구에서 차용했다. 실험참가자 24명은 'kiki' 낱말과 모서리가 뾰족한 형태가 더 흥분되고 'bouba' 낱말과 둥그스름한 형태가 더 진정된다고 일관되게 평가했다.

또 다른 실험에서 아리야니와 동료들은 이 주제를 다룬 연구에서 한 번도 쓰이지 않은 낱말 168개를 새로 만들었다. 이 낱말들은 'bouba'와 비슷하거나 'kiki'와 비슷한 소리가 났는데, 연구진은 참가자들에게 이 소리를 오디오 파일로 들려주었다. 참가자들은 그와 동시에 모서리가 뾰족한 이미지와 둥그스름한 이미지를 제시받고서 어느 형태가 소리와 잘 어울리느냐는 질문을 받았다. 모서리가 뾰족한 형태는 참가자들이 '더 흥분되는' 청각 특성을 가진 새 낱말을 들었을 때 선택될 가능성이 훨씬 컸던 반면에 둥그스름한 물체는 '덜 흥분되는' 새 낱말을 들었을 때 선택될 가능성이 더 컸다.

한마디로 이 연구의 결과는 특정한 소리와 특정한 시각적 형태 표상의 기저에 유사성이 있음을 암시한다. 특정 소리와 형태가 그와 비슷한 자극이나 흥분의 느낌을 불러일으키기 때문이다. 이 유사한 자극은 부바-키키 효과에 (적어도 부분적으로) 일조하는 듯하다. 하지만 그렇다고 해서 다른 요인들(이를테면 'bouba'의 첫 모음처럼 입술을 둥글게 오므리는 소리 구성)이 관여하지 않는다는 뜻은 아니다.[10]

앞에서 논의한 모든 연구는 (소리이든 낱말 전체이든) 청각 기호와 구체적 의미의 비자의적 관계에 대한 우리의 이해에 새롭고 중요한 진전이 있음을 보여준다. 'nose(코)'라는 영어 낱말에 [n] 소리가 있는 것은 우연이 아닌 듯하다. 영어에서 대화를 바로잡기 위해 [hã] 를 낱말로 쓰는 것도 우연이 아니다. 이 연관성들은 전 세계 언어에 퍼져 있는 소리-의미 연관성을 보여준다. 마찬가지로 부바-키키 효과가 확고한 성격을 가졌고 그 기원이 특정 소리 연쇄와 연관된 내재적 자극이라는 사실은 감각을 넘나드는 기본적 연상, 다양한 문화에 존재하는 연상을 시사한다.

이런 문화 간 유사성은 낱말이 어떤 면에서 완전히 자의적이진 않다는 관념에서 지금껏 간과된 측면을 부각한다. 일부 저명한 언어학자들이 오랫동안 주장했듯 우리가 구사하는 낱말의 상당 부분이 형태 면에서 자의적으로 보이는 것은 분명하다. 하지만 이제 우리는 낱말의 의미와 소리의 관계가 우리가 예전에 생각한 것보다 훨씬 덜 자의적임을 인정해야 한다.

비자의적 연관성이 얼마나 널리 퍼져 있느냐면 새 낱말을 지어내는 데에도 쓰일 수 있을 정도다. 실험에서 사람들에게 신조어를 제시하고 고르라고 했더니 낱말에 쓰인 소리를 바탕으로 의미를 구별할 수 있음이 입증되었다. 이를테면 한 연구에서는 참가자들에게 둘씩 짝지어 제스처 게임을 하게 했다. 게임 방법은 신조어를 이용하여 '나쁘다'와 '좋다'나 '빠르다'와 '느리다' 같은 반대말 서른 쌍의 의미를 전달하는 것이었다. 약 3분의 2의 사례에서 각각의 반대말 쌍은 뚜렷한 경향을 나타냈다. 이를테면 사람들이 '조용하다'를 가리키려고 선택한 신조어는 '시끄럽다'에 대해 선택한 신조어보다 음높이가 높고 음량이 작은 경향이 있었다. '빠르다'를 나타내는 낱말은 '느리다'를 나타내는 낱말과 대조적으로 고음을 반복하는 경향이 있었다. 그렇다면 적어도 일부 의미에 대해서 사람들은 해당 의미를 기존 반대말보다 더 자연스럽게 전달하는 새 낱말을 만들 수 있다. 신조어를 전혀 알지 못하는 청자도 선택지가 제한될 경우에는 낱말의 의미를 골라낼 수 있었다. 이것은 신조어에 쓰인 소리의 성향 덕분에 청자가 새 낱말을 더 자연스럽게 파악할 수 있음을 암시한다.[11]

이 주제에 대한 지금까지의 연구 중 가장 흥미로운 것으로 인지과학자 마커스 펄먼Marcus Perlman과 게리 루피앤이 실시한 실험이 있다. 두 사람은 혁신적 접근법을 채택하여 자연적으로 의미를 나타내는 상징적 소리로 사람들이 어떻게 새 낱말을 만들 수 있는지 조사하는 한편, 그 낱말을 모르는 청자가 의미를 어떻게 해석하는지 조사했다. 펄먼과 루피앤은 11개 팀의 참가자들이 30개 의미에 대해 신조어를 만드는 시합을 열었다. 두 사람은 낱말들을 다른 사람들에게 제시하여 그들이 이해하는지 검사했다.

가장 쉽게 해석되는 신조어를 만든 팀에는 상금 1000달러를 주기로 했다. 그랬더니 각 팀은 상징적이고 해독 가능한 낱말을 만들겠다는 의욕으로 충만했다. 30개 의미는 행위, 명사, 성질의 세 범주로 구분되었다. 행위에는 '자다', '먹다', '자르다' 같은 개념이 포함되었다. 명사는 '호랑이', '뱀', '불' 등이었다. 성질에는 '많다', '좋다', '이 것' 같은 추상적 관념이 들어 있었다. 각 팀이 만든 새 낱말은 700여 명의 사람들에게 제시되어 얼마나 이해하기 쉬운지 검증되었다. 청 자들은 제한된 선택지에서 신조어의 의미를 추측해야 했다. 신조어 가 얼마나 의미'처럼 들리는지' 평가하라는 주문도 받았다.[12]

팀들의 성적은 어땠을까? 실은 매우 훌륭했다. 청자들은 어느 의 미가 신조어와 일치하는지 고르라는 주문을 받았을 때 우연보다 높 은 확률로 정답을 맞혔다. 같은 의미 범주에 속한 10개의 의미 중에 서 하나를 고르는 과제에서 그들은 40퍼센트 가까운 사례에서 올바 른 의미를 선택했는데, 이는 10개의 선택지에서 무작위로 고를 때 의 확률 10퍼센트의 네 배나 된다. 세 개 범주 모두에서 뽑은 10개의 의미 중에서 하나를 고르는 과제에서는 올바른 의미를 선택한 확률 이 약 36퍼센트였다. 이번에도 무작위 선택에서 예측되는 10퍼센트 보다 훨씬 높았다. 낱말을 가장 성공적으로 만들어낸 팀의 신조어 는 성공률이 월등히 높았다. 심지어 한 팀이 만들어낸 행위 신조어 는 75퍼센트 가까운 사례에서 올바르게 해석되었다.

당신은 팀들이 새로운 상징적 낱말을 성공적으로 만든 비결이 궁금할 것이다. 흥미로운 사례를 두어 개 소개하겠다. 한 팀은 '요리 하다'에 해당하는 신조어를 만들 때 [bl bl bl bl] 소리 연쇄를 낱말에 포함했다. 그들의 논리는 이 발음이 물 끓는 소리와 비슷하니 요리 와 관계있다는 것이었다. 어떤 팀은 음높이가 낮아지는 낱말로 '나 쁘다'를 나타내고, 음높이가 높아지는 낙관적인 낱말로 '좋다'를 나타냈다. 새 낱말과 의미의 연관성을 만들어내기 위해 다양한 전략이 쓰였는데, 이는 남들에게 직관적으로 이해될 수 있는 새 낱말을 만들려는 동기를 부여받았을 때 사람들이 얼마나 창의적일 수 있는지 보여준다.

분명히 말하지만 상징이 낱말 짓기의 마법 지팡이라는 말은 아니다. 의미를 얼마나 쉽게 나타낼 수 있는가는 낱말마다 큰 차이가 있다. 이를테면 행위를 나타내는 신조어, 특히 '자다'와 '먹다'는 '모으다'를 나타내는 낱말보다 대체로 훨씬 이해하기 쉬웠다. 그럼에도 이 연구에서 분명히 알 수 있듯 언어 구사자들은 소리가 의미를 자연스럽게 전달하는 낱말을 만들어내는 데 놀라운 솜씨를 발휘할 수 있다.

혹자는 이런 결과가 흥미롭긴 하지만 언어가 상징적 낱말에 실제로 많이 의존한다는 증거는 아니라고 주장할 수 있다. 회의론자가 보기에 사람들이 상징을 능숙하게 구사하는 때는 부자연스러운 상황에서 생각을 전달해야 하는 경우다. 제스처 게임을 하는 사람이 새 제스처를 써서 개념을 동료에게 나타내는 데 능숙한 것과 마찬가지라는 것이다. 상징적 낱말과 그 밖의 비자의적 낱말이 겉보기에 드문 것을 보면 체계적 소리-의미 관계가 언어에 필수적이지 않다는 인상을 받을 수 있지만, 이 인상은 낱말이 끊임없이 변하고 점점 자의적으로 바뀐다는 사실을 간과한 것이다. 이를테면 6장에서 보았듯 더 흔하고 예측 가능한 낱말은 짧아지거나 노력을 덜 요하도록 바뀌는 경우가 잦다.

요점은 낱말의 현재 형태만 보고서 그것이 한때 상징적이었는지 알아내기가 쉽지 않다는 것이다. 한때 자연적 소리-의미 유사성을 반영하던 많은 낱말이 더는 그러지 않는지도 모른다. 같은 맥락에서 낱말의 의미는 시간이 지나면서 달라질 수 있으며 이 때문에 그런 패턴을 포착하기가 더 힘들어질 수 있다. 상징어 같은 많은 낱말이 소리와 의미 사이에서 이토록 뚜렷한 비자의적 대응을 계속해서 나타낸다는 것은 어떤 의미에서 놀라운 일이다.

아이들은 어떻게 말을 빠르게 배울까?

펄먼과 루피앤이 수행한 것과 같은 연구들은 남들에게 의미가 매우 자연스럽게 이해되는 신조어를 만들 수 있음을 입증한다. 여기서 보듯 상징은 이해의 향상에 핵심적 역할을 할 수 있다. 이런 발견을 접하면 아동이 언어를 학습하면서 새 낱말을 이해하는 데에도 상징이 도움이 되는지 궁금해진다. 실제로 언어과학의 유서 깊은 수수께끼는 아동이 언어 습득처럼 복잡한 과제를 어떻게 해내는가다. 무엇보다 아동은 말하기를 학습할 때 구체적 소리를 내는 법과 그 소리들을 낱말로 엮어내는 법을 배운다. 낱말들을 문장으로 엮어내는 법도 배워야 하는데, 이것은 어마어마하게 복잡한 과제다(이에 대해서는 8장에서 약간 논의할 것이다).

가장 중요한 사실은 아동이 생애의 첫 몇 년간 주변에서 듣는 새 낱말의 의미를 익혀야 한다는 것이다. 이 또한 극도로 복잡한 과제다. 심지어 제2외국어를 배우는 성인도 낱말의 의미를 외우느라 애를 먹는다. 외국어에서 듣는 낱말이 어떤 개념을 가리키는지 훨씬 잘 알고 있는데도 말이다. 성인과 달리 아동은 낱말이 가리키는 의미를 한 번도 경험하지 못한 채 낱말의 의미를 이해해야 한다. 발달심리학자들은 아동이 낱말을 어떻게 익히는지에 대해 아직도 모르는 게 많지만 지난 몇십 년간 많은 것을 알아냈다. 이 주제에 대한 핵심적 발견 중 하나가 몇몇 연구에서 관찰되었는데, 상징이 아동의 낱말 학습에 중요한 역할을 한다는 것이다.

린 페리Lynn Perry(아닌 게 아니라 마이애미대학교의 내 동료다)는 발달심리학자로, 이 분야의 핵심 연구 몇 가지를 수행했다. 지난 몇 년간 페리는 공동 연구자들과 함께 아동 발화에서의 상징의 양에 대한 일련의 연구를 발표했다. 이 연구들은 상징적 낱말이 발화에 주변적이지 않으며 오히려 아동의 언어 습득에 필수적임을 시사한다. 여기서는 페리의 연구 중에서 비자의적 낱말이 낱말과 관련 개념의 학습을 떠받치는 역할과 관련하여 특히나 의미심장한 부분에 초점을 맞출 것이다.

한 연구에서 페리와 동료들은 영어와 스페인어 구사자들로 하여금 일련의 과제를 수행하도록 했다. 그중 하나는 각자의 언어에서 낱말 600개의 상징도를 평가하는 것이었다. 각각의 영어 낱말은 스페인어 낱말의 번역어였으며, 각각의 스페인어 낱말은 영어 낱말의 번역어였다. 모든 낱말은 영어와 스페인어를 구사하는 아동이 비교적 이른 시기에 배운다고 알려진 낱말 집합에서 추렸다. 영어와 스페인어 구사자들이 평가한 상징도는 낱말 쌍마다 달랐다. 이따금 영어 구사자들은 특정 낱말을 매우 상징적이라고 평가한 반면에 스페인어 구사자들은 그 낱말의 스페인어 번역어를 별로 상징적이지 않다고 평가했다. 반대로 이따금 스페인어 구사자들은 특정 낱말을 매우 상징적이라고 평가했지만 영어 구사자들은 그 낱말의 영어 번역어를 별로 상징적이지 않다고 평가했다.

페리와 동료들은 각 낱말이 학습되는 전형적 연령도 파악할 수 있었다. 어쨌거나 기본적 낱말들도 같은 연령에 한꺼번에 습득되지는 않는다. 이를테면 미국 아동의 93퍼센트는 16개월이 되면 'mommy(엄마)'라는 낱말을 아는 반면 그 나이에 'book(책)'을 아는 비율은 52퍼센트, 'cookie(쿠키)'를 아는 비율은 38퍼센트에 불과했다. 페리와 동료들은 낱말 600개의 상징도 점수와 그 낱말이 학습되는 연령을 비교하여 뚜렷한 연관성을 발견했다. 상징적일수록 일찍 학습되는 경향이 있었다.

상징도 점수는 언어마다 달랐기 때문에, 페리와 연구진은 영어에서 상징도가 높은 낱말이 영어 구사 아동에게서 더 일찍 습득될 가능성이 크지만, 상징도가 낮은 스페인어 번역어는 스페인어 구사 아동에게서 그만큼 일찍 습득될 가능성이 작다는 것을 확인할 수 있었다. 역패턴도 성립한다. 상징도가 매우 높은 스페인어 낱말을 스페인어 구사 아동이 익히는 전형적 연령은 상징도가 낮은 영어 번역어를 영어 구사 아동이 익히는 연령보다 대체로 이르다. 한마디로 낱말의 상징도는 이 낱말이 언제 습득되는가에 영향을 미치는 듯하다. 'teeny' 같은 상징적 낱말은 상징적이지 않은 낱말보다 일찍 학습되는 경향이 있다.[13]

또 다른 연구에서 페리와 동료들은 영어 낱말 약 2100개의 더 큰 집합에 주목했다. 연구에 쓰인 모든 낱말은 '습득 연령' 추정값이 있었다. 즉, 페리와 동료들은 해당 낱말이 전형적으로 학습되는 대략적 연령을 수치로 제시할 수 있었다. 연구진은 각 낱말에 대해 적어도 열 명의 영어 구사자들에게서 상징도 점수를 파악했다. 페리의 팀은 이 간단한 접근법으로 각 낱말의 평균 상징도 점수와 그 낱말이 학습되는 평균 연령을 비교할 수 있었다. 연령과 상징도의 회귀분석에서는 매우 뚜렷하고 유의미한 관계가 드러났다. 즉, 아동은 상징적인 낱말을 더 일찍 배운다. 이것은 근사한 발견이다. 대규모 낱말 표본을 썼다는 점에서 더더욱 그렇다. 결과는 연구자들이 (의성어 같은) 명백한 상징의 사례를 배제했는데도 성립했다. 이것은 상징도와 습득 연령의 관계가 미묘하지만 포괄적임을 암시한다.[14]

어린 아동이 상징적 낱말을 더 일찍 배우는 것은 외우고 익히기 쉬워서일까? 아니면 유아가 구사해야 하는 개념이 다른 개념에 비해 상징적 낱말로 일컫기 수월하기 때문일까? 그것도 아니면 단지 성인이 어린 아동과 이야기할 때 상징적 낱말을 자주 쓰기 때문일까? 페리와 동료들은 이 패턴이 서로 연관된 몇 가지 요인 때문일 가능성을 염두에 두고서 마지막 질문에 대해 적어도 긍정적 답을 내놓았다. 낱말을 성인 발화에서 나타나는 빈도에 따라 조사했더니 인상적인 패턴이 드러났다. 성인이 아동에게 상징적 낱말을 쓰는 빈도는 다른 성인에게 쓰는 빈도보다 훨씬 높은 경향이 있었다. 또한 아동의 발화에서 해당 낱말의 빈도를 살펴보았더니 상징도가 높은 낱말은 어린 아동의 발화에서 자주 쓰이는 경향이 있었다. 하지만 아동이 나이를 먹으면 상징도가 낮은 낱말이 상대적으로 흔해진다.

이런 결과에서 짐작할 수 있듯 상징적 낱말은 발화의 곁다리이기는커녕, 완전히 자의적인 낱말에 비해 언어 습득에서 상당히 큰 역할을 한다. 이 역할을 온전히 이해할 수 있으려면 아직 탐구해야 할 중요한 문제가 많다. 이를테면 우리는 영어를 구사하는 부모가 자녀에게 상징적 낱말을 더 많이 쓴다는 걸 알지만 그들이 언어 학습을 촉진하려고 일부러 그러는지는 알지 못한다. 단지 아동이 이런 낱말을 쓰는 경향이 있기 때문에 성인도 아동에게 이야기할 때 그렇게 하는 것일 가능성도 있다. 아니면 의도와 우연이 어우러진 결과인지도 모른다.

하지만 성인이 아동에게 이야기할 때 상징적 낱말을 적극적으로 발화하는 것은 이런 낱말이 의미와 자연스러운 연관성이 있어서 아동이 더 빨리 습득할 수 있기 때문이라는 주장은 일리가 있어 보인다. (우리 아들과 조카를 비롯한) 유아들과 오랜 시간을 보낸 사람으로서 말하건대 이 해석은 나 자신의 직관과 영락없이 맞아떨어진다. 페리가 수행한 것과 같은 연구에서 내가 흥미롭게 여기는 부분은 성인이 아동에게 이야기할 때 단순히 상징적 낱말을 쓴다는 게 아니라 무척 일관되고 포괄적으로 쓴다는 점이다. 게다가 성인이 아동에게 쓰는 상징적 낱말의 상당수는 겉으로 보기에는 상징적이지 않기 때문에, 이 패턴을 탐지하기가 언제나 수월하지는 않다.

개념이 낱말이 되는 과정

언어가 부호화하는 소리와 의미의 연관성 중에서 다양한 문화 구성원들에게 자연스럽게 느껴지는 것들이 많다는 사실은 분명하다. 소리와 의미의 이 비자의적 연관성은 이분법적 둘 중 하나가 아니다. 어떤 낱말은 상징적이고 다른 낱말은 상징적이지 않은 것이 아니다. 'bang' 같은 낱말은 매우 상징적으로 보일 수 있지만 'blubber' 같은 낱말은 상징성이 있을락 말락 할 수도 있다. 일부 상징적 연관성이 매우 미묘하다는 사실은 비자의적 낱말이 발화의 사소한 요소로 치부되는 데 일조했는지도 모른다. 마찬가지로 [n] 같은 소리와 '코'의 전 세계적인 체계적 대응은 미묘하기 때문에 탄탄한 통계 분석 없이는 찾아내기 힘들다.

이런 미묘함에 비추어 볼 때 일부 언어학자들이 자의성을 인간 언어의 근본적 특징으로 여긴 것은 납득할 만하다. 언어학의 이 전통적 가정을 부추긴 또 다른 요인은 대부분의 낱말이 소리와 의미의 비자의적 연관성을 나타내지 않는다는 것이다. 하지만 앞에서 언급했듯 현재 임의의 낱말과 그 의미 사이에 이런 연관성이 없다고 해서 세계 역사를 통틀어 그런 연관성이 한 번도 존재하지 않았다는 뜻은 아니다. 우리가 한때 생각한 것보다 훨씬 많은 낱말이 이런 연관성을 나타낸다는 사실도 점차 뚜렷해지고 있다. 한편 이 현상은 아동이 새 낱말을 익히는 데 핵심적 역할을 한다.

우리는 이제 소리와 의미의 비자의적 관계가 발화에 주변적이지 않음을 인정해야 한다. 근대 언어 이론이 비유럽어를 토대로 삼았다면 우리는 이 결론에 더 일찍 도달했을지도 모른다. 많은 언어는 이 장 첫머리에서 언급한 몇몇 언어와 마찬가지로 확고한 상징어 집합과 그 밖의 명백한 상징 사례를 가지고 있다. 이는 상징이 발화에 중요하지만 사람들이 이 현상에 의존하는 정도는 제각각임을 암시한다. 이를테면 일본어는 중첩을 이용하여 대상이 복수임을 나타낸다. 이를테면 '고로(ごろ)'는 사물 하나가 구르는 것을 가리키는 반면에 '고로고로(ごろごろ)'는 여러 개의 사물이 구르는 것을 가리킨다. 마찬가지로 일본어는 경우에 따라 모음의 지속 시간을 늘려 행위의 지속 시간 증가를 나타낸다. '핫(はっ)'은 짧은 숨을 나타내는 반면에 '하앗(はあっ)'은 긴 숨을 나타낸다.

비자의적 낱말이 발화에서 적잖은 역할을 하는 것은 이제 분명하다. 특히 일부 문화에서는 사람들이 핵심 개념을 더 자연스럽게 익히고 전달하는 데 한몫한다. 많은 연구에서 보듯 상징의 역할은 수어에서도 포괄적이다. 이 책은 말과 관련된 현상을 주로 다루기 때문에 여기서는 수어를 언급하지 않았다. 하지만 수어의 상징에 대한 연구가 상징이 인간 소통에서 할 수 있는 역할을 더욱 두드러지게 보여준다는 것은 유념할 만하다. 사실 수어 연구는 이 장에서 논의한 연구들 중 일부에 영감을 주기도 했다. 이를테면 페리가 아동을 대상으로 상징적 구어 낱말의 쓰임을 연구하기 전에도 청각장애 아동이 쓰는 기호가 성인보다 더 상징적인 경향이 있음이 관찰되었다.[15]

마지막으로, 이 장에서 논의한 연구가 언어의 최초 진화에 대한 새로운 발상의 근거를 제시한다는 점에 주목할 필요가 있다. 상징이 최초의 인간 언어에서 모종의 역할을 했으리라는 생각은 새로운 것이 아니다. 구석기 시대에 동아프리카에 살던 조그만 호미니드 hominid가 근처에 포식자가 있음을 이웃들에게 경고하기 위해 사자의 으르렁 소리를 흉내 냈으리라는 것은 쉽게 상상할 수 있다. 이런 주장은 오래전으로 거슬러 올라간다. 낱말의 소리가 근본적으로 자의적이라는 20세기 언어학의 통념적 가정 때문에 이런 주장은 언어가 어떻게 진화했는지에 대해 통찰을 거의 주지 못한다고 치부되었다. 하지만 비자의적 낱말-의미 연관성을 만들어내는 인간 능력을 우리가 극도로 과소평가한 것으로 보건대 우리는 언어의 여명기에 상징적 연상이 맡은 역할 또한 과소평가했는지도 모른다.

일본의 심리학자 이마이 무쓰미는 소리 상징이 아동의 언어 학습에 필수적임을 입증하는 방면의 선두에 선 인물로, 상징이 언어 진화에서도 중요한 역할을 했다는 주장을 설득력 있게 펼쳤다. 이마이를 비롯한 사람들은 상징이 최초의 언어들에서 중심적 역할을 했을 수 있으며 오늘날의 언어에서보다도 더욱 중심적이었을지도 모른다고 지적했다. 이마이와 동료들이 언급했듯 인간이 새 낱말을 더 많이 씀에 따라, 또한 상징적 표현에서 허용되는 것보다 더 섬세한 대조를 활용할 수 있음을 깨달음에 따라 상징에 의존하지 않고 새 낱말을 만들어내었으리라는 것은 논리적 판단이다. 어쨌거나 비자의적 낱말-의미 연관성에는 한계가 있다. 이 설명에 따르면 인간은 모든 개념이 자의적 낱말을 통해 지칭될 수 있음을 결국 깨달았지만 최초의 낱말을 만들어낼 때에는 비자의적 연관성에 많이 의존했을 가능성이 있다. 이런 합리적 추측을 제쳐두더라도 우리가 자신 있게 주장할 수 있는 것은 소리와 의미의 비자의적 연관성이 개념을 낱말로 부호화할 때 필수적이라는 사실이다.[16]

8장

문법이 없는
언어가
있을까?

낱말들이 현란한 배열로 결합하여 구와 문장이 되는 패턴을 뭉뚱 그려 통사syntax라 한다. 통사의 복잡성은 오랫동안 연구자들을 당혹스럽게 했다The complexity of syntax has long confounded researchers. 이를테면 앞 문장의 영어 문장을 들여다보라. 이 영어 문장의 낱말 순서에는 온갖 패턴이 있다. 영어 구사자에게는 친숙한 패턴들이다. 패턴은 의미를 전달하고 우리가 문장을 만들면서 생각하는 데 필수적이다. 이 문장에만도 많은 예가 있는데 세 개만 들자면, 내가 'complexity'를 'the' 뒤에 놓고 'syntax'를 'of' 뒤에 놓고 'researchers'를 'confounded' 뒤에 놓은 것은 결코 우연이 아니다. 당신과 나는 'researchers'가 문장의 본동사(이 경우는 'confounded') 뒤에 와야 한다는 걸 안다. 이 낱말을 딴 데 두면 문장의 의미가 달라지거나 아리송해질 수 있다. 우리는 'the' 같은 관사가 명사 앞에 와야 하고 'of' 같은 전치사도 마찬가지라는 걸 안다. 이런 패턴은 때로 '규칙'이라고 불리는데, 마치 공동체가 투표로 정한 거스를 수 없는 명령처럼 느껴지며 영어 문장에 예측 가능한 낱말 순서를 부여한다. 언어학자가 언어의 통사에 대해 이야기할 때 대체로 염두에 두는 것은 이 예측 가능한 순서다.

통사가 없으면 문장은 이해될 수 없는 것처럼 보인다. 뒤죽박죽 낱말 무더기 상태로 화자에게서 청자에게로 전달될 것이기 때문이다. 그런데 이것은 좀 지나친 단순화다. 영어에 버금가는 규칙 기반 어순이 없는 언어가 세상에는 많기 때문이다. 그럼에도 지금은 지나친 단순화를 고수하자. 발화에 대해 유의미한 무언가의 실마리를 던지기 때문이다.

많은 언어는 영어처럼 주어를 서술어 앞에 놓고 서술어를 목적어 앞에 놓는 경향이 있다. 이를테면 "The syntax confounded the researchers(그 통사는 연구자들을 어리둥절하게 했다)"나 "Sergio kicked Neymar(세르히오가 네이마르를 걷어찼다)"라고 말한다. 그런가 하면 어순이 다른 언어들도 있다. 이를테면 "Sergio Neymar kicked"처럼 목적어가 서술어 앞에 올 수도 있다. 사실 전 세계 언어 중에는 후자의 어순이 전자의 어순보다 흔한 듯하다. 많은 언어에는 기본 어순이 있다. 엄격한 규약이 의미 단위의 순차적 부호화를 결정한다. 7장에서 논의한 상징적 낱말도 예외가 아니다. 이 규약은 언어를 이해가능하게 만들어준다. 하지만 극도로 복잡하여 아동과 성인 언어 학습자가 배우는 데 오랜 세월이 걸릴 수도 있다. 영어에서 의미를 전달하는 어순을 하나 살펴보자.

(1) Sergio kicked Neymar and ran away(세르히오가 네이마르를 걷어 차고 달아났다).

매우 단순한 문장이지만, 걷어찬 사람이 누구이고(세르히오) 달 아난 사람이 누구인지(역시 세르히오) 알아들으려면 규약에 친숙해야 한다. 내가 "Sergio kicked Neymar and Sergio ran away(세르히오가 네이마르를 걷어찼고 세르히오가 달아났다)"라고 말하지 않아도 당신은 문장을 해석할 수 있다. 영어의 어순 규약에 따라 당신은 세르히오가 문장 맨 앞에 있으므로 (생략된) 달아난 사람도 그라는 사실을 알 수 있다. 그런데 이 규약이 모든 언어에 존재하는 것은 아니다. 일부 아마존 언어에서 저 문장은 걷어차인 사람인 네이마르가 달아났다는 뜻이다. 요점은 간단하다. 영어 통사에는 이런 '규칙'이 수없이 많다. 영어 구사자는 자신의 생각을 전달하고 타인의 생각을 이해하기까지 이런 규약을 얼마나 많이 알아야 하는지 통 실감하지 못한다. 마찬가지로 다른 언어의 구사자들도 제 나름의 어마어마한 어순 규약에 친숙해야 한다.

통사 규약은 엄청나게 복잡할 수 있다. 어느 언어든 통사 규약이 너무 많아서 언어학자들은 사람들이 대체 어떻게 언어를 배울 수 있는지 오랫동안 의아했다. 20세기의 많은 언어학자에게 언어 학습이란 으레 통사 규칙을 배우는 것이었다. 예문 (1)에서와 같은 문장에서 누가 두 번째 행위를 했는지와 관련된 규칙, 사람들로 하여금 문장을 생성하고 해독하게 해주는 규칙 말이다.

이토록 복잡한 인간 통사가 도무지 어떻게 가능한지 이해하는 얼개를 내놓기 위해 다양한 이론 모형이 제시되었다. 일부 모형은 인간이 통사 패턴을 해독하는 능력을 유전적으로 타고났다고 주장했다. 태어나자마자 들려오는 낱말의 흐름을 이해할 수 있도록 생겨먹었다는 것이다. 이 모형들은 언어, 특히 영어처럼 연구가 잘된 소수의 언어가 가진 복잡한 통사 규칙에 집중했다. 또한 언어 학습이 기본적으로 언어의 두 요소를 배우는 과정이라고 주장했다. 그 것은 (낱말, 접두사, 접미사, 그리고 그 모든 단위의 의미로 이루어진) 사전과 문법이다. 문법은 사전의 의미 단위를 예측 가능한 순서로 배열하여 더 큰 의미 단위를 구성하는 규칙으로 이루어졌다.

하지만 이 '사전과 문법' 언어 모형이 착각이라고 생각하는 언어학자들이 점점 늘고 있다. 이런 언어학자들에 따르면 (그들의 주장이 이상해 보일지도 모르겠지만) 낱말과 문장 사이에는 어떤 실질적 차이도 없고 사전과 문법 사이에는 어떤 구체적 차이도 없다. 이 점은 이 장의 말미에서 다시 살펴볼 것이다. 사전-문법 언어관이 득세한 것은 20세기 중엽 노엄 촘스키Noam Chomsky가 주창한 이론이 부상하면서였다. 그의 이론은 20세기 후반 통사 연구의 지배적 패러다임이 되었으며 오늘날까지도 일부 진영의 학자들에게 영향을 미치고 있다.[1]

촘스키 패러다임에 따르면 인간 언어의 핵심적 특징 중 하나는 재귀recursion라고 불리는 통사 요소다. 재귀는 한 절을 다른 절 안에 넣는 것처럼 한 구조를 같은 종류의 다른 구조 안에 넣는 것을 가리킨다. 절이 무엇인지 잘 모르겠다면 다음 정의가 도움이 될 것이다. 절은 주어와 서술어로 이루어진다. 모든 문장에는 적어도 하나의 절이 있지만, 절이 두 개 이상인 문장도 있다. 아래 문장에서는 한 절이 다른 절에 삽입되어 조리 있는 생각을 짜맞춘다.

(2) Neymar knows [that he is a great dribbler](네이마르는 [자신의 드리블 솜씨가 뛰어나다는 것을] 안다).

이 예문에서 꺾쇠괄호 안의 절은 전체 문장의 목적어 역할을 한다. 즉, 더 큰 절 안에서 나름의 기능을 수행하는 절이다. 아래 예문에서 보듯 절 안에 절을 재귀적으로 포함할 수도 있다.

(3) Neymar, [who likes to beat defenders (who think they can stop him)], placed the ball in the bottom corner of the goal([[(자신을 막을 수 있다고 생각하는) 수비수를 농락하는 것을 좋아하는] 네이마르가 공을 골대 아래쪽 구석에 놓았다).

촘스키를 비롯한 사람들은 절을 이렇게 재귀적으로 결합하는 능력이 인간 언어의 알맹이라고 주장했으며 모든 인간 언어에 공통된 핵심적 특징이라고 암시했다. 안은문장 같은 재귀 현상이 따분해 보일지도 모르겠지만, 이와 관련하여 수많은 연구가 발표되었다. 비유럽어에 대한 연구가 꽤 있긴 했어도 대부분의 관련 연구는 영어를 비롯한 유럽어에 대한 것이었다.

하지만 지난 15년간 일부 언어학자들은 재귀가 통사에, 더 포괄적으로는 언어에 별로 근본적이지 않다는 주장을 제기했다. 위의 두 예문에서 보는 것과 같은 안은문장을 일부 언어에서 찾아볼 수 없다는 까닭에서다. 2009년 언어학자 스티븐 레빈슨과 닉 에번스는 데이터를 근거로 통사적 재귀를 모든 언어에서 찾아볼 순 없다고 지적했다. 그들이 바탕으로 삼은 증거 중 하나는 내가 앞서 논의한 아마존 언어 피라항어의 유명한 사례에서 찾은 것이다.

내 아버지는 15년쯤 전 피라항어(를 비롯한 여러 언어)에 재귀의 증거가 없다고 기술했으며 이로써 재귀가 전 세계 언어에 보편적이라는 촘스키 등의 주장을 반박했다. 피라항어는 절이 서로의 안에 포함되는 것이 아니라 서로의 옆에 놓이는 것만 허용하는 듯하다. "Sergio kicked the boy who ran(세르히오는 달리는 소년을 걷어찼다)"에 해당하는 재귀 구조는 피라항어에서 기록된 적이 없다. 이 문장에 해당하는 피라항어 문장은 "Sergio kicked the boy. The boy ran(세르히오가 소년을 걷어찼다. 소년이 달렸다)"과 비슷할 것이다.[2]

언어학자가 아닌 사람이 보기에 이것은 딱히 이론의 여지가 큰 주장으로는 보이지 않을지도 모르겠다. 아마존 언어가 절을 서로의 안에 포함하는 게 아니라 서로의 옆에 놓는다는 주장이니 말이다.

하지만 많은 언어학자들에게는 열띤 토론의 주제가 되었다. 일부 언어학자들은 이런 언어가 존재할 리 없다며 회의를 표했다. 하지만 레빈슨과 에번스 같은 다른 언어학자들이 보기에는 전 세계 언어의 극단적 다양성을 감안하건대, 또한 점점 많은 언어를 고려할수록 '언어 보편성' 주장이 언제나 무너지는 듯하다는 것을 감안하건대 그런 회의론은 타당성이 없었다.

현 상황에서 촘스키와 동료들이 예측한 재귀를 피라항어 구사자가 쓴다는 것을 밝혀낸 외부인은 한 명도 없었다. 혹자는 이것이 단지 피라항어를 실제로 배운 사람이 소수에 불과하기 때문이라고 반박할지도 모르겠다. 피라항어는 외부인이 배우기가 극히 어려우며 그래서 이 주제에 대한 우리의 데이터에 한계가 있기 때문이다. 이 관점에서 보자면 우리는 수백 시간 분량의 피라항어 발화를 녹음하고도 아직 재귀를 맞닥뜨리지 못했을 뿐일지도 모르겠다. 어쨌거나 피라항어에 재귀가 있다는 뚜렷한 증거는 지금껏 하나도 제시되지 않았다.[3]

피라항어에 재귀에 있는가라는 주제는 학계 안팎에서 유명해졌으며 학술지 《언어》와 잡지 《뉴요커》 같은 다양한 매체에 관련 논문과 기사가 발표되었다. 언어학자이자 통사론 연구자 제프리 풀럼이 언급했듯 피라항어 논의에서 빠진 것 중 하나는 재귀가 통사의 근본적 특징이라는 관념에 이의를 제기하는 언어가 피라항어만 있는 게 아니라는 사실이다. 2002년 논문에서 풀럼은 지난 수십 년간의 비위어드 언어 연구를 검토했는데, 그 언어들에서는 전부 재귀를

8장 문법이 없는 언어가 있을까?

찾아볼 수 없었다. 풀럼이 논의한 사례를 몇 개 살펴보겠다.[4]

풀럼은 오스트레일리아의 언어를 연구한 언어학자 켄 헤일Ken Hale이 일찍이 1970년대 중엽 와를피리어Walpiri의 절이 서로의 안에 포함되지 않고 단지 느슨하게 결합된다고 기술한 사실을 언급했다. 이것은 그 밖의 오스트레일리아 언어에도 해당하는 듯하다. 헤일이 이 현상을 관찰할 즈음 데스 데비셔Des Derbyshire라는 언어학자가 아마존의 히슈카랴나어Hixkaryana에 대한 일련의 결과를 발표했다. 더비셔는 히슈카랴나어에 재귀가 없다고 언급했다. 그는 히슈카랴나어의 통사가 피라항어와 비슷한 전략을 쓴다고 말했다. 더비셔는 수십 년간 히슈카랴나족과 함께 살면서 선교사로 일했는데, 히슈카랴나어 절이 서로의 안에 포함되는 게 아니라 서로의 옆에 놓인다는 사실을 발견했다.[5]

훨씬 널리 쓰이는 언어 중에서 재귀를 활용하지 않는 듯한 것으로는 원어민이 가장 많은 언어 중 하나인 구어口語 인도네시아어가 있다. 언어학자 로버트 잉글브렛슨Robert Englebretson은 방대한 인도네시아 문법책에서 이 점을 지적했다. 인도네시아어는 결정적 사례는 아니지만 아마존 언어와 오스트레일리아 언어에 속하지 않는 일부 언어도 대화 중에 재귀를 활용하지 않는다는 점을 보여준다.

임의의 언어에서 재귀가 완전히 결여되었거나 불가능하다는 것을 입증하기란 매우 힘들다. 하지만 우리가 주장할 수 있는 것은 지난 수십 년간 기록된 여러 언어에서 재귀의 뚜렷한 증거가 전혀 없다는 점이다. 그렇기에 우리는 재귀를 통사의 핵심 성질로 간주하거나 더 포괄적으로 재귀를 우리가 말하기 위해 생각하는 방식에 필수적이라고 간주하는 것에 신중을 기해야 한다. 우리가 주의 깊게 들여다보아야 하는 또 다른 사실은 재귀가 허용되는 영어 같은 많은 언어에서조차 재귀적 안은문장이 발화에서 비교적 드물다는 것이다.[6]

재귀가 없는 언어의 발견은 모두 20세기 후반에 이루어졌지만 21세기 초반 피라항어 발견의 여파와 널리 알려진 이후 논쟁들을 통해 훨씬 집요한 검증을 받았다. 주목할 점은 예외적 언어 중에서 인도유럽어가 하나도 없다는 것이다. 이것은 놀랄 일이 아니다. 많은 지역의 언어들은 기록이 잘된 어족의 언어들에 비해 성격이 천차만별이기 때문이다. 아마존 토박이말인 많은 언어는 다른 지역은 말할 것도 없고 서로와도 전혀 관계가 없다. '특이한' 통사를 가진 언어의 발견은 언어 다양성의 범위가 (인간 행동과 생각의 여느 측면과 마찬가지로) 위어드 인구집단에 치우친 연구 편향 때문에 과소평가된 또 다른 사례다. 심지어 오늘날에도 통사 연구의 절대다수는 한 줌의 위어드 언어를 구사하는 사람들을 대상으로 수행된다.

전 세계의 매우 다양한 인구집단을 조사하면 인간 심리의 보편성에 대한 많은 주장에 의문을 제기할 수 있는 것과 마찬가지로, 전세계 언어를 진짜로 대표하는 표본을 고려하면 통사의 보편성에 대한 주장에도 이의를 제기할 수 있다. 에번스와 레빈슨은 재귀를 비롯하여 지금껏 제기된 모든 언어 보편성이 치밀한 검증을 이겨내지 못한다고 주장한다. 반대로 위어드 언어에서 드러나지 않고 한 번도 보편적 성질로서 제시되지 않은 여러 매우 복잡한 현상들은 실제로는 아마존 같은 지역의 많은 언어에서 매우 흔하다. 에번스, 레빈슨, 그리고 나 같은 수많은 학자들이 보기에 언어 '보편성'이라는 통념의 적어도 부분적인 원인은 편향된 언어 표본이 20세기 대부분 기간 동안 언어 탐구의 토대 역할을 한 데에 있었다. 전 세계 비유럽 어들이 계속 기록되면서 그 편향이 사그라들자 그와 더불어 보편성의 증거도 함께 사그라들기 시작했다.

우리가 실제로 문장을 구성하는 방법

나는 박사 과정을 마친 직후 대학 교수 자리를 얻기 전에 캘리포니아와 멕시코 국경 지대에 있는 커뮤니티 칼리지에서 한 학기 동안 영어를 가르쳤다. 국경지대 도시 멕시칼리에 사는 학생들은 직업과 학업을 위해 매일 차를 몰고 서던캘리포니아로 왔다. 이것은 내게 매우 유익한 경험이었다. 그들은 내가 가르친 학생들 중에서 가장 성실한 축에 속했기 때문이다(나는 운 좋게도 지금껏 많은 대학에서 학생들을 가르쳤다). 이 학생들이 성실했던 이유는 영어를 얼마나 잘 배우느냐가 취업 지속 여부를 (적어도 부분적으로) 좌우하기 때문이었다. 주요 수업 중 하나는 영문법이었다. 이 수업을 가르친 나의 원래 접근법은 어수룩하게도 앞 절에서 논의한 사전-문법 언어 모형을 토대로 삼았다. 내 목표는 영어의 기본 통사에 초점을 맞춰 학생들에게 낱말과 함께 어순 패턴을 보여주고 그들로 하여금 패턴을 익힌 다음 표현하고자 하는 상황에 대입할 수 있도록 하는 것이었다. 내 접근법이 완전히 틀렸음을 깨닫기까지는 오래 걸리지 않았다. 학생들은 자신들이 무엇보다 배우고 싶은 구와 문장이 내가 칠판에 쓴 문장과 다르다며 불만을 제기하기 시작했다.

한 학생은 "He hit the books(그는 열심히 공부했다)"가 무슨 뜻이냐고 물었다. 그는 주어 'he'가 실제로 책을 때리는hit 줄 알고 있었다. 나는 아니라고, 저 구절은 숙어일 뿐이라고 대답했다. 숙어는 낱낱의 낱말만 가지고는 의미를 해독할 수 없는 어구다. 물론 영어에 이런 숙어가 많다는 걸 알고 있었지만, 배움의 필요성이 절실한 사람들에게 영어를 가르치기 전에는 숙어가 발화에서 얼마나 큰 비중을 차지하는지 한 번도 실감하지 못했다.

이런 숙어를 하나라도 소개할 때마다 끝없는 질문이 뒤따랐다. 누군가는 "hitting the books"가 아니라 "hitting the weight room(열심히 운동하다)"으로 말하면 어떻게 되느냐고 물었다. 그 학생은 낱말과 어순을 아는 것만으로는 "hitting the X"의 의미를 예측할 수 없을 것 같다고 말했다. 간단히 말하자면 사전-문법 모형으로는 "hitting the books" 같은 구를 해석할 수 없다. 학생이 "hitting the" 숙어를 'books(책)'나 'weight room(체력 단련실)' 이외의 명사에 쓸 수 있느냐고 물었을 때, 나는 그럴 수 있다는 사실을 단박에 똑똑히 깨달았다. 이를테면 우리는 "My son is hitting the pizza pretty hard"라고 말할 수 있는데, 영어를 유창하게 구사하는 사람이라면 내 아들이 피자를 즐겨 먹고 (아마도) 좋아한다는 뜻으로 알아들을 것이다.

수업을 가르치는 동안 학생들의 질문은 대부분 숙어에 대한 것이었다. 학생들은 'kick the bucket(죽다)'이나 'face the music(비난받다)'이 무슨 뜻이냐고 물었다. 덜 구체적으로는 'I am big into something(나는 무언가에 빠져 있다)'이 무슨 뜻이냐는 질문도 있었다. "I'm big into sushi"나 "I'm big into churrasco" 같은 문장에서처럼 말이다. (아닌 게 아니라 브라질 슈하스쿠 요리에 푹 빠진 학생이 하나 있었다.) 학생들이 숙어를 질문할 때마다 나는 강의를 멈추고 그 숙어가 무슨 뜻이며 어떻게 활용할 수 있는지 설명했다. 그러면 학생들은 귀를 쫑긋 세웠다. 고개를 끄덕이며 저 숙어가 얼마나 자주 헷갈렸는지 이야기했다.

학기 말이 되자 수업은 영어 숙어와 그 숙어의 바탕이 되는 은유를 탐구하는 강의로 바뀌어 있었다. 이를테면 "life is a journey(인생은 여행이다)"라는 표현은 숙어이지만, "I went through a tough time(고생했어)"이나 "there are obstacles ahead(앞에 장애물에 놓여 있어)" 같은 숙어에서 보듯 여기에는 영어 구사자들이 동원하는 더 포괄적 은유가 담겨 있다. 1장에서 언급했듯 언어는 다양한 은유를 이용하여 시간을 공간에 빗대 서술한다. 영어에는 시간 같은 추상적 현상을 인지적으로 처리하는 데 도움이 되는 은유가 많은데, 우리가 쓰는 상당수 숙어는 이와 관계있다.

숙어와 관련 은유를 이토록 풍부하게 소개한 이유도 있고 해서 스페인어를 구사하는 내 학생들은 수업에 거듭거듭 고마움을 표했다. 우리가 원래 쓰기로 했던 영문법 교재에 실린 정보에 비해 실제 수업이 그들의 일상생활에 훨씬 실용적이고 요긴했기 때문이다. 한 학생 말마따나 수업은 영어 구사자들이 실제로 어떻게 생각하는지 이해하는 데 도움이 되었다. 돌이켜 보면 오랫동안 언어학을 연구 한 내게는 결코 놀랄 일이 아니었다. 물론 나는 수업을 시작하기 전 에도 숙어에 친숙했지만, 영어를 최대한 빨리 익혀야 하는 사람들 에게 숙어가 얼마나 중요한지 절감한 것은 이번이 처음이었다. 영 어에서 숙어가 엄청나게 자주 쓰이기 때문이다. 흔한 숙어에 친숙 하지 않으면 결코 영어를 유창하게 구사할 수 없다. 숙어는 없는 데 가 없다.

하지만 더 중요한 사실은 어구가 숙어, 즉 구체적 낱말 집합이기 를 그만두고 더 유연하게 바뀌어 다른 낱말을 숙어에 끼워넣을 수 있는 때가 언제인지 분간하기가 때로는 힘들다는 것이다. "big into X"처럼 마지막 낱말을 무엇으로든 대체할 수 있어도 숙어일까? 그 것은 숙어를 어떻게 정의하느냐에 달렸다. 분명한 사실이 하나 있 으니, "big into X"와 "hitting the X" 같은 구는 많은 언어학자들이 '구 문'이라고 부르는 것에 해당한다. 간단히 말하자면 구문은 형식(대 개는 낱말들이나 여러 종류의 낱말들이 배열된 것)을 특정 의미와 짝지은 것이다. 이 정의가 알쏭달쏭하다면, 아래 논의를 통해 왜 그토록 알 쏭달쏭한지 규명하고 구문이 말하기와 생각하기에 왜 필수적으로 간주되는지 설명하고자 한다.

점차 영향력이 커져가는 '구문문법' 이론을 옹호하는 언어학자들은 언어 학습이란 온갖 종류의 구문을 배우는 것이라고 말한다. 일부 구문은 매우 구체적이지만(이것을 종종 숙어라고 부른다) 얼마나 구체적인지는 구문마다 천차만별이다. 구문문법 옹호자들은 내가 영어를 가르치면서 처음에 겪은 어려움이 전혀 놀랍지 않을 것이다. 사전-문법 언어 모형은 애초에 부실한 모형이며 그것은 (언어에 있는 낱말 및 접미사/접두사 모음인) 사전이 문법과 결코 뚜렷이 구분되지 않기 때문이다. 있는 것은 구문뿐이다.

언어를 연구하는 이 새로운 접근법의 창시자 중 한 명인 프린스턴대학교의 아델 골드버그Adele Goldberg는 구문이 형식과 의미의 모든 쌍을 포함한다고 주장한다. 여기에는 낱말, 숙어, "big into X"처럼 빈칸이 있는 숙어, 심지어 무수한 잠재적 낱말을 채워넣을 수 있는 영어의 흔한 주어-동사 연쇄 같은 패턴이 포함된다. 이 폭넓은 정의에 따르면 말하는 법을 배운다는 것은 특정 형식과 그 형식이 자신이 전달하려는 의미나 자신이 말로써 달성하려는 목적에 어떻게 들어맞는지를 암기하는 일이다. 일부 형식은 매우 구체적이지만(이를테면 'car' 같은 낱말의 소리 연쇄) 어떤 형식은 훨씬 도식적이다(이를테면 주어-동사-목적어 연쇄는 영어 구사자가 타동사절로서 암기해야 하는 구문이다).[7]

골드버그 같은 언어학자가 보기에 낱말을 배우는 일은 "kick the bucket"이나 "going great guns(신속하게 진행하다)"나 "give the devil his due(인정할 것은 인정하다)" 같은 숙어를 배우는 것과 기본적으로 같다. 앞에서 보았듯, 그리고 멕시코 국경 지대에 사는 내 학생들이 지적했듯 숙어를 구성 성분으로 분해하여 그 요소들의 의미를 예측 가능한 방식으로 문법에 꿰맞춰서는 의미를 해독할 수 없다. "going great guns"의 의미는 통째로 익혀야 한다. 이것은 'car' 같은 낱말을 익히거나 'cars' 같은 낱말과 접미사의 조합을 익히는 것과 다를 바 없다.

'cars'는 우리가 아는 두 구문을 조합한 것이다. 하나는 매우 구체적인 반면에("car") 다른 하나는 추상적이어서 "명사 + *s*"로 쓸 수 있다. 우리는 'car'를 자신이 암기한 더 추상적인 구문과 조합하여 'cars'를 만들어낸다. "kick the bucket" 같은 숙어는 매우 구체적인 형식으로서 익히지만 다른 구문은 "big into X" 구문이나 "명사 + *s*" 구문처럼 특정 자리나 빈칸에 낱말을 끼워넣을 수 있다는 점에서 덜 구체적이다. 이런 구문은 훨씬 유연하고 융통성이 있다.

골드버그를 비롯한 구문문법 옹호자들이 제시한 통찰 중에서 가장 중요하고 매우 간단한 것은 구문들이 추상도와 얼마나 '채워지는가' 면에서 다양하다는 사실을 인정하면 낱말과 통사를 (숙어로 표현하자면) '동전의 양면'으로 볼 수 있다는 점이다. 절과 문장의 구조적 거푸집은 낱말과 똑같이 익히고 외워야 하는 추상적 요소다. 내 학생들이 숙어를 익히면서 애먹은 것은 결코 놀랄 일이 아니다. 오랜 시간을 들여 암기하는 것 말고는 숙어를 익힐 방법이 전혀 없기 때문이다. 하지만 우리는 "big into X"나 "hitting the X"처럼 빈칸이 있는 숙어와 주어-동사-목적어 연쇄처럼 전혀 구체적 낱말로 채워져 있지 않은 추상적 구문도 암기해야 한다. 추상적 구문에 대해 우리가 아는 것이라고는 특정 낱말 유형이 특정 연쇄에 등장한다는 점뿐이다. 그렇다면 구문문법의 관점에서 볼 때 사전 대 문법의 구별은 언어를 가르치는 많은 사람들이 깨달았듯 문제의 소지가 있다. 사실 낱말과 문법은 결코 뚜렷이 구분되지 않는다.

구문이 무엇인지, 또한 언어에 전혀 다른 통사 요소가 필요하다는 사실을 구문으로 어떻게 설명할 수 있는지 이해하기 위해 예문을 몇 개 더 살펴보자. 우선 숙어와 비슷하고 유연한 구문 중에서 여러 방식으로 쓰일 수 있지만 "big into X"보다는 복잡한 것을 들여다보자.

(4) The more you think about it, the less you understand(생각이 많을수록 이해가 적어진다).

좀 생각해보면 알겠지만 이 숙어는 다양한 방식으로 채울 수 있다. 예문 (4)는 다음과 같이 도식적으로 서술할 수 있는 추상적 구문의 일례에 불과하다.

(5) The Xer the Yer(X할수록 Y하다).

이 추상적 구문에 어떤 X와 Y를 끼워넣을 수 있을지 생각해보라.

(6) The faster you run, the quicker you get to your destination(빨리

달릴수록 목적지에 일찍 도착한다).

아니면 휴가지를 언급하는 "the sunnier the better(화창할수록 좋다)"처럼 단순한 예문도 있다. 또 다른 예문을 살펴보자.

(7) The more you get to know her, the more you like her(그 여자는 알수록 좋아진다).

이런 예문도 있다.

(8) The more she gets to know him, the more she regrets her decision to leave her last boyfriend(그 여자는 그를 알아갈수록 마지막 남자 친구와 헤어지기로 결정한 것을 더 후회한다).

이 구문에 대해 형식과 의미 측면에서 전혀 다른 구체적 예문을 생각해내는 것은 어려운 일이 아니다. 낱말의 개수는 다를 수 있고 전달되는 정확한 의미도 다를 수 있다. 하지만 우리는 구문의 핵심을 형성하는 기저의 패턴이 있다는 것 또한 알 수 있다. 모든 경우에 우리는 "X할수록 X한다"라고 말한다. 당신이 영어를 유창하게 구사하는 사람이라면 이 구문을 많은 경우에 써먹었을 것이고 틀림없이 들어봤을 것이다. 하지만 내 멕시코 학생들의 입장에 서보면 이 구문을 익히기가 얼마나 힘든지 감이 올지도 모른다.

이것은 숙어일까? 아니, 그렇진 않다. 이 구문의 의미는 모든 영어 문장에 적용되는 기본적 통사 규칙을 엄격하게 따를까? 그렇지도 않다. 이 구문 유형은 여느 구문 유형과 마찬가지로 숙어와 통사를 가르는 선이 다소 인위적임을 보여준다. 덜 추상적인 구문과 더 추상적인 구문 사이에는 연속선이 있으며, "X할수록 Y하다"는 "bite the bullet(꾹 참고서 ~하다)"이나 "break a leg(행운을 빌어)" 같은 숙어보다는 연속선상의 추상적 끝에 더 가까울 뿐이다.

문화마다 여러 다른 구문들이 만들어지는데, 이것은 우리가 그 문화에 속한 언어들의 문법이라고 부르는 것이 형성되는 데 일조한다. 문화적 진화의 여타 측면과 마찬가지로 구문은 특정 사회문화적 맥락에서 필요에 부응한다. 다른 언어, 특히 자신의 언어와 무관한 언어를 배우기 힘든 주된 이유는 구체적인 것에서 추상적인 것까지 어마어마하게 많은 구문 유형을 새로 익혀야 하기 때문이다.

추상적 구문 중에는 미리 지정된 낱말이 전혀 없는 것도 있다. 자리를 채운 구체적 낱말이 아니라 주어와 목적어와 간접목적어를 취한다는 사실만으로 구조가 정의되는 절을 몇 개 살펴보자. 이런 절은 전통적으로 이중타동사ditransitive절로 불린다. 다음 세 가지 이중타동사절에서 간접목적어는 무언가를 받거나 제작받거나 대접받는 사람이다.

(9) Jude gave her the guitar lesson(주드는 그 여자에게 기타 수업을 해주었다).

(10) He made her the picture frame(그는 그 여자에게 그림 액자를 만들어주었다).

(11) The bartender served him a signature microbrew(바텐더는 그에게 특제 맥주를 대접했다).

사뭇 다른 위의 세 문장의 기저에는 아래 기본 도식으로 이루어진 똑같은 이중타동사 구문이 깔려 있다.

주어 — 동사 — 간접목적어 — 목적어

위의 예문들은 이 추상적 거푸집에 꼭 들어맞는다. 'give' 같은 일부 동사는 이 거푸집에 훨씬 자주 등장한다. 'serve' 같은 동사도 흔히 나타나는데, 한 사람(또는 동물이나 사물)에게서 다른 사람에게 무언가를 전달한다는 일관된 의미를 가지기 때문이다. 이만큼 뚜렷하지는 않아도 (남을 위해 요리하거나 무언가를 준비하는 등) 전달 개념에 들어맞는 동사들이 있다.

(12) I grilled her the panini(그 여자에게 파니니 샌드위치를 만들어줬어).

(13) Kim baked her nephew a batch of brownies(킴은 조카에게 브라우니를 구워주었다).

사물뿐 아니라 정보도 전달할 수 있다.

(14) I wrote her the letter(내가 그 여자에게 그 편지를 썼다).

(15) She taught me the method that won the award(그 여자가 내게 상 받을 방법을 가르쳐주었다).

마지막 예문에서는 직접목적어가 그 자체로 동사를 포함하는 구문("the method that won the award")이다. 이 구문은 이중타동사 구문 안에 삽입된다. 이 예문들에서 보듯 이중타동사 구문은 어떤 낱말이 쓰이는가에 따라 다양한 형식을 취할 수 있지만, 모든 예문에는 무언가를 전달한다는 공통의 의미가 있다. 골드버그를 비롯한 사람들이 제시한 핵심 통찰 중 하나는 추상적 구문이 그 안에 포함된 개별 낱말의 의미와 사뭇 다른 의미를 담고 있다는 것이다.

이중타동사 구문의 경우 무언가를 한 개인에게서 다른 개인에게 전달한다는 관념을 담고 있지 않은 새 동사를 구문에 끼워넣더라도 이렇게 만들어진 구를 올바르게 해석할 수 있다. 이중타동사 구문 자체가 전달의 의미를 담고 있기 때문이다. 다음 예문을 들여다보라.

(16) The bartender froze me some Jell-O shots(바텐더는 내게 젤리 칵테일을 얼려주었다).

(17) She engineered me a solution(그 여자는 내게 솔루션을 제작해주

었다).

(18) She designed me a website(그 여자는 내게 웹사이트를 설계해주었다).

이 예문들의 동사는 그 자체만으로는 한 사람이나 사물로부터 다른 사람에게 무언가를 전달한다는 의미가 내재되어 있지 않다. 'freeze', 'engineer', 'design'은 엄밀히 말하면 이중타동사가 아니다. 어떤 전통적 문법 교재에서도 그렇게 분류하지 않는다. 하지만 영어 구사자들은 이런 구를 늘상 쓰며 듣는 사람들은 말귀를 알아듣는다. 이런 동사를 이중타동사 구문에 끼워넣으면 청자는 구문 자체를 통해 여기에 전달의 의미가 결부되어 있음을 이해할 수 있다. 'give'와 'serve' 같은 동사가 쓰이는 전형적인 이중타동사 문장이 있고 방금 제시한 것처럼 덜 전형적인 이중타동사 문장이 있다고 생각해볼 수도 있다. 하지만 어느 경우든 이중타동사 구문 자체에 전달 개념이 담겨 있다.

실제로 문장 의미의 일부는 문장을 이루는 낱말로부터(낱말 자체가 작은 구문이다), 일부는 낱말을 포함하는 구문의 의미로부터 비롯한다. 동사 'slice'가 들어 있는 아래 예문들을 보면 이해하기 쉬울 것이다(몇 개는 골드버그가 제시한 예문을 수정했다).

(19) The chef sliced the sashimi(요리사는 회를 썰었다). (타동사 구문)

(20) The chef sliced the customer a piece of pie(요리사는 손님에게

파이를 잘라주었다). (이중타동사 구문)

(21) The pie was sliced by the chef(파이는 요리사에 의해 잘렸다). (수동태 구문)

(22) He sliced away his fears of using his expensive Kato knife(그는 값비싼 가토 나이프를 쓴다는 두려움을 떨쳐냈다). (제거 구문)

(23) The samurai sliced his way through the castle's defense(사무라이는 성의 수비대를 베며 나아갔다). (통과 구문)[8]

각 문장은 누군가가 무언가를 자르는 동작을 서술하지만 어떤 유형의 구문이 쓰이느냐에 따라 문장의 의미에 모종의 요소가 덧붙는다. 이른바 제거 구문인 예문 (22)의 구문이 흥미로운 것은 구체적 낱말 'away'가 쓰이지만 그 앞에 동사가 올 수 있다는 점 때문이다. 마지막 구문인 통과 구문도 구체적 낱말 'way'가 필요하지만 이번에는 소유격 명사가 앞에 온다. 이 구문의 사례를 몇 개 더 소개하겠다.

(24) De Bruyne sliced his way through the midfield(더브라위너가 미드필드를 뚫고 나아갔다).

(25) They made their way out of the club(그들은 인파를 뚫고 클럽을 빠져나왔다).

(26) He found his way out of the enemy's position(그는 적의 진영에서 나가는 길을 찾았다).

통과 구문에서 보듯 구문은 매우 추상적이고 도식적이면서도 도식의 특정 빈칸에 구체적 낱말이 필요할 수 있다. 물론 방금 언급한 구문 유형은 영어 구문의 극히 일부에 불과하다.

"The chef sliced the sashimi" 같은 영어 문장을 기본 타동사 구문의 사례로 간주하면 영어의 이 기본 어순은 흔하디흔한 구문이 어떻게 작동하는지를 보여준다고 해석할 수 있다. 그것은 주어 뒤에 동사가 오고 동사 뒤에 목적어가 오는 구문이다. 그렇다면 전 세계 언어의 기본 어순은 각 언어에서 기본적 타동사 구문이 어떻게 짜여 있는가를 반영하는 것으로 해석할 수 있다. 타동사 구문은 언어마다 기능이 비슷한데, 이것은 한 대상이 다른 대상에 작용하는 상황을 전달하는 데 쓰이기 때문이다.

무언가가 다른 무언가에 작용한다는 의미는 구문 자체에 의해 전달되며 어느 언어에서든 비슷해 보인다. 하지만 구문이 취하는 형식은 전 세계적으로 천차만별이다. 이제 우리는 일부 언어(이를테면 히슈카랴나어)의 기본 타동사 구문에서 목적어가 동사 앞에 오고 동사가 주어 앞에 온다는 것을 안다. 그러므로 요리사가 저녁으로 횟감을 써는 장면을 묘사하는 정상적 방법은 대다수 언어의 구사자들의 직관에 어긋나게도 "The sashimi sliced the chef(직역하면 "횟감이 요리사를 썰었다")"일 것이다.

모든 통사를 전 세계 언어에 존재하는 수많은 구문으로 설명할 수 있다고 생각하는 언어학자가 점점 늘고 있다. 낱말을 익히는 것과 본질적으로 다른 통사나 문법 같은 건 존재하지 않는다. 구문과 낱말은 얼마나 추상적인가에서만 다르다. 이 해석에 따르면 아동과 학습자가 언어를 배우는 일은 추상도와 복잡도가 저마다 다른 무수한 구문을 익히고 암기하는 것이다. 그들은 기본 타동사 구문, 통과 구문, 완성된 구문, 즉 "kick the bucket" 같은 숙어 등을 익힌다. 카리티아나어나 히슈카랴나어나 중국어 같은 언어에만 있는 여러 구문을 배우기도 한다. 이 해석에 따르면 내가 스페인어 구사자에게 영어 통사를 가르칠 때 처음에 애먹은 한 가지 이유는 숙어와 나머지 구를 구분하는 객관적 방법이 존재하지 않기 때문이다. 숙어는 특별한 종류의 구문에 불과하며 구문이야말로 언어의 핵심이다.

낱말과 문장에 대한 이해의 변화

숙어적 언어는 7장에서 논의한 상징적 언어와 흥미로운 유사점이 있다. 최근까지도 상징적 낱말은 언어의 주변부 바깥에 있다고 간주되었다. 또한 최근까지도 숙어는 문법의 핵심 바깥에 놓인 예외적이고 비교적 드문 구로 간주되었다. 하지만 상징적 낱말과 숙어에 둘 다에 대한 인식이 급격히 달라지고 있다. 이제 우리는 상징적 낱말을 비롯한 체계적 소리-의미 대응이 발화에 풍부하며 아동이 개념을 낱말로 부호화하는 법을 배우는 데 꼭 필요하다는 것을 안다. 게다가 상징적 낱말과 자의적 낱말을 구별하기가 언제나 쉬운 것은 아니다. 마찬가지로 숙어와 빈칸이 있는 구문은 이제 우리가 말하는 방식에, 또한 우리가 말하기 위해 생각하는 방식에 보편적이고 필수적인 것으로 인식된다.

게다가 숙어와 그 밖의 구문 유형을 구분하기도 쉬운 일이 아니다. 실은 구분이 불가능한지도 모르겠다. 숙어를 다른 구문과 구분해야 할 뚜렷한 이유가 없기 때문이다. 상징과 숙어는 이제 발화에 필수적인 것으로 보이지만 앞에서 보았듯 상징도는 언어마다 확연히 다르다. 상징어를 많이 갖춘 언어에서는 사람들이 말하고 생각하는 데 상징이 더 중요한 역할을 하는 듯하다. 우리는 언어에서 쓰이는 숙어와 (더 폭넓게는) 구문의 종류가 다를 수 있다는 것도 보았다. 한 언어의 구사자에게 자연스러워 보이는 숙어가 다른 언어에서는 대응어가 전혀 없을 수도 있다. 이를테면 영어 구사자에게는 "life is a journey(삶은 여행이다)"라는 숙어가 예사롭게 들리겠지만 이 숙어와 여기에 반영된 이면의 은유가 없는 언어의 구사자에게는 요령부득일 것이다.

이 장에서는 전 세계 사람들이 낱말로 문장을 만드는 방식에 대한 이해에 변화를 가져온 가장 중요한 연구 두 가지에 초점을 맞췄다. 우리는 전 세계 문법의 '보편적' 특징으로 간주되는 가장 대표적인 주장 중 하나의 근거가 탄탄하지 못하다는 것을 알게 되었다. 일부 언어에서 재귀의 증거가 하나도 발견되지 않았기 때문이다. 또한 인간이 구문을 해독하고 암기하고 소통 필요성에 맞게 변형하는 독보적인 능력으로 대부분의 통사를 설명할 수 있음을 보았다. 통사 이론은 많지만, 언어학자가 어느 이론을 채택하든 그 이론들은 크나큰 다양성을 설명해내야 한다. 지난 수십 년간 아마존과 오스트레일리아 같은 지역의 언어들이 더 자세히 기록되면서 재귀 등의 현상이 결코 보편적이지 않다는 사실이 입증되고 있기 때문이다.

통사에 대한 우리의 이해를 바꿔놓은 연구의 상당수는 영어처럼 잘 기록된 언어를 근거로 삼는 경우도 있다. 영어에 구문이 (추상도 측면에서 다양하기는 하지만) 매우 흔하다는 인식은 언어들을 새로운 방식으로 조명하는 데 한몫했다. 틀을 바꿔 들여다보았더니 구문의 인식과 연구는 통사가 영어를 비롯한 모든 언어의 독특하고 구별 가능한 성격이 아닐 수도 있음을 시사했다. 이제 어떤 언어학자들은 통사 연구란 특정 구문의 연구에 불과하다고 생각한다. 낱말에서 숙어, 빈칸이 있는 숙어, (이중타동사절 같은) 텅 빈 양식 거푸집에 이르기까지 모든 것이 구문에 포함되기 때문이다. 이 해석은 재귀가 문법에 핵심적이라는 주장을 비롯하여 문법과 관련 개념의 여러 측면에 대한 우리의 이해에 영향을 미친다.

구문문법을 옹호하는 사람들이 보기에 아마존과 오스트레일리아 언어들에 재귀가 없다는 사실은 한 절에 다른 절을 삽입할 수 있는 빈칸을 포함하는 절 유형이 이 언어들에 없음을 암시한다. 이것은 별로 놀라운 일이 아닌지도 모르겠다. 구체적 숙어처럼 대부분의 언어에서, 심지어 어떤 언어에서도 찾아볼 수 없는 구문 유형이 많기 때문이다. 이 사실을 깨달으면 새 언어를 배우기가 왜 이토록 어려운지 납득할 수 있다. 언어를 배우려면 추상도가 제각각인 온갖 구문을 새로 외워야 하기 때문이다.

이 사실에서 보듯 아동을 비롯한 사람들은 언어를 배울 때 통사 규칙과 문법 규칙을 배운다기보다는 의미와 언어 형식의 관계, 즉 우리가 구문이라고 부르는 관계를 암기한다. 우리는 주변 발화에서 패턴을 인식하고 학습하며 그럼으로써 구문을 해독하고 암기한다. 의미를 효과적으로 전달하려면 자신의 생각을 표현하기 위해 그때 그때 쓸 수 있는 다양한 구문을 외워둬야 한다. 이러한 해석은 언어 학습이 통념과 달리 특수한 능력이 아닐 수도 있음을 함축한다. 패턴의 인식과 학습은 인간의 수많은 경험·행동 영역에서 이루어지는 보편적 행위이기 때문이다. 어쨌거나 구문을 기반으로 통사 연구에 접근하는 방법이 많은 언어 연구자들에게 매력적인 이유 중 하나는 유전자에 부호화되어 통사를 가능케 하는 특정 뇌 부위를 찾아다니지 않아도 되기 때문이다. 언어 유전자(들)을 찾으려는 시도는 성공하지 못했다. 하지만 구문문법을 믿는 사람들에게는 이런 탐색이 애초에 불필요하다.[9]

마지막으로, 구어의 다양성이 우리가 생각한 것보다 훨씬 크다는 사실을 강조할 필요가 있다. 이 다양성이 구어 문법에까지 확장되는 것은 무수히 많은 구문이 언어에 들어 있기 때문이다. 피라항어와 와를피리어를 비롯한 여러 언어의 연구에서 밝혀졌듯 일부 언어에는 한 절을 다른 절에 삽입할 수 있는 구문이 없다(즉, 재귀가 없다). 하지만 이 책에서 줄곧 보았듯 전 세계 문화에서 쓰이는 언어들은 다른 면에서도 깊은 차이가 있다. 공간적 관계를 부호화하는 방식, 색깔을 부호화하는 방식, 화자가 의미를 만들어내기 위해 발성 기관

을 이용하는 방식 등은 언어마다 제각각이다. 이 장에서 강조하듯
낱말을 엮는 방식도 천차만별이다. 또한 각 언어에는 사람들이 생각
을 전달하고 해독하기 위해 배워야 하는 독특한 구문 집합이 있다.

언어가 품은 세계를
탐구하는 일

사람들은 언어와 언어 다양성을 이해하려고 수천 년간 노력했다. 2500년도 더 전에 쓰인 바벨탑 이야기를 생각해보라. 창세기에 따르면 인간이 하늘에 닿으려고 탑을 쌓았다고 한다. 인간의 오만함에 질색한 하느님은 서로 이해할 수 없는 온갖 언어를 만들어 세상을 언어의 아수라장으로 만들었다. 이 이야기에서 언어 다양성이 징벌과 연관되는 것에서 보듯 사람들은 언어 다양성의 존재를, 적어도 다양성 때문에 일어날 수 있는 문화 간 소통의 어려움을 오랫동안 달갑잖게 여겼다.

바벨탑 이야기를 통해 우리는 언어와 언어 다양성의 기원에 대한 설명의 필요성이 오래전부터 인식되었음을 알 수 있다. 전 세계 언어들이, 더 구체적으로는 자신이 사는 지역의 언어들이 왜 이토록 서로 다른지 이해하고 싶어한 고대인은 히브리인만이 아니다. 사실 바벨탑 이야기는 수메르와 아시리아 같은 지역의 더 오래된 설화와 흥미로운 유사점이 있는데, 이는 창세기 이야기가 시간과 공간 면에서 히브리인과 가까운 사람들의 이야기를 개작한 것임을 암시한다. 아시리아인과 수메르인이 언어 기원 설화를 맨 처음 지어내지 않았음은 의심할 여지가 없다.

사람들은 오래전부터 언어의 기원을 알아내려고 골머리를 썩였으며 언어 다양성의 탄생을 신화적으로 설명하는 구전 설화는 문자로 기록된 것보다 수천 년 전으로 거슬러 올라갈 것이다. 이런 설화가 비옥한 초승달 지대에만 있는 것도 아니다. 왜 이토록 많은 언어가 존재하는지, 언어가 어디서 왔는지를 사람들이 오랫동안 궁금해한 이유를 짐작하기란 어렵지 않다. 인간이 유일하게 말하는 종이라는 사실, 우리가 소통하는 방식뿐 아니라 생각하는 방식도 말하기에 의해 달라진다는 사실은 분명하다. 언어의 기원을 궁리하는 것은 우리가 누구이고 인류가 어떻게 인지적으로 이토록 독특해졌는지 궁리하는 한 가지 방법에 불과하다. 언어 다양성은 오랫동안 문화 간 접촉과 교역을 가로막았으며 외지인에 대한 두려움을 키웠다. 언어 다양성과 씨름하는 일은 새삼스럽지 않다.[1]

그렇다면 언어와 언어 다양성에 대한 학술적 탐구가 새로운 현상이 아님은 놀랄 일이 아니다. 2000년을 훌쩍 넘긴 과거에 인도의 학자 파니니Pānini는 산스크리트어의 발음 체계와 문법에 대한 서술을 비롯한 심오한 통찰을 제시했다. 소크라테스와 플라톤을 비롯한 그리스의 철학자들은 파니니와 같은 시기에 의사소통의 성격에 대한 논증을 펼쳤다. 언어의 복잡성을 잘 보여주는 증거는 파니니, 소크라테스, 다윈을 비롯한 수많은 명석한 인물들이 수천 년간 골머리를 썼였음에도 우리가 인간 언어에 대해 아는 것이 많지 않다는 것이다.

이 책에서 보았듯 우리는 언어에 대한 중요한 사실들과 그 사실들에 우리의 다양한 인지 경험이 어떻게 반영되는지를 여전히 발견해가는 중이다. 이 책은 언어와 관련 생각에 대한 다양한 발견에 초점을 맞췄지만 관련된 발견 중에서 여기 싣지 않은 것도 많다. 머리말에서 처음 언급했듯 내 목표는 폭넓은 독자들에게 흥미를 끌 주제를 두루 살펴보는 것이었지만, 나 자신의 편향이 주제 선정에 틀림없이 영향을 미쳤을 것이다. 이를테면 나는 수어 전문가가 아니므로 내가 고른 주제는 수어가 아닌 구어(발화에 동반되는 몸짓이 포함되긴 하지만)에 치우쳤다. 하지만 수어에 대한 여러 흥미로운 발견이 지난 수십 년 사이에 발표되었다.[2]

이 책에서 논의한 주제들을 선정한 데는 언어가 더 폭넓은 측면에서 인간의 생각과, 또한 인간 경험의 여러 측면과 (우리가 아직 온전히 이해하지 못하는 방식으로) 어떻게 연결되는지 잘 보여준다는 이유도 있다. 소리와 의미의 인지적 연관성을 이해하지 못하면, 또한 언어가 진화하는 사회문화적·물리적 환경을 이해하지 못하면 언어를 이해할 수 없다는 사실이 점차 분명해지고 있다. 이런 주제를 더 깊이 이해하면서 우리는 언어가 인간의 인지 경험을 어떻게 부호화하고 여기에 영향을 미치는지 더 자세히 알게 되었다.

언어 연구가 최근 들어 되살아난 이유는 비언어적인 것으로 치부된 현상과 언어의 상호 연관성이 수많은 학자들에 의해 더욱 강조되고 있기 때문인 듯하다. 언어 연구가 명실상부한 학제 간 연구가 된 데는 이런 강조 덕도 있다. 이 책에서 논의한 발견들은 언어학자뿐 아니라 심리학자, 인류학자, 그리고 이런 이름표를 달고 싶어 하지 않는 그 밖의 연구자들이 거둔 성과다. 그들은 우리가 전 세계 수많은 언어를 연구하여 배울 수 있는 것에 흥미를 느꼈을 뿐이다. 언어를 인간 경험의 나머지 측면과 분리하여 이해할 수 없다는 인식이 연구자들 사이에서 커져가고 있다. 이제 이 연구자들은 말과 생각을 진정으로 이해하려면 위어드 언어와 비위어드 언어에 두루 초점을 맞춰야 한다는 사실을 당연하게 받아들인다.

언어 연구의 현황

언어는 인류의 가장 유별난 특징일 것이다. 이 특징에 대한 우리의 이해가 달라지고 있으며 그 과정에서 인간이란 무엇을 의미하는가에 대한 새로운 통찰이 제시되고 있다. 이 책이 독자들에게 그 통찰의 일면을 엿보게 해주었으면 좋겠다. 언어적 발견이 ① 사람들이 시간과 공간 같은 기본적 현상에 대해 말하고 생각하는 방식에 대한 이해를 어떻게 바꾸고 있는지, ② 언어가 쓰이는 다양한 환경을 아울러 사람들이 말하고 생각하는 새로운 방식에서 어떻게 드러나고 있는지, ③ 사람들이 낱말과 문장을 만들어내면서 생각하는 방식에 대한 이해를 어떻게 새롭게 빚어내고 있는지 독자들이 실감했길 바란다.

이 책에서 살펴본 연구에는 거듭 등장하는 방법론적 주제들도 있다. 가장 분명한 주제는 덜 알려진 비위어드 언어의 데이터를 연구의 토대로 삼는 일이 점차 늘고 있다는 것이다. 물론 이것이 최신 경향이라는 말은 아니다. 적어도 산스크리트어 문법학자 파니니 이후로 사람들은 비위어드 언어를 연구했다. 산스크리트어도 인도유럽어라는 사실을 잊지는 말아야겠지만 말이다. 20세기 들머리에 프란츠 보아스 같은 인류학자들은 언어학자들이 언어의 작동 원리를 제대로 이해하려면 아메리카대륙 같은 지역에서 다양한 언어를 연구해야 한다는 것을 간파했다.

1917년 보아스가 이런 언어들의 연구를 진흥하기 위해 창간한 《국제 아메리카 언어학 저널》은 아메리카 언어학 학술지 중에서 가장 오래되었다. 이 학술지는 토착어 연구를 계속해서 발표하고 있지만 이제는 비슷한 시도를 하는 관련 잡지들이 많다. 이런 잡지들은 20세기와 21세기에 수많은 발견이 발표되는 무대가 되었다. 이 발견들은 지난 수십 년 사이에 부쩍 증가했다. 게다가 온라인으로도 접할 수 있으며 실제 언어 데이터가 함께 공개될 때도 많다. 현재 토착어에 대해 입수할 수 있는 데이터는 10년 전보다도 훨씬 많아졌으며 마우스 클릭 몇 번이면 손에 넣을 수 있다.

이것은 언어 다양성에 대한 현재 연구에서 나타나는 두 번째 방법론적 추세로 이어진다. 언어 다양성 연구에서 컴퓨터의 비중이 훨씬 커졌는데, 이것은 비단 연구 결과를 온라인으로 발표할 수 있기 때문만이 아니다. 현장 언어학자를 비롯한 연구자들이 쓰는 컴퓨터는 수십 년 전만 해도 상상할 수 없던 처리 능력과 저장 용량을 갖췄다. 어느 언어를 연구하든 고음질·고화질 음성·영상 데이터가 표준이 되어가고 있다. 이 데이터들은 사람들이 어떻게 말하는지에 대해 언어학자의 생각이 아니라 실제 모습을 똑똑히 보여준다. 한때는 컴퓨터로 대규모 언어 데이터를 분석하여 패턴을 찾는 방법을 소수의 언어에서만 쓸 수 있었지만 이제는 수많은 비유럽어에 이 방법들을 적용할 수 있다.

우리는 전 세계 사람들이 숙어와 여타 구문을 어떻게 구사하는지, 소리를 이용하여 의미를 어떻게 실제로 부호화하는지, 언어의 수많은 측면들이 어떻게 작용하는지를 데이터를 통해 경험적으로 탄탄하고 덜 사변적인 방식으로 확인할 수 있다. 이렇듯 언어학과 관련 분야에서는 실험 방법이 점차 일반화되고 있으며 오지에서 연구하는 언어학자들조차 실험을 활용한다. 요즘 현장 연구자들은 실험 소프트웨어를 현장에 가져갈 수 있다. 경우에 따라서는 발화 중 뇌 활동을 검사하는 휴대용 장비를 가져가기도 한다. 이 책에서는 후자의 발전에 대해 논의하지 않았지만, 앞으로 수십 년 안에 위어드 언어에 대한 실험실 기반 연구와 비위어드 언어에 대한 현장 연구의 차이가 사라지면서 참신한 발견들이 쏟아져 나오리라 예상된다.

이 추세와 관련하여 언어 연구에서 가장 두드러진 경향은 정량적 방법에 대한 의존도가 커진다는 것이다. 언어 연구자들의 통계분석 역량이 커지면서 R이나 파이선 같은 코딩 언어로 데이터를 분석하는 작업이 표준이 되어가고 있다. 현대의 많은 박사 과정에서는 정량적 데이터분석과 통계분석을 강조하며, 그 과정에서 학자들은 정량적 방법으로 문제를 해결하는 능력을 습득한다. 이제는 이런 방법으로 얻은 데이터가 논문과 함께 발표되는 경우가 흔하다. 이 데이터 투명성 덕에 다른 연구자들이 결과를 자신의 연구에서 더 수월하게 재현할 수 있다. 코드 공유와 정량적 방법을 활용한 개방적이고 협력적인 과학을 지향하는 현재 추세는 (물론 언어 연구에 국한되는 것은 아니지만) 언어 연구를 탈바꿈시키고 있다.

이것을 마뜩잖게 여기는 사람들이 없지는 않다. 일부 언어학자들은 현대의 많은 연구자들이 전통적인 언어학 기법을 이해하기 보다는 데이터와 통계분석을 우선시한다고 불평할 것이다. 이 책에서 살펴본 발견들이 다양한 방법에 근거한 연구의 산물이라는 사실에서 보듯, 실은 전통적 방법과 현대적 방법 둘 다 필요하다. 아마도 이 발견들의 가장 큰 원천은 새로운 접근법으로 대체될 수 없는 검증된 방법을 이용한 언어학 현장 연구일 것이다. 기록되지 않은 언어를 배우고 서술하는 작업 말이다. 성격이 알려지지 않은 언어를 언어학자가 서술할 때마다 언어와 생각에 대한 우리의 이해도 조금씩 달라진다. 부쩍 달라질 때도 있다.

전통적인 현장 연구 방법을 이용하는 연구와 정량적, 실험적, 컴퓨터 도구를 이용하는 연구를 꾸준히 이어가야 하는 것과 마찬가지로 이런 접근법들을 통합하는 연구도 필요하다. 언어학자들이 새 방법을 익히고 다른 분야 연구자들과 협력하면서 이런 통합 과정이 일상화되고 있다. 이 책에서 우리는 이러한 협력이 어느 규모로 이루어질 수 있는지 보았다. 언어학자들은 데이터과학자, 신경과학자, 컴퓨터과학자, 심지어 의학 연구자와 협력하여 말하기와 (이와 관련된) 행동 방식에 대한 새로운 사실들을 발견하고 있다. 그 결과 그들의 발견은 언어학 학술지뿐 아니라 독자층이 넓고 영향력이 큰 일반 과학 학술지에도 발표되고 있다. 이런 발표 추세는 이 책에 실은 참고 문헌에서도 확인할 수 있다. 언어학 이외 분야의 연구자들이 언어학에 대한 연구 결과를 읽고 검증 가능한 질문과 가설을 발전시키면서 이 추세는 더욱 큰 협력으로 이어지고 있다. 이 새로운 질문과 가설이 언어와 언어 다양성 연구를 어디로 이끌지 생각하면 가슴이 두근거린다.

시계가 똑딱거린다: 진행 중인 언어 소멸

이 책에서는 비위어드 언어에 초점을 맞추고 있기에 앞으로 닥칠 뚜렷한 난관을 직면하지 않을 수 없다. 머리말에서 언급했듯 우리는 지금 두 은유적 선의 교차점에 서 있다. 한 선은 y축을 따라 위로 뻗어 있다. 이 선은 전 세계 7000여 개 언어에 대한 데이터의 증가를 나타낸다. 궤적이 상승하는 것은 전 세계 현장 언어학자의 연구 덕분이자 우리의 언어 이해를 혁신하는 새로운 빅데이터 덕분이다. 다른 선은 수직으로 추락하고 있다. 이 선은 전 세계 언어 다양성의 실제 규모이다. 많은 소수 언어가 망각으로 사라지면서 다양성이 점점 줄고 있다. 언어가 사라지는 이유는 여러 가지이지만 대개는 더 널리 쓰이는 언어가 사회경제적으로 더 유용하기 때문이다. 전 세계적으로 소규모 문화의 아동들이 영어, 중국어, 스페인어 같은 언어로 이주하고 있다. 일자리를 얻고 미디어를 소비하려면 이 언어들을 유창하게 구사해야 하기 때문이다. 언어가 사라지는 현상은 편향된 부분집합이 아닌 전 세계 언어의 대표적 표본을 바탕으로 한 미래 발견의 전망에 암울한 그림자를 드리운다.[3]

언어 데이터의 최근 성장과 이 데이터에서 비롯한 통찰의 증가가 이 책의 요지였다. 이 책에서 논의한 많은 발견은 몇십 년 전까지만 해도 상상조차 할 수 없었을 것이다. 한 달이 멀다 하고 새 연구가 발표되며, 그중에는 덜 알려진 언어의 신규 데이터베이스나 발견을 토대로 한 것도 많다. 이런 연구는 언어에 대한, 또한 인간이 말할 때 어떻게 생각하는지에 대한 우리의 이해를 변화시킨다. 추세는 이어질 테지만, 수많은 언어가 계속해서 사라지는 상황에서 현재의 속도가 유지될지는 미지수다.

이런 뚜렷한 추세에도 불구하고 언어 연구의 다음 수십 년이 우리를 어디로 데려갈지 예견하기란 쉬운 일이 아니다. 이 책에서 논의한 발견의 상당수가 당시에는 전혀 예견되지 않았음을 감안하면 더더욱 그렇다. 언어에 대한 미래 발견을 놓고 구체적 예측을 하는 것은 힘들지만, 그 발견들이 우리가 말하고 생각하는 방식에 대한 이해를 풍성하게 하리라는 것은 장담할 수 있다.

감사의 말

주드와 제이미는 나의 삶을 행복으로 채워준다. 그림 같은 집에서 두 사람과 재스민(내가 이 책의 일부를 쓸 때 곁에 앉아 있던 사모예드인)을 벗하는 것은 즐거운 일이다. 장 제목에 대해 청하지 않은 비판을 제시하여 나를 웃게 만들고 때로는 방 건너편에서 기타 연주자 프루시안테의 리프를 연주한 주드에게 감사한다. 나는 누구보다 운 좋은 아빠다. 케런, 댄, 린다, 짐, 크리스, 샌, 크리스, 크레이그, 비제이, 크리스토퍼, 지독히 냉철한 조카에 이르는 가족 친지에게 우리가 공유하는 모든 것에 대해 더없이 감사한다. 그들 모두와 미국, 브라질, 세계 방방곡곡에 있는 친구들에게 크나큰 사랑을 전한다. 내 부모님은 다정한 분들이며 나를 경이로운 삶의 길로 인도했다. 이 책은 누이 섀넌과 크리스틴에게 바친다. 두 사람은 함께 반+유목 생활을 하던 시절 이래 줄곧 우정과 지지를 아끼지 않았다.

　마이애미대학교는 15년간 나의 학문적 보금자리였다. 활기찬 도시의 근사한 캠퍼스에서 환상적인 동료들과 일하는 것은 어마어마한 특권이다. 모든 동료를 여기에 거명할 수는 없다. 지겨울 뿐 아니라 명단에 빠진 사람이 반드시 생길 테니 말이다. 다른 기관에도 빼어난 동료와 공동 연구자들이 있는데, 그들을 모두 나열하는 것도 지겨울 것이다. 그럼에도 마바 시퍼트(아마존에서 어릴 적부터 함께 지낸 친구)와 캘리포니아대학교 샌디에이고 캠퍼스에서 발화 중에 어로졸이 어떻게 생기는지 탐구하는 우리 연구진에게 특별히 감사하고 싶다. 이 책의 집필과 그 외 작업의 계기가 된 연구 프로젝트는 특별히 의욕을 북돋워주었다. 또한 엘리바트 카리티아나의 우정과 그가 오랫동안 보여준 여러 통찰에 감사한다.

　두둑하고 너그러운 지원금으로 이 프로젝트의 첫 단추를 꿰어준 뉴욕 카네기 코퍼레이션에 감사한다. 나는 MV 익스플로러 호를 타고 엔세나다에서 오사카까지 태평양을 가로지르며 사나운 바다에서 여러 날을 지내는 동안 카네기 펠로십 지원서를 썼는데, 이것은 결국 하버드대학교 출판부에 제출할 집필 제안서로 탈바꿈했다. 이 책의 제안서는 전 편집자 제프 딘에게 수용되었다. 그는 나의 전작 《숫자는 어떻게 인류를 변화시켰을까?》의 집필과 출간도 이끌어준 바 있다. 이 책의 편집자 조지프 폼프는 요긴한 논평과 조언을 제시했다. 그의 꼼꼼한 의견은 굉장했으며 그는 그리고리 토비스와 함께 영어판 제목을 생각해냈다. 하버드대학교 출판부 외부 검토자로 참여한 두 전문가에게도 감사한다. 닉 엔필드는 초고에 두루 논평을 해주었으며 익명의 두 번째 검토자는 매우 유익한 의견을 제시했다.

옮긴이의 말

에버렛이라는 이름을 처음 알게 된 건 저자의 아버지 대니얼 에버렛의 《잠들면 안 돼, 거기 뱀이 있어》에서다. 내가 대학에 다닐 때만해도 영어학에서 가장 주목받는 분야는 노엄 촘스키의 보편문법 이론이었다. 생성·변형문법에서 지배결속이론, 최소주의에 이르기까지 촘스키가 새로운 이론을 내놓을 때마다 이해하느라 골머리를 썩인 기억이 난다. 《잠들면 안 돼, 거기 뱀이 있어》는 여기에 정면으로 도전하여 반대 증거를 내놓은 책이었다. 촘스키는 구조 안에 구조가 반복되는 재귀라는 현상(우리말의 안은문장)이 인간의 언어에만 해당하며 인간의 모든 언어에서 찾아볼 수 있다고 주장했는데, 대니얼 에버렛이 연구한 아마존의 언어 피라항어에는 재귀가 존재하지 않았다(이 책 8장 참고).

　그래서 이 책의 번역을 처음 제안받았을 때는 아버지 에버렛의 신작이 나온 줄 알았다. 아들이 아버지의 뒤를 이어 같은 분야에 몸담고 있다는 건 금시초문이었으니까. 이 책의 저자인 아들 케일럽 에버렛은 인류학자이면서 언어학과 인지과학을 연구하는데, 그중에서도 언어의 문화 다양성에 주목한다. 그가 언어가 보편적이라는 주장에 반기를 들고 다양성을 강조하는 이유는 간단하다. 지금까지의 언어 연구에는 연구자의 편향이 깃들어 있었다는 것이다. 머리말에 자세히 나오지만 무척 중요한 언급이므로 다시 한번 소개하면, 언어 연구자의 절대다수는 서구 학자였고 그들은 전 세계 언어 현상을 그 편협한 시각에 맞춰 재단했다. 인간진화생물학자 조지프 헨릭은 《위어드》에서 "서구의Western 교육 수준이 높고Educated 산업화된Industrialized 부유하고Rich 민주적인Democratic 사람들"을 '위어드 WEIRD'라는 약어로 표현하며 이들이 영어 낱말 '위어드weird'의 뜻 그대로 기이하고 유별나다고 말한다. 위어드(에 속한) 연구자들이 말하는 언어 보편성은 실은 위어드 언어의 특징에 불과했다.

　초기 언어학은 인류학과 떼려야 뗄 수 없는 관계였다. 알려지지 않은 언어를 연구하려면 그 언어를 쓰는 사람들 속으로 직접 들어가야 했기 때문이다. 인류학이 서구중심주의와 식민주의 기획에서 자유롭지 못했듯 언어학 또한 그 한계에 갇혀 있었다. 하지만 생물의 진화에서 다양성이 핵심이듯 언어에서도 다양성의 전모가 드러나는 것은 시간문제였다. 이 책에서 보듯 시공간을 나타내는 개념,

친족어, 색채어, 냄새를 일컫는 낱말 등은 언어마다 무척 다양하다. 이런 차이에는 환경 요인이 일정한 영향을 미쳤으리라 판단된다. 다만 저자가 여러 번 강조하듯 환경이 언어를 필연적으로 결정하는 것은 아니다.

이 책 후반부에서는 소리(기표)와 의미(기의)의 결합이 자의적이라는 언어학자 페르디낭 드 소쉬르Ferdinand de Saussure는 주장에 문제를 제기한다. 의성어와 의태어 같은 상징어는 비자의적 결합의 대표적 사례이지만 에버렛은 '음지각소'라는 개념을 소개하면서 소리와 의미의 연관성을 훨씬 다양한 영역에서 찾아볼 수 있다고 주장한다. 촘스키가 보편문법을 주장하면서 내세운 근거 중 하나는 아동이 언어 자극에 충분히 노출되지 않고도 언어를 습득할 수 있다는 사실이다. 이것은 언어가 생득적이고 인간에게 언어습득장치가 있다는 가설로 연결된다. 하지만 에버렛은 언어 습득에서 상징어가 중요한 역할을 하는지도 모른다고 암시한다. 후속 연구를 통해 이 주장이 더욱 풍성하게 논의되고 검증받기를 바란다.

이 책의 마지막 부분에서는 기존의 사전-문법 언어관 대신 구문문법이라는 새로운 언어관을 제시한다. 우리가 언어를 학습할 때 낱말과 문법을 따로따로 외우는 게 아니라 온갖 구문(구문문법에 따르면 낱말도 구문의 일종이다)을 암기해뒀다가 그때그때 적절한 구문을 꺼내 쓴다는 것이다. 사전-문법 언어관과 구문문법 언어관은 컴퓨터를 이용한 자연어 처리에 빗대어 생각할 수도 있다. 초창기 번역 프로그램을 만드는 과정은 한마디로 사전과 문법을 구축하는 것이었다. 낱말을 문법에 따라 배열하면 그것이 바로 우리가 쓰는 언어라고 생각했다. 하지만 현재 인공지능 번역을 주도하는 거대언어모형은 문법에 구애받지 않고 대규모 말뭉치에서 패턴을 찾아내는 데 주력한다. 구문문법이 인간의 언어를 이해하는 더 정확한 관점이라면 지금의 인공지능 연구는 올바른 방향으로 나아가고 있는 것이리라.

하지만 언어 다양성이 입증되고 인간 언어를 이해하는 새로운 방식이 인공지능을 통해 검증되고 있는 지금 언어는 가장 큰 위기를 맞고 있다. 종 다양성과 마찬가지로 언어 다양성도 시시각각 감소하고 있다. 21세기가 지나면 전 세계 언어들 중에서 600개만 살아남을 것으로 전망된다. 다양성이 사라지면 진화가 중단되고 퇴보가 시작될 것이다. 언어 소멸 못지않게 심각한 문제는 언어의 획일화다. 얼마 전까지만 해도 언어의 생산자는 지구상에 사는 모든 사람이었으나 이제는 극소수의 인공지능이 어마어마한 규모의 말과 글을 배출하고 있다. 인공지능이 생성한 언어가 빅데이터에 포함되어 언어 학습에 쓰이면서 언어가 닫힌계로 바뀌고 있다. 닫힌계에서는 엔트로피가 증가할 수밖에 없다. 즉 언어는 점점 무질서해질 것이다. 지구가 닫힌계가 아닌 이유는 태양으로부터 에너지를 공급받기 때문이다. 언어에 에너지를 공급하는 것은 몸을 가진 인간이다. 다양한 환경에서 다양한 언어를 발전시키며 살아온 인간만이 언어의 획일화에 맞설 수 있을 것이다.

마지막으로, 표준어에 대해 생각한다. 한국어는 국립국어원에서 제정한 표준국어대사전과 한국어 어문 규정을 가진 매우 일관된 언어다. 의사소통의 측면에서는 좋은 일이다. 같은 생각을 같은 말로 표현하지 않으면 오해가 빚어질 수밖에 없기 때문이다. 효율적 검색을 위해서도 언어의 표준화는 꼭 필요한 일이다. 하지만 '표준화'는 왠지 '화석화'의 다른 표현처럼 느껴진다. 정반합의 변증법을 들먹이지 않더라도 변화에는 반드시 다름이 필요하다. 그리고 변화하지 않는 것을 일컬어 우리는 흔히 '죽었다'라고 말한다. 한국어가 더 다양해지길, 다양한 사람들에게서 에너지를 공급받길, 22세기에도 살아남길 바란다.

노승영

주

머리말

1. 이누이트어에서 '눈'을 가리키는 낱말들에 대한 보아스의 연구는 "Intro-
    duction," in *The Handbook of North American Indians* (Washington, DC:
    Smithsonian Institution Bulletin, 1911), 25-26에 실려 있다. 눈을 가리키는 이
    누이트어 낱말들이 점차 과장되는 과정은 Laura Martin, "'Eskimo Words
    for Snow': A Case Study in the Genesis and Decay of an Anthropological
    Example," *American Anthropologist* 88 (1986): 418-423 및 Geoffrey K.
    Pullum, *The Great Eskimo Vocabulary Hoax* (Chicago: University of Chicago
    Press, 1991)에 실려 있다. 내가 여기서 문제를 지나치게 단순화한 것에 유의
    하라. 이누이트어에서 눈을 가리키는 낱말들은 이 특정 어근들에 의해 전적
    으로 제약되는 것이 아니다. 이 어근들도 이누이트어의 여러 접사에 의해 변
    형될 수 있는데, 이 때문에 눈을 가리키는 낱말이 수없이 많다는 인상을 받
    을 수 있다. 하지만 이것은 내가 "I ran(나는 달렸다)", "I will run(나는 달릴 것이
    다)", "I was running(나는 달리고 있었다)" 등으로 말할 수 있다고 해서 영어에

'running'을 가리키는 낱말이 많다고 주장하는 격이다. 이누이트어에서 눈을 가리키는 어근이 수십 개나 되지는 않는다.

2. 전 세계 여러 언어와 어족의 분류에 대한 최상의 자료는 David Eberhard, ed., *Ethnologue* (Dallas: SIL International, 2020)다.

3. 내가 보편주의 관점의 영향력이 낮아지고 있다고 말하는 것은 오늘날 가장 유력한 연구들에서 판단했다는 점에 유의하라. 저명한 과학·인지과학 학술지에 실린 언어 연구를 살펴보면 보편주의 패러다임에 속한 연구가 빈약하다는 것을 알 수 있다. 그럼에도 종신 교수직과 관계된 변화 속도로 보건대 많은 언어학과들이 여전히 (어떤 형태로든) 보편주의 패러다임을 고집하는 것은 놀랍지 않다. 영어에 지나치게 의존하는 현상에 대해 널리 공유되는 연구로는 Damián Blasi, Joseph Henrich, Evangelia Adamou, David Kemmerer, and Asifa Majid, "Over-reliance on English Hinders Cognitive Science," *Trends in Cognitive Sciences* 26 (2022): https://doi.org/10.1016/j.tics.2022.09.015를 보라.

4. 보편 문법 논의에 대해, 또한 유의미한 언어 보편 현상을 뒷받침하는 증거의 결여에 대해서는 Nicholas Evans and Stephen Levinson, "The Myth of Language Universals: Language Diversity and Its Importance for Cognitive Science," *Behavioral and Brain Sciences* 32 (2009): 429–492를 보라.

5. Joseph Henrich, Steven Heine, and Ara Norenzayan, "The Weirdest People in the World?," *Behavioral and Brain Sciences* 33 (2010): 61–135, 61.

6. Caleb Everett, *Numbers and the Making of Us* (Cambridge, MA: Harvard University Press, 2017). 한국어판은《숫자는 어떻게 인류를 변화시켰을까?》(동아엠앤비, 2021).

7. 내 부모는 아마존에서 선교사였으며 나는 누이 둘과 함께 그곳에서 자랐다(누이들에게 이 책을 바친다). 아버지는 결국 선교사를 그만두고 교수 겸 언어학자가 되었는데, 그의 연구 일부가 이 책에서 언급된다. 자세한 이야기는 Daniel Everett, *Don't Sleep There Are Snakes* (New York: Vintage, 2008)를 보라. 한국어판은《잠들면 안 돼, 거기 뱀이 있어》(꾸리에, 2010).

8. 언어의 '죽음'에 대한 수치는 David Graddol, "The Future of Language,"

Science 303 (2004): 1329 – 1331에서 인용했다. Eberhard, *Ethnologue*도 보라.

1장. 과거가 앞에, 미래가 뒤에 있다고?

1. 카리티아나어에 대한 발견의 상당수는 나의 박사 논문 Caleb Everett, "Patterns in Karitiâna: Articulation, Perception and Grammar" (PhD diss., Rice University, 2007)에서 발췌했다.

2. 이 유카텍마야어 예문은 Jürgen Bohnemeyer, "Temporal Anaphora in a Tenseless Language," in *The Expression of Time*, ed. Wolfgang Klein and Ping Li (Berlin: Walter de Gruyter, 2009), 83 – 128에서 인용했다. 시제에 대한 포괄적 논의와 전 세계 언어에서 시제가 어떻게 표현되는지에 대한 논의로는 Bernard Comrie, *Tense* (Cambridge, UK: Cambridge University Press, 1985)를 보라. 이 논의의 많은 요점, 특히 야과어 관련 요점은 Thomas Payne, *Describing Morphosyntax* (Cambridge, UK: Cambridge University Press, 1997)를 토대로 삼았다. 언어가 시간을 어떻게 부호화하고 공간이 그 부호화에서 어떻게 이런 큰 역할을 하는지에 대한 심층적 논의로는 Vyvyan Evans, *Language and Time: A Cognitive Linguistics Approach* (Cambridge, UK: Cambridge University Press, 2013)를 보라.

3. Benjamin Whorf, "An American Indian Model of the Universe," *ETC: A Review of General Semantics* 8 (1950): 27 – 33.

4. John Lucy, *Language Diversity and Thought: A Reformulation of the Linguistic Relativity Hypothesis* (Chicago: University of Chicago Press, 1992).

5. 문자 체계가 시간의 심적 표상에 영향을 미치는 역할에 대한 자세한 내용은 Christian Dobel, Stefanie Enriquez-Geppert, Pienie Zwitserlood, and Jens Bölte, "Literacy Shapes Thought: The Case of Event Representation in Different Cultures," *Frontiers in Psychology* 5 (2014): 290를 보라.

6. 쿡타요르어에 대한 논의는 주로 Lera Boroditsky and Alice Gaby, "Remembrances of Times East: Absolute Spatial Representations of Time

in an Australian Aboriginal Community," *Psychological Science* 21 (2010): 1635-1639를 토대로 삼았다. 언어가 생각에 미치는 영향에 대한 레라 보로디츠키의 영향력 있는 연구로는 Lera Boroditsky, "Does Language Shape Thought? Mandarin and English Speakers' Conceptions of Time," *Cognitive Psychology* 4 (2001): 1-22과 "Metaphoric Structuring: Understanding Time through Spatial Metaphors," *Cognition* 75 (2000): 1-28가 있다.

7. '-kaw'와 '-kuw'에 대한 언급은 Alice Gaby, "The Thaayorre Think of Time like They Talk of Space," *Frontiers in Psychology* 3 (2012): 300에서 인용했다.

8. 과거 사건과 미래 사건에 대해 생각할 때 화자의 몸이 어느 쪽으로 기우는지에 대한 연구는 Lynden Miles, Sarah Stuart, and C. Neil Macrae, "Moving through Time," *Psychological Science* 21 (2010): 222-223에 나와 있다. 여기서 언급한 후속 연구는 John Stins, Laura Habets, Rowie Jongeling, and Rouwen Cañal-Bruland, "Being (Un)moved by Mental Time Travel," *Consciousness and Cognition* 42 (2016): 374-381이다.

9. 아이마라어에 대한 이 논의는 Rafael E. Núñez and Eve Sweetser, "With the Future behind Them: Convergent Evidence from Aymara Language and Gesture in the Crosslinguistic Comparison of Spatial Construals of Time," *Cognitive Science* 30 (2006): 401-450을 바탕으로 삼는다. 예문은 같은 논문에서 발췌했다.

10. 리쑤어와 티베트버마제어에 대한 주장은 David Bradley, "Space in Lisu," *Himalayan Linguistics* 16 (2017): 1-22, 2에서 인용했다.

11. 이 논의의 토대인 유프노어 데이터는 Rafael E. Núñez, Kensy Cooperrider, and Jürg Wassmann, "Contours of Time: Topographic Construals of Past, Present, and Future in the Yupno Valley of Papua New Guinea," *Cognition* 124 (2012): 25-35에 실려 있다.

12. 첼탈어 데이터와 논의는 Penelope Brown, "Time and Space in Tzeltal: Is the Future Uphill?," *Frontiers in Psychology* 3 (2012): https://doi.org/10.3389/fpsyg.2012.00212을 주요 토대로 삼았다.

13. Simeon Floyd, "Modally Hybrid Grammar: Celestial Pointing for Time-of-Day Reference in Nheengatú," *Language* 92 (2016): 32를 보라.

14. 투피카와히브어의 시간 지칭은 Chris Sinha, Vera Da Silva Sinha, Jörg Zinken, and Wany Sampaio, "When Time Is Not Space: The Social and Linguistic Construction of Time Intervals and Temporal Event Relations in an Amazonian Culture," *Language and Cognition* 3 (2011): 137–169에서 서술한다.

15. 옐레드녜어의 시간 지칭에 대한 관련 연구는 Stephen Levinson and Asifa Majid, "The Island of Time: Yélî Dnye, the Language of Rossel Island," *Frontiers in Psychology* 4 (2013): https://doi.org/10.3389/fpsyg.2013.00061에 나와 있다. 미안어에 대한 논의로는 Sebastian Fedden and Lera Boroditsky, "Spatialization of Time in Mian," *Frontiers in Psychology* 3 (2013): https://doi.org/10.3389/fpsyg.2012.00485을 보라. 이 논의에서 내가 지시적 시간 지칭에 주로 초점을 맞춘 것에 유의하라. 언어학에서 '지시적deictic'은 의미가 발화 맥락에 부수적인 낱말이나 여타 요소를 가리킨다. 이를테면 내가 '당신'이라고 말할 때 '당신'이 가리키는 인물은 내가 언제 어디에 있는가에 전적으로 좌우되므로 '당신'은 지시적 낱말이다. 시간에서도 '내일' 같은 낱말이 가리키는 실제 날은 이 낱말이 언제 발화되는가에 달렸다. '내일'은 특정 시점에 토대를 두므로 본질적으로 지시적이다. 마찬가지로 우리가 살펴본 공간 기반 표현도 전반적으로 지시적이다. 내가 "과거가 내 뒤에 있다"라고 말할 때 중심적 기준점은 문장이 발화되는 시점인 현재 맥락이다. 그러므로 '과거는 뒤에 있다' 은유의 이 쓰임은 우리가 지시적 시간이나 지시적 시간 지칭이라고 부르는 것의 사례다. 시제도 본질적으로 지시적이다. 과거, 현재, 미래는 이 특정 시제가 언제 쓰이느냐에 따라 저마다 다른 시각을 가리킨다. 하지만 시간 지칭의 상당수는 지시적이 아니라 순차적이다. 해당 낱말이나 구가 발화되는 시점에 매여 있지 않기 때문이다. 순차적 시간 지칭은 서로를 토대로 삼는다. 내가 "월요일은 일요일 다음이다"라거나 "2월은 3월 앞에 온다"라고 말했을 때 이 문장의 타당성은 언제 말하느냐와 무관하게 성립한다. 이 예

문에서 보듯 순차적 시간도 공간에 빗대어 이해할 수 있다. 우리는 한 사건이 다른 사건의 '다음'이거나 '앞'에 온다고 말할 수 있다. 하지만 순차적 시간을 공간에 대응시킬 때는 몸을 토대로 삼아 미래가 우리의 앞이나 뒤에 있다고 말하지 않고 외부 틀을 토대로 삼을 때가 많다. 전 세계 여러 문화에서는 달력 표기 같은 상징적 관습을 활용한다. 이제 많은 사람들은 달력에 시간을 대응시킬 때 왼쪽에서 오른쪽으로, 위에서 아래로 배치하는데, 이렇게 하면 앞선 날짜가 뒤선 날짜의 왼쪽과 위에 놓인다. 이런 2차원적인 순차적 시간 지칭은 매우 이른 나이부터 학습되어 꽤 자연스럽게 느껴진다. 앞에서 언급했 듯 이런 지칭의 토대는 (적어도 부분적으로는) 해당 문화의 글쓰기 방향이다. 이 종류의 공간적 시간 표상은 결코 모든 사람에게 자연스럽지 않다. 전 세계 문화의 일부에서만 진화한 일련의 관습으로 인한 결과이며 전 세계 인구의 상당 부분이 현재 그 언어들을 구사하기 때문일 뿐이다.

16. 전 세계 언어의 수 변이가 언어 구사자의 생각과 전반적 삶에 어떤 영향을 미치는가에 대한 포괄적 논의로는 Caleb Everett, *Numbers and the Making of Us* (Cambridge, MA: Harvard University Press, 2017)를 보라. 한국어판은 《숫자는 어떻게 인류를 변화시켰을까?》(동아엠앤비, 2021).

17. 언어적 시간 지칭이라는 주제에 대한 자세한 내용은 Evans, *Language and Time*을 보라. 인간이 시간에 대해 생각하는 방식, 생물학적으로 새겨진 시간 진행의 측면에 대한 자세한 내용으로는 Alan Burdick, *Why Time Flies: A Mostly Scientific Investigation* (New York: Simon & Schuster, 2017)을 보라. 한국어판은 《시간은 왜 흘러가는가》(엑스오북스, 2017).

18. 라파엘 E. 누녜스의 인용문은 Núñez, Cooperrider, and Wassmann, "Contours of Time," 34에서 발췌했다.

2장. 포크는 접시 서쪽에 놔주세요

1. 인간의 공간 인지와 언어적 공간 부호화는 다양한 연구에서 폭넓게 다뤄졌다. 이 주제를 파고들 출발점으로는 Stephen Levinson, *Space in Language*

and Cognition: Explorations in Cognitive Diversity (Cambridge, UK: Cambridge University Press, 2003)를 보라.

2. 구구이미티르어의 공간 지칭에 대한 자세한 내용으로는 이를테면 John Haviland, "Anchoring, Iconicity, and Orientation in Guugu Yimithirr Pointing Gestures," *Journal of Linguistic Anthropology* 3 (1993): 3–45를 보라. 로저에 대한 일화는 Levinson, *Space in Language and Cognition*, 4에서 발췌했다.

3. Penelope Brown and Stephen Levison, "'Uphill' and 'Downhill' in Tzeltal," *Journal of Linguistic Anthropology* 3 (1993): 46–74.

4. 널리 합의된 세 가지 공간 기준틀은 (모두 이 장에서 논의하는데) 자기중심, 지구중심, 사물중심이다. 기본 공간 기준틀이 더 있다고 주장하는 사람도 있다. 이를테면 Eve Danziger, "Deixis, Gesture and Cognition in Spatial Frame of Reference Typology," *Studies in Language* 34 (2010):167–185를 보라.

5. 이 주제에 대한 포괄적 논의로는 이를테면 Peggy Li and Lila Gleitman, "Turning the Tables: Language and Spatial Reasoning," *Cognition* 83 (2002): 265–294을 보라.

6. 네덜란드와 나미비아에서의 이 실험들은 Daniel Haun, Christian Rapold, Gabriele Janzen, and Stephen Levinson, "Plasticity of Human Spatial Cognition: Spatial Language and Cognition Covary across Cultures," *Cognition* 119 (2011): 70–80에서 자세히 서술하고 있다.

7. 인간과 여타 호미니드의 공간 표상에 대한 자세한 내용으로는 Daniel Haun, Josep Call, Gabriele Janzen, and Stephen Levinson, "Evolutionary Psychology of Spatial Representations in the Hominidae," *Current Biology* 17 (2006): 1736–1740를 보라.

8. 사람들이 하루에 약 1만 6000개의 낱말을 쓴다는 발견은 Matthias Mehl, Simine Vazire, Nairán Ramírez-Esparza, Richard Slatcher, and James Pennebaker, "Are Women Really More Talkative than Men?," *Science* 317 (2007): 82에서 인용했다.

9. 디베히어와 마셜어에서 직업과 경관이 상호작용하는 양상에 대한 자세한 내용으로는 Bill Palmer, Jonathon Lum, Jonathan Schlossberg, and Alice Gaby, "How Does the Environment Shape Spatial Language? Evidence for Sociotopography," *Linguistic Typology* 21 (2017): 457-491를 보라.

10. 공동체 내의 공간 언어 다양성에 대한 자세한 내용으로는 Palmer et al., "How Does the Environment Shape Spatial Language?"를 보라.

11. 피라항어에 대한 흥미로운 사실의 개관으로는 내 아버지의 연구, 이를테면 Daniel Everett, "Cultural Constraints on Grammar and Cognition in Pirahã: Another Look at the Design Features of Human Language," *Current Anthropology* 46 (2005): 621-646를 보라.

12. 엔필드는 Nick Enfield, "Linguistic Categories and Their Utilities: The Case of Lao Landscape Terms," *Language Sciences* 30 (2008): 227-255에서 라오어 경관 용어를 자세히 논의한다. 여기에 인용한 문장은 235쪽에서 발췌했다.

13. 《언어과학》특별호는 니클라스 부렌홀트가 엮었다. 인용문은 Niclas Burenhult and Stephen Levinson, "Language and Landscape: A Cross-Linguistic Perspective," in "Language and Landscape: Geographical Ontology in Cross-linguistic Perspective," ed. Niclas Burenhult, special issue, *Language Sciences* 30 (2008): 135-150에서 발췌했다.

14. 이 예문들은 부렌홀트가 엮은 같은 《언어과학》특별호에서 발췌했다.

15. 엘레드네어 경관 용어에 대한 추가 논의로는 Stephen Levinson, "Landscape, Seascape and the Ontology of Places on Rossel Island, Papua New Guinea," *Language Sciences* 30 (2008): 256-290를 보라.

16. 로코노어에서 경관과 관련한 자세한 내용으로는 Konrad Rybka, "Between Objects and Places: The Expression of Landforms in Lokono (Arawakan)," *International Journal of American Linguistics* 81 (2015): 539-572을 보라.

3장. 오직 한 단어로 모든 가족을 표현하는 사람들

1. 카리티아나어 친족 용어에 대한 가장 권위 있는 연구는 Rachel Landin, "Kinship and Naming among the Karitiâna of Northwestern Brazil" (master's thesis, University of Texas at Arlington, 1989)이다. 또한 David Landin, *Dicionário e Léxico Karitiâna / Português* (Brasília: Summer Institute of Linguistics, 1983) 사전도 보라. 데이비드 랜딘David Landin과 레이첼 랜딘Rachel Landin은 선교 언어학자로, 카리티아나어를 상세히 기록한 최초의 인물이다.

2. Daniel Everett, "Cultural Constraints on Grammar and Cognition in Pirahã: Another Look at the Design Features of Human Language," *Current Anthropology* 46 (2005): 621–646를 보라.

3. 이 인용문은 Carnegie Mellon University, "Relatively Speaking: Carnegie Mellon and UC Berkeley Researchers Identify Principles That Shape Kinship Categories across Languages," press release, May 24, 2012, www.cmu.edu/news/stories/archives/2012/may/may24_languagestudy.html에서 발췌했다. 문제의 연구는 Charles Kemp and Terry Regier, "Kinship Categories across Languages Reflect General Communicative Principles," *Science* 336 (2012): 1049–1054다.

4. 문법성에 대한 훌륭한 책으로는 여러 언어의 데이터를 토대로 한 Greville Corbett, *Gender* (Cambridge, UK: Cambridge University Press, 1991)를 보라.

5. 지르발어의 문법성 체계는 명저 George Lakoff, *Women, Fire, and Dangerous Things* (Chicago: University of Chicago Press, 1987)에 영감을 선사했다. 지르발어의 성은 R. M. W. Dixon, *The Dyirbal Language of North Queensland* (Cambridge, UK: Cambridge University Press, 1972)에 서술되었다.

6. Thomas Payne, *Describing Morphosyntax* (Cambridge, UK: Cambridge University Press, 1997), 109.

7. 나는 첫 책에서 언어 상대성에 대한 이 연구의 일부를 위해 조사를 진행했다. Caleb Everett, *Linguistic Relativity: Evidence across Languages and Cognitive*

Domains (Berlin: De Gruyter, 2013)를 보라.

8. 야과어 예문은 Payne, *Describing Morphosyntax*, 108에서 발췌했다. 유카텍 마야어의 명사 분류사에 대한 자세한 내용으로는 John Lucy, *Grammatical Categories and Cognition* (Cambridge, UK: Cambridge University Press, 1996)을 보라.

9. 이 논의의 바탕은 John Lucy and Suzanne Gaskins, "Grammatical Categories and the Development of Classification Preferences: A Comparative Approach," in *Language Acquisition and Conceptual Development*, ed. Melissa Bowerman and Stephen Levinson (Cambridge, UK: Cambridge University Press, 2001)다. 인용문은 271쪽에서 발췌했다.

10. 문화와 언어가 생각에 미치는 영향에 대한 흥미로운 조사 중 하나로 는 Mutsumi Imai, Junko Kanero, and Takahiko Masuda, "The Relation between Language, Culture and Thought," *Current Opinion in Psychology* 8 (2016): 70 - 77를 보라.

11. 미라냐어 명사 부류에 대한 이 논의는 부분적으로 Frank Seifart and Collette Grinevald, "Noun Classes in African and Amazonian Languages: Towards a Comparison," *Linguistic Typology* 8 (2004): 243 - 285을 토대로 삼았다. Frank Seifart, "The Structure and Use of Shape-Based Noun Classes in Miraña (North West Amazon)" (PhD diss., Radboud University, 2005)도 보라. 나 의 예문에서 미라냐어 낱말의 철자를 단순화했음에 유의하라.

12. Greville Corbett, "Number of Genders," in *World Atlas of Language Structures Online*, ed. Matthew Dryer and Martin Haspelmath (Leipzig: Max Planck Institute for Evolutionary Anthropology, 2013), https://wals.info/chapter/30.

13. David Gil, "Numeral Classifiers," in *The World Atlas of Language Structures Online*, https://wals.info/chapter/55.

4장. 푸른 하늘은 존재하지 않는다

1. Brent Berlin and Paul Kay, *Basic Color Terms: Their Universality and Evolution* (Berkeley: University of California Press, 1969).

2. Brent Berlin, Luisa Maffi, and Paul Kay, *The World Color Survey* (Stanford, CA: CSLI, 2009). 한국어의 15가지 색 용어에 대한 자세한 내용으로는 Debi Roberson, Hyensou Pak, and J. Richard Hanley, "Categorical Perception of Colour in the Left and Right Visual Field Is Verbally Mediated: Evidence from Korean," *Cognition* 107 (2008): 752–762을 보라.

3. Harold Conklin, "Hanunóo Color Categories," *Journal of Anthropological Research* 42 (1986 [1955]): 441–446. 벌린과 케이의 접근법이 지닌 한계에 대한 루시의 논평으로는 John Lucy, "The Linguistics of 'Color,'" in *Color Categories in Thought and Language*, ed. C. L. Hardin and Luisa Maffi (Cambridge, UK: Cambridge University Press, 1997), 320–346를 보라. 이 접근법 에 대한 또 다른 비판은 Anna Wierzbicka, "There Are No 'Color Universals' but There Are Universals of Visual Semantics," *Anthropological Linguistics* 47 (2005): 217–244에 실려 있다.

4. Anna Wierzbicka, "The Meaning of Color Terms: Semantics, Culture and Cognition," *Cognitive Linguistics* 1 (1990): 99–150을 보라.

5. Edward Gibson, Richard Futrell, Julian Jara-Ettinger, Kyle Mahowald, Leon Bergen, Sivalogeswaran Ratnasingam, Mitchell Gibson, Steven T. Piantadosi, and Bevil R. Conway, "Color Naming across Languages Reflects Color Use," *Proceedings of the National Academy of Sciences of the United States of America* 114 (2017): 10785–10790.

6. Jules Davidoff, Ian Davies, and Debi Roberson, "Colour Categories in a Stone-Age Tribe," *Nature* 398 (1999): 203–204.

7. 파란색을 가리키는 용어와 관련된 색 구별 효과의 연구와 그 주제에 대한 여러 참고 문헌으로는 Fernando González-Perilli, Ignacio Rebollo, Alejandro

Maiche, and Analía Arévalo, "Blues in Two Different Spanish-Speaking Populations," *Frontiers in Communication* (2017): https://doi.org/10.3389/fcomm.2017.00018를 보라. 오른쪽 시야가 양 눈에 의해 지각되고 왼쪽 시야도 양 눈에 의해 지각된다는 데 유의하라. 기본적으로 오른쪽 시야는 양 눈의 왼쪽 망막 섬유 집합에 의해 지각되고 왼쪽 시야는 양 눈의 오른쪽 망막 섬유 집합에 의해 지각된다.

8. Lewis Forder and Gary Lupyan, "Hearing Words Changes Color Perception: Facilitation of Color Discrimination by Verbal and Visual Cues," *Journal of Experimental Psychology: General* 148 (2019): 1105 – 1123.

9. 헤닝의 인용문은 Hans Henning, *Der Geruch* (Leipzig: JA Barth, 1916), 16에서 발췌했다. 그의 저작에서 이 대목은 Asifa Majid and Niclas Burenhult, "Odors Are Expressible in Language, as Long as You Speak the Right Language," *Cognition* 130 (2014): 266 – 270에도 인용되어 있다.

10. Niclas Burenhult and Asifa Majid, "Olfaction in Aslian Ideology and Language," *Senses and Society* 6 (2011): 19 – 29도 보라.

11. Ewelina Wnuk and Asifa Majid, "Revisiting the Limits of Language: The Odor Lexicon of Maniq," *Cognition* 131 (2014): 125 – 138도 보라.

12. Asifa Majid and Nicole Kruspe, "Hunter-Gatherer Olfaction Is Special," *Current Biology* 28 (2018): 409 – 413, 412.

13. Carolyn O'Meara and Asifa Majid, "How Changing Lifestyles Impact Seri Smellscapes and Smell Language," *Anthropological Linguistics* 48 (2016): 107 – 131, 126.

14. 이런 압력을 받지 않은 정교한 색 용어의 증거로는 Ewelina Wnuk, Annemarie Verkerk, Stephen Levinson, and Asifa Majid, "Color Technology Is Not Necessary for Rich and Efficient Color Language," *Cognition* 229 (2022): doi: 10.1016/j.cognition.2022.105223. Epub 2022 Sep 13. PMID: 36113197를 보라.

15. 토토낙테페와어 후각 용어에 대한 자세한 내용으로는 "The Challenge of

Olfactory Ideophones: Reconsidering Ineffability from the Totonac-Tepehua Perspective," *International Journal of American Linguistics* 85 (2019): 173 – 212를 보라.

16. 차팔라어의 결과와 이 인용문은 Simeon Floyd, Lia San Roque, and Asifa Majid, "Smell Is Coded in Grammar and Frequent in Discourse: Cha'palaa Olfactory Language in Cross-Linguistic Perspective," *Journal of Linguistic Anthropology* 28 (2018): 175 – 196, 189에서 발췌했다.

17. Asifa Majid, Seán Roberts, Ludy Cilissen, Karen Emmorey, Brenda Nicodemus, Lucinda O'Grady, Bencie Woll et al., "Differential Coding of Perception in the World's Languages," *Proceedings of the National Academy of Sciences of the United States of America* 115 (2018): 11369 – 11376, 11374.

5장. 정글의 언어, 북극의 언어

1. JeongBeom Lee and YoungOh Shin, "Comparison of Density and Output of Sweat Gland in Tropical Africans and Temperate Koreans," *Autonomic Neuroscience* 205 (2017): 67 – 71.

2. 베르크만 법칙은 관련된 앨런 법칙과 마찬가지로 실제로는 매우 오래됐다. Karl Bergmann, "Ueber die verhältnisse der wärmeökonomie der thiere zu ihrer grösse," *Gottinger Stud* 3 (1847): 595 – 708로 거슬러 올라간다. 앨런 법칙은 Joel Asaph Allen, "The Influence of Physical Conditions in the Genesis of Species," *Radical Review* 1 (1877): 108 – 140에서 처음 서술되었다. 하지만 베르크만 법칙이 포유류의 열 보존 때문이 아닐 수도 있음에 유의하라. 이 점은 이를테면 Kyle Ashton, Mark Tracy, and Ala de Queiroz, "Is Bergmann's Rule Valid for Mammals?," *American Naturalist* 156 (2000): 390 – 415에서 논의한다. 다른 설명들은 베르크만 법칙에서 서술하는 분포가 일부 환경에서의 자원 부족 때문일지도 모른다고 주장한다. 어쨌든 이 효과는 여전히 환경적 요인이다.

3. 흰 피부색이 호모 사피엔스가 더 높은 위도에 도달한 지난 5만~7만 5000 년 전에 걸쳐 발달했다는 데는 전반적 합의가 있지만 이것이 상당 부분 비타민 D 합성의 효율 때문이라는 데는 이견이 있다. Andrea Hanel and Carsten Carlberg, "Skin Colour and Vitamin D: An Update," *Experimental Dermatology* (2020): https://doi.org/10.1111/exd.14142를 보라.

4. 비타민 D 섭취와 구루병 및 골연화증 예방 효과에 대한 현재의 논의로는 Jan Pedersen, "Vitamin D Requirement and Setting Recommendation Levels— Current Nordic View," *Nutrition Reviews* 66 (2008): S165 – S169를 보라.

5. Joseph Henrich, *The Secret of Our Success: How Culture Is Driving Human Evolution* (Princeton, NJ: Princeton University Press, 2015). 한국어판은 《호모 사피엔스, 그 성공의 비밀》(뿌리와이파리, 2019).

6. Terry Regier, Alexandra Carstensen, and Charles Kemp, "Languages Support Efficient Communication about the Environment: Words for Snow Revisited," *PLOS ONE* (2016): https://doi.org/10.1371/journal.pone.0151138 를 보라.

7. Caleb Everett, "Is Native Quantitative Thought Linguistically Privileged? A Look at the Global Picture," *Cognitive Neuropsychology* (2019): https://doi.or g/10.1080/02643294.2019.1668368. 농업과 산업화가 특정 환경에서 선호되었다고 주장하는 논의로는 Jared Diamond, *Guns, Germs, and Steel* (New York City: W. W. Norton, 1999)를 보라. 한국어판은 《총 균 쇠》(김영사, 2023).

8. Cecil H. Brown, "Hand and Arm," in *World Atlas of Language Structures Online*, ed. Matthew Dryer and Martin Haspelmath (Leipzig: Max Planck Institute for Evolutionary Anthropology, 2013), https://wals.info/ feature/129A#2/14.9/153.5.

9. Jonas Nölle, Simon Kirby, Jennifer Culbertson, and Kenny Smith, "Does Environment Shape Spatial Language? A Virtual Reality Experiment," *Evolang Proceedings* 13 (2020): 321 – 323.

10. 이 데이터베이스는 'PHOIBLE'이라고 불린다. Steven Moran and Daniel

McCloy (eds.), *PHOIBLE 2.0*, 2019. Jena: Max Planck Institute for the Science of Human History, http://phoible.org을 보라.

11. Ian Maddieson, "Voicing and Gaps in Plosive Systems," in *World Atlas of Language Structures Online*, https://wals.info/chapter/5.

12. Caleb Everett, "The Global Dispreference for Posterior Voiced Obstruents: A Quantitative Assessment of Word List Data," *Language* 94 (2018): e311 – e323.

13. 문화가 농업에 의존하는 정도에 환경적·문화적 전파가 미치는 영향에 대한 최근 연구로는 Bruno Vilela, Trevor Fristoe, Ty Tuff et al., "Cultural Transmission and Ecological Opportunity Jointly Shaped Global Patterns of Reliance on Agriculture," *Evolutionary Human Sciences* 2 (2020): e53를 보라.

14. Charles Hockett, "Distinguished Lecture: F," *American Anthropologist* 87 (1985): 263 – 281. 언어에서 쓰이는 소리에 환경이 간접적 영향을 미친다고 1980년대에 주장한 연구자는 호켓만이 아니다. 이를테면 John G. Fought, Robert L. Munroe, Carmen Fought, and Erin Good, "Sonority and Climate in a World Sample of Languages: Findings and Prospects," *Cross-Cultural Research* 38 (2004): 27 – 51를 보라.

15. 이를테면 Renata Bastos, José Valladares-Neto, and David Normando, "Dentofacial Biometry as a Discriminant Factor in the Identification of Remote Amazon Indigenous Populations," *American Journal of Orthodontics* 157 (2020): 619 – 630를 보라.

16. Dámian Blasi, Steve Moran, Scott Moisik, Paul Widmer, Dan Dediu, and Balthasar Bickel, "Human Sound Systems Are Shaped by Post-Neolithic Changes in Bite Configuration," *Science* 363 (2019): eaav3218을 보라.

17. Caleb Everett and Sihan Chen, "Speech Adapts to Differences in Dentition within and across Populations," *Scientific Reports* 11 (2021): 1066를 보라.

18. 건조한 공기가 성대에 미치는 영향에 대한 여러 연구 중 하나로는 Elizabeth Erickson and Mahalakshmi Sivasankar, "Evidence for Adverse Phonatory

Change Following an Inhaled Combination Treatment," *Journal of Speech, Language and Hearing Research* 53 (2010): 75-83를 보라. 건조한 성대가 발성에 미치는 영향에 대한 연구의 개관으로는 Ciara Leydon, Mahalakshmi Sivasankar, Danielle Lodewyck Falciglia et al., "Vocal Fold Surface Hydration: A Review," *Journal of Voice* 23(2009): 658-665를 보라. 주변 공기가 성도에 미치는 영향이 오랜 시간에 걸쳐 더 현저할 수도 있다는 데 유의하라. 매우 차고 건조한 공기는 일부 인구집단에서 비강의 변화로 이어졌다. Marlijn Noback, Katerina Harvati, and Fred Spoor, "Climate-Related Variation of the Human Nasal Cavity," *American Journal of Physical Anthropology* 145 (2011): 599-614.

19. Caleb Everett, Dámian Blasi, and Seán Roberts, "Climate, Vocal Folds, and Tonal Languages: Connecting the Physiological and Geographic Dots," *Proceedings of the National Academy of Sciences of the United States of America* 112 (2015): 1322-1327. 건조한 환경에서 모음의 쓰임에 대한 나의 또 다른 관련 연구는 Caleb Everett, "Languages in Drier Climates Use Fewer Vowels," *Frontiers in Psychology* 8 (2017): https://doi.org/10.3389/fpsyg.2017.01285다. 이 연구에는 이 방면에 동기를 부여한 후두학의 관련 연구에 대한 인용이 포함되어 있다. 2016년에 출간된 《언어 진화 저널Journal of Language Evolution》 첫 호에는 건조함이 언어에 미치는 잠재적 영향에 대한 학자들의 반론과 그에 대한 나와 동료들의 재반론이 실려 있다. 이 주제와 이런 환경적 영향이 기지既知의 소리 변화 메커니즘을 통해 어떻게 일어날 수 있는지에 대한 자세한 내용으로는 이를테면 Caleb Everett, "The Sounds of Prehistoric Speech," *Philosophical Transactions of the Royal Society* 376 (2021): 20200195를 보라. 유념할 것은 복잡한 성조에 대한 발견들이 다른 성조 데이터베이스에서 재현되지 않았다는 사실이다. Seán Roberts, "Robust, Causal and Incremental Approaches to Investigating Linguistic Adaptation," *Frontiers in Psychology* 9 (2018): doi.org/10.3389/fpsyg.2018.00166을 보라. 이와 관련된 나의 세 번째 가설은 방출음이라는 특수한 종류의 소리와 관계있

다. Caleb Everett, "Evidence for Direct Geographic Influences on Linguistic Sounds: The Case of Ejectives," *PLOS ONE* (2013): https://doi.org/10.1371.journal.pone.0065275를 보라.

20. 내가 상관관계가 인과관계를 종종 가리킨다고 말하되 언제나 그런다고 말하지는 않는다는 데 유의하라. 일부 상관관계는, 심지어 언어적 요인과 비언어적 요인의 관계도 우발적이다. Seán Roberts and James Winters, "Linguistic Diversity and Traffic Accidents: Lessons from Statistical Studies of Cultural Traits," *PLOS ONE* 8 (2013): e70902를 보라. 하지만 두 요인 사이에 직접적 인과관계가 없는 상관관계조차 이 요인들 사이의 간접적이지만 우발적이지는 않은 관계를 종종 가리킨다. 이를테면 언어 다양성과 교통사고의 경우 두 특징 다 경제적으로 덜 발달한 지역과 비무작위적 이유로 연관되어 있다.

21. Christian Bentz, Dan Dediu, Annemarie Verkerk, and Gerhard Jäger, "The Evolution of Language Families Is Shaped by the Environment beyond Neutral Drift," *Nature: Human Behaviour* 2 (2018): 816–821를 보라.

6장. 말이 보이지 않는다면

1. The McGurk effect was first described in Harry McGurk and John MacDonald, "Hearing Lips and Seeing Voices," *Nature* 264 (1976): 746–748, https://doi.org/10.1038/264746a0.

2. Hans Bosker and David Peeters, "Beat Gestures Influence Which Speech Sounds You Hear," *Proceedings of the Royal Society B* 288 (2021): 20202419, https://doi.org/10.1098/rspb.2020.2419.

3. Aslı Özyürek, Roel Willems, Sotaro Kita, and Peter Hagoort, "On-line Integration of Semantic Information from Speech and Gesture: Insights from Event-Related Brain Potentials," *Journal of Cognitive Neuroscience* 19 (2007): 605–616.

4. 엔필드는 언어학의 다양한 주제에 대해 방대한 글을 썼다. 이 절의 논의 중

일부는 Nick Enfield, *How We Talk* (New York: Basic Books, 2017)의 논의 내용을 토대로 삼았다.

5. Gail Jefferson, "Preliminary Notes on a Possible Metric Which Provides for a 'Standard Maximum' Silence of Approximately One Second in Conversation," in *Conversation: An Interdisciplinary Perspective*, ed. Derek Roger and Peter Bull (Philadelphia: Multilingual Matters, 1989).

6. Stephen Levinson and Francisco Torreira, "Timing in Turn-Taking and Its Implications for Processing Models of Language," *Frontiers in Psychology* (2015): https://doi.org/10.3389/fpsyg.2015.00731.

7. Tanya Stivers, Nick Enfield, and Stephen Levinson, "Universals and Cultural Variation in Turn-Taking in Conversation," *Proceedings of the National Academy of Sciences of the United States of America* 106 (2009): 10587–10592.

8. 내가 말했듯 이 점을 지적한 언어학자는 나만이 아니다. 엔필드의 다음 주장을 생각해보라. "대화는 언어가 가장 자주 쓰이는 매체다. 아동은 모어를 배울 때 대화로 배운다. 언어는 세대에서 세대로 전해질 때 대화를 수단으로 전해진다. 문어는 많은 연구자의 첫 참조점이지만, 그래서는 안 된다." Enfield, *How We Talk*, 3.

9. Nick Evans, "Context, Culture, and Structuration in the Languages of Australia," *Annual Review of Anthropology* 32 (2003): 13–40, 35.

10. George Zipf, *The Psycho-Biology of Language* (New York: Houghton-Mifflin, 1935, 25). George Zipf, *Human Behavior and the Principle of Least Effort* (Boston: Addison-Wesley, 1949)도 보라. 소리 주파수에 대한 나의 연구는 Caleb Everett, "The Similar Rates of Occurrence of Consonants in the World's Languages," *Language Sciences* 69 (2018): 125–135다.

11. Steven Piantadosi, Harry Tily, and Edward Gibson, "Word Lengths Are Optimized for Efficient Communication," *Proceedings of the National Academy of Sciences of the United States of America* 108 (2011): 3526–3529.

12. Joan Bybee, *Language Change* (Cambridge, UK: Cambridge University Press,

2015).

13. Daniel Everett, "Cultural Constraints on Grammar and Cognition in Pirahã," *Current Anthropology* 46 (2005): 621–634.

14. Gary Lupyan and Rick Dale, "Language Structure Is Partly Determined by Social Structure," *PLOS ONE* (2010): https://doi.org/10.1371/journal.pone.0008559. 인구 크기가 언어에 미치는 영향에 대한 더 추가적 연구로는 Limor Raviv, Antje Meyer, and Shir Lev-Ari, "Larger Communities Create More Systematic Languages," *Proceedings of the Royal Society B* 286 (2019): https://doi.org/10.1098/rspb.2019.1262를 보라.

15. Enfield, *How We Talk*, 7.

7장. 콧소리로 코에 대해 말하기

1. 음지각소에 대한 자세한 내용으로는 이를테면 Benjamin Bergen, "The Psychological Reality of Phonaesthemes," *Language* 80 (2004): 290–311를 보라.

2. George Childs, "The Phonology and Morphology of Kisi" (PhD diss., University of California, Berkeley, 1988).

3. 일부 사람들에게 현대 언어학 탐구의 창시자로 손꼽히는 스위스의 언어학자 페르디낭 드 소쉬르는 1916년 발표된 유작에서 '기표'와 '기의'의 관계가 자의적이라는 유명한 주장을 남겼다. 또 다른 저명 언어학자 찰스 호켓(순치음에 대한 그의 가설은 5장에서 논의했다)은 1960년 자의성이 인간 언어의 핵심적 특징 중 하나라고 썼다. 즉, 절대다수의 낱말에는 낱말과 그것이 표현하는 항목이나 개념 사이에 어떤 본질적 연관성도 없다는 것이다. 대부분의 발화가 자의적이라는 점에서는 소쉬르와 호켓 둘 다 의심의 여지없이 옳았고 둘 다 일부 상징적 요소의 존재를 인정하기는 했지만, 두 사람은 이 상징적 요소의 역할을 과소평가한 듯하다. Ferdinand de Saussure, *Course in General Linguistics* (New York: Philosophical Society, 1959 [1916])를 보라. 한국어판

은 《일반언어학 강의》(그린비, 2022). 자의성을 비롯한 언어의 핵심 특징들에 대한 호켓의 논의 중 하나로는 Charles Hockett, "The Origin of Speech," *Scientific American* 203 (1960): 88-111를 보라.

4. Diedrich Westermann, *A Study of the Ewe Language* (Oxford, UK: Oxford University Press, 1930), 187. 이 구절은 Felix Ameka, "Ideophones and the Nature of the Adjective Word Class in Ewe," in *Ideophones*, ed. F. K. Erhard Voeltz and Christa Kilian-Hatz (Amsterdam: John Benjamins, 2001), 25-48에도 인용되어 있다.

5. William Samarin, *The Gbeya Language: Grammar, Texts, and Vocabularies* (Los Angeles: University of California Press, 1966)를 보라.

6. 다른 예들은 설명하기가 더 힘들다. 깜박이거나 빛나는 것 같은 빛 관련 현상과 'gl-' 사이에 실제 연관성이 조금이라도 있을까? 그렇지 않아 보일지도 모르지만, 일부 연구에서 시사하듯 이런 종류의 대응은 실제로는 공감각을 지닌 일부 사람들에게 실제로 자연스러운 교차감각 연상에서 부분적으로 생겨난다. 공감각 소유자는 서로 다른 감각 양상에서 비롯한 현상들 사이에서 강한 연상을 경험한다. 이런 신경 조건을 가진 사람들에게는 주어진 언어 요소가 시각 자극과 자연스럽게 연관될 수 있으며 그 자극은 언어 요소에 의해 불수의적으로 촉발될 수 있다. 이를테면 많은 공감각 소유자는 특정 글자나 숫자가 내재적 색깔을 가진다고 지각하므로, 그들이 알파벳을 발음할 때는 각 글자가 마음의 눈에 색색으로 보인다. 일부 연구자는 체계적 소리-의미 대응의 일부 형태에 대해 공감각이 기저를 이룬다고 주장했다. 공감각은 감각 대응의 자연적 형태이기 때문이다. 최근 연구는 공감각이 언어 진화를 촉진했을지도 모른다고 주장하기까지 했다. 언어가 처음 생겨날 때 인류의 일부 구성원이 소리가 무관한 현상을 나타낸다는 것을 이해할 수 있었던 이유가 공감각 덕이라는 것이다. 물론 이런 추측은 입증하기 힘들지만 발화의 비자의적 요소가 얼마나 보편적일 수 있는지 우리가 인식하기 시작한 지금은 예전보다 덜 비합리적으로 보인다. 공감각에 대한, 또한 공감각과 언어 진화의 연관 가능성에 대한 논의로는 Antonio Benítez-Burraco and Ljiljana Progovac,

"Language Evolution: Examining the Link between Cross-Modality and Aggression through the Lens of Disorders," *Philosophical Transactions of the Royal Society B* 376(2021): https://doi.org/10.1098/rstb.2020.0188를 보라.

7. Damián Blasi, Sørren Wichmann, H. Hammarstrom, P. Stadler, and Morten Christiansen, "Sound-Meaning Association Biases Evidenced across Thousands of Languages," *Proceedings of the National Academy of Sciences of the United States of America* 113 (2016): 10818-10823. 소쉬르, 호켓 등으로 거슬러 올라가는 언어학의 전통적 가정을 보건대 우리는 특정 의미와 특정 소리 사이에 일관된 연관성이 있으리라 예상하지 않을 것이다. 이것은 검증하는 것조차 이상해 보일 수도 있겠지만, 언어학의 전통적 가정 중 상당수가 수천 개 언어에서 얻을 수 있는 데이터(블라시와 동료들의 연구에서 핵심을 차지하는 것과 같은 데이터)에 부합하지 않았다는 사실은 염두에 둘 만하다.

8. Mark Dingemanse, Francisco Torreira, and N. J. Enfield, "Is 'Huh' a Universal Word? Conversational Infrastructure and the Convergent Evolution of Linguistic Items," *PLOS ONE* (2013): https://doi.org/10.1371/journal.pone.0078273.

9. Wolfgang Köhler, *Gestalt Psychology* (New York: Liveright, 1947 [1929]). 약 20년 전부터 종종 인용되는 이 연구는 Vilayanur Ramachandran and Edward Michael Hubbard, "Synaesthesia-A Windows Into Perception, Thought and Language," *Journal of Consciousness Studies* 8 (2001): 3-34다.

10. Arash Aryani, Erin Isbilen, and Morten Christiansen, "Affective Arousal Links Sound to Meaning," *Psychological Science* 31 (2020): 978-986.

11. Marcus Perlman, Rick Dale, and Gary Lupyan, "Iconicity Can Ground the Creation of Vocal Symbols," *Royal Society Open Science* (2015): https://doi.org/10.1098/rsos.150152.

12. Marcus Perlman and Gary Lupyan, "People Can Create Iconic Vocalizations to Communicate Various Meanings to Naïve Listeners," *Scientific Reports* 8 (2018): 2634.

13. Lynn Perry, Marcus Perlman, and Gary Lupyan, "Iconicity in English and Spanish and Its Relation to Lexical Category and Age of Acquisition," *PLOS ONE* 10 (2015): e0137147.

14. Lynn Perry, Marcus Perlman, Bodo Winter, Dominic Massaro, and Gary Lupyan, "Iconicity in the Speech of Children and Adults," *Developmental Science* 21 (2018): e12572.

15. 최근 이 주제에 대한 논문을 공저한 몇몇 학자들은 이렇게 말했다. "낱말의 형식이 의미에 대해 본질적으로 자의적 관계를 맺는다는 관념은 처음에는 설계적 속성으로 제안되었으나 이후 전 세계 언어에서 증명된 형식-의미 대응을 부분적으로만 설명하는 경험적 관찰로 지위가 달라졌다. 언어 관련 학문들이 지나친 단순화의 이분법을 버리고 형식과 의미 사이의 다면적 관계에 대한 더 세련된 모형을 발전시킴에 따라 언어와 마음에 대한 우리의 이해가 훨씬 풍성해질 것이다." Mark Dingemanse, Damián Blasi, Gary Lupyan, Morten Christiansen, and Padraic Monaghan, "Arbitrariness, Iconicity and Systematicity in Language," *Trends in Cognitive Sciences* 19 (2015): 603–615.

16. Mutsumi Imai and Sotaro Kita, "The Sound Symbolism Bootstrapping Hypothesis for Language Acquisition and Language Evolution," *Philosophical Transactions of the Royal Society B* 369 (2014): 20130298.

8장. 문법이 없는 언어가 있을까?

1. 이를테면 Noam Chomsky, *Aspects of the Theory of Syntax* (Cambridge, MA: MIT Press, 1965)를 보라.

2. Nicholas Evans and Stephen Levinson, "The Myth of Language Universals: Language Diversity and Its Importance for Cognitive Science," *Behavioral and Brain Sciences* 32 (2009): 429–492를 보라.

3. 통사의 핵심 요소로서 재귀를 강조하는 행태는 이를테면 Marc Hauser, Noam Chomsky, and Tecumseh Fitch, "The Faculty of Language: What Is

It, Who Has It, and How Did It Evolve?," *Science* 298 (2002): 1569 – 1579에서 볼 수 있다. 피라항어에 재귀가 없다는 최초의 주장으로는 Daniel Everett, "Cultural Constraints on Grammar and Cognition in Pirahã," *Current Anthropology* 46 (2005): 621 – 646을 보라. Daniel Everett, *Don't Sleep There Are Snakes: Life and Language in the Amazonian Jungle* (New York: Vintage, 2009)도 보라.

4. Geoffrey Pullum, "Theorizing about the Syntax of Language: A Radical Alternative to Generative Formalisms," *Cadernos de Linguística* 1 (2020): 1 – 33.

5. Desmond Derbyshire, *Hixkaryana*, (Amsterdam: North-Holland, 1979).

6. Robert Englebretson, *The Problem of Complementation in Colloquial Indonesian Conversation* (Amsterdam: John Benjamins, 2003).

7. Adele Goldberg, *Constructions: A Construction Grammar Approach to Argument Structure* (Chicago: University of Chicago Press, 1995)를 보라. Adele Goldberg, *Explain Me This: Creativity, Competition, and the Partial Productivity of Constructions* (Princeton, NJ: Princeton University Press, 2019) 및 Adele Goldberg, *Constructions at Work: The Nature of Generalization in Language* (Oxford, UK: Oxford University Press, 2006)도 보라.

8. 이 구문 유형은 골드버그의 저작, 이를테면 Goldberg, *Constructions*에서 논의한다. 구문문법에 대한 문헌은 이제 풍성하며 말 그대로 수천 편의 참고 문헌이 속속 배출되고 있다.

9. 내가 뇌의 언어 특수 부위가 아니라 통사 특수 부위라고 말하는 데 유의하라. 일부 최근 연구에서는 12개 어족의 45개 언어 구사자들의 언어활동에서 뇌의 비슷한 부위들이 활성화되었다. Saima Malik-Moraleda, Dima Ayyash, Jeanne Gallée, Josef Affourtit, Malte Hoffmann, Zachary Mineroff, Olessia Jouravlev, and Evelina Fedorenko, "An Investigation across 45 Languages and 12 Language Families Reveals a Universal Language Network," *Nature Neuroscience* 25 (2022): 1014 – 1019를 보라. 언어 처리와 구문 창작이 특수한

종류의 패턴 인식과 패턴 창조에 의존한다는 것을 감안하면(문화들 간에 겹치는 그 밖의 기술은 말할 것도 없다) 언어 행위에 어느 정도의 피질 특수성이 있다는 점은 놀랄 일이 아닐 것이다.

맺음말

1. 바벨탑 이야기는 창세기 11장 1~9절에 실려 있다. 이 이야기와 그전의 이야기들 사이에 나타나는 뚜렷한 유사성에 대한 논의로는 Petros Koutoupis, *Biblical Origins: An Adopted Legacy* (College Station, TX: Virtualbookworm.com Publishing, 2008)를 보라.

2. 파니니와 그의 저작에 대한 논의로는 George Cardona, *Pāṇini: His Work and Its Traditions* (Berlin: De Gruyter Mouton, 2019)를 보라.

3. 소수의 구사자만 남은 언어가 사라지는 현상에 대한 여러 연구 중 하나로는 David Graddol, "The Future of Language," *Science* 303 (2004): 1329－1331를 보라.

언어가 세계를 감각하는 법

초판 1쇄 인쇄 2025년 5월 15일
초판 1쇄 발행 2025년 5월 28일

지은이 케일럽 에버렛
옮긴이 노승영
펴낸이 최순영

출판2 본부장 박태근
지식교양 팀장 송두나
편집 박은경
교정교열 김수연
디자인 정명희

펴낸곳 ㈜위즈덤하우스 **출판등록** 2000년 5월 23일 제13-1071호
주소 서울특별시 마포구 양화로 19 합정오피스빌딩 17층
전화 02) 2179-5600 **홈페이지** www.wisdomhouse.co.kr

ISBN 979-11-7171-427-8 03700

운무루에 엉켰다
지금 내가 홀 수 없는 건

KB1940I1

지금 내가 할 수 있는 건
공부밖에 없다

기타가와 야스시 지음 | 나계영 옮김

살림

차례

제3장

이럴 수가, 공부가 하고 싶다니 …

제5장
도중에 주저앉지 않기 위해

제1장

공부보다
아르바이트가 좋아

66 공부는 인생의 전부가 아니다. **99**

쾅! 덜커덩덜커덩, 쿵! 두다다닥!

와카가 신발을 벗을 땐 항상 요란하다.

현관은 거실에서 보이지 않지만, 아빠도 엄마도 그 소리를 듣는 것만으로 누가 왔는지 금방 알 수 있을 정도다.

"어서 오렴, 와카."

아빠 코이치의 다정한 목소리가 들린다.

"다녀왔어!"

와카는 거실 문 앞을 지나서 복도 끝으로 뚜벅뚜벅 걸어가 계단을 올라갔다. 와카의 방은 2층이기 때문이다. 늘 이런 식이다. 아빠는 "고등학교 2학년이나 돼가지고 좀 조신하게 굴면 안 되겠니?"라며 쓴웃음을 짓곤 한다.

와카는 방에 들어가자마자 열려 있던 창문을 닫고, 에어
컨을 켰다. 커튼을 치고 나면 후다닥 교복을 벗어 던진다.
그리고 입고 나가기 힘든 너덜너덜한 티셔츠와 반바지로 갈
아입는다.

와카는 TV 리모컨을 손에 들고 침대 위로 뛰어들면서 재
빠르게 TV를 켰다. 공중에 떠 있는 아주 짧은 시간에 버튼
을 눌러서 TV를 켜는 것이 그녀의 자랑거리다. 고등학생이
나 돼가지고 애들이나 하는 짓을 하는 것 같긴 하지만 이미
습관이었다.

침대 위에 누운 채 가방에 손을 뻗어 핸드폰과 막대사탕
을 꺼냈다. 사탕을 입에 물고, 팔을 괴고 엎드려 다리를 꼼
지락거리며 핸드폰을 연다.

이것이 요 근래 와카의 행동패턴이다.

와카의 방에서는 침대 위에 엎드린 채로 무엇이든 손으로
잡을 수 있었다. 리모컨 종류는 전부 침대 머리맡에 널브러
져 있고, 형광등엔 기다란 끈이 늘어져 있어 엎드려서 불을

끌 수도 있었다. 그렇지만 결국 켜둔 채로 잠드는 일이 많았기에 이 끈을 당기는 건 언제나 엄마의 몫이었다. 물론 머리맡에는 항상 만화책이 쌓여 있다.

엄마 아야코는 이 방의 몰골을 '게으름뱅이'라고 부른다. 물론 비꼬는 거다. 하지만 와카 본인은 이 별명이 꽤나 마음에 드는 모양이다.

와카는 늘 하던 것처럼 침대 위에 엎드려 문자를 확인했다. 새 문자가 와 있다. 친구 나오미가 보낸 것이다.

'잘 있었어? 드디어 내일이면 여름방학이야. 다음 주 시간 돼? 같이 영화라도 보러가자.'

와카는 바로 답문을 보냈다.

"미안. 내일부턴 오빠네 집에 가 있기로 했어. 돌아오면 문자할게."

용돈이 부족해

요즘 들어 와카랑 아빠는 자주 싸운다. 제1차 대전은 중학교

3학년, 와카에게 처음으로 남자친구가 생겼을 때다. 하지만 불행 중 다행으로 그리 오래 사귀지 않았기에 싸움은 자연스레 잦아들었다.

그리고 본격적인 냉전은 와카가 고등학교에 입학했을 때 시작되었다. 고등학생 아들을 둔 동네 아줌마가 엄마에게 "요새 고등학생들은 3B에 빠져 있는 모양이에요." 하고 말한 모양인데, 마침 그때 와카도 그 '3B'라는 것에 푹 빠져 있었다.

3B란 동아리 활동(cluB), 밴드(Band) 그리고 아르바이트(arBeit)를 지칭하는 말이었다.

와카는 운동을 잘했다. 하지만 고등학교에 입학해서는 여러 운동부의 권유를 물리치고 취주악부에 들어갔다. 어렸을 때 피아노를 배웠기 때문에 음악에 흥미가 있었고, 친구들과는 밴드도 결성했다.

"왠지 멋지지 않아?"라고 말하며, 방과 후에는 밴드와 동아리 활동에 열중했다.

아빠 코이치도 밴드와 동아리 활동은 너그럽게 내버려두었지만 아르바이트만은 결사 반대였다. 그래서 와카는 아르바이트를 할 수 없었다.

그러나 이건 와카에게 사활이 걸린 문제였다. 친구들과 모이거나 밴드 활동을 하려면 돈이 필요했다. 옷을 살 돈 역시 있어야 했다. 핸드폰 요금도 가능하면 스스로 내고 싶었다. 지금은 부모님이 내주시지만 요금이 많이 나오면 엄마한테 잔소리를 듣거나 심할 때는 사용 정지를 당하기 때문이었다.

"아르바이트라도 하지 않음 도저히 안 돼. 평범한 고교 생활이 불가능하다니까?"

이유를 말했지만, 아빠는 허락하지 않았다. 아니, 정확하게 말하자면 코이치는 한 가지 조건을 걸었다. 그리고 그걸 지킬 수 없으면 아르바이트는 할 수 없다고 했다. 그 조건이란 이러했다.

"왜 아르바이트를 하지 말라고 하는지 깨달을 것."

아르바이트를 하면 안 되는 이유를 깨달으면 해도 된다고 하는 이상한 조건이었지만, 어쨌든 그걸 깨닫기 전까지 '아르바이트는 절대 금지'였다.

아빠는 좀처럼 화를 내지 않는다. 언제나 미소 띤 얼굴에 느긋하고 부드러운 말투로 이야기한다.

"질문에 대한 답을 스스로 깨닫기 전까지 아르바이트는 할 수 없어."

이렇게 부드럽게 타일렀지만, 왠지 절대로 거스르면 안될 것 같았다. 때문에 아르바이트를 하고 싶으면 그 답을 찾는 수밖에 없었다.

와카가 고등학교 2학년이 된 지금까지도 이것은 커다란 고민거리였다. 어째서 아르바이트를 하면 안 되는 것일까? 아무리 생각해봐도 답이 나오지 않았다.

처음엔 별것 아니라고 생각했다. 와카가 생각하기에 답은 하나밖에 없었기 때문이다.

와카는 자신만만하게 말했다.

"나도 이제 고등학생이니까 공부를 해야겠지. 하지만 아르바이트를 시작하면 공부는 뒷전이고 아르바이트만 하게 될 거야. 그렇게 되면 대학도 갈 수 없겠지. 아빠가 반대하는 건 그것 때문이지?"

하지만 아빠는 깨끗이 부정했다.

"대학에 가고 안 가고는 상관없어."

와카는 난처했다. 그 이상의 이유를 생각할 수 없었다. '아르바이트를 하는 게 좋은 이유'라면 얼마든지 찾을 수 있지만, 하면 안 되는 이유는 생각나지 않았다.

"안 했으면 좋겠으니까 안 된다고 하는 거잖아."

"아빠 세금 문제 때문에."

"우리 집이 가난해 보여서?"

"통금시간을 못 지킬 테니까."

"가족끼리 보내는 시간이 적어지니까?"

몇 번이고 이야기해봤지만, 어느 것도 정답이 아니었다.

그러던 중 이건 그냥 단순한 괴롭힘으로 처음부터 답 같은 건 없을지도 모른다는 생각이 들었다. 그래서 "이유 따위는 없어. 처음부터 답 같은 건 없다는 게 답이야!"라는 말도 해봤지만 그것도 틀렸다.

"어차피 처음부터 아르바이트를 시키고 싶지 않으니까, 답 같은 건 생각하지도 않았잖아! 단지 날 집에 묶어두려고 이런 질문을 했을 뿐이지. 어떤 말을 해도 안 되는 거였잖아!"

될 대로 되라며 엄마에게 화풀이를 했더니 엄마가 말했다.

"그렇지 않아. 아빠는 '와카한테 그런 말을 꺼냈으니 제대로 답을 준비해놓지 않으면 불공평하다.'라며 종이에 써놓기까지 하셨는걸? 답은 있단다. 잘 생각해보렴."

와카는 골똘히 생각해봤지만, 아직까지 답을 찾지 못했다.

아르바이트를 할 수 없으니 다달이 나가는 돈은 전부 용돈에서 나갔다.

'도저히 못살겠어.'

와카의 주머니 사정은 최악이었다.

결국 이도 저도 못 하게 된 와카는 졸업 후 진로에 대해 이런 생각을 했다.

'아빠가 아르바이트를 못 하게 하니까 갖고 싶은 것이 있어도 내 맘대로 살 수 없어. 하지만 지금은 부모님 말씀을 들을 수밖에. 왜냐하면 뒷바라지를 해주시는걸. 아직 경제적으로 자립하지도 못했고. 그렇지만 고등학교를 졸업하고 나서 취직을 하면 월급을 받겠지? 그러면 부모님께 신세 지지 않고 생활할 수 있어. 사회인이 되면 이래라저래라 잔소리를 들을 필요도 없고, 사고 싶은 걸 마음대로 살 수도 있

겠지!'

그렇다고 해서 '취직을 꼭 하고 싶다!'고는 생각지 않았다. '대학에 간다'는 것 역시 매력적이기 때문이었다. 와카는 망설이고 있었다.

망설이는 이유는 여러 가지가 있었다.

첫째로, 장래에 무엇을 하고 싶은지 전혀 감이 잡히질 않았다. 이럴 때 대학이라는 것은 편리하다. 여하튼 그 무언가를 찾는 시간이 4년이나 늘어나니까.

졸업과 동시에 취직을 하면 금전적으로 편해지고 부모님의 속박에서도 해방된다. 하지만 대학생에 비해 자유시간이 줄어든다는 것은 분명했다.

게다가 남은 1년간 하고 싶은 일을 찾아낼 수 있을 거란 자신도 없었다. 만약 찾아냈다고 하더라도 고졸로 그 일을 할 수 있다는 보장이 없다. 지금까지 와카가 흥미를 느꼈던 직업들은 대학을 졸업하지 않고선 할 수 없을 법한 것뿐이었다.

그렇다면 생각할 것도 없이 대학을 목표로 하면 될 터이지만, 간단하게 정할 수 없는 커다란 원인이 있었다.

말할 것도 없이 '성적'이 문제였다.

애초에 대학에 가겠다는 적극적인 의지도 없었다. 할 게 없으니까, 장래가 불안정하니까, 솔직히 말해서 더 놀고 싶다는 등의 이유로 공부를 하지 않았다. 당연히 대학에 갈 만한 성적도 아니었다.

중학교 때까지는 별다른 노력을 하지 않고도 상위권 성적을 유지할 수 있었다. 하지만 지금은 뒤에서 세는 게 빠르다. '공부를 해야지!' 하고 생각하지만 정작 의욕은 생기지 않았다.

물론 '이래 가지곤 위험해. 공부하자!' 하며 마음을 다잡고 공부하려 한 적도 있었다. 하지만 막상 시작하려니 공부할 것이 너무 많아서, 마치 '골인 지점이 없는 마라톤'에 도전한 것만 같았다.

그뿐만이 아니었다. 공부를 하면 할수록 성적은 점점 떨어지는 희한한 일이 일어났다. 영어 객관식 문제를 예로 들면, 공부를 하지 않았을 때는 보기 중에서 본 적이 있는 단어가 한 개밖에 없어서 눈 딱 감고 그것을 찍으면 의외로 정답일 확률이 높았다. 하지만 조금 공부를 해서 어정쩡한 지식이 늘어나니, 들어본 단어가 여러 개로 늘어서 쉽게 찍을 수 없었다. 문제를 풀지도 못하고 찍지도 못하니 당연히 성적이 오를 리 없었다.

그사이 공부할 의욕은 사라졌고, 이런 일이 계속 반복되었다. 안타깝게도 와카에게 남은 것은 책상 앞에 허무하게 붙어 있는 '매일 5시간씩 공부하자!'라고 적힌 종이뿐이었다.

대학에는 가고 싶지만 실력이 늘지 않았다. 노력하지 않으면 실력이 늘지 않는다는 것은 알고 있지만, 아무리 해도 공부하고 싶은 마음이 생기질 않았다. 취업도 나쁘지 않겠다는 생각이 들지만, 뭘 해야 좋을지 몰랐다.

와카는 이런 괴로운 상황에서 도망치듯 동아리 활동이나 밴드에 정열을 바쳤다.

그런 나날을 보내던 중 드디어 '그날'이 왔다.

'그날' 와카는 아빠에게 거듭 호소했다.

"아빠, 난 말이야, 정말로 아르바이트를 하고 싶어. 필요한 물건도 많고, 악기 살 돈도 필요해. 백보 양보해서 중고 악기를 사서 쓴다고 해도, 악보값도 무시 못한단 말이야.

그걸 사달라고 하는 게 아니라 벌어서 사겠다는 거잖아. 그게 왜 안 되는데? 그렇게 하면 핸드폰 요금도 전부 내가 낼 거고, 공부도 제대로 할 거니까 괜찮잖아. 응? 누구도 밑질 거 없잖아. 되레 이익일 걸?"

와카는 몇 번씩이나 같은 설명만 반복했다. 그리고 사정하듯 아빠를 바라봤다.

"잘 들어, 와카. 네가 계속 생각하고 있는 건, 너 자신이 아르바이트를 하면 좋은 이유야. 하지만 아빠나 엄마가 왜 너에게 아르바이트를 시키고 싶지 않은가, 그 이유를 진지하게 생각해보라고 한 거야. 그걸 알게 되기 전엔 허락하지 않을 거야. 지금의 네 상황만 벗어나려고 생각한다면 말이지, 답은 안 나와."

아빠는 평소와 같은 상냥한 말투였지만 단호하게 말했다.

그 말을 들은 순간, 와카는 그만 폭발했다.

"됐어! 이젠 부탁 안 해! 고등학교를 졸업하고 나면 취직해서 내 맘대로 살 거야! 그럼 불만 없지? 내 인생이니까 내 맘대로 할 거야!"

물론 진심은 아니었다. 순간적으로 입에서 튀어나온 말이었다.

부모님이 대학에 가길 바라신다는 건 알고 있다. 그렇기 때문에 무심결에 '취업'이라는 말로 대들었을 뿐이다. 이제 부모님이 원하는 대로 하지 않을 것이다. 그것을 확실히 하고 싶었다.

곧바로 반응을 보인 건 엄마였다.

"와카, 진심이니?"

"……."

와카는 휙 하고 고개를 돌렸다.

조금 뒤 아빠가 입을 열었다.

"와카, 너한테 몇 가지 묻고 싶은 게 있는데……."

와카는 아빠와 눈을 마주칠 수 없었다. 와카는 말을 꺼내려고 하는 아빠를 뒤로 하며 자리에서 일어났다. 그리고 그대로 뚜벅뚜벅 소리를 내며 방으로 들어갔다.

"와카! 기다려!"

아빠 코이치는 쫓아가려던 엄마를 조용히 손으로 막았다. 그리고 고개를 저었다. '내버려 두자'는 신호다.

그날 이후 와카는 부모님과 대화다운 대화를 거의 하지

않았다. 식사할 때에 얼굴을 마주쳐도 잠자코 있었다. 와카네 집은 식사시간에 TV를 보지 않는다. 여느 때 같으면 와카와 엄마 아야코의 수다로 시끄러웠겠지만, 이런 때에는 TV가 꺼져 있다는 것이 야속했다.

평소에는 의자에 앉은 채로 "소금 좀." "간장도 줘."라며 엄마를 바쁘게 하는 와카지만, 말을 꺼내는 대신에 혼자서 조용히 가지러 갔다.

"잘 먹겠습니다."나 "잘 먹었습니다."만은 작은 소리로 말하지만 표정은 계속 뚱한 채였고, 식사가 끝나면 허둥지둥 방으로 들어갔다.

그러던 어느 날, 무겁고 답답한 분위기가 계속되던 식탁에서 언제나 말이 없던 코이치가 말을 꺼냈다.

"와카야, 그러고 보니 곧 방학이지? 방학이 시작되면 아빠랑 엄마는 곧바로 요론(与論) 섬에 다녀올 거니까, 일주일 정도 집을 비울 거야."

"아아, 그거요."

와카는 오랜만에 "잘 먹겠습니다."나 "잘 먹었습니다." 이외의 말이 나와서 저도 모르게 밝게 대답했다. 삐쳐 있는 것도 이젠 지긋지긋했다.

요론 섬 여행은 코이치의 취미였다. 외출을 꺼리는 코이치로선 흔치 않게, 거의 매년 방문하고 있다. 중학교 2학년 때까지는 와카도 함께 갔지만 중학교 3학년 무렵부터는 부모님 둘이서만 갔다.

"나는 어쩌지?"

"요시타로한테 이야기해놨으니까, 관광 삼아 일주일 정도 도쿄에 놀러갔다 오렴."

이런 이유로 와카는 방학 첫날 혼자서 오빠네 집으로 향했다.

와카네 집도 '도쿄 도(道)'이긴 하지만 오우메보다 더 서쪽인 니시타마 군이다. 좋게 말하면 한적한 곳이지만, 아무리 봐도 도쿄같지 않다. 오빠인 요시타로가 살고 있는 곳과는 천지차이다.

와카보다 나이가 열 살 많은 요시타로는 와카가 중학교 2학년이던 3년 전에 결혼했다. 새언니인 치하루는 오빠보다 두 살 많다. 간호사여서 그런지 사람을 잘 챙긴다. 처음 만났을 때도 "난 남자 형제만 있어서, 여동생이 갖고 싶었어!"라며 매우 기뻐했고, 그 후로도 와카를 친동생처럼 대하며 예뻐했다.

만나기로 한 시부야에선 치하루가 마중을 나왔다.

마침 휴가였는지 치하루는 와카를 데리고 다니며 오모테산도나 하라주쿠 등 이곳저곳을 구경시켜줬다. 물론 이런 곳들을 돌아다니는 건 재미있었지만, 사람들에 치여 다니는 건 익숙지 않아서 꽤 피곤했다.

기진맥진해서 집에 도착하니 요시타로가 저녁준비를 하며 기다리고 있었다.

"오랜만이네. 잘 있었어?"

오빠가 휠체어에 앉아 싱글벙글대며 말했다.

요시타로는 오토바이 사고로 허리를 다쳐 다리를 움직일 수 없게 되었다. 결혼하기 2년 전의 일이었다.

아직 초등학생이었던 와카는 처음에 무슨 일이 일어난 건지 알 수 없었다. 다만 밤중에 자다 일어나 가족과 함께 병원으로 달려갔다. 고요한 병원 복도에서 수술이 끝나는 것을 기다리면서 점점 사태의 심각성을 깨닫고, "요시 오빠 죽는 거야?"라며 울부짖었던 것만은 잘 기억하고 있다. "괜찮아. 목숨은 위험하지 않대." 하고 말하는 아빠 품에 안겨 울다 지쳐 잠이 들었었다.

요시타로가 그 병원에서 간호사로 일하고 있던 치하루와 만난 것이 연애를 시작하게 된 계기였다.

저녁은 요시타로의 주특기인 까르보나라가 나왔다.

"역시 신혼부부의 저녁은 뭐가 달라도 다르네."

"하하하, 뭐 집에선 잘 안 해먹는 요리일지도 모르겠다."

"맞아. 아빠와 엄마는 고지식해서 큰일이야."

와카는 농담 반 진담 반으로 말했다.

"그러고 보니 요새 아버지랑 사이가 별론가 봐? 어머니께서 걱정하시더라고. 네가 갑자기 대학에 안 간다는 말을 꺼냈으니 나보고 한소리 하라고 말이야."

"정말? 엄마는 진짜 수다쟁이라니깐!"

"그런 말 하지 마. 다 널 걱정해서 그러시는 거야."

"알고는 있지만……."

치하루는 빈 접시를 치우며 생글거리고 있다.

"웃지 말아요, 새언니. 아빤 진짜로 벽창호라니깐."

"미안. 웃으려고 한 게 아니었어. 나도 그런 때가 있었어. 왠지 그리워져서 말이야. 정작 처음엔 그렇게 말하려던 게 아니었는데 오는 말이 고와야 가는 말이 곱다고 홧김에 상대방이 곤란해하는 이야기를 꺼내는 거잖아."

"맞아요."

와카는 쓴웃음을 지었다.

와카와 요시타로는 나이 차이가 많이 나서 그런지 몰라도 무척 사이가 좋았다. 부모님에겐 뻗대던 일도 요시타로에겐 허물없이 털어놓을 수 있었다.

"뭐, 네가 한 말이 진심은 아니라고 해도, 자기의 장래에 대해 아무 생각도 않고 있는 건 아니지?"

"응⋯⋯."

"지금은 어떻게 생각해?"

와카는 조금 생각한 뒤 솔직한 심정을 털어놓았다.

"하고 싶은 일이 딱히 없는데 무작정 취직을 하는 건 좀 그래⋯⋯. 대학은 가고 싶지만 성적은 너무 낮고. 나 공

28

부는 별로 안 좋아하잖아. 단지 좀 더 놀고 싶다고 투정부리는 건지도 몰라. 어쨌든 장래에 하고 싶은 일이 없으니까……. 어떻게 해야 좋을지 모르겠어."

"그럼, 지금 당장 하고 싶은 일은 없는 거야?"

"가능하면 대학에 가고 싶어. 대학에 가면, 하고 싶은 일을 찾을 수 있을지도 모르잖아. 사회에 나가기 전에 준비 기간도 길어지고. 하지만……."

"하지만?"

"대학에 가는 것이 정말로 나에게 의미가 있는 것인지 아직 잘 모르겠어."

"흐음……, 어째서?"

"있잖아, 남자라면 대학에 가는 편이 이득이라는 걸 금방 알겠어. 평생 일을 해서 가정을 꾸려나가야 하니까. 어떤 직업을 갖느냐가 평생을 좌우하잖아? 그러니까 대학에 가서 좋은 회사에 취직하는 게 좋다고 생각해. 하지만 여자는 말이야, 대학에 들어가고 졸업을 해서, 취직하고 몇 년 일하면 결혼을 하지. 아이가 생기면 직장을 그만두고……. 나도 그렇게 될지도 모른다고 생각하면 '대학에 가는 게 가치가 있는 걸까?'라는 고민을 하게 돼."

"그렇구나. 하지만 성별은 상관이 없다고 생각하는
데……. 그렇지?"

요시타로는 치하루를 바라보며 동의를 구했다.

"응. 오히려 앞으로는 여자도 평생 일을 해야 하지 않을
까? 결혼을 하더라도 언제 혼자가 될지 모르니까."

"어이 어이, 무섭다."

이럴 때, 도대체 어떤 표정을 지어야 좋을까? 와카는 곤
란했지만, 오빠 부부는 소리 내어 웃기만 했다.

와카, 편지가게를 만나다

목욕을 하고 나와 머리를 말리고 있는데, 문을 두드리는
소리가 났다. 와카는 허둥지둥 드라이기를 껐다.

"네?"

"나야. 잠깐 괜찮니?"

"아, 새언니. 들어오세요."

치하루가 들어왔다. 그녀의 손에는 커다란 갈색 봉투가
들려 있었다.

"무슨 일이에요?"

"요시타로가 너한테 이걸 전해주라고 하더라."

치하루는 조금 낡은 갈색봉투를 와카 앞으로 내밀며 말
했다.

"……이게 뭐예요?"

"한번 열어봐."

'도대체 뭘까?' 침대 위에 걸터앉아 봉투 속을 들여다보
니, 한통의 편지와 광고지 같은 것이 들어 있었다.

와카는 그 광고지에 쓰여 있는 커다란 글자를 읽었다.

"안녕하세요. 편지가게입니다……?"

치하루는 이상하단 듯이 고개를 갸웃거리는 와카의 옆에
살짝 앉았다.

"요시타로가 사고로 장애가 생겼을 때 이 '편지가게' 덕분
에 인생이 변했다고 하더라고. 요시타로는 진로 문제로 이
래저래 고민하고 있는 와카를 보면서 자기 인생관을 바꿔준
'편지가게'를 생각한 모양이야. 인생의 기로에 서 있는 여동

생에게 오빠로서 해줄 수 있는 건 이것밖에 없다고 하네? 후후, 좀 야단스럽지? 어쨌든 이건 그가 갖고 있던 '편지가게'의 광고와 맨 처음 받은 편지야."

와카는 그 광고와 오빠의 이름과 집주소가 적힌 편지를 번갈아가며 보았다.

"실제로 해볼지 어떨지는 이걸 읽고 나서 정하길 바란대. 다만 이건 내 개인적인 의견인데, 머릿속에서 생각하고 고민하는 것만으로는 좀처럼 길을 찾을 수 없는 게 아닐까? 한 발짝 내밀 용기가 있다면, 그 한 발짝으로 인생이 크게 바뀌는 거야. 조금이라도 흥미가 있다면 와카도 행동으로 옮겨보는 것은 어떨까?"

'음, 아직 잘 모르겠어……. 편지가게라니 도대체 뭘 하는 곳일까?'

와카는 석연치 않은 표정으로 광고를 바라봤다. 치하루는 그런 와카의 어깨를 두드리며, "천천히 읽어봐."라고 말하곤 조용히 방을 나갔다.

"안녕하세요? 편지가게입니다. 저와 편지를 교환하지 않을래요? 분명 당신의 인생에 도움이 될 거예요. 우선 제게 편지를 보내주세요."

'편지가게라니 뭘까? 이런 것도 있나?'

와카는 왠지 신기한 듯 천천히 그 광고를 읽어 내려갔다.

✦ ✦

안녕하세요? 편지가게입니다.

이것을 읽고 있는 당신은 '편지가게라니 도대체 뭐야?'라며 신기하게 생각하고 있을지도 모르겠네요. 일부러 흥미를 갖고 여기까지 읽어준 당신을 위해 알기 쉽게 설명하고자 합니다.

저는 원하시는 분과 '편지 교환'을 하고 있어요.

제가 보내는 편지는 총 열 통입니다.

저는 그 열 통의 편지 속에 지금까지 제가 배운 것을 전하고자 합니다. 그리고 그것이 당신이 하고 싶은 것을 행하는 데 도움이 되기를 바랍니다. 물론 당신이 어떤 것에 흥미가 있는지, 어떤 고민을 껴안고 있는지 알려면 답장을 받아야만 해요. 긴 글이 아니어도 좋아요.

제 편지가 필요 없게 되었을 때나 편지의 내용이 그다지 마음에 들지 않을 땐 도중에 그만둬도 좋습니다. 그때는 거리낌 없이 말씀해주세요.

첫발을 내딛는 건 누구에게나 용기가 필요한 일입니다. 하지만 당신이 멋진 인생을 사는 것에 관심이 있다면, 꼭 한 번 저를, 아니 편지가게를 이용해보는 것은 어떨까요?

흥미가 있다면 먼저 제게 편지를 한 통 보내주세요.

최초의 한 통은 '무료'입니다. 하지만 두 번째부터는 무료로 보내드릴 수가 없어요. 편지가게는 제 사업이니까요. 계약 내용에 대해서는 첫 번째 편지에서 말씀드리겠습니다.

첫 편지가 마음에 들지 않는다면 저와의 인연은 거기서 끝이겠지요. 추후에 이런저런 연락을 하거나 재촉하는 일은 일절 없을 겁니다. 약속할게요.

그러니 우선 가벼운 마음으로 편지를 써보세요.

주소, 성명, 연령, 직업, 그리고 현재의 당신에 대한 것 이외에도 쓰고 싶은 것이 있다면 어떤 것을 써도 상관없습니다.

  오늘같이 좋은 날, 여기까지 읽어주셔서 감사합니다.

                                        편지가게 드림

  '흠, 편지가게라니. 편지를 교환하는 일을 하는 사람을 말
하는 거였구나…….'

  와카는 이런 직업에 대해 처음 알았기 때문에 좀처럼 믿
기 힘들었다. 하지만 눈앞에 있는 한 통의 편지가 그 존재
를 증명하고 있었다.

  와카는 오빠의 이름이 적힌 봉투를 열고 편지를 꺼냈다.
10장은 족히 넘을 것 같은 편지꾸러미에는 작고 깔끔한 손
글씨가 빼곡히 적혀 있었다.

  '이걸 쓰는 것도 만만치 않겠네…….'

  이것이 와카가 느낀 첫인상이었다.

  와카는 편지를 읽기 시작했다. 그리고 곧 푹 빠져들었다.
어느새 머리를 말리는 것도 잊어버릴 정도로.

그것은 편지가게가 요시타로에게 보낸 한 통의 편지였다. 그 편지엔 와카가 지금까지 살아오며 한 번도 생각지 못했던 것들이 쓰여 있었다. 여태껏 당연한 듯 지냈던 나날을 이런 시선으로 보는 사람이 있다니……

편지를 다 읽었을 때는 자연스레 눈물이 흘렀다.

'오빠는 이 사람과 열 통의 편지를 주고받았어. 사고로 다리를 잃게 되었을 때 눈앞이 캄캄했을 거야. 그런데도 오빠는 언제나 긍정적이고 명랑했지. 어떻게 그럴 수 있는지 신기하게 생각했는데, 그게 다 편지가게 덕분이었을지도……'

와카는 잠자코 있을 수 없었다.

'나도 편지를 받고 싶어!'

와카는 한껏 고양된 기분으로 정성스레 편지지를 접어 봉투에 넣은 뒤 방구석에 있는 책상 위에 올려놓기 위해 일어났다. 마침 그곳엔 편지지 세트와 볼펜이 놓여 있었다.

'정말 오빠한텐 못 당하겠어.'

그렇게 생각하니 조금 부끄럽고 분하기도 했지만 일단 고맙게 생각하기로 했다.

그리고 와카는 정열을 쏟아 편지를 써내려갔다.

와카의 첫 번째 편지

전 지금 뚜렷한 목표가 없어요

안녕하세요, 편지가게 씨?

저는 '우치다 와카'라고 해요. 잘 부탁합니다.

편지가게 씨는 오빠의 소개로 알게 되었어요.

제 오빠의 이름은 우치다 요시타로입니다. 5년 전에 편지
가게 씨랑 편지를 주고받은 뒤 인생이 바뀌었다며 제게도
권해주었습니다.

지금도 이 일을 계속하고 있나요? 조금 불안하지만, 만약
지금도 계속하고 있다면 저도 편지가게 씨의 도움을 받고
싶다는 생각에 이렇게 편지를 씁니다.

저는 지금 고등학교 2학년이에요.

실은 졸업 후 진로에 대해 고민하고 있답니다.

마음 같아선 대학에 가고 싶습니다. 하지만 남들이 "대학

가서 뭐하려고?" 하고 물으면, 저도 잘 모르겠어요…….

솔직하게 말하자면 대학에 가는 것이 가장 재미있어 보이기 때문일지도 모릅니다. 왜냐하면 대학생은 자유롭고, 또 즐거워 보이잖아요. 그다지 공부를 열심히 하는 것 같지도 않고, 아르바이트를 해서 유흥비를 마련한다거나, 여행을 간다거나, 테니스를 친다거나……. 어쨌든 '자기가 하고 싶은 일만 하며 살 수 있는 시기'라는 인상이 강하잖아요. 게다가 졸업하고 나서도 고졸인 사람보다 직업 선택의 폭도 넓고요.

사실 전 지금 장래 목표가 없어요. 뭘 하며 살아야 할지 아직 잘 모르겠습니다. 대학에 가면 나중에 무엇을 할지 생각하는 시간이 4년이나 늘어나잖아요. 아직 딱히 정하지 못했으니 선택할 시간이 늘어나는 것도 좋을 것 같다고 생각하거든요. 하지만 이 생각을 좀처럼 '공부'와 연결하지 못하고 있습니다. 때때로 '이런 기분으로 대학에 가는 게 무슨 의미가 있나?' 싶기도 해요.

언젠가는 결혼도 하고 싶고, 아이도 낳고 싶습니다. 그러니까 분명 회사에 취직해서 평생 일만 하며 살지는 않을 거라 생각해요. 그렇게 생각하면 대학 따위는 가지 말고 취직을 하는 편이 좋을 것 같기도 합니다. 부모님께 학비를 지원받으며 대학생활을 즐기다 졸업하고 몇 년 뒤에 결혼해서 금방 일을 그만두게 된다면, 차라리 빨리 사회에 나가 돈을 버는 것이 부모님도 편하실 텐데……. 사실은 '그렇게 하는 것이 가장 좋은 게 아닐까?'라는 생각을 합니다.

그럴 거면 공부를 해봤자 별 의미가 없다고 생각해요.

그렇다고 해서 공부를 때려 칠 용기도 없네요. 공부도 동아리 활동도 친구들과 하고 있는 밴드 활동도 전부 어정쩡한 상태인 것 같아요.

게다가 부모님은 제가 대학에 가길 원하세요. 그리고 아르바이트가 공부에 방해가 된다고 생각하시는 것 같아요.

말로 표현하지는 않았지만, 지금까지 키워주신 은혜엔 감사하고 있고, 기쁘게 해드리고 싶다는 마음도 있습니다. 하지만 그것 때문에 부모님 뜻대로 대학에 가는 게 좋은 것인지, 아니면 하루빨리 사회에 나가 돈을 버는 게 좋은 것인지 잘 모르겠어요.

제 근황은 이렇습니다.

결국은 제 자신이 정리를 못하고 있기에 두서없는 글이 되어버렸네요. 죄송합니다.

'사실은 대학에 가고 싶다. 하지만 대학에 가려면 공부를 해야 하는데 공부가 싫다. 그렇기 때문에 자신에게 이런저런 변명을 하고 있다.'

편지를 쓰다보니 제가 이런 생각을 갖고 있는 것 같네요. 좀 한심하죠?

이런 못난 아이지만, 편지가게 씨가 오빠에게 보낸 편지 한 통에 무척 감동했습니다. 그리고 마음속에서 '지금 이대로는 안 되겠어. 나도 변할 거야!'라는 생각이 들었어요. 그래서 마음 단단히 먹고 편지를 보냅니다.

편지가게 씨와 오빠의 계약내용은 편지를 읽어서 알고 있어요.

'물물교환'이지요?

편지가게 씨가 보내는 것은 제 인생을 바꾸는 편지. 그 편지의 도움으로 제가 성장하고 성공했을 때 받은 편지에 상응하는 물건으로 보답한다. 이걸로 되겠죠?

처음 이 편지를 읽었을 때 굉장히 재미있을 거라고 생각했습니다. 동시에 처음으로 '가격'이라는 것에 감사했습니다. 왜냐하면 편지가게 씨한테 받은 편지에 무엇을 얼마만큼 돌려드려야 하는지 지금은 어림짐작도 할 수 없으니까요.

어쨌든 제 나름대로 무엇으로 갚으면 될는지를 생각하며 성장하고 싶습니다.

잘 부탁합니다.

편지가게 씨가 지금도 계속 활동하고 있길 바라며 이만 줄입니다.

우치다 와카 드림

와카는 앉은 자리에서 편지를 다 쓰곤 숨을 가다듬으며 시계를 봤다. 놀랍게도 벌써 두 시간이나 지나 있었다.

'편지를 쓰는 건 꽤나 시간을 잡아먹는 일이네.'

이런 생각과 함께 한 가지 더 깨달은 것이 있었다.

자기의 생각을 편지지에 쓰는 동안 머릿속의 생각이 점점 정리되는 것 같았다. '공부하기 싫으니까 여러 가지 변명거리를 찾고 있는 상태'라는 것처럼 현재 자신이 처한 상황을 객관적으로 분석할 수 있었다. 그리고 '뭐야, 겨우 그런 거였잖아.'라며 순순히 인정할 수 있었다.

와카는 요 근래 느낄 수 없었던 산뜻한 기분으로 침대에 누웠다. 괴로움에 몸부림쳤던 나날에 한줄기 빛이 비쳤다.

'편지가게 씨는 어떤 답장을 보내줄까?'

이렇게 와카와 편지가게의 교환편지가 시작되었다.

제2장

공부를
하지 말라고?

66 하지만 공부조차 정복할 수 없다면

어느 부분이라도 너의 인생에서 성공할 수 있겠는가. **99**

편지가게 첫 번째 편지

당분간 공부는 쉬세요

안녕하세요, 와카 씨? 편지가게입니다.

편지 잘 받았어요.

와카 씨는 요시타로 씨의 여동생이군요. 그와 편지를 교환한 지도 벌써 5년 전 일이네요. 그가 부상당한 후 재활 치료를 하고 있을 때 만났지요. 제가 무엇을 가르쳐줬다기보다는 오히려 그에게서 커다란 용기와 '무슨 일에도 지지 않는 기백'을 배웠습니다. 그 인연 덕에 당신을 만나 편지를 주고받을 수 있어 정말 기쁘게 생각해요.

저와 맺은 약속에 대해선 요시타로 씨에게 들어서 알고 있으리라 생각하지만, 한 번 더 짚고 넘어가겠습니다.

우선 제가 당신에게 보내는 편지는 열 통이에요. 그것을 받고 답장을 쓰면 됩니다. 도중에 제 편지가 필요 없어지면 이야기해주세요. 그때 우리의 계약은 끝납니다.

저는 열 통의 편지를 통해서 당신이 멋진 인생을 살 수 있도록 힘껏 노력할 것입니다. 당신에겐 편지의 가치에 알맞다고 생각하는 것을 받을 거예요.

사실 무엇을 얼마만큼, 언제 받을지는 각자 다릅니다.

예를 들자면, 근처에 살고 있는 아주머니께선 '답장을 보낼 때 텃밭에서 키운 채소를 같이 보낼게요.'라는 제안을 하셔서 그걸 받은 적도 있어요.

와카 씨는 현재 고등학생이라 졸업 후의 진로에 대해 많이 불안하고, 걱정도 될 거예요. 그러니 곧바로 정할 수도 없을 것이고, 그렇다고 뭘 보내야 되나 고민하는 것도 그리 좋다고 생각하지 않습니다. 무엇을 보답하면 좋을지는 와카 씨가 고등학교를 졸업한 후에 정하죠. 괜찮은가요?

단 너무 무리하지 않도록 하세요. 초콜릿 한 조각이라도 좋아요. 와카 씨가 할 수 있는 범위 내에서 정성을 담아 보내기만 하면 됩니다.

자, 와카 씨의 편지를 읽어보았습니다.

고등학교 2학년 여름방학은 본격적으로 장래에 대해 고민해야 할 시기라 많은 사람이 와카 씨와 비슷한 고민을 갖고 있을 거라 생각해요. 제가 그 고민을 해결해줄 수 있을 거라 생각할지도 모르지만 그건 아니랍니다.

저는 '공부'라는 것을 다른 시각으로 볼 수 있게 도움을 줄 뿐이에요. 고민을 해결하는 것은 어디까지나 자기 자신이 해야 할 일입니다. 꼭 기억해주세요.

자, 이제 한 가지 약속해주셨으면 하는 것이 있습니다.

당분간 공부는 쉬세요.

놀라셨나요?

'그럼 대학 진학은 더더욱 물 건너가잖아.'라고 생각하겠지만, 정말 필요한지 아닌지도 모르는데 단지 불안하단 이유만으로 억지로 공부하는 건 안 하느니만 못해요. 걱정 말고 공부를 쉬세요.

다행히 여름방학이니까 숙제를 하지 않는다고 혼날 일은 없겠죠?

자, 그럼 언제까지 공부를 쉬느냐? 그건 '공부가 하고 싶어 참을 수 없을 때'까지입니다.

'그런 때가 오지 않으면 어쩌나…….' 하고 생각할지도 모르지만, 오지 않으면 그걸로 된 거예요. 어쩔 수 없죠. 대학 진학은 포기하세요. 괜찮아요. 당신의 인생에 대학이라는 관문이 꼭 필요하다면 반드시 공부하고 싶은 마음이 생길 거예요.

그리고 당신이 죽어도 하고 싶은 일에 '공부'가 포함되어 있을 때에는 어떤 고난이 와도 그것을 뛰어넘어 '대학 합격'이라는 꿈을 이룰 수 있을 거예요.

이렇게 설명을 해도 아직 공부를 쉬는 것에 대해 많이 불안하거나 거부감을 느낄지도 몰라요.

세상엔 "대학엔 가고 싶지만, 공부는 하기 싫다."라고 말하는 사람이 많습니다. 당신도 그중 한 사람이라면 '시간이 아무리 지나도 공부를 할 생각이 들지 않음 어쩌지?' 하며 불안해질 것이고, '그러다 대학에 못 가면 어쩌지?'라는 생각도 들 거예요.

이건 공부가 가지고 있는 '신화' 같은 인상 때문일지도 몰라요.

어른들은 대부분 "장래를 위해 공부해."라고 말씀하죠?

실은 말하는 사람도 그것이 어째서 장래를 위한 것인지 잘 모릅니다. 그렇지만 예부터 그렇게 말을 하니 자신도 왠지 그렇다고 생각하죠. 하지만 마음속에선 뭔가 찜찜할 거예요.

'공부해서 일류 대학에 가서 대기업에 취직한다고 반드시 행복한 것은 아니지……'라고 생각할지도 모르죠. 사실 반 친구들을 성적순으로 줄을 세워 놓는다 해도, 반드시 그 순서가 30년 후의 연봉순은 아닐뿐더러 행복순도 아닐 거예요. 하지만 역시 공부를 하지 않는 것보단 하는 게 낫다고 생각하니까 '장래를 위해'라는 말을 하는 거죠.

저는 '공부'는 하나의 '도구'에 지나지 않는다고 생각합니다. 그러니까 '안 하는 것보단 하는 게 낫다.'라는 건 잘못된 생각이에요. 오히려 옳지 않게 쓰인다면 공부라는 도구를 버리는 편이 낫습니다.

세상에는 편리한 도구가 얼마든지 있어요.

칼을 예로 들어볼까요? 등산을 하다가 길을 잃거나 무인도에 혼자 남겨졌다고 해도 칼 한 자루만 있다면 살아남을 방법은 여러 가지가 있습니다. 물론 그런 특수한 상황이 아니더라도 어떤 가정에서든 식칼이나 가위 같은 날붙이는 꼭 가지고 있죠. 그리고 칼이 없어졌을 때의 불편함이란 상상할 수 없겠죠.

방에 '컴퓨터' 한 대만 있으면 전 세계 사람들을 만날 수 있죠. 지금까지 써오던 사업의 상식을 뒤엎어 한 대의 컴퓨터로 막대한 부를 축적할 수도 있습니다.

이와 같이, 도구란 어딘가 불편한 점을 개선하기 위해 만들어진 편리한 물건입니다. 그러나 이런 도구는 옳지 않은 사용법도 있어요.

'칼'로 사람을 찌를 수 있습니다.

'컴퓨터'도 많은 사람들과 연결되어 있기에, 나쁘게 사용하면 사람들에게 큰 상처를 줄 수도 있어요.

모든 도구는 잘못 사용하면 사람에게 '상처'를 줍니다.

전 도구는 그 자체에 '선과 악'의 개념이 있는 게 아니라 그것을 사용하는 사람에 따라 달라진다고 생각해요.

공부도 하나의 도구입니다.

하지만 모든 사람에게 만능인 도구는 아닙니다. 그런 도구는 존재하지 않으니까요. 그러니까 '공부'란 도구를 잘 생각해서 사용하지 않으면, 사람에게 상처를 주거나 자기 자신을 불행하게 만들 수도 있어요.

그렇게 될 바에야 공부 따위는 하지 않는 편이 낫다고 생각하지 않나요?

당신은 '칼'이란 도구의 편리성과 위험성을 모두 알고 사용하고 있을 거예요. 그 양면성을 알고 있기에 칼이라는 도구로 타인과 나를 불행하게 만들지 않지요.

그러나 '공부'라는 도구는 어떤가요?

편리성은 어느 정도 깨닫고 있지만, 위험성을 생각해본

사람은 드물 거예요.

공부를 잘한다며 사람을 깔보는 사람도 있어요.

공부를 잘하는 것에 비해 인사도 제대로 할 줄 모르는 사람도 있고요.

공부해서 얻는 지식에만 만족하고, 그것을 삶에 응용하는 것이 아니라 다른 사람을 비판하기 위해서만 사용하는 사람도 있어요.

자국의 역사를 배우며 다른 나라를 미워하는 사람도 있으며, 자국의 문화를 배우며 다른 나라의 문화를 배척하는 사람도 있고요.

화학이나 기계에 통달해서 많은 사람을 해치는 물건을 만든 사람도 있습니다.

모두 공부라는 도구를 잘못 사용한 결과지요.

이렇게 될 줄 알았다면, 과연 부모님께서 '공부'를 하라고 했을까요?

이제 공부가 '안 하는 것보다는 하는 게 낫다.'라는 게 아니란 사실을 아셨나요?

'무엇을 위해 그것을 사용하려 하는가?'

52

생각해볼 문제입니다.

저는 일단 공부를 쉴 것을 권했습니다. 물론 그건 공부라는 도구를 버리라는 것이 아닙니다. 공부라는 도구를 올바르게 사용하여 자신의 인생에 없어서는 안 될 편리한 도구로 활용하길 바라기 때문입니다. 그것을 위해 한번쯤 생각해보지 않으면 안 되겠지요.

자, 그럼 이것이 첫 번째 과제입니다.

'그럼, 공부는 무엇을 하기 위한 도구일까?'

공부를 하나의 도구라고 생각하면 떠올리기 쉬울 거예요.

의욕이 생길 때까지 너무 시간이 걸리면 안 되니까 저도 되도록 빨리 답장을 쓰도록 하겠습니다. '노력해야지.' 하는 생각에 초조해할 필요는 없지만, 열심히 답장을 써보세요.

답장 기다리겠습니다.

도구를 중요하게 생각하는 '편지가게' 드림

일단 대학에 가면 좋지 않을까요?

안녕하세요, 편지가게 씨?

편지가게 씨가 보내주신 편지는 제 예상을 훨씬 뛰어넘는 것이었어요.

저도 지금까지 '공부는 하지 않으면 안 되는 것, 장래를 위해 안 하는 것보단 하는 게 나은 것'이라고 생각했기 때문이에요. 하나의 도구로썬 생각해본 적이 없었거든요. 그리고 공부를 도구라 했을 때, 악용하면 어떤 결과가 나오는지도 잘 알게 되었습니다.

공부를 하지 않는 건 꽤나 용기가 필요한 일 같아요.

지금까지 공부를 해야 한다는 강박관념에 사로잡혀 있었기 때문인지, 하지 말라는 말을 들으니 오히려 머뭇거리게 되네요. 좀 이상하죠?

'해야지.' 하고 생각한 날은 안 하고 지나가는 날이 더 많으면서, 하지 말라고 하면 또 하고 싶어지다니…….

원체 제가 좀 변덕쟁이거든요. 하지만 분명 편지가게 씨

54

가 말씀하셨던 '공부가 하고 싶어서 참을 수 없는 지경'이란 이 정도는 아니겠지요?

대충 알 것 같아요.

신기하게도, 단 한 통의 편지를 읽고 '공부하고 싶다'는 생각을 했어요. 그리고 이런 생각도 했어요. '모처럼 가지고 있는 도구인데, 어차피 사용할 거라면 좀 더 요긴하게 쓰고 싶어.'라고요. 그것만으로도 커다란 발전을 했다고 생각합니다.

이 상태라면 조만간 '너무너무 공부가 하고 싶은 날'이 올지도 모르겠어요. 조금 기대하고 있답니다.

그런데 숙제 말인데요, '무엇을 위해 공부를 하는가?' 이건 조금 어렵네요.

가장 먼저 떠오른 건 '미래의 나를 위해서'입니다. 그런데 이건 좀 이상하지요? '무엇을 하기 위한 도구인가?'라는 질문의 대답이 되지 않으니까요. 게다가 편지가게 씨의 편지를 읽고 깨달은 것이지만, 이건 제가 낸 의견이라기보다는 누군가 그렇게 말하는 걸 들었기 때문이라고 생각합니다.

그래서 '공부'라는 도구를 사용하면 무엇을 손에 넣을 수 있을지 제 나름대로 생각해봤습니다.

우선 '대학생활'을 할 수 있겠죠.

고등학생들은 대부분 대학에 가기 위해 공부합니다. 만약 공부를 하지 않더라도 대학에 갈 수 있다면 공부를 안 할 것 같아요.

하지만 솔직히 이 답이 맞을 것 같진 않아요.

왜냐하면 누군가 "대학에 가지 않을 사람은 공부를 안 해도 되니?" 하고 묻는다면, "응. 안 해도 돼!"라며 딱 잘라 말할 수 없으니까요.

그래도 왠지 하지 않으면 안 될 것 같은 기분이 든달까요……? 꼭 학교에서 하는 공부가 아니라도 무언가를 배우는 것은 계속해야 하는 일이라고 생각합니다.

그래서 더 앞을 내다보며 '대졸이 아니면 들어갈 수 없는 직장에 취직하기 위한 도구'가 아닐까 하는 생각도 해보았지만, 그것 역시 아닌 것 같아요.

애초에 대학을 졸업해서 좋은 회사에 취직한다든지, 변호사나 의사가 된다든지 하는 게 반드시 행복하다고는 할 수 없으니까요. 세상에는 중학교밖에 나오지 못했지만 훌륭한 사람도 있잖아요?

이래저래 생각해보니, 점점 공부라는 도구의 용도가 불분명해졌습니다.

하지만 역시 고등학교만 졸업하는 것보다는 대학을 졸업하고 사회에 나온 사람이 여러 직업에 종사할 수 있을 거라 생각해요. 즉 대학을 졸업하면 자신이 바라던 삶을 살 확률이 더 높을 거란 이야기죠.

'공부는 미래의 선택지를 늘리기 위한 도구'

이것이 지금 제가 낼 수 있는 최선의 답입니다. 어때요?

음, 그래도 뭔가 조금 다른 것 같긴 해요.

편지가게 씨는 전혀 다르다고 할 것 같아요. 편지가게 씨의 생각이 이런 흔해 빠진 게 아니란 것 정도는 알 것 같거든요.

조금 더 시간을 주세요. 더 생각해보겠습니다.

우치다 와카 드림

학교에서 배우는 것만이 공부는 아닙니다

안녕하세요, 와카 씨?

굉장히 어려운 질문에 열심히 고민한 흔적이 보이네요.

본인은 만족하지 못한 것 같지만, 당신의 답이 틀린 것은 아니라고 생각해요.

분명히 공부라는 도구를 사용하면 '대학생활'을 할 수 있지요. 물론 '대졸이 아니면 할 수 없는 직업'에 종사하는 것도 가능할 거예요. '미래의 선택지가 늘어나는 것' 또한 맞는 말이에요.

실은 '공부는 무엇을 하기 위한 도구인가?'라는 질문에 한 가지의 명확한 답을 낼 순 없어요.

'설마!' 하고 생각할지도 모르니, 좀 더 알아듣기 쉽게 다른 측면에서 생각해보죠.

전기라는 도구는 무엇을 위해 존재합니까?

"밤에도 불을 켤 수 있기에 해가 져도 낮과 같은 생활을 할 수 있다."라고 대답하는 사람도 있겠지요. 혹은 이렇게 말하는 사람도 있을 겁니다.

"전기가 있으면 냉장고를 사용할 수 있어요. 즉 음식물을 썩지 않게 보존하는 것이 가능하지요."

이 외에도 전기로 에어컨이나 드라이어, 혹은 TV나 전자레인지도 쓸 수 있어요. 전기 때문에 우리가 얻을 수 있는 이득을 말하자면 끝이 없겠죠. 하지만 그렇다고 해서 "난 까까머리라서 드라이어를 안 써요. 그러니까 전기 같은 건 필요 없어요."라고 말하진 않을 거예요.

그럼 '전기'라는 도구의 존재 이유는 정의할 수 없는 것일까요? 그건 아니에요. 전기가 있기 때문에 사용할 수 있는 모든 물건은 넓은 의미로 모두 한 가지의 목적을 위해 만들어졌다는 것을 알 수 있습니다.

네, 그래요. 인간이 편리한 생활을 하기 위해서 만든 것입니다.

딱 집어 하나의 답을 낼 수는 없지만 '전기는 우리들의 생활을 편리하게 하기 위한 도구'라는 공통점을 가지고 있네요. 때문에 생활을 편리하게 하기 위해 사용하는 것은 올바르게 사용하는 방법입니다. 따라서 자기 자신이나 다른 사람의 생활을 불편하게 하기 위해 사용한다면 옳지 않은 것입니다.

와카 씨가 스스로의 답이 마음에 들지 않았던 건 이것과 비슷한 이유가 아닐까요?

구체적으로 말하자면, 공부라는 도구를 사용해 '대학생활'을 할 수 있는 것은 사실입니다. 하지만 그렇다고 해서 '대학생활을 손에 넣기 위해 공부라는 도구가 존재한다'는 결론을 낼 순 없지요. 하물며 '그럼 대학에 가지 않을 거니까 공부할 필요가 없네?' 하고 생각하는 것 또한 이치에 어긋난 것입니다.

단지 앞에서 예로 든 것처럼 공부라는 도구를 이용해서 얻을 수 있는 많은 것을 종합해보면, 한 가지 공통점을 발견할 수 있을 것입니다. 그것을 찾아보세요.

좀 더 쉽게 찾을 수 있도록 몇 가지 힌트를 줄게요.

우선 공부를 하면 '인내심'을 기를 수 있다고 하죠?

아무리 공부가 즐거운 사람이라도 계속하다 보면 벽에 부딪치기 마련입니다. 그것을 넘어서는 일은 인내심이 필요한 작업입니다. 넘고 넘어도 벽은 계속 생깁니다. 넘으면 넘을 수록 다음 벽을 넘기 위한 인내심이 필요하죠.

게다가 '자신감'을 손에 넣을 수 있습니다.

몇 번이고 고비를 넘기면, 작은 성공도 많이 경험하게 됩니다. 이것도 공부라는 도구를 사용해 얻을 수 있는 것 중 하나입니다. 때에 따라선 큰 성공을 할 수도 있겠죠. 예를 들자면 '대학에 합격하는 것'처럼요. 이런 성공을 맛보는 것으로 나다운 삶을 살기 위해 필요한 '나에 대한 자신감'을 얻을 수 있습니다.

이 외에도 많은 것들이 있습니다. 기억력, 판단력, 응용력이 높아지고, 나아가 두뇌를 활성화시킬 수 있습니다. 두뇌를 갈고닦는 것은 보다 나은 삶을 살기 위해 필수불가결한 요소이지요.

게다가 누군가에게 가르침을 받음으로써 '솔직한 마음'을 배울 수도 있습니다. 다른 사람에게 무엇을 배우는 데 가장 좋은 방법은 자신의 고집을 꺾고 상대방이 갖고 있는 것을 있는 그대로 받아들이려 하는 것이기 때문이죠.

그리고 잊어선 안 될 것은 '공부'라는 도구를 사용함으로써 여러 사람의 마음을 알 수 있게 된다는 겁니다.

와카 씨에겐 이런 경험이 없나요?

학교에서 영어 단어 쪽지시험이 있습니다. 당신은 '이번엔 좀 열심히 해볼까?'라는 생각에 열심히 외웠습니다. 그 결과 좋은 점수를 받았습니다. 그걸 본 친구가 이렇게 말하죠.

"와카는 좋겠다. 기억력이 좋으니까. 난 외우는 건 영 꽝이라 전혀 모르겠더라고."

그러면 당신은 이렇게 생각할 거예요. 기억력이 좋은 게 아니라 공들여 열심히 외웠으니 성적이 좋은 것이라고요. 이런 경험을 해보면 언제나 좋은 결과를 내면 "저 녀석은 머리가 좋으니까."라는 평가밖에 받지 못하는 사람의 기분을 알게 될 거예요.

이건 조금 다른 이야기지만……, 좋은 것을 알려줄게요.

"공부가 어려워."라고 말하는 사람들은 대부분 어떤 암시에 걸려 있어요.

그건 '나는 원래 머리가 나빠.'라는 믿음이에요. 게다가 불행히 부모님도 그렇게 생각하신다는 거죠.

"엄마도 기억력이 나빴으니까 어쩔 수 없는 일이구나."

"그 집 아버지는 옛날부터 머리가 좋았어. 걔 머리가 좋은 건 다 유전이야."

이런 말을 들은 아이는 더 이상 성장할 수 없어요.

하지만 단언컨대 태어나면서부터 머리가 좋고 나쁜 사람은 없습니다.

이런 이야기를 하면 종종 이렇게 말하더군요.

"그건 편지가게 씨가 긍정적인 사고방식을 갖고 있기 때문에 그렇게 믿게 하려는 것뿐이잖아요. 실제로 차이가 난다고요."

분명히 와카 씨의 반에도 공부를 매우 잘해서 부러움을 사는 사람이 있겠죠? 시험 전날에 세 시간이나 걸려서 외웠는데도 불구하고 다음날이 되면 거의 기억이 나지 않는 국사를 30분 정도 훑어보며 그냥 머릿속에 집어넣는 사람이 있긴 해요. 그런 현실과 마주하면 IQ의 차이를 저주하고 싶은 기분도 들 거예요. 하지만 그건 기억력의 차이, 즉 IQ의 차이가 아니에요.

와카 씨는 피아노를 배웠다고 했죠? 전 태어나서 한 번도 배워본 적이 없어요.

요전 날에 '나도 이런 곡을 칠 수 있었으면 좋겠다.'라는 생각이 들 만큼 멋진 곡을 발견했습니다. 홀스트의 모음곡 〈행성〉 중 '목성'이라는 곡이에요.

와카 씨가 이 곡을 한 번도 쳐본 적 없다고 칩시다. 물론 저도 쳐본 적 없어요. 자, 이제 우리가 오늘부터 '목성'을 연습하기 시작했다고 합시다. 어느 쪽이 먼저 칠 수 있게 될까요? 제가 당신을 이길 승산은 있을까요?

결과는 뻔합니다.

저는 죽었다 깨어나도 당신보다 연주를 잘할 수 없을 거예요. 왜냐하면 해본 경험이 전혀 없기 때문입니다.

그러면 저는 이런 말을 하겠죠?

"너는 좋겠다. 재능이 있어서."

이 말을 들으면 와카 씨는 분명히 '할 수 없는 것을 재능이 없는 것으로 돌리는 건 이상하다.'라고 생각하겠죠. "난 몇 년씩이나 피아노를 연습했어."라고 말하고 싶을 거예요.

노력해서 결과를 얻은 사람이 아니라면 그 사람의 고통을 알 수 없어요. 당신도 '공부'를 하며 그 고비를 넘어보면 아무엇도 하지 않은 채 남이 한 일을 비판하는 사람이 아닌, 노력한 사람의 기분을 이해할 수 있는 사람이 될 거예요.

이 외에도 여러 가지가 있지만, 이 정도로 하죠.

어쨌든 '공부'라는 도구를 가지고 할 수 있는 일이 셀 수 없이 많다는 것을 알 것 같나요?

물론 처음부터 이 모든 것을 손에 넣을 수는 없습니다.

공부라는 도구를 의식하지 않고 계속 사용하다 보니 어느샌가 다른 사람의 마음을 헤아릴 수 있게 되었다, 이건 허울 좋은 이야기일 뿐입니다. 처음부터 '다른 사람의 마음을 이해할 수 있는 사람이 되기 위해 공부를 해보자.'라는 생각을 가지고 실천함으로써 원하는 것을 손에 넣을 수 있는 것입니다.

한 가지 더, 큰 힌트를 드리죠.

많은 사람들이 '공부'라고 하면 국어, 수학, 영어와 같은 교과목을 연상하지만, 학교에서 배우는 것만 공부라고 할 순 없어요. 모든 사람이 각자의 생활 속에서 '공부'가 필요하다고 느낍니다. 그러니까 '대학에 안 갈 거니까 공부는 안 해도 된다.'라는 건 잘못된 생각입니다. 오히려 사회에 나가면 학교 수업과는 별개로 공부를 전보다 더 열심히 해야 합니다. 이것은 틀림없는 사실이에요.

즉 공부는 학생뿐만 아니라 여러 세대의 사람들이 각자의 생활 속에서 해야 할 필요성을 느끼는 도구입니다.

무엇을 위한 도구인지 감이 잡히셨나요?

여러 가지 예를 들어보면서 생각해보세요.

공부를 좋아하는 '편지가게' 드림

와카의 세 번째 편지
자신을 갈고닦기 위해 공부하는 거 아닐까요?

안녕하세요, 편지가게 씨?

제가 제 답에 만족하지 못했던 이유를 정말 멋지게 설명하셨어요. 읽으면서 '맞아, 맞아. 그런 거였구나.' 하며 이해할 수 있었습니다. 그리고 조금 부끄러워졌어요.

　실은 같은 반에 공부를 굉장히 잘하는 친구가 있는데, 성적표를 받을 때 "대단하다. 공부를 잘해서 좋겠다."라며 칭찬한 적이 있습니다. 그 친구는 그런 말을 들을 때마다 "그렇지 않아." 하고 말하며 쓴웃음을 지었지만요. 그 누구도 그 아이의 노력을 눈여겨보지 않았어요. 어쩌면 '그것을 알아주기 바랐던 건 아니었을까?' 하는 생각을 했습니다.

　어쨌든 공부라는 도구를 사용해서 얻을 수 있는 건 참 많네요. 제가 생각하고 있던 것보다 훨씬 심오하다는 걸 깨달았습니다. 덕분에 희미하게나마 공부라는 도구가 무엇을 위해 존재하는지 알 것 같은 기분이에요.

　힌트는 첫 번째 편지에도 있었더군요. 이런저런 생각을 하다가 문득 서로 관련이 있는 것 같은 느낌이 들었어요.

　편지가게 씨는 첫 번째 편지에서 이렇게 가르쳐주셨죠?

　"공부라는 도구를 옳지 않은 방법으로 사용함으로써 공부 못하는 사람을 깔보는 사람도 있다. 인사도 제대로 할 줄 모르는 사람도 있다. 다른 사람을 비판만 한다. 사람의 마음을 헤아리는 것도 하지 못한다. 대화조차 제대로 하지 못한다. 다른 나라를 미워하기도 한다. 다른 나라의 문화를 부정한다. 세상 사람들에게 해가 되는 물건을 만들기도 한다."

두 번째 편지에서 "공부라는 도구는 사람의 마음을 헤아리는 데 도움을 주기도 한다."라는 걸 보며 생각해냈습니다. 이건 첫 번째 편지에 쓰여 있던 "공부를 못하는 사람을 깔보고, 이해하지 못한다."와 정반대인 것 같아요.

때문에 공부를 유용하게 사용하면, 사람들에게 사랑받는다든지 다른 나라를 좋아하게 된다든지 세상 사람들이 좋아하는 것을 만들 수도 있겠다는 생각을 하게 되었습니다.

중학교 동창생 중에 너무너무 가고 싶어 하던 고등학교에 합격했는데도 등교거부를 한 친구가 있어요. 반 분위기에 적응을 하지 못했다고 하더군요. 반대로 원하던 고등학교에 가지 못해서 할 수 없이 다른 고등학교에 갔지만, 지금은 마음껏 고등학교 생활을 즐기고 있는 친구도 있어요.

분명 대학도 그런 거겠죠?

반드시 행복해진다는 보장도 없는데 '대학에 가는 편이 행복하니까, 그걸 위해 공부해야지.'라는 생각으로 공부를 하는 건 이치에 맞지 않는 것 같아요.

그렇게 생각하면 대학합격이라는 것은 인내심이나 고난을 극복하는 경험 같은 것을 손에 넣기 위해 '공부'라는 도구를 사용하며 얻게 되는 '포상' 같은 것으로, 본래의 목적이 아니라는 생각을 하게 되었습니다. 왜냐하면 대학에 가지 않는 사람도 무언가 배워야 하기 때문이죠.

제 결론은 이렇습니다.

"공부라는 도구는 자신을 갈고닦기 위해 존재한다."

이것도 어디선가 들은 이야기일지도 모르지만, 이번에는 진심으로 한 말입니다.

이번엔 조금 자신 있어요. 어떤가요?

우치다 와카 드림

자신의 어떤 부분을
빛나게 하고 싶은지가 중요하죠

안녕하세요, 와카 씨?

예상했던 대로 훌륭한 답을 내셨군요.

"공부는 자신을 갈고닦기 위한 도구다."

저도 같은 생각이에요. 다만 저는 조금 다른 방식으로 설명할게요.

"공부라는 도구는 자신을 반짝반짝하게 갈고닦아, 어제와는 다른 내가 되기 위해 존재한다."

그러니까 공부라는 도구를 사용해서 성적이 오른다고 해도, 다른 사람들이 나를 기피한다면 올바르게 사용하고 있는 게 아니에요. 자신을 반짝반짝하게 갈고닦기 위해서 공부라는 도구를 사용해야 하는 거죠.

'대학합격'을 목표로 해도 행복할지 아닐지 모르는 것은 이 때문입니다. 합격할 수 있는지 없는지가 아니라, 자신을 갈고닦았는지 아닌지에 따라 '공부라는 도구를 잘 사용했는가?'가 정해집니다. 그렇기 때문에 합격해서 불행해지는 사람도 있고 불합격해도 행복해지는 사람이 있는 거예요.

세상엔 자식에게 축구를 가르치고 싶어 하는 부모가 많습니다. 왜 그럴까요? 국가대표 선수로 키우려고?

그렇진 않습니다. 계속 축구를 하면 결과적으로 그렇게 될지 모르지만, 부모는 전혀 다른 의도가 있습니다.

예를 들어 협동심의 중요성, 끝까지 해내는 인내심, 다른 사람의 실패를 비난하지 않는 상냥함, 가르쳐주는 사람에게 감사하는 마음 등등. 이런 것들을 몸에 익히길 바라기 때문입니다. 물론 무엇보다도 건강하게 자랐으면 하는 바람 때문일지도 모르죠.

"마음이나 몸의 성장은 상관없으니까, 기술만 연마해서 장래에 프로선수가 되게 해주세요."라는 부모가 있을지도 모르겠습니다.

그러면 저는 망설이지 않고 이렇게 대답할 겁니다.

"그건 안 돼요. 마음의 성장 없이 성과를 얻는 것은 불가능한 일입니다."

세상에는 축구 말고 '공부'를 가르치려는 부모도 많아요.

'나중에 ○○대학에 합격하기 위해'라는 목적만으로 학원에 보내기도 합니다. 실은 본인이 노력한 최종적인 결과로 손에 넣을 수 있는 것인데 말이죠.

와카 씨가 깨달은 바와 같이 공부를 해서 얻을 수 있는 것은 정말 많습니다. 그중 대다수는 마음을 성장시키거나 자신을 갈고닦기 위한 것이죠.

하지만 만약 "마음의 성장은 어찌 되든 상관없으니 기술만 향상시켜서 장래에 ○○대학에 보내주세요."라는 부모가 있다면 어떨까요?

네, 그렇습니다. 이렇게 대답할 수밖에 없어요.

"그건 안 됩니다. 마음의 성장 없이는 그 결과를 얻을 수 없어요. 만일에 얻었다 해도 아이에게 득이 되지 않을 것입니다."

이렇게 축구와 비교해서 생각하면 성적을 올리지 못하는 아이를 혼낼 필요가 없다는 것을 깨닫게 됩니다. 도리어 점수를 얻는 것에만 몰두한다면 그것이 혼날 일이죠.

"그런 걸 배우라고 공부를 하라는 게 아니야!"라고 말입니다.

자, 지금까지 제 이야기를 잘 따라와준 와카 씨도 이런 의문을 가질지 모르겠네요.

'그럼, 공부가 아니라 축구를 해도 되는 거잖아?'

그래요. 분명히 이런저런 일을 배우기 위한 도구를 공부라고 한다면 '축구'도 훌륭한 도구입니다. 게다가 이러한 운동이 아니면 배울 수 없는 것도 있지요. 예를 들어 건강한 몸을 만들기 위한 도구에 '공부'는 맞지 않아요.

이와 비슷하게 '공부'라는 도구로는 할 수 있지만, '축구'라는 도구론 할 수 없는 일도 많습니다.

예를 들어 공부라는 도구를 사용해서 자기 자신을 갈고 닦은 사람은 대부분 그 목적을 달성한 후 세상을 뜰 때까지 훌륭한 인생을 보낼 수 있습니다. 그러나 축구나 야구 같은 운동으로 대업을 이룬 사람을 보면, 은퇴 후에 남은 인생이 반드시 훌륭하다고 볼 수는 없어요. 역시 각각의 도구에는 가장 적합한 분야가 있는 것 같아요.

제가 아는 범위 내에서 '공부'라는 도구가 적합한 분야를 말씀드릴게요.

먼저 공부를 하면 혼자서도 자신을 갈고닦을 수 있습니다. 운동은 혼자서 할 수 없는 종목이 많기에 시간이나 장소 등 여러 가지 제한이 있지요.

예를 들어 100미터를 10초에 달리는 선수가 열심히 연습하면 100미터를 5초에 달릴 수 있게 될까요? 그건 불가능합니다. 어떻게 되었든 어느 정도 한계가 있습니다. 물론 전성기도 문제고요.

즉 운동은 계속하면 할수록 '새로운 내가 되는 것'이 어려워집니다.

하지만 공부는 그런 걱정이 없어요.

와카 씨는 가사를 외워서 부를 수 있는 노래가 몇 곡인가요? 여고생이니까 꽤 많을 거예요. 그럼 그 양에 한계가 있다고 생각하나요? 그럴 리 없겠죠. 외우려고만 하면 얼마든지 외울 수 있을 테죠?

두뇌를 단련할 때에는 '이 이상 들어갈 수 없는 한계'가 없습니다. 게다가 몸을 사용하는 운동과는 다르게 한 번 익히면 녹슬지 않고 평생을 쓸 수 있습니다. 정말이에요. 뇌는 잘 단련해두면 평생 녹스는 일 없이 사용할 수 있습니다.

이것이 공부의 특기일까요?

'그럼, 피아노는?' 하며 의문을 가지는 사람도 있을 것입니다.

그래도 역시 저는 '공부'라는 도구가 자신을 갈고닦는 도구로써 가장 뛰어나다고 생각합니다.

그 이유를 깨닫기 위해선 한 번쯤 '공부한다'는 말의 의미를 곰곰이 생각해볼 필요가 있습니다. '공부한다'라는 것은 어떤 것일까요? 이것을 다른 말로 설명해보겠습니다.

"지금까지 이 지구상에 존재했던 사람들이 경험하고 발견한 것 중 다음 세대에 전해줄 만한 훌륭한 지식이나 지혜를 자신이 물려받아 내 것으로 만드는 일."

조금 다른 이야기를 해볼까요?

인간은 이 지구상에서 가장 강한 생물로 군림하고 있습니다. 자연계는 약육강식, 즉 강한 자가 약한 자를 먹어치우는 것이 법칙입니다만, 인간이 다른 동물에게 먹힐 일은 없지요.

왜 그럴까요?

원시시대부터 인간은 누군가가 경험한 일 혹은 발견한 것을 받아들여 왔습니다. 즉 '공부'했기 때문에 선조의 지혜를 배우며 어제의 나와 다른 내가 되는 변화를 반복해왔습니다. 그렇게 문명을 쌓아올렸기에 다른 동물과 서로 다른 길을 걷고 있는 것이 아닐까요?

'공부'란 다른 동물은 할 수 없는 지식을 전수하는 일을 말합니다.

축구나 피아노 같은 것들은 조상의 업적에 다다르기 위해 평생을 바쳐야 할 수도 있습니다. 그뿐인가요. 일류 선수나 연주자의 기술은 평생을 노력하더라도 익힐 수 없을지도 몰라요.

반면 요즘 아이들은 어느 수학자가 평생을 바쳐 발견한 공식을 고작 몇 분의 설명만을 듣고 자신의 것으로 만들 수 있습니다.

너무 거창한 이야긴가요?

자, 일단 당신에게 공부라는 도구를 빼앗았습니다.

지금까지 편지를 주고받으며 공부라는 도구가 자신을 갈고닦기 위한 최고의 도구라는 것을 알게 되었을 거라 생각해요. 즉 당신에게 '자신을 빛나게 하는 최고의 도구'를 사용하면 안 된다고 한 거죠.

어때요? 그렇게 생각하면 슬슬 그 도구를 사용하고 싶어지지 않나요?

거의 다 왔습니다. 조금만 더 참아주세요.

그사이에 생각해야 할 것이 있습니다.

"공부라는 도구를 사용해서 어떤 것을 단련할 것인가?"

"나의 어떤 부분을 빛나게 할 것인가?"

잊지 마세요. 당신이 생각하는 모든 것은 '공부'라는 도구를 사용해 손에 넣을 수 있고, 생각하지 않은 것은 손에 넣을 수 없습니다.

맘껏 욕심내서 열심히 생각해보세요.

축구부에서 언제나 후보 선수였던 '편지가게' 드림

정신을 차리고 보니 고등학교 2학년 여름방학도 벌써 반이나 지나 있었다.

'공부를 하면 안 된다'는 것이 이렇게 스트레스를 많이 받는 일이었다니⋯⋯. 와카는 생각지도 못했다.

특히 편지가게 씨가 보내준 편지에서 '공부한다'는 것이 어떤 것이고 그 공부가 무엇을 하기 위한 도구인가를 배운 후 '공부하고 싶다'는 생각이 마음속 깊은 곳에서 꼬물꼬물 솟아오르는 기분이었다.

'공부를 다른 말로 바꾸다니. 생각해본 적도 없었지만, 편지가게 씨의 말은 잘 알겠어. 지금까지 이 지구상에 존재했던 사람들이 경험하고 발견해서 다음 세대에게 전해준 훌륭한 지식이나 지혜를 배워 내 것으로 하는 것. 음, 맞아! 그런 거야! 그렇다면 이런 수많은 것들을 모른 채 살아간다는 건 내 인생을 쓸데없이 낭비하는 것일지도 몰라. 내가 평생 동안 겨우 알아낸 것을 공부라는 도구로 불과 5분 만에 알게 된다면⋯⋯.'

와카는 침대에 누우며 그런 생각을 했다.

책장으로 눈을 돌리니, 여름방학 동안 한 번도 펴보지 않았던 교과서와 참고서가 쌓여 있었다. 그 하나하나가 많은 사람들이 일생을 다해 연구한 것들을 집대성한 것이라고 생각하니, 마치 한 권 한 권이 "와카, 어서 날 펴봐. 여기에 쓰여 있는 걸 네 것으로 만드는 거야." 하고 말을 거는 것 같았다.

"조금 있으면 분명히 나 자신도 공부하고 싶어서 못 견디게 될 거야. 그러니까 조금만 더 기다려줘."

와카는 책장을 향해서 웃고 있는 자신이 왠지 이상하게 느껴졌다.

제3장

이럴 수가,
공부가 하고 싶다니 …

" 꿈이 바로 앞에 있는데 왜 팔을 뻗지 않는가?
미래에 투자하는 것이야말로
행복을 위한 충실한 지름길이다. **"**

부모님이 요론 섬에서 돌아온 후에도 고등학교 졸업 후에 무엇을 할 것인가에 대한 대화는 전혀 없었다. 방학 전에 와카가 "고등학교를 졸업하면 취직할 거야."라는 말을 한 후로 부모님과의 관계는 변함이 없었다.

　그러다 백중날에 오빠네 부부가 놀러 오기로 했을 때, 아빠가 말을 꺼냈다.

　"요시타로가 오기 전에 너와 할 이야기가 있단다."

　와카는 순간 움찔했다.

　'큰일 났다. 졸업 후 진로 이야기를 하실 거야. 그때는 아무렇게나 말했지만, 지금은 뭐라고 대답해야 좋을까……'

편지가게 씨와 편지를 교환하는 것은 '공부'를 계속하기 위해서였다. 하지만 "전엔 그만 울컥해서 그런 말을 했는데, 지금은 대학에 가고 싶어." 하고 솔직하게 이야기할 수 있는 마음의 준비도, 열심히 공부할 각오도 아직 서지 않았다.

그러나 아빠의 이야기는 와카의 진로에 대한 것이 아니었다. 아니, 그 이상으로 와카의 장래를 좌우할 만한 충격적인 이야기였다.

"네가 고등학교를 졸업하면 엄마랑 아빠는 요론 섬에서 살기로 했단다."

"살기로 했다니……? 벌써 그러기로 했단 거야?"

"그렇단다. 집도 보고 왔어. 처음 몇 년은 하던 일도 있고 해서 여기서 왔다 갔다 할 테지만, 이쪽 일을 다 정리하면 그쪽으로 옮기기로 했어."

아빠는 웃음을 띠고 있다.

'딸을 혼자 내버려두고 둘이서 다른 곳, 그것도 하필 요론 섬같이 먼 곳으로 간다니, 딸의 인생은 생각도 안 하는 거야?'라는 말이 목구멍까지 올라왔지만 참았다. 부모님에게 어리광을 피우는 것이라고 생각했기 때문이다. 와카의 또래

중에는 대학교에 가기 위해 부모님 곁을 떠나 공부하는 친구도 있었다.

그리고 부모님에겐 부모님의 인생이 있다.

'나는 어떻게 해야 좋을까?'

내 길은 내가 정해야 한다는 것을 잘 알고 있었지만 섣부르게 선택할 수 없었다. 아니, 선택할 수 있을 리가 없었다.

아빠는 와카의 기분을 이해한 듯 이렇게 말했다.

"와카는 어떻게 할지 혼자서 정하도록 해. 엄마 아빠랑 같이 요론 섬에서 살고 싶으면 그래도 좋아. 대신 거기서 작은 펜션을 운영하려고 하니까, 올 거라면 같이 일을 했으면 해. 고등학교를 졸업하고 여기에 남아 일을 하고 싶다면, 자립해서 자신이 버는 범위 내에서 생활하도록 하고. 물론 부모니까 싸고 좋은 집을 구하는 건 도와줄 거야. 아빠 직업상 그런 정보는 잘 아니까 말이야. 단, 집세는 자기가 벌어서 내는 거야."

아빠의 직업은 공인중개사다.

"대학에 갈 거라면, 대학을 졸업할 때까지 학비와 생활비는 보태줄 거야. 살 곳도 제대로 마련해줄게. 누가 뭐래도 학생의 본분은 공부니까. 다만 아무 대학이나 다 되는 건 아냐. 우리 집은 아무런 노력 없이 들어갈 수 있는 대학이나, 좋은 인간관계를 맺을 수 없는 대학에 보내줄 여유가 안 돼. 성적이 높아야 하거나 유명한 대학이 아니더라도 열심히 노력한 결과로 들어갈 수 있는 대학이라면 지원해줄 테니까. 알겠지?"

"응……. 알았어. 생각해볼게……."

와카는 자신의 유약함을 뼈저리게 느꼈다.

'대학에 못 가면 일하면 되지. 그럼 자유롭게 쓸 수 있는 돈이 많아지니까 하고 싶은 것도 다 하고, 사고 싶은 것도 살 수 있을 거야.'

처음엔 이렇게 생각했다. 하지만 그것은 지금처럼 부모님이 돌봐주신다는 걸 전제로 한 것이었다.

와카는 편지가게 씨와 편지교환을 하며 '공부라는 도구를 올바르게 사용하고 싶다.'는 생각이 커졌다. 게다가 아빠의 선언으로 졸업 후 취업을 해야겠다는 생각은 완전히 사라져 버렸다.

'대학에 가자.'

와카는 처음으로 굳게 맹세했다.

여느 때보다 편지를 쓰는 시간이 길어졌다.

하루라도 빨리 '공부 시작'을 알리는 종이 치길 간절히 바랐기 때문이다.

와카의 네 번째 편지

슬슬 공부를 해도 될까요?

안녕하세요, 편지가게 씨?

지금의 저는 여태껏 느껴본 적 없는 기분을 맛보고 있습니다. 바로 공부를 할 수 없다는 고통이에요.

처음엔 '정말 안 해도 될까?'라는 초조함만 있었습니다. 하지만 '공부'라는 도구를 사용함으로써 어떤 일이 가능한지를 알고 나서는, 다른 계기도 있었지만 점점 공부가 '하고 싶은 일'처럼 느껴졌습니다.

'이제 좀 하고 싶다'고 생각했던 것이 '해야 한다'라고 바뀌었다면, 갑자기 신경이 쓰이기 시작했다는 의미겠지요.

지금은 공부하고 싶다는 생각이 정말로 간절합니다. 그래서 그 마음을 피아노 연습에 쏟아붓고 있어요.

실은 며칠 전, 옛날에 다녔던 피아노 학원의 선생님을 우연히 만났는데 "오랜만에 발표회에 나와 보지 않을래?" 하고 권유하더라고요. 연주곡은 하고 싶은 것을 마음대로 해도 괜찮다기에 편지가게 씨가 편지에 쓰셨던 '목성'을 연주하기로 했습니다.

옛날에는 피아노 연습이 괴롭기 그지없었는데, 지금은 정말 재미있습니다. 실은 편지가게 씨에게 배운 것을 피아노 연습에 적용하고 있거든요.

'피아노'라는 도구를 사용하여 저를 갈고닦으려고 합니다. 그렇게 하면 '할 수 있나 없나'를 신경 쓰는 게 아니라 더더욱 나를 단련하려 하겠죠? 그것을 깨달았습니다. 옛날엔 '능숙해지는 것'밖에 생각하지 않았거든요.

이야기가 샜네요.

제가 이번에 공부를 시작한다면 '그 도구를 사용해서 나의 어떤 부분을 단련할 것인가?'라는 문제를 주셨죠?

여러 가지 욕심내도 좋다고 해서 제 나름대로 생각해봤습니다만, 그것을 말로 하려니 정말 어렵네요.

먼저 '공부'라는 도구를 사용해서 노력하는 사람의 마음을 이해할 수 있는 사람이 되고 싶습니다. 노력하지 않는 사람의 마음도 알 수 있게 되면 좋겠네요. 인내심도 키우고 싶고, 고비를 극복하는 힘도 기르고 싶습니다. 물론 많은 것을 알고 싶고, 알고 있다고 해서 자만에 빠지지 않고 다른 사람들에게 도움이 되는 사람이 되고 싶어요.

그 외에도 더 많이 있을 거라 생각해요.

쓰다 보면 '아, 이것도!' 하고 생각할지 모르지만 어째선지 지금은 잘 표현할 수 없네요.

음, 아마도 남들에겐 상냥하고 자신에겐 엄격한, 그런 멋진 사람이 되기 위해 '공부'라는 도구를 사용하고 싶은 것 같아요.

이를 위해 '공부'라는 도구를 사용해보고자 합니다.

슬슬 이 멋진 도구를 사용해도 될까요?

우치다 와카 드림

도중에 그만두면 안 한 것만 못하죠

안녕하세요, 와카 씨?

'공부'라는 도구를 정말로 사용하고 싶어졌다는 것이 잘 느껴지는 편지였습니다. 하지만 조금만 더 기다려주세요.

누구나 '열심히 공부해야지!' 하는 결심을 해도, 작심삼일로 끝난 경험이 있을 겁니다.

지금 당신이 품고 있는 '공부하고 싶다'는 마음을 일회성으로 끝내지 않기 위해서도 좀 더 이러저러한 이야기를 하는 게 좋다고 생각해요. 그때까지 공부하고 싶은 기분을 꾹 참고, '공부를 시작하면 이렇게 해야겠다!'라는 열의를 달구세요.

얼마 전 뒷산에 산책을 갔을 때, 재미있는 것을 발견했습니다. 사진을 찍고 현상을 해서, 액자에 넣어 방에 걸었지요. 같이 보낸 사진을 보세요. 그 액자 안에 있는 사진이 뒷산에서 찍은 것입니다.

자세히 보세요. 뭔가 보이나요?

'도대체 뭐지? 왠지 나무가 쓰러져 있는 것처럼 보이는데…….' 하고 생각할지도 모르겠네요.

사진의 가운데에 커다란 나무가 쓰러져 있죠? 특별할 것 없는 커다란 나무. 잘린 건지 쓰러진 건지 모르겠지만 꽤 오래된 것 같죠?

그 나무를 보며 당신이 생각해야 할 것이 있습니다. 이 나무가 세상에 존재하는 이유는 무엇일까요?

사진에 찍힌 나무는 어느 산에서나 볼 수 있는 쓰러져 있는 한 그루의 썩은 나무일 뿐입니다. 그런데 그곳에 왜 존재하는 것일까요? 그곳에 쓰러져 있는 것이 무슨 도움이 되는 걸까요?

한 가지 이유는 쉽게 찾을 수 있겠네요. 생태계의 한 부분으로 역할을 한다는 겁니다. 썩은 나무는 미생물에게 분해되어 새로운 나무를 자라게 하기 위한 영양분이 됩니다. 그러니까 아무런 의미가 없는 게 아니죠.

단, 다른 나무가 그곳에 있어도 같은 역할을 하겠죠. 그런

데 다른 나무가 아닌, 지금 당신이 보고 있는 그 나무가 존재하는 이유가 뭘까요? 이 질문의 답을 찾는 것은 정말로 어려운 일입니다.

제가 좀 더 쉽게 답을 찾을 수 있도록 도와드리죠. 사진을 다시 한 번 잘 보세요. 그 안에 '이 나무'가 존재하는 의미가 있는데 혹시 찾으셨나요?

실은 뒷산에서 찍은 사진을 넣어둔 액자는 그 나무를 한 토막 가져와서 만든 것입니다.

썩은 나무의 존재 의미를 찾는 게 처음엔 어려울지도 모릅니다. 하지만 그것을 이용해 액자를 만들면 특별한 의미가 생깁니다. 방을 장식할 물건이 된다는 것이죠.

물론 나무로 다른 어떤 것을 만들어도 상관없습니다. 젓가락을 만들 수도 있겠죠. 불상을 조각하는 사람에게 맡겨 불상을 만들어도 좋고, 또는 종이를 만들어도 좋습니다. 장작으로 사용하여 불을 피울 수도 있겠죠. 단지 그곳에 쓰러져 있었을 뿐인 나무도 사용하는 방법에 따라서 많은 의미를 가질 수 있습니다.

자기 자신에게 이와 비슷한, 어려운 질문을 던지는 사람이 많습니다.

'나는 무엇을 위해 존재하는 것일까?'

젊은이들은 이 질문에 몹시 괴로워합니다. 자기 인생의 의미를 찾는 일은 매우 어렵기 때문입니다. 나를 갈고닦아 쓸 만한 사람이 된다는 것은 잔디밭에서 바늘을 찾는 것만큼 어려운 일이죠.

인간은 스스로를 다듬어 쓸모 있는 존재가 되었을 때, 비로소 인생의 의미를 찾았다고 자각합니다. 처음부터 의미를 알고 그것을 향해 살아가는 것이 아닙니다. 자신의 인생에 의미가 있다는 것을 자각하고 싶으면, 우선 자신을 갈고닦아 원하는 형태로 만들어 의미를 갖게 하는 수밖에 없습니다.

공부를 하는 젊은이들은 아직 아무런 도움이 안 되는 한 그루의 나무를 깎아내거나 다듬거나 형태를 바꾸면서 자신에게 무언가 의미를 부여하려 합니다. 그러다 보면 문득 망설임이 생깁니다.

'나라는 재료는 깎아도 좋은 걸까?'

다름 아닌 나 자신이라는 나무이기에 이왕이면 멋진 것을 만들고 싶다고 생각하는 건 당연합니다. 그러나 대단한 것을 만들려고 하면 할수록, 만들기 어려워서 도중에 지치고 맙니다. 그리고 이런 생각을 하지요.

'난 정말 이런 걸 만들고 싶은 걸까?'

그리고 도중에 포기합니다.

그 결과 자신의 가능성을 무엇에 쓸지 잊어버린 채 '난 왜 태어났을까?' 하고 고뇌합니다.

무언가를 만들면서 중간에 꼭 한 번씩은 생각하는 거죠.

'이런 것을 만드는 게 의미가 있는 걸까?'

완성하기까지 몇 년이고 걸리는 것을 만드는 것이니, 어지간히 강렬한 '무언가'를 지니지 않으면 한 번쯤은 생각하는 문제입니다. 그 '무언가'가 어떤 것인지는 다음에 이야기하도록 해요.

지금은 다른 것을 알려주기 위해 이 이야기를 꺼냈습니다.

분명 하나밖에 없는 나라는 나무를 깎으려고 생각하면, 될 수 있는 한 좋은 것을 만들고 싶기 때문에 무엇을 만들 것인지 신중하게 생각해야겠죠. 그것이 첫발을 내딛기가 어

94

려운 이유입니다.

장래에 하고 싶은 일이 불확실하기에 공부라는 행동을 시작할 엄두가 나지 않는 수험생의 마음속 깊은 곳에 이런 심리가 작용하고 있을 거예요.

하지만 우리들은 산 위에 너부러진 한 그루의 썩은 나무가 아닙니다. 그렇기에 자신을 다 자란 나무라고 생각지 말고, '나에겐 다듬어야만 하는 나무가 필요한 만큼 계속해서 생긴다'고 생각하길 바랍니다. 당신은 그것을 다듬거나 조각하거나 또는 깎으면서 만들고 싶은 것을 위해 계속 노력하는 사람이에요.

제가 뒷산에 가서 원하는 만큼 나무를 주워오는 것처럼 당신에게도 원하는 만큼 다듬을 수 있는 나무가 계속해서 생기는 겁니다. 한 사람의 인간이 하는 역할은 하나가 아닙니다. 자기의 존재 이유는 몇 개든 만들 수 있습니다.

중요한 것은 자그마한 역할이라도 좋으니 한번 시작하면 끝까지 그것을 완성하는 겁니다. 무엇이든 좋으니, '나는 이런 것에 도움을 주고 있다'고 마음속으로 생각하며 원하는 것을 만드는 겁니다.

그렇게 한 가지를 완성하면 또 다른 것을 만들고 싶은 욕망이 생깁니다. 그렇게 하나씩 하나씩 자신의 인생에 의미를 부여하는 거예요.

하지만 앞서 말했듯이 자신이 이 세상에 존재하는 의미를 만들려고 할 때에는 도중에 반드시 '그런 것을 만들어서 의미가 있는 걸까?'라는 망설임이 생깁니다.

이때 망설이면 안 돼요. 한번 만들려고 정했으면 될지 안될지는 문제가 아닙니다. 우선 완성하는 일이 최우선입니다. 그리고 하나의 의미를 손에 넣고 나서, 또 다른 무언가를 손에 넣으면 되는 거예요.

알겠어요? 자신이 살아가는 의미는 스스로 만들어가는 거예요. 태어나면서부터 주어진 삶의 의미를 바로 찾으려고 한다면 찾을 수 없어요. 기다리고 있으면 저절로 알게 되는 것도 아니에요.

단 한 가지라도 좋아요. 어떤 작은 것이라도 좋아요. 자신이 살아가는 의미를 손에 넣으면 당신의 인생이 여느 때보다 반짝반짝 빛나게 보일 겁니다.

　다음 편지에서는 갖고 있지 않으면 망설임이 생겼을 때 도중에 포기해버리게 하는 '무언가'에 대한 이야기를 해보죠.

　그것이 무엇일까 생각해보세요.

　　　　　　물건 만드는 것을 좋아하는 '편지가게' 드림

와카의 다섯 번째 편지
전 왜 공부를 하면서도 불안할까요?

　안녕하세요, 편지가게 씨?

　편지 항상 감사해요.

　지난번 편지를 읽고 제 미래가 조금은 밝아진 것 같은 기분이었어요.

　저는 지금까지 '진로를 결정한다는 것은 자신의 장래를 한 가지로 확실하게 정하는 것'이라고 생각했어요. 그렇게 생각했더니 좀처럼 한 가지로 좁힐 수 없었습니다. 물론 그것을 핑계로 중요한 일을 피해왔습니다. 그래서 뭘 해도 어영부영하며 보냈어요.

가장 좋은 예가 '공부'지요.

부끄럽지만 저는 잘하는 교과목이 없어요. 공부를 하지 않았으니 당연한 이야기지만, 어떤 것도 서툽니다. 수학이 가장 어려워요. 그래서 문과를 가려고 했지만 국립대학교에 가려면 수학을 공부해야 하고, 실은 농학부에 흥미가 있어서 수학 공부를 그만둘 용기가 나질 않았습니다.

그런데 문과 과목도 깜깜합니다. 암기과목은 젬병이라 국사나 세계사에서 좋은 점수를 받을 거라고 기대하지 않았어요(물론 지금은 암기를 못하는 게 아니라 여태껏 역사라는 것과 접한 경험이 너무 적었기 때문이라는 것을 알고 있어요). 영어나 국어도 단어나 숙어를 외워야 하니까, 거기서 좌절하고 말았어요. 그렇기 때문에 문과 계열이 적성에 맞을 거라고 생각하면서도, 어떤 과목을 주력으로 해야 할지 몰랐습니다.

그러니 시험 전에는 편지가게 씨가 말했던 일들이 실제로 벌어지기도 했죠. 예를 들어 내일 수학, 국사, 영어 시험이 있다면, 먼저 영어 공부를 시작합니다. 시간을 들여 시험 범위 내의 단어나 숙어를 외우려 하죠.

그런데 두 시간쯤 지나서 그때까지 공부한 것을 확인해보면, 조금 전에 봤던 단어나 숙어가 좀처럼 기억이 나질 않습니다. 그러고는 불안해집니다.

'이렇게 공부해서 괜찮을까? 영어보다 국사가 짧은 시간 공부해서 더 많은 점수를 얻을 수 있을지도…….'

그리고 영어를 팽개치고 국사 공부를 시작합니다. 그러다가 '국사나 영어는 내버려둬도 평균은 할지도 몰라. 하지만 수학은 잘못하면 0점일지도…….'라는 생각에 불안해져서 "국사를 하고 있을 때가 아니야!" 하고는 수학 문제집을 폅니다. 그러고는 또 다른 문제에 부딪힙니다.

문제 한 개와 씨름하느라 두 시간. 간신히 답을 적고 확인해보면 맨 처음 세운 공식의 오류를 발견하고 공책에 적은 공식을 전부 지우개로 지웁니다.

황급히 지우는 동안 마음은 와르르 무너져요.

결국 네다섯 시간이나 공부를 하면서 '이런 걸 하고 있느니, 다른 걸 하는 게 의미가 있을 거야.'라는 생각만 계속하고 공부는 전혀 하지 못한 적도 종종 있습니다. 정말로 바보 같죠.

그리고 '이럴 줄 알았으면, 처음부터 영어만 주야장천 파는 건데. 그랬으면 한 과목이라도 제대로 봤을 거잖아.' 하고 언제나 뒤늦게 후회하지요.

이대로라면 편지가게 씨가 말했던 내용과 붕어빵이네요.

그래서 그런지 네 번째 편지의 이야기 자체는 좀 추상적이었지만, '그래! 나도 항상 그래! 나무를 깎다 보면 도중에 다른 것을 만드는 것이 좋지 않나 생각하고 그것을 팽개쳐. 결과적으로 아무것도 만들지 못하잖아.'라며 마음속으로 반성했습니다.

어떤 일을 할 때에 다른 것이 신경 쓰여 도중에 그만두는 일을 반복하는 내가 가지고 있지 않은 것이 편지가게 씨가 말씀하신 '무언가'이지요?

말로 설명하긴 어렵지만, 그 무언가란 '자신이 지금 하고 있는 일이 자신에게 가장 의미 있는 일이라고 생각하는 것'은 아닌가요? 자신이 한 선택을 믿는 힘이라 해야 하나요?

그것이 '무언가'의 정체라고 생각합니다. 어떤가요?

아아, 그건 그렇고 공부하고 싶어요!

지금이라면 수학문제를 푸는 데 몇 시간이 걸리더라도, 그것이 저에게 의미 있는 일이라고 생각하며 풀 수 있을 것 같아요.

'공부 금지!'가 풀리는 날이 점점 기다려집니다.

우치다 와카 드림

편지가게의 다섯 번째 편지

의지를 쌓는 연습이 먼저일 것 같군요

안녕하세요, 와카 씨?

즐겁게 읽었어요.

편지에 쓰여 있던 와카 씨의 갈등은 잘 알고 있답니다.

그것이야말로 많은 수험생이 겪는 갈등이에요. 그리고 불합격했을 때 이렇게 생각하지요.

'왠지 허둥지둥했을 뿐, 1년 동안 결국 아무것도 못했구나. 이럴 줄 알았다면 영어 한 과목만이라도 제대로 공부할걸……'

오늘 이 편지에서 바로 그 이야기를 하려 했었는데 그럴 필요가 없어졌네요.

곧바로 '무언가'에 대해 이야기하도록 하죠.

"내가 지금부터 어딘가에 쓸모 있는 사람이 되어야겠다고 생각했을 때, 무언가를 성취해야겠다고 생각했을 때, '무언가'를 가지고 있지 않다면 도중에 '애초에 이런 것을 해봤자 무슨 의미가 있는 걸까?'란 망설임이 생깁니다."

이것이 지난 편지의 내용이었죠?

그 '무언가'란 바로 '의지'입니다.

의외로 간단한 대답이라서 놀랐을지도 모르겠네요.

하지만 '의지'는 당신의 인생 전부를 좌우하는 힘을 갖고 있습니다.

의지가 강한 사람은 어떤 일이라도 해내고 맙니다. 반면

의지가 약한 사람은 그 어떤 간단한 일이라도 해내지 못합니다.

자전거를 타고 전국 일주를 한다고 생각해보세요. 꼭 필요한 것은 뭘까요?

체력, 돈, 식료품 같은 다른 도구가 필요한 것이 아닙니다.

'꼭 해야겠다고 다짐한 일을 끝까지 해내는 강한 의지', 이 것만 있으면 아무리 돈이 없고, 먹을 것이 없고, 잠자리가 없어 고생한다고 하더라도 끝까지 해낼 수 있습니다. 절대로 그만두지 않겠다는 의지만 있다면, 도중에 많은 사람에게 도움을 받으면서 골인 지점까지 도착하는 경험을 할 수 있어요.

불가능을 가능하게 만드는 것은 '의지'의 힘입니다.

예를 하나 들어볼까요? 만약 이런 결심을 했다고 합시다.

'어차피 영어를 공부할 거라면 모국어처럼 구사할 수 있도록 하자.'

혹시 비슷한 생각을 했던 적이 있지 않나요? 그 계기는 대체로 매우 단순합니다. 외국인과 유창하게 대화하는 사람을 보고 '멋져 보여서' 같은 유치한 것일 수도 있어요.

하지만 일단 시작해보면 꽤 험난합니다. 그래서 이런 생각을 하기 시작하죠.

'대체 영어 회화 따위가 무슨 큰 의미가 있는 거야?'

의미는 있을지도 모르지만, 우리들은 영어 회화를 할 줄 몰라도 일상생활에 전혀 지장 없이 살 수 있는 많은 사람들 속에 묻혀 살고 있으니까요. 그때 마음 한구석에서 이런 소리가 들려옵니다.

'어차피 평생 국내에서 살 거라면 영어 회화 따윈 못해도 괜찮아.'

'영어 회화를 할 줄 몰라도 행복한 사람들은 얼마든지 있잖아.'

'영어보단 자격증을 따는 게 더 좋을 거야. 취직할 때 유리할 테니까.'

이런 '하지 않아도 행복해질 수 있다'는 생각 앞에서 '할 수 있었으면 좋겠다'는 당신의 생각은 너무나도 무력합니다.

당신의 마음은 이러한 주변의 생각에 휘둘리는 면이 있습니다. 하지만 '한번 한다고 정하면 그것을 손에 넣을 때까지는 절대로 그만두지 않는다'는 의지를 굳건하게 지키면, 상대방의 의견에 좌우되는 일 없이 자신의 목표를 달성할 수 있겠지요.

제가 당신에게 공부라는 도구를 사용해서 '나의 무엇을 갈고닦을 것인가?'를 생각해보라고 했었죠? 그리고 계속 그것을 의식하면서 하다 보면 언젠가는 반드시 전부 익힐 수 있다는 것도 이해했을 거라 생각해요. 그 안에 다음의 것을 추가했으면 합니다.

'강한 의지를 갖기 위해서 공부라는 도구를 사용한다.'

세상에는 '○○대학에 가고 싶어.'라는 이유만으로 공부를 계속하는 사람이 있습니다. 커서 무엇이 되고 싶다든가 어떤 일을 해보고 싶다는 것은 전혀 정하지 않았지만, 일단 그 대학에 가고 싶다는 마음 하나만 가지고 공부합니다.

저는 그것도 좋다고 생각해요.

지금까지 써왔던 것들과는 앞뒤가 맞지 않는다고 생각할지도 모르지만 그렇지도 않습니다.

중요한 것은 공부라는 도구로 자신을 단련하는 것이에요.

그러니까 대학에 합격하는 것을 목표로 그것을 이루기 위해 노력하는 과정에서 '의지'를 갖고 여러 정신적인 부분을 단련하는 것 역시 성장하기 위해 공부라는 도구를 충분히 활용하는 것입니다.

실은 당신이 목표로 해야 할 것엔 강한 동기도 커다란 의미도 필요 없습니다. '그런 일을 해서 의미가 있을까?' 하는 말을 듣더라도 상관없습니다.

잘 생각해보면, 우리 주위에 있는 일은 대부분 꼭 하지 않아도 크게 상관없는 것뿐이에요.

마라톤 따위는 하지 않아도 살 수 있어요.

음악 따위는 연주할 수 없어도 살 수 있어요.

게임 따위는 하지 않고도 살 수 있어요.

오늘 친구들과 놀지 않아도 살 수 있어요.

우리가 '놀이'라고 부르는 것들은 전부 하지 않아도 살아갈 수 있는 것들입니다.

야구를 즐기고 있는 소년에게 "그런 걸 해서 의미가 있니?" 하고 물어봤자 돌아오는 대답은 이렇겠죠?

"글쎄요, 그래도 재미있으니까 하는 거죠!"

우리 인생이 하지 않고선 살 수 없는 것을 하기 위해서 존재한다면, 그보다 더 지루할 수는 없을 거예요. 그렇기 때문에 전 당신이 '할 줄 몰라도 살 수 있는' 그런 것을 많이 익히길 바랍니다. 당신의 인생을 즐겁고 보람찬 것으로 만들기 위해서요.

그 과정에서 다른 사람이 뭐라고 하든지 한번 정한 것은 그것을 손에 넣을 때까지 멈추지 않고 실천하는 강한 '의지'를 손에 넣으세요.

단, '의지가 강한 사람'과 '의지가 약한 사람'이 따로 있을 거라는 오해는 하지 말았으면 합니다. 누구나 노력하면 강한 의지를 가질 수 있어요.

당신의 마음속엔 분명히 강한 의지가 존재합니다.

단지 그것을 사용하고 있지 않을 뿐이죠.

매일같이 그것을 사용하려고 하는 사람은 무엇을 하더라도 의지를 발휘할 수 있게 됩니다. 이를 위해서 '하고 싶은 일은 무슨 일이 있어도 하고 싶다.'라고 생각해야 해요.

그리고 하나 더!

'반드시 그것을 해내겠어. 누가 뭐라고 하든 강한 의지를 발휘해서 그것을 해낼 거야!'라며 매일 자신에게 격려해주세요.

좀 남사스럽지만 효과만점이니 부끄러워 말고 해보세요. 좋은 것을 배우면 바로 실행해보는 것은 무엇보다 중요하니까요.

자, 이번 편지로 '의지'의 힘이 얼마나 큰지를 알았을 거라 생각합니다. 다음에는 의지의 힘을 최대한 발휘하는 데 도움이 되도록 '꼭 해야 한다'고 느끼는 일을 '꼭 하고 싶다'로 바꾸는 방법을 알려드릴게요.

그 이야기가 끝나면 드디어 '공부 금지'가 풀립니다.

어떤 것일까 생각해보세요.

지금까지 와카 씨가 쓴 편지 속에 힌트가 있답니다.

놀기를 좋아하는 '편지가게' 드림

공부도 즐길 수 있겠다는 생각이 들어요

안녕하세요, 편지가게 씨?

드디어 '공부 금지'가 풀리는 날이 다가오고 있군요. 여름 방학도 앞으로 열흘 정도면 끝나는데 정말 다행이에요. 편지가게 씨의 편지를 몇 번이고 반복해 읽으면서, 공부에 대한 생각이 바뀌었답니다. 아마 공부를 시작한다면 정말 열심히 할 수 있을 것 같아요. 어제 받은 편지를 읽으며 그런 생각이 점점 더 확실해졌습니다.

공부를 해서 손에 넣을 수 있는 능력이나 결과에 집착하기보다는 마음먹은 일을 끝까지 해내는 의지의 힘을 손에 넣기 위해 공부를 하자는 생각을 했어요.

어쩐지 굳세진 것 같아요.

제 나름대로 충분히 하고 싶다는 의욕이 생긴 것 같지만, 조금 불안해요. 지금은 공부하고 싶은 기분이지만 정작 공부를 시작하면 또 작심삼일로 끝나버릴지도 모르니까요.

그래서 '꼭 해야 한다'고 느끼는 일을 '꼭 하고 싶다'로 바꾸는 방법은 제게 매우 도움이 될 거라고 생각합니다.

단지 그것이 무엇인지 생각해봐도 마음만 조급해질 뿐이라 어떤 건지 짐작도 못 하겠어요.

편지가게 씨에게 보낸 편지 속에 힌트가 있다고 하셔서 무엇을 썼었는지 기억해내려고 했지만, 기억이 나질 않더군요. 제가 뭐라고 썼죠? 이럴 줄 알았으면 복사해둘 걸…….

전혀 모르겠기에 요즘 생각하는 걸 씁니다.

'공부'를 하면 '즐거움'을 느낄 수 있지 않을까요?

전 세 번째 편지를 받았을 때부터 '공부는 원래 즐거운 일이구나.' 하고 생각하게 되었습니다.

지금까지 '공부'라는 말을 할 때에는 언제나 부정적인 어감으로 '하지 않으면'이나 '하고 싶지 않다'는 말을 함께 사용했어요. 정말로 하고 싶은 것을 참아가며 억지로 해야 하는 것처럼 말한 것 같습니다.

하지만 '공부한다'는 것을 다르게 설명하자면, '지금까지 지구상에 존재했던 사람들이 경험하고 발견해서 다음 세대에 전해준 훌륭한 지식이나 지혜를 받아들여 내 것으로 만드는 일'이라는 말이 정말 가슴에 와 닿았습니다. 이렇게 바꿔 말하면, 공부와 '하지 않으면'이라든지, '하고 싶지 않아.' 같은 말을 함께 사용하는 것은 정말 이상한 일이라고 생각했어요.

전에 '공부를 할 수 없으니 열심히 피아노 연습을 하고 있다'고 썼지요? 이것은 기억하고 있어요.

아, 혹시 이것이 힌트예요?

계속 연습하다 보니 깨달은 것이 있어요.

저는 이전까지 무언가에 몰두하는 즐거움을 잊고 있었어요. 나태한 나날을 보내며 '뭔가 재미있는 일은 없나?'라든지 '인생을 즐겨야지.' 하고 생각하며, 즐길 만한 것을 찾고 있었습니다. 하지만 좀처럼 찾질 못해서……

그때 저는 주로 TV에서 즐거움을 찾았어요. 지금 생각해 보면 '웃음이 나오는 일'을 찾았던 거네요.

그런데 '즐거움'이란 결코 '웃는 것'만은 아니라는 걸 우연히 피아노를 연습하며 알게 되었습니다. 피아노 연습을 계속하다 보니 몸은 피곤하지, 연주에서 미숙한 부분은 드러나지, 몇백 번이나 같은 소절을 반복해야 했습니다. 하지만 이런 노력을 해서 잘 칠 수 있다면, 이것은 '즐거운' 것이겠지요? 몰골은 꽤 말이 아니겠지만요.

그렇기에 '공부도 즐길 수 있겠다'는 생각을 했어요. 공부를 하는 즐거움도 결코 웃음이 나오는 것은 아니겠지만…….

그러니까 답은 '공부를 즐기기 위한 도구로 사용한다.'

이것이 '해야 할 일'을 '하고 싶은 일'로 바꾸는 한 가지의 방법이 아닐까……요? 어때요?

우치다 와카 드림

편지가게의 여섯 번째 편지
방법보다 중요한 것은 행동입니다

안녕하세요, 와카 씨?
'공부를 즐기기 위한 도구로 사용한다.'

112

멋진 답이에요. 제가 알려드리려고 한 답과는 다르지만, 정말로 중요한 것입니다.

어렸을 때는 "재밌다!" 하면서 잘 웃었죠. 하지만 나이가 들수록 웃을거리를 찾아도 전혀 인생이 즐거워지지 않죠. 오히려 허무할 뿐이죠.

와카 씨의 말처럼 '즐겁다'는 것은 무언가에 푹 빠져야 느낄 수 있는 감정입니다. '웃을 일'을 찾고 있는 사람은 좀처럼 느낄 수 없죠. 어른이 되면 그것을 깨닫게 됩니다.

골프 연습장에서 연습을 하는 아버지들이 평소와 달리 진지한 얼굴로 조용히 골프공을 치는 모습을 본 적 있나요? 즐기고 있다는 생각이 들지 않을 정도로 심각한 얼굴을 하고 있지만 그들은 그 순간을 즐기고 있는 거예요.

그것을 알고 있는 고등학생은 거의 없다고 생각합니다. 당신은 그것을 깨달은 거지요? 굉장하네요.

하지만 감탄하고 있을 수만은 없어요. 제 역할은 당신에게 새로운 시점을 제공하는 것이니까요. 저도 제가 경험해서 알게 된 것을 열심히 전하고자 합니다.

'꼭 해야 할 일'을 '하고 싶은 일'로 바꾸기 위해 필요한 것. 그것은 바로 '상상력'입니다.

인간의 '상상력'은 그대로 '창조력'과 연결되지요.

어느 한 가지를 구체적으로 상상하면 상상할수록, 그것은 확실하게 창조됩니다.

그런데 말이죠, 이 세상을 살고 있는 모든 사람에게 공평하게 주어진 것은 뭐라고 생각하나요?

그것은 '지금'이라는 시간입니다. 하루 24시간. 이것은 누구에게나 똑같습니다.

그 하루를 무엇을 위해 사용하고 있는지 생각해보죠.

그러면 시간을 사용하는 방법이 두 개로 나누어져 있다는 것을 알 수 있어요.

하나는 '자기가 하고 싶은 일'을 하는 시간, 그리고 다른 하나는 '자기가 해야 할 일'을 하는 시간.

어제 하루를 되새겨보세요. 당신의 하루는 이것 중 하나를 실행하는 시간으로 썼을 거예요. 나태한 여름방학을 보내고 있는 사람이라면 TV를 보거나 만화책을 보거나 낮잠을 자거나 밥을 먹거나 하는 등 지금 자신이 하고 싶은 일에 몸을 맡기며 시간을 보낼 것입니다. 단지 멍하게 보내는 것도, 어떻게 보면 자신이 하고 싶은 일을 하는 것이라고 할 수 있겠죠. 한편 이를 닦는다든지 공부를 하는 것은 '꼭 해야 할 일'에 속할 거예요.

사람은 무의식중에 자신의 행동을 '하고 싶은 일'과 '해야 할 일'로 양분해서 합니다. 무언가를 시작하기 전에 '휴~.' 하는 한숨이 나오거나 '해야 해!'라는 생각이 드는 일은, 당신에게 있어 '해야 할 일'이지요.

이때 가장 큰 문제가 있습니다. 사람은 '하고 싶은 일'에는 '유쾌함, 즐거움, 기쁨'을, '해야 하는 일'에는 '불쾌함, 지루함, 고통'을 느낀다는 겁니다. 심지어 같은 일을 하더라도 그렇습니다. 하고 싶다고 생각해서 시작한 야구나 피아노가 해야 할 일로 바뀌는 순간 고통스럽게 느껴지는 경험을 해봤을 거예요.

아이들은 대체로 하루 종일 하고 싶은 일만 하며 지냅니다. '해야 할 일'은 좀처럼 하지 않지요.

그런데 어른이 되면서 하루의 절반을 '해야 할 일'에 쓰는 생활을 하게 됩니다. 아무리 지루하고 고통스러워도 매일 아침 정해진 시간에 회사에 출근해서 막차 때나 되어야 집에 돌아오는 나날을 받아들입니다.

고등학생은 그 과도기입니다. 지금은 하고 싶은 일을 하며 살고 싶지만, 해야 할 일을 피해서 살 수 없다는 것을 깨닫고 괴로워하는 것입니다.

그럼 왜 어른이 되면 '해야 할 일'에 하루의 절반을 소비하며 살아가는 일이 가능한 걸까요?

그들을 움직이게 하는 것은 미래에 대한 불안입니다.

오늘 일하지 않으면 다음 달의 수입이 없을 거라는 불안.

제멋대로 쉬거나 지각을 하면 신용을 잃어 회사에 발붙이고 있을 수 없을 거라는 불안.

그렇게 되면 가족들이 길거리에 나앉을 거라는 불안.

그런 여러 가지 불안들이 '해야 할 일'을 할 수 있게 하는 원동력입니다. 이것이 제가 전하고자 하는 걸까요?

물론 전혀 아니에요.

분명히 '미래의 불안'이 원동력인 것은 사실입니다. 하지만 아쉽게도 그런 원동력에 의해 움직이는 사람이 행복한 인생을 살고 있는 것은 아닙니다. 궁지에 몰리지 않으면 행동할 수 없는 사람은 늘 궁지에 몰린 상태의 인생에 만족할 뿐입니다. 그런 인생을 행복하다고 하진 않지요. 게다가 하지 않으면 안 되는 일을 억지로 계속하면, 분명히 어느 정도를 넘은 순간에 '허탈감'을 느낍니다. 전 당신이 그런 인생을 살기를 바라지 않아요. 즉 불안에 쫓겨 행동을 시작하는 사람은 되지 말라는 겁니다.

이것이 '무슨 일이 있어도 하고 싶어!'라는 기분이 들 때까지 공부를 쉽게 했던 가장 큰 이유예요.

많은 고등학생이 장래에 대한 불안에 사로잡혀 수험공부를 시작합니다. 하지만 궁지에 몰린 후에야 행동하는 습관을 들이면, 스스로 쫓기는 인생을 불러들이는 결과를 낳습니다.

게다가 대학이라는 하나의 벽을 넘으면 '이제 됐어!'라며 공부를 아예 하지 않을 가능성도 있습니다. 실제로 많은 대학생이 '허탈감'에 빠져 있습니다.

이제 '해야 할 일'이 무엇인지 생각해보도록 하죠.

'해야 할 일'이란 결코 '하지 않으면 안 되는 일'이 아닙니다. 이것을 혼동하는 사람이 많기 때문에 '불쾌함, 지루함,

고통'을 느끼는 거예요.

그것은 본래 '미래의 내가, 현재의 나에게 해두라고 하는 일'입니다. 즉 우리는 하루라는 시간을 현재의 내 욕구를 채우기 위해서, 또는 미래의 내 욕구를 채우기 위해서 사용합니다.

그렇다면 어느 쪽이든 자기가 하고 싶은 일을 하는 시간이란 거예요. 예를 들어 '5년 후의 나는 이런 나날을 보내면 좋겠다'고 생각하는 것을 실현하기 위해 현재의 당신이 공부하는 것입니다. 매일 이 닦는 게 지겨울 때가 있죠? 그렇다면 30년 후의 당신이 거울을 보며 '치아가 하얗고 튼튼하니 참 좋구나.' 하고 생각하도록 매일 이를 닦아보세요.

그렇게 생각하면 '해야 할 일'이라는 말에서 부정적인 면이 사라지지 않을까요? 자, 그렇다면 이제 당신의 꿈은 코앞으로 다가왔습니다.

여기서 '상상력'이 등장합니다. 상상력을 사용하면 인간의 잠재적 가능성을 끌어낼 수 있기 때문이죠.

한번 시험 삼아 해볼까요?

할 수 있는 만큼 구체적으로 또렷하게 상상해보세요.

레몬을 반으로 잘라 즙을 짜세요.

그 즙을 남김없이 마십니다. 어때요?

물론 당신에게 레몬은 없습니다. 잘려 있지도 않고, 즙을 마시지도 않았죠. 단지 그것을 상상했을 뿐입니다. 하지만 당신의 몸은 그 상상에 반응해서 입안에 침이 고였을 거예요. 그것이 정말로 벌어진 것 같은 반응을 보였습니다. 구체적인 상상력은 실제로 몸을 반응하게 하는 힘이 있다는 것을 알게 되었나요?

'상상력'은 '창조력'입니다.

자, 그럼 한 번 더.

이번에도 할 수 있는 만큼 구체적이고 또렷하게 미래를 상상해보세요.

2년 후의 봄입니다. 당신은 대학생이에요.

그 일상을 상상해봅시다. 당신이 생각하는 이상적인 하루를 머릿속에 그려보세요.

어떤 대학을 다니고, 어떤 사람을 만나며, 어떤 하루를 보내고 있습니까?

생각하면 생각할수록 즐거워지는 하루를 상상하겠죠. '이런 하루를 실제로 보내고 싶어.' 하고 절실하게 바라도록 충분히 상상해보세요.

만약 장래의 꿈이 있다면 더 멀리 상상해보는 것도 좋겠지요. 내가 원하는 생활을 전부 손에 넣을 수 있을 때까지 구체적으로 상상해봅니다.

그러기 위해선 실제로 대학이나 그 주변의 거리에 가보는 것도 좋겠지요. 상상이 부풀어 오를 수 있도록 방에 사진을 걸어놓아도 좋습니다. 어쨌든 할 수 있을 만큼 확실하고 구체적으로 멋진 미래를 상상해보세요.

그렇게 열심히 상상한 뒤, 자기 자신에게 물어보세요.

'그럼, 지금이라는 시간을 내가 바라는 이상적인 미래를 손에 넣기 위해 공부하는 데 쓰는 것과 TV 보는 데 쓰는 것 중 어떻게 하는 게 좋을까?'

어때요?

'해야 할 일'이 '지금 당장에라도 하고 싶은 일'로 변하지 않았나요?

처음엔 어렵겠지만 매일 이 질문을 반복하다 보면 금방 할 수 있을 거예요. 조급해하지 말고 계속 시도하세요.

자, 여기서 중요한 이야기가 하나 있습니다.

그것은 '실제로 행동한다'는 것입니다.

성공한 사람들은 모두 입을 모아 이 상상력의 중요성을 말합니다.

'미래에 성공한 자신의 모습을 확실하게 그릴 것. 그것에 의해 그 꿈이 실현된다. 마음속으로 강하게 그린 것은 반드시 실현한다.' 이런 성공 법칙은 세상에 넘쳐흐릅니다.

하지만 많은 사람이 착각에 빠지곤 합니다.

'상상하는 것만으로 실현된다.'고 마음대로 해석하기 때문이죠.

아까 말한 레몬의 예에서도 알 수 있듯이, 상상했던 걸 손에 넣을 수 있는 것은 '그것을 손에 넣으면 어떤 기분이 드는가?' 하는 모의체험과 그곳에 다다를 때까지의 과정을 생각하고 실제로 행동에 옮기게 하는 의지의 힘입니다. 레몬을 먹는 것을 계속 상상해봤자 체내에 비타민 C가 섭취되는 날은 오지 않습니다.

따라서 실제로 행동으로 옮기지 않으면 안타깝게도 완성할 수 없습니다. 실제로 행동함으로써 상상했던 것을 창조하는 것입니다.

단, 상상한 것을 확실하게 창조하기 위해서는 실제로 행동에 옮기기 전에 또 한 가지 손에 넣어야 할 것이 있습니다.

그것은 '각오'입니다.

예를 들어 당신이 1억 엔을 벌 수 있는 방법을 알고 싶다고 합시다. 그 방법이 쓰인 책을 손에 넣기 위해 얼마까지 지불할 수 있을까요? 100엔? 1,000엔? 아니면 1,000만 엔?

그곳에 쓰여 있는 방법은 틀림없이 1억 엔을 벌 수 있는 것입니다. 왜냐하면 그 저자가 실제로 그 방법을 통해 꿈을 실현했으니까요.

중요한 것은 당신이 전부 그 저자가 했던 것과 똑같이 하기만 하면 되는 것입니다. 1억 엔을 벌 수 있는 방법을 1만 엔을 주고 산 사람은 남은 9,999만 엔을 자신이 실제로 행동으로 옮겨 벌어야만 합니다. '실제로 행동으로 옮길 각오'가 필요한 거예요.

사실 서점에 가면 그런 종류의 책을 1,500엔 정도에 팔고 있습니다. 이것은 무엇을 의미할까요?

'성공하기 위해 필요한 것은 방법이 아니라 실천이다.'라는 것입니다. 알겠나요?

성공을 손에 넣기 위해서 필요한 것은 아주 조금의 돈과 많은 행동입니다.

와카 씨, 당신은 자신이 원하는 것을 손에 넣기 위해 당신의 '시간'을 얼마만큼 바칠 수 있나요?

"그 성공이 아무리 지독한 일을 겪더라도 손에 넣고 싶은 겁니까?"라는 물음에 "네!" 하고 대답할 만큼의 각오가 되어 있습니까? 그것을 위해서 많은 시간을 들여서라도 반드시 손에 넣고 싶다고 생각하는 '미래'를 상상력을 총동원해서 그려보세요.

그것이 완료되면 드디어 공부를 시작하는 겁니다.

무엇을 얼마만큼 하더라도 그 누구도 불평하지 않을 거예요. 마음껏 하고 싶은 만큼 공부하세요. 얼마든지 자신을 갈고닦아 멋지게 변해도 좋습니다.

　자, 당신을 바꿀 때가 왔어요.
　당신의 미래를 바꿀 때가 왔어요.
　자신을 갈고닦는 것을 마음껏 즐기세요.

　　편지를 쓰며 웃을 수는 없지만, 즐거운 '편지가게' 드림

　편지를 다 읽은 와카는 기뻐서 방 안을 마구 뛰어다니고
싶은 기분이었다.
　'공부를 할 수 있다는 것이 이렇게 기쁜 일이라니!'
　이런 기분을 느낀 것은 처음이었다. 그리고 이런 날이 올
줄은 상상도 하지 못했다. 하지만 정말로 기뻤다.
　무엇보다 대학에 간다고 마음먹었기 때문에 '공부'만이 자
신의 미래를 헤쳐 나아가기 위한 유일한 도구였다. 그 도구
를 쓸 수 없다는 것은 무척이나 괴로웠다. 게다가 편지가게
씨가 그 도구의 위대함을 잘 알려주었기 때문에 정말로 설
레었다.

124

와카는 곧바로 책상으로 향해, 자신이 목표로 삼은 대학의 영어, 국어, 국사 입시문제를 연이어 풀었다.

사실 와카는 공부 금지가 풀리면 무엇부터 손을 대야 할지 확실하게 정해놓았다. 오빠인 요시타로가 도움을 준 것이다. 요시타로는 공부 때문에 이제껏 고생해본 적은 없지 않을까 싶을 정도로 성적이 우수했기에 와카도 그를 신뢰하고 있었다.

때문에 요시타로가 백중날 집에 왔을 때 편지의 내용을 알려 준 것이었다.

"그렇구나. 그럼 지금은 공부를 하고 싶어도 할 수 없는 상태라는 거네?"

"그래 아무것도 할 수 없는 건 정말 괴로워. 왜냐하면 대학에 가기로 했는 걸."

"하지만 준비하는 건 괜찮겠지?"

"준비?"

"그래. 준비. 언제가 되었든 공부를 시작해도 괜찮다고 하면, 무엇을 할지 생각해봤어?"

"확실하게 정해진 건 아니지만……, 일단 기초부터 해야지. 영어 공부는 단어를 많이 외워야 할 거고, 문법은 처음부터 복습해야지. 국사는 교과서를 읽으며 참고서를 활용해 시대별로 공책 정리를 한다든지……. 우선 그런 것부터 시작해보려고."

"보통은 다들 그렇게 생각하지. 그래서 잘 안 되는 거야."

"그건 또 무슨 이야기야?"

"생각해봐. 사전은 왜 필요하다고 생각해?"

"모르는 단어를 찾아보기 위해서?"

"잘 알고 있네."

"그 정도는 알고 있어."

"영어 문장을 읽다가 모르는 단어가 나오면 찾아보라고 사전이 필요한 거야. 와카가 하는 것은 그 반대고. 사전을 전부 외우지 않으면 영어 문장을 읽을 수 없다고 생각하는 거야? 순서를 거꾸로 해봐."

"거꾸로?"

"그래. 우선 영어 문장을 읽거나 문제를 풀어보는 거야. 그렇게 하면 내가 무엇이 부족한지 알 수 있어. 게다가 어떤 질문이 나올지도 알 수 있지. 그러면 내가 뭘 해야 할지

감이 잡힐 거야. 처음엔 점수가 낮아도 상관없어. 단 비슷한 문제에서 만점을 받을 수 있도록 지식을 쌓는 거야. 그것이 공부야. 그리고 하나의 문제를 완벽하게 정리하고 나면, 또 다른 입시문제에 도전하는 거야. 이것을 계속 반복해보렴."

"뜬금없이 입시문제를 푸는 거야? 난이도가 너무 높지 않을까?"

"높지. 처음엔 분명히 0점일 거야. 게다가 1년치를 총 복습하는 것만으로 한 달은 걸릴걸? 하지만 그것을 계속 반복하는 거야. 몇 개월이 지나면 어느 순간 50점 정도는 맞게 되겠지. 반년 정도 하면 그것과 비슷한 난이도의 문제가 당연한 것처럼 느껴질 거야. 거듭해서 하다보면 어느 순간엔가 80점을 맞겠지. 그즈음에는 1년치를 복습하는 데 이틀이면 될걸? 정말이야. 한번 해봐."

"어느 정도 실력이 붙고 난 다음에 하는 게 좋을 것 같은데……."

"난이도가 너무 높으면 귀찮아서 도중에 포기하는 사람에겐 그렇겠지. 하지만 무슨 일이 있어도 중간에 그만두지 않겠다는 사람에겐 난이도가 높은 게 좋아."

"그렇구나. 왠지 그럴 듯한데……?"

"국사도 그래. 전부 다 외우고서 도전하려면 얼마를 해도 문제를 풀 수 없을 거야. 아까의 예처럼 사전을 외우고서 영어 문장을 읽으려고 하는 거지. 그러나 사전을 전부 외우는 날은 절대로 오지 않아. 그러니까 우선 문제에 도전해. 그리고 그 문제에 만점을 받기 위한 지식을 교과서나 참고서로 정리해봐. 입시 때문이 아니라 역사 자체에 흥미를 갖게 될 테니까."

"알았어. 한번 해볼게."

"입시라는 건, 공부를 사용해서 하는 하나의 시합과 같은 거야. 운동도 시합을 해봐야 약점을 알지. 그 약점을 메우기 위해서 연습하는 거야. 그렇게 해서 정해지는 것이 연습 메뉴야. 만약 한 번도 시합을 해보지 못한 야구부가 있다면, 그 팀의 연습 메뉴에는 불필요한 연습이 많이 들어 있겠지? 피아노도 마찬가지야. 과제곡이 주어지면 그 곡을 통째로 쳐보려 하지. 그렇게 하면 이 소절과 이 소절의 연결이 매끄럽지 못하다는 것 같은 자신의 약점을 알게 돼. 그러면 그 부분을 몇 번이고 연습하겠지? 어떤 연습을 해야 하는가는 실제로 경험해보지 않으면 모르는 거야."

"오빠!"

"응……?"

"오빠, 편지가게를 해보는 게 어때?"

"하하하, 영광이지만 그건 좀 어렵겠다. 어쨌든 '사전을 전부 외우고 나서 영어 문장을 읽으려고 하는 것은 좋지 않다.'라는 사실을 항상 염두에 두고 공부 계획을 짜는 게 좋을 거야."

와카는 오빠의 충고대로 해보았다.

처음 풀어본 입시문제는 예상보다 훨씬 어려웠다. 국어와 국사는 20퍼센트, 영어는 10퍼센트 정도도 제대로 풀지 못했다. 비참했다. 그러나 와카는 좌절하지 않았다.

'우선 이 문제만이라도 좋으니 제대로 이해해서 만점을 맞도록 하자!'

마음을 가다듬고, 그것을 위한 공부 방법을 생각했다.

'할 마음만 생기면, 공부가 좀 더 간단하게 느껴질지도 모

른다고 생각했는데…….'

솔직히 그렇게 느끼기도 했다. 그리고 실제로 입시문제를
풀고, 자신의 약점을 발견한 뒤 그것을 극복하기 위한 연습
메뉴를 짜는 것은 생각했던 것보다 즐거운 일이었다.

제4장

나도 오늘부터는
공부의 신

66 처음 배울 때 자신에게 약간의 스트레스를 가하면

그 뒤의 모든 일을 재미있고 쉽게 해나갈 수 있다. **99**

우치다 가족의 식탁에 반가운 손님이 찾아왔다. 모리 유키히로다. 모리는 아빠 코이치가 경영하는 부동산의 사원이다. 서른 한 살이지만 처음 보면 스물 다섯 살 전후로 보이는데, 서핑을 자주 해서 언제나 햇볕에 그을었기 때문인지도 모른다.

모리가 처음 일을 시작한 것은 5년 전이었다. 당시 사무를 봐주던 여자 사원이 그만두게 되었는데, 마침 치하루의 지인 중에 전직을 희망하는 사람이 있다고 하여 소개받은 사람이 모리였다.

그날은 요시타로네 부부도 집에 방문해서 오랜만에 시끌벅적한 식사 시간을 보냈다.

식사가 끝나고도 코이치와 모리의 대화가 이어졌다.

"모리는 내년 이후에 어떻게 할 셈이야? 만약 이 일을 계속하겠다고 하면, 아는 사람을 소개해줄게. 자네 같은 인재는 어디에서든 마다하지 않을 테니까."

"감사합니다. 하지만 퇴직 후에는 가게를 내려고 생각하고 있어요."

"그래? 뭘 해보려고?"

"아직 확실하게 정하진 않았지만, 혼자서 느긋하게 즐길 수 있는 찻집을 해볼까 해요."

"혼자서 느긋하게 즐길 수 있는 찻집?"

"네. 찻집이란 여러 가지 쓰임새가 있잖아요? 친구와 수다를 떤다거나 회의를 한다거나 한숨 돌리러 온다거나…….
의외로 혼자서 느긋하게 책을 읽는다거나 아이디어를 짜려고 해도 주변의 대화가 신경 쓰여 할 수 없잖아요. 하지만 그런 식으로 찻집을 이용하고 싶은 사람도 얼마든지 있지 않을까 싶어요. 그래서 그런 장소를 만들어볼까 해요."

"그건 찻집이라기보다는……, 뭐라고 말해야 좋을까?"

식탁 정리를 돕고 있던 치하루가 식탁을 닦으며 대화에 끼었다.

"멋지다. 진짜 좋은 아이디어 같아. 혼자 느긋하게 시간을 보낼 수 있는 서재를 만들고 싶어도 만들지 못하는 사람이 잔뜩 있을 거야."

모리는 '서재'라는 단어에 눈을 번뜩였다.

"서재라……, 그렇네. 그런 것에 가깝달까……. 응, 그래! 서재예요."

이야기를 하며 점점 꿈에 부푼 듯이 보였다.

"왠지 재미있어 보이는데? 나도 응원할게."

"그 가게에 걸맞는 이름을 생각하면 좀 더 구체적인 이미지가 떠오르지 않을까?"

치하루가 그릇을 정리하며 말했다.

"이름 말이지……. 와카, 뭔가 좋은 게 없을까?"

갑작스러운 물음에 와카는 횡설수설했다.

"저요? 저기, 이름? 음……."

그때, 순간 무언가 머리를 스쳤다.

"서재(書齋)에서 독서를 즐기는 것(樂)이니까, '서락(書樂)'은 어때요?"

"와!"

모두 감탄하는 소리를 냈다.

"좋네, 서락."

이렇게 모리가 시작하려는 가게의 이름이 정해졌다.

와카는 모리의 이야기를 들으며, 자신도 열심히 공부해서 적극적인 인생을 펼쳐나가자는 결의를 새롭게 다졌다.

와카의 일곱 번째 편지
공부가 잘 안 돼도 예전처럼 초조하지 않아요

안녕하세요, 편지가게 씨?

저는 지금 태어나서 처음으로 '공부라는 도구를 사용해서 자신을 갈고닦는다'는 걸 실감하고 있어요. 지금까지 '공부'는 단순한 의무였습니다. 하지만 지금은 전혀 다른 감각으로 공부하고 있어요.

그렇다고 해서 공부가 갑자기 쉬워지는 것은 아니었어요. 솔직히 별 차이가 없었어요.

공부를 대하는 마음가짐이 달라지면 '수학이 간단해지거나, 영어 단어의 암기가 쉬워질지도……'라며 기대했지만 그렇게 되진 않더라고요. 좀 섭섭해요.

하지만 변화를 느꼈습니다.

무엇보다 할 수 없거나 알 수 없는 것이 있어도 초조해하지 않게 되었어요. 그것을 하나하나 내 것으로 만들자는 긍정적인 생각을 하기 시작했습니다.

오늘로 겨우 3일째입니다만, 이틀 전만 해도 어려워서 이해하지 못했던 수학 문제를 오늘은 대수롭지 않게 풀어낼 수 있었어요. 계속하면 아는 것이 느는 거군요. 조금 즐거워졌습니다.

중간에 내동댕이치지 않도록 책상 앞에 결심도 써서 붙였어요.

'하루에 6시간! 공부하자!'라고요.

엄마는 그것을 보더니 "정말로 할 수 있어?"라며 웃으셨지만, 지금의 저라면 할 수 있어요. 왜냐하면 편지가게 씨

덕분에 다시 태어났기 때문이에요. 헤헤.

지금까진 3일간 매일 6시간 이상 공부하고 있어요. 앞으로도 할 수 있는 데까지 열심히 할 거예요.

하지만 공부를 하는 시간이 길어질수록 좀처럼 편지 쓸 시간을 낼 수가 없네요. 오늘은 이 정도로 너그럽게 봐주세요.

이제부터 사고방식이 가장 많이 바뀐 수학과 국사를 공부하려고요. 열심히 할게요.

우치다 와카 드림

편지가게의 일곱 번째 편지

집에 돌아와 처음 앉는 곳에서
인생이 결정됩니다

안녕하세요, 와카 씨?

지금까지 '하고 싶은' 기분을 눌러왔기 때문에 '공부 금지'가 풀리면 마치 물꼬가 트인 것처럼 하고 싶은 것들이 넘쳐

날 거라 생각해요. 하지만 아직 갈 길이 머니까 너무 과하지 않도록 주의하세요.

물이 꽉 찰 때까지 댐을 채웠다가 방류하면 엄청난 기세로 쏟아지지만, 어느 정도 흘려버리고 나면 기세가 사라지는 것이 당연한 일입니다. 공부에 대한 열정을 능숙하게 조절하여 오래 간직할 수 있도록 하세요.

자, 공부를 시작한 와카 씨는 현재 효율적인 공부 방법을 찾고 있을 거라 생각해요.

제 편지도 당분간은 구체적인 방법을 소개해가며 '공부' 하는 시간이 '즐거운 시간'이 될 수 있도록 도움을 드리고자 합니다.

우선, 공부로 습득하는 능력은 사람에 따라 차이가 있습니다. 이것은 능력의 차이라기보다는 경험의 차이라고 하는 게 맞을 것 같습니다.

당신은 이제 막 공부를 시작했습니다. 아무리 시간을 들여도 성적이 오르지 않는 날들이 계속되겠지요. '나는 아무리 공부를 해도 성장하지 못하는 게 아닐까?'라는 착각에 빠져 도중에 포기하고 싶을 때가 올지도 모릅니다.

하지만 거기서 포기하면 안 돼요. 그것을 극복하면 작은 노력으로 큰 성과를 얻는 시기가 옵니다. 별로 늘지 않는다고 느낄 때에도 자신을 믿고 계속하세요.

그럼 오늘은 정말 굉장한 '성공의 법칙'을 가르쳐드리겠습니다.

세상의 많은 사람이 성공한 인생을 손에 넣는 것은 어려운 일이라고 생각합니다. 시험에 합격하거나 꿈을 실현하는 것을 바라고 있지만, '그것을 손에 넣기는 매우 어렵구나.'라고 무의식중에 정해버리지요. 혹시 와카 씨도 그렇지 않나요?

책상 앞에 결심을 써 붙였다는 이야기를 듣고 그런 생각을 했습니다. 하지만 전 '인생의 성공 법칙은 의외로 간단한 것이 아닐까.' 하는 생각을 합니다.

제 어렸을 적 이야기를 해볼까요?

저는 어렸을 때 용돈이 모이면, 근처의 프라모델 가게로 달려갔습니다. 그리고 적은 용돈으로 살 수 있는 것을 꼼꼼히 따졌습니다. 너무나 열심인 나머지 주인아저씨가 질릴 정도로 가게 안을 몇 번이고 왔다갔다 했지요.

그렇게 해서 간신히 한 가지를 사서 집으로 돌아오면, 곧바로 방에 처박혔습니다. 그리고 시간 가는 줄 모르고 프라모델 조립에 빠져들었죠.

집에 계시던 어머니는 저를 보고 이렇게 말씀하셨습니다.

"이렇게 어두운 데에서 그런 걸 하면 눈 나빠져."

그렇게 말하며 불을 켜주십니다. 저는 그때가 되어서야 주위가 어두워졌다는 것을 알아챘습니다.

하지만 역시 그대로 계속 만들었어요. 어쨌든 완성하기 전까지는 중간에 그만두고 싶지 않았거든요. 그러는 사이 또 어머니의 목소리가 들립니다.

"밥 먹어라."

처음엔 건성으로 대답했습니다. 조금 있으면 한 번 더 목소리가 들리죠.

"빨리 오렴. 된장국 다 식는다."

거기서 전 작업을 중단했어요.

같은 장소에 앉아 계속 작업을 하다 보니, 근육이 굳어서 일어서려고 할 때 허리나 무릎이 아파서 몸을 움직일 수 없습니다. 그 순간 생각했죠.

'이렇게 될 때까지 하다니, 좀 너무했나.'

이건 제가 집중력이 좋다고 자랑하기 위해 하는 이야기가 아닙니다. 제 경우 이런 일이 이곳저곳에서 생깁니다.

집에 돌아와서 TV 앞에 앉으면 어머니께서 적당히 하라는 이야기가 나올 때까지 꼼짝 않고 봤고, 만화를 읽기 시작하면 끊임없이 읽어댔습니다.

가끔 '공부'를 그렇게 할 때도 있었습니다.

당시엔 그다지 공부를 좋아하진 않았지만, 신기하게도 시험 전에 집에 돌아와서 공부를 시작하면 중간에 그만두는 게 싫더라고요. 언제나처럼 어머니께서 "밥 먹어라."라는 말을 하시면 '쳇, 한창 물이 올랐는데!'라며 나 자신도 깜짝 놀랄 만한 생각을 했습니다.

그때 전 인생을 좌우하는 어떤 성공의 법칙을 발견했습니다. 그것은 '집에 돌아와 가장 먼저 앉는 장소에서 인생이 정해진다'는 단순한 법칙입니다.

그래요, 저는 단지 한번 시작한 일을 중간에 관두는 것을 싫어하는 인간이었을 뿐이에요. 그것을 깨달았을 때, 내가 처음 앉는 장소를 책상으로 하자는 결심을 하는 것만으로 인생이 변한다는 것을 확신했습니다.

그런데 아무래도 이 법칙은 저뿐만 아니라 대부분의 사람들에게도 해당하는 모양이에요.

직장에서 돌아온 아버지는 일단 TV 앞에 앉으면 자기 전까지 그 자리를 뜨지 않곤 합니다. 사람에 따라선 그 자리에서 그냥 자버리는 사람도 있지요.

맨 처음 앉은 곳이 컴퓨터 앞이라면 컴퓨터를 끌 때는 대체로 한밤중입니다.

모두 비슷해요.

전 와카 씨도 그렇지 않을까 생각합니다.

어때요?

당신이 붙었다던 '매일 6시간씩 공부하자'는 결심이 언젠가 커다란 압박으로 다가올 거예요. 그것이 당신에게 의무로 느껴지는 날부터 강한 인내력이 필요할 겁니다.

당신이 가고 싶은 대학에 간 선배에게 "매일 몇 시간이나 공부했어요?" 하고 물으면, "글쎄, 보통 6시간 정도는 매일 한 것 같아." 하는 대답을 듣더라도, 그것은 어디까지나 결과입니다. 공부를 하다 보니 매일 6시간 정도를 했던 것이지, '하루에 6시간 공부하면 원하는 대학에 붙는다'는 것이 합격하기 위한 방법은 아닌 겁니다.

시간 채우기를 목표로 해서 공부에 성공한 사람은 없습니다. '오늘은 집중이 잘 안 되네.'라고 생각하면서 6시간을 공부하는 것은 즐기면서 1시간을 공부하는 것보다 효과가 없어요.

잊지 마세요. '당신은 일단 시작한 일은 도중에 포기하지 않겠다.'라는 결의를 다졌습니다. 그것이 '몇 시간은 공부해야 해.'라는 의무로 바뀌는 것은 아까운 일이에요.

5분이라도 좋아요.

중요한 것은 맨 처음 앉는 곳을 공부하는 장소로 정하는 것입니다. 일단 시작하면 몇 시간을 하든 좋아요. 6시간을 하는 날도 있을 것이고, 1시간 정도 하면 지치는 날도 있을 거예요. 그런 날은 그걸로 좋습니다.

하지만 '매일 반드시 책상 앞에 앉아 자신을 단련한다'는 의지를 가지는 것만으로 인생이 크게 달라질 거예요.

성공의 법칙은 소수의 인간이 실천할 수 있는 특별한 것이 아닙니다. 태어나면서부터 가지고 있는 것을 사용하는 단순한 것입니다.

책상 앞에 붙인 결심을 이렇게 바꿔보세요.

'지금 당장 공부를 시작하자. 5분만 해도 좋으니 일단 시작하는 거야.'

이것을 실행함으로써 언젠가 당신도 '매일 6시간 정도는 했나?'라며 결과를 말하는 사람이 될 거예요.

집에 돌아온 후 맨 처음 앉는 곳을 내 의지로 조절할 수 있는 용기가 있다면, 당신의 꿈은 이루어진 것이나 마찬가지입니다. 그것을 할 수 있다면, '눈물을 흘리며 죽을 각오로 노력하는' 일은 절대로 생기지 않을 거예요.

엄청난 일을 오랫동안 하려는 각오는 필요 없습니다.

단지 내 방문을 열었을 때, '우선 나를 갈고닦기 위한 장소에 앉아 그것을 시작하는 거야. 다른 하고 싶은 일은 그 뒤에 하는 거야.'라는 습관을 갖는 것만으로도 충분해요.

시도해보세요.

분명 보다 가벼운 마음으로 '공부'를 할 수 있을 거라 생각합니다.

책상 위에 종이만 잔뜩 붙어 있는 '편지가게' 드림

와카의 여덟 번째 편지

그저 '책상에 앉는 것'에 집중하기로 했어요

안녕하세요, 편지가게 씨?

편지 잘 받았어요. 이전 편지를 읽고 조금 살았다 싶어요.

솔직히 정해놓은 목표가 너무 거대해서 공부를 시작한 지 겨우 일주일밖에 지나지 않았는데 벌써 무거운 짐처럼 느껴지고 있었거든요. 그래도 될 수 있는 한 즐기려고 노력하고 있었어요.

하지만 편지가게 씨의 편지를 읽고 마음이 편해졌습니다.

집에 돌아오자마자 앉는 장소를 공부하는 곳으로 정하는 것만으로 인생이 바뀔 수 있다니!

그리고 진심으로 동감했습니다. 왜냐하면 저도 편지가게 씨와 비슷했거든요.

결국 몇 개월 전의 나와 지금의 내 의지는 별반 차이가 없는 거네요. 그건 저도 잘 알고 있어요. 다만 전에는 집에 돌아오자마자 침대에 누워 문자를 보내며, 계속 같은 자리를 이리저리 굴렀습니다. 그리고 스스로 '참 게으르구나.' 하고 생각했지요.

하지만 지금은 집에 돌아오자마자 책상에 앉기 시작한 것만으로도 계속 공부할 수 있게 되었습니다.

참 신기하네요. 공부가 좋아지다니……. 이게 정말 내가 맞나 싶어요.

지난번 편지에도 쓴 이야기지만, 매일 계속하다 보니 할 수 있는 일이 정말 늘어났어요.

아직 눈에 띄는 변화가 있는 것은 아니지만, 저만 알아챌 수 있는 작은 변화가 잔뜩 일어나기 시작했습니다.

이 기세를 몰아서 오늘도 내가 할 수 있는 일을 늘려가려고 합니다. 수학 문제, 영어 장문과 독해, 국사 암기 등 해야 할 일은 산더미이지만, 이 도구들을 사용해 지식을 늘리고 자신을 단련하는 것을 즐기려고요.

이만 총총.

우치다 와카 드림

편지가게의 여덟 번째 편지
무엇을 하는가보다
어떻게 하느냐가 중요합니다

안녕하세요, 와카 씨?

제가 전에 보낸 편지가 와카 씨의 공부를 향한 마음을 꽤 가볍게 해드린 것 같네요. 다행입니다.

자, 인간은 목표를 정하고 나면 생각하려고 하는 것이 있습니다. 무엇인지 알겠어요?

답은 '그 목표를 이루기 위해서 무엇을 하면 좋은가?'입니다. 와카 씨도 그러셨나요?

예를 들어, '○○대학에 합격하자'는 목표를 정했다고 합시다. 그렇게 하면 다음은 '영어 단어는 매일 외워야지.' '영어 기출 문제를 매일 하나씩 풀자.' '○○대학과 비슷한 수준의 수학 문제집을 사서 풀자.' '가장 알기 쉬운 국사 참고서를 이용해서 공부해야지.' '○○대학 합격 수기에 첨삭 지도를 받은 이야기가 있으니까 나도 해봐야겠다.' '입시학원에서 인기 강좌를 수강하는 거야.'처럼 무엇을 할지 정할 것입니다.

목표를 정하고 나서 무엇을 할지 정하는 것은 옳은 방법입니다. 그것이 없다면 실제로 그 목표에 가까워질 수 없으니까요. 단, 여기서 한 가지 유념해야 할 것이 있습니다.

그것은 '무엇을 할까?'보다 더욱 중요한 게 있다는 겁니다.

우리는 지금 내가 목표로 하고 있는 벽을 넘어본 경험이 있는 사람이 그 벽을 넘기 위해 무엇을 했는지 정말 궁금해합니다. 때문에 합격 수기를 읽어보는 것이죠. 그러나 그 사람과 같은 일을 한다고 나도 그 벽을 넘을 수 있는 것은 아닙니다.

당신이 목표로 하는 대학교에 합격한 선배가 "그 입시학원 선생님의 수업이 도움이 많이 되더라."라고 조언을 해도 당신에게 똑같은 효과가 있는 것은 아닙니다.

그래요. 당신이 꼭 생각해야만 할 것은 '무엇을' 하는 게 아니라 '어떻게' 해야 하나입니다.

지금보다 야구를 좀 더 잘했으면 좋겠다고 생각하던 소년이 매일 야구 배트를 100회씩 휘두르는 연습을 하려 합니다. 이 소년이 능숙해질지 아닐지는 횟수의 문제가 아니라, '그것을 어떻게 휘두르느냐'에 달렸습니다.

아무 생각 없이 100회를 휘두르는 건 그다지 의미가 없습니다. 하지만 한 번 휘두를 때마다 머릿속으로 투수를 떠올리며 그 투수가 어떤 공을 어느 방향으로 던지는가를 생각하며 휘두른다면, 단 한 번을 휘두른다고 해도 큰 의미가 있습니다.

공부도 이것과 똑같아요.

할 일을 정해서 그것을 계속하다 보면, 어느샌가 그것을 하는 일 자체가 해야 할 일인 것 같은 착각에 빠집니다. 영어 단어를 외우고, 수학 문제를 풀고, 그 후에 국사를 외우고……. 단지 아무 생각 없이 처리할 뿐인 나날이 될 테죠.

매일 공부하면서, '오늘은 수학 문제를 다섯 개 풀어야지.' '이걸 다 한 다음 영어 독해 문제를 하나 풀어야지.' 등을 정해서 할지도 모릅니다만, 동시에 그것을 어떻게 할 것인가도 생각해보세요.

하는 방법을 진지하게 생각해서 파고든다면, 어떤 것을 하더라도 실력을 향상시킬 수 있습니다.

입시학원에서 누군가에게 배우지 않으면 조금 불안할지도 모르지만, 실제로 자신을 단련하는 것은 집에서 혼자 공부할 때입니다.

물론 마음을 다잡기 위한다거나, 자신의 페이스를 유지한다거나 확인하기 위해서 학원을 이용하는 것에 이의는 없습니다. 입시학원 역시 하나의 '도구'이기에 능숙하게 이용하면 매우 편리할 테니까요.

하지만 잊지 말아야 할 것은 내가 발전하는 곳은 혼자서 공부를 하는 자신의 방밖에 없다는 것입니다.

와카 씨는 피아노를 배운 적이 있으니 잘 알 거라고 생각해요.

일주일에 한 번 피아노 선생님을 만나지요. 그러면 다음 주까지 해야 할 일이나 과제를 전달받습니다. 그리고 다음 수업 때까지 집에서 연습해 내 것으로 만들죠. 이러한 과정을 반복할 거예요.

떠올려보세요. 어디서 피아노를 쳐야 능숙해지나요? 결코 선생님께 수업을 받을 때가 아닙니다.

유명한 강사의 수업을 많이 들으면 공부를 잘할 수 있을 것이라 착각하는 사람이 있습니다. 하지만 정말로 잘할 수 있기 위한 조건은 '혼자서 반복해서 연습하는 것'뿐입니다.

물론 유명한 선생님에게 배우는 것에 장점이 없다고는 하지 않겠어요. 하지만 그것도 집에서 몇 번이고 반복적으로 연습을 한 사람만이 낼 수 있는 결과입니다.

피아노를 예로 들어 좀 더 설명해보죠.

실은 제게도 와카 씨 또래의 남동생이 있습니다. 그 아이도 기타에 흥미를 가지고 있는 것을 보면 요즘 고등학생들은 악기를 예로 들어 설명하면 이해가 잘되는 모양이에요.

선생님께서 당신이 지금까지 쳐본 적이 없는 곡을 다음 발표회의 과제곡으로 내주셨다고 합시다.

자, 당신은 우선 무엇을 목표로 할 건가요?

대다수는 이렇겠지요.

'중간에 끊어지지 않고 끝까지 칠 수 있게 할 것.'

그렇게 연습을 시작합니다. 처음엔 여기저기서 끊기고 맙니다. 끊긴 소절을 몇 번이고 연습해서 다시 처음부터 쭉 쳐보지요. 이것을 반복하는 동안에 드디어 끝까지 칠 수 있게 됩니다.

이때 분명 하나의 성취감을 손에 넣겠지요.

'이젠 칠 수 있어!'라며 기뻐합니다. 하지만 동시에 다른 감정이 생겨납니다.

'이래 가지고 우승은 절대 무리야!'

아무것도 할 수 없을 때에는 일단 할 수 있는 것을 목표로 합니다. 그러나 할 수 있게 되면 그것만으로는 의미가 없다는 것을 깨닫습니다. 그리고 더 높은 목표를 향해 선생님과 수업을 합니다.

그래요, 이제부터 진정한 연습입니다.

이런 경험을 해본 사람은 그 과정이 연습이라기보단 연습의 준비 과정이라는 것, 그리고 일단 칠 수 있는 상태까지 자신이 노력하지 않으면 어떤 훌륭한 선생님에게 가르침을 받아도 의미가 없다는 것을 알 거라 생각해요.

한 번도 본 적 없는 수학 문제에 맞닥뜨렸을 때나 영어 독해 문제를 풀려고 할 때도 마찬가지입니다.

보통 '그 문제를 풀 수 있게 할 것, 그 영어 문장이 무엇을 말하는지 이해할 수 있도록 할 것'을 우선적으로 노립니다. 하지만 진짜로 의미 있는 공부란 그 문제를 풀 수 있게 된 뒤에 그 문제를 활용하는 것입니다. 영어 문장을 이해한 다음, 그 영어 문장을 사용해서 어떻게 자신을 단련할 것인가? 그것을 생각하는 것이 공부입니다.

실은 풀 수 있기 전까지는, 읽을 수 있기 전까지는 진정한 공부가 아닙니다. 그것은 '준비'일 뿐입니다.

수학 문제를 예로 들자면, 한 가지 방법으로 풀 수 있게 된 다음엔 다른 방법을 생각해보거나, 숫자를 바꿔서 문제를 만들어보거나, 습득한 지식을 이용해서 다른 무엇을 할 수 있는지를 생각해보는 것이 진정한 의미의 수학 공부입니다.

영어도 사전을 통해 문장을 끝까지 이해했다면, 이제 겨우 공부가 시작되는 것입니다. 예를 들어, 오로지 영어 문장을 읽어봐야만 익힐 수 있는 감각이 있습니다. 감정을 넣어보거나, 강약을 조절해보거나, 듣는 사람이 알아듣기 쉽도록 적당한 장소에서 끊는 것을 의식하면서 읽어보세요. 물론 발음도 신경 써가면서 한마디 한마디를 외울 정도로 읽어보세요.

그리고 가장 중요한 것은 나의 의견을 남에게 말하듯이 읽어보는 거예요. 단순한 음독이 아니라 감정을 넣어 상대방에게 전달하듯이 읽는 겁니다. 영어는 '공부'의 도구이기 이전에 '언어'이니까요. 그렇게 함으로써 처음으로 알게 된 것이 많다는 사실에 분명 놀랄 거예요.

하는 편이 좋다는 것은 알고 있지만, 많은 수험생이 거기까지 하진 않습니다. 하지만 피아노와 마찬가지로 정말로 실력이 붙는 것은 이때입니다.

그렇기에 공부 계획을 짤 때 '무엇을 할까?'에 얽매어 그것을 끝내는 일이 목표가 되지 않도록 주의해야 합니다. 하루 동안 너무 많은 일을 할 필요는 없어요. 하루에 두세 개 정도면 좋지 않을까요?

중요한 것은 '무엇을 할까 뿐만 아니라, 그것을 이용해서 어떻게 자신을 갈고닦을 것인가를 생각한다.'는 거예요. 그것을 잊지 마세요.

말이 길어지고 있지만, 모처럼 피아노를 예로 들었으니 한 가지만 더 이야기할게요.

지금 와카 씨는 발표회에 나가기 위해 피아노 연습을 하고 있지요?

발표회는 지금까지의 성과를 보이는 자리입니다. 아마도 상당히 긴장될 거예요. 많은 사람이 지켜보는 가운데서 실수하고 싶지 않을 테니까요. 발표회가 가까워지면 두근거리고 안절부절못해서 다른 일이 손에 잡히지 않을 거라 생각합니다.

자, 발표회 당일에 무대 뒤에서 자신의 차례를 기다리고 있다고 상상해보세요. 너무 긴장하다 못해 도망치고 싶어지는 건 어느 때일까요?

당신의 대답은 이럴 거예요.

'그다지 열심히 연습하지 않아서 실력에 자신이 없을 때.'

반대로 긴장되지만 내 차례가 기다려질 때는 어떤 때죠?

'이보다 더 잘할 순 없을 정도로 확실하게 연습했을 때.'

긴장했을 때 의지가 되는 것은 내가 얼마만큼 연습했는가 입니다.

절대적인 자신감이란 반복적인 연습을 통해 생겨납니다. 머릿속이 새하얘져도 몸이 제멋대로 움직일 정도로 연습하고 또 연습해야지만 무어라 말할 수 없는 안도감, 즉 '마음의 여유'를 지닐 수 있습니다.

당신의 공부 성과를 보여주는 '입시'도 꽤 긴장되는 것입니다. 그 긴장 속에서 '마음의 여유'를 갖기 위해선, 누구보다도 주도면밀하게 준비하고 계속해서 반복적으로 연습할 수밖에 없다는 것을 잊지 마세요.

종종 "해야 할 일이 너무 많아서 여유가 없다."는 말을 합니다. 하지만 아무것도 하지 않으면 마음의 여유가 찾아올까요? 그렇지 않습니다. 해야 할 일이 적으면 형언할 수 없는 불안과 초조한 마음을 느끼게 됩니다.

집히는 데가 있지요?

저와 편지를 교환하기 전에는 해야 할 일이 없어서 상당히 여유가 있었지만, '초조한 마음'에 '편지가게'를 이용하기 시작했습니다. 그러나 지금은 해야 할 일이 많아져 여유가 없어졌다고 생각하겠지만, 신기하게도 불안하진 않을 거라 생각해요. 육체적으로는 괴로울지도 모르지만, 정신적으로는 상쾌하지 않을까 싶어요. 이 상태야말로 '마음의 여유'입니다.

'공부를 통해 마음의 여유를 가지려면 주도면밀한 준비와 반복적인 연습을 통해서 절대적인 자신감을 지니는 수밖에 없다.'

이것을 알게 되면 그 후의 인생도 비슷하리라는 걸 깨닫게 될 겁니다. 당신이 더 좋은 인생을 바라는 이상, 해야 할 일은 점점 늘어나겠지요. 그런 와중에도 '마음의 여유'를 갖고 살아갈 수 있을 겁니다.

사실, 여유 있는 삶을 사는 사람은 대부분 '눈코 뜰 새 없이 바쁜 사람'입니다. 반대로 '그다지 바쁘지 않은 사람'은 불안을 품에 안고 살아갑니다.

물론 제가 말하는 '해야 할 일'이 '미래의 나를 위해 지금의 내가 해두어야 할 일'이라는 건 말할 필요도 없겠죠?

즐기면서 눈치 보지 말고, 숨 돌릴 새 없이 바쁜 나날을 보내세요.

음악을 좋아하는 '편지가게' 드림

와카의 아홉 번째 편지
바쁜 나날이지만 마음은 정말 편안해요

안녕하세요, 편지가게 씨?

이번에도 편지가 많은 도움을 주었어요.

말씀하신 것처럼, 어느샌가 계획한 것을 끝내는 일이 목표가 되어 공부를 끝내도 왠지 성과가 없는 것 같았거든요.

하지만 편지를 받은 후 영어 문장을 소리 내어 읽어본다든지, 수학이나 국사 문제를 푼 후에 '내가 좀 더 까다로운 문제를 만들어보면 어떨까?' 하며 생각하는 시간을 가지려 했습니다.

그렇게 해보니 신기하게도 문제를 푸는 것 자체에 전념했을 때는 알지 못했던 것들이 보이기 시작했어요. 예를 들어 영어 문제를 몇 번이고 읽으면서 다른 사람에게 말하는 것처럼 의식을 하고 읽으니, 문장 속에 생략된 부분의 단어나 어구의 의미 같은 것을 이해할 수 있게 되었어요. 또 우리말로 해석하라는 문제에서는 출제자가 왜 이곳에 밑줄을 그었는지 알게 되었습니다.

그러다 보니 다른 과목에서도 출제자의 의도를 파악할 수 있어, 문제와 씨름할 때 '그래, 이걸 묻지 않으면 물어볼 게 없지.'라며 자연스럽게 이해할 수 있었습니다.

처음엔, 몇 번이고 읽어가며 영어 문장을 외울 시간이 있다면 새로운 문제를 푸는 것이 차라리 의미가 있지 않을까 싶어 반신반의했지만, 진짜 생각지도 못했던 성과가 있어서 깜짝 놀랐어요.

지금까지는 진정한 공부가 아닌 공부의 준비단계에서 끝냈던 거겠죠? 왠지 아까운 짓을 했구나 싶어요. 하지만 지금이라도 깨달아서 다행이에요.

영어 문장을 많이 읽으면서 깨달은 것이 또 있어요.

한 개의 영어 문장을 몇 번이고 읽는 연습을 하며 단어를 복습하기도 해요. 그랬더니 단어 공부를 따로 하지 않는데도 단어 실력이 껑충 뛰었어요.

하지만 무엇보다 더 굉장한 것을 깨달았습니다. 저, 영어를 사용하는 일을 하고 싶어졌어요.

영어 문장을 읽을 때, 상대방에게 이야기를 하는 것처럼 읽으려고 하니, 몸짓을 섞어가며 말하게 되더라고요. 그러는 동안 '외울 정도로 소리 내어 읽는 연습을 하는 영어를 사용해서 실제로 누군가와 대화하고 싶어.' 하고 생각했습니다. 공부를 시작하고 처음으로 장래에 해보고 싶은 일이 생겼어요.

편지가게 씨의 말씀처럼 매일 바쁜 나날을 보내고 있지만, 마음은 정말로 편합니다. 지금까지 느껴본 적 없던 멋진 기분이에요. 이렇게 진지하게 공부를 시작하기 전에는 아무것도 하고 있지 않았지만, 뭐라 말할 수 없는 불안과 초조함, 장래에 대한 비장한 마음을 언제나 마음 한구석에 품고 있어 왠지 찜찜했거든요.

지금은 바쁘지만, 마음은 정말 편안합니다. 머지않아 마음의 여유가 생길 거라 믿어요. 앞으로는 뭐든지 할 수 있을 것 같아요. 역시 편지가게 씨가 피아노를 예로 들어 설명해주셔서 그런 걸까요? 마음속에 와 닿았어요.

앞으로도 점점 바쁜 사람이 되고자 합니다.

편지가게 씨는 남동생이 있군요. 처음 알았어요.

저랑 같은 또래라면 한창 수험 공부 중이겠네요. 분명 동생은 공부를 잘할 거예요. 누가 뭐라 해도, 편지가게 씨가 가족인 걸요!

좋겠다. 나도 힘내야지!

그럼 이만⋯⋯.

우치다 와카 드림

모든 과목이 인생을
풍부하게 하는 계기가 됩니다

안녕하세요, 와카 씨?

편지를 보고 나니, 와카 씨가 '공부'를 사용해서 점점 성장해가는 모습이 눈에 선하네요.

이 상태로 더욱더 자신을 갈고닦길 바랍니다.

실은 제 남동생도 나름대로 열심히 공부를 하고 있는 것 같습니다. 하지만 지금 어떤 상태인지 저는 잘 몰라요.

동생은 제가 '편지가게' 일을 한다는 걸 모르니까요. 가깝긴 하지만 같이 살고 있지 않거든요. 분명 동생은 저를 '밤낮 할 것 없이 집안에 틀어박혀 일하러 가지도 않는 나쁜 형'이라고 생각하겠지요. 뭐, 지금은 그걸로 됐다고 생각합니다.

아마 동생은 제 힘, 즉 '편지가게'를 이용하지 않아도 대학에 합격할 테니까요.

왜 그런지 아세요?

와카 씨는 제 동생이 공부를 상당히 잘할 거라 생각하고 있죠? 유감스럽게도 그렇지 않아요.

하지만 대학에는 합격할 거라 생각합니다. 왜냐하면 그에겐 대학에 가야만 하는 분명한 이유가 마음속에 확실하게 존재하니까요.

그것은 '도시로 간다'는 목표입니다.

와카 씨가 살고 있는 곳은 산골짜기라고는 해도 도쿄 도에 속해 있지요? 휴일에 나가려고 마음만 먹으면 번화가로 놀러갈 수 있는 곳일 거예요. 때문에 시골에 살고 있는 젊은이의 이런 열의를 이해하기 어려울지도 몰라요.

시골에 살고 있는 젊은이들은 대부분 도시를 동경합니다. 사람마다 이유는 다르겠지만, 작고 폐쇄적인 시골을 떠나 도시에서 자립하고 싶어 하는 거라 생각해요. 그리고 그것을 이루기 위한 가장 빠른 길이 바로 '대학에 진학하는 일'이랍니다.

물론 이 동기가 불순할지도 모르지만, 도시를 동경하는 마음에서 태어난 열의는 무시할 수 없을 정도로 커다랗죠. 애초에 도시에서 살고 있는 사람은 이해할 수 없을 정도로요.

분명 제 남동생도 그 열망의 힘으로 대학에 합격할 수 있을 테지요. 저도 과거에 그랬답니다.

그런데 '도시에 가고 싶어.'란 마음 하나만으로 수험이라는 벽을 넘은 사람에게 흔히 생기는 일이 있어요. 그것은 목표를 달성하고 막상 도시에서 혼자 생활하기 시작하면, 아무런 목표도 없이 대강대강 사는 것입니다. 여섯 번째 편지에도 썼던 '허탈감'을 느끼는 거죠.

제 동생이 인생의 목표를 잃고 나태한 생활에 익숙해져 취직 활동을 할 때쯤이, '편지가게'가 가장 필요로 할 때일 겁니다. 전 벌써부터 그때가 오기를 기다리고 있답니다. 그러니까 적어도 그때까지는 '편지가게'를 계속하려 해요. 물론 제가 '편지가게'를 한다는 것은 비밀로 한 채로요.

아 참, 남동생뿐 아니라 여동생도 있어요. 그것도 둘씩이나요.

와카 씨가 이 편지를 읽고 있는 지금도 다른 고등학생들이 당신처럼 대학에 합격하고 싶다는 일념으로 공부를 하고 있다는 사실을 기억하세요. 그리고 이런 일념을 '나를 움직이는 열의'로 바꾸어 힘내길 바랍니다.

그럼 오늘은 '사실은 매우 간단하지만 어렵다고 생각해버리는 일'에 대해 이야기할게요.

우선, 다음 둘 중 어느 것이 더 어려울까 생각해보세요.

역사책에 등장하는 인물 열 명의 이름을 외우는 일과 당신이 알고 있는 한 사람의 이름을 잊는 일.

사람에게 어려운 것은 기억하는 게 아닙니다. 잊어버리는 게 더 힘듭니다. 그건 열 명이든 천 명이든 다를 바 없습니다. 시간은 좀 걸릴지도 모르지만, 언젠가 다 외우는 날이 오겠죠.

그렇지만 이미 기억하고 있는 사람을 의식적으로 잊는다는 것은 설령 한 사람일지라도 어렵습니다. 시험 삼아 자신의 이름을 잊으려 해보세요.

'아, 까먹었다!'라는 말을 할 수 없다는 걸 알겠죠?

정말로 어려운 것은 기억하는 게 아닙니다.

잊고 싶지만 잊을 수 없으니까 괴로운 거지요.

당신도 잊고 싶지만 잊을 수 없는 경험이 몇 개 있을 거예요. 그렇게 생각하면 '분명히 한 번 기억한 것을 잊는 것보다 새로운 것을 기억하는 편이 더 쉽겠구나.'라며 조금은 마음이 편해지지 않나요?

기분상 그렇게 느끼는 게 아니에요. 실제로 사람은 기억하는 것이 특기인 생물입니다.

'그렇다곤 하지만 영어 단어나 역사 연표 같은 건 몇 번을 봐도 조금도 외울 수 없는 걸…….'

이렇게 생각할지도 몰라요.

하지만 반대로, 딱 한 번 보거나 들은 것만으로도 기억할 수 있는 게 있습니다. 자기가 좋아하는 가수의 신곡 같은 거요.

이제 생각해보세요.

어째서 외우는 데 간단한 것과 어려운 것이 있을까요?

왜 어떤 것은 간단히 외울 수 있고 어떤 건 외우기가 어려운 걸까요? 그것은 '흥미'의 차이입니다.

어떤 일에 대한 '흥미'와 '기억'은 밀접한 관계가 있어요.

사람은 흥미로운 일이 생기면 그것을 잘 기억합니다. 지금까지 경험한 여러 가지와 연관 지어 내 것으로 하려 하기 때문이죠. 반대로 흥미가 없는 것은 몇 번이고 그것을 내 것으로 하려 하지만 기억할 수 없습니다.

이렇게 보면, 공부를 할 때 '그 과목에 흥미를 붙인다'는 것은 매우 중요한 일이지요.

많은 수험생이 흥미가 없는 과목을 하기 싫어합니다. 하지만 흥미가 없는 과목이라고 제쳐 두는 것은 그다지 좋은 해결책이 아니에요.

지금 자신이 가지고 있는 좁은 관심 분야에서만 능력을 발휘할 수 있다는 삶의 방식은 곤란해요. 인간이 가지고 있는 무수한 능력을 쥐꼬리만큼만 사용하는 것이니까요.

중요한 것은 내 주위에 있는 것 중 되도록 많은 것에 흥미를 붙이는 것입니다. 그렇게 하면 어떤 교과목이라도, 또는 인생의 어떤 순간이라도 당신이 갖고 있는 능력을 발휘할 수 있죠.

하지만 지금까지 흥미가 없었던 것에 흥미를 붙인다는 것은 쉽지 않습니다. "흥미를 붙여!"란 말을 듣는 것만으로 흥미가 생긴다면 그것만큼 쉬운 일도 없겠지요.

또 '할 수 있다'는 감각이 흥미를 불러일으키는 것도 사실이지만, 어느 정도 '할 수 있는' 단계까지 흥미를 유지하는 것도 만만치 않습니다. 게다가 이것이 근본적인 해결책은 아니에요. 왜냐하면 한 가지를 할 수 있게 되어도 잠시 그것을 계속하고 있는 사이 또 다른 벽이 가로막아 곧 '못 하겠어!'라는 상태가 되니까요.

그럼 도대체 어떻게 해야 여러 가지 일에 흥미를 느낄 수 있을까요?

우선 교과목 같은 '물건'이 아닌, 그것에 관련된 '사람'에 흥미를 붙여야 한다고 생각합니다.

이 대목에서도 역시 '상상력'이 그 힘을 발휘합니다.

물건이나 교과목과는 다르게 내가 갖고 있는 상상력을 사용해서 '사람'을 보면, 반드시 그 사람에게 흥미가 생깁니다. 그리고 어느샌가 그 사람이 쌓은 '업적'에 흥미가 생기지요.

당신이 수학이란 과목에 전혀 흥미를 느끼지 못하고 있다고 합시다.

수학 자체에 흥미를 붙이지는 못해도 그것에 관련된 사람에게 흥미를 붙일 수 있어요. 예를 들어, 당신의 친구 중에 수학을 좋아하는 친구가 있다면, 그 친구에게 흥미를 붙이는 거예요. '쟤는 왜 수학을 좋아하는 걸까?' 하고요.

그 친구가 당신이 좋아하는 사람이라면 더더욱 좋겠죠. 어쨌든 그 사람의 마음을 이해하려고 노력하는 겁니다. '수학'을 당신이 좋아하는 사람을 구성하고 있는 재료라고 생각하는 것만으로도 조금 좋아지겠죠?

수학 선생님에게 흥미를 붙일 수도 있겠죠.

가르침을 받는 학생들은 종종 잊고 있지만, 선생님도 한 사람의 인간입니다. 가정에서는 누군가의 귀한 자식이며 부인과 아이들이 있을지도 모르죠. 여행을 간다든지, 친구들과 놀기도 해요. 집에 돌아가면 보통의 아빠로서 수업 때와는 다른 면을 가지고 있을 겁니다.

또 선생님에게도 어렸을 적이 있었고, 당신과 같은 고등학교 시절이 있었습니다.

그리고 자신의 미래에 대한 이런저런 고민 끝에 대학에 갔고, 여러 선택지 중 '선생님'이라는 직업을 선택해 당신에게 '수학'이라는 과목을 가르치고 있는 거예요.

'어째서 그런 꿈을 갖게 된 걸까?'

'달리 하고 싶은 일은 없었던 걸까?'

'집에서는 어떤 아빠일까?'

'요즘 선생님의 소망은 뭘까?'

그 사람을 알려고 하면 할수록 흥미가 끊이지 않을 거라 생각합니다. 그리고 당신이 선생님에게 흥미가 있다는 것을 알면, 선생님도 '수학'이라는 과목에 흥미를 붙이게 하는 계기를 선사해 줄 거예요.

물론 수학 교과서에 쓰여 있는 공식이나 법칙을 발견한 사람에게 흥미를 붙일 수도 있습니다.

전에도 이야기했지만, 그들이 일생을 바쳐 발견한 법칙이나 공식을, 현재를 살아가는 우리들은 불과 몇 분 만에 너무나 쉽게 이해하고 자신의 지식으로 만듭니다. 그 사람들의 인생이나 살았던 시대의 배경에 관심을 가지면 '수학'에 대한 흥미도 늘어나겠죠.

이처럼 여러 곳에서 사람에게 흥미를 붙이는 일은 살아가는 데 매우 중요한 일입니다. 우리는 타인과 관계를 맺지 않으면 살아갈 수 없는 존재이니까요.

즉 공부와 관련된 것뿐만 아니라, 한 명이라도 많은 사람에게 흥미를 붙이며 살아가는 것은 자신의 인생을 근사하게 하는 데에 도움이 됩니다.

흥미가 없는 과목을 공부 대상에서 제외하는 것이 아니라, 모처럼 얻은 기회이니 흥미를 갖는 능력을 단련할 심산으로 그것에 관련된 사람에게 흥미를 붙이려 해보세요.

그렇게 하면, 당신의 눈앞에 있는 모든 과목이 인생을 풍부하게 하는 계기를 마련해줄 거라는 것에 생각이 닿을 거예요.

정말이에요. 자, 드디어 마지막 열 번째 편지가 남았습니다. 와카 씨의 편지를 기대하고 있겠습니다.

더불어 제 여동생 중 한 명은 당신과 같은 '와카'라는 이름을 갖고 있어요.

사람을 좋아하는 '편지가게' 드림

'왠지 나, 점점 변해가는 것 같아!'

편지가게 씨의 편지를 읽으며, 와카는 고개를 끄덕였다. 그리고 실제로 공부를 해보니 편지에 쓰여 있던 수많은 변화를 실감할 수 있었다. 그때마다 와카는 '진짜네?' 하며 감동했다.

예를 들어 공부라는 도구를 사용해서 인내심을 키우자고 생각하면, 정말로 침착해지는 기분이 들었고 집중력도 올라갔다.

할 수 있는 일이 늘면서 자신감이 생겼고, 장래에 하고 싶은 일이 늘어난 것도 기뻤다.

포기하고 싶을 땐 상상력을 동원해 즐거운 대학생활을 떠올렸다. 그러면 '이런 생활을 손에 넣기 위해서라도 지금은 힘내자.'라고 생각할 수 있었다.

물론 집에 돌아와서 맨 처음 앉는 장소는 책상 앞이 되었고, 수학 선생님에게 흥미가 생기니 웬일인지 수업이 즐거워졌다.

이렇게 커다란 변화를 체감하고 있는데도, 변화를 보이지 않는 것이 한 가지 있었다.

바로 성적이었다.

하지만 와카는 신경 쓰지 않았다. 오빠가 이렇게 말했기 때문이었다.

"아무리 열심히 해도 처음 반년 정도는 점수가 오르지 않을 거야. 하지만 걱정 안 해도 돼. 자신감을 가지고 지금 하는 일을 계속하는 거야."

와카는 편지가게 씨의 말을 마음속으로 계속 반복했다.

"아무리 결과가 나오지 않아도 내가 하겠다고 정한 것이니, 계속할 각오를 해야 해!"

제5장

도중에 주저앉지
않기 위해

66 인생의 무지개를 보려면 비를 맞아야 한다.

공부를 하려 하지 말고 이겨버려라. **99**

와카의 열 번째 편지

스스로 계속 공부를 해나갈
자신이 생겼어요

안녕하세요, 편지가게 씨?

동생은 모르는 편지가게 씨의 비밀을 하나 알게 되었네요. 왠지 두근거려요. 게다가 여동생도 있었군요. 그것도 나와 같은 이름이라니.

이건 정말 엄청난 우연이네요. 언젠가 편지가게 씨의 동생들과 만날 날을 기대하고 있을게요.

"교과목에 흥미를 가질 수 없을 때는 사람에게 흥미를 가져라."

지난번 편지를 읽으면서 오빠가 사고를 당했을 때가 떠올랐습니다.

전 그때까지 봉사활동에 전혀 흥미가 없었어요. 학교에서 자유롭게 참가하는 간호 실습도 해본 적이 없었습니다. '도움의 손길'이 중요하다는 건 알지만, 왠지 위선적인 것 같아 싫었거든요. 솔직히 말하자면 귀찮았던 것뿐이지만요.

하지만 오빠가 사고로 다리를 움직일 수 없게 된 후론 병원에 갈 때 휠체어를 민다거나, 어떻게 재활치료를 하는지 본다거나, 치료 중인 환자들이 필사적으로 힘내는 모습을 보면서 봉사활동이 점점 좋아졌어요.

그것이 바로 '사람'에게 흥미를 가지니 '봉사활동'에도 흥미를 갖게 된 경험이었습니다.

요전의 편지를 읽고 '아차!' 싶었어요.

지금 저를 가르치는 선생님도 젊었을 적 꿈을 실현한 사람이구나 하고요.

선생님도 한 사람의 인간인데 그런 것은 생각지 않고 그 교과목이 좋거나 싫다는 이유만으로 그 사람의 존재를 받아들이거나 거부했던 것 같아요.

'이 선생님은 어째서 젊었을 적에 선생님이 되려고 한 것일까? 그때 그렸던 이상적인 교사는 어떤 느낌이었을까?' 하는 생각을 하면, 교과목에 대한 흥미가 생길 것 같아요.

저는 지금까지 편지가게 씨께 편지를 받으면서 정말 많은 것을 배울 수 있었습니다.

공부를 하나의 도구로 보는 것.

그 도구를 올바르게 사용하는 방법을 생각할 것.

그것을 자신을 갈고닦기 위해 사용할 것.

할 수 있는 일이 늘어나면 인생의 의미가 생겨난다는 것.

의지가 약한 사람은 아무것도 얻을 수가 없다는 것.

의지를 강하게 하기 위해서 상상력을 사용한다는 것.

집에 돌아와 맨 처음 앉는 곳에서 인생이 바뀐다는 것.

일단 할 수 있게 된 후가 진정한 연습의 시작이라는 것.

'사람'에게 흥미를 가지면 '물건'을 좋아하게 된다는 것.

너무나 소중한 가르침이어서 마음속에 잘 새겨놓았습니다. 신기하게도 그런 식으로 생각하니까 아무것도 모르고 '성적을 올려야지. 일단 합격하고 보는 거야.'라며 초조해했을 때보다 공부가 즐거워졌어요.

이것의 연장선 위에 '입시'라는 게 있는 거군요. '합격할지 어떨지는 그때까지 해온 것들로 정해진다. 그때의 나에게 걸맞은 결과가 나올 것'이라는 각오도 했습니다.

지금의 저는 여태까지와는 다르게 제 자신의 꿈을 실현할 때까지 이 마음을 유지해서 계속 노력할 수 있을 거라 생각해요.

이렇게 된 것도 다 편지가게 씨 덕분입니다.

저에게 직접 공부를 가르쳐주신 것은 아니지만, 혼자서 공부할 수 있는 인간으로 만들어주셨어요. 역시 피아노와 마찬가지네요. 가르침을 받으면 할 수 있게 되는 게 아니라, 혼자서 할 수 있도록 노력하는 수밖에 없는 거죠.

옛날의 저는 돈을 내면 누군가가 어떻게 해줄 거라고 생각했던 것 같아요. 그런 것도 깨달았습니다.

감사합니다.

편지가게 씨의 편지도 앞으로 한 통이면 끝이 나네요. 지금까지 받은 편지는 제 인생에서 그 무엇과도 바꿀 수 없는 보물입니다.

정말로 감사해요. 남은 한 통도 기대할게요.

대학교 입시까지 앞으로 1년 반.

마지막에 멋진 보고를 할 수 있도록 열심히 노력하겠습니다. 편지가게 씨도 그때까지 건강하게 지내세요.

그럼…….

우치다 와카 드림

편지가게의 열 번째 편지

자신의 공부가 세상의 행복으로 이어지길 바랍니다

안녕하세요, 와카 씨?

드디어 마지막 편지네요.

요전에 받은 편지를 읽고, 저도 당신의 오빠인 요시타로 씨에게 배운 것을 떠올렸습니다.

부끄럽게도 저 역시 와카 씨가 그랬던 것과 같은 이유로 봉사활동이라 불릴 만한 것은 거의 해본 적이 없었어요. 게다가 '도움의 손길' 같은 것은 어려운 일이라 생각했습니다.

예를 들어 전철에서 자리를 양보한다고 하면 "아직 젊으니까."라며 거절당하거나, 길에서 휠체어를 타신 분을 발견해 "밀어드릴까요?"라며 말을 걸었더니 "위험하니까 됐어요."란 말을 들으니, 좀처럼 생각대로 할 수 없었어요. "어려움에 처한 사람을 도웁시다."라는 말을 자주 하지만, 누가 도움이 필요한지도 판단하기 어렵다고 생각했기 때문이에요.

하지만 당신의 오빠를 만나고 제 생각이 근본적으로 틀렸었다는 것을 겨우 알게 되었습니다.

요시타로 씨는 자유를 빼앗은 다리를 원망한 것이 아니라 그 상황을 받아들였어요. 게다가 오히려 그 상황에 감사하고 현명하게 자신의 인생을 멋지게 만들어가려 노력했지요. 그 모습을 보며 저도 많은 것을 배웠습니다. 저였더라면 넘을 수 없었을 많은 고비를 뛰어넘어 웃음 띤 얼굴로 살아가는 당신의 오빠에게 인간의 강인함, 산다는 것의 아름다움을 배웠습니다.

봉사활동이란 '어려움에 처한 사람을 돕는 것'이 아니라 '우리보다 강인한 사람에게 배우는 것'입니다. 그것도 무료로요.

입장을 바꿔 생각해보면 잘 알 거예요.

만약 나에게 장애가 있었더라도 "도와줄게요."라며 누군가 다가온다면 거절했을 거예요. 자존심도 있고, 나는 혼자의 힘으로 살아갈 수 있는 한 사람의 인간이기 때문이죠. 하지만 "가르쳐주세요."라며 다가오는 사람을 내치지는 않을 겁니다.

그런 자세를 익힌 후론, 저는 장애가 있는 사람을 대하는 방법을 바꾸었어요. 그렇지만 부끄럽게도 자랑할 수 있을 만큼 봉사활동은 하고 있지 않습니다.

최근에는 고령화 사회의 영향인지, 사회 복지의 일에 흥미를 갖는 고등학생도 많아졌지요. 저는 그런 일에 흥미를 가지고 있는 사람에게 이 이야기를 꼭 해준답니다.

자, 서론이 길어졌습니다만, 제가 이 편지에서 당신에게 전하고 싶은 것은 딱 한 가지예요. 하지만 효과적으로 전달하기 위해선 꽤 긴 편지가 될 거라 생각합니다. 분명 이 편지의 양을 보고 놀랄 거예요. 단번에 읽을 필요는 없어요. 조금씩이라도 좋으니 이해해가며 읽어주세요.

와카 씨는 지금까지 제 편지를 읽고 공부를 계속해나갈 자신감을 얻은 모양이네요.

한 통 한 통의 편지에서, 제가 전하고자 했던 것을 잘 이해하고 익혔구나 싶어서 정말로 기쁘기 그지없습니다.

하지만 안타깝게도, 이대로라면 앞으로 1년 반이나 남은 수험 생활 속에서 도중에 다시 좌절하는 날이 올 거라 생각합니다. 그리고 자신의 약한 의지를 책망하겠죠. '그렇게까지 하겠노라 다짐했는데, 어째서 못하는 거야!'라며 자신에게 혐오감을 느낄지도 모릅니다.

왜 그럴까요?

맨 처음 말했던 '무엇을 위해 공부를 하는가?'라는 공부의 목적에는 사실 중요한 목적이 한 가지 더 있습니다. 그리고 그것을 가지고 공부를 하지 않으면, 분명 도중에 해야 할 의미를 잃어버립니다.

세 번째 편지에서 썼던 것을 기억해보세요. 당신은 이런 이야기를 했어요.

"두 번째 편지에서 '공부라는 도구는 사람의 마음을 헤아리는 데 도움을 주기도 한다.'라고 쓴 걸 보며 생각했습니다. 이건 첫 번째 편지에 쓰여 있던 '공부를 못하는 사람을 깔보고, 이해하지 못한다.'와 정반대인 것 같아요. 때문에 공부를 유용하게 사용하면, 사람들에게 사랑받는다든지, 다른 나라를 좋아하게 된다든지 세상 사람들이 좋아하는 것을 만들 수도 있겠다는 생각을 하게 되었습니다."

'공부'라는 도구는 '다른 사람들에게 도움이 되기 위해' 사용했을 때, 비로소 잘 사용했다고 할 수 있습니다.

즉 공부라는 도구는 '자신을 갈고닦기 위해' '다른 사람에게 도움이 되기 위해'라는 두 가지 목적을 위해 쓰였을 때 올바르게 사용했다고 할 수 있습니다.

수험 공부를 종종 마라톤과 비교하지요.

먼 길을 혼자서 고독하게 달려나가야 하니까요. 도중에 몇 번이고 그만두고 싶어지거나 괴로워집니다.

하지만 저는 공부는 이어달리기에 가깝다고 생각합니다. 필사적으로 바통을 손에 쥐고 달려온 주자가 다시 다른 주자에게 바통을 넘겨주는 이어달리기에 가까운 것 같아요.

'공부한다'는 말의 의미가 '일찍이 이 세상을 살았던 인간이 일생을 통해 발견해낸 지혜를 배우는 것'이라고 한 것을 기억하고 있지요? 그 점을 생각하면, 역시 마라톤이 아니라 이어달리기 같다는 것을 알 수 있을 거라 생각합니다.

또한 당신이 '공부할 권리'를 손에 넣기 위해 얼마나 오랜 세월 동안 많은 사람이 목숨을 걸고 싸워왔는지를 생각하면, 지금 손에 쥐어진 바통을 들고 있는 우리 세대가 사소한 이유로 도중에 기권할 수는 없습니다.

모든 사람이 '자유롭게 공부할 수 있는 세상을 만들고 싶어.'라고 생각하면서도 그런 세상은 좀처럼 실현되지 않았습니다. 그것을 손에 넣은 것은 몇 천 년, 몇 만 년을 이어온 인간의 역사에서 고작 50여 년에 지나지 않습니다.

이 나라에 살고 있는 우리는 지금까지 이 세상을 살았던 모든 사람의 은혜를 입어 이제 겨우 '누구나, 하고 싶은 만큼, 선조의 지혜나 지식을 익힐 수 있는 권리'를 손에 넣은 것입니다. 아직도 지구상엔 그렇지 못한 나라가 많습니다. 그런 나라들이 무엇보다도 먼저 이루고자 하는 꿈 같은 제도를 갖고 있는 것이죠.

이것을 우리 세대에서 끝낼 수는 없습니다. 때문에 그 권리를, 물려받은 지식을, 그리고 내가 공부해서 배운 것을 받아들이고 거기에 내가 얻어낸 무언가를 더해 다음 세대에게 남기는 것이야말로 '공부했다'고 말할 수 있는 것입니다.

지금까지의 이야기를 이해했으리라 생각합니다.

하지만 이것은 이상론이 아닌 현실론입니다.

현실적으로 어떻게 공부해야 타인에게 도움을 줄 수 있을까라는 구체적인 목표가 없는 사람은 공부라는 도구를 올바르게 사용해서 성공할 수 없습니다.

돈이 필요하기에 공부한다든지, 아르바이트를 한다든지, 일을 한다든지 하는 것처럼 자신의 행복을 위해 노력하는 사람들이 있습니다. 안타깝게도 그런 사람은 학력에 관계없이 원대한 꿈을 실현하는 멋진 삶을 살 수 없습니다.

어린아이들은 꿈을 이야기합니다.

끊임없이 수많은 꿈을 이야기합니다.

하지만 언제부터인가 더 이상 그것을 언급하지 않습니다. 보통 중학생에서 대학생 정도가 되면 원대한 꿈 이야기는 하지 않습니다.

거기엔 갖가지 이유가 있겠지요. 무시당하는 것이 부끄러운 사람도 있을 것이고, 어차피 이젠 글렀다고 포기하는 사람도 있을 거예요. 그렇게 '하고 싶은 일이 없다'든지 '아직 정하지 못했다'고 말하는 겁니다.

하지만 희한하게도, 대학을 졸업해서 일을 시작하고 몇 년이 지나면 다시금 꿈을 이야기하기 시작합니다. 그런 사람이 많아요.

어째서인지 와카 씨는 이미 알고 있죠?

일을 하면서 세상에 도움을 주는 것을 손에 넣었다고 실감하기 때문이에요. 따라서 일을 하며 그런 것을 실감할 수

188

없는 사람은 어른이 되어서도 꿈을 이야기하지 못한 채 살아갑니다.

어른이 되어 다시금 이야기하는 꿈은 어렸을 적에 품고 있던 꿈과는 큰 차이가 있어요. 수년 간의 공백기 동안 어렸을 적 그렸던 꿈과는 전혀 다른 꿈을 갖게 되는 겁니다.

선생님이나 부모님을 비롯한 많은 어른이 이 공백기에 있는 젊은이에게 "꿈을 가져야 해!" "젊은 시절에 시간을 허비해서는 안 돼!"라며 노발대발하지요. 하지만 저는 꿈을 갖지 못했던 그 수년간에 무슨 일이 있었는지를 압니다. 그리고 이 공백기가 왜 수년간이나 지속되는지도 알아요.

어렸을 적의 꿈은 너무나도 멋지고 순수합니다. 조금 흥미가 있는 것에서 멋져 보이는 것까지, 무엇이든 꿈이 될 수 있습니다. 하지만 대부분 그것은 자신의 욕구를 충족시키기 위한 꿈이지요.

멋져 보이고 싶으니까.

그것을 하는 것을 좋아하니까.

부자가 되고 싶으니까.

쉽게 성공하고 싶으니까.

모두 다 나를 중심으로 한 것입니다.

하지만 그런 꿈이 이루어진 적은 그리 많지 않습니다. 때문에 꿈을 품은 아이들도 그 꿈을 어딘가에 버려야 할 때가 오는 것이죠. 한편 어른이 되고 난 후 품는 꿈은 자기가 중심이 아닙니다. 중학교부터 대학교 시절 내내 꿈이나 목표를 갖지 못한 채, 자신의 인생이 어떤 가치가 있는지 모르고 지낸 젊은이들이 '나도 이런 것으로 사람들에게 도움을 줄 수가 있어.'라는 하나의 삶의 의미를 찾기 시작합니다. 좀 더 자신이 타인을 위해, 세상을 위해 할 수 있는 일은 없을까 생각하지요.

어른이 되어 갖는 꿈이란 이 세상의 구성원으로서 다른 사람을 위해 좀 더 많은 것을 할 수 있지 않을까 하는 생각으로, 그 방법을 크게 키우기 위한 것입니다. 그리고 그것이 올바른 꿈의 정의이며, 실현 가능한 꿈이라고 할 수 있어요.

즉 꿈을 갖지 못하는 공백기는 실현하는 꿈이란 무엇인가를 배우는 시기입니다.

그러면 어째서 이런 시기가 찾아오는 것일까요?

그것은 많은 어린이가 자신의 행복을 위해 살아가도록 배우기 때문입니다.

부모는 물론 사회 전체가 어린이의 행복을 바라는 나머지 "네 미래를 위해 공부해라." "네 미래를 위해 좋은 대학에 들어가는 거야." "너를 위해 지금 ○○를 해야 해." 하고 가르치는 것입니다.

내 자식의 행복을 바라는 것은 나쁜 일이 아니에요. 하지만 아이가 행복을 손에 넣는 방법은 '나를 위해 노력하는 것'이 아닌, '다른 사람을 위해 사는 것'입니다. 어렸을 때부터 계속 지니고 있던 꿈을 실현한 사람은 '나는 커서 ○○가 되어 많은 사람을 행복하게 해줄 거야!'라며 사람들에게 도움을 주고 싶다고 생각했을 거예요.

인간은 타인을 도울 때 보다 강한 의지를 가지고 행동할 수 있습니다. 저는 이것이야 말로 인간의 위대한 점이라고 생각해요.

"열심히 공부해. 나중에 고생하는 건 너니까……."

이런 말을 듣고 '고생을 해도 내가 하는 거니까 그냥 내버려 둬.'라는 생각을 해본 적이 있지요?

하지만 고생하는 게 당신 이외의 사람이라면?

분명 그쪽이 더 큰 힘을 발휘할 거라 생각합니다.

실제로 당신이 공부를 못하게 되면 곤란한 것은 당신이 아니에요. 그럼 누굴까요? '지금까지 키워주신 부모인가?' 하고 생각할지도 모르지만 아닙니다.

인간은 혼자서 살 수 없어요. 각각의 사람들이 여러 사람과 이어져 물물교환을 해가며 서로를 돕고 살아가는 것입니다. 물론 당신도 지금까지 그렇게 살아왔고요.

그리고 앞으로도 여러 사람과 이어져 살아갈 것입니다. 당신이 행복한 삶을 보낸다면, 네 번째 편지에서 썼듯이 자신이 존재하는 이유를 많이 만들어, 많은 사람과 부대끼며 살아가기 때문이에요. 그리고 당신과 관계된 사람들은 당신이 공부라는 도구를 사용해서 자신을 갈고닦았기 때문에 그 은혜를 손에 넣을 수 있는 것입니다.

즉 당신이 공부하지 않으면 곤란한 사람은 당신이 아니라 미래에 당신과 함께 사는 사람입니다.

아니, 곤란하다는 것은 오해의 소지가 있네요.

와카 씨는 전에 보내준 편지에서 농학부에 흥미가 있다고 했었죠?

당신이 계속 공부를 한 결과, 지구온난화를 해결할 수 있는 커다란 발견을 해서 사막에서도 자라는 식물 개발에 성공했다고 합시다. 그렇다면 많은 사람이 당신 덕분에 행복한 삶을 손에 넣을 수 있겠죠. 그 사람들을 위해서 지금 당신이 공부하고 있는 거예요.

그렇게 큰일을 하려고 하는 사람이 아닐지라도 미래에 누군가와 관계하며 살아갈 테니, 그 사람들을 위해서 공부라는 도구를 사용해 자신을 단련한다는 것은 커다란 의미가 있습니다.

예를 들어, 당신이 지금보다 더 '사람의 마음을 이해하는 사람'이 된다고 하면? 좀 더 '솔직한 마음을 지닌 사람'이 된다고 하면? 좀 더 '강한 의지를 지닌 사람'이 된다고 하면?

미래의 당신과 만나는 사람은 당신을 만나서 행운이었다며, 지금의 모습으로 머물고 있을 때보다 더 소중하게 생각해줄 테지요. 당신 아이의 인생도 크게 변할 것입니다.

이것을 마음속에 새기고, 다른 사람을 위해 나를 갈고닦자고 마음속 깊이 생각했을 때, 지금껏 경험해본 적 없던 힘을 발휘할 수 있을 겁니다.

'공부'를 해서 대성한 사람들은 공통점이 있습니다.

어렸을 때부터 "세상을 위해 사는 사람이 되세요."라는 말을 들으며 자랐다는 것이죠. 그리고 그렇게 되고자 노력해서 성공했습니다. 결코 '내가 행복하기 위해서 어떻게 해야 좋을까?'를 생각하며 성공한 것이 아니에요.

때문에 당신이 제게 "무엇을 위해 공부해야 하는 거예요?" 하고 묻는다면 우선 이렇게 대답하고 싶습니다.

"세상 사람들을 위해 노력하세요! 당신이 오늘 열심히 노력했기에, 미래에 만날 많은 사람의 인생을 바꾸는 거예요. 그 사람들을 위해 힘내세요. 어떻게 살아도 좋아요. 하지만 타인에게 도움을 주는 사람이 되세요. 그것을 위해 공부하는 거예요."

조금 엄격한 아버지처럼 말한다면, 이렇게 말할 거예요.

"공부는 타인에게 도움을 주기 위해 할 때, 비로소 '하고 있다'고 말할 수 있는 거야."

공부를 할 때는 어떻게 되었든 고독할 거예요. 때문에 만약 벽에 부딪혀서 혼자서 계속 달려야 하는 마라톤을 할 때처럼 괴로움이 느껴질 땐, 이 이야기를 떠올리세요.

그리고 당신이 공부한 결과 손에 넣은 것으로, 많은 사람을 행복하게 해주세요. 그들은 그것을 진심으로 기다리고 있을 테니까요. 당신이 생각하는 것 이상으로 오늘의 공부가 미래의 세상을 크게 바꾸는 일과 이어집니다. 그것을 잊지 마세요.

자, 이제 제가 전하고자 하는 것은 모두 전했습니다.

그리고 한 가지만 더해주세요.

"나 이외의 누군가를 돕기 위해 노력할 때 비로소 '공부'라는 도구를 올바르게 사용하는 것이다." 즉 "남에게 도움을 주는 사람이 되자. 그들을 위해 공부한다."라는 오늘의 이야기를 염두에 두고, 지금까지 제가 보낸 아홉 통의 편지를 한 번 더 읽어주기 바랍니다.

지금까지 계속 '나를 위한 것'이란 생각으로 읽었던 시점이 '남을 위해'로 바뀌는 것만으로 새로이 많은 것을 발견할 수 있을 거라 생각해요.

자, 펜을 놓을 때가 되었네요.

1년 반 후의 봄, 와카 씨에게서 멋진 소식이 올 것이라 기대하고 있겠습니다. 짧은 기간 동안 많은 편지를 주고받도록 강요해서 미안하게 생각해요.

인연이 닿아 가족이 된 여동생과 편지를 주고받을 수 있어서 즐거웠습니다.

고마워요.

치하루와 당신의 오빠 '편지가게' 드림

"편지가게 씨가 새언니의 오빠였어?"

와카는 뜻밖의 사실에 놀람과 동시에 왠지 겸연쩍어 웃음이 나오려 했다.

"그랬었구나. 편지가게 씨의 여동생이란 나를 말하는 거었어."

그렇게 생각하니 기쁘기도 하고, 조금은 부끄럽기도 한 이상한 느낌이었다.

편지가게 씨의 마지막 편지를 받은 날, 저녁식사에서 아빠는 와카에게 앞으로 어떻게 할 것인지 물었다.

"지난달에도 물어봤었지만, 와카는 졸업하고 어떻게 할지 정했니?"

"응, 정했어. 나 대학에 가고 싶어. 그래서 요즘 공부하고 있어. 아빠 엄마, 보내줄 거지?"

"그래, 물론이지."

"고마워."

"그래, 대학에 가서 뭘 하고 싶은데?"

"나 말이야, 요샌 영어 공부를 제일 열심히 하고 있어. 그리고 실은 자연이나 지구환경에도 흥미가 있어. 대학에 가선 환경문제에 대해 더 공부하고 싶어. 환경문제는 전 세계 나라들이 관련되어 있잖아? 그래서 가능하면 유학도 가서 영어를 유창하게 구사하고 싶어. 그렇게 여러 나라 사람들과 교류하며 지구 환경에 대해 생각할 거야. 장래에는 그것과 관련된 일을 하고 싶어."

"그렇구나. 그럼 국제연합에 근무한다든지, 환경문제 관련 서적을 번역한다든지, 여러 가지 일을 할 수 있겠구나."

"그럴 수도 있겠다. 아직은 정하지 못했지만, 그렇게 배운 것들을 사용해 많은 사람을 위한 일을 하고 싶어."

아빠는 몸을 앞으로 내밀며 와카의 이야기를 들어주었다. 마치 '그래, 너라면 할 수 있을 거야.' 하고 말하듯이.

와카는 점점 열중해서 장래의 꿈을 말했다. 이야기가 끝날 때 즈음에 아빠가 말했다.

"지금이라면 아마 대답할 수 있을 것 같구나."

"응? 뭐를?"

"아르바이트를 하면 안 된다고 했던 이유 말이야."

'아, 그러고 보니 그런 대화도 했었구나…….'라는 생각에 와카는 잠시 회상에 젖었다. 그리고 부끄러운 듯이 숨을 고르고 말을 꺼냈다.

"그때 아빠가 반대한 이유는 내가 나만을 위해 돈이 필요하다고 했기 때문이지? 내가 사고 싶은 것을 살 돈이 필요해서 내 시간을 쓴다, 그것만 생각했기 때문이야. 뭐든지 나를 중심으로 생각했지. 하지만 그런 생각으로 살아봤자 행복해지지 못해. 거기서 배울 수 있는 것은 돈이 두 배로 필요하다면 일하는 시간을 두 배로 늘려야 한다는 것뿐인걸. 그때 내가 나를 위해서가 아니라 가족을 위해서라든가 다른 누군가를 위해, 예를 들어 그곳에서 만나는 손님을 위해라든가 그런 것을 위해 일하고 싶다고 생각했으면 됐겠지. '밖에서 일을 함으로써 내가 행복하게 해줄 수 있는 사람이 늘어나니까.'라든가. 그렇지?"

아빠는 만족한 듯이 끄덕였다.

"잘도 알아냈구나. 요 두 달간 마치 다른 사람처럼 성장했는걸? 그럼 약속을 지킬 차례구나. 아르바이트를 해도 좋지만 어떻게 할래?"

"……대학생이 될 때까지는 안 할래."

와카는 쓴웃음을 지으며 그렇게 대답했다.

1년 반 후의 봄, 와카는 편지가게 씨에게 수험 결과를 알리는 편지를 보냈다.

1년 반 후의 봄에

안녕하세요? 오랜만이에요. 편지가게 씨.

아니, 사돈 오빠.

편지가게 씨가 새언니의 오빠라는 것을 알았을 땐 정말로 놀랐습니다.

오빠와 새언니의 결혼식 때 한 번 만난 적이 있지요?

그때 이야기해보진 못했지만 매우 친절해 보이는 사람이라고 어렴풋이 기억하고 있어요.

마지막 편지를 받은 후로 벌써 1년 반이 지났네요. 지나고 생각해보니 정말 눈 깜짝할 사이였습니다.

중간에 공부하는 것이 괴로워지진 않을까 생각했지만, 문제없었습니다. 편지가게 씨의 편지를 매일 한 통씩 반복해서 읽고 난 후 공부하는 나날의 반복이었어요. 그랬더니 공부가 점점 즐거워져서 반년 정도 지나니 서서히 성과가 나오기 시작했습니다.

언제나 마음속으로 '오늘 내가 노력한 것이 나중에 많은 사람의 행복으로 이어진다!'라는 말을 반복하며 공부했어요.

그리고 드디어 요코하마에 있는 대학에 합격했습니다.

원서를 넣을 꿈도 꾸지 못했던 제가 여기까지 성장할 수 있었던 것은 모두 편지가게 씨 덕분이에요.

학교 선생님도 제 변화에 놀라실 뿐이었습니다.

"지금까지 본 학생 중에 너만큼 단번에 성장한 아이는 없었어."

이런 기쁘기도 하고 부끄럽기도 한 말을 여러 선생님에게 들었습니다. 정말 감사해요.

편지가게 씨와 만나기 전의 저는 '대학생이 되면 4년간 마음껏 놀아야지.'란 생각만 했는데 지금은 전혀 다른 것을 생각한답니다.

지금은 빨리 대학에 가서 좀 더 여러 가지를 배우고 싶어서 몸이 근질거려요. 공부뿐만이 아니에요. 책을 읽는다거나, 여러 가지를 보고 듣고 해서 미래의 나와 만날 사람들을 위해 더더욱 자신을 갈고닦으려 합니다. 그것이 지금 제가 가장 하고 싶은 일이에요.

제 입으로 말하기 부끄럽지만, '나도 참 많이 컸구나.'란 생각을 합니다.

공부라는 도구는 제게 정말로 많은 것을 가져다주었어요.

하지만 무엇보다 놀라웠던 것은 편지가게 씨의 남동생인 료타가 저와 같은 대학에 합격했다는 거예요!

새언니에게 들었습니다. 정말 굉장한 우연이죠?

수험 때문에 상경해서 오빠 집에 잠시 머물고 있다는 이야기는 들었지만, 설마 같은 대학교에 다니게 될 줄이야…….

그래서 그 이야기를 들은 순간 '어떤 것'이 떠올랐습니다. 그것을 아빠께 상담하느라 편지가게 씨에게 합격을 보고하는 게 조금 늦어졌어요.

그 '어떤 것'이라 함은, 제가 편지가게 씨에게 할 보답이에요. 첫 번째 편지에서 약속한 것처럼 저는 이제 편지가게 씨에게 무엇을 보답해야 할지 정해야만 해요.

새언니에게 들었는데, 료타의 대학교 학비나 생활비는 편지가게 씨가 전부 내주기로 했다면서요?

그래서…….

료타에게 자취방을 제공하려 합니다.

벌써 새언니에게 들어서 알고 계실지도 모르지만, 실은 제 부모님이 이번 봄부터 요론 섬에 집을 샀어요. 그리고 양쪽에서 반년씩 생활하실 거예요. 나중엔 완전히 요론 섬으로 옮겨가실 듯합니다. 뭐, 생각보다 시간이 더 걸릴 것 같다고는 하시지만요. 그래서 전 아버지께서 소유하고 있는 원룸 아파트에 살게 되었습니다.

그곳을 료타가 사용하도록 해주세요.

저는 여자 기숙사에 들어갈 생각입니다. 이렇게 말하면 제가 단지 료타를 위해 물러나는 거라 생각할지 모르지만 그렇지 않아요. 실은 전 혼자서 사는 것보다 또래의 아이들과 함께 생활해보고 싶어요. 정말이에요. 역시 혼자서는 쓸쓸하니까요.

그 일을 아빠에게 상담했더니 "그거 좋구나!" 하며 허락해주셨어요. 하는 김에 기숙사비도 내주시겠다고 했지만, 그래서는 제가 편지가게 씨에게 무언가를 보답한 것이 되지 않기에 거절할 생각입니다.

기숙사비는 제 손으로 벌어서 낼 거예요. 다행히 기숙사비는 싸더라고요. 그리고 아르바이트도 벌써 찾았어요. 아버지의 직장에서 일하시던 모리 씨라는 분이 지난달 요코하마에 찻집을 열었습니다. 거기서 일하게 되었어요. 부모님도 모리 씨가 저를 돌봐준다는 사실에 안심하고 계십니다.

편지가게 씨, 벌써 다 정한 일이니까 거절하지 말아주세요. 기숙사 신청도 해놨으니까요.

그리고 한 가지 더. 편지가게 씨는 언젠가 료타가 취직활동을 할 때 즈음, 자신이 편지가게를 한다는 것을 숨기고 교환편지를 하고 싶다고 하셨죠?

제가 중개하겠습니다.

아직 먼 이야기지만 벌써 이것저것 상상하고 있어요. 어떻게 료타에게 '편지가게'를 소개해줄까? 되도록 자연스럽게, 그리고 사돈 오빠가 편지가게라는 것을 들키지 않도록 하는 방법엔 뭐가 있을까? 그런 것을 생각하면 벌써부터 설렌답니다.

이것이 제가 생각한, 지금의 제가 할 수 있는 '보답'이에요.

이제 곧 벚꽃의 계절이네요.
헤어짐도 있지만 만남도 많습니다.
무언가 새로운 일, 멋진 일이 생길 것 같은 예감이 들어요.
편지가게 씨, 정말로 정말로 감사해요.
다음에 만날 날을 기대합니다.

우치다 와카 드림

와카의 제안대로, 료타는 코이치의 아파트에서 살게 되었다. 처음엔 "그렇게 커다란 보답을 하지 않아도……."라며 거절하던 편지가게 씨를 코이치가 직접 전화를 해서 설득한 것이다.

그 대신 편지가게 씨가 와카에게 매달 한 권씩 책을 보내 주기로 했다. 물론 와카는 이것을 큰 즐거움으로 생각했다.

입학과 동시에 와카는 '서락'에서 아르바이트를 시작했다.

주인인 모리는 서재라는 이미지를 매우 중요하게 생각했다. 때문에 일부러 카운터를 두어, 두 명 이상 오는 손님은 거절했다.

와카는 그 카운터에서 보이는 풍경이 좋았다. 조용하고 침착한, 여유로움이 흐르는 서재의 분위기……

"여기에 있으면, 왠지 편안해지네."

와카에게 '서락'은 소중한 장소였다.

대학생활도 익숙해졌을 무렵, 드디어 그날이 왔다.

가게 입구에 대학생으로 보이는 한 청년이 들어왔다. 커피머신 앞에 서 있던 모리가 와카에게 눈짓으로 신호를 보내며 말했다.

"와카, 카운터 좀 부탁해. 지금 좀 바빠서 말이야."

'앗, 편지가게 씨의 남동생이다.'

예전에 새언니의 가족 사진을 본 적이 있던 와카는 그가 료타란 것을 금방 알았다.

"안녕하세요!"

와카는 생글생글 웃으며 말을 걸었다. 이날을 기다리고

또 기다렸던 것이다.

"아…… 네, 안녕하세요……."

방명록에 쓰인 이름을 보며 말을 걸었다.

"니시야마 료타 씨군요."

무심코 웃음이 나올 뻔한 것을 참으며 료타를 바라보았다. 료타는 와카의 명랑함에 주저하고 있었다.

와카는 기분이 좋아 참을 수 없었다. 이 즐거움이 앞으로 4년간이나 계속된다고 생각하니 너무나도 신났다.

'언젠가 편지가게 씨가 보내준 책을 료타 앞에 전부 늘어놔 봐야지!'

와카는 마음속으로 다짐했다.

저자 후기

편지라는 것은 정말로 신기합니다.

평상시엔 밖으로 나오는 일 없이, 몇 겹의 가면 아래에 숨겨져 있던 자신이 표출됩니다. 키워주신 부모님에게, 언제나 함께 있는 동료에게, 또는 부인에게 전화나 얼굴을 맞대고서는 도저히 솔직해질 수 없는 때에도 편지라면 진솔한 감사의 말을 쓸 수 있죠.저는 저 자신이 솔직해질 수 있는 편지가 정말 좋습니다.

"학교 공부 따위 잘해봤자 아무 의미 없어. 그런 거 할 줄 몰라도 성공할 수 있는걸."

자주 듣는 말입니다. 여러 분야에서 성공한 사람들이 쓴자서전에도 곧잘 쓰여 있는 이 말. '공부 따위 안 해도 괜찮아. 해도 의미가 없어.'라는 의미로 받아들일 법하지만, 저는 결코 그렇지 않다고 생각합니다.

잘하고 못하는 것은 별로 중요하지 않습니다. '점수' '성적' '○○대학교 합격'과 같은 것을 위해서만 공부한다면, 안 하는 편이 좋다고 생각합니다.

그러나 결코, 공부는 '해도 의미가 없는 것'이 아닙니다. 지금 우리의 생활은 전부 공부를 하며 지혜를 전해왔기에 이루어진 것입니다. 그렇기 때문에 우리가 갖고 있는 '공부하는 권리'를 잘 사용해서 소중하게 다뤄야 한다고 생각합니다.

그래서 '공부를 잘 사용한다는 건 어떤 것인가?'를 제 나름대로 정의해보자면, '나를 단련하기 위해 그 경험을 사용한다.' '다른 사람에게 도움을 주기 위해 그 경험을 사용한다.'라는 것이죠(사실 이 두 가지는 근본적으로 같습니다. 한쪽을 연구해서 달성하면 다른 한쪽도 자연스럽게 달성되기 때문입니다). 어른들이 하는 넓은 의미의 공부도 다 같습니다. 많은 수험생을 지도하며 그들의 인생을 봐온 결과, 지금은 그렇게 생각해요.

이 책은 『편지가게: 당신을 꽃피우는 10통의 편지』와 같은 시기에 집필을 시작했습니다. 때문에 저는 두 책을 묶어 한 작품이라 생각하고 있어요. 그리고 그 안에는 한 가지의 공통된 주제가 있습니다.

어린 아이는 큰 소리로 자신의 꿈을 이야기합니다.

하지만 그 꿈을 어른이 될 때까지 간직하고 실현하는 사람은 많지 않습니다. 대다수의 사람은 그사이에 꿈을 이야기하는 것을 관둡니다.

그리고 많은 젊은이, 특히 중고등학생은 '꿈이 없다'고 말하게 됩니다. 저는 그들의 마음속에 어떤 일이 벌어지고 있는지 알고 있어요. 저도 예전에 그런 젊은이 중 하나였으니까요.

이 두 책에는 각각 꿈을 이야기하는 것을 잊어버린 젊은이가 나옵니다.

그들이 다시 꿈을 품게 되기까지의 이야기, 그것이 '편지 가게'입니다. 어릴 적 품고 있던, 끊임없이 솟아나는 자신의 욕구를 만족시키기 위한 꿈. 그것 중 어느 것도 실현할 수 없다는 것을 깨닫고, 대신 '타인을 위한 것'을 자신의 꿈이라 말할 수 있게 되었을 때 처음으로 인생이 활기를 띠는 거죠. 그리고 원하던 꿈을 하나하나 즐겁게 실현할 수 있게 됩니다.

그것을 깨달으면 수험생뿐만 아니라 누구라도 다시 한 번 어렸을 때처럼 순수하게 소리 높여 꿈을 이야기할 수 있을 거예요.

두 작품을 모두 읽은 독자라면 그 주제를 눈치챘을 거라 생각합니다. (아직 읽지 않은 분은 모쪼록 『편지가게: 당신을 꽃피우는 10통의 편지』를 읽어보세요. '서락'에서 만난 와카와 료타 그리고 편지가게 씨의 후일담을 즐기실 수 있을 겁니다.)

『편지가게: 당신을 꽃피우는 10통의 편지』는 취업활동 중인 젊은이뿐만 아니라 여러 세대가 읽어주고 많은 분들께 뜨거운 성원을 받았답니다. 이 작품도 수험생에게 한하지 않고 자식을 둔 부모, 사람을 지도하는 직업에 종사하는 분 등 여러 세대가 읽는다면 정말 기쁠 거예요.

마지막으로, 두 책은 난치병과 공생하며 자연을 벗 삼아

멋진 삶을 살고 있는 휠체어 탄 음악가 쿠마푸 씨와 수화 예
술가인 야요이 씨와의 만남이 없었다면 태어날 수 없었을
겁니다. 이 자리를 빌려 감사를 전합니다.

   감사합니다.

기타가와 야스시

지금 내가 할 수 있는 건 공부밖에 없다

펴낸날	초판 1쇄 2013년 2월 20일
	초판 2쇄 2013년 11월 12일

지은이	기타가와 야스시
옮긴이	나계영
펴낸이	심만수
펴낸곳	(주)살림출판사
출판등록	1989년 11월 1일 제9-210호

주소	경기도 파주시 문발동 522-1
전화	031-955-1350 팩스 031-624-1356
홈페이지	http://www.sallimbooks.com
이메일	book@sallimbooks.com

ISBN	978-89-522-2091-2 03830

* 값은 뒤표지에 있습니다.
* 잘못 만들어진 책은 구입하신 서점에서 바꾸어 드립니다.

책임편집 **이주희**